W0405506

Gestohlene Träume

Nora Roberts

Gestohlene Träume

Roman

Aus dem Amerikanischen
von Margarethe van Pée

Marion von Schröder

Die Originalausgabe erschien unter dem Titel *Three Fates*
bei G. P. Putnam's Sons, New York

Der Marion von Schröder Verlag
ist ein Verlag der Ullstein Heyne List GmbH & Co. KG

2. Auflage 2003

Copyright © 2002 by Nora Roberts
Published by Arrangement with Eleanor Wilder
Dieses Werk wurde vermittelt durch die Literarische Agentur
Thomas Schlück GmbH, 30827 Garbsen
Copyright © 2003 der deutschen Ausgabe by
Ullstein Heyne List GmbH & Co. KG, München
Gesetzt aus der Sabon und Rowena bei
Franzis print & media, München
Druck und Bindung: Clausen & Bosse, Leck
Printed in Germany

ISBN 3-547-71000-6

Für Dan und Stacie

Möge der Teppich eures Lebens
mit den rosigen Fäden der Liebe,
dem dunklen Rot der Leidenschaft,
dem ruhigen Blau des
Verständnisses und der Zufriedenheit,
und dem hellen, hellen
Silber des Humors gewoben sein.

Teil I
Spinnen

Oh, welch fein gesponnenes Netz
Wir weben
Wenn wir betrügen
Das erste Mal im Leben

Sir Walter Scott

1

7. Mai 1915

Da er glücklicherweise nicht ahnte, dass er dreiundzwanzig Minuten später tot sein würde, stellte sich Henry W. Wyley gerade vor, wie er der jungen Blondine, die in seinem Blickfeld aufgetaucht war, in den hübsch gerundeten Hintern kneifen würde. Es war eine vollkommen harmlose Fantasie, die weder der Blondine noch Henrys Frau schadete, Henry jedoch in außerordentlich gute Laune versetzte.

Eine Serviette über den runden Knien, den dicken Bauch angenehm gefüllt von einem späten, üppigen Mittagessen, saß er mit seiner Frau Edith – deren Hintern so beklagenswert flach wie ein Pfannkuchen war – in der milden Seeluft und genoss den Anblick der Blondine sowie eine gute Tasse Earl Grey.

Henry, ein stattlicher Mann mit herzhaftem Lachen und einem Auge für die Damen, hatte keine Lust, sich zu den anderen Passagieren zu gesellen, die an der Reling standen, um einen Blick auf die sonnenbeschienene irische Küste zu erhaschen. Er kannte sie schon. Und außerdem würde es wahrscheinlich noch zahlreiche Gelegenheiten geben, sie wieder einmal zu sehen.

Was die Leute an Klippen und Gras so faszinierte, verstand er sowieso nicht. Henry war durch und durch ein Städter, der soliden Stahl und Beton schätzte. Und in diesem Moment war er zudem viel mehr an den köstlichen Schokoladenplätzchen interessiert, die zum Tee gereicht wurden, vor allem, weil die Blondine inzwischen weitergegangen war.

Gut gelaunt verschlang er ein Plätzchen nach dem anderen, wobei Edith die ganze Zeit an ihm herummäkelte, er solle nicht so krümeln. Es war schade, dass sie sich solch kleine Vergnügen in den letzten Jahren ihres Lebens versagte. Sie würde sterben, wie sie gelebt hatte – voller Sorge um das Gewicht ihres Ehemanns und an den Krümeln herumbürstend, die von seinem Hemd zu Boden fielen.

Henry war dagegen ein Genießer. Was hatte es denn für einen Sinn, reich zu sein, wenn man sich dann nicht auch die guten Dinge des Lebens gönnte? Früher war er arm und hungrig gewesen. Reich und wohlgenährt zu sein war besser.

Er hatte nie gut ausgesehen, aber wenn ein Mann Geld hat, wird er eher stattlich als fett genannt, eher interessant als eigenwillig. Henry gefiel die Absurdität solcher Unterschiede.

Es war kurz vor drei an diesem strahlenden Mainachmittag, und der Wind strich über sein dunkles Toupet und rötete seine schwammigen Wangen. Henry trug eine goldene Uhr in der Tasche und in seiner Krawatte steckte eine mit Rubinen besetzte Nadel. Seine Frau Edith, dürr wie ein Hühnchen, trug feinste Pariser Couture. Er besaß fast drei Millionen. Zwar nicht ganz so viel wie Alfred Vanderbilt, der auch gerade den Atlantik überquerte, aber genug, um damit zufrieden zu sein. Genug, um eine Erste-Klasse-Passage auf diesem schwimmenden Palast bezahlen zu können, dachte Henry voller Stolz, während er überlegte, ob er noch ein viertes Plätzchen essen sollte. Genug, um seinen Kindern und später seinen Enkelkindern eine erstklassige Ausbildung zu ermöglichen.

Erste Klasse reisen zu können ist mir wahrscheinlich wichtiger als Alfred Vanderbilt, überlegte er. Schließlich hatte Alfred sich nie mit der Zweiten Klasse begnügen müssen.

Mit halbem Ohr lauschte Henry dem Geschnatter seiner Frau, die ihm erzählte, was sie alles unternehmen würden, wenn sie erst einmal in England wären. Sie würden Besuche machen und auch selbst Gäste einladen. Henry wolle doch sicher auf keinen Fall die ganze Zeit mit seinen Geschäftspartnern verbringen oder irgendwelche Abschlüsse tätigen.

Er stimmte ihr mit der ihm eigenen Liebenswürdigkeit zu. In fast vierzig Jahren Ehe hatte er seine Frau aufrichtig schätzen gelernt, und er würde ganz bestimmt dafür sorgen, dass sie sich während ihres Aufenthaltes in England gut unterhielt.

Aber Henry hatte seine eigenen Pläne, und nur aus diesem Grund machte er die Überfahrt.

Wenn seine Informationen richtig waren, dann würde er die zweite Parze erwerben können. Den Wunsch, die kleine Silberstatue zu besitzen, hegte er, seitdem es ihm gelungen war, die erste der drei Schicksalsgöttinnen zu kaufen.

Henry wollte unbedingt alle drei sein Eigen nennen und sich um den Erwerb der dritten Statue kümmern, sobald die zweite in seinem Besitz wäre. Wenn er erst einmal das komplette Set besäße ... nun, das konnte man dann bestimmt Erste Klasse nennen.

Wyley's Antiquitäten würde damit alle Konkurrenten übertrumpfen.

Persönliche und berufliche Befriedigung – und alles wegen drei kleinen Silberstatuen, die allerdings ziemlich viel wert waren. Zusammen waren sie sogar ungeheuer viel wert. Vielleicht würde er sie eine Zeit lang ans Metropolitan Museum ausleihen. Ja, die Vorstellung gefiel ihm.

DIE DREI PARZEN
LEIHGABE AUS DER PRIVATSAMMLUNG
VON HENRY W. WYLEY

Edith würde ihre neuen Hüte bekommen, ihre Abendgesellschaften und ihre Spaziergänge. Und er hätte sich den Traum seines Lebens erfüllt.

Befriedigt seufzend lehnte Henry sich zurück, um eine letzte Tasse Earl Grey zu genießen.

Felix Greenfield war ein Dieb. Doch weder schämte er sich dieser Tatsache noch war er stolz darauf. Er hatte noch nie etwas anderes gemacht als stehlen. Und so wie Henry Wyley annahm, er werde noch öfter die Gelegenheit haben, auf die irische Küste zu blicken, ging Felix davon aus, dass er noch viele Jahre lang ein Dieb bleiben würde.

Er war geschickt in seiner Arbeit – zwar nicht brillant, wie er gern bereit war zuzugeben, aber gut genug, um davon leben zu können. Gut genug, um genügend Mittel für die Dritte-Klasse-Passage zurück nach England zu besitzen, während er in seiner gestohlenen Stewarduniform durch die Korridore der Ersten Klasse eilte.

In New York war ihm der Boden etwas zu heiß unter den Füßen geworden, weil ihm die Polizei wegen eines verpfuschten Diebstahls dicht auf den Fersen war. Und dabei lag es noch nicht einmal an ihm, jedenfalls nicht allein. Er hatte lediglich den Fehler gemacht, zum ersten Mal eines seiner ungeschriebenen Gesetze zu brechen und den Diebstahl gemeinsam mit einem Partner zu begehen.

Es war die falsche Entscheidung gewesen, denn sein Partner hatte eine weitere Regel gebrochen: Stiehl niemals, wenn es nicht leicht und diskret zu erledigen ist. Die Gier hat den alten Two-Pint Monk blind gemacht, dachte Felix seufzend, als er in die Suite der Wyleys schlüpfte. Was hatte sich der Mann bloß dabei gedacht, als er unbedingt dieses Collier aus Diamanten und Saphiren mitgehen lassen wollte? Und dann hatte er sich auch noch wie ein Amateur aufgeführt und – von seinen üblichen zwei Pint Lagerbier betrunken wie ein Seemann – mit dem Diebstahl geprahlt.

Nun ja, Two-Pint konnte jetzt im Gefängnis weiterprahlen, allerdings gab es da kein Lager, das ihm seine blöde Zunge lösen konnte. Aber leider hatte der Bastard gesungen und den Bullen Felix' Namen genannt.

Da war es wohl das Beste gewesen, eine nette Seereise anzutreten – und wo konnte man sich schon besser verstecken als auf einem Schiff, das so groß war wie eine Stadt?

Ein wenig Sorge hatte Felix allerdings der Krieg in Europa bereitet und das Gerede, dass die Deutschen auch Schiffe auf dem Meer angriffen. Aber das waren schließlich nur vage, abstrakte Warnungen. Die New Yorker Polizei und die Aussicht auf einen langen Aufenthalt hinter Gittern waren viel unmittelbarere und persönlichere Bedrohungen.

Felix konnte sich auf jeden Fall nicht vorstellen, dass ein so prächtiges Schiff wie die *Lusitania* den Atlantik überqueren würde, wenn wirklich Gefahr drohte. Nicht mit all diesen reichen Leuten an Bord. Schließlich war es ein ziviles Schiff, und die Deutschen hatten sicher Besseres zu tun, als einen Luxusliner anzugreifen, auf dem sich so viele amerikanische Bürger befanden.

Zum Glück hatte Felix ein Ticket ergattern und in der Menge der Passagiere untertauchen können.

Es hatte jedoch alles sehr schnell gehen müssen, und die Überfahrt hatte ihn all seine Ersparnisse gekostet.

Aber auf solch einem vornehmen, luxuriösen Schiff voller vornehmer, luxuriöser Menschen gab es sicher ein paar Gelegenheiten, um die Kasse wieder aufzufüllen.

Am besten war natürlich Bargeld. Bargeld hatte nie die falsche Größe oder Farbe.

Felix sah sich in der Suite um und pfiff leise durch die Zähne. Stell dir nur mal vor, du könntest so stilvoll reisen, dachte er und gestattete sich einen kleinen Moment der Träumerei.

Er verstand zwar weniger von der Architektur und dem Stil, der ihn umgab, als ein Floh von der Rasse des Hundes, den er beißt, aber dass die Einrichtung gediegen war, erkannte Felix auf den ersten Blick.

Der Salon war größer als seine ganze Dritte-Klasse-Kabine, und auch das Schlafzimmer war riesig.

Die Passagiere, die hier schliefen, wussten nichts von der drangvollen Enge, den dunklen Ecken und üblen Gerüchen in der Dritten Klasse. Felix neidete ihnen ihre Privilegien jedoch nicht. Schließlich könnte er niemanden bestehlen, wenn es diese reichen Menschen nicht gäbe.

Aber jetzt durfte er nicht noch mehr Zeit mit Träumereien verschwenden. Es war schon kurz vor drei, und wenn die Wyleys sich an ihren üblichen Tagesablauf hielten, würde die Frau noch vor vier herunterkommen, um ihr Mittagsschläfchen zu halten.

Felix hatte geschickte Hände, und während er nach Bargeld

suchte, bemühte er sich, möglichst wenig Unordnung zu machen. Große Scheine hatten die Wyleys wahrscheinlich in der Obhut des Chefstewards gelassen. Aber solch vornehme Herrschaften hatten gern stets ein bisschen Geld zur Hand.

Er entdeckte einen Umschlag, auf dem das Wort STEWARD stand, und als er ihn grinsend öffnete, fand er ein reichliches Trinkgeld darin, das er in die Hosentasche seiner geliehenen Uniform gleiten ließ.

Innerhalb von zehn Minuten hatte er fast hundertfünfzig Dollar gefunden und eingesteckt, und dazu noch ein paar hübsche Granatohrringe, die die Frau sorglos in einer Handtasche aufbewahrte.

Die Schmuckkoffer fasste er nicht an – weder den des Mannes noch den der Frau. Damit würde er nur Probleme heraufbeschwören. Doch als er vorsichtig die Wäscheschubladen durchwühlte, ertasteten seine Finger einen in Samt eingeschlagenen, harten Gegenstand.

Neugierig schlug Felix das Tuch auf.

Er verstand nichts von Kunst, aber reines Silber erkannte er auf den ersten Blick. Die Dame – es war nämlich eine Frau – war so klein, dass sie in seine Faust passte. Sie hielt eine Art Spindel in der Hand und trug ein fließendes Gewand.

Sie sah hübsch aus. Anziehend, konnte man fast sagen, wenn auch für seinen Geschmack ein bisschen zu kühl und berechnend.

Er bevorzugte Frauen, die ein bisschen dumm, dafür aber von heiterem Gemüt waren.

Bei der Statue lag ein Zettel mit einem Namen und einer Adresse sowie der gekritzelten Notiz *Kontakt für die zweite Parze*.

Felix betrachtete den Zettel und prägte sich die Adresse aus Gewohnheit ein. Möglicherweise war das ein weiteres Opfer, das er ausnehmen konnte, wenn er in London war.

Er begann, die kleine Statue wieder einzuschlagen, um sie an ihren Platz zurückzulegen, wickelte sie dann aber noch einmal aus. In seiner langen Karriere als Dieb hatte er noch nie einem persönlichen Begehren nachgegeben, dem Wunsch, einen Gegenstand zu behalten.

Diebesgut war für ihn stets nicht mehr als ein Mittel zum Zweck gewesen. Aber jetzt stand Felix Greenfield in der luxuriösen Kabine auf dem prächtigen Schiff, das gerade an der irischen Küste vorbeiglitt, und spürte das Verlangen, die kleine Silberstatue zu besitzen.

Sie war so ... hübsch! Und sie schmiegte sich so gut in seine Hand. So ein kleines Ding. Wer würde sie schon vermissen?

»Sei nicht dumm«, murmelte er und wickelte die Statue wieder in den Samtlappen. »Nimm das Geld, Kumpel, und sieh zu, dass du wegkommst.«

Als er sie gerade wieder in die Schublade zurücklegen wollte, vernahm Felix ein Donnergrollen. Der Boden unter seinen Füßen bebte. Felix verlor beinahe das Gleichgewicht und taumelte auf die Tür zu, die Statue immer noch in der Hand.

Ohne nachzudenken stopfte er sie in die Hosentasche und trat in den Korridor, als sich plötzlich der Boden unter ihm hob.

Wieder ertönte ein Geräusch, dieses Mal jedoch kein Donnern, sondern eher ein Dröhnen, als ob ein großer Hammer auf das Schiff einschlüge.

Felix rannte um sein Leben.

Und lief mitten ins Chaos hinein.

Das Schiff neigte sich mit einem Ruck zur Seite, sodass Felix stürzte und hilflos den Flur entlangrollte. Überall ertönten Schreie und hastige Schritte. Die Lichter gingen aus, und er schmeckte Blut in seinem Mund.

Sein erster panischer Gedanke war, dass das Schiff einen Eisberg gerammt haben könnte, so wie es der Titanic passiert war. Aber an diesem warmen Frühlingstag, so nahe der irischen Küste, konnte es doch wohl kaum Eisberge geben.

An die Deutschen dachte er nicht. Auch nicht an den Krieg.

Felix rappelte sich hoch, rannte in dem stockdunklen Flur gegen Wände, stolperte, als er die Treppe hinaufstürzte, über seine eigenen Füße und fand sich plötzlich an Deck wieder, wo es vor Menschen nur so wimmelte. Die Rettungsboote wurden bereits hinuntergelassen, und überall waren Entsetzensschreie zu hören, während Frauen und Kinder angewiesen wurden, in die Boote zu klettern.

Das kann doch nicht wahr sein, dachte Felix voller Panik, wo doch die grüne Küstenlinie bereits deutlich zu erkennen ist! In diesem Moment neigte sich das Schiff erneut zur Seite, und eines der Rettungsboote, das gerade hinuntergelassen wurde, kippte um. Die Passagiere stürzten schreiend ins Meer.

Felix war umgeben von entsetzten Gesichtern. Überall auf dem Deck lagen Trümmer, die stöhnende, blutende Passagiere unter sich begraben hatten. Manche bewegten sich schon nicht mehr.

Und Felix roch, was er schon oft in seinem Leben gerochen hatte.

Er roch den Tod.

Frauen umklammerten ihre Kinder und weinten oder beteten. Männer rannten voller Panik umher oder versuchten hektisch, die Verwundeten unter den Trümmern hervorzuziehen.

Durch das Chaos eilten Stewards und verteilten Schwimmwesten. Sie wirken so ruhig, als ob sie Tee servierten, dachte Felix, als einer der Männer an ihm vorbeikam.

»Na los, Mann, tu deine Pflicht! Kümmere dich um die Passagiere!«

Es dauerte einen Augenblick, bis Felix einfiel, dass er ja immer noch die gestohlene Stewarduniform trug. Und einen weiteren Moment, bis er begriff, wirklich *begriff*, dass das Schiff unterging.

Verflucht, wir sterben!, dachte er inmitten der Schreie und Gebete.

Vom Wasser her waren verzweifelte Hilferufe zu hören. Felix drängte sich bis an die Reling durch, sah Menschen im Wasser treiben. Sah Menschen ertrinken.

Als ein weiteres Rettungsboot hinabgelassen wurde, fragte er sich, ob er eine Chance hätte, hineinzuspringen und sich zu retten. Er versuchte, an eine höher gelegene Stelle des Decks zu gelangen, um festen Boden unter die Füße zu bekommen. Er konnte an nichts anderes denken als daran, wie er es schaffen konnte zu überleben.

Das Deck neigte sich noch weiter zur Seite, und er rutschte mit zahllosen anderen Menschen auf das Wasser zu. Es gelang ihm, sich mit einer Hand an der Reling festzuklammern und gleichzeitig wie durch ein Wunder mit der anderen eine Schwimmweste aufzufangen, die an ihm vorbeirutschte.

Dankesgebete murmelnd begann er, sie sich umzulegen. Das ist ein Zeichen, dachte er, ein Zeichen Gottes, dass ich überleben soll.

Während er noch mit zitternden Fingern an der Schwimmweste herumfummelte, entdeckte er eine Frau, die zwischen ein paar umgestürzten Deckstühlen eingeklemmt war. Ein kleines Kind mit engelhaftem Gesichtchen klammerte sich an sie. Die Frau weinte nicht. Sie schrie auch nicht. Sie wiegte einfach nur den kleinen Jungen in ihren Armen.

»Heilige Maria, Mutter Gottes ...« Felix kroch über das Deck auf die Frau zu und zerrte an den Stühlen, die auf ihr lagen.

»Ich habe mir das Bein verletzt.« Sie strich ihrem Kind über das Haar, und die Ringe an ihren Fingern funkelten in der Frühlingssonne. Ihre Stimme klang zwar ruhig, aber ihre Augen waren weit aufgerissen, glasig vor Schock und Schmerzen und dem gleichen Entsetzen, das auch Felix das Herz bis zum Halse schlagen ließ.

»Ich glaube nicht, dass ich laufen kann. Können Sie meinen kleinen Jungen nehmen? Bitte, bringen Sie ihn zu einem Rettungsboot. Bringen Sie ihn in Sicherheit.«

Felix überlegte nur einen Herzschlag lang. Und dann lächelte das Kind.

»Legen Sie die Schwimmweste an, Missus, und halten Sie den Jungen fest.«

»Wir ziehen sie besser meinem Sohn an.«

»Sie ist ihm zu groß. Sie würde ihm nichts nutzen.«

»Ich habe meinen Mann verloren.« Ihre Aussprache war deutlich und kultiviert, und sie blickte ihn aus ihren glasigen Augen unverwandt an, während Felix ihr die Schwimmweste überstreifte. »Er ist über die Reling gestürzt. Ich fürchte, er ist tot.«

»Aber Sie nicht, nicht wahr? Und der Junge auch nicht.« Durch den beißenden Gestank von Panik und Tod konnte er das Kind riechen – Puder, Jugend, Unschuld. »Wie heißt er?«

»Steven. Steven Edward Cunningham der Dritte.«

»Dann werde ich jetzt Sie und Steven Edward Cunningham den Dritten zu einem Rettungsboot bringen.«

»Wir sinken.«

Felix zog die Frau hoch und versuchte abermals, auf einen höher liegenden Teil des Decks zu gelangen.

Auf allen vieren kroch er über die nassen, steil ansteigenden Planken.

»Halt dich gut an Mama fest, Steven«, hörte er die Frau sagen, die hinter ihm herkroch.

»Hab keine Angst«, keuchte sie. Ihre schweren Röcke schleiften im Wasser, und Blut verschmierte die glitzernden Steine an ihren Fingern. »Du musst tapfer sein. Lass Mama auf keinen Fall los.«

Wie ein Äffchen klammerte sich der kleine Junge, der höchstens drei Jahre alt sein konnte, an den Hals der Mutter.

Deckstühle, Tische, alle möglichen Gegenstände polterten das schräg stehende Deck hinunter. Stück für Stück zog Felix die Frau mühsam weiter. »Gleich haben wir es geschafft«, keuchte er, ohne zu wissen, ob das überhaupt stimmte.

Etwas schlug ihm hart auf den Rücken, und die Hand der Frau entglitt der seinen.

»Missus!«, schrie er und versuchte verzweifelt, sie wieder zu ergreifen. Er erwischte jedoch nur die glatte Seide ihres Kleiderärmels, die sofort riss. Hilflos starrte er auf das Stück Stoff in seiner Hand.

»Gott segne Sie!«, stieß die Frau noch hervor, dann rutschte sie, die Arme fest um ihren Sohn geschlungen, über die Kante ins Wasser.

Felix hatte kaum Zeit, einen Fluch zu murmeln, als das Deck sich ein weiteres Stück hob und er ebenfalls in die Tiefe gerissen wurde.

Die Kälte raubte ihm den Atem. Halb gelähmt vor Schock trat er wild um sich. Als er auftauchte und gierig nach Luft schnappte, musste er feststellen, dass er sich in einer Hölle befand, die schlimmer war, als er sie sich je hätte vorstellen können.

Überall um ihn herum schwammen Leichen. Er befand sich in einem Meer voller Toter und Ertrinkender. Seine Gliedmaßen wurden schon steif von der Kälte, als es ihm schließlich gelang, sich auf eine Holzkiste zu ziehen, die auf den Wellen tanzte.

Von dort aus war der Anblick noch schlimmer. Hunderte von Leichen trieben im Meer, das noch immer von der Sonne beschienen wurde. Felix drehte sich der Magen um und er erbrach sich ins Wasser. Mit Schwimmbewegungen versuchte er, ein gekentertes Rettungsboot zu erreichen.

Aber die Strömung zog ihn gnadenlos immer weiter fort.

Das prächtige Schiff, der schwimmende Palast, sank vor seinen Augen. Rettungsboote, nutzlos wie Spielzeuge, baumelten an den Seiten. Es erstaunte ihn, dass immer noch so viele Menschen an Deck waren. Manche knieten ganz ruhig da, andere rannten panisch umher und versuchten, ihrem Schicksal zu entkommen.

Voller Entsetzen musste er zusehen, wie immer mehr Passagiere über Bord gingen. Und dann neigten sich die großen schwarzen Schornsteine dem Wasser entgegen, genau zu der Stelle, wo er mit seiner Kiste trieb.

Als sie auf der Meeresoberfläche aufschlugen, strömten die Wassermassen hinein und rissen durch die Sogwirkung auch Menschen mit sich.

So will ich nicht sterben, dachte Felix und strampelte hektisch mit den Beinen. Auf diese Art sollte kein Mensch sterben müssen. Aber der Sog zog ihn in die Tiefe, und das Wasser um ihn herum schien zu brodeln. Er würgte, schmeckte Salz, Öl und Rauch. Dann stieß sein Körper an eine Wand, und er war in einem der Schornsteine gefangen. Er hatte keine Chance, sich zu befreien. Er würde ertrinken.

Als seine Lungen zu bersten drohten, dachte er an die Frau und den kleinen Jungen. Da er es für sinnlos hielt, für sich selbst zu beten, betete er zu Gott, dass wenigstens sie überleben würden.

Wenn Felix später an diesen Moment zurückdachte, kam es ihm immer so vor, als hätten ihn Hände gepackt und aus dem Schornstein herausgezerrt. Doch in Wahrheit wurde er mit einem Schwall von Ruß hinausgeschleudert, als der Schornstein unter der Wasseroberfläche verschwand.

Er griff nach einer Planke, die im Wasser trieb, und hievte

seinen schmerzenden Körper hinauf. Dann legte er die Wange auf das Holz und begann leise zu weinen.

Die *Lusitania* war verschwunden.

Noch während er voller Entsetzen sah, wie die versunkenen Schornsteine Unmengen rußiger Leichen ausspuckten, wurde die Wasseroberfläche auf einmal ganz ruhig. Nur noch das Kreischen der Möwen und das Schluchzen und die Schreie derjenigen, die mit ihm im Wasser trieben, waren zu hören.

Wahrscheinlich werde ich erfrieren, dachte er, während er halb bewusstlos dahintrieb. Aber immer noch besser, als zu ertrinken.

Die Kälte weckte Felix aus seiner Ohnmacht auf. Sein ganzer Körper schmerzte, und die kleinste Brise brachte neue Qualen. Er wagte kaum, sich zu bewegen, und zupfte an seinem durchnässten Stewardjackett. Ein scharfer Schmerz schoss durch seinen Körper, und ihm wurde erneut übel. Unsicher fuhr er sich mit der Hand durch das Gesicht. Sie war rot von Blut.

Hysterisch lachte er auf. Würde er nun erfrieren oder verbluten? Vielleicht wäre er doch besser ertrunken! Dann wäre es jetzt wenigstens vorbei. Langsam wischte er sich mit dem Ärmel des Jacketts das Blut vom Gesicht. Irgendetwas stimmt mit meiner Schulter nicht, stellte er fest.

Um ihn herum war es still geworden. Vereinzelt hörte er noch Schreie, Stöhnen und Gebete, aber die meisten der Passagiere waren wohl mittlerweile tot.

Eine Leiche trieb vorbei. Es dauerte einen Moment, bis Felix das totenblasse Gesicht mit den tiefen Wunden erkannte.

Wyley. Gütiger Himmel!

Zum ersten Mal, seit der Albtraum begonnen hatte, tastete Felix nach dem Gegenstand in seiner Tasche. Die Statue, die er dem Mann gestohlen hatte, der jetzt blicklos im Wasser an ihm vorbeitrieb.

»Du brauchst sie nicht mehr«, murmelte er zähneklappernd, »aber ich schwöre bei Gott, wenn ich geahnt hätte, was passiert, hätte ich sie dir nicht gestohlen. Das ist ja fast wie Grabschändung.«

Und er faltete die Hände zum Gebet, wie er es als Kind gelernt hatte. »Wenn ich heute sterbe, werde ich mich persönlich bei dir entschuldigen, falls wir auf derselben Seite des großen Tores landen. Und wenn ich überlebe, so gelobe ich, dass ich versuchen werde, alles wieder gutzumachen.«

Felix verlor erneut das Bewusstsein. Als er erwachte, hörte er das Stampfen eines Motors. Benommen hob er die Hand. Er sah ein Boot und hörte über dem Dröhnen in seinen Ohren die Schreie und Stimmen von Männern.

Er versuchte zu rufen, brachte aber nur ein heiseres Husten hervor.

»Ich lebe ...« Seine Stimme war nur ein Krächzen, das der Wind davontrug. »Ich lebe noch!«

Er spürte nicht mehr, dass ihn kräftige Hände auf den Fischkutter *Dan O'Connell* hievten. Kälte und Schmerzen trübten sein Bewusstsein, während man ihn in eine Decke wickelte und ihm heißen Tee einflößte. An seine eigentliche Rettung würde er sich später nicht mehr erinnern können, ebenso wenig an die Namen der Männer, die ihn in Sicherheit gebracht hatten. Er bekam nichts von den Geschehnissen mit, bis er in einem schmalen Bett in einem kleinen, sonnigen Zimmer erwachte, fast vierundzwanzig Stunden, nachdem der Torpedo das Passagierschiff getroffen hatte.

Nie würde Felix jedoch den Anblick vergessen, der ihn begrüßte, als sein Blick wieder klar wurde.

Sie war jung und hübsch, hatte blaue Augen und goldene Sommersprossen auf ihrer kleinen Nase und den runden Wangen. Ihr blondes Haar war zu einem Knoten aufgesteckt, aus dem sich einzelne Strähnen gelöst hatten. Lächelnd blickte sie Felix an und erhob sich rasch von dem Stuhl, auf dem sie gesessen und Socken gestopft hatte.

»Da sind Sie ja! Ich habe mich schon gefragt, ob Sie überhaupt jemals aufwachen würden.«

Er erkannte den irischen Akzent in ihrer Stimme, spürte, wie sie mit starker Hand sein Kinn hob. Und er roch einen Hauch von Lavendel.

»Was ...« Seine krächzende Stimme erschreckte ihn. Seine

Kehle war wie ausgetrocknet, und sein Kopf fühlte sich an, als sei er mit schmutzigen Lumpen ausgestopft.

»Nehmen Sie zuerst diese Medizin, die der Arzt für Sie hier gelassen hat. Sie haben eine Lungenentzündung und eine tiefe Schnittwunde am Kopf, die genäht werden musste. Außerdem haben Sie sich anscheinend die Schulter gezerrt. Aber das Schlimmste haben Sie überstanden, Sir, und jetzt ruhen Sie sich einfach aus. Wir kümmern uns um Sie.«

»Was ... ist geschehen? Das Schiff ...«

Sie kniff die hübschen Lippen zusammen. »Die verdammten Deutschen! Ein U-Boot hat das Schiff torpediert. Dafür, dass sie so viele Menschen getötet haben, werden sie in der Hölle schmoren.«

Eine Träne rann ihr über die Wange, aber sie achtete nicht darauf und flößte ihm geschickt die Medizin ein. »Sie müssen sich ausruhen. Es ist ein Wunder, dass Sie überlebt haben, denn mehr als tausend Menschen sind umgekommen.«

»Tau...« Entsetzt packte er sie am Handgelenk. »*Tausend*?«

»Mehr als tausend. Aber Sie sind hier in Queenstown, und es kann Ihnen nichts geschehen.« Sie legte den Kopf schräg. »Sie sind Amerikaner, nicht wahr?«

Eigentlich ja, dachte er. Schließlich hatte er sein Heimatland England seit mehr als zwölf Jahren nicht mehr gesehen. »Ja. Ich brauche ...«

»Tee«, unterbrach sie ihn. »Und Brühe.« Sie trat an die Tür und rief: »Ma! Er ist wach und scheint es auch bleiben zu wollen.« Sie warf ihm einen Blick zu. »Ich komme gleich wieder und bringe Ihnen etwas Warmes zu essen.«

»Danke. Wer sind Sie?«

»Ich?« Sie lächelte wieder. Es war, als ob die Sonne über ihr Gesicht glitte. »Ich bin Meg. Meg O'Reiley, und dies ist das Haus meiner Eltern, Pat und Mary O'Reiley, wo Sie uns willkommen sind, bis Sie wieder gesund sind. Und Ihr Name, Sir?«

»Greenfield. Felix Greenfield.«

»Gott schütze Sie, Mr Greenfield.«

»Warten Sie ... auf dem Schiff waren eine Frau und ein kleiner Junge ... Cunningham.«

Mitleidig blickte sie ihn an. »Die Listen mit den Namen der

Toten werden gerade geschrieben. Ich schaue für Sie nach, sobald ich kann. Aber jetzt müssen Sie sich ausruhen. Ich hole Ihnen einen Tee.«

Als sie hinausgegangen war, drehte Felix sein Gesicht zum Fenster, der Sonne entgegen. Auf dem Tisch sah er das Geld und die Granatohrringe liegen, die in seiner Tasche gesteckt hatten. Und daneben lag die kleine silberne Statue und funkelte im Sonnenlicht.

Ein wehmütiges Lächeln huschte über sein Gesicht.

Er erfuhr, dass die O'Reileys vom Meer lebten. Pat und seine beiden Söhne waren bei der Rettungsmannschaft gewesen. Er lernte sie alle kennen und ihre jüngere Schwester auch. Am ersten Tag war er jedoch noch nicht in der Lage, sich die Gesichter einzuprägen. Bis auf Megs.

Um nicht wieder in die Dunkelheit zurückzugleiten, klammerte er sich an die junge Frau, wie er sich im Wasser an die Planke geklammert hatte.

»Erzählen Sie mir, was Sie wissen«, bat er sie.

»Die Wahrheit ist schwer zu ertragen. Und mir fällt es schwer, darüber zu sprechen.« Meg trat ans Fenster und blickte über das Dorf, in dem sie seit ihrer Geburt vor achtzehn Jahren lebte. In Hotelzimmern oder den Häusern von Nachbarn wurden andere Überlebende des Schiffsunglücks gepflegt. Die Toten hatte man in behelfsmäßigen Leichenhallen aufgebahrt. Einige sollten hier beerdigt, andere nach Hause überführt werden. Und wieder andere würden für immer in den Tiefen des Meeres liegen.

»Als ich von dem Unglück hörte«, begann sie, »konnte ich es fast nicht glauben. Wie sollte so etwas möglich sein? Ein paar Fischkutter waren draußen, die den Überlebenden direkt zu Hilfe geeilt sind. Und von hier sind noch mehr Boote ausgelaufen. Die meisten kamen jedoch zu spät und konnten nur noch die Toten bergen. Oh, mein Gott, ich habe selbst einige von den Leuten gesehen, die an Land gebracht wurden. Frauen mit Säuglingen, Männer, die kaum laufen konnten und halb nackt waren. Manche haben geweint, andere starrten nur vor sich hin. Es heißt, das Schiff sei in weniger als zwanzig Minuten gesunken. Kann das denn sein?«

»Ich weiß es nicht«, murmelte Felix und schloss die Augen.

Sie blickte ihn an und hoffte, dass er stark genug war, ihren Bericht weiter zu ertragen. »Hier an Land sind noch weitere Passagiere gestorben. Ihre Verletzungen waren zu schwer, und manche hatten stundenlang im Wasser gelegen. Die Listen mit den Namen der Toten werden von Minute zu Minute länger. Ich wage mir gar nicht vorzustellen, wie angstvoll die Familien auf Nachricht warten. Oder wie tief die Trauer bei denen ist, die wissen, auf welch schreckliche Art und Weise ihre Lieben umgekommen sind. Sie haben gesagt, dass es niemanden gibt, der auf eine Nachricht von Ihnen wartet?«

»Nein. Niemanden.«

Meg trat zu ihm. Sie hatte seine Wunden versorgt, hatte während des Deliriums bei ihm gewacht. Er war erst seit drei Tagen in ihrer Obhut, aber ihnen beiden kam es schon vor wie eine Ewigkeit.

»Es ist keine Schande, wenn Sie hier bleiben«, sagte sie leise. »Und es ist auch keine Schande, wenn Sie heute nicht an der Beerdigung teilnehmen. Sie sind noch viel zu schwach dazu.«

»Ich muss hingehen.« Er blickte an seiner geborgten Kleidung hinunter, in der er sich dünn und zerbrechlich vorkam. Aber er lebte.

Die Stille war fast überirdisch. Alle Läden in Queenstown hatten an diesem Tag geschlossen. Es liefen keine Kinder durch die Straßen, und niemand blieb stehen, um mit dem Nachbarn ein Schwätzchen zu halten. Durch die Stille drangen der hohle Klang der Kirchenglocken von St. Colman's auf dem Hügel und die klagenden Töne des Trauermarsches.

Und wenn er noch hundert Jahre lebte, nie mehr würde Felix die Trauermusik, das leise, stete Dröhnen der Trommeln vergessen. Er sah die Blechinstrumente in der Sonne glänzen und dachte an das Funkeln der Antriebsschrauben der *Lusitania*, kurz bevor sie im Meer versunken waren.

Ich lebe, dachte er wieder. Aber an Stelle von Erleichterung und Dankbarkeit empfand er nur Schuld und Verzweiflung.

Mit gesenktem Kopf trottete er durch die stillen Straßen im Trauerzug mit. Es dauerte mehr als eine Stunde, bis sie den Friedhof erreichten, und Felix war ganz schwindlig. Als er die drei Massengräber sah, die unter den großen Ulmen ausgehoben worden waren, musste er sich schwer auf Meg stützen.

Angesichts der winzigen Särge, in denen die toten Kinder lagen, traten ihm die Tränen in die Augen.

Er lauschte dem leisen Weinen ringsum und den Worten des katholischen Priesters und dann denen des Pfarrers der Kirche von Irland. Doch nichts von dem Gesagten erreichte ihn wirklich. In seinem Innern hörte er immer noch, wie die Menschen Gott angerufen hatten, bevor sie ertranken. Aber Gott hatte sie nicht erhört und sie einen furchtbaren Tod sterben lassen.

Als Felix den Kopf hob, erblickte er die Frau und den kleinen Jungen vom Schiff.

Und auf einmal strömten seine Tränen, rannen wie Regentropfen über seine Wangen, während er sich durch die Menge drängte. Als er bei ihr angelangt war, erklangen die ersten Töne von »O bleibe, Herr«. Felix sank vor dem Rollstuhl der Frau auf die Knie.

»Ich hatte befürchtet, Sie seien tot!« Sie streckte die Hand nach seinem Gesicht aus. Um den anderen Arm trug sie einen Gips. »Ich wusste Ihren Namen nicht, deshalb konnte ich ihn auf den Listen nicht suchen.«

»Sie leben!« Sie hatte Schnittwunden im Gesicht, und ihre Wangen waren gerötet, als habe sie Fieber. Auch ihr Bein war eingegipst. »Und der Junge auch.«

Das Kind schlief in den Armen einer anderen Frau. Wie ein Engel, dachte Felix. Friedlich und unversehrt.

Die Verzweiflung, die ihn mit eiserner Faust umklammert hatte, ließ nach. Ein Gebet, wenigstens ein einziges Gebet, war erhört worden.

»Er hat mich die ganze Zeit über nicht losgelassen.« Die Frau begann leise zu weinen. »Er ist so ein guter Junge. Er hat mich nicht losgelassen. Ich habe mir bei dem Sturz ins Wasser den Arm gebrochen. Wenn Sie mir nicht Ihre Schwimmweste gegeben hätten, wären wir ertrunken. Mein Mann …« Ihre

Stimme versagte, als sie über die Gräber blickte. »Sie haben ihn nicht gefunden.«

»Das tut mir Leid.«

»Er hätte Ihnen gedankt.« Sie streichelte mit ihrer gesunden Hand über das Bein des Jungen. »Er hat seinen Sohn sehr geliebt.« Sie holte tief Luft. »An seiner statt danke ich Ihnen für das Leben meines Sohnes und mein eigenes. Bitte sagen Sie mir Ihren Namen.«

»Felix Greenfield, Ma'am.«

»Mr Greenfield.« Sie beugte sich vor und streifte mit ihren Lippen Felix' Wange. »Ich werde Sie nie vergessen. Und mein Sohn auch nicht.«

Als man sie in ihrem Rollstuhl fortbrachte, hielt sie die Schultern ganz gerade, mit einer stillen Würde, die Felix die Schamröte ins Gesicht steigen ließ.

»Sie sind ein Held«, sagte Meg zu ihm.

Kopfschüttelnd strebte er, so rasch er konnte, dem Ausgang zu. »Nein. Die Heldin ist sie. Ich bin ein Nichts.«

»Wie können Sie das sagen? Ich habe gehört, was sie zu Ihnen gesagt hat. Sie haben ihr und dem kleinen Jungen das Leben gerettet.« Besorgt eilte Meg an seine Seite und ergriff seinen Arm, um ihn zu stützen.

Wenn er die Kraft besessen hätte, hätte er Meg abgeschüttelt, aber so ließ er sich einfach in das hohe, wilde Gras auf dem Friedhof sinken und vergrub sein Gesicht in den Händen.

»Na, na.« Voller Mitgefühl hockte sie sich neben ihn und nahm ihn in die Arme. »Ist ja schon gut, Felix.«

Er konnte an nichts anderes denken als an den tapferen Gesichtsausdruck der jungen Witwe, an die Unschuld auf dem Gesicht des kleinen Jungen. »Sie war verletzt, deshalb hat sie mich gebeten, den Jungen mitzunehmen und ihn zu retten.«

»Und Sie haben sie beide gerettet.«

»Ich weiß nicht, warum. Ich habe doch nur an meine eigene Rettung gedacht. Ich bin ein Dieb. Die Sachen, die Sie aus meiner Tasche genommen haben, habe ich gestohlen. Ich habe sie in dem Moment gestohlen, als das Schiff getroffen wurde. Und ich habe nur daran gedacht, lebend herauszukommen.«

Meg faltete die Hände. »Aber Sie haben ihr doch Ihre Schwimmweste gegeben!«

»Es war gar nicht meine. Ich weiß nicht, warum ich sie ihr gegeben habe. Die Frau lag unter ein paar umgestürzten Deckstühlen und hielt den Jungen im Arm. Und sie war so tapfer.«

»Sie hätten sich ohne weiteres abwenden und sie sich selbst überlassen können.«

Er rieb sich die Augen. »Das wollte ich zunächst auch.«

»Aber Sie haben es nicht getan.«

»Ich weiß nicht, warum.« Er wusste nur, dass sich etwas in ihm verändert hatte, seit er die Frau lebend wiedergesehen hatte. »Aber vor allem geht es darum, dass ich nur auf dem Schiff war, weil ich vor der Polizei geflohen bin. Ich habe einen Mann bestohlen, wenige Minuten, bevor er starb. Und nun sind mehr als eintausend Menschen tot. Ich habe viele von ihnen sterben sehen. Ich aber lebe. Was ist das für eine Welt, in der ein Dieb gerettet wird und Kinder sterben müssen?«

»Wer weiß darauf die Antwort? Aber da ist ein Kind, das lebt, weil *Sie* da waren. Wären Sie denn zur richtigen Zeit am richtigen Ort gewesen, wenn Sie nicht vorher etwas gestohlen hätten?«

Er stieß ein verächtliches Lachen aus. »Meinesgleichen kommt unter normalen Umständen niemals in die Erste Klasse.«

»Na, sehen Sie.« Meg zog ein Taschentuch aus der Tasche und trocknete ihm die Tränen, als sei er ein Kind. »Zu stehlen ist falsch. Es ist eine Sünde, das ist gar keine Frage. Aber wenn Sie sich nur um sich selbst gekümmert hätten, wären diese Frau und ihr Sohn jetzt tot. Wenn eine Sünde unschuldige Leben rettet, dann ist es, glaube ich, keine besonders große Sünde. Und so viel haben Sie schließlich auch nicht gestohlen, es sind ja nur ein Paar Ohrringe, eine kleine Statue und ein paar amerikanische Dollar.«

Felix musste unwillkürlich lächeln. »Nun, ich hatte ja auch gerade erst angefangen.«

Liebevoll erwiderte sie sein Lächeln. »Ja. Ich würde auch sagen, dass Sie gerade erst angefangen haben.«

2

Helsinki, 2002

Sie war nicht so, wie er erwartet hatte. Er hatte ihr Foto auf der Rückseite ihres Buches und auf dem Programmheft für die Lesung – würde die denn nie aufhören? – betrachtet, aber in Wirklichkeit sah sie anders aus.

Zunächst einmal war sie kleiner, als er es sich vorgestellt hatte. Fast zierlich in ihrem grauen Kostüm, dessen Rock seiner Meinung nach ein gutes Stück kürzer hätte sein können. Soweit er es beurteilen konnte, waren ihre Beine nicht übel.

In der Realität wirkte sie nicht annähernd so kompetent und einschüchternd wie auf dem Schutzumschlag. Lediglich die kleine Silberrandbrille, die sie beim Lesen trug, verlieh ihr eine gewisse intellektuelle Note.

Sie hatte eine gute Stimme. Trotzdem wirkte sie beinahe einschläfernd auf ihn. Allerdings lag das wohl eher am Thema. Er war zwar durchaus an griechischer Mythologie interessiert – an einem bestimmten griechischen Mythos –, aber eine stundenlange Vorlesung über sämtliche Götter über sich ergehen lassen zu müssen, war ziemlich langweilig.

Er richtete sich auf und versuchte sich zu konzentrieren. Nicht auf die Wörter. Er scherte sich nicht im Geringsten darum, ob nun Artemis irgendeinen armen Kerl in einen Hirsch verwandelte, weil er sie nackt gesehen hatte. Das bewies nur, dass Frauen, ob sie nun Göttinnen waren oder nicht, sonderbare Geschöpfe waren.

Seiner Meinung nach war auch Dr. Tia Marsh äußerst sonderbar. Sie stammte aus einer Familie mit viel Geld. Sehr viel Geld. Doch statt sich zurückzulehnen und es zu genießen, widmete sie sich den griechischen Göttern. Schrieb über sie, hielt Vorlesungen. Unermüdlich.

Sie stammte aus einer alten Familie. Generationen von Blut so blau wie die Seen in Kerry. Und jetzt saß sie hier in Finnland und hielt ihren Vortrag, genauso, wie sie es vorher vermutlich in Schweden und Norwegen getan hatte. In ganz Europa warb sie für ihr Buch.

Es kann ihr doch dabei unmöglich ums Geld gehen, überlegte er. Vielleicht hört sie sich ja nur gern selbst reden. Das geht schließlich vielen Leuten so.

Seinen Informationen nach war sie neunundzwanzig, alleinstehend, das einzige Kind der Marshs in New York und, was am wichtigsten war, die Ururenkelin von Henry W. Wyley.

Wyley's Antiquitäten war, wie auch schon fast hundert Jahre zuvor, eines der angesehensten Antiquitäten- und Auktionshäuser in New York.

Es war kein Zufall, dass Wyleys Nachkommen solches Interesse an griechischen Gottheiten hatten. Und seine Aufgabe war es, herauszufinden, was Dr. Marsh über die drei Parzen wusste.

Wenn sie, nun ja, sanfter gewesen wäre, dann hätte er vermutlich versucht, sie zu verführen. Es war faszinierend, was Menschen einander erzählten, wenn Sex im Spiel war. Attraktiv war sie ja, aber er war sich nicht ganz sicher, welche Knöpfe man in romantischer Hinsicht bei einer Intellektuellen drücken musste, wenn man etwas bei ihr erreichen wollte.

Stirnrunzelnd drehte er das Buch um und betrachtete noch einmal ihr Foto. Ihre blonden Haare hatte sie zu einem Knoten geschlungen. Sie lächelte, ziemlich gezwungen, wie er fand. Das Lächeln erreichte jedenfalls nicht ihre Augen – sehr nüchterne und ernst blickende blaue Augen, die zu dem nüchternen und ernsten Schwung ihrer Lippen passten.

Ihr Gesicht lief spitz zu, und er hätte es elfenhaft genannt, wenn nicht ihre Frisur so züchtig und ihr Blick so finster gewesen wären.

Sie sieht aus wie eine Frau, die lange nicht zum Lachen gebracht wurde ... oder flachgelegt, dachte er. Seine Mutter und seine Schwester hätten ihn für solche Gedankengänge bestimmt zurechtgewiesen. Aber was ein Mann denkt, geht nur ihn allein etwas an.

Er sollte auf die spröde Dr. Marsh wohl sehr höflich und geschäftsmäßig zugehen.

Als der Applaus einsetzte, wesentlich enthusiastischer, als er erwartet hatte, hätte er beinahe erleichtert aufgeseufzt. Aber kaum wollte er sich erheben, schossen schon die ersten Hände in die Höhe.

Er verdrehte die Augen, schaute verärgert auf die Uhr und stellte sich auf die Fragestunde ein. Da Dr. Marsh mit einer Dolmetscherin arbeitete, würde es wahrscheinlich ewig dauern.

Er stellte fest, dass sie für diesen Teil der Veranstaltung die Brille absetzte. Sie blinzelte wie eine Eule im Sonnenlicht und holte tief Luft, so wie ein Taucher, bevor er ins Wasser springt.

Plötzlich fiel ihm etwas ein, und er hob die Hand. Es war immer am besten, erst einmal höflich an einer Tür anzuklopfen, um zu sehen, ob sie geöffnet wurde, bevor man sie eintrat.

Als sie auf ihn wies, stand er auf und bedachte sie mit einem seiner strahlendsten Lächeln. »Dr. Marsh, zunächst einmal möchte ich Ihnen für Ihren faszinierenden Vortrag danken.«

»Oh.«

Sie blinzelte, und er sah, dass sie über seinen irischen Tonfall verblüfft war. Gut, noch ein Mittel, das er einsetzen konnte. Aus Gründen, die er nicht nachzuvollziehen vermochte, waren Amerikaner oft hingerissen von einem Akzent.

»Nichts zu danken«, erwiderte sie.

»Ich habe mich immer schon für die Parzen interessiert, und ich frage mich, ob sie Ihrer Meinung nach ihre Macht einzeln oder nur als Gruppe besitzen.«

»Die Moiren oder die Parzen waren eine Triade«, begann Dr. Marsh, »jede mit einer speziellen Aufgabe. Klotho, die den Faden des Lebens spinnt, Lachesis, die ihn abmisst, also das Los zuteilt, und Atropos, die den Lebensfaden zerschneidet und damit das Leben beendet. Keine von ihnen kann ihre Aufgabe allein erfüllen. Ein Faden könnte vielleicht gesponnen werden, aber wenn er endlos lang wird, erfüllt er keinen Zweck. Und wenn er nicht gesponnen wird, kann er auch nicht abgemessen werden, und es gibt nichts zu zerschneiden. Drei Teile«, fuhr sie fort und legte die Finger zusammen, »ein Zweck. Jede für sich wäre nur eine normale, wenn auch interessante Frau. Zusammen sind sie die sehr mächtige und hoch geehrte Göttin.«

Genau, dachte er, während er sich wieder hinsetzte. Ganz genau.

Tia war hundemüde. Als die Diskussion vorbei war und sie ihre Bücher signierte, wunderte sie sich, wie sie sich überhaupt noch auf den Beinen halten konnte. Trotz des Melatonins, der Diät, der Aromatherapie und der Entspannungsübungen war ihre innere Uhr völlig durcheinander geraten.

Aber immerhin war sie in Helsinki. Und das allein war schon etwas wert. Die Menschen hier waren so nett und interessierten sich für ihre Arbeit. Genauso wie an all den anderen Orten, an denen sie gewesen war, seitdem sie New York verlassen hatte.

Wie lange ist das jetzt schon her?, überlegte Tia, während sie sich hinsetzte, den Kugelschreiber ergriff und ihr professionelles Lächeln aufsetzte. Zweiundzwanzig Tage. Sie ließ die vergangenen Tage kurz Revue passieren und machte sich klar, dass sie bereits mehr als drei Viertel dieser selbstauferlegten Tortur überstanden hatte.

»Wie überwindet man eine Phobie?«, hatte Dr. Lowenstein gefragt. »Indem man sich ihr stellt. Sie sind chronisch schüchtern mit Anflügen von Paranoia? Gehen Sie hinaus und reden Sie vor Publikum!« Sie fragte sich, ob Dr. Lowenstein einer Patientin mit Höhenangst wohl auch empfahl, von der Brooklyn Bridge zu springen.

Hatte er ihr überhaupt zugehört, als sie ihm versichert hatte, sie wisse ganz genau, dass sie unter einer sozialen Angststörung litte? Vielleicht auch unter einer Agoraphobie in Verbindung mit Klaustrophobie?

Nein, er hatte ihr nicht zugehört. Er hatte darauf bestanden, sie sei einfach nur schüchtern, und ihr erklärt, sie überließe die psychiatrischen Diagnosen besser ihm.

Als jetzt die ersten Leute aus dem Publikum auf sie zutraten, um sich ihr Buch signieren zu lassen, drehte sich Tia beinahe der Magen um. Sie wünschte, Dr. Lowenstein hätte diesen Moment miterlebt, dann hätte sie ihm nur zu gern einen Fausthieb versetzt.

Allerdings musste sie zugeben, dass es ihr insgesamt schon besser ging. Immerhin hatte sie den Vortrag dieses Mal ganz ohne Beruhigungstabletten oder einen heimlichen, von schlechtem Gewissen begleiteten Schluck Whiskey überstanden.

Aber den Vortrag halten zu müssen war auch nicht so schlimm wie das Signieren. Während der Lesung hatte sie genug Abstand von den Leuten. Und sie hatte ihre Notizen, an denen sie sich orientieren konnte.

Wenn jedoch die Leute an ihren Tisch traten, um sich ihr Buch signieren zu lassen, dann erwarteten sie, dass sie ein paar nette Worte sagte und, o Gott, Charme zeigte.

Doch ihre Hand zitterte nicht, als sie ihren Namen in das erste Buch schrieb. Und als sie seinem Besitzer antwortete, blieb auch ihre Stimme fest. Das war doch schon ein Fortschritt. In London war sie am Ende des Programms beinahe kataton gewesen. Als sie ins Hotel zurückgekehrt war, hatte sie am ganzen Leib gezittert und eine Hand voll Beruhigungspillen schlucken müssen, um in die Sicherheit des Schlafs entfliehen zu können.

Gott, wie gern wäre sie sofort wieder nach Hause geflogen. Am liebsten hätte sie sich in ihren eigenen vier Wänden verkrochen, wie ein verschrecktes Kaninchen in seinem Bau. Aber es gab Verträge, an die sie sich halten musste.

Und eine Marsh hielt immer Wort.

Jetzt konnte sie froh, sogar stolz sein, dass sie die Zähne zusammengebissen und durchgehalten hatte. Mittlerweile war sie bei der Aussicht, vor Fremden sprechen zu müssen, kaum noch nervös – vielleicht lag es ja daran, dass sie von der anstrengenden Reise schon zu erschöpft war.

Ihr Gesicht fühlte sich vom vielen Lächeln bereits taub an, als endlich das Ende der Schlange in Sicht kam. Als Tia den

Kopf hob, blickte sie in die strahlend grünen Augen des Iren, der sie nach den Schicksalsgöttinnen gefragt hatte.

»Ein faszinierender Vortrag, Dr. Marsh«, sagte er mit seinem sympathischen Akzent.

»Danke. Es freut mich, dass er Ihnen gefallen hat.« Sie wollte gerade nach seinem Buch greifen, als sie merkte, dass er ihr die Hand entgegenstreckte. Verlegen legte sie den Kugelschreiber ab und schüttelte sie.

Dabei fragte sie sich, was die Leute bloß am Händeschütteln fanden. Offenbar wussten sie nicht, wie viele Keime dadurch übertragen wurden.

Seine Hand war warm und fest, und er hielt die ihre so lange, dass sie vor Verlegenheit errötete.

»Da wir gerade von Schicksal sprechen«, sagte er und lächelte sie strahlend an, »ich halte es für eine äußerst glückliche Fügung, dass Sie während meines geschäftlichen Aufenthaltes ebenfalls hier in Helsinki sind. Ich bewundere Ihre Arbeit schon seit langem.« Er log, ohne mit der Wimper zu zucken.

»Danke. Sie sind aus Irland?«

»Ja. County Cork. Aber im Moment auf Reisen, genau wie Sie.«

»Aha.«

»Reisen ist aufregend, nicht wahr?«

Aufregend?, dachte sie. »Ja, sehr.« Jetzt log sie.

»Nun, ich möchte Sie nicht länger aufhalten.« Er reichte ihr das Buch. »Mein Name ist Malachi. Malachi Sullivan.«

»Freut mich, Sie kennen zu lernen.« Sie signierte sein Buch, wobei sie krampfhaft überlegte, wie sie ihrer Unterhaltung und damit auch der Signierstunde ein Ende setzen konnte. »Ich danke Ihnen, dass Sie gekommen sind, Mr Sullivan.« Sie stand auf. »Ich hoffe, Ihre Geschäfte in Finnland verlaufen erfolgreich.«

»Das hoffe ich auch, Dr. Marsh.«

Nein, sie war wirklich nicht so, wie er erwartet hatte, und deshalb musste Malachi sein Vorgehen neu überdenken. Man hätte Dr. Marsh für oberflächlich, kühl und ein bisschen versnobt halten können, aber er hatte gesehen, wie ihr die Röte in die Wangen gestiegen und Panik in ihrem Blick aufgeglommen war. Bestimmt ist sie schüchtern, dachte er, während er sich hinter einem Mauervorsprung versteckte, um den Hoteleingang zu beobachten.

Warum eine Frau, die geradezu im Geld schwamm und durch ihren Status jede Menge Privilegien genoss, schüchtern war, vermochte er nicht zu sagen. Aber die Menschen waren eben verschieden.

Man konnte sich allerdings ebenso gut fragen, warum ein geistig gesunder Mann, der ein einigermaßen zufriedenes Leben führte und ein gutes Einkommen hatte, nach Helsinki reiste, auf die vage Hoffnung hin, dass eine Frau, die er nicht einmal persönlich kannte, ihn zu einem Schatz führte, den es vielleicht gar nicht gab.

Aber diese Frage war vermutlich zu vielschichtig für eine einzige Antwort. Wenn er sie jedoch mit einem einzigen Wort hätte beantworten müssen, dann hätte es ›Familienehre‹ gelautet.

Und doch traf es das eben nicht ganz. Tia Marsh war nun einmal mit seiner Vergangenheit verbunden und damit auch mit seiner Zukunft. Malachi blickte auf die Armbanduhr. Er hoffte, dass Tia und er sich schon bald näher kommen würden.

Er war erleichtert, dass er richtig getippt hatte. Sie war tatsächlich von der Universität direkt ins Hotel gefahren und stieg in diesem Moment aus dem Taxi. Und sie war allein.

Langsam schlenderte er über den Bürgersteig auf sie zu. Als sie die Wagentür geschlossen hatte und sich umdrehte, stand er zum zweiten Mal an diesem Abend vor ihr.

»Hallo, Dr. Marsh.« Mit seinem Tonfall und dem breiten Lächeln versuchte er, eine vermeintlich freudige Überraschung auszudrücken. »Sie wohnen also auch hier?«

»Äh, ja ... Mr Sullivan.« Sie erinnert sich tatsächlich an meinen Namen, dachte Malachi. Was er nicht ahnte, war, dass Tia während der ganzen Fahrt im Taxi darüber nachgedacht hatte, dass sie ihn äußerst attraktiv fand.

»Es ist ein nettes Hotel. Guter Service.« Er drehte sich um, als wolle er ihr voraus zum Hoteleingang gehen, hielt dann aber inne. »Dr. Marsh, Sie halten mich hoffentlich nicht für aufdringlich, aber darf ich Sie vielleicht zu einem Drink einladen?«

»Ich ...« Ihre Gedanken überschlugen sich. Während der Taxifahrt war sie in einem kleinen Tagtraum versunken und hatte sich vorgestellt, dass sie in dem Gespräch mit Malachi witzig und schlagfertig gewesen sei und der Abend spontan mit einer leidenschaftlichen Affäre geendet hätte. »Ich trinke eigentlich nicht«, stieß sie hervor.

»Ach nein?« Amüsiert blickte er sie an. »Nun, das schließt den ersten Annäherungsversuch aus, den ein Mann bei einer interessanten und attraktiven Frau vielleicht wagen könnte. Was würden Sie denn von einem kleinen Spaziergang halten?«

»Wie bitte?« Tia kam nicht mehr mit. Er konnte unmöglich *sie* meinen. Sie war normalerweise nicht der Typ Frau, auf den die Männer flogen, vor allem nicht, wenn sie so attraktiv waren.

»Einer der Reize Helsinkis ist, dass es im Sommer abends so lange hell bleibt.« Malachi nutzte ihre Verwirrung aus, um sie sanft am Arm zu ergreifen und vom Hoteleingang fortzuführen. »Es ist jetzt schon nach halb neun, und die Sonne strahlt immer noch so hell wie am Tag. Es wäre doch eine Schande, ein solches Licht zu vergeuden, oder nicht? Waren Sie schon am Hafen?«

»Nein, ich ...« Verblüfft über die Wendung der Ereignisse blickte Tia zum Hotel zurück. »Ich sollte wirklich ...«

»Müssen Sie morgen früh fliegen?« Malachi wusste, dass das nicht der Fall war, und fragte sich, ob sie ihn wohl anlügen würde.

»Nein. Nein, ich bleibe bis Mittwoch.«

»Na gut. Lassen Sie mich Ihre Tasche tragen.« Ohne eine Antwort abzuwarten, nahm er ihr die Aktentasche ab und hängte sich den Riemen über die eigene Schulter. »Es muss eine echte Herausforderung sein, in einem Land Vorträge zu halten, dessen Muttersprache man nicht spricht.«

»Ich hatte eine Dolmetscherin.«

»Ja, sie war sehr gut. Aber es ist trotzdem ziemlich viel Arbeit, oder? Sind Sie nicht auch erstaunt, wie groß das Interesse der Finnen an den Griechen ist?«

»Es gibt Korrelationen zwischen den griechischen Göttern und Mythen und den nordischen. Beides sind Gottheiten mit menschlichen Schwächen und Tugenden, es gibt Abenteuer, Sex und Betrug.«

Sofort verfällt sie wieder in einen belehrenden Tonfall, dachte Malachi. »Sie haben Recht«, bestätigte er. »Ich komme auch aus einem Land, in dem Mythen geliebt werden. Waren Sie jemals in Irland?«

»Einmal, als Kind. Ich kann mich nicht mehr daran erinnern.«

»Wie schade. Sie müssen unbedingt noch einmal hinfahren. Ist Ihnen warm genug?«

»Ja. Mir geht es gut.« Kaum hatte Tia es ausgesprochen, wurde ihr klar, dass sie wohl besser vorgegeben hätte zu frösteln. Sie merkte, dass sie vor lauter Verwirrung gar nicht darauf geachtet hatte, wo sie hingingen, und jetzt hatte sie keine Ahnung, wie sie zum Hotel zurückfinden sollte. Aber so schwierig konnte es wohl nicht sein.

Tia fiel auf, wie gerade und sauber die Straßen in dieser Stadt waren. Und obwohl es schon auf zehn Uhr abends zuging, waren sie voller Menschen. Das lag natürlich am Licht, diesem schönen, hellen Sommerlicht, das die Stadt mit einem warmen Schimmer überzog.

Tia hatte sich bis jetzt überhaupt noch nicht in Helsinki umgesehen. Sie hatte noch keinen Spaziergang gemacht, noch nicht einmal einen Einkaufsbummel unternommen oder irgendwo eine Tasse Kaffee getrunken.

Sie hatte sich in dieser Stadt genauso verhalten, wie sie es von New York gewohnt war – nämlich sich so lange in ihrem Nest verkrochen, bis die Pflicht rief und sie einen Termin wahrnehmen musste.

Tia erinnerte Malachi an eine Schlafwandlerin, die soeben aus der Trance erwacht. Er hielt sie immer noch fest untergehakt, hatte aber jetzt keine Bedenken mehr, dass sie ihm davonlaufen würde. Um sie herum waren so viele Menschen, dass sie sich vermutlich bei ihm sicher fühlte.

Sie kamen an einen Platz, wo Musik gespielt wurde. Dort war es noch belebter. Malachi lenkte Tia um die Menge herum in Richtung Hafen. Als sie am tiefblauen Wasser standen, auf dem rote und weiße Boote auf und ab tanzten, sah er sie zum ersten Mal lächeln.

»Das ist wunderschön.« Sie musste laut sprechen, um die

Musik zu übertönen. »Einfach perfekt. Ich wäre gerne mit der Fähre von Stockholm hierher gekommen, aber ich hatte Angst, ich würde seekrank werden. Aber immerhin wäre ich dann auf der Ostsee seekrank geworden, das wäre doch schon etwas Besonderes gewesen, nicht wahr?«

Er lachte, und sie blickte ihn verlegen an. Sie hatte fast vergessen, dass sie sich mit einem Fremden unterhielt. »Das klingt albern, nicht wahr?«

»Nein, es klingt reizend.« Überrascht stellte er fest, dass er es auch genauso meinte. »Lassen Sie uns das tun, was fast alle Finnen um diese Uhrzeit tun.«

»In die Sauna gehen?«

Wieder lachte er. »Einen Kaffee trinken.«

Eigentlich war es gar nicht möglich. Eigentlich konnte sie nicht um elf Uhr abends vor einem belebten Café in der warmen Sonne sitzen, in einer Stadt, die Tausende von Meilen von zu Hause entfernt war. Und ganz bestimmt konnte sie nicht einem Mann gegenübersitzen, der so unglaublich gut aussah, dass sie das Gefühl hatte, sich ständig umsehen zu müssen, ob er nicht mit jemand anderem redete.

Sein dichtes braunes Haar wurde von der leichten Brise zerzaust und schimmerte in der Sonne. Er hatte ein schmales Gesicht mit Grübchen auf den glatt rasierten Wangen, und sein schöner Mund konnte sich zu einem Lächeln verziehen, das ihr Herz schneller schlagen ließ.

Malachi hatte dichte, dunkle Wimpern und ausdrucksvolle Augenbrauen. Vor allem jedoch seine Augenfarbe hatte es Tia angetan. Die Iris war dunkelgrün, wie Gras im Sommer, mit einem blassgoldenen Ring um die Pupille. Malachi sah sie beständig an, während er mit ihr redete. Nicht auf unangenehme, prüfende Art und Weise, sondern interessiert.

Natürlich war Tia auch schon von anderen Männern interessiert angeschaut worden. Sie war schließlich keine hässliche Frau. Aber in ihren neunundzwanzig Lebensjahren hatte sie noch nie ein Mann so angesehen, wie Malachi Sullivan es in diesem Moment tat.

Eigentlich hätte sie nervös sein müssen, war es aber nicht.

Nicht wirklich jedenfalls. Das lag sicher daran, dass er offensichtlich ein Gentleman war. Er sprach kultiviert und wirkte völlig gelassen. Der steingraue Anzug saß perfekt an seinem großen, schlanken Körper.

Ihrem Vater, der immer sehr viel Wert auf Kleidung legte, hätte er sicher gefallen.

Tia trank einen Schluck von ihrem entkoffeinierten Kaffee und überlegte, warum das Schicksal ihr wohl Malachi geschickt hatte.

Sie redeten wieder über die drei Parzen, aber das war ihr eigentlich nur recht. Es fiel ihr leichter, über Göttinnen zu reden als über persönliche Dinge.

»Ich bin mir nicht ganz sicher, ob ich es tröstlich oder beängstigend finden soll, dass das Schicksal von drei Frauen bestimmt wird, noch bevor man seinen ersten Atemzug tut.«

»Und es geht dabei nicht nur um die Dauer des Lebens«, warf Tia ein. Sie zwang sich, keinen Kommentar darüber abzugeben, wie ungesund weißer Zucker ist, als er einen reichlichen Teelöffel davon in seinen Kaffee gab. »Sondern sozusagen auch um die Melodie. Das Gute und das Böse in Ihnen. Die Parzen verteilen alles gerecht, und es liegt an jedem Einzelnen, was er daraus macht.«

»Dann ist also nicht alles vorherbestimmt?«

»Jede Handlung ist ein Willensakt oder drückt im Gegenteil das Fehlen des Willens aus. Und jede Handlung hat Konsequenzen. Zeus, der Göttervater und zugleich ein Frauenheld, warb um Thetis. Die Moiren prophezeiten, ihr Sohn würde berühmter, vielleicht sogar mächtiger werden als Zeus selbst. Und Zeus, der sich an seine Schwierigkeiten mit seinem eigenen Vater erinnerte, hatte Angst davor, dieses Kind zu zeugen, und gab Thetis auf.«

»Es ist dumm von einem Mann, eine Frau aufzugeben, nur weil er nicht weiß, was die Zukunft bringen kann.«

»Es hat ihm auch nichts genutzt, weil Thetis von Peleus doch noch einen Sohn bekam, Achill. Wenn Zeus seinem Herzen statt seinem Ehrgeiz gefolgt wäre, Thetis geheiratet und ein Kind gezeugt hätte, dann wäre sein Schicksal vielleicht anders verlaufen.«

Malachi wusste nicht, was anschließend mit Zeus geschehen war, hielt es aber für klüger, nicht zu fragen. »Also hat er sein Schicksal selbst gewählt, indem er seine eigenen dunklen Seiten auf das noch nicht empfangene Kind projizierte.«

Ihr Gesicht hellte sich bei seinem Kommentar auf. »So könnte man es ausdrücken. Man könnte auch sagen, dass die Vergangenheit ausstrahlt. Jedes Mal, wenn man einen Finger ins Wasser taucht, bilden sich Kreise, und sie gehen in diejenigen über, die danach kommen. Generation für Generation.«

Sie hat hübsche Augen, dachte er. Sie waren von einem klaren Blau. »Mit den Menschen ist es doch genauso, oder nicht?«

»Ich glaube schon. Das ist eines der Kernthemen meines Buches. Wir können dem Schicksal zwar nicht entkommen, aber wir können viel dazu beitragen, es selbst zu prägen, es zu unserem Vorteil oder Nachteil zu verändern.«

»Mir scheint, ich habe meinem Schicksal eine vorteilhafte Wendung gegeben, indem ich diese Reise gerade jetzt angetreten habe.«

Tia merkte, dass sie schon wieder errötete, und führte ihre Tasse zum Mund, um es zu verbergen, »Sie haben noch gar nicht erzählt, in welcher Branche Sie tätig sind.«

»Schiffe.« Das kam der Wahrheit nahe. »Ein Familienunternehmen, das bereits seit einigen Generationen existiert. Eine schicksalsträchtige Entscheidung.« Er sagte es beiläufig, beobachtete sie dabei aber wie ein Falke seine Beute. »Wenn Sie bedenken, dass mein Ururgroßvater einer der Überlebenden der *Lusitania* war.«

Überrascht blickte Tia ihn an. »Wirklich? Das ist ja seltsam! *Mein* Ururgroßvater kam auf der *Lusitania* um.«

»Ach, tatsächlich!« Malachi versuchte, erstaunt zu klingen. »Das ist ja ein seltsamer Zufall. Ob sie sich wohl gekannt haben, Tia?« Er berührte ihre Hand, und als sie sie nicht wegzog, ließ er seine Hand eine Weile lang dort ruhen. »Langsam beginne ich wirklich an das Schicksal zu glauben.«

Während sie zum Hotel zurückgingen, überlegte Malachi, ob er die Parzen noch einmal ansprechen sollte. Aber schließlich beschloss er, seine Ungeduld zu zügeln. Wenn er die Statuen zu früh erwähnte, würde sie vielleicht merken, dass ihre Begegnung gar kein Zufall, sondern kühle Berechnung war.

»Haben Sie morgen schon etwas vor?«

»Morgen?« Tia konnte kaum fassen, dass sie *heute Abend* etwas unternommen hatte. »Nein, eigentlich nicht.«

»Wissen Sie was? Ich hole Sie gegen eins ab, und wir gehen zusammen essen.« Er lächelte sie an. »Und dann überlegen wir, was wir danach unternehmen.«

Eigentlich hatte Tia sich für den nächsten Tag eine Menge vorgenommen. Sie wollte nicht nur packen, sondern auch zu Hause anrufen, ein wenig an ihrem neuen Buch arbeiten und mindestens eine Stunde lang Entspannungsübungen machen.

»Das wäre schön.«

Perfekt, dachte er. Er würde ihr ein bisschen Romantik und Abenteuer bieten. Eine Fahrt ans Meer. Und dann würde er zum ersten Mal die kleinen Silberstatuen erwähnen. An der Rezeption bat er um ihren Schlüssel und um seinen.

Bevor sie nach ihrem Schlüssel greifen konnte, hielt Malachi ihn bereits in der Hand. Mit der anderen dirigierte er sie zum Aufzug.

Als sich die Lifttüren hinter ihnen geschlossen hatten und Tia mit Malachi allein war, stieg Panik in ihr auf. Was tat sie da eigentlich? Und was tat *er*? Er hatte nur den Knopf für ihr Stockwerk gedrückt.

Sie hatte sämtliche Regeln aus dem *Reisehandbuch für die berufstätige Frau* gebrochen. Die 14 Pfund 95 hätte sie ebenso gut zum Fenster hinauswerfen können, denn offenbar hatte sie völlig umsonst über den Seiten des Ratgebers gebrütet: Malachi kannte ihre Zimmernummer und wusste, dass sie allein reiste.

Er würde sich mit ihr ins Zimmer drängen, sie vergewaltigen und ermorden. Oder er würde später mit einem Nachschlüssel, der womöglich bereits in diesem Moment angefertigt wurde, in ihr Zimmer kommen und sie dann vergewaltigen und ermorden.

Und das alles, weil sie Kapitel zwei nicht aufmerksam genug gelesen hatte.

Sie räusperte sich. »Wohnen Sie auch im vierten Stock?«

»Hmm? Nein, ich wohne im sechsten. Ich bringe Sie zu Ihrem Zimmer, Tia, wie meine Mutter es mir beigebracht hat. Ich brauche übrigens ein Geschenk für sie, irgendetwas aus Glas. Vielleicht können Sie mir helfen, das Richtige auszusuchen.«

Wie er erwartet hatte, entspannte Tia sich wieder, als er seine Mutter erwähnte. »Dafür müssten Sie mir allerdings etwas über den Geschmack Ihrer Mutter verraten.«

»Ihr gefällt eigentlich alles, was ihre Kinder ihr schenken«, erwiderte er, als sich die Aufzugstüren öffneten.

»Kinder?«

»Ich habe einen Bruder und eine Schwester, Gideon und Rebecca. Meine Mutter hat uns biblische Namen gegeben, der Himmel weiß, warum.« Er blieb vor ihrer Zimmertür stehen und steckte den Schlüssel ins Schloss. Nachdem er die Tür geöffnet hatte, trat er einen Schritt zurück.

Fast hätte er gelacht, als er sie vor Erleichterung aufseufzen hörte. Er ergriff ihre Hand. »Ich muss mich bei Ihnen und den Göttern für einen denkwürdigen Abend bedanken.«

»Es war sehr schön.«

»Bis morgen.« Er streifte ihre Fingerknöchel mit den Lippen und blickte ihr dabei unverwandt in die Augen. Es tat seinem Ego ausgesprochen gut, als er sah, dass sie leicht erschauerte.

Schüchtern, zierlich und süß. Und so weit von seinem Typ entfernt wie der Mond von der Sonne. Aber warum sollte ein Mann nicht ab und zu einmal mit etwas Neuem experimentieren?

»Gute Nacht, Tia.«

»Gute Nacht.« Ein wenig verlegen trat sie ins Zimmer, wobei sie die Augen nicht von ihm ließ.

Dann drehte sie sich um. Und schrie entsetzt auf.

Malachi stürzte an ihr vorbei ins Zimmer. Unter anderen Umständen hätte die Geschwindigkeit seiner Reaktion Tia Bewunderung abgenötigt, aber im Moment hatte sie nur Augen für ihr verwüstetes Hotelzimmer.

Ihre Kleider lagen überall verstreut herum. Jemand hatte ihre Koffer in sämtliche Einzelteile zerlegt, das Bettzeug zerrissen und die Schubladen durchwühlt. Der Inhalt ihres aufgeschlitzten Schmuckkoffers lag auf dem Boden.

Auf dem Schreibtisch herrschte ebenfalls Unordnung, und der Laptop, der darauf gestanden hatte, war verschwunden.

»Verflucht«, sagte Malachi. Ihm schoss der absurde Gedanke durch den Kopf, Tia könnte den Einbruch selbst vorgetäuscht haben.

Wütend drehte er sich um. Ein Blick auf ihr Gesicht belehrte ihn jedoch eines Besseren. Sie war leichenblass und hatte bereits leicht glasige Augen, wohl von einem beginnenden Schock.

»Sie müssen sich setzen.«

»Was?«

»Setzen Sie sich.« Er ergriff sie am Arm und drückte sie in einen Sessel. »Wir rufen die Sicherheitsbeamten. Können Sie schon sagen, ob etwas fehlt?«

»Mein Computer.« Tia versuchte, ruhig zu atmen, was ihr aber nicht gelang. Da sie einen Asthmaanfall befürchtete, holte sie ihr Spray aus der Aktentasche. »Mein Laptop ist weg.«

Er blickt sie stirnrunzelnd an. »Was war darauf?«

Sie machte eine abwehrende Geste, während sie das Medikament in den Mund sprühte und inhalierte. »Meine Arbeit ... das neue Buch ... E-Mails ... Rechnungen ...« Sie wühlte in ihrer Tasche herum. »Zum Glück habe ich das Buch hier auf Diskette.« Sie zog eine Tablettenpackung hervor.

Malachi riss sie ihr aus der Hand. »Was ist das?« Stirnrunzelnd las er die Aufschrift. »Die lassen Sie jetzt erst einmal weg. Sie werden schon keinen hysterischen Anfall bekommen.«

»Ach nein?«

»Nein.«

Tia fühlte das vertraute Prickeln hinten im Hals, mit dem sich eine Panikattacke ankündigte. »Ich glaube, da irren Sie sich.«

»Hören Sie auf. Sie werden noch hyperventilieren oder so was.« Er zwang sich zur Geduld und ging vor ihr in die Hocke. »Sehen Sie mich an und atmen Sie langsam und ruhig. Atmen Sie einfach ganz langsam ein und aus.«

»Ich kann nicht.«

»Doch, Sie können. Sie sind doch nicht verletzt, oder? Hier ist nur Unordnung gemacht worden, weiter nichts.«

»Jemand ist in mein Zimmer eingebrochen.«

»Das stimmt, aber es ist ja nun einmal bereits geschehen.

Wenn Sie jetzt Tranquilizer schlucken, ändert das auch nichts mehr. Was ist mit Ihrem Pass oder irgendwelchen Wertsachen? Hatten Sie wichtige Papiere dabei?«

Tia dachte nach. Sie konnte schon wieder freier atmen. »Meinen Pass trage ich immer bei mir, und auf Reisen nehme ich nie wirklich wertvolle Dinge mit. Aber mein Laptop ...«

»Sie können sich doch einen neuen kaufen, oder nicht?«

Sie nickte. »Ja.«

Er stand auf und schloss die Tür. »Möchten Sie den Sicherheitsdienst anrufen?«

»Ja, natürlich. Die Polizei.«

»Überlegen Sie sich das genau. Sie sind in einem fremden Land. Ein Polizeibericht erregt Aufsehen, kostet Zeit und macht Ärger.«

»Aber ... es ist doch jemand in mein Zimmer eingebrochen!«

»Vielleicht sollten Sie Ihre Sachen noch einmal genau durchsehen.« Malachi hielt es für das Beste, sich ganz ruhig und pragmatisch zu geben.

»Vergewissern Sie sich genau, was gestohlen worden ist.« Er blickte sich um und tippte dann mit der Fußspitze gegen ein kleines weißes Gerät, das auf dem Boden vor ihm lag. »Was ist das?«

»Ein Luftreiniger.« Er hob das Gerät auf und legte es auf den Schreibtisch. Mit wackeligen Knien stand Tia auf. »Ich begreife nicht, wie jemand so etwas nur wegen eines Computers tun kann.«

»Vielleicht haben die Einbrecher gehofft, etwas anderes zu finden.« Er ging zur Badezimmertür und warf einen Blick ins Bad.

Offenbar hatten die Finnen ein Faible für luxuriöse Badezimmer. Dieses hier war sogar noch größer als seines, allerdings stand bei ihm längst nicht so viel herum.

Der Raum hatte beheizte Bodenfliesen, eine Badewanne mit Whirlpool, eine Dusche mit sechs verschiedenen Duschköpfen und Handtücher, die so flauschig und groß waren wie Decken. Auf der Ablage über dem Waschbecken standen ein halbes Dutzend Pillenfläschchen, die anscheinend irgendwelche Vitamine oder Kräuteressenzen beinhalteten. Daneben lagen eine elektrische Zahnbürste, eine Kerze und eine Tube mit antibakterieller Creme. Außerdem irgendwelche Medikamentenschachteln und andere, auf denen *D-Stress* stand. Malachi zählte acht Flaschen Mineralwasser.

»Sie sind schon ein ziemlicher Sonderfall, was?«

Tia fuhr sich mit der Hand durchs Gesicht. »Reisen ist anstrengend für den Organismus. Außerdem leide ich unter Allergien.«

»Tatsächlich? Wissen Sie was? Ich helfe Ihnen beim Aufräumen, und dann nehmen Sie eine von Ihren Pillen und legen sich schlafen.«

»Ich kann jetzt unmöglich schlafen. Ich muss den Sicherheitsdienst des Hotel anrufen.«

»Gut.« Gehorsam griff er zum Telefonhörer und rief bei der Rezeption an, um den Einbruch zu melden.

Als der Sicherheitsdienst und der Hotelmanager kamen, blieb Malachi bei Tia, tätschelte ihr die Hand, während sie mit den Leuten sprach, steuerte seine eigene Version der Vorgänge bei und teilte ihnen seinen Namen und seine Adresse sowie die Nummer seines Passes mit.

Im Großen und Ganzen hatte er schließlich nichts zu verbergen.

Es war fast zwei Uhr nachts, als Malachi endlich in sein Zimmer ging. Er trank einen großen Whiskey und dann noch einen, während er dasaß und grübelte.

Als Tia am nächsten Morgen mit benommenem Kopf erwachte, war Malachi bereits abgereist. Nur ein Zettel, den er unter der Tür durchgeschoben hatte, bewies, dass es ihn wirklich gegeben hatte.

Tia, ich hoffe, es geht Ihnen heute früh besser. Leider musste ich meine Pläne ändern. Wenn Sie dies hier lesen, habe ich Helsinki bereits verlassen. Alles Gute für den Rest Ihrer Reise. Wenn ich kann, melde ich mich.

Malachi.

Seufzend setzte Tia sich auf die Bettkante. Sie wusste, dass sie Malachi nie wiedersehen würde.

3

Sobald Malachi wieder in Cobh eingetroffen war, berief er eine Sitzung ein. Hastig sagten die eingeladenen Teilnehmer alle anderen Termine ab und kamen herbeigeeilt.

Malachi stand am Kopfende des Tisches und berichtete seinen Partnern von den Ereignissen in Finnland.

Als er fertig war, setzte er sich und ergriff seine Teetasse.

»Du Schwachkopf, warum bist du denn nicht geblieben und hast sie noch ein bisschen ausgequetscht?«

Da diese Bemerkung von der jüngsten Teilnehmerin stammte, die zudem noch seine eigene Schwester war, nahm Malachi sie nicht besonders übel. Als Sitzungstisch diente, wie bei den Sullivans üblich, der Küchentisch. Bevor Malachi seiner Schwester antwortete, stand er auf, holte die Keksdose von der Anrichte und bediente sich.

»Zum einen hätte das Ausquetschen mehr Schaden angerichtet, als dass es etwas genutzt hätte. Diese Frau ist nicht dumm, Becca. Wenn ich sie direkt nach dem Einbruch in ihr Hotelzimmer wegen der Statuen bedrängt hätte, hätte sie bestimmt einen Zusammenhang hergestellt. Der ja«, fügte er stirnrunzelnd hinzu, »in gewisser Weise auch besteht.«

»Wir haben uns nichts vorzuwerfen. Wir sind weder Vandalen noch Diebe.« Gideon war das mittlere der Geschwister, fast zwei Jahre jünger als Malachi und zwei Jahre älter als Rebecca, und fungierte häufig als Friedensstifter der Familie.

In Größe und Statur war er seinem Bruder ähnlich, aber insgesamt kam er eher nach ihrer Mutter. Er besaß zwar die schmalen Gesichtszüge der Sullivans, hatte aber tiefschwarze Haare und blaue Augen.

Mit seiner Art war Gideon von allen dreien der Gewissenhafteste. Für ihn mussten alle Geschäfte in ordentlichen Zahlenreihen dargestellt sein, weshalb er – obwohl Malachi ebenfalls gut mit Zahlen umgehen konnte – auch der Buchhalter der Familie war.

»Die Reise war nicht umsonst«, fuhr er jetzt fort. »Wir haben weder Zeit noch Geld verschwendet. Du hast Kontakt mit ihr aufgenommen, und wir haben jetzt allen Grund zu der Annahme, dass sie irgendetwas mit den drei Schicksalsgöttinnen zu tun hat.«

»Das wissen wir noch nicht so genau«, widersprach Rebecca. »Schließlich hat Malachi sie auf das Thema gebracht. Du hättest versuchen sollen, die Leute zu finden, die bei ihr eingebrochen haben, anstatt sofort wieder nach Hause zu kommen.«

»Und wie hätte ich das deiner Meinung nach anfangen sollen?«, fragte Malachi.

»Du hättest nach irgendwelchen Hinweisen suchen können«, erklärte seine Schwester herablassend, »das Hotelpersonal befragen. *Irgendetwas* unternehmen.«

»Hätte ich doch nur daran gedacht, das Vergrößerungsglas und die Sherlock-Holmes-Mütze einzupacken!«

Rebecca seufzte auf. Sie konnte die Reaktion ihres Bruders zwar verstehen, aber ungeduldig, wie sie nun einmal war, hätte *sie* in einer solchen Situation bestimmt gehandelt. »Ich sehe nur, dass wir das Geld für die Reise ausgegeben haben und du nichts anderes zustande gebracht hast, als dich auf eine Affäre mit dieser Amerikanerin einzulassen.«

»Wir hatten keine Affäre«, erwiderte Malachi gereizt.

»Und wessen Schuld ist das?«, schoss sie zurück. »Du hättest wahrscheinlich mehr aus ihr herausbekommen, wenn du mit ihr geschlafen hättest.«

»Rebecca!«, wies ihre Mutter sie sanft zurecht. Eileen Sullivan behielt stets die Oberhand über ihre drei willensstarken Kinder.

»Ma, Malachi ist einunddreißig Jahre alt«, sagte Rebecca. »Du bist dir doch sicherlich im Klaren darüber, dass er schon einmal Sex gehabt hat.«

Eileen war eine hübsche, adrette Frau, die stolz auf ihre Familie und ihr Heim war. Und wenn es nötig war, regierte sie beide mit eiserner Hand.

»Hier geht es nicht um das Privatleben deines Bruders, sondern ums Geschäft. Wir waren uns einig, dass Mal hinfahren und sich die Sache einmal anschauen sollte. Und das hat er auch getan.«

Rebecca lenkte ein, obwohl es ihr nicht leicht fiel. Sie liebte ihre Brüder, aber manchmal hätte sie die beiden am liebsten mit den Köpfen gegeneinander geschlagen, um ihrem Denkvermögen auf die Sprünge zu helfen.

Wie die anderen Sullivans war auch Rebecca groß und schlank mit breiten Schultern und festen Muskeln. Ihre Haare waren wesentlich heller als Malachis, mit einem Stich ins Kupferrote, und ihre Augen waren von einem blasseren Grün als seine. Sie beherrschten ihr eckiges Gesicht mit dem breiten, eigensinnigen Mund.

Und sie besaß einen scharfen und oft ungeduldigen Verstand.

Am liebsten wäre sie selbst nach Helsinki gefahren, um Kontakt zu Tia Marsh aufzunehmen. Und sie schäumte immer noch vor Wut, dass diese Aufgabe Malachi anvertraut worden war.

»Du hättest auch nicht mehr bei ihr erreicht«, sagte Malachi, der offenbar ihre Gedanken lesen konnte. »Und Sex wäre ja bei euch beiden überhaupt nicht infrage gekommen, oder? Wir stehen jetzt auf jeden Fall besser da. Dr. Marsh mochte mich. Dabei ist sie kein Mensch, der offen auf andere zugehen kann. Sie ist nicht wie du, Becca.« Er trat um den Tisch herum und zog an den langen Locken seiner Schwester. »Sie ist nicht abenteuerlustig und verwegen.«

»Versuch bloß nicht, mich abzulenken.«

Er grinste nur und zog sie noch einmal an den Haaren. »Selbst wenn du ganz langsam vorgegangen wärst, wärst du immer noch zu schnell für sie gewesen. Du hättest ihr Angst eingejagt. Die Frau ist schüchtern und außerdem ein Hypochonder, glaube ich. Du kannst dir nicht vorstellen, wie viele Pillenfläschchen, Luftreiniger und sonstiges Zeug sie dabei hatte. Ich habe nur noch gestaunt, als wir die ganzen Sachen für die Polizei aufgelistet haben. Sie verreist mit ihrem eigenen Kopfkissen – wegen irgendeiner Allergie.«

»Das hört sich ja todlangweilig an«, erwiderte Rebecca.

»Sie ist aber nicht langweilig.« Malachi dachte an Tias zögerndes, schüchternes Lächeln. »Sie ist nur ein bisschen ängstlich. Aber als die Polizei da war, hat sie sich zusammengerissen und ihnen einen genauen Bericht darüber geliefert, was sie gemacht hatte, von der Minute, als sie das Hotel verließ, um zu ihrem Vortrag zu gehen, bis zu dem Zeitpunkt, als sie zurückkehrte.«

Und sie hatte, wie ihm jetzt einfiel, nicht die kleinste Kleinigkeit vergessen.

»Sie hat wirklich Verstand«, sagte er. »Und sie besitzt Rückgrat.«

»Sie hat dir gefallen«, sagte Rebecca.

»Ja. Und es tut mir Leid, dass ich ihr Ärger gemacht habe. Was soll's, sie wird schon darüber hinwegkommen.« Malachi setzte sich wieder und gab Zucker in seinen Tee, der beinahe schon kalt war. »Wir lassen es jetzt erst einmal dabei bewenden, zumindest bis sie wieder in den Staaten ist und sich beruhigt hat. Dann fliege ich vielleicht nach New York.«

»New York.« Rebecca sprang auf. »Warum musst *du* denn unbedingt überall hinfliegen?«

»Weil ich der Älteste bin. Und weil Tia Marsh *mich* kennt. Übrigens müssen wir ab sofort vorsichtiger sein, da wir anscheinend beobachtet werden.«

»Einer von uns müsste sich eigentlich direkt mit dieser Schlampe Anita Gaye auseinander setzen«, sagte Rebecca. »Immerhin war sie es, die uns etwas gestohlen hat, das seit über einem Vierteljahrhundert im Besitz unserer Familie war. Und jetzt versucht sie auch noch, uns zu benutzen, um die beiden anderen Statuen zu finden. Man muss ihr klar und deutlich sagen, dass die Sullivans das nicht mit sich machen lassen.«

»Sie wird schon noch dafür bezahlen.« Malachi lehnte sich in seinem Stuhl zurück. »Und zwar teuer, wenn wir erst einmal die beiden anderen Parzen haben und sie nur die eine.«

»Die eine, die sie uns gestohlen hat.«

»Es wird schwer sein, den Behörden zu erklären, dass sie etwas gestohlen hat, das schon einmal gestohlen wurde.« Gideon hob die Hand, um Rebecca, die bereits zu einer Antwort angesetzt hatte, zum Schweigen zu bringen. »Ob es nun achtzig Jahre her ist oder nicht, Felix Greenfield hat die erste Schicksalsgöttin gestohlen. Gerichtlich kann man uns zwar nicht belangen, weil es außer uns niemand weiß, aber wir haben auch keinen wirklichen Beweis dafür, dass die Statue in unserem Besitz war und dass eine so angesehene Persönlichkeit wie Anita Gaye sie uns vor der Nase weggeschnappt hat.«

Rebecca seufzte leise. »Es war so schrecklich demütigend. Sie hat uns regelrecht vorgeführt.«

»Einzeln ist die Statue nicht mehr als ein paar hunderttausend Dollar wert.« Weil es ihn immer noch schmerzte, wie leicht er sich die kleine Figur hatte abnehmen lassen, ging Malachi auf die Bemerkung seiner Schwester gar nicht ein. »Aber alle drei zusammen sind für einen leidenschaftlichen Sammler von unschätzbarem Wert. Anita Gaye *ist* eine leidenschaftliche Sammlerin, und letztendlich werden wir ihr das Fell über die Ohren ziehen.«

Malachi saß in der freundlichen, gelb gestrichenen Küche mit den Chintzvorhängen seiner Großmutter am Fenster, durch das der Duft von Heu hereindrang, und konnte nur daran denken, was er am liebsten mit der Frau machen würde, die ihm das Familiensymbol aus den Händen gerissen hatte.

»Ich glaube, wir sollten nicht zu lange damit warten, der anderen Spur nachzugehen«, sagte er. »Tia wird erst in ein paar Wochen wieder in New York sein, und ich möchte nicht zu schnell bei ihr auftauchen. Jetzt sollten wir erst einmal versuchen, die zweite Statue zu finden.«

Rebecca warf ihre Haare zurück. »Was du nicht sagst! Zum Glück haben wir uns nicht alle in fremden Ländern herumgetrieben. *Ich* habe in den letzten Tagen jedenfalls schon eifrig die andere Spur verfolgt.«

»Warum zum Teufel hast du das nicht gleich gesagt?«

»Weil du die ganze Zeit von deinem amerikanischen Liebchen gequatscht hast.«

»Mein Gott, Becca!«

»Lass den lieben Gott aus dem Spiel«, wies Eileen ihren Ältesten milde zurecht. »Und du, Rebecca, hör auf, deinen Bruder zu beschimpfen, und gib nicht so an.«

»Das hat doch nichts mit Angeben zu tun. Ich habe mich im Internet auf die Suche nach Namen gemacht. Tag und Nacht übrigens, und unter großen persönlichen Opfern. *Das* war jetzt angegeben«, sagte sie grinsend zu ihrer Mutter. »Und es war gar nicht so einfach, schließlich wissen wir nur, was Felix damals auf dem Zettel gelesen hatte, der bei der Statue lag. Wir können nur hoffen, dass er den Namen auf dem Zettel richtig in Erinnerung behalten hatte, bevor das Schiff unterging. Mehr noch, wir müssen uns auf seine Glaubwürdigkeit verlassen, immerhin war der Mann ein Dieb.«

»Ein Dieb, der später bekehrt wurde«, warf Eileen ein. »Bekehrt durch die Gnade Gottes und einer gutherzigen Frau. So heißt es doch.«

»Ja, so sagt man«, stimmte Rebecca zu. »Bei der Statue lag ein Zettel mit einem Namen und einer Adresse in London. Felix' Behauptung, er habe sie sich eingeprägt, weil er dort vielleicht einmal weiteren Geschäften hätte nachgehen können, kam mir logisch vor. Noch logischer sogar, als ich die Ärmel aufkrempelte und herausfand, dass es 1915 tatsächlich einen Simon White-Smythe in Mansfield Park gab.«

»Du hast ihn gefunden!« Malachi strahlte seine Schwester an. »Du bist wunderbar, Rebecca!«

»Ja, das bin ich wohl, ich habe nämlich noch mehr herausgefunden. Er hatte einen Sohn namens James, der zwei Töchter hatte. Beide waren verheiratet, aber die eine verlor ihren Mann im Zweiten Weltkrieg und starb kinderlos. Die andere zog in die Staaten, weil ihr Mann Anwalt in Washington, D.C., war. Sie hatten drei Kinder, zwei Söhne und eine Tochter. Einen Sohn haben sie ganz jung im Vietnamkrieg verloren, der andere ist nach Kanada geflüchtet, und dort verliert sich seine Spur. Aber die Tochter war dreimal verheiratet. Könnt ihr euch das vorstellen? Sie wohnt in Los Angeles. Sie hat eine Tochter aus erster Ehe, und auch die habe ich übers Internet gefunden. Sie lebt im Moment in Prag und arbeitet dort in irgendeinem Club.«

»Nun, Prag liegt zumindest näher als Los Angeles«, erwiderte Malachi. »Konnten sie nicht einfach in London bleiben? Lasst uns einmal unterstellen, dass White-Smythe die Statue entweder besaß oder zumindest wusste, wo sie zu bekommen war. Und dass sie, wenn es stimmt, immer noch im Familienbesitz ist – oder es Aufzeichnungen gibt, wo sie geblieben ist. Dann hätten wir wirklich eine Chance, sie zu finden.«

»Meiner Meinung nach muss es einen Grund dafür gegeben haben«, warf Eileen ein, »dass euer Ururgroßvater einer fremden Frau und ihrem Kind seine Schwimmweste gab – genauso wie es einen Grund dafür gegeben haben muss, dass er überlebte, wo doch so viele Menschen umgekommen sind. Und warum war wohl die kleine Statue noch in seiner Tasche, als er gerettet wurde? Ich finde, sie gehört einfach unserer Familie«, schloss sie mit der ihr eigenen, unerschütterlichen Logik. »Und da sie Teil eines Ganzen ist, sollten wir auch die beiden anderen Statuen bekommen. Es geht dabei nicht ums Geld, sondern ums Prinzip. Einer von euch sollte nach Prag reisen, um zu prüfen, ob es dort einen Anhaltspunkt gibt.«

Sie lächelte ihre Tochter an. »Wie ist der Name des Clubs, Liebling?«

Der Club hieß *Down Under*, und es war der Wachsamkeit seiner Besitzerin, Marcella Lubriski, zuzuschreiben, dass er alles andere als heruntergekommen wirkte. Sobald der Laden aus den Fugen zu geraten drohte, schritt Marcella ein und brachte alles wieder ins rechte Lot.

Sie war halb Tschechin, halb Slawin, mit je einem Tropfen russischen und deutschen Blutes in den Adern. Als die Kommunisten an die Macht gekommen waren, hatte sie ihre beiden kleinen Kinder genommen, ihrem Mann erklärt, er könne mitkommen oder in Prag bleiben, und war nach Australien geflohen.

Damals sprach sie kein Englisch, kannte niemanden, und hatte, da ihr Ehemann in Prag geblieben war, nicht einmal einen Vater für ihre Kinder. Ihr gesamtes Barvermögen betrug zweihundert Dollar, die sie in ihrem Büstenhalter bei sich trug.

Aber sie besaß Rückgrat, einen nüchternen Verstand und einen Körper, der wie geschaffen war für feuchte Männerträume. Diese drei Eigenschaften setzte sie in einem Stripteaselokal in Sydney ein, wo sie sich für die Betrunkenen und Einsamen auszog und ihr mageres Gehalt sowie die reichlichen Trinkgelder eisern sparte.

Im Laufe der Zeit lernte sie die Australier wegen ihrer Großzügigkeit, ihres Humors und ihrer unkomplizierten Aufgeschlossenheit Fremden gegenüber lieben. Ihre Kinder hatten immer genug zu essen, und wenn sie Schuhe brauchten, übernahm Marcella gelegentlich einen privaten Job. Schließlich war es ja nur Sex.

Innerhalb von fünf Jahren hatte sie genug Geld gespart, um gemeinsam mit einigen Geschäftspartnern in einen kleinen Club investieren zu können. Sie arbeitete immer noch als Stripperin und verkaufte, wenn es nötig war, ihren Körper. Nach zehn Jahren zahlte sie ihre Partner aus und zog sich von der Bühne zurück.

Als der Eiserne Vorhang sich hob, besaß Marcella den Club in Sydney, einen in Melbourne, Anteile an einem Bürokomplex und den größten Teil eines Wohngebäudes. Es freute sie, dass die Kommunisten aus ihrem Heimatland vertrieben worden waren, aber sie dachte nicht an eine Rückkehr.

Zunächst jedenfalls nicht.

Doch nach einer Weile dachte sie immer öfter darüber nach, und zu ihrer eigenen Überraschung begann sie sich nach dem Klang ihrer Muttersprache und den Kuppeln und Brücken ihrer Heimatstadt zu sehnen. Sie vertraute ihre Geschäfte in Australien ihrem Sohn und ihrer Tochter an und flog nach Prag, um – wie sie glaubte – eine sentimentale Reise in die Vergangenheit anzutreten.

Aber die Geschäftsfrau in ihr witterte die Chancen des Wiederaufbaus, und Chancen durfte man nicht verstreichen lassen. Prag war auf dem besten Weg, wieder zu der Stadt werden, die die Alte und die Neue Welt miteinander verband, zum Paris Osteuropas. Das bedeutete Handel und Devisen.

Marcella kaufte Immobilien – ein kleines, charmantes Hotel, ein gediegenes, traditionelles Restaurant – und eröffnete schließlich das *Down Under*.

Sie achtete darauf, dass der Club sauber und die Stripperinnen gesund waren. Dass die Mädchen auch private Jobs annahmen, war Marcella egal. Sie wusste nur zu gut, dass man mit Sex jene Annehmlichkeiten bezahlen konnte, die das Leben erträglich machten. Wenn sie jedoch heimlichen Drogenkonsum witterte, ob nun bei einem Kunden oder bei einer Angestellten, ließ sie die betreffende Person sofort hinauswerfen.

Und im *Down Under* erhielt man keine zweite Chance.

Marcella entwickelte ein herzliches Verhältnis zur örtlichen Polizei, ging regelmäßig in die Oper und wurde Schirmherrin für diverse künstlerische Projekte. Dabei beobachtete sie, wie ihre geliebte Heimatstadt allmählich wieder zum Leben erwachte.

Obwohl Marcella immer behauptete, eines Tages werde sie nach Sydney zurückkehren, blieb sie in Prag. Und die Jahre vergingen.

Mit sechzig hüllte sie ihren Körper, der ihr ein Vermögen eingebracht hatte, in die neueste Pariser Mode und konnte einen Unruhestifter auf hundert Meter Entfernung erkennen.

Als an diesem Abend Gideon Sullivan den Club betrat, blickte sie ihn lange prüfend an. Er sieht ziemlich gut aus, dachte sie. Und so, wie er seinen Blick durch den Raum wandern lässt, scheint er etwas anderes zu suchen als nackte Brüste.

Der Club war schicker, als Gideon angenommen hatte. Buntes Licht flackerte im Rhythmus der Technomusik, die aus den Lautsprechern dröhnte. Auf der Bühne vollführten drei Frauen eine Art gymnastische Übung an langen Metallstangen.

Vermutlich gefiel manchen Männern die Vorstellung, dass sie selbst die Stange seien, aber Gideon konnte sich etwas Besseres vorstellen, als dass eine Frau kopfüber an ihm hing.

Die zahlreichen Tische waren sämtlich besetzt. Auf den Plätzen direkt an der Bühne saßen dicht gedrängt Männer und Frauen, tranken und sahen den Stripperinnen zu.

Zigarettenrauch fing sich in den blauen Lichtkegeln der Scheinwerfer, und der Geruch nach Whiskey und Bier erinnerte Gideon an einen der Pubs in seiner Heimat. Viele der Gäste trugen schwarzes Leder. Offensichtlich waren etliche Paare da, und Gideon fragte sich, was einen Mann dazu bringen konnte, mit seiner Freundin in ein Striplokal zu gehen.

Obwohl das Niveau des Lokals wesentlich gehobener war als das jener Bar in London, in der Malachi und er einmal einen denkwürdigen Abend verbracht hatten, war er froh, dass seine Mutter trotz Rebeccas wütender Einwände ihn geschickt hatte.

Das war kein Lokal für eine junge Frau aus gutem Hause.

Allerdings schien Cleo Toliver das anders zu sehen.

Gideon trat an die Bar und bestellte ein Bier. In den Spiegeln an der Rückwand konnte er die Tänzerinnen sehen, die jetzt bis auf ihre String-Tangas alles abgelegt hatten.

Er zog eine Zigarette aus der Schachtel, zündete ein Streichholz an und überlegte, wie er am besten vorgehen sollte. Wann immer es möglich war, zog er den direkten Weg vor.

Als Applaus und Pfiffe ertönten, winkte er den Barkeeper zu sich. »Arbeitet Cleo Toliver heute Abend?«

»Warum?«

»Ich bin mit ihr verwandt und möchte sie treffen.«

Der Mann erwiderte Gideons Lächeln nicht, sondern wischte bloß achselzuckend mit einem Lappen über den Tresen. »Sie muss hier irgendwo sein.« Und bevor Gideon genauer nachfragen konnte, war er schon wieder verschwunden.

Also musste er warten. Es gab schlimmere Dinge für einen Mann, als sich den Abend in einem Striplokal vertreiben zu müssen.

»Sie suchen nach einem meiner Mädchen?«

Gideon wandte den Blick von der Tänzerin auf der Bühne ab. Die Frau, die neben ihm stand, war fast genauso groß wie er. Sie hatte blondierte Haare, die in komplizierte, glänzende Wellen gelegt waren. Unter ihrem Kostüm trug sie keine Bluse, und ihre erstaunlich üppigen Brüste quollen aus dem Ausschnitt.

Als er ihr ins Gesicht sah und feststellte, dass sie im selben Alter wie seine Mutter sein musste, schämte er sich, dass er auf ihre Brüste gestarrt hatte.

»Ja, Ma'am. Ich suche Cleo Toliver.«

Bei seiner höflichen Anrede schossen Marcellas Augenbrauen in die Höhe. Sie winkte nach einem Drink. »Warum?«

»Verzeihen Sie, aber darüber möchte ich lieber mit Miss Toliver persönlich sprechen, wenn es Ihnen nichts ausmacht.«

Ohne sich umzublicken, griff Marcella nach dem Whiskey, den der Barkeeper für sie auf den Tresen gestellt hatte. Er sieht verdammt gut aus, dachte sie, aber er wirkt auch wie ein Mann, der sich in einem Kampf verteidigen kann. Auf jeden Fall hat man ihm Respekt vor älteren Menschen beigebracht.

Sie traute solchen Nettigkeiten zwar nicht unbedingt, schätzte sie aber dennoch sehr.

»Wenn Sie einem meiner Mädchen Ärger machen, bekommen *Sie* Ärger mit mir.«

»Ich möchte Probleme auf jeden Fall vermeiden.«

»Tun Sie das. Cleo tritt in der nächsten Nummer auf.« Die Frau kippte ihren Scotch hinunter, stellte das leere Glas ab und stolzierte auf ihren hochhackigen Pumps davon.

Marcella ging sofort hinter die Bühne. Ihre Tänzerinnen hatten eine gemeinsame Garderobe mit verspiegelten Wänden und einem langen Schminktisch an jeder Wand.

Wie gewöhnlich war der Raum erfüllt von Stimmengewirr in unterschiedlichen Sprachen. Die Themen reichten von knickerigen Trinkgeldern über untreue Liebhaber bis hin zu Menstruationsbeschwerden und schmerzenden Füßen.

In der Mitte des Raumes stand Cleo und steckte gerade die letzte Spange in ihren langen, dunkelblonden Haaren fest. Sie ist zwar freundlich zu den anderen Mädchen, aber mit keinem befreundet, dachte Marcella. Sie tat ihre Arbeit – und das machte sie gut –, nahm ihr Geld und ging allein nach Hause. Genauso hatte sie es früher auch immer gemacht.

»Da ist ein Mann, der nach dir fragt.«

Cleos dunkelbraune Augen trafen Marcellas im Spiegel. »Was will er denn?«

»Das wollte er mir nicht verraten. Er sieht gut aus, vielleicht dreißig, irischer Akzent. Dunkle Haare, blaue Augen. Gute Manieren.«

Cleo zuckte mit den Schultern, die im Moment noch von einem Nadelstreifenjackett bedeckt waren. »Ich kenne niemanden, auf den die Beschreibung passt.«

»Er hat deinen Namen genannt und zu Karl gesagt, ihr wärt miteinander verwandt.«

Cleo beugte sich vor und schaute in den Spiegel, um ihre Lippen zu schminken. »Das glaube ich nicht.«

»Hast du Probleme?«

Sie schloss die Manschetten der taillierten weißen Bluse, die sie unter dem Jackett trug. »Nein.«

»Wenn der Typ dir Ärger bereitet, gib Karl ein Zeichen. Dann wirft er ihn hinaus.« Marcella nickte in Richtung Tür. »Er steht an der Bar. Du kannst ihn nicht verfehlen.«

Cleo schlüpfte in die hochhackigen schwarzen Pumps, die ihr Outfit vervollständigten. »Danke. Ich werde schon mit ihm fertig.«

»Das glaube ich dir.« Marcella legte ihr kurz die Hand auf die Schulter, dann wandte sie sich zwei anderen Mädchen zu, um ihren Streit um einen roten Büstenhalter zu schlichten.

Wenn sie sich Gedanken darüber machte, dass jemand ihren Namen kannte, so ließ Cleo es sich nicht anmerken. Sie war schließlich ein Profi, egal, ob sie nun den Schwanensee tanzte oder sich vor Publikum auszog.

Ich kenne keinen Iren, dachte sie, während sie auf ihren Auftritt wartete. Und sie glaubte ganz bestimmt nicht, dass jemand, der entfernt mit ihrer Familie verwandt war, nach ihr fragen würde. Schließlich wollte ihre Familie nichts mehr mit ihr zu tun haben.

Wahrscheinlich ist er nur irgendein Arschloch, dachte sie, der ihren Namen von einem anderen Kunden bekommen hat und eine billige Nummer schieben will.

Er würde enttäuscht nach Hause gehen müssen.

Als ihre Musik ertönte, konzentrierte Cleo sich nur noch

auf ihren Auftritt. Sie zählte die Takte, und als die Scheinwerfer angingen, betrat sie die Bühne.

Gideon, der noch immer an der Bar stand, erstarrte mit dem Bierglas in der Hand.

Cleo war angezogen wie ein Mann. Trotzdem hatte sie nichts Männliches an sich, und die Art, wie sie sich in dem konventionellen Nadelstreifenanzug bewegte, wirkte ungeheuer erotisch.

Aus den Lautsprechern dröhnte heiße Rockmusik, und die Bühne war in blaues Scheinwerferlicht getaucht. Gideon grinste, als er feststellte, dass Cleo sich als Musik für ihren Strip ironischerweise Bruce Springsteens »Cover me up« ausgesucht hatte.

Sie weiß offenbar, wie sie wirkt, stellte er fest, als sie das Jackett langsam von den Schultern gleiten ließ.

Während die anderen Mädchen sich auf der Bühne einfach irgendwie zur Musik bewegt hatten, hatte Cleo eine richtige Choreographie einstudiert, die Stil und Talent bewies.

Von dem Tanzstil wurde Gideon allerdings in dem Augenblick abgelenkt, als sie sich die Hose auszog.

Du liebe Güte, die Frau hatte vielleicht Beine!

Cleo hakte sich mit einem Bein an der Stange ein und drehte sich mit nach hinten gebogenem Kopf schnell um sie herum, sodass ihr die dunkelblonde Mähne über die Schultern fiel. Gideon bekam nicht mit, wie sie die Bluse auszog, aber plötzlich waren ihre hoch angesetzten, festen Brüste nur noch von einem Hauch schwarzer Spitze verhüllt. Er sagte sich, dass sie bestimmt nicht echt seien, und außerdem gingen sie ihn sowieso nichts an, aber der Anblick ließ ihn dennoch nicht kalt.

Er trank einen Schluck Bier.

Cleo hatte ihn sofort entdeckt. Zwar konnte sie ihn nicht deutlich erkennen, aber sie wusste, dass er an der Bar stand und sie beobachtete.

Das war gut so. Dafür wurde sie schließlich bezahlt.

Mit dem Rücken zum Publikum öffnete sie den Verschluss ihres Büstenhalters. Dann verschränkte sie die Arme vor der Brust und drehte sich um. Ein leichter Schweißfilm bedeckte ihre Haut, und sie verzog die Lippen zu einem eiskalten Lächeln, als sie die Männer im Publikum anblickte.

Sie warf ihre Haare wieder zurück. Mittlerweile trug sie nichts mehr außer ihren High Heels und dem String-Tanga. Langsam ging sie in die Knie, damit die Kerle auch sahen, wofür sie bezahlten.

Die Finger, die über ihre Hüften glitten, ignorierte sie. Sie registrierte lediglich das Geld, das ihr ins Höschen gesteckt wurde.

Als ein besonders eifriger Kerl sie befummeln wollte, wich sie zurück und drohte ihm lächelnd mit dem Finger. Du Arschloch, dachte sie.

Auf der anderen Seite der Bühne machte sie es genauso. Von hier aus konnte sie den Mann an der Bar besser sehen. Ihre Blicke begegneten sich. Er hielt einen Schein hoch und legte den Kopf schräg.

Dann wandte er sich wieder seinem Bier zu.

Cleo wusste nicht genau, wie viel Geld der Ire hochgehalten hatte, aber fünf Minuten Zeit konnte sie wohl auf jeden Fall opfern.

Sie duschte ausgiebig und zog dann Jeans und T-Shirt an. Wenn sie, was nur selten vorkam, nach ihrem Auftritt noch in den Club ging, vertraute sie darauf, dass Karl und die Aufpasser, die Marcella beschäftigte, dafür sorgten, dass sie nicht belästigt wurde.

Die meisten Männer guckten sowieso nur auf die Bühne und schwelgten in ihren Sexfantasien.

Außer dem Schönling an der Bar, dachte sie. Er blickte nicht zur Bühne, obwohl die Nummer dort Cleos Meinung nach zu den besseren gehörte. Er sah nur sie an, als sie auf ihn zutrat. Und sein Blick ruhte eher auf ihrem Gesicht als auf ihren Brüsten.

»Du willst etwas von mir, Schönling?«

Ihre Stimme überraschte ihn. Sie war glatt und seidig und gar nicht so hart, wie er es sich bei einer Frau in ihrem Gewerbe vorgestellt hatte.

Ihr Gesicht passte zu ihrem Körper. Sie hatte dunkle, mandelförmige Augen und volle, großzügige Lippen. Unter ihrer rechten Augenbraue befand sich ein kleines Muttermal.

Sie roch nach Seife – auch das hatte Gideon nicht erwartet. Und sie trank Wasser.

»Ja, wenn Sie Cleo Toliver sind.«

Die junge Frau lehnte sich mit dem Rücken an die Bar. Sie trug jetzt Tennisschuhe statt der hochhackigen Pumps, und ihre schwarzen Jeans schmiegten sich eng an ihre Hüften und Beine.

»Ich mache keine privaten Partys mit.«

»Reden Sie denn?«

»Wenn ich etwas zu sagen habe. Von wem haben Sie meinen Namen?«

Gideon hielt einfach wieder den Geldschein hoch und sah, wie sie nachdenklich die Augen zusammenkniff. »Ich denke, dafür können wir uns eine Stunde unterhalten.«

»Vielleicht.« Sie griff nach dem Geldschein, aber er zog ihn rasch zurück.

»Wann sind Sie hier fertig?«

»Um zwei. Hören Sie, warum erzählen Sie mir nicht einfach, was Sie wollen, und ich sage Ihnen, ob ich interessiert bin?«

»Ich möchte mich mit Ihnen unterhalten«, wiederholte er und zerriss den Geldschein in zwei Hälften. Er reichte ihr die eine Hälfte und steckte die andere in die Tasche. »Wenn Sie die andere Hälfte auch haben wollen, kommen Sie nach Feierabend ins Hotel Wenzel. Ich warte bis halb drei im Restaurant. Wenn Sie nicht kommen, haben wir beide fünfzig Pfund verloren.«

Er trank sein Bier aus und stellte das Glas ab. »Es war eine unterhaltsame Vorstellung, Miss Toliver, und für Sie wohl auch eine lukrative, wie es schien. Aber Sie können sicher nicht jeden Tag fünfzig Pfund verdienen, indem Sie sich einfach hinsetzen und eine Tasse Kaffee trinken.«

Sie runzelte die Stirn, als er sich zum Gehen wandte. »Haben Sie auch einen Namen?«

»Sullivan. Gideon Sullivan. Bis halb drei dann.«

4

Um zwei Minuten vor halb drei schlenderte Cleo auf das Hotel Wenzel zu.

Wenn irgendein Kerl mit einem hübschen Gesicht und einer sexy Stimme sie für ein Gespräch bezahlen wollte, dann sollte ihr das recht sein. Mit dem kleinen Taschenrechner, den sie immer in ihrer Handtasche bei sich trug, hatte sie schon ausgerechnet, wie viel tschechische Kronen fünfzig irische Pfund ergaben. In ihrer jetzigen Situation würde sie mit dem Geld lange auskommen.

Cleo gedachte nicht, sich ihr Leben lang vor lüsternen Männern auszuziehen. Eigentlich hatte sie nie vorgehabt, sich ihren Lebensunterhalt in einem Striplokal in Prag zu verdienen.

Aber sie war so dumm gewesen, einem Scheißkerl in die Arme zu laufen, geblendet von seinem guten Aussehen und seinem cleveren Geschwätz. Und wenn ein Mädchen erst einmal in Osteuropa feststeckte, in einer Stadt, in der eine Sprache gesprochen wurde, die es kaum verstand, musste es eben sehen, wie es sich durchschlug.

Einen Vorzug habe ich zumindest, dachte sie jetzt. Ich mache nie denselben Fehler zweimal.

In dieser Hinsicht war sie offenbar nicht die Tochter ihrer Mutter.

Das kleine Restaurant war hell erleuchtet, und an den Tischen saßen noch ein paar Gäste, die eine späte Mahlzeit zu sich nahmen oder Kaffee tranken. Cleo war erleichtert, obwohl sie nicht wirklich Angst vor dem Iren hatte. Wenn es darauf ankam, konnte sie sich wehren.

Der Mann saß an einem Tisch in der Ecke, trank Kaffee und las in einem Buch. Vor ihm verglomm eine Zigarette in dem schwarzen Plastikaschenbecher. So wie er aussieht, könnte man ihn für einen Künstler halten, dachte Cleo, einen Schriftsteller vielleicht. Nein, korrigierte sie sich, eher für einen Dichter. Einen Dichter, der dunkle, unverständliche Verse schrieb, und – wie schon so viele andere vor ihm – nach Prag gekommen war, um sich inspirieren zu lassen.

Aber das Aussehen konnte manchmal täuschen.

Gideon blickte auf, als sie sich ihm gegenüber setzte. Seine Augen, groß und von einem strahlenden Blau, konnten einer Frau bis auf den Grund ihres Herzens schauen.

Wie gut, dass ich immun bin, dachte Cleo.

»Sie haben es gerade noch geschafft«, bemerkte er und wandte sich wieder seinem Buch zu.

Cleo zuckte mit den Schultern und sagte zu der Kellnerin, die an den Tisch getreten war: »Kaffee, drei Rühreier, Speck und Toast. Danke.« Sie lächelte, als sie sah, dass Gideon sie über sein Buch hinweg musterte. »Ich habe Hunger.«

»Vermutlich bekommen Sie von Ihrer Arbeit Appetit?«

Er legte das Buch auf den Tisch. Yeats, stellte Cleo fest. Das passte ja.

»Darum geht es doch nur, oder? Dass man Appetit bekommt.« Sie streckte die Beine aus, während die Kellnerin ihr Kaffee einschenkte. »Wie hat Ihnen mein Auftritt gefallen?«

»Besser als die meisten anderen.« Sie hatte ihr Bühnen-Make-up nicht entfernt. In dem hellen Licht wirkte es besonders sexy, und das wusste sie wahrscheinlich auch. »Warum machen Sie diesen Job?«

»Das ist meine Sache, Schönling, es sei denn, Sie sind als Talentsucher für eine Broadway-Show unterwegs.« Sie blickte ihn unverwandt an, hob eine Hand und rieb einen imaginären Geldschein zwischen Daumen und Zeigefinger.

Gideon zog die halbe Banknote aus der Tasche und schob sie unter sein Buch. »Lassen Sie uns zuerst reden.« Er hatte sich schon überlegt, wie er vorgehen wollte. Wahrscheinlich würde der direkte – nun ja, *relativ* direkte – Weg am besten funktionieren.

»Sie haben mütterlicherseits einen Vorfahr, einen gewissen Simon White-Smythe.«

Cleo trank einen Schluck von dem starken schwarzen Kaffee. »Ach ja?«

»Er sammelte Kunst und kunstgewerbliche Gegenstände. In seiner Sammlung gab es eine kleine Silberstatue, die eine Frau darstellt. Griechischer Stil. Ich vertrete jemanden, der an dieser Statue interessiert ist.«

Cleo schwieg, während ihr Frühstück serviert wurde. Der Duft einer Mahlzeit, für die sie nicht zu bezahlen brauchte, versetzte sie in eine kooperative Stimmung.

Sie nahm etwas Rührei auf die Gabel und pickte ein Stück Speck auf. »Warum?«

»Was heißt warum?«

»Nun, gibt es einen bestimmten Grund, warum Ihr Klient die kleine Silberstatue haben will?«

»Hauptsächlich aus sentimentalen Gründen. Im Jahr 1915 machte sich ein Amerikaner auf den Weg nach London, um die Statue von White-Smythe zu erwerben. Er hat sich leider das falsche Transportmittel ausgesucht«, fügte Gideon hinzu und bediente sich an Cleos Speck. »Er buchte eine Passage auf der *Lusitania* und ging mit dem Schiff unter.«

Cleo studierte die Auswahl an Marmeladen und entschied sich für schwarze Johannisbeere. Großzügig strich sie das Gelee auf eine Scheibe Toast, während sie über die Geschichte nachdachte.

Ihre Großmutter mütterlicherseits, das einzige Familienmitglied, das ein gütiges und humorvolles Wesen gehabt hatte, war eine geborene White-Smythe gewesen. Bis dahin stimmte seine Geschichte also.

»Ihr Klient hat über achtzig Jahre gewartet, um an die Statue heranzukommen?«

»Manche Leute sind eben sentimentaler als andere«, erwiderte Gideon gleichmütig. »Man könnte sagen, das Schicksal dieses Mannes wurde von der kleinen Statue bestimmt. Meine

Aufgabe ist es, sie zu finden und einen vernünftigen Betrag dafür zu bezahlen.«

»Warum haben Sie dann gerade mich angesprochen und nicht meine Mutter? Bei ihr wären Sie eine Generation näher dran.«

»*Sie* waren aber sozusagen geografisch näher. Wenn Sie jedoch nichts von der Statue wissen, würde ich als Nächstes Kontakt zu Ihrer Mutter aufnehmen.«

»Ihr Klient scheint ziemlich verrückt zu sein.« Cleo verzog amüsiert die Mundwinkel, während sie in ihren Toast biss. »Wie sieht seine Definition eines vernünftigen Preises aus?«

»Ich bin autorisiert, fünfhundert zu bieten.«

»Pfund?«

»Pfund.«

Meine Güte, dachte sie, während sie scheinbar ruhig weiter aß. Mit so viel Geld würde sie in die Staaten zurückkehren können.

Aber der Mann musste sie für eine Idiotin halten, wenn er dachte, dass sie ihm seine Geschichte abkaufte.

»Eine Silberstatue?«

»Die eine Frau darstellt«, wiederholte er. »Ungefähr fünfzehn Zentimeter hoch. Sie hält eine Art Spindel in der Hand. Kennen Sie sie oder nicht?«

»Drängen Sie mich nicht.« Cleo bestellte Kaffee nach und widmete sich dann wieder ihrem Rührei. »Vielleicht habe ich sie schon einmal gesehen. Bei meiner Familie stehen viele Staubfänger herum, und meine Großmutter war bekannt dafür, dass sie nichts wegwerfen konnte. Ich könnte es nachprüfen, wenn Sie noch fünfzig drauflegen«, sagte sie und wies mit dem Kopf auf die halbe Banknote unter dem Yeats.

»Ich warne Sie, Cleo, versuchen Sie nicht, mich über den Tisch zu ziehen!«

»Es würde Ihren Klienten mehr als noch einmal fünfzig Pfund kosten, wenn er Sie in die Staaten schicken müsste. Außerdem komme ich leichter an meine Familie heran als ein Fremder.«

Was natürlich Quatsch ist, dachte sie.

Gideon überlegte einen Moment lang und schob ihr schließlich die halbe Banknote über den Tisch zu. »Die anderen fünfzig bekommen Sie, wenn Sie sie sich verdient haben.«

»Kommen Sie morgen Abend in den Club.« Cleo nahm das Geld und steckte es in ihre Hosentasche.

Keine leichte Aufgabe, dachte Gideon, so eng wie ihre Jeans sitzen.

»Bringen Sie das Geld mit.« Sie stand auf. »Danke für das Frühstück, Schönling.«

»Cleo.« Er legte seine Hand über ihre und drückte sie leicht. »Wenn Sie versuchen, mich hereinzulegen, werde ich ärgerlich.«

»Ich werde dran denken.« Sie grinste ihn an, zog ihre Hand weg und verließ hüftschwenkend das Lokal.

Ein toller Anblick, dachte Gideon. Jeder Mann, der noch einen Funken Leben in sich hatte, würde gerne mit ihr ins Bett gehen. Aber nur ein Narr würde ihr trauen.

Und Eileen Sullivans Kinder waren keine Narren.

Cleo ging direkt in ihre Wohnung, soweit man das Zimmer überhaupt als Wohnung bezeichnen konnte. Um es hier auszuhalten, musste man entweder sehr jung oder absolut gleichgültig sein.

Ihre Kleider hingen an einer simplen Metallstange an der Wand, quollen aus den Schubladen einer schäbigen Kommode oder lagen einfach auf dem Boden herum. Cleo war mit einer Hausangestellten aufgewachsen und hatte nie gelernt, ihre Sachen selbst in Ordnung zu halten.

Obwohl nur die Kommode, ein schmales Bett und ein wackeliger Tisch darin standen, wirkte das Zimmer voll gestellt. Aber es war billig und verfügte zumindest über ein eigenes Badezimmer.

Das Ganze war zwar nicht nach Cleos Geschmack – und sie war weder blutjung noch absolut gleichgültig –, aber sie konnte die wöchentliche Miete mit den Trinkgeldern eines einzigen Abends bezahlen.

Den Riegel an der Tür hatte sie selbst angebracht, nachdem einer ihrer Nachbarn versucht hatte, eine Privatvorstellung bei ihr zu bekommen.

Cleo schaltete das Licht ein und warf ihre Tasche aufs Bett. Dann trat sie an die Kommode und durchwühlte die oberste Schublade. Sie hatte einiges an Garderobe besessen, als sie nach Prag gekommen war, und ein Großteil davon war neue Wäsche gewesen.

Die ich gekauft habe, um Sidney Walter zu gefallen, dachte sie wütend, während sie sich durch Seide und Spitze wühlte. Dieser Scheißkerl. Andererseits, wenn eine Frau so viel Geld für Unterwäsche ausgab, weil sie scharf auf einen Mann war, dann hatte sie es auch nicht besser verdient.

Sidney hatte sie gründlich hereingelegt. Er hatte sich mit ihr in der Präsidentensuite des teuersten Hotels in ganz Prag vergnügt, war dann einfach mit ihrem sämtlichen Bargeld und ihrem Schmuck abgehauen und hatte sie mit der saftigen Hotelrechnung sitzen lassen.

Cleo war am Boden zerstört und wie gelähmt vor Entsetzen gewesen.

Aber Sidney war nicht der Einzige, der eine Gelegenheit zum Geldverdienen auf Anhieb erkannte. Sie lächelte in sich hinein, als sie ein Paar Sportsocken aus der Schublade zog und sie aufrollte.

Die kleine Silberstatue war schwarz angelaufen, aber Cleo wusste noch ganz genau, wie sie ausgesehen hatte, als sie noch geglänzt hatte. Liebevoll rieb sie mit dem Daumen über die Figur.

»Du siehst zwar nicht so aus, als könntest du mich hier herausholen«, murmelte sie, »aber warten wir's ab.«

Am nächsten Nachmittag tauchte Cleo erst gegen zwei Uhr wieder auf. Gideon hatte fast schon die Hoffnung aufgegeben. Als sie schließlich aus dem Haus in das helle Sonnenlicht trat, hätte er sie beinahe nicht erkannt.

Sie trug Jeans, schwarze Stiefel mit dicken Sohlen und ein tief ausgeschnittenes schwarzes Oberteil, das ihre Brüste vorteilhaft betonte. Die Haare hatte sie zu einem dicken Zopf geflochten und eine Sonnenbrille aufgesetzt. Eilig machte sie sich auf den Weg.

Das wurde auch langsam Zeit, dachte er, während er ihr

mit einigem Abstand folgte. Er hatte schon seit Stunden auf sie gewartet. Da war er nun schon einmal in einer der schönsten und kultiviertesten Städte Osteuropas und konnte noch nicht einmal etwas besichtigen.

Er wollte eigentlich in die Mucha-Ausstellung gehen, hätte sich gerne die Jugendstilhalle des Hauptbahnhofs angesehen und die Künstler, die auf der Karlsbrücke saßen. Aber weil die Frau offensichtlich den ganzen Vormittag verschlief, hatte er sich mit den Beschreibungen im Reiseführer begnügen müssen.

Cleo blieb kein einziges Mal stehen und schenkte auch den Schaufensterauslagen keinerlei Beachtung. Sie ging zügig weiter und ließ ihrem Verfolger wenig Zeit, die barocke Architektur oder die gotischen Kirchtürme zu bewundern.

Nur einmal machte die junge Frau Halt, um an einem Kiosk eine große Flasche Wasser zu kaufen, die sie in ihre überdimensionale Schultertasche stopfte.

Gideon bedauerte es, nicht ihrem Beispiel gefolgt zu sein, während er versuchte, mit ihr Schritt zu halten, und ihm der Schweiß in den Hemdkragen tropfte.

Erfreut registrierte er, dass sie auf den Fluss zusteuerte. Vielleicht könnte er ja doch noch einen Blick auf die Karlsbrücke werfen.

Sie kamen an hübschen, bunt bemalten Läden vorbei, in denen sich die Touristen drängelten, an Restaurants, auf deren Terrassen die Gäste unter Sonnenschirmen saßen und eiskalte Getränke oder Eiscreme zu sich nahmen. Cleo schritt mit ihren langen Beinen unermüdlich weiter aus.

Die Brise vom Fluss brachte nur wenig Abkühlung, und den spektakulären Anblick der Karlsbrücke konnte Gideon kaum genießen. Cleo achtete nicht auf den prachtvollen Hradschin oder die Burg und blieb nicht einmal stehen, um aufs Wasser zu schauen. Auch die Künstler auf der Brücke würdigte sie keines Blickes.

Sie überquerte die Brücke und ging einfach weiter.

Gideon überlegte gerade, ob sie wohl zur Burg wollte, und warum sie dann um Himmels willen nicht den Bus genommen hatte, als sie in eine Straße mit winzigen Häusern abbog, in denen in früheren Zeiten die Goldschmiede und Alchimisten des Königs gelebt hatten.

Heute waren dort Läden untergebracht, aber die niedrigen Türen, die schmalen Fenster und die verblassten Farben verliehen den Häusern immer noch einen ganz eigenen Charme. Cleo drängte sich durch die Touristenmassen und marschierte die steile Straße hinauf. Dann bog sie wieder ab, trat in den Innenhof eines kleinen Restaurants und ließ sich auf einen Stuhl fallen.

Bevor sich Gideon überlegen konnte, was er als Nächstes tun sollte, drehte sie sich auf dem Stuhl herum und winkte ihm zu. »Wollen Sie mich nicht zu einem Bier einladen?«, rief sie.

Er knirschte wütend mit den Zähnen, während Cleo seelenruhig ihre langen Beine ausstreckte und beim Kellner zwei Bier bestellte.

Als er sich ihr gegenüber setzte, lächelte sie ihn strahlend an. »Ziemlich heiß heute, was?«

»Was zum Teufel sollte das eigentlich?«

»Was haben Sie denn? Ich dachte mir, wenn Sie mir schon folgen, dann kann ich Ihnen auch gleich ein bisschen von der Stadt zeigen. Ursprünglich wollte ich ja zur Burg hoch, aber ...« Sie zog ihre Sonnenbrille auf die Nasenspitze und musterte ihn. Er war ein bisschen verschwitzt und sah ziemlich wütend, aber einfach großartig aus. »Ich dachte, Sie könnten jetzt vielleicht erst einmal ein Bier vertragen.«

»Wenn Sie unbedingt die Reiseleiterin spielen wollen, hätten Sie sich ja ein interessantes Museum oder eine Kirche aussuchen können, wo es ein bisschen kühler ist.«

»Ach, uns ist warm und wir sind sauer, was?« Cleo schob die Sonnenbrille wieder hoch. »Wenn Sie mir unbedingt folgen wollten, hätten Sie mich ja fragen können, ob ich Ihnen nicht die Stadt zeigen will, und Sie hätten mich zum Mittagessen einladen können.«

»Denken Sie auch manchmal an etwas anderes als ans Essen?«

»Ich brauche viel Eiweiß. Ich habe Ihnen doch gesagt, dass wir uns heute Abend treffen. Wenn Sie mir überallhin folgen, habe ich das Gefühl, Sie trauen mir nicht.«

Schweigend musterte er sie. Als das Bier gebracht wurde, leerte er sein Glas in einem Zug bis zur Hälfte.

»Was wissen Sie über die Statue?«, fragte er, als er das Glas wieder abgestellt hatte.

»Genug, um mir vorzustellen, dass Sie mir nicht im Hochsommer durch die halbe Stadt folgen würden, wenn sie nicht viel mehr wert wäre als fünfhundert Pfund. Ich sage Ihnen, was ich will.« Sie winkte dem Kellner, bestellte zwei weitere Bier und einen Erdbeershake.

»Eiscreme und Bier vertragen sich nicht«, sagte Gideon.

»Doch. Das ist ja das Schöne an Eiscreme, sie passt zu allem, jederzeit. Also, zurück zum Geschäft. Ich will fünftausend US-Dollar und ein Erste-Klasse-Flugticket nach New York.«

Gideon leerte sein Glas auf einen Zug. »Das werden Sie nicht bekommen.«

»Gut. Dann bekommen Sie das Mädchen nicht.«

»Ich kann Ihnen tausend bieten, wenn ich die Statue erst einmal gesehen habe. Und vielleicht weitere fünfhundert, wenn ich sie in meinen Händen halte. Das ist das Äußerste.«

»Ich glaube nicht.« Sie schnalzte mit der Zunge, als er seine Zigaretten herauszog. »Sie rauchen? Kein Wunder, dass Sie Probleme beim Spazierengehen haben!«

»Ach was, spazieren gehen!« Er zündete sich eine Zigarette an und stieß den Rauch aus. »Wenn Sie weiter so viel essen, werden Sie so fett wie ein Schwein.«

»Das hängt vom Stoffwechsel ab«, erklärte sie mit vollem Mund. »Meiner ist besonders schnell. Wie heißt Ihr Klient?«

»Sie werden keinen Namen erfahren, und Sie brauchen auch nicht zu glauben, dass er mit Ihnen direkt verhandelt. Das Geschäft läuft über mich, Cleo.«

»Fünftausend«, wiederholte sie und leckte ihren Löffel ab. »Und ein Erste-Klasse-Flug nach Hause. Dann gebe ich Ihnen die Statue.«

»Ich habe Ihnen schon einmal gesagt, Sie sollten nicht versuchen, mich über den Tisch zu ziehen.«

»Sie trägt ein Gewand, die rechte Schulter ist entblößt, die Haare sind locker hochgesteckt. Sie hat Sandalen an den Füßen und lächelt ein bisschen. Irgendwie nachdenklich.«

Gideon packte sie am Handgelenk. »Ich verhandele erst mit Ihnen, wenn ich sie sehe.«

»Sie sehen sie erst, wenn wir verhandelt haben.« Er hatte schöne kräftige Hände. Hände, wie Cleo sie an Männern mochte. Und so schwielig, wie sie waren, verdiente er seinen Lebensunterhalt gewiss nicht mit dem Aufspüren von Kunstgegenständen für sentimentale Klienten.

»Ich muss nach Hause fliegen, um sie zu holen.« Das klang vernünftig. Sie hatte lange an vernünftigen Argumenten herumgebastelt. »Und um nach Hause zu fliegen, muss ich meinen Job aufgeben, also brauche ich Geld, um mich in New York über Wasser zu halten, bis ich einen neuen gefunden habe.«

»In New York gibt es doch sicher viele Striplokale.«

»Ja,« – ihre Stimme klang eisig – »wahrscheinlich.«

»Sie haben sich diesen Beruf selbst ausgesucht, Cleo, also verschonen Sie mich bitte mit Ihren verletzten Gefühlen. Ich brauche einen Beweis, dass Sie wissen, wo sich die Statue befindet und dass Sie an sie herankommen können. Vorher kommen wir keinen Schritt weiter.«

»Gut. Sie bekommen Ihren Beweis. Bezahlen Sie die Rechnung, wir haben einen langen Rückweg vor uns.«

Er winkte den Kellner herbei und zückte seine Brieftasche. »Wir nehmen ein Taxi.«

Auf der Rückfahrt blickte Cleo abwesend aus dem Fenster. Mit verletzten Gefühlen hat es doch gar nichts zu tun, sagte sie sich. Es ist doch schließlich ehrliche Arbeit, oder nicht? Harte, ehrliche Arbeit. Was kümmerte es sie, wenn so ein blöder Ire die Nase über sie rümpfte?

Er wusste nichts von ihr, wer sie war, was sie war, was sie brauchte. Wenn er glaubte, sie ließe sich durch einen groben Kommentar verletzen, dann unterschätzte er sie.

Cleo war fast ihr ganzes Leben lang das schwarze Schaf der Familie gewesen. Die Meinung eines Fremden war ihr gleichgültig.

Sie würde ihm den gewünschten Beweis liefern und dann die Statue zu ihren Konditionen verkaufen. Sie wusste sowieso nicht, warum sie das blöde Ding all die Jahre behalten hatte.

Aber was für ein Glück, *dass* sie es behalten hatte! Zu Hause würde sie eine Zeit lang von dem Geld leben können, während sie zum Vortanzen ging.

Sie musste das Ding unbedingt polieren. Dann würde sie Marcella überreden, dass sie ihre Digitalkamera und den Computer benutzen durfte. Sie würde eine Aufnahme von der Figur machen und sie dann ausdrucken. Sullivan würde nie erraten, dass die Statue, hinter der er her war, in ihrer Handtasche steckte.

Er dachte wohl, er habe es bei ihr mit einem schlichten Gemüt zu tun. Nun, er würde sich wundern.

»Kommen Sie zum Club«, sagte sie, als das Taxi vor ihrem Haus hielt. »Bringen Sie das Geld mit. Wir machen das Geschäft.«

»Cleo.« Er packte sie am Handgelenk, als sie die Tür öffnete. »Ich möchte mich entschuldigen.«

»Wofür?«

»Weil ich Sie beleidigt habe.«

»Vergessen Sie's.« Sie stieg aus und ging auf das Haus zu. Komisch, dachte sie, seine Entschuldigung ist mir tiefer unter die Haut gegangen als die Beleidigung.

Als das Taxi außer Sichtweite war, beschloss sie spontan, nicht mehr nach Hause zu gehen. Sie würde heute etwas früher in den Club gehen und unterwegs noch ein Silberputztuch kaufen.

Lange vor sieben traf sie im *Down Under* ein. Sie lief um die Bühne herum zu dem kurzen Flur, der zu Marcellas Büro führte. Auf ihr Klopfen bellte Marcella ein »Herein!«, bei dem Cleo zusammenzuckte.

Marcella um einen Gefallen zu bitten war immer problematisch, aber wenn sie schlechte Laune hatte, war es geradezu gefährlich.

Trotzdem steckte Cleo den Kopf durch die Tür. »Tut mir Leid, wenn ich Sie störe.«

»Wenn es dir Leid täte, würdest du mich nicht stören.«

Marcella hämmerte weiter auf der Tastatur ihres Computers herum. »Ich habe zu tun.«

»Ja, ich weiß.«

»Was weißt du schon? Du tanzt, du ziehst dich aus. Das hier ist etwas völlig anderes. Wenn du ein Geschäft führen willst, brauchst du Verstand«, sagte sie und tippte sich mit dem Finger an die Stirn. »Strippen kann jeder.«

»Klar, aber nicht jeder kann so strippen, dass die Leute auch zusehen wollen. In Ihrem Laden ist mehr los, seit ich auf der Bühne stehe und mich ausziehe.«

Marcella warf ihr über den Rand ihrer Lesebrille hinweg einen Blick zu. »Willst du eine Gehaltserhöhung?«

»Natürlich.«

»Dann bist du blöd, mich darum zu bitten, wenn ich mitten in der Arbeit stecke und schlechte Laune habe.«

Cleo zog die Tür hinter sich zu. »Eigentlich wollte ich Sie auch nur um einen Gefallen bitten. Einen ganz kleinen Gefallen.«

»Ein freier Abend ist in dieser Woche nicht drin.«

»Ich will keinen freien Abend. Im Gegenteil, ich biete Ihnen sogar einen zusätzlichen Auftritt an, wenn Sie mir meine Bitte erfüllen.«

Jetzt schenkte Marcella Cleo ihre volle Aufmerksamkeit. Die Bücher konnten warten. »Ich dachte, es wäre nur ein kleiner Gefallen.«

»Ja, aber es könnte wichtig für mich sein. Ich möchte mir nur Ihre Digitalkamera und Ihren Computer ausleihen, um ein Bild zu versenden. Es dauert vielleicht zehn Minuten. Und Sie bekommen von mir eine Stunde zurück. Das ist doch ein guter Handel.«

»Willst du dich mit dem Bild um einen anderen Job bewerben? Du willst meine Sachen benutzen, um in einem anderen Club Arbeit zu finden?«

»Nein, es geht nicht um einen Job.« Cleo stieß die Luft aus. »Sehen Sie, Sie haben mir geholfen, als ich in Schwierigkeiten steckte. Sie haben mir ein paar professionelle Tipps gegeben und mir bei den ersten Auftritten über die Aufregung hinweggeholfen. Sie waren immer aufrichtig zu mir. Und ich werde

Ihnen das ganz bestimmt nicht vergelten, indem ich hinter Ihrem Rücken zu einem Konkurrenten gehe.«

Marcella schürzte ihre roten Lippen und nickte. »Was willst du denn fotografieren?«

»Ach, nur so ein Ding. Es geht um ein Geschäft.« Als Marcella die Augen zusammenkniff, seufzte Cleo. »Es ist nicht illegal. Ich besitze etwas, das jemand kaufen möchte, aber ich vertraue ihm nicht genug, um ihm zu sagen, dass ich es bei mir habe.« Als Marcella sie weiter unverwandt anblickte, griff Cleo in ihre Tasche. »Wie kann man nur so hartnäckig sein?«, murmelte sie kaum hörbar.

»Mit meinen Ohren ist immer noch alles in Ordnung.«

»Hier.« Ohne auf die Bemerkung einzugehen, hielt Cleo die frisch polierte Statue hoch.

»Lass mal sehen.« Gehorsam reichte sie ihrer Chefin die kleine Statue. »Silber. Sehr hübsch. Müsste mal poliert werden.«

»Das habe ich gerade getan.«

»Du solltest deine Sachen besser pflegen. Sie ist sehr hübsch.« Nachdenklich tippte Marcella mit ihrem rot lackierten Fingernagel auf die Figur. »Massives Silber?«

»Ja.«

»Wo hast du sie her?«

»Sie ist seit Jahrzehnten im Besitz meiner Familie. Ich selbst habe sie seit meiner Kindheit.«

»Und dieser Mann, dieser Ire«, sagte Marcella, »er will sie kaufen?«

»Offensichtlich.«

»Warum?«

»Ich weiß es nicht genau. Er hat mir eine Geschichte erzählt, die nicht unbedingt wahr sein muss. Aber das interessiert mich nicht. Ich habe jedenfalls die Statue, und er wird dafür bezahlen. Kann ich nun Ihre Kamera benutzen?«

»Ja, ja. Und du hast sie geerbt?« Marcella runzelte die Stirn und drehte die Figur in der Hand hin und her. »Du willst ein Erbstück verkaufen?«

»Ein Erbstück bedeutet nur etwas, wenn einem die Familie etwas bedeutet.«

Marcella stellte die Statue auf ihren Schreibtisch, wo sie im Schein der Lampe schimmerte. »Das sind harte Worte, Cleo.«

»Vielleicht.« Cleo wartete, bis Marcella die Schreibtischschublade aufgeschlossen hatte, in der sich die Kamera befand. »Es ist ja auch eine harte Wahrheit.«

»Mach dein Bild und zieh dich dann um. Den zusätzlichen Auftritt kannst du jetzt gleich erledigen.«

Eine halbe Stunde später zog Cleo den Reißverschluss des engen schwarzen Lederrocks zu, den sie zu einem silberdurchwirkten schwarzen Jackett mit einem Bustier darunter trug. Zu dem Outfit gehörte eine kleine Peitsche, die Cleo einmal probeweise durch die Luft knallen ließ. Die anderen Mädchen zuckten zusammen und funkelten sie böse an.

»Entschuldigung.« Sie schaute noch einmal in den Spiegel, rückte das Hundehalsband zurecht und fuhr sich mit der Hand über die Haare, die sie im Nacken zu einem Knoten geschlungen hatte.

Wenn sie ein paarmal den Kopf schüttelte, würde er sich lösen, sie musste also aufpassen, dass es nicht zu früh passierte. Sie trug noch ein wenig schwarzen Eyeliner auf, dann übte sie in den hochhackigen Stiefeln Drehungen und Tanzschritte.

Als sie gerade breitbeinig in die Knie ging und ihr Gewicht von einer Seite auf die andere verlagerte, kam Gideon in die Garderobe gestürmt. Ein paar der Mädchen kreischten auf, andere warfen ihm Kusshände zu.

»Komm!« Er ergriff Cleos Hand und zog sie hoch.

»Wohin?«

»Beeil dich! Ich erkläre es dir später.«

»Ich muss in drei Minuten auftreten.«

»Heute Abend nicht.« Als er sie zur Tür zerren wollte, rammte Cleo ihm den Ellbogen in die Magengegend.

»Hände weg!«

»Verdammt!« Er würde später nachdenken, wie er ihr die Schmerzen heimzahlen konnte. »Sie waren schon in deiner Wohnung. Deine Vermieterin liegt mit Gehirnerschütterung im Krankenhaus. In spätestens fünf Minuten werden sie hier sein!«

»Wovon sprichst du überhaupt?« Sie trat einen Schritt zurück. »Wer war in meiner Wohnung?«

»Jemand, der einen bestimmten Gegenstand haben will und nicht so nett darum bittet wie ich.« Er packte sie wieder am Arm. »Sie haben deine Vermieterin zusammengeschlagen, bevor sie ihr eins über den Kopf gezogen haben. Willst du warten, bis sie mit dir das Gleiche machen, oder kommst du jetzt mit? Du hast zehn Sekunden Zeit, um dich zu entscheiden.«

Impulsives Handeln hat mich bisher immer in Schwierigkeiten gebracht, dachte Cleo. Warum sollte das heute Abend anders sein? Trotzdem schnappte sie sich ihre Tasche. »Lass uns gehen.«

Rasch eilten sie den Flur entlang, dann zog er sie nach rechts. »Lass uns nicht die Vordertür nehmen«, sagte er. »Sie könnten schon dort sein. Wir gehen durch die Hintertür.«

»Die Hintertür kann nur von innen geöffnet werden. Wenn wir erst einmal draußen sind, können wir nicht mehr zurück.«

Er nickte und öffnete die Tür einen Spaltbreit, um hinauszublicken. Niemand war zu sehen. »Wie schnell kannst du darin laufen?«, fragte er mit einem Blick auf ihre Stiefel.

»Mit dir werde ich schon noch mithalten, Schönling.«

»Dann beweg dich!« Gideon zog sie hinaus, und sie liefen die Gasse entlang zur Straße hinunter. Als sie dort ankamen, blickte er rasch in beide Richtungen und bog dann scharf rechts ab. Er legte ihr den Arm um die Taille.

»Geh einfach weiter. Da sind zwei Männer auf der anderen Straßenseite. Der eine läuft nach vorn zum Club, der andere zur Gasse. Sieh dich nicht um.«

Aber das hatte sie bereits getan. »Wir könnten sie stellen.«

»Du liebe Güte, Cleo! Geh einfach weiter. Vielleicht haben wir Glück, und sie haben nicht mitbekommen, dass wir aus dem Club gekommen sind.«

An der Straßenecke blickte er sich um. »Das mit dem Glück war wohl nichts.« Er packte ihre Hand. »Jetzt kannst du beweisen, dass du mithalten kannst.«

Er rannte los und zerrte sie mitten durch den Verkehr über die Straße. Bremsen quietschten, wildes Hupen ertönte, und

Cleo wurde um ein Haar vom Kühler eines Lastwagens gestreift.

»Du verrückter Hurensohn!« Als sie sich jedoch umdrehte, sah sie, wie einer der Männer sich ebenfalls einen Weg durch die Autos bahnte. Schnell lief sie weiter. In den Stiefeln knickte sie auf dem unebenen Pflaster um und wäre beinahe hingefallen. Am liebsten hätte sie sie ausgezogen und wäre barfuß weitergelaufen, aber dafür war keine Zeit.

»Das ist nur einer«, rief sie, »und wir sind zu zweit!«

»Der andere muss auch irgendwo sein.« Seinem Instinkt folgend zog Gideon die junge Frau in ein Restaurant, wo sie an den verblüfften Gästen vorbei in die Küche und von dort durch den Hinterausgang auf eine schmale Straße rannten.

»Glück gehabt!«, stieß er hervor, als er das schwarze Motorrad sah, das an der Wand gegenüber abgestellt war. »Gib mir eine von deinen Haarnadeln!«

»Wenn du das Ding mit einer Haarnadel gestartet bekommst, küsse ich dir den Arsch.« Keuchend zog Cleo sich eine Haarnadel aus ihrem Knoten.

Gideon machte sich damit an der Zündung zu schaffen. Innerhalb von Sekunden hatte er das Motorrad kurzgeschlossen und schwang sich auf die Sitzbank.

»Komm schon! Meinen Arsch kannst du später noch küssen.«

Cleos Rock rutschte bis zur Taille hoch, als sie sich hinter ihn setzte. Er versuchte so gut es ging das äußerst angenehme Gefühl zu ignorieren, wie sich ihre Brüste an seinen Rücken drückten, als er das Motorrad herumriss und die schmale Gasse hinunterbrauste.

Cleo umschlang ihn von hinten mit den Armen und stieß einen triumphierenden Schrei aus. An der Ecke hätten sie einen ihrer Verfolger beinahe umgefahren. Cleo sah sein wütendes Gesicht und lachte ausgelassen auf, als Gideon um die Ecke bog.

»Sie haben bestimmt ein Auto!«, rief sie, als sie sich umsah, wobei der Wind ihr die Haare ins Gesicht peitschte. »Vielleicht holt es der andere Typ gerade.«

»Das ist schon okay.« Gideon bog wieder um eine Ecke und

schoss dann die Seitenstraße herunter. »Auf dem Motorrad werden wir ihnen entkommen.«

In Gedanken rief er sich den Stadtplan vor Augen, da er die Stadt schnellstmöglich verlassen wollte, um irgendwo auf einer abgelegenen Landstraße fünf Minuten lang in Ruhe nachdenken zu können.

»Hey, Schönling!«, sagte Cleo dicht an seinem Ohr. Er konnte sie riechen, eine starke, erotische Mischung aus Frau und Leder. Und er konnte genau spüren, dass ihre Brüste, ihre fantastischen Brüste, doch absolut echt waren.

»Was ist los? Ich muss mich konzentrieren.«

»Fahr einfach weiter. Ich wollte dir nur sagen, dass ich an den fünftausend nicht mehr interessiert bin.«

»Wenn du mir die Statue nicht verkaufst, werden sie weiter hinter *dir* her sein.«

»Über das Warum reden wir, wenn wir nicht mehr so beschäftigt sind.« Sie drehte sich um und blickte auf die Lichter von Prag. »Aber die fünftausend sind vom Tisch.« Sie schmiegte sich wieder an ihn. »Ich bin nämlich gerade deine Partnerin geworden.«

Wie um den Handel zu besiegeln, knabberte sie ihm zärtlich am Ohrläppchen. Und lachte.

5

»Sie ... ist Ihnen entwischt.«

Anita Gaye lehnte sich in das butterweiche Leder ihres Schreibtischstuhls zurück und inspizierte ihre manikürten Fingernägel. Die Nachricht gefiel ihr nicht.

»Waren meine Anweisungen nicht klar und deutlich?«, fragte sie mit sanfter Stimme. »Welchen Teil von ›Finden Sie die Frau und bringen Sie in Erfahrung, was sie weiß‹ haben Sie denn nicht verstanden?«

Ausreden, dachte sie, während sie den entschuldigenden Erklärungen ihres Angestellten lauschte. Inkompetenz. Es war wirklich zu ärgerlich.

»Mr Jasper?«, unterbrach sie ihn freundlich. »Ich glaube, ich sagte zu Ihnen ›unter allen Umständen‹. Muss ich Ihnen das noch näher erläutern? Nein? Nun, dann schlage ich vor, dass Sie die beiden finden, und zwar rasch, sonst sehe ich mich gezwungen anzunehmen, dass Sie nicht halb so schlau wie ein zweitklassiger irischer Reiseleiter sind.«

Anita brach das Gespräch ab und drehte sich mit dem Stuhl zum Fenster, um sich durch den wunderbaren Ausblick auf New York zu beruhigen. Sie genoss es, das Gewimmel in der Stadt beobachten zu können, und zugleich so weit davon entfernt zu sein.

Und noch mehr genoss sie das Gefühl, ihre elegante Wohnung verlassen, direkt auf die Madison Avenue treten und in jedem der teuren Geschäfte einkaufen zu können, wenn ihr danach zumute wäre.

Und dass sie dabei von den anderen erkannt, bewundert und beneidet werden würde.

Es hatte eine Zeit gegeben – und die lag noch gar nicht so lange zurück –, als sie durch die Stadt eilte, sich Sorgen um die Miete und ihre Kreditkartenabrechnungen machte und keine Ahnung hatte, wovon sie sich ein neues Paar Schuhe kaufen sollte.

Wenn sie sich damals die Nase an den Schaufensterscheiben platt gedrückt hatte, hatte sie immer das Gefühl gehabt, dass sie besser und cleverer, einfach mehr wert war als jede einzelne dieser Frauen, die in den klimatisierten Geschäften einkauften und mit ihren gepflegten Händen über wertvolle Seidenstoffe fuhren.

Sie hatte nie daran gezweifelt, dass sie dazu ausersehen war, eines Tages auf der anderen, auf der *richtigen* Seite der Scheibe zu stehen.

Es gab etwas, das Anita von den meisten Leuten in dem Ameisenhaufen dort unten unterschied. Sie besaß einen brennenden Ehrgeiz, und sie glaubte an sich selbst. Sie hatte nie vorgehabt, ihr Leben lang zu arbeiten, nur um ein Dach über dem Kopf zu haben.

Es sei denn, es war ein spektakuläres Dach.

Anita hatte immer einen konkreten Plan gehabt. Eine Frau ist das Spielzeug eines Mannes, sein Fußabstreifer oder sein Punchingball, dachte sie, während sie sich mit dem Stuhl von ihrem Rosenholzschreibtisch abstieß. Und häufig eine Mischung aus allen dreien.

Aber mithilfe ihres Verstandes, der es ihr ermöglicht hatte, ihren Plan auszuführen, war es ihr gelungen, einen Mann zu *ihrem* Spielzeug zu machen.

Anita hatte hart gearbeitet, um dorthin zu kommen, wo sie jetzt stand. Schließlich war es nicht einfach gewesen, einen Mann zu heiraten, der so alt war, dass er ihr Großvater hätte sein können. Wenn eine fünfundzwanzigjährige Frau mit einem sechsundsechzig Jahre alten Mann schlief, dann konnte man es doch harte Arbeit nennen.

Für Paul Morningside war sie eine gute Investition gewesen. Zwölf lange, anstrengende Jahre war sie ihm pflichtbewusste Ehefrau, treue Assistentin, elegante Gastgeberin und Geliebte zugleich gewesen. Er war als glücklicher Mann gestorben. Und nach Anitas Meinung nicht eine Minute zu früh.

Jetzt gehörte *Morningside Antiquitäten* ihr.

Wie so oft, machte sie aus purem Vergnügen einen Rundgang durch ihr Büro. Ihre Absätze versanken in der verblichenen Wolle des Buchara-Teppichs, während sie sanft mit den Fingerspitzen über die polierten Holzoberflächen strich. Anita hatte jedes der Einrichtungstücke persönlich ausgesucht, von der Liege aus der Zeit Georges III. bis hin zu der kleinen Pferdeskulptur aus der T'ang-Dynastie, die im Regal ihres Regency-Bücherschranks stand.

Die Mischung gefiel ihr, eine elegante und eindeutig weibliche Zusammenstellung, dabei alles von erlesenem Geschmack. Von Paul hatte sie eine Menge über den Wert von Antiquitäten gelernt.

Ihr Büro war in ruhigen, sanften Farbtönen gehalten. Damit konnte man Kunden und Konkurrenten am besten beruhigen. Kühne, leuchtende Farben waren anderen Bereichen vorbehalten.

Das Allerbeste daran war jedoch, dachte sie, während sie eine Schnupftabakdose aus Opal in die Hand nahm, dass alles in diesem Zimmer einmal anderen Leuten gehört hatte.

Die Sachen waren durch eine Art legalen und äußerst raffinierten Diebstahl in ihren Besitz gelangt. Und das faszinierte Anita.

Sie war sich darüber im Klaren, dass manche ihrer Mitmenschen in ihr auch nach fünfzehn Jahren immer noch eine Art Schmarotzerin sahen, und dass, obwohl sie bereits seit drei Jahren Chefin von *Morningside Antiquitäten* war.

Sie irrten sich.

Es hatte viele Gerüchte und bissige Kommentare gegeben, als Paul Morningside sich in eine vierzig Jahre jüngere Frau verliebt hatte.

Manche Leute hatten sie für ein naives Dummchen gehalten.

Anita war immer schon eine schöne Frau gewesen, die ganz genau wusste, wie sie ihre Attribute richtig einsetzen musste. Ihr Haar waren flammend rot, und jetzt, mit vierzig, trug sie es als einen kinnlangen Bob, der ihr rundes Gesicht und ihren schön geschwungenen Mund zur Geltung brachte. Ihre Augen waren groß und hellblau, und manche Leute hielten sie deswegen für arglos.

Auch sie irrten sich.

Anita hatte eine blasse, makellose Haut und eine kleine, gerade Nase. Und einen Körper, den ein früherer Liebhaber einmal als Traum auf zwei Beinen bezeichnet hatte.

Allerdings präsentierte sie ihn eher zurückhaltend: Schneiderkostüme fürs Geschäft, elegante Kleider für gesellschaftliche Anlässe. Während ihrer Ehe war sie sehr auf ihr Auftreten bedacht gewesen, in der Öffentlichkeit wie auch im privaten Umfeld. Manche mochten ja hinter vorgehaltener Hand tuscheln, aber Skandale oder fragwürdiges Benehmen hatte man Anita Gaye nie vorwerfen können.

Heute war sie brave Witwe, beliebte Gastgeberin und geachtete Geschäftsfrau in einem – und diese Rolle beabsichtigte sie bis ans Ende ihrer Tage zu spielen.

Schmarotzerin, dachte sie leise lachend. O nein, es war ihr nie nur ums Geld gegangen. Ihr ging es um Stellung, Macht und Prestige.

Sie trat vor das Landschaftsgemälde von Carot und betätigte einen im Rahmen verborgenen Mechanismus, um das Bild nach oben zu bewegen. Mit flinken Fingern gab sie den Sicherheitscode des Safes ein.

Aus einer Laune heraus zog sie die silberne Schicksalsgöttin hervor.

War es nicht auch Schicksal gewesen, dass sie vor ein paar Wochen nach Dublin gereist war, um die Eröffnung der dortigen *Morningside*-Filiale zu überwachen, und dabei einen Termin mit einem gewissen Malachi Sullivan wahrgenommen hatte?

Sie hatte von den drei Parzen gewusst. Paul hatte ihr die Geschichte erzählt. Er hatte zahlreiche, furchtbar langatmige Geschichten gekannt. Diese jedoch hatte ihr Interesse geweckt.

Drei Silberstatuen, auf dem Olymp selbst gegossen, wie es hieß. Das war natürlich Unsinn, aber derartige Legenden verliehen solchen Objekten immer einen zusätzlichen Glanz. Drei Schwestern, durch Zeit und Umstände voneinander getrennt, geraten im Laufe der Jahre in verschiedene Hände. Und getrennt waren sie nichts als hübsche Kunstgegenstände.

Wenn sie jedoch wieder vereint wären ... Anita fuhr mit der Fingerspitze über die kleine Erhebung am Fuß, wo Klotho einst mit Lachesis verbunden gewesen war. Zusammen besaßen sie einen unschätzbaren Wert. Und manche Leute, nach Anitas Meinung allerdings eher die Leichtgläubigen, behaupteten, dass sie zusammen auch unschätzbare Macht besäßen. Dass sie ihrem Besitzer maßlosen Reichtum, die Kontrolle über das eigene Schicksal, ja sogar Unsterblichkeit verleihen konnten.

Paul hatte nicht an die Existenz der Parzen geglaubt. Lediglich eine hübsche Geschichte, hatte er behauptet. Eine Art Heiliger Gral für Sammler von Antiquitäten. So hatte auch Anita es gesehen. Bis Malachi Sullivan sie um ihre professionelle Meinung gebeten hatte.

Es war ein Kinderspiel gewesen, ihn dazu zu verführen, dass er sie verführte. Und dann sein Vertrauen zu gewinnen, sodass er ihr die Statue überließ. Für Tests und Untersuchungen, hatte sie ihm gesagt. Zu Forschungszwecken.

Malachi hatte ihr genug erzählt, mehr als genug, um sie wissen zu lassen, dass sie ihm die Statue ungestraft entwenden konnte. Was konnte er – ein irischer Seemann aus der Mittelschicht, der nach eigenem Bekunden von einem Dieb abstammte – schon gegen eine Frau von ihrem makellosen Ruf unternehmen?

Die Statue einfach so mitzunehmen, war ein großartiges Gefühl gewesen.

Er hatte natürlich Krach geschlagen, aber ihr Geld und ihre Stellung, doch vor allem der Ozean, der zwischen ihnen lag, hatten sie bisher vor allen Schwierigkeiten bewahrt, die er ihr hätte machen können. Wie erwartet, hatte er sich ein paar Wochen später wieder beruhigt.

Zu ihrer Überraschung war Malachi dann aber schneller als sie den anderen beiden Statuen auf die Spur gekommen. Sie hatte wochenlang Zeit damit verschwendet, die jetzigen Besitzer bei *Wyley's Antiquitäten* zu erfragen, während er mit Tia Marsh direkt ins Schwarze getroffen hatte.

Machali hatte nichts von Tia erfahren, das wusste Anita jetzt. Dazu war nicht genug Zeit gewesen. Weder in ihrem Hotelzimmer noch auf dem Laptop hatte es Hinweise auf die Statuen gegeben.

Auch die – diskrete – Durchsuchung ihrer New Yorker Wohnung hatte nichts ergeben. Trotzdem glaubte Anita immer noch, dass Tia eine Schlüsselperson war, die man auf keinen Fall aus den Augen verlieren durfte.

Sie würde sich persönlich darum kümmern, beschloss sie. So, wie sie sich auch persönlich um den New Yorker Zweig der Familie von Simon White-Smythe kümmern würde. Ihre unfähigen Angestellten sollten ruhig dem schwarzen Schaf der Familie nachrennen. Sie befasste sich lieber mit der Crème de la Crème.

Wenn sie erst einmal im Besitz der zweiten Parze wäre, würde sie ihre sämtlichen Mittel und Energien einsetzen, um auch die dritte zu finden und sich anzueignen.

Tia verbrachte die ersten vierundzwanzig Stunden nach ihrer Rückkehr überwiegend im Bett. Wenn sie nicht schlief, lief sie nur im Pyjama herum. Zweimal erwachte sie im Dunkeln, ohne zu wissen, wo sie sich befand. Als es ihr einfiel, kuschelte sie sich zufrieden wieder in ihre Decke und schlief weiter.

Am zweiten Tag nahm sie ein ausgiebiges Bad – lauwarmes Wasser mit Lavendelöl –, dann zog sie sich einen frischen Pyjama an und ging wieder ins Bett.

Als sie später durch ihre Wohnung schlenderte, blieb sie ab und zu stehen und berührte irgendetwas – die Rückenlehne eines Stuhles, eine Tischplatte, den Griff eines Briefbeschwerers. Meins, dachte sie dann. Meine Möbel, meine Wohnung, mein Land.

Wenn sie die Vorhänge zurückzog, konnte sie auf den East River blicken. Der Anblick von Wasser beruhigte und faszinierte sie immer wieder. Manchmal zog sie die Vorhänge dann wieder zu und stellte sich vor, sie befände sich in einer schönen, kühlen Höhle.

Niemand wartete auf sie, sie brauchte sich nicht anzuziehen, nicht zu frisieren und nicht geistig und seelisch auf Kontakt mit anderen Menschen einzustellen.

Wenn sie wollte, konnte sie eine Woche lang im Pyjama herumlaufen und brauchte mit niemandem zu reden. Sie konnte in ihrem eigenen, wundervollen Bett liegen und die ganze Zeit lesen und fernsehen.

Natürlich war das nicht gut für den Rücken. Und natürlich musste sie auch etwas Richtiges essen und ihren Organismus wieder an den normalen Tagesablauf gewöhnen. Außerdem hatte sie bald kein Echinacea mehr und musste sich dringend ein paar Bananen kaufen, wenn sie nicht wollte, dass ihr Kaliumspiegel zu sehr sank.

Aber einen Tag hielt Tia es noch aus. Nur noch einen. Denn die Vorstellung, mit niemandem reden zu müssen, noch nicht einmal mit dem Obstverkäufer auf dem Markt, war so wundervoll, dass sie selbst einen niedrigen Kaliumspiegel riskierte.

Ihren Eltern schrieb sie eine E-Mail. Auf die gleiche Art bestätigte sie ihren nächsten Termin bei Dr. Lowenstein.

Sie liebte es, E-Mails zu verschicken, und war dankbar, in einer Zeit zu leben, in der es möglich, mit anderen Menschen zu kommunizieren, ohne mit ihnen sprechen zu müssen.

Trotz aller Vorsichtsmaßnahmen, die sie während der Reise ergriffen hatte, hatte sie das Gefühl, eine Erkältung zu bekommen. Ihr Hals kratzte und ihre Nase war leicht verstopft. Als sie jedoch Temperatur maß – zu Sicherheit gleich zweimal –, war sie völlig normal.

Tia nahm trotzdem zusätzlich Zink und noch etwas Echinacea ein und kochte sich eine große Kanne Kamillentee. Sie hatte es sich gerade mit dem Tee und einem Buch über homöopathische Medizin gemütlich gemacht, als es an der Tür läutete.

Am liebsten hätte sie das Klingeln einfach ignoriert, aber dann stellte sie doch schuldbewusst die Tasse beiseite. Vielleicht war es ja ihre Mutter, die dazu neigte, unangemeldet aufzutauchen. Und sie würde bestimmt mit ihrem eigenen Schlüssel aufschließen, wenn sie ihr nicht öffnete.

Tia zog unwillkürlich die Schultern hoch, als sie sich in ihrer Wohnung umblickte. Ihrer Mutter würde es nicht entgehen, dass Tia sich in den letzten Tagen regelrecht eingeigelt hatte. Sie würde ihre Tochter zwar nicht offen kritisieren, ihre Missbilligung aber so gekonnt in Nachsichtigkeit verpacken, dass Tia sich am Ende wieder wie ein egoistisches kleines Kind vorkommen würde.

Und was noch viel schlimmer war: Wenn sie auch nur ansatzweise mitbekäme, dass Tia eine Erkältung ausbrütete, würde sie einen schrecklichen Aufstand machen.

Resigniert spähte Tia durch den Türspion. Und hätte um ein Haar aufgekreischt.

Es war nicht ihre Mutter.

Verlegen fuhr sie sich mit der Hand durch die Haare und öffnete die Tür. Vor ihr stand der Mann, von dem sie fast schon geglaubt hatte, sie habe sich seine Existenz nur eingebildet.

»Hallo, Tia.« Falls Malachi es für seltsam hielt, dass sie um drei Uhr nachmittags im Pyjama die Tür öffnete, so war das seinem herzlichen Lächeln nicht anzumerken.

»Äh ...« Irgendetwas an ihm schien die Denkvorgänge in ihrem Hirn lahm zu legen. Sie fragte sich, ob es sich dabei wohl um eine chemische Reaktion handelte. »Wie haben Sie ...«

»Sie gefunden?«, ergänzte Malachi. Sie sieht ein bisschen blass aus, dachte er, und verschlafen. Die Frau braucht frische Luft und Sonne. »Ihr Name steht im Telefonbuch. Ich hätte auch anrufen können, aber ich war gerade in der Gegend ... mehr oder weniger.«

»Oh. Nun. Ja.« Mehr brachte Tia nicht heraus. Sie bat ihn mit einer hilflosen Geste herein, und erst als sie die Tür hinter ihm schloss, fiel ihr ein, dass sie gar nicht richtig angezogen war. »Oh«, sagte sie wieder und zog das Pyjamaoberteil an den Aufschlägen zusammen. »Ich habe gerade ...«

»Sie haben sich vermutlich von der Reise erholt. Es ist bestimmt schön, wieder zu Hause zu sein.«

»Ja ... ja. Ich habe niemanden erwartet. Ich ziehe mir rasch etwas an.«

»Das ist nicht nötig.« Er ergriff ihre Hand, bevor sie weglaufen konnte. »Es ist ganz in Ordnung, und ich halte Sie auch nicht lange auf. Ich habe mir solche Sorgen um Sie gemacht. Es war schrecklich, dass ich so plötzlich abreisen musste. Hat man herausgefunden, wer in Ihr Zimmer eingebrochen ist?«

»Nein. Jedenfalls bisher nicht. Ich konnte Ihnen gar nicht mehr dafür danken, dass Sie damals die ganze Zeit über bei mir geblieben sind.«

»Ich wünschte, ich hätte mehr tun können. Ich hoffe, Ihre Reise ist danach ohne Probleme verlaufen.«

»Ja. Ich bin froh, dass es vorbei ist.« Sollte sie ihm etwas zu trinken anbieten? Das wäre vermutlich unpassend gewesen, jedenfalls, solange sie noch im Pyjama war. »Haben Sie ... Sind Sie schon lange in New York?«

»Nein, ich bin gerade erst angekommen. Ich bin auf Geschäftsreise.« Sie hat die Vorhänge zugezogen, stellte er fest. Abgesehen von der Leselampe auf dem Tisch am Sofa war es in dieser Wohnung so dunkel wie in einer Höhle. Soweit er jedoch erkennen konnte, war sie aufgeräumt und auf eine zurückhaltende Art hübsch. Wie sie in ihrem schlichten Baumwollpyjama.

Er freute sich mehr, sie wiederzusehen, als er erwartet hatte. »Ich wollte einfach mal nach Ihnen sehen, Tia, weil ich in den letzten Wochen viel an Sie gedacht habe.«

»Wirklich?«

»Ja, wirklich. Wollen Sie heute Abend mit mir essen gehen?«

»Essen gehen? Heute Abend?«

»Ich weiß, die Einladung kommt sehr kurzfristig, aber wenn Sie nichts anderes vorhaben, würde ich schrecklich gerne den heutigen Abend mit Ihnen verbringen.« Er trat ein bisschen näher an sie heran. »Heute oder morgen. Wann Sie Zeit haben.«

Sie hätte ihn wahrscheinlich für eine Halluzination gehalten, wäre da nicht sein Duft gewesen. Ein Hauch von seinem Aftershave lag in der Luft. »Ich habe nichts anderes vor.«

»Großartig. Ich hole Sie dann um halb acht ab.« Malachi ließ ihre Hand los und wandte sich zum Gehen, bevor sie sich eine Ausrede ausdenken konnte. »Ich freue mich.«

Sie stand da und starrte ihm nach, als er ging.

»Es ist doch nur ein Abendessen, Tia. Entspann dich.«

»Carrie, ich habe dich gebeten, vorbeizukommen, damit du mir hilfst und nicht, damit du mir rätst, das Unmögliche zu tun. Wie wäre es damit?« Tia, die vor dem Schrank stand, drehte sich um und hielt sich ein marineblaues Kostüm vor.

»Nein.«

»Was ist daran falsch?«

»Alles.« Carrie Wilson, eine elegante Brünette mit einer Haut wie geschmolzener Karamell und schwarzen Augen, legte den Kopf schräg. »Es würde passen, wenn du einen Termin beim Finanzamt hättest, aber für ein romantisches Dinner zu zweit ist es absolut ungeeignet.«

»Ich habe nie behauptet, dass es romantisch wird.«

»Du gehst mit einem toll aussehenden Iren aus, den du in Helsinki kennen gelernt hast, und der sich in der Minute, wo er in den Staaten landet, vor deiner Haustür einfindet.«

Carrie redete wie ein Schnellfeuergewehr. Sie ließ sich aufs Bett fallen. »Noch romantischer wäre nur gewesen, wenn er auf einem weißen Hengst und mit einem Schwert in der Hand hier aufgetaucht wäre.«

»Ich will nur einigermaßen attraktiv aussehen«, erwiderte Tia.

»Liebes, du siehst immer einigermaßen attraktiv aus. Dann wollen wir mal sehen.« Carrie erhob sich vom Bett und trat an Tias Schrank.

Sie war Vermögensverwalterin. Tias Vermögensverwalterin. Irgendwie waren die beiden während ihrer sechsjährigen Zusammenarbeit Freundinnen geworden. Carrie entsprach Tias Bild einer modernen, unabhängigen Frau – jenem Frauentyp, der Tia normalerweise eher Angst einflößte.

Eines Tages hatten die beiden dann ihr gemeinsames Interesse an alternativer Medizin und italienischen Schuhen entdeckt.

Carrie war dreißig Jahre alt, geschieden und beruflich erfolgreich. Sie ging ständig mit interessanten Männern aus, konnte den Dow Jones genauso gut analysieren wie Bücher von Kafka und fuhr Jahr für Jahr allein in Urlaub, wobei sie sich den Ort mithilfe einer Stecknadel willkürlich aus dem Atlas herauspickte.

Was Finanzen, Mode und Männer anging, gab es niemanden, dem Tia mehr vertraute.

»Hier, das klassische kleine Schwarze.« Carrie zog ein schlichtes, ärmelloses Kleid aus dem Schrank. »Wir machen es ein bisschen sexier.«

»Ich will keinen Sex.«

»Ich versuche dir schon seit Jahren klar zu machen, dass genau *das* dein Kernproblem ist.« Sie trat vom Schrank zurück und musterte Tia. »Ich wünschte, wir hätten mehr Zeit. Dann würde ich bei meinem Friseur anrufen, damit er dich noch dazwischen schiebt.«

»Du weißt genau, dass ich nicht in Salons gehe. All die Chemikalien, und überall fliegen Haare herum. Da kann man sich ja Gott weiß was einfangen.«

»Ja. Einen ordentlichen Haarschnitt zum Beispiel. Ich sage dir, dein Gesicht, deine Figur und deine Augen kämen viel besser zur Geltung, wenn du dir endlich diese Mähne abschneiden lassen würdest.«

Carrie warf das Kleid aufs Bett und ergriff dann eine Strähne von Tias langen Haaren. »Lass mich es machen.«

»Nur über meine Leiche«, erwiderte Tia. »Carrie, bitte, du sollst mir nur helfen, den Abend zu überstehen. Dann fährt er wieder nach Irland oder sonst wohin, und alles wird wieder normal.«

Hoffentlich nicht, dachte Carrie. Sie fand, dass das Leben ihrer Freundin sowieso viel zu normal verlief.

Malachi hielt es für eine nette Geste, dass er ihr Blumen mitbrachte. Rosafarbene Rosen. Seiner Meinung nach war Tia genau der Typ für rosafarbene Rosen. Er wollte sie keinesfalls zu sehr bedrängen, weil er sie für eine Frau hielt, die langsam und zärtlich verführt werden wollte. Und seltsamerweise hatte er das Gefühl, es würde ihm gefallen, sie langsam und zärtlich zu verführen.

Aber dafür hatte er keine Zeit. Er fragte sich mittlerweile, ob es ein Fehler gewesen war, von zu Hause aufzubrechen, bevor Gideon zurückgekehrt war. Dass es Anita Gaye gelungen war, Cleo Toliver aufzuspüren, beunruhigte ihn.

Stellte die Frau ihnen absichtlich nach, oder war es nur Zufall gewesen, dass sich ihre Wege kreuzten? Auf jeden Fall war er sich sicher, dass Anita schon bald auf Tia zukommen würde. Wenn es nicht bereits geschehen war.

Deshalb stand er jetzt also mit zwölf rosafarbenen Rosen vor der Wohnungstür von Wyleys Ururenkelin, während sein Bruder irgendwo mit einem Nachkommen von White-Smythe unterwegs war.

Am liebsten hätte er Anita aufgesucht und ihr kräftig die Meinung gesagt, aber er hatte seiner Mutter versprechen müssen, es zu unterlassen.

Er klopfte an und wartete. Als Tia die Tür öffnete, rief er spontan: »Sie sehen fantastisch aus!«

Sie musste sich beherrschen, um nicht ständig am Saum des schwarzen Cocktailkleides zu zupfen, den Carrie erbarmungslos um fünf Zentimeter gekürzt hatte. Ihre Freundin hatte auch die lange Perlenkette ausgesucht und war für ihre Frisur verantwortlich.

»Danke. Oh, was für hübsche Rosen!«

»Ich dachte, sie würden zu Ihnen passen.«

»Möchten Sie sich setzen und etwas trinken, bevor wir gehen? Ich kann Ihnen einen Wein anbieten.«

»Ja gern, danke.«

»Ich stelle nur schnell die Blumen ins Wasser.« Gerade noch rechtzeitig unterdrückte Tia die Bemerkung, dass sie wahrscheinlich die Rosenallergie ihrer Mutter geerbt hatte. Stattdessen nahm sie eine alte Baccarat-Vase aus der Vitrine. Sie ging mit den Blumen in die Küche und legte sie beiseite. Anschließend nahm sie eine Flasche Weißwein, die sie für Carrie geöffnet hatte, aus dem Kühlschrank.

»Ihre Wohnung gefällt mir«, sagte Malachi hinter ihr.

»Mir auch.« Sie schenkte ihm ein Glas ein und drehte sich um. Er stand unmittelbar hinter ihr, und sie wäre beinahe mit dem Glas gegen seine Brust gestoßen.

»Danke. Ich glaube, das Schlimmste am Reisen ist, dass man nicht seine eigenen Dinge um sich herum hat. Die kleinen Dinge, die es einem behaglich machen.«

»Ja, genau.« Um sich zu beschäftigen, füllte Tia die Vase

mit Wasser und arrangierte die Blumen darin. »Deshalb haben Sie mich heute Nachmittag auch im Pyjama erwischt. Ich habe es einfach genossen, wieder zu Hause zu sein. Sie waren sogar, abgesehen von dem Taxifahrer, die erste Person, mit der ich überhaupt ein Wort gewechselt habe, seit ich wieder hier bin.«

»Ist das wahr?« Dann war ihm Anita also noch nicht zuvorgekommen. »Ich fühle mich sehr geschmeichelt.« Malachi nahm eine der Rosen aus der Vase und reichte sie ihr. »Und ich hoffe, dass Sie den Abend genießen werden.«

Das tat sie. Und wie.

Das Restaurant, das er ausgesucht hatte, war ruhig, mit weichem Licht und diskretem Service. So diskret, dass der Kellner nicht mit der Wimper zuckte, als Tia sich einen Salat ohne Dressing bestellte, und darum bat, ihr Fisch möge ohne Butter gebraten und ohne Sauce gereicht werden.

Weil Malachi eine Flasche Wein bestellt hatte, trank sie ebenfalls ein Glas. Eigentlich trank sie selten Alkohol, weil sie zahlreiche Artikel darüber gelesen hatte, wie er die Gehirnzellen zerstörte. Ein einziges Glas allerdings würde eher ihrem Herzen gut tun.

Der Wein war jedoch leicht, und sie fühlte sich so wohl, dass sie gar nicht merkte, wie oft ihr Glas nachgefüllt wurde.

»Es ist wirklich interessant, dass Sie in Cobh wohnen«, sagte sie. »Noch eine Verbindung zur *Lusitania*.«

»Und damit indirekt zu Ihnen.«

»Nun, meine Ururgroßeltern sind zur Beerdigung hierher überführt worden. Aber vermutlich sind sie, wie die meisten anderen, zuerst nach Cobh, oder Queenstown, wie es damals hieß, gebracht worden. Es war wirklich dumm, während des Krieges die Überfahrt zu wagen. Ein unnötiges Risiko.«

»Offenbar wurde es damals nicht als riskant eingeschätzt. Mein Vorfahr war übrigens gar kein Ire.«

Sie hörte gar nicht richtig zu. Wenn er sie anlächelte, leuchteten seine Augen unglaublich grün. »Nein?«

»Nein. Er wurde zwar in England geboren, hat aber die meiste Zeit hier in New York gelebt.«

»Tatsächlich?«

»Nach der Tragödie wurde er von einer jungen Frau gesund

gepflegt, die er später heiratete. Es heißt, das Schiffsunglück habe ihn verändert. Bevor es passierte, muss er ein ziemlich loser Vogel gewesen sein, so ist es jedenfalls in der Familie erzählt worden. Anscheinend war er an einer kleinen Skulptur interessiert, von der er gehört hatte, sie solle sich in England befinden. Da Sie ja eine Expertin für griechischen Mythen sind, haben Sie vielleicht schon von den Silberparzen gehört.«

Verblüfft legte Tia die Gabel beiseite. »Meinen Sie die Statuen?«

Sein Puls raste, aber er nickte leichthin. »Ja.«

»Die drei Parzen. Eigentlich nicht eine, sondern drei einzelne Statuen, die man am Fuß miteinander verbinden kann.«

»Nun ja, wenn Geschichten über Generationen hinweg erzählt werden, gehen häufig die Details verloren, nicht wahr?« Malachi schnitt ein Stück von seinem Fleisch ab. »Drei Statuen also. Wissen Sie etwas darüber?«

»Ja, sicher. Henry Wyley besaß eine davon, und sie ist mit der *Lusitania* untergegangen. In seinem Tagebuch stand, dass er in England die zweite kaufen wollte und hoffte, eine Spur zu der dritten zu finden. Ich fand es als Kind wahnsinnig interessant, dass er letztendlich wegen der Schicksalsgöttinnen gestorben ist.«

»Haben Sie irgendetwas darüber in Erfahrung gebracht?«

»Nein, über die Statuen so gut wie gar nichts. Die meisten Leute glauben, dass sie gar nicht wirklich existieren.« Sie zuckte mit den Schultern. »Aber ich habe in der Mythologie einiges über die Statuen gelesen. Und je mehr ich las, desto mehr faszinierten mich die Götter und Halbgötter. Und da ich kein Interesse am Familienunternehmen hatte, schlug ich meine berufliche Laufbahn ein.«

»Dann müssen Sie sich also sozusagen bei Henry bedanken.«

So hatte Tia es auch immer gesehen. »Ja, Sie haben Recht.«

Malachi hob sein Glas und stieß mit ihr an. »Auf Henry also und seine Suche nach den Parzen!«

Dann lenkte er das Gespräch behutsam wieder in andere Bahnen. Wenn sie erst einmal aufgetaut war, war Tia wirklich eine angenehme Gesellschaft. Der Wein brachte ihre Augen zum Leuchten, und ihre Wangen glühten. Sie konnte zu jedem Thema etwas beisteuern und hatte einen trockenen Humor.

Eine Stunde lang genoss er einfach ihre Gesellschaft und kam erst wieder auf die Parzen zu sprechen, als sie bereits im Taxi saßen, das sie zu ihrer Wohnung zurückbrachte.

»Hat Henry in seinem Tagebuch eigentlich erwähnt, von wem er die beiden anderen Statuen erwerben wollte?« Müßig spielte er mit ihren Haaren. »Waren Sie nie neugierig, ob sie wirklich existieren?«

»Hmm, ich weiß nicht.« Sie lehnte sich leicht an ihn, als er ihr den Arm um die Schultern legte. »Ich war dreizehn, nein, zwölf, als ich zum ersten Mal etwas darüber gelesen habe. Es war Winter, und ich hatte Bronchitis. Ja, ich glaube, es war Bronchitis«, sagte sie. »Ich hatte irgendwie immer etwas, weswegen ich im Bett liegen musste. Auf jeden Fall war ich noch zu klein, um nach England zu fahren und nach irgendwelchen legendären Statuen zu suchen.«

Er runzelte die Stirn. Als zwölfjähriges Mädchen hatte sie bestimmt von solch einer abenteuerlichen und romantischen Reise geträumt.

»Und danach war ich viel zu sehr mit den Göttern beschäftigt, um mich um Kunstgegenstände zu kümmern. Dafür war immer mein Vater zuständig. Ich bin eine miserable Geschäftsfrau – kein Sinn für Zahlen, keine Menschenkenntnis. Ich muss eine bittere Enttäuschung für meinen Vater sein.«

»Das glaube ich nicht.«

»Doch, aber es ist nett, dass Sie mir widersprechen. *Wyley's Antiquitäten* hat mein Studium, meinen Lebensstil und meinen Klavierunterricht finanziert, aber ich schreibe lieber Bücher über irgendwelche Götter, als die Verpflichtungen zu übernehmen, die mein Erbe mit sich bringt.«

»Bücher über irgendwelche Götter zu schreiben ist auch eine Kunst und ein zeitaufwändiger Beruf.«

»Mein Vater sieht das anders. Er hat mich quasi aufgegeben, und da ich ihm bisher auch noch kein Enkelkind geschenkt habe, fürchtet er, dass es mit *Wyley's Antiquitäten* zu Ende geht, wenn er sich zurückzieht.«

»Sie sind doch nicht verpflichtet, wegen eines blöden Geschäfts ein Kind in die Welt zu setzen!«

Tia schien über seine heftige Äußerung zu erschrecken. »Wyley ist nicht nur ein Geschäft, es ist eine Tradition. Ach du meine Güte, ich hätte nicht so viel Wein trinken sollen. Ich schwatze dummes Zeug.«

»Nein, das tun Sie nicht.« Malachi bezahlte das Taxi, das vor ihrem Haus angehalten hatte. »Und Sie sollten sich nicht so viele Gedanken darüber machen, wie Sie Ihrem Vater gefallen können, wenn er nicht den Wert dessen, was Sie sind und was Sie tun, begreift.«

»Oh, er ist trotzdem ...« Dankbar ergriff sie Malachis Hand, als sie aus dem Taxi stieg. Durch den Wein fühlte sie sich ein wenig wackelig auf den Beinen. »Er ist ein wundervoller Mann, erstaunlich freundlich und geduldig. Er ist einfach nur sehr stolz auf sein Unternehmen. Wenn er einen Sohn oder eine zweite Tochter mit mehr Geschäftssinn hätte, wäre vieles leichter für ihn.«

»*Ihr* Lebensfaden ist gesponnen, nicht wahr?« Er führte sie zum Aufzug. »Sie sind, was Sie sind.«

»Mein Vater glaubt nicht an Schicksal.« Lächelnd warf Tia ihre Haare zurück. »Aber vielleicht wäre er an den drei Parzen interessiert. Wäre es nicht wunderbar, wenn es mir gelänge, eine zu finden? Oder vielleicht auch zwei, denn richtig wertvoll sind sie erst, wenn sie vereint sind.«

»Vielleicht sollten Sie Henrys Tagebuch daraufhin noch einmal lesen.«

»Vielleicht. Ich frage mich, wo es überhaupt ist.« Als sie vor ihrer Wohnungstür standen, lachte Tia ihn an. »Es war ein wunderschöner Abend. Jetzt habe ich schon zwei wunderschöne Abende mit Ihnen verlebt, und das auf zwei verschiedenen Kontinenten.«

»Sehen wir uns morgen?« Malachi zog sie an sich und ließ seine Hand zu ihrem Nacken gleiten.

»Okay. Wo?«

»Irgendwo«, flüsterte er und küsste sie. Seufzend schlang sie die Arme um ihn.

Und als sie seinen Kuss süß, warm und unglaublich sanft erwiderte, war es unmöglich, nicht mehr zu wollen. Er brauchte nur ihre Tür zu öffnen und mit ihr hineinzugehen.

Aber er konnte es nicht tun. Sie war angetrunken und äußerst verletzlich. Und was noch schlimmer war, sein Verlangen nach ihr ging viel tiefer, als er gedacht hatte.

Entschlossen schob er sie von sich, als ihm klar wurde, dass er bei der Verwirklichung seines Plans gerade auf größere Schwierigkeiten gestoßen war.

»Lass uns morgen den Tag miteinander verbringen.«

Sie fühlte sich, als ob sie schwebte. »Musst du nicht arbeiten?«

»Lass uns den Tag miteinander verbringen«, wiederholte er, drückte sie gegen die Tür und quälte sich selbst, indem er sie noch einmal küsste. »Sag ja.«

»Ja. Wann?«

»Um elf. Ich komme dich um elf abholen. Geh jetzt, Tia.«

»Wohin?«

»Hinein mit dir«, sagte er und steckte den Schlüssel ins Schloss. Dann riss er sie noch einmal an sich und küsste sie, bis er das Blut in seinem Kopf rauschen hörte. »Schließ die Tür hinter dir ab«, befahl er, gab ihr einen leichten Stoß und schloss die Tür hinter ihr, bevor er seine Meinung ändern konnte.

6

Tia war sich nicht ganz sicher, ob sie aus Neugier oder aus wirklichem Interesse nach dem alten Tagebuch suchte. Jedenfalls war das Bedürfnis, es zu finden, so stark, dass sie mitten am Tag ihre Mutter aufsuchte.

Sie liebte ihre Mutter aufrichtig, aber jeder Besuch bei ihr zerrte an ihren Nerven. Da sie sich kein bakterienverseuchtes Taxi nehmen wollte, ging Tia die acht Blocks bis zu dem hübschen alten Stadthaus, in dem sie aufgewachsen war, zu Fuß. Nach den beiden Tagen, die sie mit Malachi verbracht hatte, fühlte sie sich so glücklich und voller Energie, dass sie keinen Gedanken an den Pollenflug verschwendete.

Es war schwül und so heiß, dass ihr die Leinenbluse schon nach den zwei Blocks bis zur Park Avenue am Leib klebte. Aber das machte ihr nichts aus.

Sie liebte New York. Warum war es ihr bisher eigentlich nie bewusst geworden, wie sehr sie die Stadt mit ihren Menschen, dem Lärm und den überfüllten Straßen mochte? Es gab so viel zu sehen! Die beiden jungen Frauen, die ihre Kinderwagen vor sich herschoben, der Junge, der sechs kleine Hunde an der Leine spazieren führte. Die glänzenden schwarzen Mietlimousinen, in denen reiche Frauen zum Mittagessen oder nach dem Einkaufen wieder nach Hause fuhren. Und wie wunderschön die Blumen auf der Park Avenue aussahen, wie schick die Türsteher in ihren Uniformen wirkten!

Wie haben mir all diese Eindrücke bisher nur entgehen können?, fragte sich Tia, als sie in die hübsche, schattige Seitenstraße einbog, in der ihre Eltern wohnten. Die Antwort lag auf der Hand: Wenn sie sonst das Haus verlassen hatte, war sie mit gesenktem Kopf, die Tasche fest an sich gepresst, die Straße entlanggelaufen, in der permanenten Angst, sie würde im nächsten Moment ausgeraubt und überfallen.

Gestern war sie mit Malachi spazieren gegangen. Sie waren bis zur Madison Avenue hochgelaufen, hatten in einem kleinen Straßencafé etwas getrunken und miteinander geplaudert. Malachi bereitete es keine Probleme, auf andere Menschen zuzugehen. Er hatte sich nicht nur ganz locker mit dem Kellner unterhalten, sondern sogar mit der Frau, die mit einem kleinen Pudel auf dem Schoß neben ihnen gesessen hatte.

Einen Hund auf dem Schoß zu halten, war wohl kaum besonders hygienisch.

Er hatte mit den Verkäufern bei *Barney's* geredet und mit einer jungen Frau in einer dieser schicken Boutiquen, die Tia für gewöhnlich mied, über Schals diskutiert. Dann waren sie an einen Hot-Dog-Stand gegangen, und Tia hatte tatsächlich ein Hot Dog gegessen – mitten auf der Straße. Sie konnte es kaum fassen.

Während der Stunden, die sie mit Malachi unterwegs gewesen war, hatte sie die Stadt mit seinen Augen gesehen.

Und heute Abend würde sie sich wieder mit ihm treffen.

Sie hüpfte fast, als sie am Haus ihrer Eltern ankam. Vor der Haustür standen Blumenkübel. Bestimmt hatte Tilly, die Haushälterin, sie dorthin gestellt. Tia erinnerte sich, wie sie Tilly einmal beim Blumenpflanzen hatte helfen wollen. Sie war damals ungefähr zehn gewesen. Ihre Mutter hatte ständig auf sie eingeredet, dass sie durch das Anfassen der Blumenerde krank werden könnte, und schließlich hatte Tia den Gedanken wieder aufgegeben.

Vielleicht würde sie sich später auf dem Nachhauseweg eine Geranie kaufen. Einfach nur so.

Obwohl sie einen Schlüssel hatte, läutete Tia an der Tür. Der Schlüssel war nur für Notfälle gedacht, und wenn sie ihn benutzte, würde sie die Alarmanlage ausschalten und dann umständlich erklären müssen, warum sie es getan hatte.

Tilly, eine korpulente Frau mit grauen Haaren, öffnete ihr.

»Miss Tia! Was für eine nette Überraschung! Haben Sie sich nach Ihrer Reise gut wieder eingelebt? Vielen Dank für die schönen Ansichtskarten, die Sie mir geschickt haben. Sie scheinen ja wirklich weit herumgekommen zu sein!«

»Ja, ich habe viel gesehen«, stimmte Tia ihr zu und trat in die kühle Diele. Sie küsste Tilly auf die Wange. »Es ist schön, wieder zu Hause zu sein.«

»Das ist das Beste am Reisen, nicht wahr? Wie hübsch Sie heute aussehen«, sagte Tilly überrascht und musterte Tias Gesicht. »Die Reise ist Ihnen offensichtlich gut bekommen.«

»Wenn du mich vor ein paar Tagen gesehen hättest, hättest du das nicht gesagt.« Tia stellte ihre Tasche auf dem kleinen Tisch in der Diele ab und blickte in den viktorianischen Spiegel, der darüber hing. Sie sah wirklich hübsch aus, stellte sie fest. Irgendwie rosig und glücklich. »Ist meine Mutter da?«

»Sie ist oben in ihrem Salon. Gehen Sie ruhig schon hinauf. Ich werde Ihnen etwas Kaltes zu trinken bringen.«

»Danke, Tilly.«

Tia ging die geschwungene Treppe in den ersten Stock hinauf. Sie hatte dieses elegante Haus, das eine gewisse Würde ausstrahlte, immer geliebt. Es trug die Handschrift ihrer Eltern – man erkannte die große Leidenschaft ihres Vaters für Antiquitäten und die Ordnungsliebe ihrer Mutter. Wenn ihre Mutter mit ihrem Sinn für Stil und Schönheit nicht dafür gesorgt hätte, dass die vielen Einzelstücke den richtigen Platz erhielten, hätte wahrscheinlich das reinste Durcheinander geherrscht und das Haus wie eine Zweigstelle von *Wyley's Antiquitäten* gewirkt.

Insgesamt herrschten eher blasse und kühle Farben vor, und überall standen hübsche Statuen und wunderschöne alte Schalen aus farbigem Glas herum.

In makellos sauberen Vitrinen waren Damenhandschuhe, juwelenbesetzte Handtäschchen, Hutnadeln, Manschettenknöpfe und Schnupftabaksdosen ausgestellt. Um die wertvollen Stücke zu schützen, sorgte eine Klimaanlage für stets gleich bleibende Temperatur und Luftfeuchtigkeit.

Vor der Tür zum Salon ihrer Mutter blieb Tia stehen und klopfte an.

»Komm herein, Tilly.«

Als Tia die Tür öffnete, sank ihre Laune. Sie roch den schwachen Duft nach Rosmarin, was bedeutete, dass ihre Mutter einen ihrer schwierigen Vormittage hatte. Obwohl die Fensterscheiben die UV-Strahlung filterten, waren die Vorhänge zugezogen. Noch ein schlechtes Zeichen.

Alma Marsh lag mit einem Eisbeutel auf der Stirn auf der mit Seidenstoff bezogenen Recamiere.

»Ich glaube, ich bekomme Kopfschmerzen, Tilly. Ich hätte nicht die gesamte Korrespondenz auf einmal beantworten sollen, aber was sollte ich tun? Wenn die Leute einem schreiben, muss man schließlich auch antworten, nicht wahr? Würden Sie mir bitte mein Mutterkraut bringen? Vielleicht kann ich ja das Schlimmste noch verhindern.«

»Ich bin es, Mutter. Ich hole es dir.«

»Tia?« Alma öffnete die Augen. »Gib mir einen Kuss, Liebes. Eine bessere Medizin gibt es nicht.«

Tia gab ihrer Mutter einen leichten Kuss auf die Wange. Sie mochte sich ja elend fühlen, dachte sie, aber ihre Mutter sah perfekt aus wie immer. Ihre Haare, die fast den gleichen Farbton wie Tias hatten, fielen in weichen Wellen um ihr schönes, beinahe noch faltenloses Gesicht. Sie war zwar recht dünn, strahlte aber in ihrer rosafarbenen Bluse und der gut sitzenden Hose eine lässige Eleganz aus.

»Siehst du, ich fühle mich schon besser«, sagte Alma und setzte sich auf. »Ich bin so froh, dass du wieder zu Hause bist, Tia. Ich hatte keinen Augenblick Ruhe, als du unterwegs warst. Ich habe mir solche Sorgen um dich gemacht! Hast du auch immer alle Vitamine genommen und kein Leitungswasser getrunken? Und hoffentlich hast du immer Nichtrauchersuiten verlangt – obwohl sie es in den Hotels weiß Gott nicht besonders genau damit nehmen! Zieh die Vorhänge auf, Liebes, ich kann dich ja kaum sehen.«

»Bist du sicher?«

»Ich darf nicht immer nur an mich denken«, erwiderte Alma heldenhaft. »Ich muss heute noch eine Menge erledigen, aber jetzt, wo du da bist ... Nun, ich nehme mir einfach die Zeit für deinen Besuch. Und du, du musst ja ganz erschöpft sein. Dein zarter Organismus hat unter der Reise bestimmt unsäglich gelitten. Ich möchte, dass du dich sofort untersuchen lässt.«

»Mir geht es gut.« Tia trat ans Fenster.

»Wenn das Immunsystem angegriffen ist, dauert es oft einige Tage, bis man die ersten Symptome bemerkt. Lass dir einen Termin beim Arzt geben, Tia, mir zuliebe.«

»Natürlich.« Tia zog die Vorhänge auf und fühlte sich gleich besser, als Licht ins Zimmer drang. »Du brauchst dir keine Sorgen zu machen, ich passe gut auf mich auf.«

»Das mag ja sein, aber ...« Sie brach ab, als Tia sich zu ihr umdrehte. »Du bist ja ganz erhitzt! Hast du Fieber?« Sie stand auf und legte Tia die Hand auf die Stirn. »Ja, du fühlst dich wirklich warm an. Oh, ich wusste es! Ich wusste, dass du dir im Ausland irgendeinen Virus einfangen würdest!«

»Ich habe kein Fieber. Mir ist auf dem Weg hierher nur ein bisschen warm geworden.«

»Bist du zu Fuß gekommen? Bei dieser Hitze? Setz dich sofort hin, du musst ja völlig dehydriert sein. Damit beschwörst du einen Hitzschlag herauf!«

»Nein«, sagte Tia. Allerdings war ihr auf einmal tatsächlich ein wenig schwindlig. »Mir geht es gut. Es ist mir noch nie besser gegangen.«

»Als Mutter weiß man am besten, wie es seinem Kind geht.« Mit frischer Energie drückte Alma ihre Tochter auf einen Sessel und öffnete die Tür. »Tilly, bringen Sie bitte einen Krug Zitronensaft und eine kalte Kompresse, und rufen Sie Dr. Realto an. Ich möchte, dass er Tia auf der Stelle untersucht.«

»Ich brauche keinen Arzt.«

»Sei nicht so eigensinnig!«

»Ich bin nicht eigensinnig, Mutter. Bitte setz dich wieder, bevor deine Kopfschmerzen schlimmer werden. Tilly bringt schon etwas Kaltes zu trinken. Ich verspreche dir, wenn ich mich auch nur im Geringsten krank fühle, gehe ich sofort zu Dr. Realto.«

»Was herrscht denn hier für eine Aufregung?« Tilly kam mit einem Tablett herein.

»Tia ist krank, das sieht man doch auf den ersten Blick, und sie will nicht zum Arzt.«

»Meiner Meinung nach sieht sie aus wie das blühende Leben.«

»Sie hat Fieber.«

»Ach was, Miss Alma, das Mädchen hat zur Abwechslung mal ein bisschen Farbe auf den Wangen, das ist alles. Setzen Sie sich und trinken Sie einen schönen Eistee. Es ist Jasmintee, den mögen Sie doch am liebsten. Und ich habe auch noch ein paar schöne Trauben mitgebracht.«

»Haben Sie sie auch gewaschen?«

»Aber selbstverständlich. Ich stelle Ihnen Chopin an«, fügte Tilly hinzu und setzte das Tablett ab. »Ganz leise. Sie wissen ja, dass seine Musik immer Ihre Nerven beruhigt.«

»Ja, ja, das stimmt. Danke, Tilly. Was würde ich nur ohne Sie anfangen?«

»Das weiß nur Gott allein«, sagte Tilly leise und zwinkerte Tia zu, als sie das Zimmer verließ.

Seufzend setzte Alma sich. »Meine Nerven sind ein wenig angegriffen«, gestand sie Tia. »Ich weiß, dass diese Reise wichtig für deine Karriere war, aber du warst noch nie so lange weg.«

Und laut Dr. Lowenstein, dachte Tia, während sie den Tee ausschenkte, ist das ein Teil des Problems. »Jetzt bin ich ja wieder zurück. Und alles in allem war es eine faszinierende Reise. Die Lesungen und die Signierstunden waren gut besucht. Außerdem habe ich einige Erkenntnisse für das neue Buch gewonnen. Und übrigens, Mutter, ich habe einen Mann kennen gelernt ...«

»Einen Mann? Du hast einen Mann kennen gelernt?«, fragte Alma alarmiert. »Wo? Tia, du weißt genau, wie gefährlich es für eine Frau ist, allein zu reisen, geschweige denn, sich mit fremden Männern zu unterhalten.«

»Mutter, ich bin doch nicht dumm.«

»Aber du bist gutgläubig und naiv.«

»Ja, genau, und deshalb bin ich auch einfach mitgegangen, als er mich auf sein Hotelzimmer eingeladen hat, um dort mit mir über die Bedeutung Homers zu diskutieren. Zuerst hat er mich vergewaltigt, dann sein skrupelloser Partner. Jetzt bin ich schwanger und weiß nicht, wer von den beiden der Vater ist.«

Tia hatte keine Ahnung, warum sie das gesagt hatte, es war ihr einfach so herausgerutscht. Alma, die kreidebleich geworden war, griff sich an die Brust.

»Entschuldigung«, sagte Tia. »Aber ich wünschte, du würdest meinem gesunden Menschenverstand ein wenig mehr Vertrauen entgegenbringen. Ich habe einen äußerst sympathischen Mann kennen gelernt. Wir haben uns sehr nett unterhalten, unter anderem auch über Henry Wyley.«

»Du bist also nicht schwanger?«

»Nein, natürlich nicht. Ich treffe mich nur mit einem Mann, der mein Interesse für die griechische Mythologie teilt, und der zufällig auch der Nachkomme einer der Passagiere auf der *Lusitania* ist. Einer der Überlebenden allerdings.«

»Ist er verheiratet?«

»Nein!« Tia sprang auf und lief im Zimmer auf und ab. Sie war schockiert. »Mit einem verheirateten Mann würde ich nichts anfangen!«

»Dazu müsstest du erst einmal sicher wissen, ob er nicht vielleicht doch verheiratet ist«, entgegnete Alma mit einem vielsagenden Unterton. »Wo hast du ihn denn kennen gelernt?«

»Er war auf einer meiner Lesungen, und jetzt hat er geschäftlich in New York zu tun, deshalb hat er mich besucht.«

»Was für Geschäfte macht er denn?«

Frustriert fuhr Tia sich mit den Fingern durch die Haare. »Er ist in der Schifffahrtsbranche tätig, Mutter. Wir haben über die griechische Mythologie und die *Lusitania* geredet und kamen dabei auf die drei Parzen zu sprechen. Du weißt schon, diese Statuen. Vater hat sie mal erwähnt.«

»Daran kann ich mich nicht erinnern, aber vor ein paar Tagen hat mich schon mal irgendjemand nach den Statuen gefragt. Wer war das bloß?«

»Jemand hat dich danach gefragt? Das ist ja seltsam.«

»Es war auf irgendeinem Empfang, zu dem dein Vater mich geschleift hat, obwohl ich mich nicht wohl fühlte. Ach ja, jetzt erinnere ich mich, es war diese Anita Gaye. Sie hat etwas Hartes im Blick, wenn du mich fragst. Aber das ist ja auch kein Wunder, schließlich hat sie einen vierzig Jahre älteren Mann geheiratet – und dabei hat sie keinen Hehl daraus gemacht, dass es ihr nur um sein Geld ging. Dein Vater sieht das natürlich anders. Solche Frauen schaffen es immer wieder, die Männer zu täuschen. Er hält sie für eine gute Geschäftsfrau, einen Gewinn für die Antiquitätenbranche. Hah! Aber was rede ich da? Ich bin schon ganz durcheinander.«

»Was wollte sie denn von dir wissen?«

»Ach, um Himmels willen, Tia, ich verabscheue es, mich mit dieser Frau unterhalten zu müssen, also kannst du wohl kaum erwarten, dass ich mich an ein belangloses Gespräch über irgendwelche albernen Statuen erinnere. Du versuchst nur, das Thema zu wechseln. Also, wer ist dieser Mann, den du kennen gelernt hast? Wie heißt er?«

»Sullivan, Malachi Sullivan. Er ist aus Irland.«

»Irland? Das habe ich ja noch nie gehört.«

»Es ist eine Insel, nordwestlich von England.«

»Sei nicht sarkastisch, Tia, es passt nicht zu dir. Was weißt du über ihn?«

»Dass ich gerne mit ihm zusammen bin und er anscheinend auch mit mir.«

Alma stieß einen gequälten Seufzer aus. »Du kennst also seine Familie nicht? Nun, er weiß sicher, wo *du* herkommst. Du bist eine reiche Frau, Tia, und du lebst allein. Es macht mich krank vor Sorge, dass du damit eine interessante Zielscheibe für skrupellose Menschen bist. Schifffahrtsbranche also? Na, wir werden sehen.«

»Hör auf!« Tias Stimme klang scharf, was Alma so verblüffte, dass sie wieder in die Kissen zurücksank. »Lass es bloß sein! Du wirst ihn *nicht* überprüfen lassen! Du wirst mich nicht schon wieder so demütigen!«

»Dich demütigen? Was redest du denn da? Wenn du an diesen ... diesen Geschichtslehrer denkst, nun, er wäre nicht so wütend und aufgebracht gewesen, wenn er nichts zu verbergen gehabt hätte. Eine Mutter hat das Recht, sich um das Wohlergehen ihres einzigen Kindes zu kümmern.«

»Dein einziges Kind ist mittlerweile fast dreißig, Mutter. Kannst du dir nicht vorstellen, dass ein attraktiver, interessanter und intelligenter Mann mit mir ausgeht, nur weil er mich für eine attraktive, interessante und intelligente Frau hält? Hältst du mich für solch eine Verliererin, dass kein Mann eine Beziehung mit mir eingehen möchte?«

»Eine Verliererin?« Aufrichtig schockiert starrte Alma ihre Tochter an. »Ich weiß wirklich nicht, was für Ideen in deinem Kopf herumschwirren.«

»Nein«, sagte Tia müde und trat wieder ans Fenster. »Wahrscheinlich nicht. Du brauchst dir keine Sorgen zu machen. Er ist nur für ein paar Tage in New York. Demnächst fährt er wieder nach Irland zurück, und wir werden uns vermutlich nie wiedersehen. Und ich verspreche dir, falls er versuchen sollte, mir eine Brücke über den Shannon in Irland zu verkaufen oder irgendetwas von einer interessanten Investition erzählt, werde ich Nein sagen. In der Zwischenzeit kannst du mir vielleicht verraten, ob du weißt, wo Henry Wyleys Tagebücher sind. Ich möchte sie gern lesen.«

»Woher soll ich das wissen? Frag deinen Vater. Offensichtlich haben ja meine Sorgen und Ratschläge keinen Wert für dich. Ich weiß nicht, warum du dich überhaupt hierher bemüht hast.«

»Es tut mir Leid, dass du dich meinetwegen aufgeregt hast.« Tia trat zu ihrer Mutter und gab ihr einen Kuss auf die Wange. »Ich liebe dich, Mutter, ich liebe dich sehr. Du musst dich jetzt ausruhen.«

»Ich möchte, dass du Dr. Realto anrufst«, sagte Alma, als Tia zur Tür ging.

»Ja, das werde ich.«

Tia nahm ein Taxi und fuhr in die Stadt zu *Wyley's*. Sie kannte sich selbst viel zu gut, um nicht zu wissen, dass sie zu Hause jetzt nur in Grübeleien verfallen und ihrer Mutter am Ende Recht geben würde, was ihren Gesundheitszustand, Malachi und ihre mangelnde Anziehungskraft auf das andere Geschlecht anging.

Dabei wäre sie in der Tat am liebsten nach Hause gefahren, hätte die Vorhänge zugezogen, eine Tablette genommen und sich mit einem Eisbeutel auf der Stirn in ihrer Höhle vergraben.

Genau wie meine Mutter, dachte sie angewidert.

Sie musste sich mit irgendetwas beschäftigen, um sich abzulenken, und da kam ihr das Geheimnis um die Parzen gerade recht.

Sie bezahlte das Taxi, stieg aus und blieb einen Moment lang auf dem Bürgersteig vor *Wyley's* stehen. Wie jedes Mal erfüllte sie der Anblick des Antiquitätengeschäfts mit Staunen und Stolz. Das hübsche alte Haus mit seinen bleiverglasten Fenstern und der fleckigen Glastür stand bereits seit hundert Jahren an dieser Stelle.

Als sie noch klein war, hatte ihr Vater sie – Almas eindringlichen Warnungen zum Trotz – einmal in der Woche mitgenommen. Geduldig hatte er ihr alles Mögliche über die verschiedenen Epochen und Stile, über Holz, Glas und Keramik erzählt, über Kunst und wertvolle Sammlerstücke.

Tia hatte viel von ihm gelernt – und sie hatte ihm gefallen wollen. Es war ihr jedoch nie gelungen, gleichzeitig ihrer Mutter *und* ihrem Vater zu gefallen, und in dem subtilen Kampf, den ihre Eltern um sie geführt hatten, war sie selbst schließlich auf der Strecke geblieben.

Aus Angst, etwas falsch zu machen und ihren Vater damit in Verlegenheit zu bringen, war Tia den Kunden gegenüber stets schweigsam und schüchtern gewesen. Dass er im Laufe der Zeit zu der Ansicht gelangt war, seine Tochter werde ihm nie eine würdige Nachfolgerin sein, konnte sie ihm kaum verübeln.

Wenn sie heutzutage den Laden betrat, überflutete sie immer noch eine Welle des Stolzes. Er war so ästhetisch eingerichtet, und es lag stets ein leichter Duft nach Möbelpolitur und Blumen in der Luft.

Im Gegensatz zu ihrem Elternhaus veränderte sich die Einrichtung des Ladens ständig. Für Tia war es immer wieder eine Überraschung, wenn eines der vertrauten Stücke fehlte und ein neues an seiner Stelle stand, und sie freute sich jedes Mal, wenn sie eine solche Veränderung erkannte.

Als sie jetzt den vorderen Ausstellungsraum betrat, entdeckte sie sofort ihren Vater. Er sah gut aus. Sein volles Haar war von einem interessanten Silbergrau und seine Augenbrauen tiefschwarz. Hinter den Gläsern der kleinen, eckigen Brille sah man seine klugen braunen Augen blitzen.

Er trug einen dunkelblauen italienischen Nadelstreifenanzug, der für seine kräftige Statur maßgeschneidert worden war.

Als er sich umdrehte, erblickte er seine Tochter. Nach einem kurzen Zögern lächelte er, reichte dem Angestellten, mit dem er gerade gesprochen hatte, eine Rechnung, und kam auf sie zu.

»Der Wanderer ist also heimgekehrt.« Er küsste sie auf die Wange, wobei seine Lippen kaum ihre Haut berührten. Eine Erinnerung durchzuckte sie, wie er sie hoch in die Luft geworfen hatte, sie hatte vor Vergnügen gequietscht, und dann hatten seine starken Hände sie wieder aufgefangen.

»Ich wollte dich nicht stören.«

»Du störst mich nicht. Wie war deine Reise?«

»Gut, sehr gut.«

»Hast du deine Mutter schon besucht?«

»Ja.« Sie wandte den Blick ab und starrte angestrengt auf eine Vitrine. »Ich komme gerade von ihr. Wir hatten leider eine kleine Meinungsverschiedenheit. Sie ist jetzt wohl böse auf mich.«

»Du hattest eine Auseinandersetzung mit deiner Mutter?« Er nahm seine Brille ab und putzte sie mit einem schneeweißen Taschentuch. »Ich glaube, das ist zuletzt Anfang der neunziger Jahre vorgekommen. Worüber habt ihr euch denn gestritten?«

»Wir haben uns eigentlich gar nicht gestritten. Aber wenn du heute Abend nach Hause kommst, ist sie vielleicht noch aufgebracht.«

»Wenn deine Mutter abends nicht aufgebracht wäre, hätte ich das Gefühl, ich wäre aus Versehen im falschen Haus gelandet.«

Abwesend tätschelte er ihr die Schulter, und sie merkte, dass er mit seinen Gedanken schon ganz woanders war.

»Kann ich dich etwas fragen? Über die drei Parzen?«

Sofort wandte er ihr seine Aufmerksamkeit wieder zu. »Was ist damit?«

»Ich habe mich vor ein paar Tagen mit jemandem darüber unterhalten. Und auch über Henry Wyleys Tagebuch. Ich möchte es gern noch einmal lesen. Ich habe gedacht, ich könnte in meinem neuen Buch vielleicht ein Kapitel über die Mythologie der drei Parzen schreiben.«

»Du bist nicht die Einzige, die sich dafür interessiert. Anita Gaye hat mich vor ein paar Wochen auch schon auf die Parzen angesprochen.«

»Das hat Mutter mir erzählt. Glaubst du, die Frau weiß, wo eine der beiden noch existierenden Statuen sein könnte?«

»Wenn sie es wüsste, würde sie es mir bestimmt nicht verraten.« Er setzte seine Brille wieder auf und lächelte sie an. »Dabei habe ich schon versucht, es aus ihr herauszubekommen. Wenn sie eine der Parzen gefunden hätte, würde das einiges Aufsehen in der Branche erregen. Und wenn sie alle beide besäße, wäre das geradezu spektakulär. Aber die Parzen sind erst richtig wertvoll, wenn sie komplett sind.«

»Und laut dem Tagebuch liegt die dritte Statue auf dem Grund des Nordatlantiks. Aber ich möchte es trotzdem gern noch einmal lesen. Könntest du es mir leihen?«

»Das Tagebuch ist von beträchtlichem persönlichen Wert für unsere Familie«, sagte ihr Vater, »und auch von historischem und finanziellem Wert, bedenkt man Alter und Autor.«

Normalerweise hätte Tia diese Bemerkung abgeschreckt. »Du hast es mich schon lesen lassen, als ich zwölf war«, erinnerte sie ihn.

»Damals hoffte ich auch, du hättest Interesse an der Geschichte unserer Familie und an unserem Geschäft.«

»Und ich habe dich enttäuscht. Es tut mir Leid. Ich würde das Tagebuch wirklich gern haben. Ich kann es ja hier lesen, wenn du nicht möchtest, dass ich es mit nach Hause nehme.«

Tias Vater machte eine ungeduldige Handbewegung. »Ich hole es dir. Es ist oben auf dem Speicher.«
Sie setzte sich seufzend auf das Sofa im Empfangsraum und wartete auf ihn.

Als er zurückkam, stand sie auf. »Danke.« Sie presste das Buch mit dem weichen, verblichenen Ledereinband an die Brust. »Ich werde sehr vorsichtig damit umgehen.«

»Das weiß ich, Tia.« Er brachte sie zur Tür und öffnete sie für sie.

»Woran denkst du?« Malachi fuhr mit den Fingern über Tias Handrücken, um ihre Aufmerksamkeit zurückzugewinnen.

»An nichts Besonderes. Tut mir Leid, ich bin heute Abend keine besonders gute Gesellschaft.«

»Darüber zu urteilen musst du mir schon überlassen.« Sie hatte den ganzen Abend gegrübelt. Ihre Polenta hatte sie kaum angerührt, obwohl sie speziell nach ihren Anweisungen zubereitet worden war. Anscheinend schweiften ihre Gedanken dauernd ab, und dann trat ein trauriger Ausdruck auf ihr Gesicht, der ihm beinahe das Herz zerriss.

»Sag mir, was dich bedrückt, Liebling.«

»Es ist nichts.« Sie hörte es gern, wenn er sie Liebling nannte. »Wirklich nicht. Nur eine Familien...« Sie konnte es eigentlich nicht als Auseinandersetzung bezeichnen. Schließlich waren sie nicht laut geworden oder hatten wütende Worte geäußert. »Eine Meinungsverschiedenheit. Es ist mir gelungen, meine Mutter zu verärgern und meinem Vater auf die Nerven zu gehen, und das alles in nur zwei Stunden.«

»Wie hast du das denn geschafft?«

Tia stocherte in ihrer Polenta herum. Sie hatte ihm noch nichts von dem Tagebuch erzählt. Als sie wieder in ihrer Wohnung angekommen war, war sie zu müde und deprimiert gewesen, um es aufzuschlagen. Sie hatte es sorgfältig in ein Baumwolltuch eingeschlagen und in die Schublade ihres Schreibtisches gelegt. Auf jeden Fall war nicht das Tagebuch der Auslöser für die Probleme gewesen, dachte sie jetzt, sondern – wie immer – sie ganz allein.

»Meine Mutter hat sich nicht wohl gefühlt, und ich habe unüberlegtes Zeug geredet.«

»Ich rede mit meiner Mutter ständig so«, erklärte Malachi. »Dann knufft sie mich entweder oder wirft mir einen dieser vernichtenden Blicke zu, die Mütter anscheinend schon üben, wenn du noch in ihrem Bauch bist. Und damit ist die Sache dann meistens erledigt.«

»Bei meiner Mutter funktioniert das leider nicht so. Sie macht sich Sorgen um mich.« Sorgen um meine Gesundheit, Sorgen, ich könnte mich mit einem Mann einlassen, den ich gar nicht richtig kenne, dachte Tia. »Ich war als Kind häufig krank.«

»Mir kommst du eigentlich nicht krank vor.« Er küsste ihre Fingerspitzen. »Ich jedenfalls fühle mich völlig ... gesund, wenn ich in deiner Nähe bin.«

»Bist du eigentlich verheiratet?«

Das blanke Entsetzen, das ihm ins Gesicht geschrieben stand, gab ihr die Antwort, und sie war wütend auf sich selbst, dass sie die Frage überhaupt gestellt hatte.

»Wie bitte? Verheiratet? Nein, Tia.«

»Es tut mir Leid. Es tut mir Leid. Ich bin ein Idiot. Ich habe meiner Mutter gegenüber erwähnt, dass ich mich mit einem Mann treffe, und ehe ich mich versah, warst du verheiratet und hinter meinem Geld her, und ich hatte eine heftige Affäre, die mir das Herz brechen wird, sodass ich mich am Ende umbringen werde.«

Er stieß die Luft aus. »Ich bin nicht verheiratet, und an deinem Geld bin ich auch nicht interessiert. Was die Affäre angeht, so wäre ich nicht abgeneigt, aber ich werde meine Pläne für den Rest dieses Abends wohl ändern müssen, wenn die Gefahr besteht, dass du dich umbringst, wenn ich mit dir ins Bett gehe.«

»Meine Güte.« Tia rang die Hände. »Kannst du mich nicht einfach erschießen, um mich von meinem Elend zu erlösen?«

»Warum gehen wir stattdessen nicht in deine Wohnung, damit ich dich berühren kann? Ich gebe dir mein Wort, dass du hinterher bestimmt nicht aus dem Fenster springst.«

Tia musste sich räuspern. Sie verspürte das dringende Bedürfnis, sich über den Tisch zu beugen und mit ihrer Zunge an seinem Wangenknochen entlangzufahren. »Vielleicht solltest du mir das besser schriftlich geben.«

»Gern.«

»Ach, ist das nicht Tia Marsh? Die Tochter von Stewart Marsh?«

Diese Stimme würde Malachi in seinem ganzen Leben nicht mehr vergessen. Seine Finger schlossen sich fest um Tias Hand, als er sich umdrehte und in Anita Gayes strahlendes Gesicht blickte.

7

Malachi umklammerte Tias Hand so fest, dass sie zusammenzuckte. In einem Anflug von Panik stellte sie fest, dass sie sich an den Namen der Frau, die sie so eiskalt anlächelte, nicht erinnerte.

»Hallo«, stieß sie hervor, während sie fieberhaft in ihrem Gedächtnis kramte. »Wie geht es Ihnen?«

»Sehr gut, danke. Sie werden sich sicher nicht an mich erinnern. Ich bin Anita Gaye, eine Konkurrentin Ihres Vaters.«

»Natürlich.« Anitas Augen glitzerten, während ihr Begleiter einen gelangweilten Gesichtsausdruck aufsetzte.

»Nett, Sie zu sehen. Darf ich vorstellen: Malachi Sullivan. Mrs Gaye ist auch Antiquitätenhändlerin«, fuhr Tia an Malachi gewandt fort. »Tatsächlich ist sie ...« Sie musste einen Aufschrei unterdrücken, als er mit seiner Hand erneut fest zudrückte. »Nun, sie ist eine der besten Händlerinnen der Stadt«, beendete sie ihren Satz mit schwacher Stimme.

»Sie schmeicheln mir. Nett, Sie kennen zu lernen, Mr Sullivan.« Anitas Stimme war freundlich, aber es schwang ein Unterton mit, der Tia erbeben ließ. Wie ein Raubtier, dachte sie. »Sind Sie auch im ... Antiquitätengeschäft tätig?«

»Nein.« Seine einsilbige Antwort wirkte wie ein Schlag ins Gesicht. Anita machte ein gurrendes Geräusch und legte Tia leicht die Hand auf die Schulter.

»Nun, ich will Sie nicht länger aufhalten. Wir müssen bald

einmal zusammen zu Mittag essen, Tia. Ich habe Ihr letztes Buch gelesen und war fasziniert. Ich würde mich gern mit Ihnen darüber unterhalten.«

»Natürlich.«

»Grüßen Sie Ihre Eltern von mir«, fügte sie mit einem letzten spöttischen Blick auf Malachi hinzu und schwebte davon.

Entschlossen befreite Tia ihre Hand und griff nach ihrem Wasserglas. »Ihr kennt euch.«

»Was?«

»Lüg nicht.« Sie stellte das Glas wieder ab und faltete die Hände im Schoß. »Du hältst mich wohl für eine Idiotin. Diese Frau hat noch nie in meinem ganzen Leben mehr als zwei Worte an mich gerichtet. Sie nimmt mich normalerweise gar nicht wahr. Ich bin keine Konkurrentin für sie.«

Malachi konnte kaum einen klaren Gedanken fassen. »Das ist doch lächerlich.«

»Hör auf.« Um Fassung ringend stieß Tia die Luft aus. »Ihr kennt euch, und du warst nicht nur überrascht, sondern auch wütend, als sie an unseren Tisch gekommen ist. Und du hattest Angst, ich würde die Parzen erwähnen.«

»Du ziehst eine ganze Menge Schlussfolgerungen aus solch einer kurzen Begegnung.«

»Zurückhaltende Menschen entwickeln für gewöhnlich eine gute Beobachtungsgabe.« Sie konnte ihm nicht in die Augen blicken. »Ich irre mich nicht, oder?«

»Nein. Tia ...«

»Hier ist nicht der richtige Ort, um darüber zu reden.« Ihre Stimme und ihre Körperhaltung waren abweisend. »Bitte bring mich nach Hause.«

»In Ordnung.« Er winkte den Ober herbei. »Es tut mir Leid, Tia, es ist ...«

»Ich will keine Entschuldigung, ich will eine Erklärung.« Sie stand auf und ging auf unsicheren Beinen zur Tür. »Ich warte draußen.«

Im Taxi sagte sie kein Wort, was Malachi eigentlich ganz recht war. Er brauchte Zeit, um sich zu überlegen, wie er mit seinen Erklärungen beginnen sollte. Er hätte sich denken können, dass Anita auftauchte. Und er hatte kostbare Zeit vergeudet, weil er es genoss, mit Tia zusammen zu sein und es nicht über sich brachte, sie zu sehr zu bedrängen.

Und je besser er sie kennen lernte, desto mehr wünschte er, er wäre anders an die Sache herangegangen. Stattdessen hatte er sich in einem Gewirr von Lügen verstrickt.

Aber Tia war schließlich eine vernünftige Frau. Er musste ihr jetzt nur die ganze Geschichte erklären.

Sie ignorierte die Hand, die er ihr entgegenstreckte, als sie aus dem Taxi stieg. Als sie vor ihrer Wohnungstür standen, hätte er beinahe damit gerechnet, dass sie sie ihm vor der Nase zuschlagen würde. Aber sie ließ ihn mit eintreten und ging dann zum Fenster.

»Es ist eine komplizierte Geschichte, Tia.«

»Ja, das ist oft der Fall, wenn es um Täuschung und Betrug geht.« Tia hatte während der Taxifahrt darüber nachgedacht, welche Verbindung zwischen Mrs Gaye und Malachi bestehen könnte. »Es hat etwas mit den Parzen zu tun. Du und Mrs Gaye wollt sie haben. Ich bin nur ein Mittel zum Zweck. Sie sollte meine Eltern bearbeiten und du ...« Sie drehte sich zu ihm um. Ihr Gesichtsausdruck wirkte gefasst. »... du solltest mich bearbeiten.«

»Das stimmt nicht! Anita und ich sind keineswegs Partner!«

»Oh.« Sie nickte. »Dann eben Konkurrenten, die gegeneinander arbeiten. Das macht sogar noch mehr Sinn. Hattet ihr eine Affäre miteinander?«

»Himmel!« Malachi rieb sich mit den Händen über das Gesicht. »Nein. Hör mir zu, Tia, sie ist eine gefährliche Frau. Vollkommen skrupellos.«

»Und *du* steckst voller Skrupel, nicht wahr? Vermutlich hast du all deine Skrupel beiseite geschoben, als du mich in Helsinki vom Hotel weggelockt, mich um den Finger gewickelt und glauben gemacht hast, du seiest an mir interessiert – damit in der Zwischenzeit jemand in mein Hotelzimmer einbrechen und es durchsuchen konnte. Hast du wirklich geglaubt, ich hätte auf dieser Lesereise irgendetwas dabei gehabt, was darauf schließen ließe, wo sich die Parzen befinden?«

»Mit dem Einbruch hatte ich nichts zu tun. Das war Anita. Ich bin kein Krimineller.«

»Oh, Verzeihung. Du bist bloß ein Lügner, was?«

Er beherrschte seine Wut, schließlich hatte er nicht das Recht, wütend zu werden. »Ich kann nicht abstreiten, dass ich dich angelogen habe. Und es tut mir Leid.«

»Oh, es tut dir also Leid? Nun, das ist etwas anderes. Dann vergebe ich dir alles.«

Malachi steckte die Hände in die Taschen und ballte sie zu Fäusten. Die Frau, die vor ihm stand, war nicht die sanfte, süße, leicht neurotische Person, die ihm so gut gefallen hatte. Diese Frau war außer sich vor Wut und härter, als er geglaubt hatte. »Möchtest du eine Erklärung, oder möchtest du mir lieber weiter deine Vorwürfe um die Ohren schlagen?«

»Ich verlange Ersteres und behalte mir Letzteres vor.«

»Das ist ein faires Angebot. Können wir uns hinsetzen?«

»Nein.«

»Also gut. Ein Teil von dem, was ich dir erzählt habe, ist wahr.«

»Meinst du, dafür steht dir jetzt eine Ehrennadel zu, Malachi? Ist das eigentlich dein richtiger Name oder hast du den auch erfunden?«

»Das *ist* mein Name, verdammt noch mal. Willst du meinen Pass sehen?« Er begann, im Zimmer auf und ab zu laufen. »Ich hatte wirklich auch einen Vorfahren auf der *Lusitania*. Felix Greenfield hat überlebt, Meg O'Reiley geheiratet und sich in Cobh niedergelassen. Das Schiffsunglück hat sein Leben verändert. Er wurde Fischer, bekam Kinder, konvertierte zum Katholizismus und war, den Berichten zufolge, ein eifriger Kirchgänger.«

Malachi schwieg einen Moment lang und fuhr sich mit den Fingern durch die Haare. »Vor dieser Zeit, ich meine, vor dem Untergang des Schiffes, führte Felix nicht solch ein mustergültiges Leben. Er hatte die Passage gebucht, weil er vor der Polizei flüchten musste. Er war ein Dieb.«

»Das scheint bei euch wohl in den Genen zu liegen.«

»O Tia, hör auf damit! Ich habe noch nie in meinem Leben irgendetwas gestohlen.« Beleidigt drehte er sich zu ihr um.

Er wirkt im Moment nicht mehr ganz so kultiviert, dachte Tia leidenschaftslos. Trotz des gut sitzenden Anzugs wirkt er mehr wie ein Raufbold. »Ich glaube nicht, dass du es dir im Moment leisten kannst, so empfindlich zu sein.«

»Ich komme aus einer guten Familie. Sie ist vielleicht nicht so wohlhabend und vornehm wie deine, aber wir sind keine Diebe und Banditen. Felix war zwar ein Dieb, aber das kannst du *mir* nicht zum Vorwurf machen. Auf jeden Fall hat er sich verändert. Das Schiff ging unter, als er gerade etwas aus der Kajüte von Henry W. Wyley gestohlen hatte.«

»Die Parze.« Tia schluckte. »Er hat die Parze gestohlen. Sie ist gar nicht verloren gegangen.«

»Das wäre sie aber, wenn Felix sie nicht an sich genommen hätte. Vielleicht solltest du das auch einmal bedenken. Er wusste nicht, was es mit der Statue auf sich hatte. Für ihn war sie einfach ein hübscher, glänzender Gegenstand, der ihm irgendwie gefiel. Später ist sie dann, zusammen mit der Geschichte ihrer Herkunft, in unserer Familie weitervererbt worden, und wir haben sie immer als eine Art Talisman angesehen.«

Faszinierend, dachte Tia. Trotz ihrer Verletztheit und Wut begann sich ihr Interesse zu regen. »Und so kam die Statue schließlich zu dir.«

»Meine Mutter erbte sie und dadurch auch ich, mein Bruder und meine Schwester.«

Malachi fühlte sich etwas besser. Immerhin war auch er Katholik, und die Lügen der vergangenen Zeit hatten auf seiner Seele gelastet. »Die Statue machte mich neugierig, und ich beging einen fatalen Fehler: Ich nahm sie mit nach Dublin, um ihren Wert schätzen zu lassen. Meine Schwester, die ein Händchen für solche Dinge hat, meinte, das könne sie über Bücher oder das Internet herausbekommen, aber ich war zu ungeduldig und bin zu *Morningdale Antiquitäten* gegangen.«

»Du hast sie Anita gezeigt.«

»Zunächst nicht. Ich habe ihr davon erzählt. Warum auch nicht? Sie war doch angeblich eine Expertin und hatte einen hervorragenden Ruf. Ich habe ihr nicht sofort die ganze Geschichte erzählt, aber im Verlauf der nächsten Tage ...«

Er brach verlegen ab.

»Ja. Den Rest kann ich mir denken.« Sie war wohl nicht die

Einzige, die sich von ihren Hormonen den Verstand vernebeln ließ. »Mrs Gaye ist sehr schön.«

»Das sind Haie auch«, erwiderte er verbittert. »Als ich jedenfalls dann merkte, wie gefährlich sie ist, hatte sie bereits genug aus mir herausgequetscht. Sie kam in mein Hotel, um sich die Statue anzusehen. Es war ihr Vorschlag gewesen, und ich habe natürlich eingewilligt, weil ich mich geschmeichelt fühlte, dass sie sich für mich interessiert. Wenn sie etwas haben will, setzt sie auch ihren Körper ein. Und ich gab ihr die Statue.«

Tias Gedanken schweiften zu Anita Gaye. Gefährlich, sexy, selbstbewusst. Ein Raubtier. Ja, sie konnte verstehen, dass selbst ein kluger Mann sich von ihr zum Narren halten ließ. »Hast du dir wenigstens eine Quittung ausstellen lassen?«

»Ich wäre vielleicht auf die Idee gekommen, danach zu fragen, wenn sie nicht sofort begonnen hätte, mir die Hose auszuziehen. Wir haben Wein getrunken, und dann haben wir miteinander geschlafen. Oder vielmehr, *ich* habe Wein getrunken. Das Luder muss mir etwas hineingetan haben, denn ich bin erst am nächsten Mittag wieder aufgewacht. Sie war weg und die Parze ebenfalls.«

»Du meinst, sie hat dich betäubt?«

Er hörte die Ungläubigkeit in ihrer Stimme und biss sich auf die Lippe. »Normalerweise schlafe ich nach zwei Gläsern Wein nicht zwölf Stunden am Stück. Ich konnte es selbst zuerst nicht glauben. Ich ging dann sofort zu *Morningside*, und dort sagte man mir, sie habe eine Konferenz und sei unabkömmlich. Ich habe Nachrichten dort und in ihrem Hotel hinterlassen. Sie hat auf keine geantwortet. Als es mir schließlich gelang, sie ans Telefon zu bekommen, als sie wieder in New York war, sagte sie mir, sie wisse absolut nicht, wovon ich rede, und ich solle endlich aufhören, sie zu belästigen.«

Tia versuchte, die Vorstellung, wie Malachi und Anita in einem Hotelzimmer miteinander ins Bett gingen, zu verdrängen. »Du willst mir einreden, dass Anita Gaye von *Morningside Antiquitäten* zuerst mit dir geschlafen und dich dann betäubt hat, um dich anschließend zu bestehlen, bevor sie jeden weiteren Kontakt zu dir abbrach?«

»Das habe ich doch gerade gesagt, oder? Sie hat mich zum Narren gehalten, hat so getan, als läge ihr etwas an mir ...« Er brach ab, als er Tias Blick sah.

»Ja, das ist ein schreckliches Gefühl, nicht wahr?«

»Das ist nicht das Gleiche.« Sein Magen zog sich zusammen. »Überhaupt nicht das Gleiche.«

»Dass wir nicht miteinander geschlafen haben, ändert an dem Gefühl, zum Narren gehalten worden zu sein, überhaupt nichts. Du hättest auch gleich mit der Wahrheit herausrücken können, aber du hast es vorgezogen, mir etwas vorzumachen.«

»Ja, weil ich gehört hatte, dass du möglicherweise genauso berechnend sein könntest wie sie. Außerdem, woher sollte ich wissen, ob *du* nicht Anspruch auf die Statue erheben würdest?«

Malachi hob resigniert die Hände. Was ihm zu Beginn vollkommen vernünftig und notwendig erschienen war, hörte sich jetzt nach einem eiskalten Verhalten an.

»Die Statue ist ursprünglich vielleicht nicht auf legalen Wegen in den Besitz meiner Familie gelangt, Tia, aber sie hat uns fast neunzig Jahre lang gehört. Und als wir herausfanden, dass es insgesamt drei davon gibt und was das bedeutet, da hat sich einiges geändert. Auf der einen Seite wollen wir nur wiederhaben, was uns gehört, und auf der anderen Seite, na ja, geht es natürlich auch um viel Geld. Geld, das wir gut brauchen könnten. Irland ist im Moment im Aufschwung, und mit etwas mehr Geld könnten wir unser Geschäft erweitern und davon profitieren.«

»Dein Schifffahrtsgeschäft?«, fragte sie trocken. Verlegen wandte er den Blick ab.

»Wir organisieren Ausflugsfahrten, die von Cobh aus rund um den *Old Head of Kinsale* führen. Außerdem sind wir noch am Fischfang beteiligt. Ich dachte, du könntest dich vielleicht eher für mich interessieren, wenn ich aus deinen Kreisen käme.«

»Du hältst mich also für oberflächlich?«

Er stieß die Luft aus und blickte sie direkt an. »Ich hatte damit gerechnet, dass du oberflächlich bist, aber ich habe mich geirrt.«

»Du wolltest heute Abend mit mir ins Bett gehen. Das ist verabscheuungswürdig. Du hast mich von Anfang an benutzt.«

»Das stimmt nicht.« Er trat zu ihr und ergriff ihre Hände. »Ich will nicht, dass du das denkst.«

»Als du damals in Helsinki das erste Mal auf mich zukamst, mich anlächeltest und fragtest, ob ich Lust auf einen Spaziergang habe, da hat es dir nichts bedeutet. Es hat dir nichts bedeutet. Du wolltest auf dem Spaziergang nur herausbekommen, ob ich für dich von Nutzen sein könnte.«

»Ich kannte dich ja nicht. Zuerst warst du für mich nur ein Name, nur eine Möglichkeit. Aber ...«

»Bitte! Willst du mir als Nächstes vielleicht erzählen, alles habe sich geändert, als du mich besser kennen lerntest? Erspar mir doch bitte dieses Klischee!«

»Mir wurde klar, wie gern ich mit dir zusammen bin, Tia. Das gehörte nicht zu meinem Plan.«

»Dein Plan war gemein. Lass meine Hände los.«

»Es tut mir Leid, dass ich dich verletzt habe.« Es klang jämmerlich, aber Malachi fiel nichts anderes ein. »Ich schwöre bei Gott, dass ich das nicht wollte.«

»Lass meine Hände los«, wiederholte Tia. Als er es tat, trat sie einen Schritt zurück. »Ich kann dir nicht helfen, und selbst wenn ich es könnte, würde ich es jetzt nicht mehr tun. Aber du kannst dich ja wenigstens damit trösten, dass ich auch Anita Gaye nicht helfen kann. Ich bin für euch beide nutzlos.«

»Du bist nicht nutzlos, Tia. Für niemanden. Und ich spreche jetzt nicht von den Parzen.«

Sie schüttelte nur den Kopf. »Mehr gibt es im Augenblick nicht zu sagen. Ich bin müde und möchte, dass du gehst.«

»Ich kann dich nicht in diesem Zustand allein lassen.«

»Du wirst es aber müssen. Ich habe dir wirklich nichts mehr zu sagen, zumindest nichts, was auch nur ansatzweise konstruktiv wäre.«

»Wirf etwas nach mir!«, schlug er vor. »Schlag mich, schrei mich an.«

»Das würde es nur für dich einfacher machen.« Tia sehnte sich danach, allein zu sein, allein in ihrer Höhle. Und sie wollte ihren letzten Rest Stolz bewahren. »Ich möchte, dass du gehst. Wenn dir auch nur im Geringsten bewusst ist, was du angerichtet hast, dann respektiere diesen Wunsch bitte.«

Da ihm nichts anderes übrig blieb, ging Malachi zur Tür. Dort drehte er sich um. Sie stand immer noch am Fenster. »Als ich dich das erste Mal angesehen – *wirklich* angesehen – habe, Tia«, sagte er leise, »konnte ich nur denken, was du für schöne, traurige Augen hast. Seitdem sind sie mir nicht mehr aus dem Kopf gegangen. Das hier ist nicht vorbei, nichts ist vorbei.«

Sie stieß die Luft aus, als sich die Tür hinter ihm schloss. »Das musst du schon mir überlassen.«

Die Straßen in Cobh stiegen von der Bucht aus steil an und erinnerten darin an San Francisco. Oben an einer dieser Straße stand ein hübsches, blassgrün gestrichenes Haus, das von einem blühenden, durch eine niedrige Steinmauer begrenzten Garten umgeben war.

Das Haus hatte drei Schlafzimmer, zwei Bäder, ein Wohnzimmer mit einem Fernseher, der nicht mehr ganz dem neuesten Standard entsprach, und einer bequemen, blau-weiß karierten Couch. Es gab auch einen kleinen Salon und ein Esszimmer, die aber beide nur benutzt wurden, wenn Gäste da waren. In diesen Zimmern waren die Möbel makellos poliert, und die Spitzengardinen an den Fenstern waren vom Alter schon ganz fadenscheinig.

An der Wand des Salons hingen Bilder von John F. Kennedy, dem Papst und der Heiligen Muttergottes. Die Anwesenheit dieser Dreieinigkeit hatte Malachi schon immer mit Unbehagen erfüllt, sodass er sich nur selten dort aufhielt.

Bevor er im Alter von vierundzwanzig Jahren in die Wohnung in der ersten Etage des Bootshauses gezogen war, hatte er in diesem Haus gelebt, sich mit seinem Bruder ein Zimmer geteilt und sich mit seiner Schwester gestritten, wenn sie mal wieder zu lange das obere Badezimmer besetzt hielt.

Solange er zurückdenken konnte, war die Küche der Ort gewesen, wo sich die Familie versammelte, wenn es wichtige Dinge zu besprechen gab. Und dort lief er jetzt auf und ab, während seine Mutter die Kartoffeln für das Abendessen schälte.

Malachi war erst vor zwei Tagen zurückgekehrt und hatte sich gleich in die Arbeit gestürzt. Er war mit einem der beiden Boote hinausgefahren, weil Rebecca ihn darauf hingewiesen hatte, dass er den ganzen Sommer über noch nichts zum Broterwerb der Familie beigetragen habe. Dann hatte er sämtlichen Papierkram erledigt, bis ihm der Rücken vom Sitzen schmerzte.

Am ersten Tag hatte er zwölf Stunden gearbeitet und am zweiten zehn, aber seine Wut und seine Schuldgefühle waren dadurch nicht weniger geworden.

»Wasch die Kartoffeln«, sagte Eileen. »Das wird dich vom Grübeln ablenken.«

»Ich grüble nicht, ich denke nach.«

»Ich kann erkennen, wann du grübelst.« Seine Mutter öffnete die Backofentür und sah nach dem Braten. Sie kochte mitten in der Woche ein Sonntagsessen, Malachis Lieblingsgericht, weil sie hoffte, ihn dadurch ein wenig aufheitern zu können. »Das Mädchen hat dich zu Recht hinausgeworfen, und du wirst damit leben müssen.«

»Das weiß ich, aber ich hatte gehofft, sie würde das alles verstehen, wenn sie erst einmal eine Nacht darüber geschlafen hat. Ich hatte gehofft, dass sie mir zumindest die Chance gibt, es wieder gutzumachen. Aber sie ist weder ans Telefon gegangen noch hat sie die Tür aufgemacht. Die Blumen, die ich ihr geschickt habe, hat sie wahrscheinlich weggeworfen. Ich hätte nicht gedacht, dass sie so hart sein kann.«

»Hart, ach du liebe Güte! Sie ist verletzt, das ist alles. Du hast aus einer geschäftlichen Angelegenheit eine persönliche gemacht.«

»Sie war gerade dabei, persönlich zu werden.«

Eileen drehte sich zu ihrem Sohn um und blickte ihn nachsichtig an. »Ja, das weiß ich. So ist es nun einmal im Leben, man weiß nie, was einen an der nächsten Ecke erwartet.« Sie begann Karotten zu schälen. »Blumen haben bei mir auch nie gewirkt, wenn dein Vater etwas wieder gutzumachen hatte.«

Malachi lächelte. »Sondern?«

»Zeit, zum Beispiel. Eine Frau muss ein bisschen Zeit zum Schmollen haben und einen Mann für seine Sünden leiden lassen. Und danach sollte er sich etwas Mühe geben. Mir gefallen Männer, die zu Kreuze kriechen können.«

»Ich habe Dad nie zu Kreuze kriechen sehen.«

»Du hast ja auch nicht alles mitbekommen«, wies Eileen ihn zurecht.

»Ich habe Tia verletzt, Ma.« Er stellte die Kartoffeln zum Abtropfen beiseite. »Das hätte nicht passieren dürfen.«

»Nein, das stimmt, aber du hast es ja nicht absichtlich getan.« Sie trocknete sich die Hände an einem Geschirrtuch ab und hängte es wieder an den Haken. »Du hast nur an die Familie und an deinen Stolz gedacht. Doch jetzt musst du auch an *sie* denken. Wenn du sie das nächste Mal siehst, wirst du schon wissen, was du tun musst.«

»Sie wird mich nicht wiedersehen wollen.«

»Es wäre ja etwas ganz Neues, wenn einer meiner Söhne einmal schnell aufgeben würde. Habe ich nicht schon Sorgen genug wegen Gideon, der mit dieser Tänzerin unterwegs ist?«

»Gideon geht es gut. Zumindest spricht diese Frau noch mit ihm.«

»Du verdammter Hurensohn!«

Ja, sie sprach mit ihm, aber leise und drohend, und schlug ihm dabei mit voller Kraft die Faust gegen das Kinn. Von der Wucht des Kinnhakens landete Gideon vor der Tür des schäbigen Hotelzimmers, das sie gemietet hatten, auf dem Hintern.

Er wischte sich über die blutende Lippe und beäugte Cleo misstrauisch. Sie stand in einem schwarzen BH und Höschen vor ihm, das Haar tropfnass vom Duschen.

»Jetzt reicht es!« Langsam erhob er sich. »Zum Wohle der gesamten Menschheit muss ich dich jetzt leider umbringen. Du bist eine Bedrohung für die Gesellschaft.«

»Na los, dann komm doch!« Sie tänzelte mit erhobenen Fäusten vor ihm hin und her. »Schlag zurück!«

Eigentlich hätte Gideon nichts lieber als das getan. Fünf furchtbare Tage lang war er mit Cleo im Schlepptau kreuz und quer durch Europa gefahren. Er hatte in Betten geschlafen, gegen die ein normales Jugendherbergsbett der wahre Luxus war. Er hatte ihre Forderungen, ihre Fragen, ihre Klagen ertragen.

Er hatte sich zusammengerissen und sie nicht berührt, hatte sich benommen wie ein perfekter Gentleman, obwohl sie ihn ständig provozierte.

Er hatte ihr zu essen gegeben – du lieber Himmel, sie hatte vielleicht einen Appetit! – und dafür gesorgt, dass sie überall die besten Unterkünfte bekamen, die er sich von seinem mickrigen Budget leisten konnte.

Und was tat sie? Sie schlug ihm die Faust ins Gesicht.

Gideon trat mit geballten Fäusten auf sie zu. »Ich kann keine Frau schlagen. Ich würde es furchtbar gern tun, aber ich kann es einfach nicht. Und jetzt geh mir aus dem Weg.«

»Du kannst also keine Frau schlagen?« Herausfordernd reckte Cleo ihr Kinn in die Höhe. »Aber du hast offenbar keine Probleme damit, sie zu bestehlen. Du hast meine Ohrringe genommen.«

»Das stimmt.« Er stieß sie zur Seite, trat ins Zimmer schlug die Tür hinter sich zu. »Und ich habe fünfundzwanzig Pfund dafür bekommen. Du frisst wie ein Scheunendrescher, und ich bin schließlich kein Goldesel!«

»Fünfundzwanzig!« Ihre Wut wuchs. »Ich habe dreihundertachtundsechzig Dollar dafür bezahlt, nachdem ich eine Stunde lang in diesem Juweliergeschäft auf der 5th Avenue hart gehandelt habe. Du bist nicht nur ein Dieb, du bist auch noch ein Trottel!«

»Und *du* hast wohl jede Menge Erfahrung im Verhökern von Ohrringen, was?«

Das hatte sie zwar nicht, aber sie war überzeugt davon, dass sie es besser gemacht hätte. »Sie waren aus achtzehnkarätigem Gold.«

»Und jetzt bringen sie uns eine Portion *Fish and Chips* im Pub ein und eine Nacht in diesem Drecksloch hier. Du redest ständig auf mich ein, dass wir Partner seien, trägst aber nichts dazu bei!«

»Du hättest mich ja fragen können.«

»Und du hättest mir die Ohrringe bestimmt bereitwillig gegeben, wenn ich dich darum gebeten hätte, nicht wahr? Gerade du! Du nimmst ja sogar deine Handtasche mit unter die Dusche!«

Cleo verzog die Mundwinkel. »Du hast mir gerade bewiesen, dass es auch notwendig ist.«

Entrüstet griff er nach einem T-Shirt und reichte es ihr. »Zieh dir um Himmels willen etwas an. Achte ein bisschen auf dich.«

»Ich achte sehr gut auf mich.« Sie hatte ganz vergessen, dass sie in Unterwäsche vor ihm stand. Solche Details entgingen ihr, wenn sie wütend war. Aber als sie jetzt seinen verächtlichen Tonfall hörte, warf sie das T-Shirt quer durchs Zimmer. »Ich will diese fünfundzwanzig Pfund haben!«

»Du bekommst sie aber nicht. Wenn du etwas essen willst, zieh dich an. Ich gebe dir fünf Minuten.« Er ging auf die Badezimmertür zu – und erkannte im selben Augenblick, dass er ihr besser nicht den Rücken zugekehrt hätte.

Cleo sprang ihn von hinten an, schlang ihre Beine um seine Taille und zog seinen Kopf an den Haaren nach hinten, bis er Sternchen sah.

Er versuchte, sie abzuschütteln, aber sie hing wie ein Sandsack auf seinem Rücken und schnürte ihm mit dem Arm die Luft ab. Es war ein Gefühl, als würde sie ihm die Luftröhre zerquetschen. Wütend griff er nach hinten in ihre Haare, und sie heulte auf, als er heftig daran zog.

»Lass los! Lass meine Haare los!«

»Erst lässt du mich los!«, würgte er. »Sofort!«

Fluchend und keuchend drehten sie sich im Kreis. Gideon stieß gegen die Bettkante, verlor das Gleichgewicht, fiel rückwärts aufs Bett und begrub Cleo unter sich. In dem Moment, als sie ihren Griff lockerte, drehte er sich um und hielt ihre Arme fest.

»Du hast doch eine Schraube locker«, sagte er atemlos und drückte sie nach unten. »Dutzende von Schrauben. Es sind doch nur fünfundzwanzig Pfund, du liebe Güte. Ich gebe dir zwölf fünfzig, wenn du so wild darauf bist.«

»Meine Ohrringe!«, keuchte sie. »Mein Geld!«

»Du weißt ganz genau, dass ich auch nur ein Mann bin. Ich könnte dir eins über den Kopf ziehen und mir viel mehr von dir nehmen als nur ein Paar Ohrringe.«

Cleo schniefte verächtlich, aber plötzlich änderte sie ihre Strategie. Tränen traten ihr in die Augen. Ihre vollen Lippen begannen zu beben. »Tu mir nicht weh!«

»Ich tue dir doch nicht weh. Für wen hältst du mich? Wein jetzt nicht, komm schon, Liebling.« Er ließ ihre Arme los, um ihr die Tränen von den Wangen zu wischen.

In dem Moment sprang sie ihn an wie eine Wildkatze. Sie biss und kratzte und rammte ihm ihren Ellbogen in die Rippen. Als Gideon versuchte, sich zu verteidigen, fielen sie vom Bett herunter.

Grunzend, schwitzend und halb blind vor Schmerzen, gelang es ihm ein zweites Mal, sie zu Boden zu drücken. Erst da merkte er, dass sie lachte.

»Was so ein paar Tränen bei euch Jungs doch ausrichten!« Sie grinste ihn an. Gott, war der Mann süß! »Deine Lippe blutet, Champ.«

»Ich weiß.«

»Ich denke, das war die fünfundzwanzig Pfund wert. Aber ich habe keine Lust auf *Fish and Chips*, ich möchte Fleisch«, verlangte sie.

Dann bemerkte sie seinen konzentrierten Blick, der – wie bei allen Männern – nur eins bedeuten konnte. Ihre Bauchmuskeln zogen sich erwartungsvoll zusammen.

»Oh-oh«, murmelte sie.

»Verdammt, Cleo!« Gideon presste seine pochenden, blutigen Lippen auf ihre. Sie schmeckte nach Sünde und roch wie ein Garten nach dem Regen. Cleo öffnete den Mund und erwiderte seinen Kuss gierig. Wieder schlang sie die Beine um ihn, dieses Mal jedoch ganz sanft. Langsam und sinnlich bog sie sich ihm entgegen.

Er hob den Kopf und blickte sie an. Ihre Haare lagen wie ein Schleier über dem schäbigen, mit Brandflecken übersäten Teppich. An ihren Wimpern hingen immer noch Tränen. Am liebsten hätte er sie mit einem einzigen Bissen verschlungen. Er war steinhart und geil.

Aber seine Wertvorstellungen, die ihn schon davon abgehalten hatten, sie zu schlagen, blockierten ihn.

»Verdammt!«, fluchte er noch einmal und richtete sich auf.

Verblüfft stützte sie sich auf einen Ellbogen. »Was ist los?«

»Zieh dich an, Cleo. Ich habe gesagt, ich tue dir nichts. Und ich will dich auch nicht benutzen.«

Sie setzte sich auf und musterte ihn. Er hatte die Augen geschlossen und sein Atem kam stoßweise. Sie merkte ihm seine Erregung deutlich an. Aber er hatte sich zurückgehalten, weil er, obwohl er sich so hart und kühl berechnend gab, anständig war. Ein grundanständiger Mann.

»Du bist schon etwas ganz Besonderes, nicht wahr?«

Er öffnete die Augen und sah, dass sie ihn nachdenklich anlächelte. »Wie bitte?«

»Nur eine Frage: Hast du die Finger von mir gelassen, weil ich eine Stripperin bin?«

»Nein. Ich habe es gelassen, weil ich – trotz allem, was du über unsere Partnerschaft gesagt hast – dafür verantwortlich bin, dass du hier bist. Ich bin es schuld, dass du durch halb Europa flüchten musstest, schließlich habe ich mich auf die Suche nach diesen Statuen gemacht. Und ich bin wissentlich das Risiko eingegangen, dass mich jemand aufzuhalten versucht, während du gar keine andere Wahl hattest.«

»So ähnlich hatte ich mir es vorgestellt«, erwiderte sie. »Ich brauche dich also nur noch einmal an mich zu ziehen.«

»Lass es!«, warnte er sie, doch da glitt sie bereits wie eine Schlange auf seinen Schoß.

»Leg dich einfach nur zurück und genieß es.« Sie fuhr mit der Zunge über sein Kinn und ließ ihre Hände über seine Brust wandern. »Du kannst dich auch beteiligen. Ganz wie du willst, Schönling. Auf jeden Fall will ich dich. Hmm, du bist ganz heiß und verschwitzt.« Als er ihre Handgelenke festhielt, machte sie einfach mit dem Mund weiter. »Das gefällt mir. Für dich wird es einfacher, wenn du mitmachst.«

Sie rieb sich an ihm und küsste ihn, als er stöhnte.

»Berühr mich!« So lange schon hatte sie nicht mehr die Hand eines Mannes gespürt. Und sie begehrte ihn. »Berühr mich!«

Er drückte sie auf den Rücken, und dann waren seine Hände überall. Der Fußboden war hart und stank nach abgestandenem Rauch, aber es machte ihnen nichts aus.

Sie wollte ihn. Obwohl sie wusste, dass es dumm und sinnlos war, wollte sie ihn, von Anfang an hatte sie ihn gewollt. Jedes Mal, wenn er sie ansah, jede Nacht, wenn sie dicht neben ihm gelegen hatte und nicht schlafen konnte, hatte sie ihn gewollt.

Seine starken Hände glitten über ihren Körper, und sie bog sich ihm entgegen, als er ihren BH bis zur Taille hinunterstreifte. Sie stöhnte auf, als er mit den Lippen ihre Brustwarze umschloss.

Ihr Körper war fantastisch. Biegsam und üppig mit großen Brüsten und endlos langen Beinen. Seit er sie zum ersten Mal in Männerkleidung auf der Bühne gesehen hatte, mit diesem wissenden Lächeln auf ihrem schönen Gesicht, hatte er sie begehrt.

Er konnte nicht mehr darüber nachdenken, ob er dabei war, einen Fehler zu begehen. Er wollte sie nur noch spüren.

Wieder fand er ihren Mund, und Schmerz und Lust durchfuhren ihn. Sie zog ihm die Jeans herunter und kratzte mit ihren Nägeln seine Hüften entlang. Das Blut rauschte in seinem Kopf.

Und dann war er in ihr, stieß tief in sie hinein, und sie kam in einem wilden, nassen Aufbäumen.

»Jesus!« Sie riss die Augen auf, die beinahe schwarz vor Lust waren. »Jesus, was war das?«

»Ich weiß es nicht, aber lass es uns noch mal versuchen.« Sie spürte noch das Beben ihres Höhepunktes, als er bereits wieder mit schnellen, fast gewalttätigen Stößen in sie eindrang. Er hörte sie keuchen, sah, wie ihr die Röte ins Gesicht stieg, spürte, wie sie sich seinem Rhythmus anpasste.

Und als er sich in ihr verlor, suchte sie wieder seinen Mund.

8

Cleo lag mit dem Gesicht nach unten quer über der Matratze, die so hart wie Beton war. Ihre Lungen pfiffen nicht mehr und auch das Rauschen in ihren Ohren war einem angenehmen Summen gewichen.

Sie hatte ihre erste sexuelle Erfahrung mit sechzehn gemacht, als sie – nach einem Streit mit ihrer Mutter – Jimmy Moffet erlaubt hatte, das mit ihr zu tun, worum er sie seit drei Monaten angebettelt hatte.

Die Erde hatte zwar nicht gebebt, aber als erster Mann war Jimmy ganz in Ordnung gewesen.

In den elf Jahren danach hatte sie bessere und schlechtere Liebhaber gehabt, und im Laufe der Zeit war sie wählerisch geworden. Sie hatte gelernt, was ihrem Körper gefiel und wie sie einen Mann anleiten musste, damit er ihr Befriedigung verschaffte.

Sie hatte natürlich auch ein paar Fehler gemacht. Sydney Walter war der letzte und kostspieligste Fehler gewesen. Im Großen und Ganzen war sie jedoch mit ihrem Sexualleben und der Wahl ihrer Bettgenossen zufrieden.

Seitdem sie im *Down Under* aufgetreten war, hatte ihr Sexualtrieb allerdings beträchtlich nachgelassen, aber in solchen Clubs wurde der Sex schließlich auch auf das Grundlegende und Ordinäre reduziert. Und gleichzeitig waren ihre Ansprüche durch ihre Arbeit noch gewachsen.

Und dieses Mal schien es wirklich funktioniert zu haben.

Gideon Sullivan wusste nicht nur, wie man die Erde zum Beben brachte, er konnte dabei gleichzeitig auch noch Tango tanzen. Und Rumba. Der Mann war der reinste Fred Astaire im Bett.

Das verlieh ihrer sonderbaren Partnerschaft noch einen zusätzlichen Reiz.

Zwar sah er sie nicht als seine Partnerin an, aber für sie war es so. Und nur das zählte. Außerdem hatte sie noch einen Trumpf im Ärmel. Sie öffnete die Augen und blickte auf ihre Tasche, die auf der schäbigen Kommode stand.

Dieser Trumpf ist eine Göttin, dachte sie. Eine Göttin aus Silber.

Cleo hatte vor, Gideon zu gegebener Zeit die Wahrheit zu sagen. Aber die Erfahrung hatte sie gelehrt, dass es immer besser war, noch etwas in der Hinterhand zu haben. Wenn sie ihm jetzt schon von der Statue erzählte, brächte er es am Ende noch fertig, sie genauso zu stehlen wie die Ohrringe.

Verdammt, sie hatte die Ohrringe wirklich gern gemocht.

Natürlich war er kein wirklicher Mistkerl. Wenn es um Sex ging, war er ein moralischer Mensch, und das gefiel ihr. Aber bei der Statue ging es um Geld. Es war eine Sache, mit einem Mann zu schlafen, den man kaum eine Woche kannte, aber ihm eine potenzielle Goldmine anzuvertrauen, war eine ganz andere.

Es war viel klüger, wenn sie ihr Wissen für sich behielt und ihn stattdessen ein bisschen ausfragte.

Sie drehte sich um und glitt mit dem Mund an seiner Hüfte entlang. »Ich habe gar nicht gewusst, dass ihr Iren eine solche Ausdauer besitzt.«

»Das liegt am Guinness.« Seine Stimme klang schläfrig. »Und ein Bier könnte ich jetzt wahrhaftig gebrauchen.«

»Du bist gut gebaut, Schönling.« Sie ließ ihre Finger an seinem Oberschenkel hochwandern. »Trainierst du?«

»In einem Studio? Nein. All die schwitzenden Leute und diese schrecklichen Geräte ...«

»Läufst du?«

»Wenn ich's eilig habe.«

Sie lachte und schmiegte sich an seine Brust. »Was machst du denn so in Irland?«

»Wir haben Boote.« Er fuhr ihr mit den Fingern durch die Haare. Ihr dunkelblondes, dichtes Haar gefiel ihm besonders gut. »Ausflugsboote und Fischkutter. Manchmal fahre ich Touristen durch die Gegend, manchmal fische ich, aber meistens repariere ich die verdammten Kähne.«

»Das erklärt so einiges.« Sie kniff ihn in seinen Bizeps. »Erzähl mir mehr von den Parzen.«

»Ich habe dir doch schon alles erzählt.«

»Du hast mir das ganze historische Zeug erzählt. Aber das erklärt noch nicht, warum du sicher bist, dass sie so viel Geld wert sind, und warum wir unsere Zeit damit verschwenden, sie aufzuspüren. Ich weiß noch nicht einmal genau, vor *wem* ich aus Prag fliehen musste.«

»Meine Schwester Rebecca hat herausbekommen, dass die Statuen eine Menge Geld wert sind. Becca ist eine Meisterin, wenn es um Nachforschungen und das Zusammentragen von Fakten und Daten geht.«

»Nichts für ungut, Schönling, aber ich kenne deine Schwester nicht.«

»Sie ist einfach brillant. Sie kann so viele Sachen im Kopf behalten, dass sie ihr wahrscheinlich eines Tages aus den Ohren herauskommen. Sie hatte übrigens auch die Idee mit den Ausflugsfahrten. Sie war damals erst fünfzehn und hat Ma und Dad die ganzen Pläne, Zahlen und Kalkulationen vorgelegt. Und da Cobh damals schon für Touristen interessant war – wegen der *Lusitania*, aber auch wegen der schönen Landschaft ringsum und dem Hafen –, konnte man damit rechnen, dass mit der Zeit immer mehr kommen würden.«

Cleo vergaß einen Moment lang, dass sie Gideon eigentlich Informationen über die Parzen entlocken wollte. »Und deine Eltern haben auf sie gehört?« Die Vorstellung, dass Eltern einem Kind tatsächlich zuhörten, kam ihr faszinierend und lächerlich zugleich vor.

»Ja, klar. Warum denn nicht? Natürlich sind sie nicht begeistert aufgesprungen und haben gerufen, ›Aber selbstverständlich, wenn Bec es sagt, dann machen wir das!‹. Aber wir haben darüber diskutiert und alles durchgerechnet, bis wir zu dem Schluss kamen, dass es einen Versuch wert ist.«

»Meine Eltern hätten mir gar nicht zugehört.« Sie legte den Kopf auf seine Brust. »Als ich fünfzehn war, haben wir allerdings schon gar nicht mehr miteinander gesprochen.«

»Und warum nicht?«

»Lass mich nachdenken ... Ach ja, jetzt erinnere ich mich. Wir mögen uns nicht.«

Neugierig blickte er sie an. »Warum glaubst du, dass deine Eltern dich nicht mögen?«

»Weil ich wild, streitsüchtig und ungezogen bin und all die fantastischen Möglichkeiten, die sie mir geboten haben, in den Wind geschlagen habe. Warum lächelst du?«

»Ich habe gerade gedacht, dass die ersten drei Gründe genau diejenigen sind, weshalb ich dich mag. Welche Möglichkeiten hast du in den Wind geschlagen?«

»Eine Ausbildung, die angesehene Stellung in der Gesellschaft, all das habe ich nicht gewollt.«

»Hm. Und warum magst du deine Eltern nicht?«

»Weil sie mich nie gesehen haben, wie ich wirklich bin.« Kaum hatte sie den Satz ausgesprochen, war er ihr peinlich. Wie kam sie nur darauf? Um davon abzulenken, ließ sie ihre Finger über seinen Hintern gleiten. »Hey, solange wir hier sind ...«

»Was sollten sie denn sehen?«

»Es spielt keine Rolle.« Sie rieb mit ihrem Fuß über seinen Unterschenkel und gab ihm einen flüchtigen Kuss. »Unsere Wege haben sich vor langer Zeit getrennt. Die meiner Eltern sich übrigens auch. Als ich sechzehn war, hörten sie auf, so zu tun, als seien sie verheiratet. Meine Mutter hat seitdem noch zwei weitere Male geheiratet. Und mein Vater hurt herum – ganz diskret natürlich.«

»Das muss schwer für dich sein.«

»Es macht mir nichts aus«, erwiderte Cleo achselzuckend. »Auf jeden Fall bin ich mehr am Hier und Jetzt interessiert und daran, ob du Lust auf eine weitere Runde hast, bevor du dein Bier bekommst.«

So leicht ließ Gideon sich jedoch nicht ablenken. Sanft

knabberte er an ihrem Hals. »Und wie bist du dann in diesem Club in Prag gelandet?«

»Aus Dummheit.«

Er hob den Kopf. »Nach meiner Kenntnis ist das ein weites Feld. Dummheit in welcher Form?«

Sie stieß einen Seufzer aus. »Wenn du jetzt nicht mit mir schläfst, gehe ich unter die Dusche.«

»Ich möchte mehr von einer Frau wissen, mit der ich schlafe, als nur ihren Namen.«

»Zu spät, Schönling. Du hast mich bereits gevögelt.«

»Das erste Mal habe ich dich vielleicht gevögelt«, entgegnete er so kühl, dass sie sich über ihre Bemerkung schämte. »Das zweite Mal war schon mehr dahinter. Und wenn wir so weitermachen, könnte *noch* mehr daraus werden. So funktioniert das nun einmal.«

Irgendwie klang es in Cleos Ohren wie eine Drohung. »Musst du denn alles komplizieren?«

»Ja. Das ist eins meiner Talente. Du hast gesagt, deine Eltern haben dich nicht gesehen, wie du wirklich bist. Nun, *ich* sehe jetzt schon einen Teil von dir, Cleo, und ich werde so lange hingucken, bis ich dich ganz deutlich sehe. Ich bin gespannt, wie dir das gefällt.«

»Ich lasse mich nicht gern drängen.«

»Das ist ein Problem, ich dränge nämlich gerne.« Er rollte von ihr herunter. »Du kannst zuerst duschen, aber beeil dich. Ich bin halb verhungert und sehne mich nach einem Bier.«

Er faltete die Hände über seinem Bauch und schloss die Augen.

Stirnrunzelnd stieg Cleo aus dem Bett. Auf dem Weg ins Badezimmer warf sie ihm noch einen letzten, neugierigen Blick zu, dann ergriff sie ihre Tasche und schloss sich im Badezimmer ein.

Jetzt habe ich sie durcheinander gebracht, dachte Gideon. Das war in Ordnung, schließlich hatte sie ihn auch verwirrt.

Er wartete, bis sie an einem der niedrigen Tische im Pub saßen und sie ihr Steak und er seine Portion *Fish and Chips* vor sich stehen hatte.

»Da deine Familie zur New Yorker Gesellschaft gehört: Kennst du zufällig Anita Gaye?«

»Den Namen habe ich noch nie gehört.« Das Steak war klein und ließ sich kaum schneiden, aber Cleo würde sich auf keinen Fall darüber beschweren. »Wer ist das?«

»Kennst du *Morningside Antiquitäten*?«

»Klar. Das ist einer von diesen alten, versnobten Läden, wo reiche Leute viel zu viel Geld für Dinge bezahlen, die früher anderen reichen Leuten gehört haben.« Sie warf die Haare zurück. »Ich habe es lieber glänzend und neu.«

Er grinste. »Das ist aber eine niederschmetternde Beschreibung, vor allem von jemandem, der selbst so reich ist.«

»Ich bin nicht reich. Meine Familie ist reich.«

Insgeheim dachte Gideon, dass jemand, der mehr als dreihundert Dollar für ein Paar Ohrringe ausgab, entweder reich oder verrückt sein musste. Wahrscheinlich beides. »Wirst du nichts erben?«

Sie zuckte mit den Schultern und säbelte verbissen an ihrem Fleisch herum. »Ich kriege eine ganze Menge Geld, wenn ich fünfunddreißig werde. Aber davon kann ich meine Brötchen in den nächsten acht Jahren noch nicht bezahlen.«

»Wo hast du tanzen gelernt?«

»Lenk nicht ab. Was hat *Morningside* mit unserer augenblicklichen Situation zu tun?«

»Also gut: Anita Gaye leitet das Geschäft; sie ist die Witwe des früheren Eigentümers.«

»Warte mal. Warte mal.« Cleo fuchtelte mit ihrer Gabel durch die Luft. »Daran erinnere ich mich. ›Alter Knacker heiratet scharfes junges Mädchen.‹ Sie hat für ihn gearbeitet oder so. Meine Mutter hat sich furchtbar darüber aufgeregt und wochenlang von nichts anderem geredet. Und als er dann abkratzte, ging der ganze Klatsch von vorn los. Damals habe ich ab und zu noch mal mit meiner Mutter geredet. Sie lebte zu der Zeit – zwischen zwei Ehemännern sozusagen – gerade einmal wieder in New York. Und ich habe irgendwas gesagt wie: ›Warum regst du dich denn so auf, immerhin hat die Tussi dafür gesorgt, dass der alte Knabe glücklich gestorben ist?‹. Meine Mutter hat fast einen Anfall bekommen.

Ich glaube, kurz danach haben wir den Kontakt ganz eingestellt.«

»Habt euch voneinander getrennt?«

»Bingo.«

»Weil der Mann einer anderen Frau gestorben ist?«

»Eigentlich ging es eher darum, dass ihr neuester Ehemann mir an die Wäsche wollte, und ich war so wütend, dass ich es ihr erzählt habe.«

»Dein Stiefvater hat dich angefasst?«, fragte Gideon empört.

»Damals war er noch nicht mein Stiefvater. Und eigentlich hat er auch nur versucht, mich anzufassen, woraufhin ich ihm das Knie in die Eier gerammt habe. Ich habe meiner Mutter erzählt, dass er mich begrapscht hat, aber er hat behauptet, ich hätte mich an *ihn* herangemacht. Meine Mutter glaubte ihm. Das Ganze endete in einer gegenseitigen wüsten Beschimpfung, dann ging ich, sie heiratete ihn und zog mit ihm nach L.A.«

Achselzuckend griff sie nach ihrem Bier. »Ende einer sentimentalen Familiensaga.«

Er streichelte ihr über den Handrücken. »Dann hat sie den Typen vermutlich auch verdient.«

»Ja, wahrscheinlich.« Sie trank ihr Bier aus. »Also hat Anita Gaye etwas mit uns zu tun, weil ... Ist sie es, die uns aus Prag vertrieben hat?« Cleo schürzte die Lippen. »Vielleicht ist sie doch nicht nur ein dummes Blondchen.«

»Sie ist eine berechnende, eiskalte Frau. Und eine Diebin. Sie hat meinem Bruder eine der Statuen gestohlen. Sie will alle drei haben, und dazu ist ihr jede Methode recht. Und diese Tatsache werden wir zu unserem Vorteil verwenden. Wir besorgen uns die anderen beiden Statuen, und dann verhandeln wir mit ihr.«

»Dann gibt es also gar keinen Klienten, für den du die Statue suchst. Es ist dein Bruder.«

»Meine Familie«, korrigierte er sie. »Malachi, mein Bruder, geht einer anderen Spur nach, und meine Schwester ebenfalls. Unser Problem ist, dass uns Anita Gaye ständig in die Quere kommt. Manchmal ist sie uns einen Schritt voraus, manchmal einen Schritt hinter uns, aber immer nahe dran. Sie muss eine andere Informationsquelle haben, oder vielleicht lässt sie uns auch überwachen – was noch beunruhigender wäre.«

»Und deshalb wohnen wir beide in diesen schäbigen Hotels, bezahlen bar, und du hast dir einen falschen Namen zugelegt?«

»Damit können wir auch bald aufhören.« Gideon trank einen Schluck Bier und sah sich in dem lauten, überfüllten Pub um. »Im Moment habe ich das Gefühl, dass sie uns aus den Augen verloren hat. Es ist Zeit, dass wir uns an die Arbeit machen,« – seine Mundwinkel verzogen sich zu einem Lächeln – »Partner.«

»Und was sollen wir tun?«

»Du hast erzählt, du erinnerst dich daran, die Statue gesehen zu haben, was bedeutet, dass sie noch im Besitz eurer Familie sein muss. Das Beste wäre also, du rufst einmal deine Mutter an, spielst ein bisschen die Zerknirschte und fragst sie danach.«

Cleo spießte eine Kartoffel mit der Gabel auf. »Das ist überhaupt nicht komisch.«

»Das sollte es auch nicht sein.«

»Ich werde ganz bestimmt nicht als reuige Sünderin zu Hause anrufen.«

Er lächelte sie nur an.

»Das tue ich nicht.«

»Nach dem, was du erzählt hast, mag ich deine Mutter genauso wenig wie du. Aber wenn du ein Fünftel des Gewinns haben willst, wirst du sie anrufen.«

»Ein Fünftel? Du solltest besser rechnen lernen, Schönling.«

»Ich kann ganz gut rechnen. Wir sind zu viert, und du bist eine Person.«

»Ich will die Hälfte.«

»Du kannst reden, so viel du willst, du bekommst nicht die Hälfte. Ein Fünftel von Millionen von Pfund sollte ausreichen, um dich bis zum reifen Alter von fünfunddreißig über Wasser zu halten. Stehen die Dinge zwischen dir und deiner Mutter so schlecht, dass sie ein R-Gespräch ablehnen würde? Vielleicht kämst du ja auch besser mit deinem Vater zurecht.«

»Keiner von beiden würde ein R-Gespräch akzeptieren, und wenn ich direkt aus der Hölle anriefe. Aber ich rufe sowieso nicht an.«

»Doch. Wir lassen den Anruf einfach über Kreditkarte laufen. Wie sieht's mit deiner aus?« Als sie die Arme vor der Brust verschränkte, zuckte er mit den Schultern. »Dann nehmen wir eben meine.«

»Ich rufe nicht an.«

»Wir gehen am besten in eine Telefonzelle«, fuhr Gideon unbeirrt fort. »Wenn Anita Zugriff auf meine Kreditkartenrechnung hat, kann sie die Spur nicht zurückverfolgen. Und morgen werden wir London hoffentlich schon wieder verlassen haben. Du kannst ja die Statue als Vorwand für deinen Anruf nehmen und behaupten, dass du daran denken musstest, weil sie dich an deine Familie erinnert oder so ähnlich. Wenn du deine Rolle gut spielst, schickt einer von beiden dir vielleicht Geld.«

»Hör mir mal gut zu, Gideon. Ich werde jetzt ganz langsam und in kurzen Sätzen sprechen: Sie werden mir keinen Pfennig geben, und ich würde mir eher selbst die Kehle aufschlitzen, als sie um Geld zu bitten.«

»Das weißt du doch gar nicht, wenn du es nicht wenigstens versuchst, oder?« Er warf etwas Geld auf den Tisch. »Komm, wir suchen uns eine Telefonzelle.«

Wie widerspricht man jemandem, der einem gar nicht zuhört, sondern sich wie eine Dampfwalze vorwärts bewegt?, dachte Cleo.

Jetzt saß sie in der Klemme und hatte nur noch wenig Zeit, um sich herauszuwinden.

Sie sprach nicht mit ihm, während sie durch den leichten Nieselregen liefen. Sie musste ihre Entscheidung abwägen.

Sie konnte ihm wohl kaum sagen, ich brauche Mom oder Dad gar nicht anzurufen, weil ich – ha, ha! – zufällig die Statue bei mir habe.

Und wenn sie ihre Mutter anriefe – und sie hätte sich lieber nackt auf einen Ameisenhügel gelegt, als das zu tun –, würde sie vermutlich kalt und desinteressiert mit ihr reden, und Cleo würde sich nur aufregen. Und wenn sie sich zusammenrisse und nach der Statue fragte, würde ihre Mutter ihr unterstellen, dass sie unter Drogen stünde. Anschließend würde sie sie daran erinnern, dass die kleine Silberstatue jahrelang zu Hause in Cleos eigenem Zimmer gestanden hätte. Daran würde sie sich bestimmt erinnern, weil sie das Zimmer ihrer Tochter mindestens einmal pro Woche nach Drogen durchsucht hatte – die Cleo nie genommen hatte.

Da ihr keine der beiden Möglichkeiten besonders gefiel, musste ihr eine dritte einfallen.

Sie war noch in Gedanken versunken, als Gideon sie bereits in eine der roten Telefonzellen zerrte. »Denk eine Minute darüber nach, was du sagen willst«, riet er ihr. »Wen von beiden willst du anrufen? Deine Mutter in Los Angeles? Deinen Vater in New York?«

»Das brauche ich mir nicht zu überlegen, weil ich keinen von beiden anrufen werde.«

»Cleo ...« Er schob ihr eine Haarsträhne hinters Ohr. »Sie haben dir sehr wehgetan, nicht wahr?«

Er sagte es so ruhig, so mitfühlend, dass sie sich abrupt von ihm abwandte und in den Regen starrte. »Ich brauche sie nicht anzurufen. Ich weiß, wo die Statue ist.«

Er küsste sie auf den Scheitel. »Es tut mir Leid, dass es so schwer für dich ist, aber wir können nicht weiter planlos durch die Gegend fahren.«

»Ich sagte, ich weiß, wo sie ist. Bring mich nach New York.«

»Cleo ...«

»Verdammt, hör auf, mich zu tätscheln wie einen Welpen. Lass mich los!« Cleo stieß ihn beiseite und griff in ihre Tasche. »Hier.« Sie drückte ihm die Aufnahme in die Hand.

Er starrte sie ungläubig an. »Was zum Teufel ist das?«

»Ein Wunder der Technik. Nach unserem Treffen habe ich vom *Down Under* aus einen Anruf gemacht. Ich habe die Statue fotografieren lassen, und sie haben mir die Aufnahme per E-Mail auf Marcellas Computer geschickt. Ich dachte, du würdest das Geld und das Ticket ausspucken, wenn du erst einmal den Beweis in Händen hieltest. Durch die Verfolgungsjagd hat sich dann alles geändert.«

»Du hast es nicht für nötig gehalten, mir das Foto zu zeigen?«

»Ich wollte einen Trumpf im Ärmel behalten.« Cleo spürte, wie kalte Wut in ihr aufstieg. »Ich wusste nichts von dir, als wir aus Prag flohen. Ich wäre ja schön blöd gewesen, wenn ich alle Karten auf den Tisch gelegt hätte, bevor ich dich nicht ein bisschen besser kennen gelernt habe.«

»Und das ist jetzt der Fall?«, fragte er leise.

»Ich kenne dich mittlerweile jedenfalls gut genug, um zu wissen, dass du jetzt extrem sauer bist, dich aber zusammenreißt. Zum einen, weil deine Mutter dir beigebracht hat, dass man ein Mädchen nicht schlagen darf. Und zum anderen, weil du mich brauchst, wenn du die Statue nicht nur auf dem Foto, sondern auch tatsächlich in der Hand halten willst.«

»Wo ist sie?«

Sie schüttelte den Kopf. »Bring mich nach New York.«

»Wie viel Geld hast du noch?«

»Ich werde nichts beza...«

Gideon griff nach ihrer Tasche. Sie zerrte sie ihm wieder aus den Händen.

»Na gut, na gut. Ungefähr tausend.«

»Kronen?«

»Dollar, wenn ich sie erst einmal umgetauscht habe.«

»Du hast tausend Dollar in der Tasche und nicht einen einzigen Cent bezahlt, seit wir aufgebrochen sind?«

»Doch, fünfundzwanzig Dollar«, berichtigte sie ihn. »Die Ohrringe.«

Er trat aus der Telefonzelle. »Du wirst noch mehr investieren müssen, Cleo. Du bezahlst die Flüge nach New York.«

Wenn Anita Gaye einen Kunden bewirtete, dann machte sie das großartig. Im Allgemeinen betrachtete sie so etwas als geschäftliche Investition. Wenn der Kunde darüber hinaus ein begehrenswerter, attraktiver Mann war, den sie in ihr Bett locken wollte, so bedeutete das für sie eine Herausforderung.

Jack Burdett faszinierte sie in mehrfacher Hinsicht. Er war weder so elegant und aalglatt, noch war er von solch erlesener

Herkunft wie die Männer, die sie sich normalerweise als Begleiter aussuchte.

Aber er war genau der Typ, den sie als Liebhaber bevorzugte.

Dunkelblonde Haare umrahmten sein kantiges Gesicht, das eher interessant als gut aussehend zu nennen war. Am Mundwinkel hatte er eine Narbe, die, wie er sagte, von einer Schlägerei in Kairo herrührte. Sein Mund war sinnlich geschwungen und ließ erwarten, dass er im Bett anspruchsvoll war.

Sein Körper passte zu seinem kantigen Gesicht. Breite Schultern, lange Arme. Sie wusste, dass Boxen sein Hobby war, und sein Körper war bestimmt gut trainiert.

Jacks Familie war ein paar Generationen zuvor auf der mütterlichen Seite zu Geld gekommen, hatte es aber beim großen Börsenkrach 1929 wieder verloren. Jack war nicht in Luxus aufgewachsen und hatte sein eigenes Vermögen mit Elektronik und einem Sicherheitsdienst erworben.

Ein Selfmademan, dachte Anita und trank einen Schluck Wein. Wer verdiente mit vierunddreißig schon eine siebenstellige Summe im Jahr? Er hatte jedenfalls genug, um seinem anderen Hobby, dem Sammeln von Antiquitäten, nachgehen zu können.

Jack war einmal verheiratet gewesen und jetzt geschieden. Wenn er in der Stadt war, lebte er in einem Loft, das zu einem sanierten Lagerhaus in Soho gehörte, dessen Besitzer er war. Er reiste viel, sowohl aus geschäftlichen Gründen als auch zu seinem privaten Vergnügen.

Außerdem sammelte er – hauptsächlich antike – Kunstgegenstände mit einer klar dokumentierten Geschichte.

Anita hoffte, dass Jack Burdett ihr einen Weg zu den anderen beiden Statuen weisen könnte.

»Erzählen Sie mir von Madrid«, sagte sie mit schnurrender Stimme. Im Hintergrund lief leise Mozart. Sie hatte das Personal angewiesen, den Tisch auf der kleinen Terrasse an ihrem Esszimmer im dritten Stock ihres Stadthauses zu decken. »Ich war noch nie da und wollte immer schon einmal hinfahren.«

»Es war heiß.« Jack aß einen Bissen Chateaubriand. Es war natürlich perfekt, genauso wie der Wein, die leise Musik und der Duft der Verbenen und Rosen. Und wie das Gesicht und die Figur der Frau, die ihm gegenübersaß.

Jack traute so viel Perfektion nicht.

»Ich hatte nicht viel Zeit, um mich zu erholen. Der Kunde hat mich auf Trab gehalten. Wenn ich noch mehr solcher Paranoiker als Kunden hätte, könnte ich mich bald zur Ruhe setzen.«

»Wer war es?« Als er ihre Frage lächelnd ignorierte und ungerührt weiteraß, schmollte sie. »Sie sind so frustrierend diskret, Jack. Ich werde wohl kaum nach Spanien fahren und versuchen, den Mann auszurauben.«

»Meine Klienten bezahlen mich für meine Diskretion, und sie bekommen etwas für ihr Geld«, erwiderte er. »Sie sollten das wissen.«

»Ich finde Ihre Arbeit einfach faszinierend. All diese komplizierten Alarmsysteme, Infrarot hier und Bewegungsmelder da ... Mit Ihrer Erfahrung würden Sie einen tollen Einbrecher abgeben, was?«

»Verbrechen zahlt sich zwar aus, aber nicht genug.« Sie will etwas von mir, dachte er. Das intime Essen bei ihr zu Hause war ein erster Vorstoß. Normalerweise ging Anita zum Essen lieber aus, um gesehen zu werden.

Aus männlicher Eitelkeit hätte er sich vielleicht eingeredet, dass sie unbedingt mit ihm ins Bett wollte. Aber obwohl er nicht daran zweifelte, dass sie Spaß an Sex hatte, glaubte er, dass mehr dahinter steckte.

Diese Frau war skrupellos. Das machte er ihr nicht zum Vorwurf, aber er hatte auch nicht vor, eine weitere Trophäe in ihrer Vitrine zu werden.

Jack ließ seine Gastgeberin das Gespräch lenken. Er hatte es nicht eilig. Sie war eine attraktive und interessante Gesprächspartnerin, die viel von Kunst, Literatur und Musik verstand. Zwar teilte er häufig nicht ihren Geschmack, aber er schätzte ihr Wissen.

Und auf jeden Fall gefiel ihm das Haus. Es war das reinste Juwel, wobei es ihm noch besser gefallen hatte, als Morningside noch lebte.

Ein Juwel, das seit Jahrzehnten Würde und Stil ausstrahlte,

was – trotz der derzeitigen Hausherrin – sicher auch so bliebe. Man konnte es zwar nicht gerade gemütlich nennen, aber es war sozusagen ein bewohnbares Kunstwerk.

Da Jack die Alarmanlage entworfen und installiert hatte, kannte er jeden Winkel. Dem Sammler in ihm gefiel, wie der Raum dazu genutzt wurde, schöne und kostbare Dinge herzuzeigen, und er lehnte selten eine Einladung ab.

Als sie jedoch bei Dessert und Kaffee angelangt waren, schweiften seine Gedanken ab. Er wollte bald nach Hause, um es sich ein bisschen gemütlich zu machen und dann früh schlafen zu gehen.

»Vor ein paar Wochen hat ein Kunde bei mir nach etwas gefragt, das Sie möglicherweise interessieren könnte.«

»Ach ja?«

Anita spürte, dass er ihr entglitt. Es war frustrierend, ärgerlich und zugleich seltsam erregend, sich so anstrengen zu müssen, um die Aufmerksamkeit eines Mannes zu wecken. »Es ging um die drei Parzen. Kennen Sie die Geschichte?«

Langsam rührte er in seinem Kaffee. »Die drei Parzen?«

»Ich dachte, Sie hätten vielleicht schon einmal davon gehört, da Sie genau diese Art von Kunstgegenständen sammeln. Es handelt sich um drei Silberstatuen, die die Schicksalsgöttinnen aus der griechischen Mythologie darstellen.« Anita erzählte ihm die ganze Geschichte, wobei sie mit Bedacht Fakten und Fantasie mischte, um seinen Appetit zu wecken.

Jack aß seine Zitronentorte, gab zustimmende Laute von sich und stellte gelegentlich eine Zwischenfrage. Aber seine Gedanken waren schon weit vorausgeeilt.

Ich soll ihr helfen, die drei Parzen zu finden, dachte er. Natürlich kannte er sie. Schon als Kind hatte er die Sagen aus der griechischen Mythologie erzählt bekommen.

Wenn Anita hinter ihnen her war, konnte das nur bedeuten, dass sie alle drei zu bekommen waren.

Er trank seinen Kaffee aus. Sie würde sehr enttäuscht sein.

»Natürlich habe ich meinem Klienten erklärt, dass eine der Statuen mit Henry Wyley untergegangen ist«, fuhr sie fort, »was die Möglichkeit zunichte macht, alle drei zusammenzubekommen. Die anderen beiden müssen dagegen irgendwo sein, wobei sie sicher nur unter unglaublichen Mühen zu finden wären. Es ist schade, wenn man bedenkt, was das für ein Fund wäre. Nicht nur vom finanziellen Wert her, sondern auch in künstlerischer und historischer Hinsicht.«

»Ja, das ist schade. Und es gibt keine Spur?«

»Oh, nur dann und wann einen Hinweis.« Anita zuckte mit ihren bloßen Schultern und schwenkte ihr Cognacglas. »Wie ich bereits sagte, sie sind legendär, zumindest bei hochkarätigen Händlern und Sammlern, also tauchen gelegentlich Gerüchte über ihren Verbleib auf. Ich dachte, Sie hätten vielleicht davon gehört, weil Sie ja ständig unterwegs sind und mit vielen Leuten in Berührung kommen.«

»Vielleicht habe ich nur den richtigen Leuten nicht die richtigen Fragen gestellt.«

Anita beugte sich vor. Manche Männer hätten vielleicht den Ausdruck in ihren Augen als verträumt und romantisch gedeutet. Auf Jack wirkte er habgierig.

»Ja, das ist möglich«, stimmte sie zu. »Wenn es Ihnen jedoch gelingt, dann müssen Sie es mir unbedingt erzählen.«

»Sie werden die Erste sein, die es erfährt«, versprach er ihr.

Als er zu Hause ankam, zog er sich sofort das Hemd aus und schaltete den Fernseher ein, um die letzten zehn Minuten einer Sportübertragung anzuschauen. Es war jedoch eine schwere Enttäuschung, weil seine Lieblingsmannschaft verlor.

Er schaltete den Fernseher wieder aus und griff zum Telefon. Er stellte der richtigen Person die richtigen Fragen, aber er hatte nicht die Absicht, die Antworten jemandem mitzuteilen.

9

Henry W. Wyley war, wie Tia herausfand, ein vielseitig interessierter Mann gewesen, der sein Leben genossen hatte. Er hatte viel Wert auf Statussymbole und äußere Erscheinung gelegt, vermutlich weil er ursprünglich aus der Arbeiterschicht stammte.

Allerdings war er kein Pfennigfuchser gewesen, und obwohl er gern hübschen, jungen Frauen nachgeschaut hatte, war er seiner Frau in den dreißig Jahren ihrer Ehe immer treu geblieben.

Auch das hat bestimmt etwas mit seinem sozialen Hintergrund zu tun, dachte Tia.

Als Schriftsteller jedoch hätte er dringend einen guten Lektor gebraucht.

In seinem Tagebuch ließ er sich endlos über irgendeine Dinnerparty aus, wobei er das Essen – an dem ihm offenbar immer viel gelegen hatte – so detailliert beschrieb, dass Tia meinte, die Hummersuppe oder das rosa gebratene Roastbeef schmecken zu können. Dann ging es seitenweise um die anderen Gäste, und immer dann, wenn Tia begann, sich ihre Gespräche, die Mode und die Musik lebhaft vorzustellen, ging Henry zum Geschäftlichen über und listete pedantisch seine aktuellen Investitionen und Zinsen auf.

Henry war ein Mann, der sein Geld gern ausgab, der seine Kinder und Enkelkinder liebte und gutes Essen für eines der größten Vergnügen des Lebens hielt.

Er war ungeheuer stolz auf *Wyley's Antiquitäten* und das Ziel, den Laden zum angesehensten Antiquitätenhandel in New York zu machen, hatte er mit Ehrgeiz verfolgt. Deshalb hatte er auch unbedingt die drei Parzen haben wollen.

Er hatte Nachforschungen angestellt und Klotho im Herbst 1914 in Washington, D.C., aufgespürt. Seite um Seite seines Tagesbuchs hatte er mit den Verhandlungen und schließlich mit dem Kauf der Silberstatue für vierhundertfünfundzwanzig Dollar gefüllt.

Straßenraub, hatte er es genannt, und da konnte Tia ihm nur zustimmen.

Bei diesem Preis hatte er – seinem eigenen Bericht zufolge – die Statue eigentlich gestohlen, genauso wie sie ihm, kaum ein Jahr danach, gestohlen werden sollte.

Aber Henry, der von seinem Schicksal damals natürlich nichts ahnte, verfolgte eifrig die Spur der anderen beiden Parzen, und die Jagd bereitete ihm anscheinend genauso viel Vergnügen wie ein Festmahl mit sieben Gängen. Im Frühling 1915 war ihm in Zusammenhang mit Lachesis ein reicher Anwalt namens Simon White-Smythe in Mansfield Court, London, genannt worden.

Er buchte für sich und seine Frau Edith eine Passage auf der dem Untergang geweihten *Lusitania*, weil er sich die zweite Parze unter den Nagel reißen und anschließend die Spur der dritten, Atropos, nach Bath verfolgen wollte.

Henry hatte den Ehrgeiz, die drei Parzen wieder zu vereinen. Natürlich unter kunsthistorischen Gesichtspunkten, aber vor allem wegen des Glanzes, den sie *Wyley's Antiquitäten* und damit seiner Familie verleihen würden. Und nicht zuletzt, weil es ihm einfach großes Vergnügen bereitete, dachte Tia.

Während sie in dem alten Tagebuch las, machte sie sich Notizen. Sie würde die Fakten überprüfen und dazu nutzen, weitere Spuren zu finden.

Tia war mittlerweile selbst von der Begeisterung für die Parzen angesteckt worden. Sie wurzelte zwar in ihrem verletzten Stolz und ihrer Wut, war aber nicht weniger ausgeprägt als die ihres Ururgroßvaters.

Sie würde die Statuen finden und dann Henrys Besitzansprüche geltend machen. Sie wusste zwar noch nicht genau wie, aber sie würde schon einen Weg finden.

Sie würde die Parzen aufspüren, und wenn sie sie erst einmal besäße, würde sie ihren Vater und die ach so clevere Anita Gaye in Erstaunen versetzen – und den verabscheuungswürdigen Malachi Sullivan fertig machen.

Als das Telefon klingelte, saß sie gerade am Schreibtisch in ihrem Arbeitszimmer und nippte an einem Protein-Ergänzungstrunk. Wie immer, wenn sie arbeitete, wollte sie zunächst den Anrufbeantworter anspringen lassen, und wie immer ging ihr dann durch den Kopf, dass es sich um einen Notfall handeln könne. Also hob sie schließlich doch ab.

»Hallo?«

»Dr. Marsh?«

»Ja?«

»Ich möchte gern mit Ihnen über Ihre Arbeit sprechen. Über bestimmte Bereiche Ihrer Arbeit.«

Sie runzelte die Stirn, weil sie die männliche Stimme nicht kannte. »Meine Arbeit? Wer spricht da?«

»Ich glaube, wir haben gemeinsame Interessen. Also ... was haben Sie gerade an?«

»Wie bitte?«

»Ich wette, Sie tragen Seidenhöschen. Rote Seide ...«

»Das ist eine Unverschämtheit!« Tia knallte den Hörer auf die Gabel. Vor Schreck zitternd und zugleich verlegen schlang sie die Arme um sich. »Ein Perverser. Ich lasse mir eine Geheimnummer geben«, murmelte sie.

Sie griff erneut nach Henrys Tagebuch, legte es dann aber wieder zur Seite. Sie hatte gedacht, dass sie eigentlich vor solchen ekelhaften Anrufen geschützt sein sollte, wo sie doch nur als T. J. Marsh im Telefonbuch stand.

Grübelnd holte sie das Branchenbuch aus der Schublade, um die Nummer der Telefongesellschaft herauszusuchen, als es an der Tür läutete.

Ihre erste Reaktion war Ärger über die Unterbrechung, aber dann überfiel sie lähmende Angst. Das war bestimmt der Mann vom Telefon. Er würde in ihre Wohnung einbrechen und sie erst vergewaltigen und ihr dann die Kehle aufschlitzen.

»Jetzt sei bloß nicht albern.« Tia rieb sich mit der Hand über den Mund und stand auf. »Obszöne Anrufer sind Idioten, Feiglinge, die sich hinter der modernen Technik verstecken. Das ist bestimmt nur Mutter oder Mrs Lockley von unten. Nichts Schlimmes.«

Mit pochendem Herzen näherte sie sich der Wohnungstür und blickte durch den Türspion.

Beim Anblick des großen Mannes in schwarzer Lederjacke keuchte sie auf. Unwillkürlich fuhr sie sich mit der Hand an den Hals. Sie blickte sich panisch um und griff nach der erstbesten Waffe, einer Bronzefigur, die die Kirke darstellte.

»Wer sind Sie? Was wollen Sie?«

»Dr. Marsh? Dr. Tia Marsh?«

»Ich rufe die Polizei!«

»Ich *bin* von der Polizei. Detective Burdett, Ma'am. Ich halte meinen Ausweis vor den Spion.«

Sie hatte einmal in einem Buch gelesen, dass ein Massenmörder eines seiner Opfer durch den Türspion erschossen hatte. Die Kugel war durch das Auge direkt ins Gehirn gedrungen. Zitternd blickte sie durch den Spion.

Es sah wie ein echter Ausweis aus.

»Worum geht es, Detective Burdett?«

»Ich möchte Ihnen nur ein paar Fragen stellen, Dr. Marsh. Würden Sie mich bitte hereinlassen? Sie können die Tür offen lassen, wenn Ihnen dabei wohler ist.«

Tia biss sich auf die Lippe. Wem soll man noch trauen, wenn nicht der Polizei?, fragte sie sich. Sie stellte die Bronzefigur ab und entriegelte die Tür. »Gibt es ein Problem, Detective?«

Er lächelte sie an, ein freundliches, beruhigendes Lächeln. »Darüber würde ich gern mit Ihnen reden.« Er trat ein, offenbar erfreut darüber, dass sie die Tür hinter ihm schloss.

»Hat es Ärger im Haus gegeben?«

»Nein, Ma'am. Können wir uns setzen?«

»Ja, natürlich.« Sie wies auf einen Sessel, und als er sich hingesetzt hatte, kauerte sie sich ebenfalls auf die Kante eines Sessels.

»Hübsch hier.«

»Danke.«

»Sie haben wahrscheinlich Ihren Geschmack und Ihre Vorliebe für Antiquitäten von Ihrem Vater geerbt.«

Das Blut wich ihr aus dem Gesicht. »Ist etwas mit meinem Vater?«

»Nein. Aber es hat etwas mit der Arbeit Ihres Vaters zu tun, und auch mit Ihrer. Was wissen Sie über die Silberstatuen, die als die drei Parzen bekannt sind?«

Er sah, wie sich ihre Pupillen weiteten. Offensichtlich war er instinktiv auf die richtige Fährte gelangt. »Worum geht es denn?«, wollte sie wissen. »Hat es etwas mit Malachi Sullivan zu tun?«

»Hat *er* etwas mit den Parzen zu tun?«

»Ich hoffe, Sie haben ihn eingesperrt«, erwiderte Tia verbittert. »Ich hoffe wirklich, er sitzt hinter Gittern. Und wenn er Ihnen meinen Namen genannt hat, damit ich ihm helfe, wieder freizukommen, dann verschwenden Sie Ihre Zeit.«

»Dr. Marsh ...«

Er sah ihr an, dass ihr plötzlich klar wurde, dass er kein Detective war. Sie keuchte und wollte aufspringen. Er war jedoch schneller und drückte sie wieder in den Sessel zurück.

»Bleiben Sie ruhig.«

»*Sie* haben mich eben angerufen! Sie sind gar nicht von der Polizei! *Er* hat Sie geschickt, nicht wahr?«

»Ich kenne diesen Malachi Sullivan gar nicht, Tia. Mein Name ist Jack Burdett, Burdett Sicherheitsdienst.«

»Sie sind auch nur ein Lügner und ein Perverser obendrein.« Wut stieg in ihr auf und schnürte ihr die Kehle zu. »Ich brauche meinen Inhalator.«

»Beruhigen Sie sich«, sagte er, als sie begann, pfeifend zu atmen. »Ich habe geschäftlich mit Ihrem Vater zu tun gehabt. Sie können ihn fragen.«

»Mein Vater macht keine Geschäfte mit Perversen.«

»Hören Sie zu, es tut mir Leid. Ihr Telefon wird abgehört, und als ich es merkte, habe ich das gesagt, was mir als Erstes in den Sinn kam.«

»Mein Telefon wird nicht abgehört.«

»Schätzchen, ich muss es wissen, schließlich verdiene ich

meinen Lebensunterhalt mit diesen Dingen. Und jetzt entspannen Sie sich. Ich gebe Ihnen mein Handy, das ist sicher. Ich möchte, dass Sie im 61. Distrikt anrufen und nach Detective Robbins, Bob Robbins, fragen. Fragen Sie ihn, ob er mich kennt; er wird für mich bürgen. Wenn nicht, sagen Sie ihm, er soll einen Streifenwagen zu dieser Adresse schicken. Okay?«

Sie presste die Lippen zusammen. Er hatte kräftige Hände und einen kalten Ausdruck in seinen Augen, der sie ahnen ließ, dass ein Fluchtversuch zwecklos gewesen wäre. »Geben Sie mir das Telefon.«

Er griff mit einer Hand in die Tasche seines Jacketts und zog ein Handy sowie eine Visitenkarte heraus.

»Das ist mein Unternehmen. Ich würde Ihnen ja auch erlauben, Ihren Vater wegen einer weiteren Referenz anzurufen, aber ich weiß nicht, ob seine Telefone sicher sind.«

Sie hielt den Blick unverwandt auf Jack gerichtet, als sie die Auskunft anrief. »Ich brauche die Nummer des 61. Distrikts in Manhattan, und verbinden Sie mich bitte sofort.«

Jack nickte. »Fragen Sie nach Detective Bob Robbins.«

Tia bemühte sich, ruhig und tief zu atmen. »Detective Robbins? Hier spricht Dr. Tia Marsh.« Sie redete ganz deutlich und gab ihm ihre vollständige Adresse an.

Gut, dachte Jack. Sie war keine Idiotin.

»In meiner Wohnung ist ein Mann. Er hat sich Zutritt verschafft, indem er sich als Polizeibeamter ausgegeben hat. Er sagt, sein Name sei Jack Burdett und Sie könnten mich hinsichtlich seines Charakters beruhigen.« Sie zog die Brauen hoch. »Ungefähr einsneunzig, vielleicht neunzig Kilo. Dunkelblonde Haare, graue Augen. Ja, eine kleine Narbe, direkt am Mund. Ich verstehe. Ja. Ich bin ganz Ihrer Meinung. Danke.«

Sie nahm das Telefon vom Ohr. »Detective Robbins hat bestätigt, dass er Sie kennt und dass Sie kein Psychopath sind, und er hat mir versichert, dass er Sie nur zu gern in den Hintern treten würde, weil Sie sich als Polizist ausgegeben haben. Außerdem würde er ohne weiteres einen Haftbefehl gegen Sie ausstellen, wenn ich Anzeige erstatten möchte. Dann sagte er noch, dass Sie ihm zwanzig Dollar schulden. Er möchte mit Ihnen sprechen.«

»Danke.« Jack nahm das Telefon entgegen und trat einen Schritt zurück. »Ja, ja. Sobald ich kann, komme ich zu dir. Was für ein falscher Ausweis? Ich weiß nicht, wovon du redest. Später.« Er unterbrach die Verbindung und steckte das Telefon wieder in die Tasche. »Okay?«, fragte er Tia.

»Nein, es ist nicht okay. Es ist ganz bestimmt nicht okay. Entschuldigen Sie mich.«

Sie stand auf und ging aus dem Zimmer. Da er befürchtete, dass sie womöglich eine Waffe holen ging, folgte Jack ihr.

Tia öffnete eine Schranktür in der Küche, und Jack zog die Augenbrauen hoch, als er die Ansammlung von Medikamentenschachteln sah. Sie nahm eine Packung Aspirin heraus und öffnete den Kühlschrank. »Jetzt habe ich Spannungskopfschmerzen. Vielen Dank.«

»Es tut mir Leid. Ich konnte nicht riskieren, dass Sie das andere Telefon benutzen. Sehen Sie mal.« Er nahm das tragbare Telefon in der Küche aus der Station und schraubte die Sprechmuschel ab. »Sehen Sie das? Das ist eine Wanze – eine gute Qualität übrigens.«

»Da ich eine Wanze nicht von einem Fliegenpilz unterscheiden könnte, muss ich Ihnen wahrscheinlich glauben.« Tia nahm eine Flasche Mineralwasser aus dem Kühlschrank.

Damit hatte er nicht gerechnet. »Ja. Sie sollten aufpassen, was Sie am Telefon sagen.«

»Warum sollte ich Ihnen glauben, Mr Burdett?«

»Jack. Nennen Sie mich einfach Jack. Haben Sie einen Kaffee?« Als sie ihn weiter unverwandt anstarrte, zuckte er mit den Schultern. »Okay. Anita Gaye.« Er lächelte, als er sah, dass sie langsam die Wasserflasche sinken ließ. »Ich habe mir schon gedacht, dass Sie den Namen kennen. *Sie* lässt Ihr Telefon abhören. Sie ist hinter den Parzen her, und Sie und Ihre Familie haben eine Verbindung zu ihnen. Henry Wyleys Statue ist gar nicht mit der *Lusitania* untergegangen, nicht wahr, Tia?«

»Wenn Sie mit Anita befreundet sind, dann fragen Sie doch sie.«

»Ich habe nicht gesagt, dass wir befreundet sind. Ich bin ein Sammler. Das können Sie sich von Ihrem Vater bestätigen lassen – aber es käme mir sehr entgegen, wenn Sie das in einem persönlichen Gespräch und nicht am Telefon täten, damit Anita mir nicht auf die Schliche kommt. Ich habe ein paar Stücke von *Wyleys's* gekauft. Das letzte war eine Lalique-Vase. Sechs nackte Mädchen, die Wasser aus Gefäßen gießen. Ich mag nackte Frauen«, fügte er schmunzelnd hinzu.

»Ich dachte, Sie mögen rote Seidenhöschen.«

»Ich habe nichts dagegen.«

»Ich kann Ihnen nicht helfen, Mr Burdett. Sie können genauso gut wieder gehen und Mrs Gaye sagen, dass sie ihre Zeit mit mir verschwendet.«

»Ich arbeite nicht für Anita. Ich habe ein persönliches Interesse an den Parzen. Anita hofft, dass ich für sie die Dreckarbeit erledige und sie zu den Statuen führe. Aber sie hat sich verrechnet. Diese Frau benutzt auch Sie«, fuhr er fort und wies auf das Telefon. »Ich könnte wetten, dass Sie etwas wissen, was sie nicht weiß. Und ich denke, wir könnten einander behilflich sein.«

»Warum sollte ich Ihnen helfen?«

»Weil ich wirklich gut in meinem Job bin. Sie sagen mir, was Sie über die Parzen wissen, und ich werde sie finden. Das ist es doch, was Sie wollen, oder?«

»Ich weiß es noch nicht genau.«

»Wer ist Malachi Sullivan?«

»*Das* weiß ich allerdings genau.« Bei der bloßen Erwähnung seines Namens blieb Tia die Luft weg. »Er ist ein Lügner und Betrüger. Er hat behauptet, Anita habe ihn hereingelegt, aber ich weiß, dass sie unter einer Decke stecken«, erklärte sie.

»Wo kann ich ihn finden?«

»Vermutlich ist er wieder in Irland, in Cobh. Ich würde es allerdings lieber sehen, wenn er in der Hölle schmorte.«

»Was hat er Ihnen erzählt?«

Sie zögerte, sah aber keinen Grund, es ihm nicht zu sagen. »Er hat behauptet, Anita habe ihm eine der Parzen gestohlen, aber da seine Zunge sich wahrscheinlich schwarz färben würde, wenn er einmal die Wahrheit sagt, habe ich allen Grund, an dieser Geschichte zu zweifeln. Nun, unser Gespräch war äußerst interessant, aber Sie haben mich bei der Arbeit unterbrochen.«

»Sie haben ja meine Karte. Wenn Sie über mein Angebot nachgedacht haben, rufen Sie mich an.« Jack wandte sich zur Tür, blieb aber auf halbem Weg noch einmal stehen. »Wenn Sie irgendetwas wissen, passen Sie auf sich auf. Anita ist eine Schlange, Tia, und zwar eine von der Sorte, die gern hübsche Sachen verschlingt.«

»Und was sind Sie, Mr Burdett?«

»Ich bin ein Mann, der die Launen des Schicksals respektiert und schätzt.«

Malachi Sullivan also, dachte er, als er hinausging.

Es sah so aus, als ob er nach Irland reisen müsste.

Es war ein langer Flug von London nach New York. Und er kam einem noch länger vor, wenn man auf einem Mittelsitz von der Größe einer Briefmarke saß, eingequetscht zwischen einer Frau, deren Beine fast genauso lang wie die eigenen waren, und einem Mann, der einem ständig seine Ellbogen in die Seite rammte.

Gideon versuchte, sich auf sein Buch zu konzentrieren, was ihm aber nicht gelang. Also dachte er über die Situation nach, in die er und seine Familie hineingeschlittert waren.

Nach der Landung in New York schlurfte er erschöpft durch Zoll und Gepäckausgabe.

»Und du bist dir sicher mit deinem Freund?«, fragte er Cleo.

»Hör mal, du hast mich gefragt, ob ich einen Freund in der Stadt habe, der uns für ein paar Tage aufnehmen kann, der keine Fragen stellt und sich nicht aufregt, weil du zu geizig für ein Hotel bist. Das alles trifft auf Mikey zu.«

»Ich kann mir kein Hotel leisten, verdammt noch mal, und ich weiß nicht, wie du einem erwachsenen Mann vertrauen kannst, der Mikey heißt.«

»Du bist einfach nur schlecht gelaunt.« Cleo sog tief die Luft ein, als sie durch den Terminal gingen. Es war zwar nur Flughafenluft, aber es war New York. »Du hättest im Flieger schlafen sollen. *Ich* habe wie ein Stein geschlafen.«

»Das weiß ich, und dafür werde ich dich auch bis ans Ende meiner Tage hassen.«

»Pff, das macht mir überhaupt nichts aus.« Sie traten nach

draußen in den ohrenbetäubenden Lärm und die stinkende Luft. »Oh, Baby, ich bin wieder zu Hause!«

Gideon hoffte, im Taxi ein wenig dösen zu können, aber der Fahrer hörte indische Musik in voller Lautstärke.

»Wie lange kennst du diesen Mikey schon?«

»Ich weiß nicht. Sechs oder sieben Jahre. Wir haben ein paar Auftritte zusammen gehabt.«

»Ist er Stripper?«

»Nein, er ist kein Stripper«, wies Cleo ihn zurecht. »Er ist Tänzer, genau wie ich. Ich bin sogar am Broadway aufgetreten.« Kurz zwar nur, aber immerhin. »Wir haben zusammen bei *Grease* getanzt.«

»Habt ihr was miteinander?«

»Nein. Mikey steht wahrscheinlich mehr auf dich als auf mich.«

»Oh. Wundervoll.«

»Du hast doch nichts gegen Schwule, oder?«

»Ich glaube nicht.« Er war zu müde, um darüber nachzudenken. »Vergiss nicht die Story, die du ihm erzählen sollst, und bleib dabei.«

»Halt den Mund, Schönling. Du verdirbst mir die Heimkehr.«

»Jetzt bin ich seit einer Woche mit der Frau zusammen«, murrte er und schloss die Augen. »Und nicht ein einziges Mal hat sie mich bei meinem Namen genannt.«

Cleo blickte ihn an und musste unwillkürlich lächeln. Er wirkte völlig zerknittert und erschöpft und war so süß. Wenn sie erst einmal ihren Plan ausgeführt hatte, dann würde er sich wesentlich besser fühlen.

Er war nicht der Einzige, der während des Flugs nachgedacht hatte.

Zunächst einmal musste sie die Statue an einen sicheren Ort bringen. Vielleicht in ein Bankschließfach. Dann würde sie Anita Gaye kontaktieren und in ernsthafte Verhandlungen eintreten. Wahrscheinlich konnte sie eine Million herausholen. Und da sie ein anständiges Mädchen war, beabsichtigte sie, das Geld mit Gideon zu teilen.

Sechzig zu vierzig.

Oh, er würde sich mit Sicherheit wahnsinnig aufregen, aber sie würde ihn schon wieder zurechtstutzen. Schließlich war es doch der berühmte Spatz in der Hand. Einer Frau wie der Gaye würde er die andere Statue nie entlocken können. Und wenn er weiter nach der dritten suchen wollte, hätte er durch seinen Anteil die finanziellen Mittel dazu.

Cleo fand, dass sie Gideon damit einen Gefallen tat. Ihrer Meinung nach entschädigte sie ihn auf diese Weise dafür, dass er sie nach New York gebracht und ihr eine Möglichkeit gegeben hatte, ihr Bankkonto aufzufüllen. Sechshunderttausend würden schon für eine ganze Weile reichen. Wenn er sich wieder beruhigt hatte, würde er vielleicht ein paar Wochen lang in New York bleiben. Sie würde ihm gern die Stadt zeigen.

Trotz der Hitze kurbelte Cleo die Scheibe hinunter, um etwas von dem Stadtlärm mitzubekommen. Das Hupen der Autos in dem dichten Verkehr klang ihr wie Musik in den Ohren.

Als sie vor dem Gebäude an der 9th Avenue hielten, in dem Mikey wohnte, befand sie sich in einer solchen Hochstimmung, dass sie sogar vergaß, sich aufzuregen, als Gideon sie aufforderte, das Taxi zu bezahlen.

»Und, wie findest du es?«

»Was?«, fragte er erschöpft.

»New York. Du hast doch gesagt, du wärst noch nie hier gewesen.«

Er blickte sich um. »Es ist voll, es ist laut, und alle sehen so aus, als ob sie über irgendetwas wütend wären.«

»Ja.« Cleo spürte, wie ihr vor Sentimentalität die Tränen in die Augen traten. »Das ist meine Stadt.« Sie trat an die Haustür und drückte auf Mikeys Klingelknopf.

Kurz darauf ertönte ein langes saugendes Geräusch aus der Gegensprechanlage, das Cleo zum Lachen brachte. »Mikey, du Perverser! Mach auf! Ich bin's, Cleo.«

»Cleo! Verdammt! Schieb deinen schönen festen Arsch rein.«

Der Summer ertönte, und Cleo drückte die Tür auf. Sie gingen durch eine winzige Halle zu einem kleinen Aufzug, der verdächtige Geräusche von sich gab, als die Türen aufglitten. Cleo trat jedoch unbesorgt ein und drückte auf den Knopf für den dritten Stock.

»Mikey ist aus Georgia«, erklärte sie Gideon. »Aus einer guten, angesehenen Familie voller Ärzte und Anwälte. Da wir uns insofern ähneln, als dass wir beide unseren Eltern peinlich sind, haben wir uns schon bald angefreundet.«

Im Augenblick war es Gideon egal, ob Mikey aus Georgia oder vom Mond kam, ob er schwul war oder drei Köpfe hatte, solange er eine Dusche mit heißem Wasser und ein freies Bett besaß.

Als sich die Aufzugtüren knirschend öffneten, erblickte Gideon einen großen, dunkelhäutigen Mann in einem roten Muskelshirt und engen schwarzen Hosen mit einer wilden Mähne aus glänzenden Dreadlocks. Er stieß ein Freudengeheul aus, bei dem Gideon zusammenzuckte, und kam auf Cleo zugestürzt.

Er riss sie hoch und wirbelte sie herum. Bevor Gideon reagieren konnte, hatte er sie wieder auf die Füße gestellt und führte eine Art Freudentanz in dem schmalen Flur auf.

Als er fertig war, sprang Cleo an ihm hoch, schlang ihm die Arme um den Hals und die Beine um die Taille.

»Baby Doll, wo warst du bloß?«

»Überall. Jesus, Mikey, du siehst toll aus!«

»Das stimmt.« Er küsste sie auf beide Wangen und gab ihr dann noch einen schmatzenden Kuss mitten auf den Mund. »*Du* siehst dagegen so aus, als hätte man dich durch die Straßen geschleift und dann in der Gosse liegen lassen.«

»Ich könnte eine Dusche brauchen.« Sie legte ihm den Kopf an die Schulter. »Mein Freund übrigens auch.«

Mikey warf Gideon einen langen, durchdringenden Blick zu. »Hmm, was hast du mir denn da mitgebracht, Kleopatra?«

»Er heißt Gideon.« Vergnügt leckte Cleo sich über die Oberlippe. »Er ist Ire. Ich habe ihn in Prag aufgegabelt und werde ihn für ein Weilchen behalten.«

»Er ist hinreißend.«

»Ja. Er hat zwar einige Persönlichkeitsmängel, aber was sein Aussehen angeht, ist er klasse. Komm, Schönling, sei nicht so schüchtern.«

»Heißt das, dass die Show jetzt vorüber ist?«

»Er bewegt sich gut«, erklärte Mikey, als Gideon auf ihn zutrat. »Hübscher Akzent.«

»Deiner auch.«

Bei Gideons Antwort grinste Mikey breit und zeigte seine prachtvollen Zähne. »Kommt herein. Ihr müsst mir alles erzählen.« Obwohl der Mann nach Gideons Meinung spargeldünn war, trug er Cleo mühelos in seine Wohnung.

»Es ist bescheiden«, erklärte er, als er Cleo mit einem Klaps auf den Hintern abstellte. »Aber es ist mein Heim.«

Gideon konnte nichts Bescheidenes entdecken. Er ließ seinen Blick über die marineblauen Wände, die zahlreichen Theaterplakate und das wilde, geometrische Muster des Teppichs schweifen. Die Couch war aus weißem Leder, groß wie ein Schiff und übersät mit bunten Kissen.

Am liebsten hätte er sich sofort darauf sinken lassen, um für den Rest seines Lebens zu schlafen.

»Wie wäre es mit Cocktails?«, fragte Mikey. »Großen, eiskalten Cocktails?«

»Ich glaube, mein Schönling hier bräuchte zunächst mal eine große, eiskalte Dusche«, sagte Cleo. »Na los, geh einfach ins Badezimmer, da rechts.«

Gideon warf Mikey einen fragenden Blick zu. Mikey machte eine einladende Handbewegung. »Fühl dich wie zu Hause, Hübscher.«

»Danke.« Gideon nahm seinen Rucksack mit und ließ die beiden allein.

»Gin Tonic, was meinst du?« Mikey trat an die glänzende weiße Bar. »Viel Eis, viel Gin und ein Hauch Tonic zum Abrunden. Und dann kannst du Daddy alles erzählen.«

»Klingt perfekt. Mikey, können wir ein paar Tage hier schlafen?«

»*Mi casa* und so weiter, Zuckerpfläumchen.«

»Es ist eine Wahnsinnsgeschichte.« Sie trat an die Badezimmertür und lauschte. Als sie die Dusche rauschen hörte, zog sie die Tür zu, trat neben Mikey an die Bar und erzählte ihm alles.

Gideon war nackt und noch nass, als sie mit einem Gin Tonic ins Badezimmer trat. »Ich dachte, den könntest du vielleicht gebrauchen.«

»Danke.« Er nahm das Glas entgegen und leerte es in einem Zug. »Können wir hier bleiben?«

»Ja«, bestätigte sie. »Er hat uns sogar großzügig sein Bett angeboten.«

Gideon war auf dem Weg ins Badezimmer daran vorbeigekommen. Groß, weich und rot. Und so verführerisch, dass er beim Anblick des Spiegels an der Decke noch nicht einmal geblinzelt hatte. »Muss ich mit ihm zusammen schlafen?«

Sie lachte. »Nein, du bekommst mich. Na los, leg dich ein bisschen hin.«

»Ja. Morgen früh besprechen wir dann, wie wir an die Statue kommen. Aber jetzt kann ich nicht mehr klar denken.«

»Schlaf ruhig. Mikey und ich werden ein bisschen in alten Erinnerungen schwelgen, bevor er ins Theater muss. Er macht bei *Kiss Me, Kate* mit.«

»Wie schön für ihn. Sag ihm, dass ich mich für seine Gastfreundschaft bedanke.«

Nackt wie er war, legte Gideon sich ins Bett und schlief sofort ein.

Er erwachte vom Lärm und Hupen der Müllfahrzeuge. Während er langsam zu sich kam, blickte er fasziniert in den Spiegel über sich. Die rote Decke hatte sich um seine Hüfte gewickelt, sodass er nur seinen Oberkörper sehen konnte.

Cleo lag über ihm, die dunkelblonden Haare wie ein Schleier auf der roten Bettwäsche ausgebreitet. Ihre Haut war etwas dunkler als seine und schimmerte wie Goldstaub.

Irgendwann in der Nacht, erinnerte Gideon sich undeutlich, war sie zu ihm ins Bett gekommen. Sie war über ihn geglitten, und er war in sie eingedrungen.

Sie hatten kein Wort gesprochen. Aber er hatte sie sofort an ihrer Figur, ihrem Geschmack und ihrem Duft erkannt. Ob es wohl etwas zu bedeuten hatte, dass er sie selbst im Dunkeln auf Anhieb erkannte?

Aber jetzt musste er erst einmal über andere Dinge nachdenken. Und ein Mann konnte seinem Hirn erst trauen, wenn er einen Kaffee getrunken hatte.

Er löste sich von Cleo und war überrascht und seltsam berührt, als sie sich im Schlaf unwillkürlich noch enger an ihn kuschelte. Am liebsten hätte er sie in die Arme genommen und geweckt, damit sie sich an der verspiegelten Decke einmal richtig hätten erfreuen können.

Nicht jetzt, dachte er. Er gab ihr einen Kuss auf den Scheitel und stand auf.

Dann zog er sich seine Jeans an und machte sich auf die Suche nach der Küche.

Der erste Adrenalinstoß des Tages wurde jedoch nicht vom Koffein ausgelöst, sondern von Mikeys Anblick auf der weißen Ledercouch. Er hatte sich in die bunten Kissen vergraben und in eine smaragdgrüne Decke gewickelt.

Auf Zehenspitzen schlich Gideon an der Couch vorbei in die Küche.

Sie sah aus, als sollte sie im nächsten Moment für einen Katalog fotografiert werden: glänzend und makellos sauber mit zahlreichen raffinierten Geräten, die ordentlich aufgereiht auf der Theke standen. Er öffnete die Schränke, in denen marineblaue und weiße Teller immer abwechselnd aufgestapelt waren. Auch die Gläser waren nach Größe und Form geordnet. Als Gideon schon fast verzweifelte, entdeckte er endlich ein Paket Kaffee. Er machte es auf und stellte fluchend fest, dass es ungemahlene Kaffeebohnen enthielt.

»Was soll ich denn damit machen? Sie kauen?«

»Das könntest du, aber es ist einfacher, wenn du sie mahlst.«

Gideon zuckte zusammen und drehte sich um.

Mikey trug eine äußerst knappe, goldene Unterhose.

»Äh ... tut mir Leid. Ich wollte dich nicht aufwecken.«

»Ich habe einen leichten Schlaf.« Mikey nahm Gideon das Paket aus der Hand und schüttete die Bohnen in eine Kaffeemühle. »Nichts geht über den Duft nach frisch gemahlenem Kaffee«, sagte er, als er sie anstellte. »Hast du gut geschlafen?«

»Ja, danke. Wir hätten dich nicht aus deinem Bett vertreiben dürfen.«

»Ihr seid zu zweit, ich bin allein.« Er warf Gideon einen Blick zu, während er Wasser abmaß. »Du hast doch bestimmt Hunger. Was hältst du von einem ordentlichen Frühstück? Ich hätte Appetit auf Arme Ritter.«

»Das wäre toll. Es ist nett von dir, dass du dich von uns einfach so überfallen lässt.«

»Oh, Cleo und ich, wir sind schon lange befreundet.« Mikey schaltete die Kaffeemaschine ein und holte dann Eier und Milch aus dem Kühlschrank. »Das Mädchen ist mein Schatz. Ich bin so froh, dass sie wieder hier ist und dann auch noch mit so einem tollen Typen. Ich habe sie damals vor Sydney gewarnt. Er sah gut aus, gar keine Frage, aber das war alles nur Täuschung, keine Substanz. Und prompt klaut er ihr das ganze Geld und lässt sie sitzen.« Er gab missbilligende Geräusche von sich, während er die Eier in einer Schüssel aufschlug und mit Milch verquirlte. »Und dann auch noch diese Geschichte in Prag ... Aber das hat sie dir bestimmt schon alles erzählt.«

»Eigentlich nicht.« Gideon war fasziniert. »Du kennst doch Cleo. Die Details lässt sie gern aus.«

»Sie wäre bestimmt nicht mit diesem Typen abgehauen, wenn ihr Daddy ihr nicht wieder einmal gesagt hätte, sie verschwende ihre Zeit und wäre eine Schande für die ganze Familie.«

»Warum sagt er so etwas?«

»Weil sie tanzt. Am Theater«, erwiderte Mikey. »Weil sie sich mit Leuten wie mir anfreundet. Nicht nur ein schwarzer, auch noch ein schwuler, schwarzer Mann. Ein schwuler, schwarzer, tanzender Mann. Also wirklich! Milch, Zucker?«

»Nein, danke.«

Mikey lachte dröhnend. »Ich nehme gern viel Zucker. *Dich* würde der Daddy unserer Cleopatra übrigens auch nicht mögen«, fügte er hinzu und reichte Gideon einen Becher.

»Nein? Scheißegal!« Gideon prostete Mikey zu und trank einen Schluck.

»Ah! Wunderbar!«

»Trink aus, Süßer.« Mikey wendete dicke Brotscheiben in den verquirlten Eiern. »Ich glaube, wir beide werden gut miteinander auskommen.«

Und so war es auch. Sie vertilgten einen halben Laib Brot, tranken eine Kanne Kaffee und fast einen Liter frisch gepressten Orangensaft.

Als Cleo später aus dem Schlafzimmer getorkelt kam, fand Gideon weder die goldene Unterhose oder die Drachentätowierung auf Mikeys linker Schulter seltsam, noch die Tatsache, dass er von einem anderen Mann ›Süßer‹ genannt wurde.

Teil II
Abmessen

Ich habe mein Leben
mit Kaffeelöffeln bemessen.

T.S. Eliot

10

»Zuckerpfläumchen, ich bin nicht sicher, ob du das Richtige vorhast.«

»Ich werde das Klügste tun«, beharrte Cleo. »Und das Klügste ist immer das Richtige.«

»Du wirst das, was zwischen dir und Gideon läuft, kaputtmachen.« Kopfschüttelnd überquerte Mikey die Straße am Broadway. »Ich habe ein gutes Gefühl bei euch beiden, und du setzt eure Beziehung aufs Spiel, noch bevor sie richtig begonnen hat.«

»Du bist viel zu romantisch.«

»Das sehe ich anders«, widersprach er. »Durch die Liebe wird Sex zu etwas Besonderem, aber ohne Liebe ist es lediglich eine anstrengende, schweißtreibende Tätigkeit.«

»Deshalb lässt du dir auch ständig das Herz brechen, Mikey, und ich nicht.«

»Ein gebrochenes Herz täte dir auch mal ganz gut.«

»Jetzt schmoll nicht.« Cleo legte ihrem Freund den Arm um die Taille, als sie an der Ecke 7th Avenue und 52nd Street abbogen und Richtung Norden gingen. »Außerdem mache ich es ja auch für ihn. Wenn Anita erst einmal die Parze hat, dann lässt sie ihn bestimmt in Ruhe, und er bekommt einen riesigen Batzen Geld. Schließlich gehört die Statue mir. Ich *muss* den Erlös ja nicht teilen, ich tue es rein freiwillig.«

Sie drückte seinen Arm, als sie in die Bank trat. »Lass uns

die Angelegenheit so schnell wie möglich hinter uns bringen. Wenn ich Gideon um eins nicht treffe, wird er Fragen stellen, und außerdem«, fügte sie leiser hinzu, als sie in der Eingangshalle standen, »unternimmt er bestimmt gerade selbst etwas, sonst hätte er nie so schnell eingewilligt, dass ich ohne ihn Besorgungen mache.«

»Du bist eine Zynikerin, Kleopatra, das ist dein Problem.«

»Du solltest mal versuchen, ein paar Monate lang in einem Striplokal in der tschechischen Republik zu arbeiten«, erwiderte sie. »Dann wollen wir doch mal sehen, wie zynisch *du* wirst.«

»Du bist sehenden Auges in diese Situation hineingeschlittert«, sagte er, während sie einen der Schalter ansteuerten.

»Ich brauche ein Bankschließfach.«

Als sie wieder auf die 7th Street traten, lag die Statue sicher verwahrt in einem Schließfach im Keller der Bank. Sowohl Mikey als auch Cleo hatten einen Schlüssel. Das war besonders klug, fand sie, denn wenn es Probleme gäbe – womit sie eigentlich nicht rechnete –, könnte er an ihrer Stelle die Statue holen.

»Okay. Jetzt rufe ich an und verabrede ein Treffen. An irgendeinem öffentlichen Platz«, fügte sie hinzu und streckte die Hand nach Mikeys Handy aus. »Wo uns keiner kennt.«

»Ich komme mir vor wie in einem Spionagethriller.« Grinsend reichte Mikey ihr das Telefon. Er liebte gute Drehbücher.

»Es geht ums Geschäft. Und ich weiß auch schon den perfekten Ort für das Treffen.« Cleo zog den Zettel aus der Tasche, auf dem sie sich die Nummer von *Morningside* notiert hatte, und wählte, während sie in Richtung Sechste gingen. »Anita Gaye, bitte. Mein Name ist Cleo Toliver. Ich glaube, sie kennt meinen Namen und wird mit mir sprechen wollen. Wenn nicht, sagen Sie ihr einfach, ich möchte mit ihr über den Preis des Schicksals reden. Ja, Sie haben richtig verstanden.«

Sie bog nach Süden auf die 5th Street ab und verlor Mikey kurzfristig aus den Augen, weil er am Schaufenster eines Juweliers stehen geblieben war.

»Bleib bei mir, und benimm dich nicht wie ein Mädchen.«

Sie zog ihn an seinen Dreadlocks. »Hier geht es um ernste Geschäfte.«

»Du klingst so kalt und tough«, erklärte Mikey. »Wie Joan Crawford ... oder, nein, noch besser: Barbara Stanwyck in *Frau ohne Gewissen*.«

»Halt den Mund, Mikey«, gab sie zurück und unterdrückte ein Kichern, weil Anita Gaye sich meldete.

»Cleo.« Die Stimme klang weich und warm wie Samt. »Ich kann Ihnen gar nicht sagen, wie ich mich freue, von Ihnen zu hören.«

Cleo fand, das war ein gutes Zeichen. Anita ließ sich ohne Zögern auf den vorgeschlagenen Treffpunkt ein. Bei dem Gedanken an die wilde Jagd quer durch Europa schüttelte sie den Kopf. Männer, dachte sie. Sie mussten immer ihre Muskeln spielen lassen und machten aus einem einfachen Geschäft eine kriegerische Auseinandersetzung.

Kein Wunder, dass auf der Welt so viel Elend herrschte.

Im Nachhinein kam ihr die Wahl ihres Treffpunkts doch ein wenig albern vor. Aber Mikey schien mittlerweile das ganze Unternehmen so faszinierend zu finden, dass sie es in Kauf nahm.

»*Die große Liebe meines Lebens* – Cary Grant, Deborah Kerr.« Er stand auf der Aussichtsplattform des Empire State Building und breitete die Arme aus. »Das ist Romantik, Baby.«

Das ist genau der Unterschied zwischen uns, dachte Cleo, er verbindet diesen Ort mit einer Liebesgeschichte, ich mit King Kongs fataler Besessenheit für Faye Wray.

»Du stellst dich da hinten hin und behältst mich im Auge, während ich mit ihr spreche. Wenn es Probleme gibt, gebe ich dir ein Zeichen. Dann kommst du mir zu Hilfe.« Sie blickte auf die Armbanduhr, die Mikey ihr geliehen hatte. »Sie muss jeden Moment eintreffen. Wenn sie pünktlich ist, läuft alles nach Plan. Dann habe ich noch eine gute halbe Stunde Zeit, bevor ich mich mit Gideon treffe.«

»Was willst du ihm erzählen?«

»Irgendwas, bis ich das Geld in der Hand habe. Vierundzwanzig Stunden kann ich ihn noch hinhalten, und das ist auch die Deadline, die ich Anita nennen werde.«

»Eine Million ist an einem Tag schwer zusammenzukratzen, Cleo.«

»Wir reden hier von *Morningside,* und das bedeutet viel Geld. Wenn sie die Statue haben will, wird sie schon einen Weg finden. Ich stelle mich jetzt da drüben hin und gucke gelangweilt.«

Sie trat ans Geländer, lehnte sich mit dem Rücken dagegen und beobachtete den Aufzug. Überall wimmelte es von Touristen.

Sie fragte sich, ob wohl die richtigen New Yorker jemals hier heraufkamen, wenn sie nicht gerade irgendeinem auswärtigen Besucher die Stadt zeigten. Und sie fragte sich, was wohl die Touristen bewegen mochte, hier heraufzukommen, wo doch das Leben unten auf der Straße stattfand.

Ihr Magen krampfte sich zusammen, als die todschicke Frau aus dem Aufzug trat. Anita hatte gesagt, sie würde ein blaues Kostüm tragen. Und blau war es tatsächlich – rauchblau mit einem langen Jackett und einem engen Rock in einer konservativen Länge.

Valentino, vermutete Cleo. Es hatte Stil.

Anita setzte eine Sonnenbrille auf und betrat die windige Aussichtsplattform. Cleo wartete gespannt, während die Frau sich umblickte. Schließlich fiel ihr Blick auf die junge Frau am Geländer.

Sie rückte ihre Schultertasche zurecht und trat auf sie zu. »Cleo Toliver?«

»Ja. Anita Gaye?« Cleo schüttelte ihr die Hand. Die beiden Frauen musterten sich.

»Ich habe fast erwartet, dass Sie mich nach einem Codewort fragen«, sagte Anita in einem Anflug von Humor. »Ich bin zum ersten Mal hier oben. Warum gerade hier?«

»Ich finde, der Ort eignet sich besonders gut für ein kleines privates Geschäft. Hier werden wir uns beide wohl fühlen.«

»An einem Tisch bei *Raphael's* würden wir uns wohler fühlen, aber wahrscheinlich hat Gideon Sie davor gewarnt, mit mir zu verhandeln.« Anita breitete die Arme aus. »Wie Sie sehen, bin ich keine Bedrohung.«

»Die Typen, die Sie uns in Prag auf den Hals gehetzt haben, wirkten nicht so freundlich.«

»Ein unglückseliges Missverständnis, das oft vorkommt, wenn man mit Männern zu tun hat, nicht wahr?« Anita schob sich eine Haarsträhne hinter die Ohren. »Meine Leute hatten die Anweisung, bei Ihrem Club vorbeizufahren und mit Ihnen zu sprechen. Nicht mehr und nicht weniger. Offenbar haben Gideon und Sie sich ein bisschen zu sehr aufgeregt. Meine Leute haben gedacht, Sie würden entführt, Cleo, und haben Sie deshalb verfolgt.«

»Tatsächlich?«

»Ein Missverständnis, wie ich schon sagte. Auf jeden Fall freut es mich, dass Sie wieder heil in New York gelandet sind. Ich bin sicher, dass wir die Angelegenheit ohne theatralisches Getue miteinander besprechen können.« Sie blickte sich wieder um. »Ist Gideon nicht bei Ihnen?«

»Ich habe jemand anderen mitgebracht ... nur für den Fall, dass es doch zu theatralischem Getue kommt.« Sie konnte Mikey über Anitas Schulter sehen. »Zunächst einmal, warum haben Sie mich denn eigentlich aufgespürt und Ihre Leute angewiesen, mit mir zu sprechen?«

»Eine Ahnung, nach eingehender Recherche. Beides ist in meinem Geschäft äußerst wichtig. Dass wir uns heute treffen, lässt mich vermuten, dass meine Ahnung mich nicht getrogen hat. Haben Sie die Parze, Cleo?«

Wenn sie mehr Zeit gehabt hätte, hätte Cleo sie noch etwas zappeln lassen. »Sie ist an einem sicheren Ort. Ich bin bereit, sie zu verkaufen. Für eine Million Dollar, bar auf die Hand.«

Anita lachte auf. »Eine Million Dollar? Gideon muss Ihnen Märchen erzählt haben.«

»Versuchen Sie nicht, mich über den Tisch zu ziehen, Anita. Sie wollen die Statue haben, und das ist der Preis. Ohne weitere Verhandlungen. Damit hätten Sie bereits zwei der drei Statuen, da Sie eine ja schon von Gideons Bruder gestohlen haben.«

»Gestohlen?« Wut blitzte in Anitas Augen auf. Sie ging auf der Plattform auf und ab und musterte die anderen Leute. Offenbar versuchte sie herauszufinden, wer Cleos Begleiter war. »Diese Sullivans! Ich sollte sie wegen Rufschädigung anzeigen.

Der Ruf von *Morningside* ist über jeden Verdacht erhaben. Und meiner ebenfalls«, fügte sie spitz hinzu. »Ich habe Malachi Sullivan die Statue abgekauft und stelle ihm gern eine Quittung aus. Er hat wahrscheinlich seinem Bruder irgendein Lügenmärchen aufgetischt und das Geld selbst behalten. Aber ich werde nicht zulassen, dass er hässliche Lügen über mein Unternehmen verbreitet.«

»Wie viel haben Sie ihm gezahlt?«

»Weniger. Beträchtlich weniger, als Sie verlangen.«

»Dann haben Sie beim ersten Mal ein Schnäppchen gemacht. Für Nummer zwei werden Sie mehr bezahlen. Sie können die Statue morgen in Empfang nehmen, um drei Uhr, genau hier. Sie bringen das Geld mit, ich das Mädchen.«

»Cleo ...« Anita verzog säuerlich die Lippen. »Ich hatte mit den Sullivans zu tun. Woher soll ich wissen, dass Sie nicht genauso hinterhältig sind wie sie? Ich habe keinen Beweis dafür, dass Sie die Statue wirklich besitzen.«

Schweigend griff Cleo in ihre Tasche und zog das Foto heraus.

»Lachesis«, murmelte Anita, als sie das Bild betrachtete. »Woher weiß ich, dass sie echt ist?«

»Vermutlich sollten Sie sich von Ihrer Ahnung leiten lassen. Meine Großmutter hat sie mir geschenkt, als ich ein Kind war. Sie hatte eine Schraube locker und hielt die Statue für eine Puppe. Und bis vor einer Woche habe ich sie auch nur als eine Art Maskottchen angesehen. Für eine Million Dollar kann ich mir eine Menge Glück kaufen.«

Anita studierte das Foto und überdachte ihre Möglichkeiten. Die Aufnahme bestätigte, was Cleos Vater ihr an einem langen Abend bei einem perfekt zubereiteten Coq au Vin, einem hervorragenden Pinot Noir und mittelmäßigem Sex erzählt hatte. Interessanterweise hatte der Mann nicht gewusst, dass seine Tochter in New York war, und auch nicht, dass sie in Prag gewesen war. Er war überhaupt erstaunlich schlecht über den Aufenthaltsort und das Wohlergehen seines einzigen Kindes informiert.

Das bedeutete, dass niemand Cleo Toliver vermissen würde, wenn sie verschwand.

»Ich vermute, die Statue gehört Ihnen tatsächlich?«

Cleo zog die Augenbrauen hoch. »Ja, ich habe die Besitzurkunde und alles, was dazugehört.«

»Ja«, sagte Anita zustimmend. »Natürlich.«

Cleo steckte das Foto wieder in die Tasche. »Jetzt sind Sie an der Reihe, Anita.«

»Das ist viel Geld, um es in einer so kurzen Zeit aufzutreiben. Wir können uns morgen treffen – bei *Raphael's*. Sie bringen die Statue mit, damit ich sie mir in Ruhe ansehen kann – und ich bringe eine Viertelmillion als Sicherheit mit.«

»Die gesamte Summe, hier, um drei Uhr. Oder ich bringe die Figur auf den Markt.«

»Ich bin Antiquitätenhändlerin ...«

»Ich nicht«, unterbrach Cleo sie. »Und ich habe jetzt einen Termin. Entweder Sie willigen ein, oder der Handel ist geplatzt.«

»Na gut. Aber ich werde nicht eine solche Menge Geld hier heraufbringen.« Anita blickte sich verärgert um. »Ein Restaurant, Cleo. Wir wollen uns doch wie zivilisierte Menschen benehmen. Wenn Sie mir nicht trauen, können *Sie* ja das Lokal aussuchen.«

»Das klingt vernünftig. Im East Village gibt es das *Teresa's*. Ich hätte Appetit auf Gulasch. Von mir aus um ein Uhr.«

»Ein Uhr.« Anita streckte ihr die Hand entgegen. »Und wenn Sie sich einmal entschließen sollten, das Theater aufzugeben – jemanden wie Sie könnte ich bei *Morningside* brauchen.«

»Danke, aber ich bleibe lieber bei dem, was ich kann. Bis morgen dann.«

Sie wartete, bis Anita wieder in den Aufzug gestiegen war. Dann zählte sie langsam bis zehn. Als sie sich zu Mikey umdrehte, grinste sie.

Sie machte ein paar Tanzschritte auf ihn zu. »Küss mich, Baby, ich bin reich.«

»Hat sie sich darauf eingelassen?«

»Ja. Sie hat sich nur am Anfang ein bisschen gesträubt.« Cleo hakte sich bei Mikey ein. »Sie ist nicht so gut, wie sie glaubt. Sie wird das Geld schon ausspucken, weil ich das habe, was sie will.«

»Du hast mir gar keine Gelegenheit gegeben, gefährlich und gemein zu wirken.«

»Tut mir Leid, es hätte dir bestimmt gut gestanden.« Sie ging mit ihm zum Aufzug. »Weißt du, was ich als Erstes mache, wenn ich das Geld habe? Dann gebe ich eine rauschende Party. Nein, zuallererst kaufe ich mir ein Haus, *dann* gebe ich eine rauschende Party.«

»Dann wirst du vermutlich keine Tanzjobs mehr annehmen.«

»Du machst wohl Witze!« Sie quetschte sich mit ihm in den Aufzug. »Lass mich eine, vielleicht auch zwei Wochen im Geld schwelgen, aber dann gehe ich wieder zu jedem Vortanztermin, den mein Agent für mich auftreiben kann. Du weißt doch, wie es ist, Mikey. Ohne das Tanzen kann ich nicht leben.«

»Ich könnte dich bei der Truppe von *Kiss me, Kate* unterbringen.«

»Ehrlich? Das wäre ja toll! Wann?«

»Ich werde heute Abend gleich mit dem Regisseur reden.«

»Ich habe gewusst, dass alles wieder gut wird!« Sie strahlte.

Als sie auf der Straße standen, sagte sie: »Wir müssen uns jetzt trennen. Ich muss Gideon treffen.«

»Wollt ihr heute Abend nicht zur Vorstellung kommen? Ich besorge euch Plätze und stelle dich dann gleich dem Regisseur vor.«

»Cool. Du bist ein Schatz, Mikey.« Sie gab ihm einen langen, schmatzenden Kuss. »In ein paar Stunden sind wir wieder zu Hause. Ich kaufe eine große Flasche Champagner.«

»Kauf gleich zwei. Dann können wir nach der Show anstoßen.«

»Abgemacht. Ich liebe dich, Mikey.«

»Ich liebe dich auch, Kleopatra.«

Er ging nach Westen, sie nach Osten. Als sie die Straße überquerte, blickte sie sich noch einmal um und lachte, als er ihr eine Kusshand zuwarf. Beschwingt eilte sie Richtung Uptown. Es läuft alles nach Plan, dachte sie. Sie wollte sich mit Gideon an der Ecke 51st Street und 5th Avenue treffen. Vielleicht würden sie irgendwo eine Pizza essen gehen. Und sie würde ihm erzählen, dass sie noch ein oder zwei Tage brauchte, um an die Statue heranzukommen.

Das würde ihm zwar nicht gefallen, aber sie würde ihn schon irgendwie beruhigen. Und wenn sie ihm am nächsten Tag vierhunderttausend Dollar überreichen könnte, wäre er bestimmt nicht mehr böse.

Sie würde ihn überreden, eine Zeit lang in New York zu bleiben. Vielleicht hatte Mikey ja Recht mit dem, was er über sie und Gideon gesagt hatte. Natürlich war es keine Liebesgeschichte, darauf wollte sie sich nicht einlassen. Aber sie hatte ein gutes Gefühl, wenn sie mit ihm zusammen war. Sie mochte seine Beständigkeit genauso wie seine Abenteuerlust. Was wäre also falsch daran, wenn sie beides noch ein bisschen genießen wollte?

Vor einem Juwelierladen blieb sie stehen und sah sich die Auslage an. Sie würde Mikey etwas kaufen, um sich für seine Hilfe zu bedanken. Irgendetwas Extravagantes.

Unschlüssig betrachtete sie eine dicke Goldkette – zu ordinär – und die Juwelen – zu auffällig. Langsam ging sie von Schaufenster zu Schaufenster, bis ihr Blick schließlich auf ein dünnes goldenes Fußkettchen mit einem Rubin am Verschluss fiel.

Wie gemacht für Mikey, dachte sie und bückte sich, um den Preis auf dem Schildchen erkennen zu können.

Und dann erstarrte sie in dieser Haltung, als sie eine vertraute Gestalt sah, die sich im Fenster spiegelte.

Sie erkannte das Gesicht des Mannes, obwohl sie ihn nur im Profil sah, weil er so tat, als blicke er auf den Verkehr. Es war der Typ, den sie in Prag fast überfahren hatten.

Verfluchte Scheiße!, dachte Cleo. Sie richtete sich auf und ging langsam weiter, als wolle sie die nächste Auslage betrachten. Der Mann folgte ihr zwar nicht, drehte aber seinen Körper leicht in ihre Richtung.

Verdammte Anita Gaye, dachte sie. Tat so geschäftsmäßig und professionell. Und dann schickte sie ihr einen ihrer Schlägertypen hinterher. Cleo trödelte weiter, als habe sie alle Zeit der Welt. Der Mann blieb ihr auf den Fersen. Langsam betrat sie das Juweliergeschäft und schlenderte die Gänge zwischen den Tischen entlang.

Und dann sprintete sie los. Auf ihren langen Beinen war sie im Nullkommanichts an der Seitentür, rannte auf die Straße, schob einen Mann beiseite, der gerade in ein Taxi steigen wollte, und sprang selbst in den Wagen.

Der Mann brüllte sie an, aber sie hatte schon die Tür zugeschlagen. »Geben Sie Gas! Sie bekommen zwanzig Dollar, wenn Sie mich in weniger als einer Minute fünf Blocks weit bringen!« Sie zog den Geldschein aus der Tasche und wedelte damit. Als sie sich umdrehte, sah sie ihren Verfolger auf die Straße rennen. Sie schob dem Fahrer das Geld zu. »Fahren Sie los!«

Er gab Gas. »Rüber zur Park Avenue!«, befahl sie und blickte durch die Heckscheibe nach hinten. »Zur 51st und dann wieder zur 5th!«

Als das Taxi auf die Park Avenue abbog, drehte Cleo sich noch einmal um. »51st und 5th«, wiederholte sie noch einmal. »Lassen Sie mich an der Ecke aussteigen.«

»Das ist eine ganz schön weite Fahrt für ein paar Blocks, Lady.«

»Sie bekommen Ihr Geld.«

An der Ecke sprang sie aus dem Taxi und ergriff Gideons Hand.

»Du bist zu spät«, beschwerte er sich, aber sie zog ihn bereits im Laufschritt mit sich. »Was ist los?«

»Wir fahren mit der U-Bahn, Schönling. Bevor du nicht U-Bahn gefahren bist, warst du nicht richtig in New York.«

Um das Rockefeller Center drängten sich die Touristen. Umso besser, dachte Cleo, dann konnten sie sich in der Menge verstecken, wenn es nötig sein sollte. Sie schob ihn die Treppe zur U-Bahn hinunter.

»Ich lade dich ein«, erklärte sie und löste zwei Fahrkarten. Als sie durch die Sperre waren, atmete sie tief durch. »Wir steigen am Washington Square aus. Ich zeige dir die Gegend, und wir gehen irgendwo etwas essen.«

»Warum?«

»Weil ich Hunger habe.«

»Und warum sind wir wie die Verrückten in die U-Bahn gerannt?«

»Ich musste jemanden abschütteln. Ich habe einen kleinen Schaufensterbummel auf der 5th gemacht, und da habe ich einen unserer Freunde aus Prag gesehen.«

Er packte ihre Hand, während der Zug rumpelnd einfuhr. »Bist du sicher?«

»Absolut. Er hat ein Gesicht wie ein Kuchenteller. Platt, rund und glänzend. Ich bin ihm entwischt, aber vielleicht läuft er ja noch irgendwo da draußen herum, also wollte ich lieber auf Nummer sicher gehen.«

Sie drängte ihn in den Waggon und ließ sich auf einen Sitz fallen. Einladend klopfte sie auf den Platz neben sich.

»Was hast du getan, Cleo?«

»Wie meinst du das? Ich habe es dir doch gerade erzählt. Das muss man sich mal vorstellen! Da glaubt dieses Arschloch, er kann mich in meiner eigenen Stadt verfolgen.«

»Und er ist zufällig zur gleichen Zeit wie du die gleiche Straße entlanggegangen? Das glaube ich nicht.«

»Die 5th ist übrigens eine Avenue, Fremder, im Gegensatz zu ...«

Er legte seine Hand auf ihren Arm und drückte ihn, wie zur Warnung. »Was hast du getan? Wo ist Mikey?«

»Hey, entspann dich, Kumpel. Wir haben ein paar Besorgungen gemacht und ein bisschen geredet. Dies ist ein freies Land. Auf dem Weg zu dir habe ich einen Schaufensterbummel gemacht, und er ist nach Hause gegangen, um sich hinzulegen. Mikey ist kein Morgenmensch, und du hast ihn viel zu früh geweckt.«

»Woher wusste Anita Gaye, wo sie dich findet?«

»Sieh mal ...«

»Du hast gesagt, du hast ihn abgehängt. Nur einen? Was ist mit dem anderen Typ?«

Er verdarb ihr wirklich die Laune. »Woher zum Teufel soll ich das wissen? Sind sie an der Hüfte zusammengewachsen?«

»Wie lange, nachdem Mikey und du euch getrennt habt, hast du ihn gesehen?«

»Meine Güte, ein paar Minuten später vielleicht. Ein paar Blocks weiter. Was soll ...« Sie brach ab, als ihr dämmerte, was ihm durch den Kopf ging. »Du glaubst, der andere Typ ist hinter Mikey her? Das ist doch verrückt! Er hat doch gar nichts damit zu tun.«

Aber ich habe dafür gesorgt, dass er etwas damit zu tun hat, dachte sie, und ihr Arm, den Gideon immer noch gepackt hielt, begann zu zittern.

»Okay, vielleicht folgen sie ihm ja. Wir steigen einfach an der nächsten Station aus, und ich rufe ihn auf seinem Handy an und informiere ihn. Er kann einen Verfolger genauso schnell abhängen wie ich. Das wird ihm Spaß machen.«

Ihre Hände waren jedoch eiskalt, als sie an der 34th Street ausstiegen und zu einer Telefonzelle gingen. Als sie die Nummer von Mikeys Handy wählte, zitterten ihre Finger. »Du hast mich total nervös gemacht«, murrte sie. »Warte bloß, bis ich es Mikey erzählt habe. Er lacht sich kaputt.« Nach dem ersten Klingelton schaltete sich die Mailbox ein.

»Er hat das Handy abgeschaltet.« Cleo holte tief Luft. »Er ist bestimmt schon zu Hause und macht ein Nickerchen.«

»Dann ruf ihn zu Hause an, Cleo.«

»Ich werde ihn bloß aufwecken.« Trotzdem wählte sie die Nummer. »Er hasst es, wenn er beim Mittagsschlaf gestört wird.«

Das Telefon klingelte vier Mal. Cleo erwartete, dass sich im nächsten Moment der Anrufbeantworter einschalten würde, als Mikey doch noch abnahm. Als sie seine Stimme hörte, wusste sie sofort, dass er in Schwierigkeiten steckte.

»Mikey ...«

»Komm nicht hierher, Cleo!« Man hörte einen Schrei, ein Krachen, und dann rief er noch einmal ihren Namen. »Cleo! Lauf weg!«

»Mikey!« Wieder ein Krachen und dann ein Schrei, bei dem ihr der Schweiß ausbrach. Die Verbindung wurde unterbrochen, aber sie rief immer weiter Mikeys Namen in die Muschel.

»Hör auf! Hör auf!« Gideon nahm ihr den Hörer aus der Hand.

»Sie tun ihm weh! Wir müssen sofort zu ihm und ihm helfen!«

»Ruf die Polizei, Cleo!« Gideon umklammerte ihre Schultern, damit sie nicht weglaufen konnte. »Ruf sie jetzt gleich an! Gib ihnen seinen Namen und seine Adresse. Wir sind zu weit von seiner Wohnung entfernt, um ihm zu helfen.«

»Die Polizei ...«

»Nenne ihnen nicht deinen Namen«, fügte er hinzu, als sie die 911 wählte. »Nur seinen. Und sie sollen sich beeilen!«

»Geben Sie mir die Polizei! Ich brauche Hilfe!« Die ruhige Stimme des Notrufvermittlers machte sie fast wahnsinnig. »Mikey – Michael Hicks, 445 West 53th Street, Apartment 302. Direkt – direkt an der 9th Avenue. Beeilen Sie sich! Sie müssen ihm helfen! Sie tun ihm weh! Sie tun ihm weh ...«

Gideon legte den Hörer auf, als sie zu weinen begann. »Reiß dich zusammen, Cleo. Bitte, reiß dich zusammen. Wir fahren zu ihm. Welche Bahn müssen wir nehmen, um am schnellsten hinzukommen?«

Keine Bahn der Welt konnte schnell genug sein, nachdem Cleo Mikeys entsetzten Schmerzensschrei gehört hatte. So schnell sie konnten, rannten sie die kurze Strecke von der U-Bahn-Station bis zu seiner Wohnung.

Ein Gefühl der Erleichterung durchströmte Cleo, als sie die beiden Streifenwagen vor Mikeys Gebäude stehen sah. »Sie sind schon hier!«, stieß sie hervor. »New Yorks tolle Polizisten.«

Uniformierte sperrten bereits den Bürgersteig ab, wo sich eine kleine Menschenmenge versammelt hatte.

»Sag keinen Ton!«, warnte Gideon Cleo leise. »Lass mich fragen.«

»Der Krankenwagen müsste doch auch schon da sein. Mikey muss ins Krankenhaus. Sie haben ihn bestimmt verletzt!«

»Bleib ganz ruhig, ich finde das schon heraus.« Gideon legte den Arm um sie und drängte sich mit ihr zur Absperrung durch.

»Was ist denn hier los?«, fragte er einen Fahrradkurier, der gerade wieder auf sein Rad stieg.

»Da drinnen ist ein Typ umgebracht worden.«

»Nein.« Cleo schüttelte langsam den Kopf. »Nein.«

»Hey, ich weiß es aber genau. Ich wollte gerade ins Haus, als die Bullen rauskamen. Sie haben gesagt, ich sollte hier bleiben, weil sie mir noch Fragen stellen wollten und so, weil es einen Mord im dritten Stockwerk gegeben hat. Es sind auch Kriminalbeamte da, wie im Fernsehen. Einer von den Typen in Uniform hat mir erzählt, dass der Kopf von diesem Schwarzen nur noch Matsch war.«

»Nein. Nein. Nein!«, sagte Cleo wieder. Ihre Stimme wurde immer lauter, und Gideon zog sie von der Absperrung fort.

»Komm weiter, Cleo.«

»Er ist nicht tot! Das ist eine Lüge, eine blöde, verdammte Lüge! Wir gehen heute Abend in seine Show. Er hat Freiplätze für uns reserviert. Wir betrinken uns mit Champagner. Er ist nicht tot. Wir waren doch ... es ist doch erst eine Stunde her. Ich gehe zurück. Ich muss da wieder hin.«

Gideon wollte sie irgendwohin bringen, wo sie ungestört sein würden. Er legte ihr den Arm um die Schultern, um sie zu beruhigen. Wo zum Teufel gab es in dieser verdammten Stadt bloß ein ruhiges Plätzchen? »Cleo, hör mir zu, hör mir einfach zu! Wir können hier nicht bleiben. Hier sind wir nicht sicher.«

Sie stöhnte leise, und ihre Knie gaben nach. Er trug sie beinahe den Bürgersteig entlang. »Wir müssen irgendwo hineingehen. Du musst dich setzen.«

Sein Blick glitt an den Geschäften entlang und blieb an einer Bar haften. Das war besser als gar nichts.

Er zog sie mit sich, wobei er sie fest im Arm hielt. Drinnen saßen nur drei Gäste an der Bar. Sie blickten noch nicht einmal auf, als er mit Cleo auf einen der Ecktische zusteuerte.

Nachdem sie sich auf die Bank hatte fallen lassen, ging Gideon an die Bar. »Zwei Whiskey«, bestellte er. »Doppelte, bitte.« Er zog einen Geldschein heraus und knallte ihn auf den Tresen.

Mit den Gläsern kehrte er wieder an den Tisch zurück. Cleo hatte sich in die äußerste Ecke der Bank gedrückt. Er schlüpfte neben sie, hob ihr Kinn mit der Hand und flößte ihr den Whiskey ein.

Sie würgte und spuckte, dann legte sie den Kopf auf den Tisch und weinte wie ein Baby.

»Es ist meine Schuld. Es ist alles meine Schuld.«

»Du musst mir erzählen, was passiert ist.« Gideon hob ihren Kopf an und hielt ihr noch einmal das Glas an die Lippen. »Trink noch einen Schluck, und dann erzählst du mir, was du getan hast.«

»Ich habe ihn umgebracht! O Gott, o Gott, Mikey ist tot!«

»Ich weiß.« Er ergriff sein eigenes, noch unberührtes Glas und flößte ihr auch dessen Inhalt ein. Besser betrunken und halb bewusstlos als hysterisch, dachte er. »Was habt ihr getan, Mikey und du?«

»Ich habe ihn darum gebeten ... Er hätte alles für mich getan ... Ich habe ihn geliebt, Gideon. Ich habe ihn geliebt!«

Es ist das erste Mal, dass sie mich mit meinem Namen anspricht, dachte er. »Ich weiß. Ich weiß, dass du ihn geliebt hast.«

»Ich hielt mich für so klug.« Tränen tropften auf ihre Hand, als sie einen weiteren Schluck nahm. »Ich hatte alles geplant. Ich würde dieser Schlampe die Statue verkaufen, ihr eine Million Dollar aus der Tasche ziehen, dir einen hübschen Anteil geben, damit du zufrieden bist, und dann auf der Straße tanzen.«

»Du lieber Himmel! Du hast Kontakt zu Anita Gaye aufgenommen?«

»Ich habe sie angerufen und einen Treffpunkt vereinbart. Oben auf dem verdammten Empire State Building.« Vom Alkohol wurde ihre Aussprache langsam undeutlich. »Wie King Kong. Mikey ist mitgekommen, falls sie Schwierigkeiten machen würde. Aber das tat sie gar nicht. Sie war sanft wie ein Lamm. Sie hat kein gutes Haar an dir oder deinem Bruder gelassen, aber das tut jetzt nichts zur Sache. Morgen wollte sie mir eine Million Dollar in bar zahlen, und dann hätte ich ihr die kleine Statue gegeben. Ein sauberes Geschäft. Mikey und ich haben uns kaputtgelacht. Ich habe ihm nämlich die ganze Geschichte erzählt, weißt du.«

»Ja, das habe ich mir schon gedacht.«

»Ich wollte das Geld mit dir teilen, sechzig zu vierzig.« Sie wischte sich die Tränen ab und verschmierte dadurch ihre Wimperntusche auf den Wangen. »Du hättest vierhunderttausend Dollar bar auf die Hand bekommen. Das wäre doch in Ordnung gewesen, oder?«

Er durfte jetzt nicht wütend werden, dafür war Cleo zu fertig. Er schob ihr die Haare hinter die Ohren. »Ja, wahrscheinlich.«

»Aber sie wollte mir das Geld gar nicht geben. Sie hat mich ausgetrickst. Mikey ist tot, weil ich zu blöd war, es zu merken. Das werde ich mir nie, *niemals* verzeihen, nicht solange ich lebe. Er war harmlos, Gideon, harmlos und nett, und sie haben ihm wehgetan. Sie haben ihm wehgetan!«

»Ich weiß, Liebling.« Er drückte ihren Kopf an seine Schulter und ließ sie weinen, während er ihr über die Haare strich. Er dachte an den Mann, der am Morgen noch Arme Ritter gebacken hatte, und der seiner Freundin zuliebe einen völlig Fremden in seinem Bett hatte schlafen lassen.

Dafür wird Anita Gaye bezahlen, schwor Gideon sich. Jetzt ging es nicht mehr nur um Geld, jetzt ging es um Gerechtigkeit.

Er streichelte Cleo über das Haar und trank den letzten Schluck Whiskey.

Ihm fiel nur ein Ort ein, wo sie hingehen konnten.

11

Dr. Lowenstein hatte selbst Probleme. Seine Frau hatte ihn bei der Scheidung bis aufs Hemd ausgezogen, seine Kinder, die beide aufs College gingen, lebten in der Vorstellung, er schwimme im Geld, und seine Assistentin hatte ihn soeben um eine Gehaltserhöhung gebeten.

Sheila hatte sich von ihm scheiden lassen, weil er mehr Zeit in der Praxis verbrachte als zu Hause. Und dabei hatte sie das Geld, das diese Praxis abwarf, mit vollen Händen ausgegeben.

Diese Ironie des Schicksals hat sie nie begriffen, dachte Dr. Lowenstein, aber das beweist nur, dass ich froh sein kann, sie endlich los zu sein.

Eigentlich ging es ja immer nur um Geld, wie sein Sohn – der seine Hauptfächer häufiger wechselte als die Socken – immer zu sagen pflegte.

Tia Marsh *besaß* Geld. Aus ihren Vermögensanlagen flossen die Dividenden und Zinsen bestimmt reichlich. Und vermutlich verdiente sie auch ein hübsches Sümmchen mit ihren Büchern.

Aber bei Gott, die Frau hatte wirklich Probleme.

Im Moment saß sie ihm kerzengerade auf einem Stuhl gegenüber und erzählte eine wirre Geschichte über verschlagene Iren, griechische Mythen, historische Katastrophen und Diebstahl. Als sie schließlich von einem Mann berichtete, der sich als Polizist ausgegeben hatte und etwas von abgehörten Telefonen verstand, rieb Dr. Lowenstein sich über den schmalen Mund und räusperte sich.

»Nun, Tia, das alles hat Sie sicher sehr aufgeregt. Sagen Sie mir doch, welche Rolle Ihrer Meinung nach das Schicksal in diesem Kontext spielt?«

»Welche Rolle es spielt?« Es hatte Tia viel Mut gekostet, die Geschichte überhaupt zu erzählen, und jetzt starrte sie ihren Therapeuten verständnislos an. »Dr. Lowenstein, das ist keine Metapher, es geht um eine Statue.«

»Wenn man bedenkt, dass Ihr eigenes Schicksal Ihr wesentliches Dilemma ist«, begann er.

»Glauben Sie etwa, ich habe das alles erfunden? Halten Sie das Ganze für Einbildung?« Diese Vorstellung machte Tia wütend. Sicher litt sie gelegentlich unter Wahnvorstellungen, sonst wäre sie schließlich nicht hier, aber dieses Mal hatte sie ihm doch eine wahre Geschichte erzählt.

Und bei zweihundertfünfzig Dollar für eine Fünfzig-Minuten-Sitzung sollte er das wissen.

»*So* verrückt bin ich nicht! Es gab da diesen Mann in Helsinki ...«

»Den Iren«, sagte Dr. Lowenstein geduldig.

»Ja, ja, den Iren, aber er hätte auch ein einbeiniger Schotte sein können.«

Er lächelte milde. »Diese vierwöchige Reise war ein großer Schritt für Sie, Tia. Ich glaube, sie hat Sie offen gemacht. Offen für die Vorstellungen, die Sie oft unterdrücken. Und jetzt stehen wir vor der Herausforderung, diese Vorstellungen einzuordnen und damit zu arbeiten. Als Schriftstellerin ...«

»Den Mann in Helsinki hat es wirklich gegeben!«, stieß sie hervor. »Er hat mich in New York besucht und so getan, als habe er persönliches Interesse an mir, und dabei war er nur an meiner Verbindung zu den drei Parzen interessiert. Auch diese Parzen existieren wirklich. Das habe ich dokumentiert. Mein Vorfahr hat eine der Statuen besessen und ist mit der *Lusitania* nach England gefahren, um die zweite zu erwerben. Das ist eine Tatsache, eine dokumentierte Tatsache.«

»Und der Ire behauptet, sein Vorfahr, der auch auf dem Schiff gewesen ist, habe die Statue damals gestohlen.«

»Genau.« Sie schnaubte ärgerlich. »Und er behauptet weiter, diese Anita Gaye habe sie dann *ihm* gestohlen. Daran hatte ich starke Zweifel, bis Jack Burdett zu mir kam.«

»Der Mann, der sich als Polizist ausgegeben hat?«

»Ja. Sehen Sie, es ist nicht besonders kompliziert, wenn man die einzelnen Schritte einmal im Zusammenhang sieht. Mein Problem ist, dass ich nicht genau weiß, welchen Schritt ich als Nächstes unternehmen soll. Wenn mein Telefon abgehört wird, sollte ich eigentlich Anzeige erstatten. Aber dann gäbe es alle möglichen unangenehmen Fragen, und wenn die Wanzen dann entfernt würden, wäre Mrs Gaye klar, dass ich weiß, dass sie mich abgehört hat. Und dann könnte ich nicht mehr sozusagen hinter den Kulissen arbeiten, um die anderen beiden Parzen zu finden.«

Tia holte tief Luft. »Außerdem telefoniere ich sowieso nicht oft, also sollte ich es vielleicht einfach dabei belassen.«

»Tia, haben Sie schon einmal darüber nachgedacht, ob Sie vielleicht nur deshalb keine Anzeige erstatten wollen, weil Ihnen im Unterbewusstsein klar ist, dass Ihre Telefone gar nicht abgehört werden?«

»Nein.« Aber bei seiner ruhigen, geduldigen Frage bekam sie auf einmal Zweifel. »Ich leide doch nicht unter Paranoia.«

»Tia, können Sie sich noch erinnern, wie Sie mich am Anfang Ihrer Reise von Ihrem Hotel in London aus angerufen und mir erzählt haben, Sie hätten Angst, dass der Mann aus dem Zimmer am Ende des Flurs Sie verfolgt, weil er schon zweimal mit Ihnen im Aufzug gefahren war?«

»Ja.« Beschämt ließ sie die Hände sinken. »Aber das war etwas anderes. Das *war* paranoid.«

Ich weiß es sowieso besser als alle anderen, dachte sie. Ich habe noch einmal Glück gehabt und bin diesem Typen entkommen.

»Sie haben gute Fortschritte gemacht«, fuhr Dr. Lowenstein fort. »Sie haben Ihre Reisephobie bekämpft. Sie haben sich der Angst gestellt, vor Publikum zu sprechen. Sie haben sich und Ihre Fähigkeiten vier Wochen lang erforscht und Ihre Sicherheitszone erweitert. Sie sollten stolz auf sich sein!«

Um ihr zu zeigen, wie stolz *er* auf sie war, beugte er sich vor und tätschelte ihren Arm. »Veränderung, Tia, Veränderung schafft neue Herausforderungen. Wie ich eben schon sagte, Sie haben die Tendenz, gedankliche Szenarien zu entwickeln – exotische, komplizierte Szenarien, in denen Sie irgendwelchen Gefahren oder Bedrohungen ausgesetzt sind. Eine tödliche Krankheit, eine internationale Verschwörung. Und dann ziehen Sie sich in die Sicherheit Ihrer Wohnung zurück. Es überrascht mich nicht, dass Sie Ihr Muster in der vertrauten Umgebung – wo Sie nach einer langen, anstrengenden Reise die natürliche körperliche und geistige Ermüdung überwinden wollen – wieder aufgenommen haben.«

»Das tue ich gar nicht«, erwiderte sie leise. »Ich sehe das Muster noch nicht einmal mehr.«

»Wir werden in der nächsten Sitzung weiter daran arbeiten.« Er tätschelte wieder ihren Arm. »Am besten sehen wir uns in der nächsten Zeit wieder zweimal pro Woche. Betrachten Sie das nicht als Rückschritt, sondern als Neuanfang. Angela wird Ihnen einen Termin geben.«

Tia blickte in sein freundliches Gesicht mit dem gestutzten Bart und den grauen Schläfen. In diesem Moment kam es ihr so vor, als verabschiede sich ein nachsichtiger und gütiger Vater von ihr.

»Danke, Doktor.«

»Ich möchte, dass Sie weiterhin Ihre Entspannungsübungen machen.«

»Natürlich.« Sie ergriff ihre Tasche und trat an die Tür. Dort drehte sie sich um. »Sie halten alles, was ich Ihnen gerade erzählt habe, für Halluzinationen?«

»Nein, Tia, natürlich nicht. Ich glaube, für Sie ist das alles sehr real, eine Mischung aus tatsächlichen Ereignissen und Ihrer äußerst kreativen Fantasie. Wir werden das erforschen. In der Zwischenzeit sollten Sie sich Gedanken darüber machen, warum Sie lieber in Ihrem Kopf als in der Realität leben. Wir sprechen in der nächsten Sitzung darüber.«

»Ich lebe nicht lieber in meinem Kopf«, erwiderte sie leise. Sie durchquerte das Vorzimmer und verließ das Haus.

Er hatte ihr kein Wort geglaubt. Und was noch schlimmer ist, dachte sie, während sie mit dem Aufzug hinunterfuhr, er hat Zweifel in mir geweckt, sodass ich selbst nicht mehr sicher bin, ob ich mir glauben kann.

Es war doch geschehen. Sie war doch nicht verrückt, verdammt noch mal. Sie war doch keine Irre, die sich den Kopf mit Alufolie einwickelte, um fremde Stimmen abzuwehren oder so etwas. Sie war eine erfolgreiche Autorin und Kennerin der griechischen Mythologie. Und vor allem bin ich geistig gesund, dachte sie wütend. Gesünder, gefestigter und stärker, als ich mich jemals in meinem Leben gefühlt habe.

Sie versteckte sich nicht in ihrer Wohnung. Sie arbeitete dort. Plötzlich sah sie ihr Ziel genau vor Augen. Sie würde beweisen, dass sie sich nicht in eine Traumwelt flüchtete. Sie würde beweisen, dass sie auf eigenen Füßen stehen konnte, dass sie eine gesunde – nun ja, einigermaßen gesunde – Frau mit Verstand und Willenskraft war.

Auf der Straße zog sie ihr Handy aus der Tasche und wählte eine Nummer. »Carrie? Ich bin's, Tia. Mach bitte einen Termin für mich in deinem Salon. Wann? Jetzt sofort. Es ist ein Notfall. Ich komme vorbei.«

»Bist du dir ganz sicher?« Carrie war immer noch außer Atem, so schnell war sie von ihrem Büro in der Wall Street zu *Bella Donna* gerast.

»Ja ... Nein.«

Tia umklammerte Carries Hand, während sie im Wartebereich des Salons auf den eleganten Ledersesseln saßen. Aus den Lautsprechern drang Technomusik, und eine der Stylistinnen, eine dünne, ganz in schwarz gekleidete Frau, hatte ihr Haar zu einer beeindruckenden magentafarbenen Wolke arrangiert.

Der Geruch nach den chemischen Präparaten raubte Tia den Atem.

Das Geräusch des Haartrockners dröhnte in ihren Ohren wie Flugzeugmotoren. Sie würde bestimmt Migräne bekommen. Was tat sie hier eigentlich?

»Ich gehe jetzt besser. Ich gehe besser auf der Stelle.« Hektisch suchte sie in ihrer Tasche nach dem Asthmaspray.

»Ich bleibe bei dir, Tia. Ich stehe dir die ganze Zeit über bei.«

Carrie hatte zwei Termine abgesagt, um sich um ihre Freundin zu kümmern. »Julian ist ein Genie. Ich schwöre es.« Sie drückte Tias Hand, während Tia das Spray inhalierte. »Du wirst dich wie neugeboren fühlen. Wie bitte?«, fragte sie, als Tia irgendetwas murmelte.

Tia nahm den Inhalator aus dem Mund und wiederholte: »Ich sagte, ich war gerade dabei, mich wieder an mein altes Lebensmuster zu gewöhnen. Das ist ein Fehler. Aber jetzt bin ich eigentlich nur hier, weil ich mich so über Dr. Lowenstein geärgert habe. Hör zu, ich bezahle den Termin natürlich, aber ...«

»Julian wartet auf Sie, Dr. Marsh.« Eine weitere dürre, schwarz gekleidete Frau trat auf sie zu.

Wiegt hier überhaupt jemand mehr als hundert Pfund?, dachte Tia. Ist irgendjemand älter als dreiundzwanzig?

»Ich begleite sie nach hinten, Miranda.« Mit jener aufgesetzt fröhlichen Stimme, die Mütter einsetzten, wenn sie ihre Kinder zum Zahnarzt schleppen, zog Carrie Tia hoch. »Du wirst dich noch bei mir bedanken. Vertrau mir.«

Tia verschwamm alles vor den Augen, als sie an Angestellten und Kunden vorbei den Laden durchquerte. Im Hintergrund vernahm sie Gesprächsfetzen und ein Lachen, das ein bisschen überdreht klang.

»Carrie ...«

»Sei tapfer. Du musst jetzt stark sein.« Carrie führte Tia zu einer ganz in Schwarz und Silber gehaltenen Nische. Der Mann hinter dem großen Ledersessel war klein, schlank und hatte weißblonde Haare, die eng am Kopf anlagen.

Er erinnerte Tia an eine Art modernen Eros, und das fand sie überhaupt nicht tröstlich.

»So«, sagte er, »da ist ja endlich Tia.« Er warf einen Blick auf ihr blasses Gesicht. »Louise, bitte ein Glas Sekt. Setzen Sie sich, Tia.«

»Ich dachte gerade, dass ich vielleicht ...«

»Setzen Sie sich«, unterbrach er Tia, dann beugte er sich vor und küsste Carrie auf die Wange. »Moralische Unterstützung?«

»Ja.«

»Carrie und ich haben uns schon tausend Strategien überlegt, wie wir Sie endlich hierher locken könnten. Und so wie es aussieht,« – er betastete eine Haarsträhne, die sich aus dem Knoten gelöst hatte – »ist es keinen Moment zu früh.«

»Ich glaube, ich brauche wirklich kein...«

»Überlassen Sie es einfach mir, zu beurteilen, was Sie brauchen.« Er reichte ihr eines der Sektgläser, die Louise gebracht hatte. »Wenn Sie zum Arzt gehen, stellen Sie dann die Diagnose auch selbst?«

»Eigentlich nicht, äh, ja. Aber ...«

»Sie haben hübsche Augen.«

Sie blinzelte. »Tatsächlich?«

»Eine exzellente Augenbrauenlinie. Gut ausgeprägte Formen«, fügte er hinzu und betastete ihr Gesicht mit seinen glatten, kühlen Fingerspitzen. »Ein sexy Mund. Die Lippenstiftfarbe ist falsch, aber das bekommen wir schon hin. Sie haben wirklich ein schönes Gesicht. Aber eine langweilige, unmoderne Frisur.« Er zog die Haarnadeln aus dem Knoten, sodass ihr die Haare über die Schultern fielen.

»Das passt überhaupt nicht zu Ihnen. Sie verstecken sich hinter Ihren Haaren, meine liebe Tia.« Er drehte sie in ihrem Stuhl zum Spiegel herum und blickte mit ihr gemeinsam hinein. »Ich werde Sie aus Ihrem Versteck holen.«

»Ach ja? Aber glauben Sie nicht ... Und wenn nun gar nichts Besonderes zu entdecken ist?«

»Ich glaube, Sie unterschätzen sich«, schalt er sie. »Aber Sie sollten nicht von allen anderen erwarten, dass sie das Gleiche tun.«

Als Nächstes wusch ihr eines der schlanken Mädchen an dem glänzenden, schwarzen Spülbecken den Kopf, was Tia blinzelnd über sich ergehen ließ. Als sie gerade fragen wollte, ob in dem Salon auch allergenfreie Produkte benutzt wurden, war es schon zu spät.

Dann saß sie wieder auf dem Ledersessel, mit dem Rücken zum Spiegel und einem Glas Sekt in der Hand. Julian unterhielt sich mit ihr. Er wollte wissen, was sie arbeitete, mit wem sie ausging, was sie gerne mochte. Und jedes Mal, wenn sie ihn fragte, was er mit ihren Haaren veranstaltete, stellte er ihr rasch eine neue Frage.

Als Tia nach einer Weile den Fehler machte, zu Boden zu

blicken, und den Berg Haare auf dem Boden entdeckte, stockte ihr der Atem. Kleine weiße Punkte tanzten vor ihren Augen und wie von ferne hörte sie Carries besorgte Stimme.

Das Nächste, was sie mitbekam, war, dass Julian ihr den Kopf zwischen die Knie drückte und dort festhielt, bis sich ihr rasender Herzschlag beruhigt hatte. »Ruhig, Süße. Louise! Ich brauche einen kalten Lappen.«

»Tia! Tia, komm zu dir!«

Sie öffnete die Augen und erblickte Carrie, die vor ihr auf dem Boden hockte. »Was ist los?«

»Es ist nur ein Haarschnitt, okay? Keine Hirnoperation.«

Julian legte Tia ein feuchtes, kühles Tuch in den Nacken. »So, und jetzt richten Sie sich langsam wieder auf. Atmen Sie tief ein. Genau so. Noch einmal. Und jetzt erzählen Sie mir alles über diesen Iren, den Carrie erwähnt hat.«

»Er ist ein Bastard«, sagte Tia mit schwacher Stimme.

»Das sind wir doch alle.« Wieder begann er mit der Schere erschreckend dicht neben ihrem Ohr an ihren Haaren herumzuschnippeln. »Erzählen Sie mir alles.«

Das tat sie dann auch, und Julian war von ihrer Geschichte schockiert und fasziniert zugleich. Seine Reaktion war so anders als die von Dr. Lowenstein, dass Tia ihre Haare darüber völlig vergaß.

»Das ist ja unglaublich! Sie wissen, was Sie zu tun haben, nicht wahr?«

Tia blickte ihn fragend an. »Was denn?«

»Sie müssen nach Irland fahren, diesen Malachi finden und ihn verführen.«

»Ach ja?«

»Das wäre das Beste. Sie spüren ihn auf und entlocken ihm alles, was er über die Statuen weiß. In Verbindung mit Ihren eigenen Informationen werden Sie dann vor allen anderen einen Vorsprung haben. Ich mache Ihnen ein paar Strähnchen, um das Ganze ein bisschen aufzulockern, vor allem rings um Ihr Gesicht.«

»Aber ich kann doch nicht so einfach ... zu ihm fahren. Außerdem ist er gar nicht wirklich an mir interessiert. Und ich bin absolut dagegen, Sex als Waffe einzusetzen.«

»Süße, wenn eine Frau das bei mir tut, bin ich für gewöhnlich äußerst dankbar dafür. Sie haben eine wundervolle Haut. Womit pflegen Sie sie?«

»Oh, im Moment benutze ich gerade eine neue Produktserie, von der ich gelesen hatte. Sie enthält ausschließlich natürliche Bestandteile. Aber man muss sie im Kühlschrank aufbewahren, was ein bisschen unpraktisch ist.«

»Ich habe etwas Besseres. Louise! BioDerm Gesichtsbehandlung, bitte. Normal.«

»Oh, normalerweise mache ich immer erst einen Allergietest, bevor ich …«

»Keine Sorge.« Julian tauchte einen flachen Pinsel in eine kleine Schüssel, in der sich eine hellrote, klebrige Paste befand. »Legen Sie sich einfach zurück und entspannen Sie sich.«

Es fiel ihr nicht leicht, sich zu entspannen, während eine Creme auf ihr Gesicht und gleichzeitig die Paste auf ihre Haare – oder vielmehr das, was davon übrig war – aufgetragen wurde. Zwischendurch durfte sie kein einziges Mal in den Spiegel schauen.

Aber immerhin brachte Julian ihr noch ein Glas Sekt, und Carrie blieb die ganze Zeit neben ihr sitzen.

Irgendwie ließ sie sich dazu überreden, sich die Augenbrauen färben zu lassen, damit sie deutlicher definiert waren. Nachdem ihre Haare ausgespült worden waren, bekam sie schließlich noch ein neues Make-up. Als Julian sich endlich mit dem Föhn ans Werk machte, war Tia so müde und beschwipst, dass sie beinahe eingenickt wäre.

Wer behauptete, einen Nachmittag im Salon zu verbringen sei der blanke Luxus, musste einen merkwürdigen Sinn für Humor haben.

»Halten Sie die Augen geschlossen«, befahl Julian, als er ihren Sessel drehte. »Und jetzt öffnen Sie sie und werfen Sie einen Blick auf die neue Tia Marsh!«

Sie öffnete die Augen, blickte in den Spiegel und fühlte Panik in sich aufsteigen.

Die Frau, die ihr aus dem Spiegel entgegenblickte, hatte kurze, gold glänzende Haare mit einem fransigen Pony über dramatisch gebogenen Augenbrauen. Ihre Augen waren riesig und von einem intensiven Blau, ihr Mund geschwungen und leuchtend rot. Tia fiel der Unterkiefer herunter.

»Ich sehe ... ich sehe aus wie Tinkerbell.«

Julian beugte sich zu ihr herunter. »Sie haben nicht ganz unrecht. Feen sind faszinierend, nicht wahr? Klug und fröhlich und unberechenbar. Genauso sehen Sie aus.«

Carrie blickte ebenfalls in den Spiegel, sodass es Tia einen Moment lang so vorkam, als habe sie drei Köpfe, von denen keiner ihr gehörte. »Du siehst toll aus!« Eine Träne rann Carrie über die Wange. »Ich bin so glücklich, Tia. Sieh dich doch nur an! Sieh dich einmal richtig an!«

»Okay.« Sie holte tief Luft. »Okay.« Vorsichtig griff sie sich in den Nacken. »Ich komme mir so fremd vor.« Sie schüttelte leicht den Kopf und lachte unsicher. »So leicht. Aber das bin nicht ich.«

»Doch. Vor Ihnen sitzt die Frau, die Sie versteckt haben. Geben Sie mir mal irgendeinen Ausweis mit einem Foto«, verlangte Julian.

Verwirrt reichte sie ihm ihren Führerschein.

»Welche Frau möchten Sie denn nun lieber sein?«, fragte er.

Tia starrte auf das Foto, dann blickte sie wieder in den Spiegel. »Bitte geben Sie mir in vier Wochen einen neuen Termin – und dann machen Sie alles ganz genauso wie heute.«

Sie hatte 1500 Dollar ausgegeben. 1500 Dollar, nur für die Schönheit. Und ich habe noch nicht einmal Schuldgefühle deswegen, dachte Tia, als sie mit ihrer Tasche voller Kosmetikprodukte im Taxi saß.

Sie fühlte sich blendend und konnte es kaum erwarten, nach Hause zu kommen, um sich noch einmal im Spiegel zu betrachten. Sie holte ihre Puderdose aus der Tasche, öffnete sie und betrachtete sich in dem kleinen Spiegel im Deckel. Unwillkürlich musste sie grinsen.

Sie sah ungewöhnlich aus. Zwar nicht schön im klassischen Sinne, aber keineswegs gewöhnlich. Sie war auf eine besondere Art hübsch.

Tia war so mit sich selbst beschäftigt, dass sie gar nicht mitbekam, als das Taxi vor ihrem Haus hielt. Als sie es merkte, verstaute sie verlegen ihre Puderdose wieder in der Tasche, bezahlte den Fahrer und stieg aus dem Wagen.

Draußen ließ sie prompt ihre Handtasche fallen und musste sich bücken, um den Inhalt aufzusammeln. Als sie sich wieder aufrichtete, wäre sie beinahe mit einem Paar zusammengeprallt, das ihr in den Weg getreten war.

»Dr. Marsh?«

»Ja?« Sie blickte die große, schöne Brünette, die offensichtlich geweint hatte, fasziniert an.

»Wir müssen mit Ihnen reden«, sagte der Mann, und sie bemerkte, dass er einen irischen Akzent hatte. Und als Tia ihm den Blick zuwandte, fiel ihr sofort die Ähnlichkeit auf.

»Sie sind ein Sullivan«, sagte sie, als ob der Name ein Fluch wäre.

»Ja, ich bin Gideon. Das ist Cleo. Könnten wir einen Moment zu Ihnen in die Wohnung kommen?«

»Ich habe Ihnen nichts zu sagen.«

»Dr. Marsh.« Er legte ihr die Hand auf den Arm, als sie sich abwandte.

Wütend zog sie ihren Arm weg. »Lassen Sie mich sofort los oder ich schreie. Ich kann sehr laut und sehr lange schreien.«

Abwehrend hob er die Hände. »Ich weiß, dass Sie wütend auf Mal sind, und ich mache Ihnen auch keinen Vorwurf daraus. Aber Cleo und ich wissen im Moment nicht, wohin wir gehen sollen, weil wir sonst keinen sicheren Ort kennen. Wir haben Probleme.«

»Das ist mir egal, und Sie sind mir auch egal.«

»Lass sie, Schönling.« Cleos Stimme klang erschöpft und ein bisschen schleppend vom Whiskey. »Es ist doch sowieso alles scheißegal.«

»Sie haben getrunken!«, schnaubte Tia empört – die beiden Gläser Sekt, die sie im Salon getrunken hatte, vergaß sie geflissentlich. »Sie haben vielleicht Nerven! Kommen betrunken hierher und sprechen mich auf der Straße an. Gehen Sie mir aus dem Weg, Mr Sullivan, sonst rufe ich die Polizei.«

»Ja, sie hat getrunken.« Gideon wurde langsam wütend und griff wieder nach Tias Arm. »Weil ich es für die einzige Möglichkeit gehalten habe, sie so weit zu betäuben, dass sie es erträgt, dass ihr engster Freund umgebracht worden ist. Ermordet wegen der drei Parzen, ermordet wegen Anita Gaye. Sie können jetzt gern Ihrer Wege gehen, Dr. Marsh, aber das ändert nichts an der Tatsache, dass Sie in der Sache drinstecken.«

»Er ist tot.« Cleos Stimme klang gepresst, und Tia spürte, wie tief ihre Trauer war. »Mikey ist tot, und wenn wir uns hier streiten, macht ihn das auch nicht wieder lebendig. Lass uns einfach gehen.«

»Cleo geht es nicht gut, und sie ist müde«, sagte Gideon zu Tia. »Lassen Sie wenigstens sie hinein. Sie muss an einem sicheren Platz bleiben, bis ich mir überlegt habe, was wir tun können.«

»Ich muss gar nichts«, sagte Cleo.

»Ach, verdammt. Kommen Sie.« Tia fuhr sich mit der Hand durch ihre frisch geschnittenen Haare. »Na los, kommen Sie schon.« Sie trat zum Aufzug und drückte auf den Knopf.

Hätte sie sich nicht denken können, dass Malachi Sullivan schon einen Weg finden würde, um ihr diesen schönen Tag zu ruinieren?

»Ich bin Ihnen sehr dankbar, Dr. Marsh.«

»Tia.« Im Aufzug drückte sie auf den Knopf zu ihrem Stockwerk. »Da Ihre Freundin in meiner Wohnung wahrscheinlich ohnehin ohnmächtig wird, müssen wir nicht so förmlich sein. Ach übrigens, ich hasse Ihren Bruder.«

»Ich verstehe. Wenn ich ihn das nächste Mal sehe, werde ich es ihm sagen. Ich habe Sie auf der Straße beinahe nicht erkannt. Mal sagte, Sie hätten lange Haare.«

»Hatte ich auch.« Sie führte sie durch den Flur zu ihrer Wohnung. »Wie haben Sie mich denn dann doch erkannt?«

»Nun, er sagte auch, Sie seien blond, zierlich und hübsch.«

Mit einem wenig damenhaften Schnauben schloss Tia ihre Wohnungstür auf. »Sie können bleiben, bis es ihr wieder besser geht«, sagte sie, während sie ihre Tasche und die Einkaufstüte abstellte. »In der Zwischenzeit erzählen Sie mir bitte, was Sie hier zu suchen haben, und warum ich Ihrer Meinung nach glauben sollte, dass Anita Gaye jemanden umgebracht hat.«

Sein Gesicht nahm einen harten Ausdruck an, und wieder

fiel Tia die Ähnlichkeit auf. Damals in ihrem verwüsteten Hotelzimmer in Helsinki hatte Malachi genauso ausgesehen.

Die beiden mochten ja äußerst attraktive Männer mit melodischen Stimmen sein, dachte sie. Aber das hieß noch lange nicht, dass sie nicht gefährlich waren.

»Sie hat es nicht persönlich getan, aber sie ist dafür verantwortlich. Kann Cleo sich irgendwo hinlegen?«

»Ich will mich nicht hinlegen.«

»Na gut, dann setzt du dich eben.«

Tia runzelte die Stirn, als Gideon Cleo zum Sofa zog. Seine Stimme war grob und trotz des interessanten Akzents nicht besonders freundlich, aber er behandelte die Brünette so sanft, als sei sie ein kostbares Glas.

Und die Frau konnte sich wirklich nicht mehr auf den Beinen halten. Sie war kreidebleich und zitterte am ganzen Leib.

»Du frierst ja«, hörte sie ihn sagen. »Jetzt hör doch endlich auf das, was ich dir sage. Leg deine Füße hoch.« Er legte ihr die Beine hoch und wickelte sie in eine Decke.

»Es tut mir Leid, dass wir Ihnen Unannehmlichkeiten bereiten«, sagte er zu Tia. »Aber ich konnte es nicht riskieren, mit ihr in ein Hotel zu gehen, selbst wenn ich das nötige Kleingeld dafür gehabt hätte. Ich habe keine Zeit zum Nachdenken gehabt, seit die ganze Geschichte begonnen hat. Zuerst war es nichts anderes als ein Abenteuer, wissen Sie. Es hat zwar Geld gekostet und es hätte uns passieren können, dass wir in eine Schlägerei verwickelt werden, aber jetzt ist es etwas anderes. Jetzt geht es um Mord.«

»Mir ist schlecht.« Cleo erhob sich schwankend von der Couch. »Tut mir Leid, mir ist schlecht.«

»Da drüben.« Tia wies auf eine Tür, und als sie sah, wie Cleo darauf zu taumelte, wurde auch ihr ein wenig übel. Als Gideon hinter der jungen Frau herlief, schlug sie ihm die Tür vor der Nase zu.

Hilflos stand er vor der verschlossenen Tür.

»Das liegt wahrscheinlich am Whiskey. Ich habe ihn ihr eingeflößt, weil mir nichts Besseres einfiel.«

Auch er war traurig, das spürte Tia jetzt ganz deutlich. »Ich mache uns einen Tee.«

Er nickte. »Danke.«

»Kommen Sie mit in die Küche, und erzählen Sie mir alles.«

»Mein Bruder sagte, Sie seien zerbrechlich«, sagte Gideon, während er ihr in die Küche folgte. »Normalerweise irrt er sich nicht so sehr.«

»Er hat auch behauptet, dass eine der angesehensten New Yorker Geschäftsfrauen eine Diebin ist. Und jetzt käme sogar noch ein Mord hinzu.«

»Das ist keine Behauptung, sondern eine Tatsache.«

Ruhelos lief er immer wieder zur Küchentür und blickte zum Badezimmer hinüber.

Sein Bruder ist ruhiger, stellte Tia fest. Zumindest soweit sie ihn kannte.

»Mrs Gaye hat etwas an sich genommen, was ihr nicht gehörte«, fuhr Gideon fort. »Und weil sie noch mehr will, hat sie die Grenzen des Vertretbaren weit überschritten. Ein Mann ist tot. Ein Mann, den ich erst gestern kennen gelernt habe, ein Mann, in dessen Bett ich schlafen durfte, weil seine Freundin ihn darum gebeten hat. Ein Mann, der mir heute Morgen noch Frühstück gemacht hat. Er musste sterben, weil er einer Freundin gegenüber loyal war.«

»Wie haben Sie Cleo kennen gelernt?«

»Ich habe ihre Spur in Europa entdeckt.«

»Welche Rolle spielt sie in dem Ganzen?«

»Sie hat eine Verbindung zur zweiten Parze.«

»Inwiefern?«, fragte sie.

»Sie stammt von den White-Smythes ab. Einer von ihnen war Sammler in London.«

In Ordnung, dachte Tia. In Ordnung, ein weiteres Puzzleteil.

»Der Name sagt Ihnen etwas«, stellte Gideon fest, was Tia bewies, dass sie an ihren schauspielerischen Fähigkeiten noch arbeiten musste. »Dann haben Sie sich also mit dem Thema beschäftigt.«

»Ich glaube, unter den gegebenen Umständen sollte eher ich diejenige sein, die Fragen stellt.«

»Und ich werde Sie Ihnen beantworten. Aber dürfte ich zunächst einmal Ihr Telefon benutzen? Ich muss meine Familie anrufen.«

»Nein, tut mir Leid.«

»Ich werde ein R-Gespräch anmelden.«

»Sie können das Telefon nicht benutzen. Es wird abgehört. Das heißt, *vielleicht* wird es abgehört. Vielleicht leide ich aber auch nur unter ausgeprägten Halluzinationen.«

»Wie bitte? Abgehört? Ihr Telefon wird abgehört?«

»Das hat mir der letzte überraschende Besucher jedenfalls gesagt.« Tia schaute ihn an. »Ich finde, alles in allem werde ich doch ganz gut mit der Situation fertig, oder? Ich meine, hier sind zwei Fremde in meiner Wohnung – eine übergibt sich gerade in meinem Badezimmer, und der andere sitzt in der Küche und erzählt mir fantastische Geschichten. Und ich koche Tee. Ich glaube, selbst Dr. Lowenstein wäre von meinen Fortschritten überrascht.«

»Ich kann Ihnen nicht folgen.«

»Wie sollten Sie auch? Sagen Sie mir, warum Sie glauben, dass Anita für den Tod des Mannes verantwortlich ist.«

»*Ich* bin dafür verantwortlich.« Cleo stand in der Tür. Sie war immer noch sehr blass, aber ihre Augen waren wieder klar. »Er könnte noch am Leben sein, wenn ich ihn da nicht hineingezogen hätte.«

»Und ich habe *dich* da hineingezogen«, erinnerte Gideon sie. »Also kannst du es genauso gut mir anhängen.«

»Das täte ich ja gern, aber es funktioniert nicht. Ich wollte dich hereinlegen. Ich wollte die Statue verkaufen und dir deinen Anteil zahlen, aber du solltest davon nichts wissen, und deshalb habe ich Mikey mitgenommen. Sie hat die beiden Männer bestimmt auf der Straße postiert, und als wir aus dem Gebäude kamen, nachdem ich mit ihr geredet hatte, ist Mikey in seine Richtung gegangen und ich in meine. Sie haben sich getrennt und sind uns nachgegangen, wobei ich meinen Verfolger entdeckt habe und ihm entwischt bin. Aber Mikey hatte ja keine Ahnung, und deshalb ist er einfach nach Hause gegangen, wo ihn der Typ dann überfallen hat. Wenn er nicht mit mir zusammen gewesen wäre, hätten sie von seiner Existenz gar nichts gewusst.«

»Keiner von uns hat geahnt, dass diese Frau auch vor einem Mord nicht zurückschreckt«, sagte Gideon.

»Wenn das stimmt, warum sind Sie dann nicht zur Polizei gegangen?«

»Was hätten wir ihnen denn erzählen sollen?« Gideon steckte die Hände in die Hosentaschen. »Dass wir glauben, eine geachtete Geschäftsfrau sei verantwortlich für den Tod eines jungen, schwarzen Tänzers? Für einen Mord, der höchstwahrscheinlich passierte, während sie an irgendeinem öffentlichen Ort oder in einer Sitzung war? Und hätten wir ihnen erzählen sollen, wir wüssten das, weil sie in Dublin eine Statue gestohlen hat und eine weitere kaufen wollte? Und obendrein hätte die Polizei sich noch mit unserem Wort zufrieden geben müssen, da wir keinerlei Beweise liefern können. Daraufhin hätten sie Mrs Gaye bestimmt festgenommen ...«

»Aber von mir erwarten Sie, dass ich Ihnen glaube.« Tia nahm den pfeifenden Wasserkessel vom Herd.

»Und, tun Sie's?«, fragte Gideon.

Sie blickte erst ihn, dann Cleo an. »Ja, ich denke schon. Ich muss wohl verrückt sein. Vielleicht sollte ich sicherheitshalber noch einmal nachprüfen, ob in meiner Familie bisher irgendwelche Geisteskrankheiten vorgekommen sind. In meinem Arbeitszimmer steht ein Klappsofa. Sie können heute Nacht darauf schlafen.«

»Danke.«

»Das Ganze gibt es allerdings nicht kostenlos«, sagte Tia zu Gideon und stellte die Teekanne und Tassen auf ein Tablett. »Ab sofort werde ich nicht mehr nur als Werkzeug benutzt, sondern nehme aktiv am Geschehen teil.«

Cleo lächelte, als Tia das Tablett ins Wohnzimmer trug. »Damit, mein Schönling, hat Frau Doktor dir soben erklärt, dass sie deine Partnerin ist.«

»Genau so habe ich es gemeint. Zitrone oder Zucker?«

12

»Ein Unfall also.« Anita musterte die beiden Männer, die vor dem Privateingang ihres Büros standen. Das geschah ihr recht, dachte sie. Warum hatte sie auch diese hirnlosen Muskelmänner eingestellt? Aber es war doch wirklich eine so leichte Aufgabe gewesen, mit ganz genauen Anweisungen.

»Der Kerl ist durchgedreht.« Carl Dubrowsky, der kleinere und stämmigere der beiden, hatte einen aufsässigen Ausdruck auf seinem pockennarbigen Gesicht. Bevor Anita ihn engagiert hatte, damit er für sie ein paar unangenehme Dinge erledigte, hatte er als Rausschmeißer für einen Club gearbeitet.

Sie hatte gewusst, dass er einen Job brauchte und sich über juristische Feinheiten keine Gedanken machen würde, da er bereits zweimal wegen Überfällen verurteilt worden und nur knapp einer Haftstrafe wegen Totschlags entgangen war.

In einem Lebenslauf machten sich solche Vorkommnisse nicht allzu gut.

Als er jetzt in seinem dunklen Saville Row-Anzug, den sie bezahlt hatte, vor ihr stand, musterte sie ihn von Kopf bis Fuß. Man kann einen Mann gut kleiden, dachte sie, aber er bleibt trotzdem immer derselbe Mann.

»Sie hatten Anweisung, Mr Dubrowsky, Ms Toliver und einem eventuellen Begleiter zu folgen und sie und diesen Begleiter nur dann aufzuhalten, wenn es unbedingt nötig sein sollte. Und Sie sollten, als wichtigsten Punkt, mein Eigentum zurückholen, wobei Sie auch Überredungskunst körperlicher Natur hätten einsetzen können, wenn es erforderlich geworden wäre. Ich glaube nicht, dass ich Ihnen Anweisung gegeben habe, irgendjemandem den Schädel einzuschlagen.«

»Es war ein Unfall«, wiederholte er starrsinnig. »Ich bin dem Schwarzen gefolgt, und Jasper ist dem Mädchen hinterher. Der Schwarze ist in die Wohnung gegangen, wie schon gesagt, und ich bin ihm nach. Ich musste ihn ein bisschen besänftigen, damit er mir überhaupt zuhört, als ich ihn nach der Statue fragte. Ich habe die ganze Wohnung durchsucht, habe sie aber nicht gefunden, und da habe ich ihn ein bisschen bearbeitet.«

»Und Sie haben ihn ans Telefon gehen lassen.«

»Ich dachte mir, vielleicht ist es ja das Mädchen, und da dachte ich, ich kann vielleicht was mitkriegen, wenn er mit ihr redet, vielleicht sagt sie ja was – oder vielleicht ist ja auch Jasper bei ihr. Und da fängt der Kerl an zu schreien und warnt sie, und da habe ich ihm eins übergebraten. Er ist einfach falsch gefallen. Der Typ ist blöd gefallen und hat sich selber um die Ecke gebracht.«

»Ich habe Ihnen schon einmal gesagt, dass mir Ihre Sprache nicht gefällt, Mr Dubrowsky«, erwiderte Anita kühl. »Das Problem hier ist wohl eher, dass Sie sich auf einem Gebiet versucht haben, auf dem Sie keine Erfahrung haben. Sie haben versucht zu denken. Tun Sie das nie wieder. Und nun zu Ihnen, Mr Jasper.« Sie seufzte. »Ich bin sehr enttäuscht. Ihnen habe ich mehr zugetraut. Es ist schon das zweite Mal, dass Sie es mit einer zweitklassigen Stripperin nicht aufnehmen konnten.«

»Sie ist ganz schön schnell. Und sie ist nicht so blöd, wie Sie denken.«

Marvin Jasper hatte ein plattes Gesicht und trug seine Haare so streichholzkurz wie in seiner Zeit bei der Army. Er hatte danach zur Polizei gehen wollen, war aber an dem psychologischen Test gescheitert. Darüber war er immer noch verbittert.

»Offensichtlich besitzt sie genug Verstand, um Sie alle beide schachmatt zu setzen. Sie kann mittlerweile Gott weiß wo sein, und die Statue auch.«

Und zudem war jetzt noch die Polizei mit hineingezogen worden. Sie zweifelte nicht daran, dass Dubrowsky dumm genug gewesen war, irgendein Beweisstück am Tatort zu hinterlassen, Fingerabdrücke, ein Haar, irgendetwas, das ihn letztendlich als Mörder überführen würde. Irgendetwas, das möglicherweise die Verbindung zu ihr herstellen würde.

»Mr Jasper, ich möchte, dass Sie die Wohnung überwachen, in der Mr Dubrowsky seinen Unfall gehabt hat. Vielleicht kommt sie ja dorthin zurück. Wenn Sie sie sehen, schnappen Sie sie sich. Schnell und unauffällig. Und dann rufen Sie mich an. Mr Dubrowsky, Sie kommen mit mir. Wir werden alles dafür vorbereiten.«

Einer der Vorteile, mit einem älteren, reichen Mann verheiratet zu sein, war, dass der reiche, ältere Mann zahlreiche Holdings hatte. Und kluge Geschäftsleute verbargen diese Holdings in einem Wirrwarr von Gesellschaften und Unternehmen.

Das Lagerhaus in New Jersey war eines davon. Anita hatte es gerade am Vortag an einen Bauunternehmer verkauft, der dort einen riesigen Billigladen eröffnen wollte.

»Das liegt ja wirklich am Arsch der Welt«, murmelte Dubrowsky, als er mit Anita über den löchrigen Asphalt der Auffahrt fuhr. Sie wies ihn wie üblich wegen seiner Ausdrucksweise zurecht, und er verzog grinsend den Mund.

»Wenn es nötig sein sollte, können wir sie hier für ein paar Tage unterbringen.« Anita ging zu den Toren an der Laderampe, wobei sie sorgfältig darauf achtete, dass sie mit ihren Absätzen nicht in den Bodenrissen stecken blieb. »Ich möchte, dass Sie sich um die Sicherheit kümmern, damit sie nicht entkommen kann, wenn sie erst einmal hier ist.«

»Kein Problem.«

»Diese Tore funktionieren elektrisch, und man benötigt einen Code, um sie zu öffnen. Was mir mehr Sorgen macht, sind die Fenster.«

Dubrowsky schürzte die Lippen und musterte das Gebäude. »Sie müsste schon ein Affe sein, um an die Fenster zu kommen, und außerdem sind Gitter davor.«

Anita betrachtete die Fenster. Paul hatte ihr etliche Immobilien hinterlassen, und sie hatte sich die Mühe gemacht, sie alle zu besichtigen – von innen und von außen. »Was ist mit den anderen Seiten?«

Er ging um die Ecke. Aus den Rissen im Asphalt wucherte Unkraut, und der Verkehr von der Schnellstraße war nur gedämpft zu hören. Arsch der Welt, dachte er wieder und schüttelte den Kopf.

»An dieser Seitentür ist der Riegel gebrochen«, rief er.

»Ach ja?« Anita wusste es bereits. Sie war im Besitz des ausführlichen Berichtes über die Gebäudeschätzung. »Das ist ein Problem. Ist sie denn von innen verriegelt?«

Dubrowsky stieß mit Wucht gegen die Tür und zuckte dann mit den Schultern. »Vielleicht. Vielleicht klemmt sie aber auch nur.«

»Nun, wir werden ... Nein,« – unterbrach Anita sich nach kurzem Nachdenken selbst – »am besten versuchen wir, hineinzukommen, damit wir sehen, was getan werden muss. Bekommen Sie sie auf?«

Er war immer stolz darauf gewesen, dass er stark wie ein Bulle war. So stolz, dass er nicht einmal auf die Idee kam zu fragen, warum sie die verdammte Tür nicht einfach aufschloss.

Indem er mit der Schulter gegen die Tür rammte, konnte er sich wunderbar abreagieren, nachdem die Frau ihn in ihrem Büro so zur Schnecke gemacht hatte. Er hasste die Schlampe, aber sie bezahlte nun einmal gut.

Also stellte er sich vor, sie sei die Tür, stieß ein weiteres Mal fest dagegen, und der dünne Bolzen auf der Innenseite gab nach.

»Wie Papier«, erklärte er. »Sie sollten hier eine Stahltür hinmachen, mit einem Sicherheitsschloss, wenn Sie Vandalen und anderes Gesindel hier raushalten wollen.«

»Sie haben Recht. Drinnen ist es dunkel. Ich habe eine Taschenlampe in der Tasche.«

»Hier ist ein Lichtschalter.«

»Nein! Wir wollen doch niemanden darauf aufmerksam machen, dass wir hier sind.« Anita richtete den Strahl der Taschenlampe ins Innere und leuchtete den Raum aus. Er war nicht mehr als ein Verschlag aus Beton, dunkel, staubig und stinkend.

Einfach perfekt, dachte sie.

»Was ist das?«

»Was?«

»Da drüben, in der Ecke«, sagte sie und wies mit der Taschenlampe auf einen dunklen Haufen.

Dubrowsky ging hin und trat dagegen. »Nur eine alte Plane. Wenn wir sie hier eine Zeit lang festhalten sollen, müssen wir uns überlegen, wie wir Essen herkriegen.«

»Darüber brauchen Sie sich keine Gedanken zu machen.«

»Es gibt schließlich keinen chinesischen Imbiss an der Ecke«, erwiderte er und drehte sich um. In diesem Augenblick sah er die Pistole in ihrer Hand. »Was zum Teufel ...«

»Ihre Ausdrucksweise, Mr Dubrowsky«, sagte Anita missbilligend. Und dann schoss sie.

Der Schuss hallte von den Wänden wider. Dubrowsky taumelte einen Schritt auf Anita zu, und sie schoss noch einmal. Dann noch ein drittes Mal. Als er zusammenbrach, trat sie beiseite, damit das Blut nicht auf ihre Schuhe spritzte. Mit schräg gelegtem Kopf, als betrachte sie eine Schaufensterauslage, jagte sie ihm noch eine weitere Kugel in den Hinterkopf.

Sie hatte zum ersten Mal jemanden getötet. Ihre Hand zitterte leicht, und sie atmete schnell und flach. Mit der Taschenlampe leuchtete sie in seine Pupillen, um absolut sicherzugehen. Seine Augen standen weit offen. Sie waren gebrochen.

Paul hatte auch so dagelegen, als sie ihm bei seinem letzten Herzanfall seine Medikamente vorenthalten hatte. Das hatte für sie allerdings nichts mit Töten zu tun gehabt.

Sie trat einen Schritt zurück, dann holte sie einen alten Besen aus der Ecke und verwischte ihre Fußspuren, während sie rückwärts zur Tür ging. Mit einem spitzenumsäumten Taschentuch wischte sie anschließend den Besenstiel ab und warf ihn wieder in die Ecke. Dann wickelte sie sich das Taschentuch um die Hand, bevor sie die Tür hinter sich zuzog.

Es war ganz praktisch, dass Dubrowsky die Tür eingetreten hatte. So wirkte es wie ein Einbruch.

Schließlich wischte sie auch noch die nicht registrierte Beretta ihres verstorbenen Mannes ab und warf sie in das Gebüsch neben dem Gebäude. Nichts konnte sie jetzt mehr mit diesem Kleinkriminellen in Verbindung bringen, der sich seinen Lebensunterhalt damit verdient hatte, anderen Leuten die Arme zu brechen. Es gab keinen Arbeitsvertrag, keine Steuerformulare und keine Zeugen, dass sie miteinander zu tun gehabt hatten. Außer Jasper. Aber er würde bestimmt nicht zur Polizei rennen, wenn er hörte, dass sein Kumpel erschossen worden war.

Nein, sie hatte eher das Gefühl, dass er ein ausgezeichneter Angestellter werden würde. Sie würde ihm eine kleine Belohnung für seine Loyalität und gute Arbeit zukommen lassen.

Sie ging zurück zum Wagen und stieg ein. Dann kämmte sie sich die Haare und zog ihre Lippen nach.

Auf der Heimfahrt dachte sie darüber nach, wie richtig doch ihre Einschätzung war: Wenn etwas gut erledigt werden musste, tat man es am besten selbst.

Jack erwachte vom Läuten der Kirchenglocken. Der melodische Klang weckte ihn aus dem Tiefschlaf. Er hatte auf der Bettdecke geschlafen und spürte jetzt den Wind, der durch die weit geöffneten Fenster drang, kühl über seinen Rücken streichen.

Die Luft roch nach Meer. Einen Moment lang blieb er einfach still liegen, bis das Glockengeläut verklang.

Er war zu früh in Cobh angekommen und hatte sich, um sich die Zeit zu vertreiben, den Hafen und die Umgebung angesehen.

Der Hafen war für die vielen irischen Auswanderer in früheren Zeiten das Letzte gewesen, was sie von ihrer Heimat sahen. Heute war Cobh ein hübscher Ferienort. Von seinem Fenster aus blickte Jack auf einen Platz und das Wasser. Wenn die Zeit nicht so knapp gewesen wäre, hätte er den Ort erkundet und mit den Einheimischen geredet, denn gerade das gefiel ihm am Reisen besonders gut.

Aber auf dieser Reise gab es nur einen Einheimischen, an dem er interessiert war: Malachi Sullivan.

Jack wollte herausfinden, was er wissen musste, und spätestens nach drei Tagen wieder in New York sein, um Anita Gaye besser überwachen zu können.

Wenn er hier fertig war, würde er auch wieder Kontakt zu Tia Marsh aufnehmen. Die Frau wusste vielleicht mehr, als sie selbst ahnte – oder aber mehr, als sie zu erkennen gab.

Abgesehen vom Geschäft würde er sich in Cobh auch Zeit für eine Besichtigungstour nehmen. Er blickte auf seine Armbanduhr und beschloss, Kaffee und ein leichtes Frühstück zu bestellen, bevor er unter die Dusche ging.

Der Zimmerkellner hatte ein Gesicht voller Sommersprossen.

»Ist das nicht ein herrlicher, kühler Tag heute?«, fragte er, als er das Tablett brachte. »Für Sightseeing gibt es kein besseres Wetter. Wenn Sie eine Rundfahrt buchen möchten, Mr Burdett, kann das Hotel dies gern für Sie arrangieren. Morgen wird es vielleicht regnen, also nutzen Sie das Wetter besser aus. Kann ich sonst noch etwas für Sie tun?«

Jack nahm ein kleines Faltblatt von dem Tablett. »Kennen Sie einen Malachi Sullivan?«

»Sie möchten also eine Rundfahrt mit dem Schiff?«

»Wie bitte?«

»Sie wollen bestimmt um den *Old Head of Kinsale* fahren, wo die *Lusitania* damals gesunken ist. Eine großartige Landschaft, auch wenn es eigentlich ein Ort der Trauer ist. In dieser Jahreszeit werden dreimal täglich Fahrten angeboten. Das erste Boot haben Sie verpasst, aber das zweite legt mittags ab, also haben Sie noch genug Zeit. Soll ich Ihnen einen Platz reservieren?«

»Ja, danke.« Jack reichte dem Kellner ein großzügiges Trinkgeld. »Macht Sullivan die Tour selber?«

»Einer der Sullivans«, erwiderte der Junge fröhlich. »Gideon – das ist der zweite Sohn – ist zurzeit verreist, also wird entweder Mal fahren oder Becca oder einer von den Currys, die mit den Sullivans verwandt sind. Es ist ein Familienunternehmen. Man bekommt wirklich etwas geboten für sein Geld. Wir buchen Ihnen einen Platz, Sie müssen nur um viertel vor zwölf am Pier sein.«

Also hatte Jack Zeit, sich noch ein bisschen umzusehen.

Er nahm seine Fahrkarte an der Rezeption entgegen und steckte sie ein, als er hinausging. Dann schlenderte er die steile Straße zu dem Platz hinunter, wo er das Denkmal betrachtete. Es stellte den Friedensengel dar, der über eine Gruppe weinender Fischer wachte, die die Toten der *Lusitania* beklagten.

Beeindruckend, dachte er, als er die erschütterten Gesichter betrachtete. Männer, die auf dem Meer ihren Lebensunterhalt verdienten und die Fremden beweinten, die hier umgekommen waren.

Einen Häuserblock weiter entdeckte er ein Monument, das an die irischen Menschen erinnern sollte, die beim Untergang der *Titanic* ums Leben gekommen waren. Ringsum wimmelte es von Souvenirläden, die mit ihren Kübeln und Körben voll blühender Blumen einen pittoresken Anblick boten.

Die Straßen, die sich die Hügel hinaufwanden, waren gesäumt von bunten Häusern, die entweder direkt an den schmalen Bürgersteigen standen oder winzige, gepflegte Vorgärten hatten.

Der Himmel war von einem tiefen, klaren Blau, genau wie das Wasser des Hafens.

Am Kai lagen Boote, die überholt wurden. Jack ging am Pier entlang und sah sich das Ausflugsboot der Sullivans an.

Es hatte ungefähr zwanzig Sitzplätze und ein rotes Verdeck, das die Passagiere vor der Sonne – und hier in dieser Gegend wahrscheinlich auch vor dem Regen – schützen sollte. Auch die Sitze waren rot, was einen fröhlichen Kontrast zu dem strahlend weißen Schiff bildete. An der Seite stand in roter Schrift *The Maid of Cobh*.

Es war bereits eine Frau an Bord, und Jack beobachtete sie, als sie die Anzahl der Schwimmwesten und Sitzkissen überprüfte und anschließend etwas auf einem Klemmbrett notierte.

Sie trug verblichene Jeans, die an den Nähten bereits fast weiß waren, und einen hellblauen Pullover, dessen Ärmel sie hochgeschoben hatte. Sie wirkte schlank und geschmeidig. Unter ihrer blauen Kappe quollen Locken hervor, die ihr bis auf die Schultern fielen. Die Haarfarbe hätte seine Mutter als rotblond bezeichnet.

Durch die Sonnenbrille und den Schirm ihrer Kappe war ihr Gesicht fast vollständig verdeckt, aber das, was Jack erkennen konnte – volle Lippen und ein scharf geschnittenes Kinn –, gefiel ihm gut.

Mit energischen Schritten lief sie auf dem schwankenden Deck hin und her.

Sie ist zwar ganz bestimmt nicht Malachi Sullivan, dachte Jack, aber sie ist sicher mit ihm verwandt.

»Ahoi, *The Maid*!«, rief er. Sie drehte sich zu ihm um.

»Ahoi, auf dem Pier! Kann ich Ihnen behilflich sein?«,

»Ich fahre mit.« Er zog seine Fahrkarte aus der Tasche und hielt sie hoch. »Kann ich schon an Bord kommen?«

»Ja, natürlich. Wir legen allerdings erst in zwanzig Minuten ab.«

Sie trat auf ihn zu und wollte ihm offenbar die Hand reichen, damit er aufs Schiff springen konnte. Aber dann sah sie, dass er ihre Hilfe nicht brauchte. Er machte einen sportlichen Eindruck. Ziemlich sportlich sogar, dachte sie, während sie seine Figur bewunderte.

Auch seine abgewetzte Bomberjacke gefiel ihr, sie schien aus sehr weichem Leder zu sein. Sie hatte eine Schwäche für schöne Stoffe.

»Muss ich Ihnen das Ticket geben?«, fragte er.

»Ja.« Sie nahm es entgegen und blickte prüfend auf die Passagierliste. »Sie sind Mr Burdett?«

»Ja. Und Sie sind ...«

Sie blickte auf und ergriff die Hand, die er ihr entgegenstreckte. »Ich bin Rebecca. Ich bin heute Ihr Kapitän und Reiseleiter. Ich habe noch kein Wasser aufgesetzt, es wird also noch einen kleinen Moment dauern, bis ich Ihnen einen Tee anbieten kann. Machen Sie es sich in der Zwischenzeit einfach bequem. Heute ist schönes Wetter für den Ausflug, und ich werde dafür sorgen, dass Sie eine gute Fahrt haben.«

Das glaube ich gern, dachte er. Rebecca, oder kurz Becca Sullivan hatte einen festen Händedruck und eine sympathische Stimme.

Sie steckte das Klemmbrett in eine Halterung und eilte nach

Backbord in eine winzige Kombüse. Als er ihr folgte, lächelte sie ihm freundlich zu.

»Sind Sie zum ersten Mal in Cobh?«

»Ja. Es ist wunderschön.«

»O ja, das ist es.« Sie setzte Wasser auf und holte die Teedose heraus. »Wir finden, es ist einer der schönsten Orte Irlands. Während der Tour werde ich ein bisschen über die Geschichte erzählen. Es sind heute nur zwölf Passagiere dabei, sodass ich viel Zeit haben werde, um Fragen zu beantworten. Sie kommen aus Amerika?«

»Ja. Aus New York.«

Sie verzog die Mundwinkel. »Anscheinend reist dieser Tage jeder nach New York – oder kommt von dort.«

»Wie bitte?«

»Ach, nichts.« Sie zuckte mit den Schultern. »Mein Bruder ist heute früh nach Amerika geflogen.«

Na, so was, dachte Jack. »Macht er Ferien?«

»Nein, aus geschäftlichen Gründen. Aber er wird sich bestimmt die Stadt anschauen. Ich war noch nie dort.« Sie nahm ihre Sonnenbrille ab und hängte sie mit einem Bügel in den Ausschnitt ihres Pullovers.

Jetzt konnte er ihr Gesicht ungestört betrachten. Es war noch viel schöner, als er es sich vorgestellt hatte. Ihre Augen waren von einem kühlen, rauchigen Grün und ihre Haut schimmerte marmorweiß. Da er dicht neben ihr stand, konnte er wahrnehmen, dass sie nach Pfirsichen und Honig roch.

»New York muss doch aufregend sein, oder? All die Menschen und Gebäude! Die Läden und Restaurants und Theater und all das! Ich würde es zu gern einmal sehen. Entschuldigen Sie mich, am Pier warten schon die anderen Fahrgäste. Ich muss sie aufs Schiff lassen.«

Jack blieb in der Kombüse, drehte sich aber um, um ihr nachzublicken.

Sie spürte, dass er sie beobachtete, als sie die anderen Passagiere willkommen hieß. Als alle an Bord waren, stellte sie sich vor und erklärte die Sicherheitsbestimmungen. Genau in dem Augenblick, als die Glocken zu Mittag läuteten, legte sie ab.

»Danke, Jimmy!« Sie winkte dem Hafenarbeiter zu, der das

Tau gelöst hatte, und manövrierte das Boot aus dem Anlegeplatz in das Hafenbecken. Mit einer Hand steuernd, ergriff sie mit der anderen das Mikrofon.

»Meine Mutter Eileen wird Sie jetzt unterhalten. Sie ist in Cobh geboren. Auch ihre Eltern stammen von hier, genauso wie deren Eltern. Daher kennt sie die Gegend und ihre Geschichte gut. Zufällig weiß auch ich ein bisschen darüber, wenn es also nach dem Vortrag irgendwelche Fragen gibt, werde ich sie Ihnen gern beantworten. Heute ist ein schöner, klarer Tag, und die Fahrt wird bestimmt angenehm für Sie. Ich hoffe, unsere kleine Tour wird Ihnen gefallen.«

Rebecca schaltete das Band mit dem Vortrag ihrer Mutter ein und lehnte sich zurück. Während Eileens Stimme von Cobhs schönem, natürlichen Hafen erzählte, davon, dass er während der napoleonischen Kriege als Sammelort für sämtliche Schiffe gedient hatte, und dass die meisten irischen Auswanderer von hier nach Amerika aufgebrochen waren, steuerte Rebecca das Schiff so, dass die Passagiere einen guten Blick auf die Stadt und die neugotische Kathedrale, die sie überragte, hatten.

Alle Achtung, dachte Jack. Die Tochter konnte gut mit dem Schiff umgehen, und die Mutter wusste, wie man einen fesselnden Vortrag hielt.

Er erfuhr jedoch nichts, was er nicht bereits wusste, da er sich schon vorher ausführlich mit der Gegend beschäftigt hatte.

Die Fahrt verlief ruhig, wie Rebecca versprochen hatte, und nichts verdarb die schöne Aussicht. Als Eileen Sullivan begann, vom 7. Mai 1915 zu erzählen, konnte Jack alles beinahe plastisch vor sich sehen. Ein strahlender Frühlingstag, das prächtige Schiff, das majestätisch an der irischen Küste entlangfuhr.

Dann die dünne, weiße Schaumlinie des Torpedos, der auf den Bug zuraste. Die erste Explosion unter der Brücke. Der Schock, die Verwirrung. Das Entsetzen. Und gleich darauf die zweite Explosion.

Die Trümmer, die auf die Unschuldigen herabstürzten, die hilflosen Menschen, die über Bord gingen, als das Schiff sich neigte. Die Feigheit und die Heldentaten, die Wunder und die Tragödien, die sich in den darauf folgenden zwanzig Minuten ereigneten.

Einige der anderen Passagiere zückten ihre Fotoapparate oder ließen Videokameras laufen. Jack bemerkte, dass ein paar Frauen mit den Tränen kämpften. Er blickte auf die ruhige Wasserfläche.

Aus Tod und Tragödie, fuhr Eileen fort, *entstanden Leben und Hoffnung. Mein Urgroßvater war auf der* Lusitania *und überlebte durch die Gnade Gottes. Er wurde nach Cobh gebracht und von einem hübschen jungen Mädchen gesund gepflegt, das später seine Frau wurde. Er kehrte nie nach Amerika zurück und fuhr auch nicht nach England, wie er es ursprünglich vorgehabt hatte. Er ließ sich in Cobh nieder, das damals noch Queenstown hieß, und lebte dort bis zu seinem Tod.*

Interessant, dachte Jack, und wandte für den Rest der Tour seine Aufmerksamkeit Rebecca zu.

Sie beantwortete Fragen, scherzte mit den Passagieren und forderte die Kinder auf, ihr beim Steuern des Schiffes zu helfen. Es muss eigentlich Routine für sie sein, überlegte Jack. Aber man hatte den Eindruck, als habe sie Freude an dem, was sie tat.

Sie hat Talent, dachte er. Die Sullivans waren offenbar äußerst begabt.

Auch er stellte ein oder zwei Fragen, weil er sich bemerkbar machen wollte. Als das Boot schließlich wieder anlegte, fand er, dass er für sein Geld genug geboten bekommen hatte.

Er wartete, während sie den Passagieren beim Aussteigen half und sich mit ihnen zusammen fotografieren ließ.

Schließlich war er als Einziger noch an Bord.

»Das war großartig«, sagte er zu ihr.

»Es freut mich, dass es Ihnen gefallen hat.«

»Ihre Mutter hat alles äußerst anschaulich geschildert.«

»Ja, das kann sie gut.« Erfreut schob Rebecca ihre Kappe zurück. »Ma schreibt auch die Texte für die Broschüren und die Anzeigen und so. Sie kann unglaublich gut mit Worten umgehen.«

»Fahren Sie heute noch einmal hinaus?«

»Nein. Bis morgen habe ich frei.«

»Ich wollte eigentlich noch zum Friedhof hinaufsteigen und könnte eine Führerin brauchen.«

Sie zog die Augenbrauen hoch. »Dafür brauchen Sie doch keine Führerin, Mr Burdett. Der Weg ist ausgeschildert, und überall stehen Tafeln mit den geschichtlichen Fakten.«

»Sie könnten mir bestimmt mehr erzählen, als das, was auf den Tafeln steht. Außerdem hätte ich gegen nette Gesellschaft nichts einzuwenden.«

Sie schürzte die Lippen und musterte ihn. »Sagen Sie, wollen Sie eine Begleitung oder wollen Sie ein Mädchen?«

»Wenn es geht, hätte ich gern beides.«

Lachend erwiderte sie: »Na gut, ich komme mit. Aber ich muss vorher noch etwas erledigen.«

Sie kaufte Blumen, und zwar so viele, dass er sich verpflichtet fühlte, wenigstens einen Teil davon zu tragen. Während sie durch den Ort gingen, grüßte sie nach allen Seiten.

Sie mochte in dem übergroßen Pullover ja schmächtig aussehen, aber sie lief mühelos die steilen Straßen hinauf und unterhielt sich dabei mit Jack, ohne jemals außer Atem zu geraten.

»Da Sie mit mir flirten, Mr Burdett ...«

»Jack.«

»Da Sie mit mir flirten, Jack, nehme ich an, dass Sie nicht verheiratet sind.«

»Nein, ich bin nicht verheiratet. Und da Sie fragen, nehme ich an, dass Ihnen das wichtig ist.«

»Ja, natürlich. Ich flirte nicht mit verheirateten Männern.« Sie legte den Kopf schräg und warf ihm einen Blick zu. »Im Allgemeinen flirte ich auch nicht mit fremden Männern, aber bei Ihnen mache ich eine Ausnahme, weil Sie mir gefallen.«

»Sie gefallen mir auch.«

»Das habe ich mir schon gedacht, weil Sie während der Fahrt mehr mich angeschaut haben als die Landschaft. Ich kann allerdings nicht behaupten, dass mir das etwas ausgemacht hätte. Woher haben Sie die Narbe?«, fragte sie und tippte auf ihren Mundwinkel.

»Eine Meinungsverschiedenheit.«

»Haben Sie davon viele?«

»Was? Narben oder Meinungsverschiedenheiten?«

Sie lachte ihn an. »Meinungsverschiedenheiten, die zu Narben führen.«

»Eigentlich nicht.«

»Was machen Sie in Amerika?«

»Ich besitze eine Sicherheitsfirma.«

»Ach ja? Bodyguards und so?«

»Unter anderem. Wir verkaufen hauptsächlich elektronische Überwachungssysteme.«

»Ich liebe Elektronik.« Sie kniff die Augen zusammen, als er auf sie herunterblickte. »Schauen Sie mich nicht so nachsichtig an. Dass ich eine Frau bin, bedeutet nicht, dass ich nichts davon verstehe. Statten Sie Privathäuser aus oder eher öffentliche Gebäude wie Banken und Museen?«

»Beides. Wir arbeiten weltweit.« Normalerweise gab er nicht mit seinem Unternehmen an, aber ihr wollte er alles erzählen. »Und wir sind die Besten. In zwölf Jahren haben wir zwanzig internationale Filialen aufgebaut. Und in weiteren fünf Jahren werden die Leute bei Alarmanlagen an Burdett denken, so wie sie Kosmetiktücher mit Kleenex in Verbindung bringen.«

Rebecca hörte den Stolz aus seiner Antwort heraus. Sie schätzte es, wenn jemand auf seine eigene Leistung stolz war. »Es ist ein gutes Gefühl, sich etwas aufzubauen. Wir haben es auch getan, zwar in einem kleineren Rahmen, aber für uns ist es gerade richtig.«

»Ihre Familie?«, fragte er und mahnte sich, endlich zum Thema zu kommen.

»Ja. Wir haben immer schon vom Meer gelebt, aber nur als Fischer. Und dann haben wir uns das erste Ausflugsboot angeschafft. Vor ein paar Jahren ist mein Dad gestorben, das war hart. Aber, wie meine Mutter zu sagen pflegt, man muss immer versuchen, das Beste aus einer Situation zu machen. Also habe ich angefangen nachzudenken. Wir hatten das Geld von der Versicherung. Wir waren jung und hatten Verstand. Der Tourismus hat Irland ökonomisch auf die Beine gebracht, und ich habe überlegt, wie auch wir davon profitieren könnten.«

»Mit Hafenrundfahrten.«

»Genau. Mit dem einen Boot haben wir ein ganz gutes Geschäft gemacht. Dann hatte ich die Idee, das Geld in zwei weitere Boote zu investieren. Ich habe alles durchkalkuliert, und jetzt besitzen wir drei Boote und außerdem noch den Fischkutter. Und ich überlege schon, ob wir die Tour nicht noch um den Spaziergang erweitern könnten, den wir gerade machen – ein geführter Spaziergang zum Friedhof, auf dem die Toten der *Lusitania* liegen.«

»Sie sind also für den geschäftlichen Teil zuständig?«

»Nun, Mal kümmert sich um die Leute – die Werbung und so weiter, weil er das am besten kann. Gideon führt die Bücher, aber er widmet sich am liebsten der Instandhaltung und Reparatur der Boote, weil er es nicht leiden kann, wenn nicht alles tipptopp ist. Meine Mutter macht den Schriftverkehr und hält uns davon ab, uns gegenseitig an die Gurgel zu gehen. Und ich, ich habe die Ideen.«

Rebecca schwieg und wies mit dem Kopf auf den Friedhof. »Möchten Sie ein bisschen allein hier herumwandern? Die meisten Touristen tun das. Die Massengräber sind vorn unter den großen Eiben. Früher standen dort Ulmen, aber sie sind im Laufe der Jahre ersetzt worden. Die Gräber sind mit drei Felsbrocken und Bronzeplaketten markiert, und dann gibt es noch achtundzwanzig Einzelgräber von Leuten, die bei dem Unglück umgekommen sind. Manche sind leer, weil man die Leichen nie gefunden hat.«

»Sind die Blumen für sie?«

»Die Blumen«, erwiderte sie und nahm sie ihm aus der Hand, »sind für meine Vorfahren.«

13

Der Friedhof lag auf einem Hügel, mit Blick auf grüne Täler. Die Grabsteine waren von Flechten überwuchert, und manche waren so alt, dass man die Inschriften nicht mehr lesen konnte. Einige standen noch gerade wie Soldaten, andere waren bereits zur Seite gekippt.

Das dichte Sommergras bewegte sich in der sanften Brise und verströmte einen süßen Duft. Auf zahlreichen Gräbern gab es Blumen. Auch zwischen den Steinen, die hier seit mehr als neunzig Jahren standen, wuchsen Blumen.

Da Jack Rebeccas offensichtlichen Wunsch, eine Weile allein zu sein, nicht gut abschlagen konnte, ging er quer über den Friedhof zu der gepflegten Rasenfläche unter den Eiben. Dort standen die Steine mit den Messingplaketten, und er las die Inschrift.

Man hätte schon ein Herz aus Stein haben müssen, um von den Worten nicht gerührt zu sein. Und Jack war zwar beherrscht, aber er war nicht hart. Er fühlte sich mit diesem Ort verbunden und fragte sich, warum er so lange gezögert hatte herzukommen.

Das Schicksal, dachte er. Vermutlich hatte wieder einmal das Schicksal den richtigen Zeitpunkt bestimmt.

Er blickte sich um und sah, dass Rebecca gerade einen Strauß auf einem Grab niederlegte. Sie hatte ihre Kappe abgenommen und in die Hosentasche gestopft. Ihre rotgoldenen

Haare bewegten sich im Wind, und ihr Mund war zu einem leisen Lächeln verzogen, während sie auf den Grabstein blickte.

Als Jack sie da so zwischen den düsteren Steinen stehen sah, umgeben von wogendem Gras, bekam er plötzlich heftiges Herzklopfen. Er ging auf sie zu.

Sie blickte auf, und obwohl sie weiter lächelte, spürte er, dass auch in ihr etwas vorging. Ob sie wohl wie er empfand?, fragte er sich. Ein seltsames Ziehen, fast, als hätten sie einander wiedererkannt.

Als er bei ihr angelangt war, nahm sie die beiden letzten Sträuße in die andere Hand. »Dieses Fleckchen Erde hat eine starke Ausstrahlung.«

Er nickte. Ja, sie hatte es offenbar auch gespürt. »In diesem Moment kann man sie ganz besonders deutlich wahrnehmen.«

Sie betrachtete sein Gesicht, die harten, ausgeprägten Linien, und seine Augen, deren Blick nicht verriet, was in ihm vorging.

Sie hatten schon viel gesehen, da war sie sich sicher. Und manches davon waren Wunder gewesen.

»Glauben Sie an Macht, Jack? Nicht jene Macht, die ein Mensch durch eine bestimmte Position ausübt, sondern die, die außerhalb seiner Person begründet liegt – und gleichzeitig auch aus seinem Inneren zu kommen scheint?«

»Ja, ich denke schon.«

Sie nickte. »Ich auch. Mein Vater liegt hier.« Sie wies auf die schwarze Granittafel, auf der der Name Patrick Sullivan stand. »Seine Eltern leben noch, in Cobh, genau wie die Eltern meiner Mutter. Und dort liegen meine Urgroßeltern, John und Margaret Sullivan, Declan und Katherine Curry. Und deren Eltern sind hier auch begraben, ein Stück weiter dort drüben.«

»Und Sie bringen ihnen allen Blumen?«

»Wenn ich schon einmal hier bin, ja. An dieses Grab komme ich immer zuletzt. Meine Ururgroßeltern mütterlicherseits.« Rebecca hatte vor jeden der Grabsteine einen Strauß Blumen gelegt.

Jack blickte ihr über die Schulter, um die Namen zu lesen.

Schicksal, dachte er.

»Felix Greenfield?«

»Den Namen findet man auf irischen Friedhöfen nicht oft, nicht wahr?« Leise lachend richtete sie sich auf. »Er war derjenige, von dem meine Mutter während der Tour gesprochen hat. Er hat den Untergang der *Lusitania* überlebt und sich hier niedergelassen. Wenn er damals nicht überlebt hätte, gäbe es mich heute nicht. Haben Sie alles gesehen, was Sie sehen wollten?«

»Bis jetzt ja.«

»Nun, dann kommen Sie jetzt am besten mit mir nach Hause und trinken Tee.«

»Rebecca.« Er berührte ihren Arm, als sie sich zum Gehen wandte. »Ich bin Ihretwegen hierher gekommen.«

»Meinetwegen?« Sie warf die Haare zurück und erwiderte betont lässig, um ihr Herzklopfen zu verbergen: »Das ist ja ein romantischer Spruch, Jack.«

»Vielleicht hätte ich besser sagen sollen, ich bin wegen Malachi Sullivan gekommen.«

Das Strahlen in ihren Augen erlosch. »Wegen Mal? Warum?«

»Schicksal.«

Eine Spur von Angst huschte über ihr Gesicht, dann bemerkte er, wie ihre Miene kühl und hart wurde. »Sie können nach New York zurückfahren und Anita Gaye sagen, sie kann mich auf ihrem Weg in die Hölle am Arsch lecken.«

»Das täte ich gerne, aber ich bin nicht wegen Anita hier. Ich bin Sammler und habe ... ein persönliches Interesse an den Parzen. Ich lege auf das, was Anita Ihrer Familie bezahlt hat, noch zehn Prozent drauf.«

»Bezahlt? Was sie uns bezahlt hat?«, Rebeccas Wangen brannten vor Wut. »Diese diebische Schlampe! Sehen Sie, was Sie angerichtet haben – ich stehe an den Gräbern meiner Vorfahren und fluche! Und da ich schon einmal dabei bin, kann ich Ihnen auch gleich sagen, dass *Sie* zur Hölle fahren können!«

Seufzend folgte er ihr, als sie zur Straße rannte.

»Sie sind doch eine Geschäftsfrau«, sagte er, als er sie eingeholt hatte. »Also versuchen wir doch wenigstens, miteinander zu reden. Falls Sie sich weigern, möchte ich Sie nur darauf hinweisen, dass ich größer und stärker als Sie bin. Zwingen Sie mich nicht, es zu beweisen.«

»Ach, so läuft das also?« Wütend fuhr sie zu ihm herum. »Sie wollen mich bedrohen? Das können Sie gern versuchen, vielleicht haben Sie ja am Ende noch ein oder zwei Narben mehr!«

»Ich habe Sie lediglich gebeten, mich nicht zum Äußersten zu zwingen«, erwiderte er. »Warum ist Ihr Bruder heute Morgen wieder nach New York geflogen?«

»Das geht Sie gar nichts an.«

»Da ich gerade dreitausend Meilen zurückgelegt habe, um ihn zu sehen, geht es mich sehr wohl etwas an.« Jack versuchte, möglichst ruhig und vernünftig mit ihr zu reden. »Und ich kann Ihnen sagen, wenn er Tia Marsh besuchen will, dann wird er nicht besonders herzlich empfangen werden.«

»Was wissen Sie denn schon? Sie hat ihm den Flug bezahlt. Als Darlehen«, fügte sie schniefend hinzu. »Wir sind schließlich keine Schnorrer. Und er hat sich schreckliche Sorgen gemacht, seit Gideon wegen des Mordes angerufen hat.«

»Was?« Er packte ihren Arm und umklammerte ihn wie mit einer Stahlklammer. »Was für ein Mord?«

Rebecca war so außer sich vor Wut, dass sie nach ihm trat und versuchte, ihn zu beißen. Der Bastard hatte etwas in ihr ausgelöst, und zwar gleich in dem Moment, als er sie mittags so vergnügt begrüßt hatte. Aber jetzt entdeckte sie auch etwas Kaltes und Entschlossenes an ihm. Und doch entnahm sie seiner Reaktion, dass er zum ersten Mal von dem Mord hörte.

»Ich erzähle Ihnen nichts, bevor ich nicht weiß, wer Sie sind und was Sie hier wollen.«

»Ich bin Jack Burdett.« Er holte seine Brieftasche heraus und zeigte ihr seinen Führerschein. »Aus New York City. *Burdett Sicherheitsdienst und elektronische Überwachungsanlagen*. Wenn Sie einen Computer haben, können Sie das im Internet nachprüfen.«

Sie ergriff die Brieftasche und studierte seinen Ausweis.

»Ich bin Sammler, wie ich schon sagte. Ich habe einige Alarmanlagen bei *Morningside Antiquitäten* installiert und bin da auch Kunde gewesen. Anita hat mir von den drei Parzen erzählt, weil sie weiß, dass ich an solchen Dingen interessiert bin und dass ich das, was ich haben will, in den meisten Fällen auch finde.«

Als Rebecca begann, die anderen Fächer seiner Brieftasche zu durchsuchen, sah Jack ihr einen Moment lang verblüfft zu, aber schließlich riss er sie ihr einfach aus der Hand und steckte sie wieder in seine Hosentasche.

»Anita irrt sich nur insofern, als sie glaubt, dass ich die Parzen für *sie* suchen würde. Wer zum Teufel ist denn umgebracht worden?«

»Das reicht mir nicht. Ich werde erst einmal im Internet nachforschen. Ich kann Ihnen nämlich sagen, Jack, dass ich auch immer alles finde, was ich suche.«

»Sie haben gesagt, dass Tia Marsh Ihrem Bruder den Flug nach New York bezahlt hat«, sagte er, während er neben ihr den Hügel hinunterlief. »Ihr geht es also gut, oder?«

Rebecca warf ihm von der Seite einen Blick zu. »Ja, soweit ich sagen kann, geht es ihr gut. Sie kennen sie, nicht wahr?«

»Ich habe sie nur einmal gesehen, aber ich mochte sie. Ist ihren Eltern etwas zugestoßen?«

»Nein. Es hat mit jemand ganz anderem etwas zu tun, und ich nenne Ihnen erst dann Namen, wenn ich mir sicher sein kann, dass Sie nichts mit der Sache zu tun haben.«

»Ich möchte die Parzen haben, aber ich würde dafür keinen Mord begehen. Wenn Anita dahinter steckt, ändert das einiges.«

»Das klingt fast so, als ob Sie es ihr zutrauen würden.«

»Sie ist wie eine Spinne in ihrem Netz«, sagte Jack. »Ich mochte ihren Mann und habe für ihn gearbeitet. Später habe ich dann auch für sie gearbeitet, schließlich muss ich ja meine Kunden nicht immer mögen. Wie ist denn Ihr Bruder an sie geraten?«

»Weil sie ...« Rebecca brach ab. »Ich werde es Ihnen nicht erzählen. Woher wissen Sie denn Malachis Namen, wenn nicht von ihr?«

»Tia hat ihn erwähnt.« Schweigend ging er eine Zeit lang neben ihr her.

»Hören Sie, Rebecca, Sie und Ihre Familie haben hier einen netten Betrieb«, sagte er schließlich. »Sie sollten die Finger von den Statuen lassen. Sie spielen nicht in der gleichen Liga wie Anita.«

»Sie kennen weder mich noch meine Liga. Am Ende werden *wir* die drei Parzen haben, das kann ich Ihnen versprechen. Und wenn Sie so ein interessierter Sammler sind, dann können Sie sich schon einmal in die Warteschlange einreihen.«

»Und ich dachte, Sie wären nicht geldgierig.«

Seine Bemerkung machte ihr nichts aus, weil sie merkte, dass er sie scherzhaft gemeint hatte. »Ich bin eine Geschäftsfrau, Jack, wie Sie selbst schon erwähnten. Und ich kann genauso gut handeln wie jeder andere. Besser als die meisten sogar. Ich habe Nachforschungen über die Parzen betrieben. Wenn man das komplette Set bei *Wyley's* oder *Sotheby's* unter den Hammer bringen würde, würde es ungefähr zwanzig Millionen Dollar bringen. Vielleicht sogar noch mehr, wenn man vorher die richtige Werbung dafür macht.«

»Für ein unvollständiges Set, selbst zwei von drei Statuen, würde nur ein Bruchteil dieser Summe gezahlt, und das auch nur von einem interessierten Sammler.«

»Wir werden alle drei haben. Das ist so geplant.«

Jack erwiderte nichts. Schweigend ging er neben ihr einen Hügel hinauf, bis sie vor einem hübschen Haus mit einem hübschen Garten standen, in dem eine hübsche Frau gerade Unkraut jätete.

Sie richtete sich auf und schirmte ihre Augen mit der Hand ab. Jack fiel sofort die Ähnlichkeit auf.

»Becca, mein Liebling, wen hast du denn da mitgebracht?«, fragte die Frau lächelnd.

»Jack Burdett. Ich habe ihn zum Tee eingeladen, bevor ich wusste, dass er ein Lügner und Betrüger ist.«

»Ach, tatsächlich?« Die Frau lächelte immer noch. »Nun, eine Einladung ist eine Einladung. Ich bin Eileen Sullivan.« Sie reichte ihm über das Gartentor hinweg die Hand. »Die Mutter dieses unhöflichen Geschöpfs.«

»Nett, Sie kennen zu lernen. Ihr Vortrag während der Bootstour hat mir gefallen.«

»Es ist freut mich, dass Sie das sagen. Sie sind aus Amerika?«, fügte sie hinzu, während sie das Tor öffnete.

»Aus New York. Ich bin hergekommen, weil ich hoffte, mit Ihrem Sohn Malachi über die drei Parzen sprechen zu können.«

»Ach nein, bei ihr sagen Sie einfach frei heraus, worum es Ihnen geht!«, schimpfte Rebecca. »Aber mit mir mussten Sie erst einmal flirten und mir falsche Tatsachen vortäuschen!«

»Ich sagte zu Ihnen, dass mir Ihr Anblick gefallen hat – und da Sie offenbar nicht dumm sind, sollte Ihnen eigentlich klar sein, dass ein Mann, dem Ihr Anblick *nicht* gefällt, ein ernsthaftes Problem haben muss. Das heißt, ich habe zwar mit Ihnen geflirtet, aber ich habe Ihnen keine falschen Tatsachen vorgetäuscht. Ich habe Ihre Tochter verärgert, Mrs Sullivan«, fuhr er an Eileen gewandt fort.

Sie nickte amüsiert. »Das ist nicht schwer. Vielleicht sollten wir besser hineingehen, bevor die Nachbarn über uns reden. Kate Curry steht schon hinter der Gardine. Sie kommen also aus New York?«, fuhr sie fort, während sie zur Tür gingen. »Haben Sie Familie dort?«

»Nein. Meine Eltern sind vor ein paar Jahren nach Arizona gezogen. Ihnen bekommt das Klima dort besser.«

»Es ist vermutlich heiß. Sind Sie verheiratet?«

»Nicht mehr. Ich bin geschieden.«

»Ah,« – Eileen ging ins Wohnzimmer voran – »wie schade.«

»Es war eine unglückliche Ehe. Die Scheidung war für uns beide die beste Lösung. Sie haben ein schönes Haus, Mrs Sullivan.«

Sein spontanes Kompliment freute sie. »Ja, das finde ich auch. Machen Sie es sich bequem. Ich koche einen Tee, und dann können wir uns unterhalten. Rebecca, kümmere dich um unseren Gast.«

»Ma.« Mit einem bösen Seitenblick auf Jack eilte Rebecca hinter ihrer Mutter her.

Er konnte hören, wie sie im Flur miteinander flüsterten. Sie streiten sich, dachte er grinsend. Er verstand zwar nur die letzten Worte, aber das genügte ihm.

»Rebecca Anne Margaret Sullivan, du gehst jetzt sofort ins

Wohnzimmer und zeigst, dass du gute Manieren hast, sonst wirst du mich kennen lernen!«

Rebecca kam ins Zimmer gestampft und warf sich auf den Sessel gegenüber von Jack. Sie musterte ihn finster und sagte mit eisiger Stimme: »Glauben Sie bloß nicht, dass Sie mit *mir* fertig werden, nur weil Sie meine Mutter um den Finger gewickelt haben.«

»Das würde ich nie im Leben glauben, Rebecca Anne Margaret.«

»Ach, hören Sie auf!«

»Sagen Sie mir, warum Ihr Bruder wieder nach New York geflogen ist. Sagen Sie mir, warum Sie glauben, dass Anita etwas mit einem Mord zu tun hat.«

»Ich sage Ihnen gar nichts, bevor ich nicht im Internet nachgesehen habe, ob Sie mir die Wahrheit gesagt haben.«

»Na los, dann tun Sie das!« Er wedelte mit der Hand. »Ich verrate auch Ihrer Mutter nichts.«

Rebecca wägte den Zorn ihrer Mutter gegen ihre Neugier ab. Sie erhob sich, obwohl ihr klar war, dass sie teuer dafür bezahlen würde. »Wenn auch nur ein Detail von dem, was Sie mir erzählt haben, nicht stimmt, werde ich Sie höchstpersönlich hinauswerfen!«

Sie verließ das Zimmer, und Jack sah, dass sie unsicher in Richtung Küche blickte, bevor sie die Treppe hinaufeilte.

Er stand ebenfalls auf und ging in die Küche.

»Ich hoffe, ich störe nicht.« Eileen schnitt gerade Kuchen. »Ich wollte mir das Haus ansehen.«

»Ich habe gehört, dass Rebecca nach oben gegangen ist, dabei habe ich es ihr verboten.«

»Es ist meine Schuld. Ich habe ihr gesagt, sie könne mich gerne überprüfen. Danach werden Sie sich beide viel wohler in meiner Gegenwart fühlen.«

»Wenn ich mich nicht schon jetzt in Ihrer Gegenwart wohl fühlte, dann wären Sie nicht in meinem Haus.« Sie klopfte mit dem Messer gegen die Kuchenplatte und lächelte. »Ich kann einen Mann beurteilen, wenn ich ihm in die Augen sehe. Und ich kann mich zur Wehr setzen.«

»Das glaube ich Ihnen gern.«

»Gut. Jetzt weiß ich wenigstens, warum ich heute früh Kuchen gebacken habe, obwohl die Jungs gar nicht da sind.« Sie wandte sich zum Herd und goss den Tee auf. »Wenn wir Besuch haben, gehen wir ins Wohnzimmer. Wenn es geschäftliche Dinge zu besprechen gibt, sitzen wir immer in der Küche.«

»Dann sollten wir vermutlich in der Küche bleiben.«

»Setzen Sie sich, und essen Sie ein Stück Kuchen. Wenn Rebecca sich vor den Computer hockt, kann man nie sagen, wann sie wieder auftaucht.«

Jack konnte sich nicht erinnern, wann er zum letzten Mal selbst gebackenen Kuchen gegessen hatte, vor allem nicht in einer Küche, die nicht seine war. Er fühlte sich wohl, und die Zeit verging wie im Flug.

Nach über einer halben Stunde kam Rebecca endlich zurück und setzte sich ebenfalls an den Tisch. »Er ist der, für den er sich ausgibt«, sagte sie zu ihrer Mutter, »das wissen wir jetzt zumindest.« Als sie nach einem Stück Kuchen greifen wollte, klopfte Eileen ihr auf die Finger.

»Du hast nichts Süßes verdient!«

»Oh, Ma!«

»Ganz gleich, wie alt du bist, Rebecca, wenn du deiner Mutter nicht gehorchst, hat das Konsequenzen.«

Rebecca runzelte die Stirn, nahm sich aber keinen Kuchen. »In Ordnung, Ma'am. Es tut mir Leid.« Sie warf Jack einen Blick zu. »Ich frage mich, wozu Sie eine Wohnung in New York, eine in Los Angeles und eine dritte in London brauchen.«

Um seine Überraschung zu verbergen, trank Jack einen Schluck Tee. Man musste schon mehr als durchschnittliche Computerkenntnisse haben, um so tief graben zu können. »Ich reise viel, und ich wohne lieber in meiner eigenen Wohnung als in einem Hotel, wenn es möglich ist.«

»Und was gehen uns Mr Burdetts Privatangelegenheiten an, Becca?«

Widerborstig entgegnete sie: »Ich muss doch schließlich wissen, mit wem ich es zu tun habe, oder? Er taucht hier einfach so auf, kurz nachdem Mal gefahren ist ... und kurz nachdem diese schreckliche Geschichte in New York passiert ist, wo er ja immerhin gerade herkommt.«

»Ich hätte es genauso gemacht«, bestätigte er ihr. »Und sogar noch einiges mehr.«

»Ich werde auch noch mehr unternehmen. Aber dafür brauche ich Zeit. Was ich herausgefunden habe, ist, dass Sie heute Morgen hier im Hotel eingecheckt und sich einen Mietwagen genommen haben. Und Sie haben das Zimmer vor zwei Tagen gebucht. Das war *vor* der Geschichte in New York, deshalb glaube ich nicht, dass Sie etwas damit zu tun haben.«

Er beugte sich vor. »Wer ist denn eigentlich ermordet worden?«

»Ein junger Mann namens Michael Hicks«, sagte Eileen zu ihm. »Gott schenke ihm die ewige Ruhe.«

»Hat er mit Ihnen zusammengearbeitet?«

»Nein«, schnaubte Rebecca, dann fügte sie hinzu: »Es ist eine komplizierte Geschichte.«

»Ich liebe komplizierte Geschichten.«

Rebecca warf ihrer Mutter einen Blick zu.

»Liebling, ein Mann wurde getötet.« Eileen legte ihre Hand auf die ihrer Tochter. »Ein unschuldiger junger Mann, so wie es aussieht. Und das ändert alles. Wir müssen herausfinden, was dahinter steckt. Und wenn Jack uns dabei helfen kann, sollten wir seine Hilfe annehmen.«

Rebecca lehnte sich zurück und blickte Jack an. »Werden Sie uns dabei helfen, dass Anita für das bezahlt, was sie getan hat?«

»Wenn Anita etwas mit dem Mord zu tun hat, dann sorge ich dafür, dass sie bezahlt. Darauf gebe ich Ihnen mein Wort.«

Rebecca nickte, und weil sie hoffte, dass dadurch vielleicht doch noch ein Stück Kuchen für sie herausspränge, faltete sie geduldig die Hände und sagte: »Erzähl du es ihm, Ma. Du kannst das besser.«

Eileen konnte wirklich gut erzählen, und Rebecca merkte, dass Jack Burdett gut zuhören konnte. Er stellte weder Fragen noch gab er irgendwelche Kommentare von sich, er trank lediglich seinen Tee und wandte Eileen seine ganze Aufmerksamkeit zu.

»Und deshalb«, schloss sie, »ist Malachi nach New York City geflogen, um das zu tun, was getan werden muss.«

Jack nickte. Er fragte sich, ob diese sympathische Familie irgendeine Ahnung hatte, auf was sie sich da eingelassen hatte. »Diese Cleo Toliver hat also die zweite Parze?«

»Es ist nicht ganz klar, ob sie sie besitzt oder nur weiß, wo sie sich befindet. Der Junge, der gestorben ist, war ein enger Freund von ihr, und sie macht sich schreckliche Vorwürfe.«

»Und Anita weiß zwar, *wer* Cleo ist, aber nicht, *wo* sie ist. Im Moment jedenfalls.«

»Ja«, bestätigte Eileen.

»Dabei sollte es auch besser bleiben. Wenn sie einmal gemordet hat, wird sie es auch ein zweites Mal tun. Mrs Sullivan, bedeutet Ihnen die ganze Sache so viel, dass Sie Ihre Familie einer Gefahr aussetzen würden?«

»Natürlich nicht, aber ich kann den Lauf der Dinge jetzt nicht mehr aufhalten. Und ich wäre auch von meinen Kindern enttäuscht, wenn sie jetzt aufgäben. Immerhin ist ein junger Mann umgebracht worden. Diese Frau kann doch nicht stehlen und morden, ohne dafür zur Rechenschaft gezogen zu werden!«

»Wie hat sie es denn geschafft, Ihnen die erste Parze wegzunehmen?«

»Woher wissen Sie das überhaupt?«, fragte Rebecca. »Hat Anita Ihnen das erzählt?«

»*Sie* haben es mir erzählt«, erinnerte er sie. »Sie haben Anita eine Diebin genannt. Und Sie haben Blumen auf das Grab Ihres Ururgroßvaters Felix Greenfield gelegt, der an Bord der *Lusitania* war. Bis heute habe ich geglaubt, die erste Parze sei mit Henry W. Wyley untergegangen, aber so wie es aussieht, wurden die Statue und Ihr Vorfahr ja verschont. Wie ist es ihm eigentlich gelungen? Hat er für Wyley gearbeitet?«

»Felix war nicht der Einzige, der überlebt hat ...«, setzte Rebecca an.

»Oh, Becca, du liebe Güte, du kannst Jack doch nichts vormachen! Felix hat die Statue gestohlen. Er war ein kleiner Dieb, der später aber bekehrt wurde. Er hatte das kleine Ding gerade in seine Hosentasche gesteckt, als der Torpedo einschlug. Obwohl es selbstsüchtig von ihm erscheinen mag, würde ich sagen, es *sollte* so sein.«

»Er hat sie gestohlen.« Ein Grinsen breitete sich auf Jacks Gesicht aus. »Das ist perfekt. Und dann stiehlt Anita *Ihnen* die Statue.«

»Das ist etwas anderes«, beharrte Rebecca. »Sie wusste, was sie wert war, aber Felix nicht. Wegen des guten Rufes ihres Mannes hat Mal sie gebeten, die Statue zu schätzen. Und dann hat Anita ihn verführt – was leicht war, da er ein Mann ist – und ihm die Statue abgenommen. Sie hat uns alle zum Narren gehalten und dafür ... nun ja, dafür soll sie auch bezahlen.«

»Wenn es Ihnen nur um Ihren Stolz geht, dann sollten Sie es sich besser noch einmal überlegen. Für Anita sind Sie nicht mehr als ein Appetithäppchen – sie kann Sie bei lebendigem Leib verschlingen.«

»Das kann sie ja gern versuchen. Sie wird an mir ersticken.«

»Stolz ist kein Luxus«, warf Eileen ruhig ein. »Und auch nicht immer nur eine Frage der Eitelkeit. Felix hat sich verändert, nachdem er überlebt hatte. Das Unglück hat einen anderen Mann aus ihm gemacht. Die Parze war das Symbol für diese Veränderung, und sie war fünf Generationen lang im Besitz unserer Familie. Mittlerweile wissen wir, dass sie – abgesehen von dem Symbolwert für unsere Familie – auch einen großen historischen Wert besitzt, und wir glauben, dass alle drei Parzen wieder zusammengebracht werden müssen. Ich denke, auch das *soll* einfach so sein. Vielleicht können wir einen Gewinn mit der Statue machen, den wir ganz sicher nicht zurückweisen würden. Aber es geht hier nicht um Gier, es geht um unsere Familie.«

»Anita hat die erste Statue und weiß – oder glaubt zu wissen –, wie sie die zweite bekommen kann. Und Sie sind ihr dabei im Weg.«

»Die Sullivans lassen sich nicht so leicht unterkriegen«, erwiderte Eileen. »Felix trieb auf einer Tonne im eiskalten Wasser, während ein riesiges Schiff neben ihm unterging. Er überlebte, tausend andere Menschen jedoch nicht. Und er hatte diese kleine Silberfigur in der Tasche. Er hat sie hierher gebracht, und wir wollen sie wieder zurückhaben.«

»Wenn ich Ihnen dabei helfe, sie zurückzubekommen, und

Ihnen darüber hinaus helfe, alle drei Parzen wieder zusammenzubringen, werden Sie sie mir dann verkaufen?«

»Wenn Sie den geforderten Preis ...«, setzte Rebecca an, aber ihre Mutter brachte sie mit einem strengen Blick zum Schweigen.

»Wenn Sie uns dabei helfen, dann verkaufen wir sie Ihnen. Darauf haben Sie mein Wort«, sagte sie und streckte ihre Hand aus.

Jack brauchte Zeit, um über das Ganze nachzudenken, also blieb er noch einen Tag länger in Cobh. Das gab ihm die Gelegenheit, ein paar Anrufe zu tätigen und sich weitere Hintergrundinformationen zu verschaffen.

Er vertraute Eileen Sullivan. Zu Rebecca fühlte er sich zwar hingezogen, hatte zu ihr aber nicht das gleiche instinktive Vertrauen wie zu ihrer Mutter. Weil er Rebecca noch einmal sehen wollte, kaufte Jack sich erneut ein Ticket für einen Bootsausflug und wanderte zum Pier hinunter.

Sie plauderte gerade mit den anderen Passagieren und wirkte nicht gerade erfreut, ihn wiederzusehen. Ihr fröhlicher Gesichtsausdruck wurde kalt, als ihr Blick auf ihn fiel.

Sie riss ihm den Fahrschein aus der Hand. »Was machen Sie denn schon wieder hier?«

»Vielleicht suche ich Ihre Nähe.«

»Blödsinn! Aber es ist ja Ihr Geld.«

»Ich zahle Ihnen zehn Pfund mehr, wenn ich mich auf die Brücke setzen und mit Ihnen unterhalten darf.«

»Zwanzig.« Sie streckte die Hand aus. »Im Voraus.«

»Misstrauisch und geldgierig ...« Jack zog zwanzig Pfund heraus. »Geben Sie Acht – ich könnte mich in Sie verlieben!«

»Dann würde ich mit Vergnügen auf Ihren Gefühlen herumtrampeln. In diesem Fall würde ich Ihnen die zwanzig Pfund zurückgeben. Setzen Sie sich und fassen Sie nichts an. Wir müssen ablegen.«

Er wartete, bis sie das Boot in das Hafenbecken hinausmanövriert und das Tonband mit dem Vortrag ihrer Mutter eingeschaltet hatte.

»Es sieht nach Regen aus«, sagte er.

»Das dauert noch ein paar Stunden. Sie kommen mir eigentlich nicht vor wie ein Mann, der ohne einen besonderen Grund die gleiche Ausflugsfahrt zweimal macht. Also, was wollen Sie?«

»Noch eine Einladung zum Tee.«

»Die bekommen Sie aber nicht.«

»Seien Sie doch nicht so abweisend. Ist Ihnen vielleicht irgendjemand aufgefallen, der ein paarmal an Ihrem Haus vorbeigegangen ist oder sich sonst irgendwie auffällig verhalten hat?«

»Sie meinen, wir werden beobachtet?« Rebecca schüttelte den Kopf. »Das ist nicht Anitas Art. Was wir hier in Cobh machen, interessiert sie nicht. Sie will eher wissen, was einer von uns tut, wenn er nicht zu Hause ist. Sie hat meine Brüder aufgespürt, als sie unterwegs waren, und ich glaube, das ist ihr über die Flugtickets gelungen – sie haben mit Kreditkarte bezahlt, wissen Sie. Wenn man gut mit dem Computer umgehen kann, ist es nicht besonders schwer, an solche Informationen heranzukommen.«

»Aber es ist auch nicht gerade einfach.«

»Wenn *ich* es kann, kann es jemand, den Anita dafür bezahlt, erst recht.«

»Und können Sie wirklich solche Informationen aus dem Internet besorgen?«

»Mit einem Computer kann ich beinahe alles. Ich weiß zum Beispiel, dass Sie sich vor fünf Jahren haben scheiden lassen, nachdem Sie ein Jahr und drei Monate verheiratet gewesen waren. Keine besonders lange Zeit.«

»Anscheinend lange genug.«

»Ich kenne Ihre Adresse in New York, falls ich Sie irgendwann einmal besuchen will. Ich weiß, dass Sie in Oxford studiert haben und zu den Besten Ihres Examensjahrgangs gehört haben. Nicht schlecht, übrigens«, fügte sie hinzu.

»Danke.«

»Ich weiß, dass Sie keine kriminelle Vergangenheit haben, zumindest nicht auf den ersten Blick, und dass Ihr Unternehmen, das Sie vor zwölf Jahren gegründet haben, international einen guten Ruf hat. Sie haben ein geschätztes Nettovermögen von sechsundzwanzig Millionen Dollar. Und das«, fügte sie mit leisem Lachen hinzu, »ist übrigens auch nicht schlecht.«

Er streckte seine Beine aus. »Da haben Sie ja ganz schön tief gegraben.« Beeindruckend, dachte er wieder.

»Oh, es war eigentlich ganz einfach«, winkte sie ab. Dabei hatte sie immerhin sechs Stunden vor dem Computer verbracht. »Außerdem bin ich neugierig.«

»Neugierig genug, um nach Dublin zu fahren?«

»Warum sollte ich nach Dublin fahren?«

»Weil ich heute Abend dorthin fahre.«

»Ist das eine Einladung, Jack? Und das, während die Stimme meiner Mutter aus dem Lautsprecher dringt?«

»Ja, es ist eine Einladung. Ob sie persönlicher oder geschäftlicher Natur ist, dürfen Sie entscheiden. Ich muss jemanden in Dublin besuchen, und ich glaube, es würde sich für Sie lohnen, mitzukommen.«

»Wen wollen Sie denn besuchen?«

»Das verrate ich noch nicht. Packen Sie Ihre Tasche, ich werde Sie um halb sechs abholen.«

»Ich werde darüber nachdenken«, erwiderte Rebecca, wobei sie in Gedanken bereits begonnen hatte, ihre Tasche zu packen.

14

»Es tut mir Leid, dass ich dich im Stich lasse, Ma.«

»Mach dir *darüber* keine Sorgen.« Eileen runzelte die Stirn, als Rebecca einen Pullover nachlässig aufrollte und in ihre Reisetasche stopfte. »Ich habe dir ja gesagt, dass ich bei Jack Burdett ein gutes Gefühl habe und ihm vertraue, aber das heißt noch lange nicht, dass ich unbesorgt meine Tochter mit ihm nach Dublin fahren lasse, schließlich kenne ich ihn erst seit gestern.«

»Es ist geschäftlich«, erwiderte Rebecca, die gerade versuchte, sich zwischen einer Jeans und einer Stoffhose zu entscheiden. »Und wenn es um Mal oder Gideon ginge, würdest du dir gar nichts dabei denken.«

»Doch, das würde ich, weil sie mir genauso kostbar sind wie du. Aber da du ein Mädchen bist, mache ich mir mehr Sorgen. So ist es nun einmal, Rebecca, und du brauchst gar nicht zu schmollen.«

»Ich kann schon auf mich selbst aufpassen.«

Eileen strich Rebecca über die Wange. »Ja, das kannst du.«

»Und ich weiß auch, wie man mit Männern fertig wird.«

Eileen zog die Augenbrauen hoch. »Dabei denkst du an die, mit denen du bisher zu tun hattest. Mit einem Mann wie Jack hast du keine Erfahrung.«

»Ein Mann ist ein Mann«, sagte Rebecca geringschätzig und überhörte geflissentlich den Seufzer, den ihre Mutter ausstieß. »Mal und Gideon sind in der Weltgeschichte herumgereist, während ich hier am Computer gesessen habe. Es ist Zeit, dass ich auch einmal ein Abenteuer erlebe, Ma. Und jetzt habe ich die Chance – wenn ich auch nur nach Dublin fahre.«

Sie hat immer schon darum gekämpft, die gleichen Rechte wie ihre Brüder zu haben, dachte Eileen. Und sie hat es verdient. »Nimm einen Schirm mit. Es regnet.«

Rebecca trat gerade aus der Haustür, als Jack vorfuhr. Sie trug eine leichte Jacke und hielt eine Reisetasche in der Hand. Pünktlichkeit und Effizienz waren zwei Eigenschaften, die Jack bei Frauen schätzte, und auch die unkomplizierte Art, wie Rebecca ihre Tasche bereits auf der Rückbank verstaut hatte, bevor er ausgestiegen war, um ihr die Beifahrertür zu öffnen, gefiel ihm.

Sie küsste und umarmte ihre Mutter zum Abschied und stieg in den Wagen.

»Ich vertraue Ihnen meine einzige Tochter an, Jack,« – Eileen legte ihm die Hand auf den Arm – »und ich möchte es nicht bereuen.«

»Ich werde gut auf sie aufpassen.«

»Sie kann auf sich selbst aufpassen, sonst würde sie nicht mit Ihnen fahren. Aber sie ist meine einzige Tochter und mein jüngstes Kind, denken Sie daran.«

»Ich bringe sie morgen zurück.«

Damit muss ich mich wohl zufrieden geben, dachte Eileen, als sie dem Wagen nachblickte.

Sie hatte erwartet, dass sie bis Dublin durchfahren würden, und sich innerlich schon auf eine lange, langweilige Autofahrt eingerichtet. Aber als Jack zum Flughafen fuhr und dort den Mietwagen abgab, wurde ihr klar, dass sie fliegen würden.

Auf den kleinen Privatjet war sie allerdings nicht vorbereitet. Und auch nicht auf die Tatsache, dass Jack ihn selbst flog.

»Ist das Ihr Flugzeug?« Nervös setzte sie sich im Cockpit neben ihn.

»Der Firmenjet.«

Sie räusperte sich. »Und Sie sind ein guter Pilot, oder?«

»Ja«, erwiderte er abwesend, während er die Checkliste

überprüfte. Dann warf er ihr einen Blick zu. »Sind Sie schon einmal geflogen?«

»Natürlich.« Sie stieß die Luft aus. »Einmal, aber das war ein großes Flugzeug, wo ich nicht neben dem Piloten sitzen musste.«

»Dahinten liegt ein Fallschirm.«

»Ich weiß nicht, ob ich das komisch finden soll.« Während Jack auf die Starterlaubnis wartete und dann zu der angegebenen Startbahn rollte, hielt Rebecca die Hände im Schoß gefaltet. Als er beschleunigte und das Flugzeug abhob, krampfte sich ihr Magen zusammen.

Aber dann beruhigte sie sich wieder.

»Das ist ja fantastisch!« Sie blickte aus dem Fenster. »Kein Vergleich zu einem großen Flugzeug. Es ist viel besser. Wie lange haben Sie gebraucht, um einen Pilotenschein zu bekommen? Darf ich das Steuer mal anfassen?«

»Vielleicht auf dem Rückflug, wenn wir hoffentlich klare Sicht haben.«

»Wenn ich ein Schiff im Sturm steuern kann, dann sollte ich auch so ein kleines Flugzeug bei Regen steuern können. Es muss toll sein, so reich zu sein.«

»Es hat Vorteile.«

»Wenn wir die Parzen haben und sie Ihnen verkauft haben, fahre ich mit meiner Mutter in Urlaub.«

Interessant, dass sie das an erste Stelle stellt, dachte er. Sie will sich kein schickes Auto kaufen oder nach Mailand zum Einkaufen fliegen, sondern mit ihrer Mutter in Urlaub fahren.

»Wohin?«

»Ach, ich weiß noch nicht.« Entspannt blickte sie aus dem Fenster. »An irgendeinen exotischen Ort, denke ich. Eine Insel wie Tahiti oder Bimini, wo man sich mit einem Sonnenschirm an den Strand legen und auf das blaue Meer blicken kann, während man irgendeinen albernen Cocktail aus einer Kokosnussschale trinkt. Was ist eigentlich in diesen Drinks drin?«

»Jede Menge Vergessen.«

»Ach ja? Nun, das täte ihr auch einmal gut. Sie arbeitet so hart und beklagt sich nie. Und wir haben in der letzten Zeit das Geld mit vollen Händen ausgegeben, wo es doch eigentlich auf der Bank liegen sollte, damit sie sich abgesichert fühlt.«

Sie schwieg, dann warf sie Jack einen Blick zu. »Als sie gestern zu Ihnen sagte, es ginge nicht um Gier, da hat sie die Wahrheit gesagt. Ich mag vielleicht gierig sein – obwohl ich es eigentlich eher als praktisch veranlagt bezeichnen würde –, aber meine Mutter ist es auf keinen Fall.«

Gierig? Nein, eine gierige Frau träumte nicht davon, mit ihrer Mutter auf eine tropische Insel zu fahren und sie mit Cocktails zu verwöhnen.

»Wollen Sie damit andeuten, dass Sie mir einen besonders hohen Preis abknöpfen wollen, wenn Sie die Statue erst einmal wiederhaben?«

Sie lächelte nur. »Lassen Sie mich mal ans Steuer, Jack.«

»Nein. Warum haben Sie mich eigentlich nicht gefragt, weshalb wir nach Dublin fliegen?«

»Weil Sie es mir sowieso nicht sagen würden – ich hätte also nur meinen Atem verschwendet.«

»Das ist amüsant. Ich werde Ihnen stattdessen etwas anderes erzählen. Ich habe nämlich über Sie, Ihre Brüder und Cleo Toliver recherchiert.«

»Ach ja?« Rebeccas Stimme klang deutlich kühler.

»Sie haben mich schließlich auch überprüft. In Tolivers Lebenslauf gibt es ein paar dunkle Punkte – jugendlicher Alkoholismus, Ladendiebstahl, Aufsässigkeit. Die übliche Teenager-Rebellion. Sie hat sogar hinter Gittern gesessen, weil ihre Eltern sie nicht herausgeholt haben.«

»Was soll das heißen?«, fragte Rebecca empört. »Sie haben sie im Gefängnis sitzen lassen? Ihr eigenes Kind?«

»Eine Jugendstrafanstalt ist kein wirkliches Gefängnis, aber schon so etwas Ähnliches. Ihre Eltern haben sich scheiden lassen, und ihre Mutter heiratet offenbar gern. Ms Toliver lebte abwechselnd bei den beiden, bis sie schließlich ausriss, als sie achtzehn war. Seitdem sie erwachsen ist, ist nichts mehr vorgefallen, also hat sie offenbar weitere Zusammenstöße mit der Polizei vermieden.«

»Erzählen mir das alles, weil Sie glauben, dass sie bei ihrer

Vergangenheit ein Problem für uns werden könnte? Wenn Gideon auch der Meinung wäre, hätte er es gesagt.«

»Ich kenne Gideon nicht und ziehe lieber meine eigenen Schlüsse. Da wir gerade von Ihren Brüdern sprechen, sie sind nie mit dem Gesetz in Konflikt geraten. Und Sie persönlich sind so rein wie Ihre Haut.«

Sie zuckte zurück, als er mit dem Finger sanft über ihre Wange fuhr. »Behalten Sie Ihre Hände bei sich!«

»Was ist bloß das Geheimnis der irischen Frauen?«, fragte er, allerdings mehr sich selbst. »Ein Mann *muss* unwillkürlich den Drang verspüren, ihre Haut zu küssen, vor allem, wenn sie so duftet wie bei Ihnen.«

»Ich pflege Flirt und Geschäft nicht zu vermischen«, erwiderte sie steif.

»Ich schon. Sooft wie möglich. Da Sie doch eine praktisch veranlagte Frau sind, dachte ich, es würde Ihnen gefallen, wenn man mehrere Dinge gleichzeitig erledigt.«

Rebecca lachte. »Das war wirklich originell, Jack. Aber wenn Sie glauben, Sie als weit gereister, welterfahrener Mann können ein naives Mädchen vom Land mit originellen Sätzen verführen, dann sind Sie schief gewickelt.«

»Ich halte Sie nicht für naiv.« Jack blickte sie an. »Im Gegenteil, ich finde Sie faszinierend. Und außerdem möchte ich gern herausbekommen, was es mit dem auf sich hat, was ich gespürt habe, als ich auf dem Friedhof zu Ihnen hinübergeschaut habe. Ich bin neugierig darauf, Rebecca, und ich liebe es, meine Neugier zu befriedigen.«

»Ich habe auch etwas gespürt. Deshalb bin ich auch mit Ihnen nach Dublin gekommen, abgesehen davon, dass ich gern wissen wollte, was Sie vorhaben. Aber bilden Sie sich nicht ein, Sie könnten mich manipulieren, Jack, das schaffen Sie nämlich nicht. Ich habe ein Ziel vor Augen, für mich, für meine Familie. Und davon kann mich nichts und niemand abhalten.«

»Ich hätte nicht geglaubt, dass Sie zugeben würden,« – er wandte seine Aufmerksamkeit wieder den Instrumenten zu – »dass Sie auch etwas gespürt haben. Sie sind eine zielstrebige Frau, Rebecca. Eine zielstrebige Frau, die sich mit Computern auskennt, kurzfristig eine Reisetasche für eine Reise packen kann und auch noch pünktlich ist. Wo haben Sie bisher nur gesteckt? Wir landen jetzt gleich«, fügte er hinzu, bevor sie ihm antworten konnte.

Am Dubliner Flughafen wartete wieder ein Mietwagen auf sie, und dieses Mal lud Jack Rebeccas Tasche ins Auto, bevor sie es selbst tun konnte. Sie gab keinen Kommentar dazu ab, und sie erwähnte auch das Gespräch im Flugzeug nicht mehr.

Sie sagte überhaupt nichts mehr, bis er, anstatt nach Dublin zu fahren, in die entgegengesetzte Richtung abbog.

»Dublin liegt in der anderen Richtung«, erklärte sie.

»Wir fahren nicht direkt in die Stadt.«

»Warum haben Sie es dann behauptet?«

Ihm gefiel, dass sie misstrauisch war. »Wir sind nach Dublin geflogen, und jetzt fahren wir ein paar Meilen nach Süden. Wenn wir fertig sind, fahren wir zurück und fliegen wieder von Dublin ab.«

»Und wo übernachten wir?«

»An einem Ort, den ich seit ein paar Jahren nicht mehr gesehen habe. Sie haben Ihr eigenes Zimmer«, fügte er hinzu, »jedoch mit der Option, meines mit mir zu teilen.«

»Ich ziehe ein eigenes Zimmer vor. Wer bezahlt es?«

Er grinste, was Rebecca sein Gesicht noch anziehender erscheinen ließ. Am liebsten hätte sie mit der Fingerspitze seine Narbe berührt.

»Das ist kein Problem. Es liegt übrigens mitten auf dem Land«, erwiderte er und wies auf die grünen Hügel, die bei dem nachlassenden Regen deutlich zu sehen waren. »Man kann gut verstehen, warum er sich hier zur Ruhe gesetzt hat.«

»Wer?«

»Der Mann, den wir besuchen. Sagen Sie, teilen Sie die Ansicht Ihrer Mutter, dass die Parzen eine Art Symbol darstellen?«

»Ja, ich denke schon.«

»Und dass sie nicht nur wegen ihres finanziellen Wertes zusammengehören?«

»Ja. Warum?«

»Noch eine Frage: Glauben Sie, dass sich die Kreise immer schließen?«

Ungeduldig stieß sie die Luft aus. »Wenn Sie damit meinen, dass alles in Zyklen verläuft oder so ähnlich: ja.«

»Dann wird es Ihnen gefallen.« Er bog in eine hübsche Straße ab, die von üppigen Hecken und bunten Häusern mit blühenden Gärten gesäumt war und sich den Hügel hinaufwand.

Die Straße führte steil bergan, und nach einer scharfen Kurve bog Jack in eine Einfahrt ab, die zu einem hübschen Steinhaus mit rauchendem Kamin und einem wunderschönen Garten gehörte.

»Wohnt Ihr Freund hier?«

»Ja.«

Als Jack aus dem Auto stieg, ging bereits die Haustür auf. Ein alter Mann stand auf der Schwelle. Er stützte sich auf einen Stock und lächelte ihnen zu. Er hatte schneeweiße Haare und sein Gesicht war voller Runzeln. Auf seiner Nase saß eine Silberrandbrille.

»Mary!«, rief er mit krächzender Stimme. »Sie sind da!« Jack eilte auf ihn zu.

»Bleib im Haus, es regnet!«

»Ach was, Junge, das bisschen Regen! Ansonsten kann man in meinem Alter ja nicht mehr viel aushalten, aber ein bisschen Nässe schadet nichts.« Mit einem Arm zog er Jack an sich.

Rebecca sah jetzt, dass der alte Mann groß war, wenn auch ein wenig gebeugt vom Alter. Er legte seine Hand auf Jacks Wange.

»Du hast mir gefehlt«, sagte Jack, und mit einer Selbstverständlichkeit, die Rebecca bewunderte, gab er dem alten Mann einen Kuss auf den Mund. »Das ist Rebecca Sullivan.«

Er trat ein wenig zur Seite, und Rebecca fiel auf, wie liebevoll er den Arm des alten Mannes ergriff.

»Nun, du hast ja bereits gesagt, sie sei eine Schönheit, und das ist sie auch.« Er ergriff ihre Hand und hielt sie fest. Verlegen sah sie, dass Tränen in seinen Augen schimmerten.

»Rebecca, das ist mein Urgroßvater.«

»Oh!« Sie lächelte. »Nett, Sie kennen zu lernen, Sir.«

»Mein Urgroßvater«, wiederholte er. »Steven Edward Cunningham der Dritte.«

»Cunningham?« Ihre Kehle war plötzlich wie zugeschnürt. »Steven Edward Cunningham? Ach du großer Gott!«

»Es ist mir eine große Freude, Sie in meinem Haus willkommen zu heißen.« Steven trat einen Schritt zurück. »Mary!«, rief er wieder. »Sie ist fast völlig taub«, bemerkte er, »und dauernd stellt sie ihr Hörgerät ab. Lauf zu ihr und hol sie, Jack. Ich gehe mit Rebecca ins Wohnzimmer. Sie richtet gerade Ihr Zimmer«, erklärte er, während er Rebecca ins Haus führte. »Sie wuselt schon die ganze Zeit herum, seit Jack angerufen und gesagt hat, dass Sie mitkommen.«

»Mr Cunningham.« Vollkommen aus dem Gleichgewicht gebracht, stolperte Rebecca hinter ihm her in ein aufgeräumtes, vor Sauberkeit blitzendes Wohnzimmer und sank, auf sein Drängen hin, in einen Sessel. »Sind Sie derselbe Steven Cunningham, der ... der auf der *Lusitania* war?«

»Derselbe, der sein Leben Felix Greenfield verdankt.«

»Und Sie sind Jacks ...«

»Urgroßvater. Seine Mutter ist meine Enkelin. Und jetzt sind Sie hier! Sie sind wirklich hier«, wiederholte er und zog ein Taschentuch aus der Tasche. »Auf meine alten Tage werde ich sentimental.«

»Ich weiß nicht, was ich sagen soll. Mir dreht sich der Kopf.« Rebecca hob eine Hand an ihre Schläfe. »Mein ganzes Leben lang habe ich immer wieder von Ihnen erzählt bekommen. Und irgendwie habe ich Sie mir immer als kleinen Jungen vorgestellt.«

»Ich war erst drei, als meine Eltern die Überfahrt gemacht haben.« Er seufzte tief auf und steckte das Taschentuch wieder ein. »Ich weiß gar nicht, ob ich mich wirklich selbst erinnere, oder ob ich es mir nur einbilde, weil meine Mutter mir die Geschichte so oft erzählt hat.«

Er trat zu einem kleinen Tisch an der Wand, auf dem ein paar gerahmte Fotografien standen, und reichte Rebecca eine davon. »Meine Eltern. Es ist ihr Hochzeitsfoto.«

Sie sah einen gut aussehenden jungen Mann mit Schnurrbart und eine Frau, fast noch ein Mädchen, in einem prächtigen Hochzeitskleid aus Seide und Spitze.

»Sie sind wunderschön.« Tränen traten ihr in die Augen. »Oh, Mr Cunningham.«

»Meine Mutter lebte noch dreiundsechzig Jahre, dank Felix Greenfield.« Steven zog sein Taschentuch aus der Tasche und drückte es Rebecca sanft in die Hand. »Sie hat nie wieder geheiratet. Für manche Menschen gibt es nur eine Liebe im Leben. Aber sie war zufrieden und hat ein erfülltes Leben geführt. Und sie war dankbar.«

»Dann stimmt die Geschichte also.« Um Fassung ringend, reichte Rebecca ihm die Fotografie zurück.

»Ich bin der lebende Beweis dafür.« Er drehte sich um, als Schritte auf der Treppe ertönten. »Da kommt Jack mit meiner Mary. Wir reden später darüber.«

Mary Cunningham war tatsächlich völlig taub, aber zur Feier des Tages hatte sie ihr Hörgerät eingeschaltet. Rebecca bekam ein hübsches Zimmer mit frischen Blumen auf dem Tisch, wo sie sich vor dem Essen noch etwas frisch machen wollte.

Aber erst setzte sie sich auf die Bettkante und versuchte, zur Ruhe zu kommen. Als Jack eine Viertelstunde später klopfte, um sie zum Essen abzuholen, saß sie immer noch da.

Sie musterte ihn. »Warum haben Sie es mir nicht erzählt?«

»Ich dachte, dass es für meinen Urgroßvater schön wäre, Sie zu überraschen, und das war mir wichtig.«

Sie nickte. »Ich glaube, in meinem Herzen habe ich immer gewusst, dass die Geschichte genau so passiert ist, aber in meinem Kopf war ich mir nicht so sicher. Ich möchte Ihnen danken, dass Sie mich hierher gebracht haben.«

Er trat zu ihr und ging in die Hocke. »Glauben Sie an Verbindungen, Rebecca? An ihre Kraft, an ihre Unvermeidbarkeit?«

»Das muss ich jetzt wohl, oder?«

»Ich bin kein sentimentaler Mann ...«, begann er, aber sie unterbrach ihn lachend.

»Ich habe Sie gerade mit Steven und dann mit Mary erlebt, also erzählen Sie mir nicht, Sie seien nicht sentimental.«

»Bei Menschen, die mir etwas bedeuten, ist es vielleicht etwas anderes, aber nicht bei Dingen. Ich neige nicht zum Romantisieren.« Er ergriff ihre Hand. »Ich habe Sie angesehen. Und mehr brauchte es nicht.«

»Es ist so verwirrend.« Mühsam rang Rebecca um Beherrschung. Ihr Herz klopfte bis zum Hals. »Diese seltsame Verbindung zwischen unseren Familien ...«

»Es ist mehr als das.«

»Ich mag keine Komplikationen.«

»Keine Chance«, erwiderte Jack und zog sie hoch. »*Ich* für meinen Teil *liebe* Komplikationen. Ohne sie wäre das Leben öde. Und Sie sind eine große Komplikation.«

»Nicht!« Sie legte ihm die Hand auf die Brust, als er sie an sich ziehen wollte. »Ich bin nicht schüchtern, ich bin nur vorsichtig.«

»Sie zittern.«

»Oh, es gefällt Ihnen wohl, mich durcheinander zu bringen?«

»Genau.« Er zog sie mit einer heftigen Bewegung an sich, und dann war sein Mund auf ihren Lippen, fest und heiß und hungrig.

Er küsste sie wie ein Mann, der es gewöhnt ist, sich alles zu nehmen, und so leidenschaftlich, dass sie weich in den Knien wurde.

Und ihm ging es genauso.

Er griff mit den Händen in ihr Haar und zog ihren Kopf nach hinten. »Ich begehre dich, seit ich dich das erste Mal sah«, sagte er, »so etwas ist mir noch nie zuvor passiert.«

»Ich kenne dich doch gar nicht«, sagte Rebecca. Aber sie schmeckte ihn noch auf ihren Lippen und spürte, wie ihr Körper nach seinem verlangte. »Ich schlafe nicht mit Männern, die ich nicht kenne.«

Er senkte den Kopf und fuhr mit den Zähnen leicht über ihren Hals. »Ist das eine unumstößliche Regel?«

»Normalerweise ja.«

Er knabberte an ihrem Kinn. »Wir werden einander sehr schnell kennen lernen.«

»In Ordnung. Das ist in Ordnung. Bitte küss mich jetzt

nicht noch einmal. Es ist nicht richtig, nicht, wenn die beiden da unten sitzen, Jack.« Sie schloss die Augen und versuchte sich zu beruhigen. »Sie warten mit dem Essen auf uns.«

»Dann gehen wir jetzt hinunter.«

Sie gingen in das kleine Esszimmer. Überall standen Porzellanfiguren und antike Gläser herum, und an den Wänden hingen alte Teller mit Blumenmuster.

»Sie haben ein hübsches Haus«, sagte Rebecca zu Mary. »Es ist nett von Ihnen, dass ich hierher kommen durfte.«

»Die Freude ist ganz auf unserer Seite.« Mary strahlte. »Jack bringt sonst nie seine Freundinnen mit.«

»Ach nein?«

»Nein.« Sie hatte einen melodischen irischen Akzent. »Die Frau, die er geheiratet hat, haben wir auch nur zweimal gesehen, und das eine Mal war bei der Hochzeit. Wir mochten sie nicht besonders, nicht wahr, Steven?«

»Aber Mary!«

»Nun, es stimmt doch! Sie hatte so einen kalten Zug im Gesicht, wenn Sie mich fragen, und ...«

»Das Roastbeef ist perfekt, Gram.«

Mary war sofort abgelenkt und lächelte Jack zu. »Du hast meinen Braten immer besonders gern gegessen.«

»Und ich habe dich deswegen geheiratet«, warf Steven augenzwinkernd ein. »Wie viele junge Männer ging ich auf Reisen, als ich mit der Universität fertig war«, sagte er zu Rebecca. »Ich wohnte außerhalb von Dublin in einem kleinen Gasthaus, und dort lernte ich meine Mary kennen, deren Eltern das Gasthaus gehörte. Ich habe zwei Wochen gebraucht, um sie zu überreden, mich zu heiraten und mit mir nach Bath zu ziehen.«

»Du übertreibst. Es hat nur zehn Tage gedauert.«

»Und jetzt sind wir seit achtundsechzig Jahren verheiratet. Eine Zeit lang haben wir in Amerika, in New York, gelebt. Die Familie meines Vaters hat schwere Zeiten durchgemacht. Sie haben sich nie von dem Börsenkrach 1929 erholt. Eine meiner Töchter heiratete einen Amerikaner und blieb dort. Ihre Tochter ist Jacks Mutter.«

Er legte seine Hand auf Marys. »Wir haben vier Kinder, zwei Söhne und zwei Töchter, und sie haben uns elf Enkelkinder und sechs Urenkel geschenkt. Und jedes einzelne von ihnen verdankt sein Leben Felix Greenfield. Durch sein selbstloses und mutiges Handeln wurde ich damals gerettet.«

»Er hatte es ursprünglich gar nicht vor. So wird es jedenfalls in unserer Familie erzählt«, erwiderte Rebecca. »Er wollte nur überleben. Als er die Schwimmweste fand, dachte er zunächst nur an seine eigenen Rettung, aber dann sah er Ihre Mutter und Sie unter den Trümmern liegen. Er sagte, sie sei so schön und so ruhig gewesen inmitten dieses entsetzlichen Durcheinanders. Dabei hielt Ihre Mutter Sie die ganze Zeit lang fest an sich gedrückt, und Sie haben nicht geweint, obwohl Sie doch noch so klein waren. In diesem Moment konnte er sich einfach nicht abwenden.«

»Ich erinnere mich noch an sein Gesicht«, sagte Steven. »Dunkle Augen, weiße Haut, die mit Ruß und Schmutz beschmiert war. Mein Vater war schon tot. Ich habe nicht gesehen, wie es passiert ist, und meine Mutter hat nie davon gesprochen. Als das Schiff sich zur Seite neigte, stürzten wir ins Wasser. Sie hielt mich fest, als die Trümmer über uns zusammenschlugen. Sie hat sich so gedreht, dass ich nicht getroffen wurde. Aber *sie* wurde getroffen, und sie hat danach ihr ganzes Leben lang gehinkt.«

»Sie war eine tapfere und wundervolle Frau«, sagte Rebecca.

»Ja, das war sie. Aber Felix Greenfield war an jenem Tag genauso tapfer. Das Schiff sank, und das Deck stand schon ganz schräg. Er hatte meine Mutter und mich ein Stück weiter hinaufgezogen, um uns zu einem der Rettungsboote zu bringen. Aber da neigte sich das Schiff noch weiter zur Seite, und obwohl er versuchte, nach uns zu greifen – ich sehe noch sein Gesicht vor mir, wie er nach uns rief und versuchte, die Hand meiner Mutter zu fassen –, stürzten wir ins Wasser. Ohne die Schwimmweste wären wir sofort ertrunken.«

»Selbst mit Schwimmweste grenzt es an ein Wunder, dass Sie überlebten. Es heißt, Ihre Mutter war verletzt.«

»Sie hat sich den Arm gebrochen, als wir auf der Wasseroberfläche aufschlugen, und, wie gesagt, ihr Bein war bereits schlimm verletzt. Aber sie ließ mich nicht los. Ich habe kaum einen Kratzer abbekommen. Das Schicksal hatte mir ein langes und erfülltes Leben zugedacht.«

Rebecca konnte den Blick nicht von dem alten Mann abwenden. Jack hob sein Glas. »Und damit wären wir bei den Parzen. Habe ich dir schon erzählt, Rebecca, dass mein Urgroßvater einen kleinen Antiquitätenladen in Bath hatte?«

Ein Schauer überlief Rebecca. »Nein, das hast du nicht erwähnt.«

»Ja, in der Tat.« Steven aß den letzten Bissen von seinem Roastbeef. »Er gehörte meinem Großvater. Wir wollten die Eltern meiner Mutter dort besuchen. Meiner Großmutter ging es nicht gut. Nachdem mein Vater tot war, kehrten wir nicht mehr nach New York zurück, sondern blieben in Bath. Deshalb habe ich auch ein großes Interesse an Antiquitäten entwickelt und schließlich den Laden übernommen. Eine weitere Wendung des Schicksals, die wir Felix verdanken.«

Er legte Messer und Gabel auf seinem Teller ab. »Ich kann Ihnen gar nicht sagen, wie fasziniert ich war, als Jack mir erzählte, dass Felix eine der drei Parzen aus Henry Wyleys Kabine gestohlen hatte, kurz bevor er mir das Leben rettete. Mary, meine Liebe, essen wir den Apfelkuchen im Wohnzimmer?«

»Er kann es nie erwarten, endlich seinen Kuchen zu bekommen. Geht schon einmal vor und setzt euch, ich bringe ihn gleich.«

Rebecca wirbelten tausend Fragen gleichzeitig durch den Kopf, aber ihre Mutter hatte ihr Manieren beigebracht. »Ich helfe Ihnen beim Abräumen, Mrs Cunningham.«

»Oh, das ist nicht nötig.«

»Bitte, ich helfe Ihnen gerne.«

Mary warf Jack einen Blick zu, als alle aufstanden. »Soweit ich mich erinnern kann, hat die Frau, mit der du verheiratet warst, nie angeboten, mir beim Abräumen zu helfen.«

Während sie das Geschirr in die Küche brachten, bekam Rebecca einen ausführlichen Bericht über Jacks Ex-Frau. Sie war wunderschön und gescheit gewesen. Eine amerikanische Anwältin, die, laut Mary, mehr an ihrer Karriere als an Heim und Herd interessiert gewesen war. Jack und sie hatten innerhalb kürzester Zeit geheiratet und sich dann einvernehmlich wieder scheiden lassen.

Während Marys Bericht gab Rebecca gelegentlich zustimmende Laute von sich und verstaute die Information in den tieferen Windungen ihres Gehirns. Natürlich interessierte sie diese Geschichte brennend, aber jetzt musste sie erst einmal an die Parzen denken.

Sie trug das Tablett mit dem Nachtisch ins Wohnzimmer und hielt die Fragen, die ihr durch den Kopf gingen, noch zurück.

»Sie sind sehr wohlerzogen«, sagte Mary beifällig. »Ihre Mutter muss eine gute Frau sein.«

»Ja, das ist sie. Danke.«

»So, und wenn ihr beiden jetzt vielleicht einmal den Rest der Geschichte erzählen könntet, damit das arme Kind sich endlich setzen kann.«

»Verbindungen«, sagte Jack. »Darüber haben wir eben schon gesprochen, nicht wahr, Rebecca?«

»Ja.«

»Der kleine Laden in Bath hieß *Browne's*. Er wurde Anfang des 19. Jahrhunderts gegründet und verkaufte jahrelang hauptsächlich an die Adeligen, die wegen der Thermenanlagen nach Bath kamen. Oft handelte es sich um Kunden, die diskret irgendwelche Besitztümer in Bargeld verwandeln mussten. So fand man dort viele verschiedene und einzigartige Stücke. Das Geschäft wurde jedoch bei aller Diskretion sorgfältig geführt, und die Bücher waren immer korrekt. Im Sommer 1883 verkaufte ein gewisser Lord Barlow verschiedene Kunstgegenstände an *Browne's*. Darunter befand sich auch eine kleine Silberstatue im griechischen Stil, eine Frau mit einer Schere.«

»Heilige Maria, Mutter Gottes!«

»Zu der Zeit, als Wyley seine letzte Atlantiküberquerung machte, gehörte *Browne's* meinem Großvater«, fuhr Steven fort. »Ich weiß allerdings nicht, ob sie wegen der Statue korrespondiert hatten. Ich erfuhr zum ersten Mal von den drei Schicksalsgöttinnen, als ich als junger Mann eifrig alles Mögliche über Antiquitäten las. Mich interessierte die Legende um die Statuen, und ich wollte wissen, ob diejenige, die *Browne's* erworben hatte, echt war. Als ich hörte, dass Wyley auch eine der Statuen besessen und sie sogar auf dem Schiff dabei gehabt hatte, faszinierte mich die Geschichte umso mehr.«

»Aber selbst wenn die Statue, die *Browne's* gekauft hatte, echt war«, warf Jack ein, »so nahm ihr Wert doch ab, nachdem die erste Parze angeblich mit dem Schiff untergegangen war. Was blieb, war eine weitere Verbindung zu einem Passagier der *Lusitania* – und der Teil einer Legende.«

»War sie denn echt? Und wo ist sie jetzt?«, fragte Rebecca.

»Meine Mutter wurde nie müde, die Familiengeschichte zu erzählen.« Jack stand auf, um ein weiteres Holzscheit auf das Feuer im Kamin zu legen. »Ich wuchs sozusagen mit ihr auf, und der Untergang der *Lusitania* und die Legende der Parzen waren ein Teil von ihr. Dadurch habe ich natürlich auch begonnen, mich für Antiquitäten interessiert«, fügte er hinzu und legte Steven die Hand auf die Schulter. »Und als Anita Gaye die Parzen erwähnte, erwachte mein Interesse an ihnen aufs Neue. Jedenfalls habe ich meine Mutter angerufen und sie gebeten, die Geschichte, die sie mir immer erzählt hatte, noch einmal zu bestätigen. Und dann bin ich auf dem Weg hierher in Cobh vorbeigefahren, um mir die Sullivans anzuschauen und Felix Greenfields Grab zu besuchen.«

Jack trat zu einem Sandelholzsekretär und öffnete ihn. »Stell dir meine Überraschung vor, als ich entdeckte, dass die Sullivans seine Nachfahren sind.«

Er drehte sich um und hielt die dritte Parze hoch.

»Sie ist hier!« Obwohl ihre Beine sich wie Gummi anfühlten, stand Rebecca auf. »Sie war die ganze Zeit über hier!«

»Sie ist hier, seit mein Urgroßvater vor sechsundzwanzig Jahren den Laden in Bath geschlossen hat«, sagte Jack und reichte Rebecca die Statue.

Sie hielt sie in der Hand, prüfte ihr Gewicht und studierte das kühle, fast kummervolle silberne Gesicht. Vorsichtig fuhr sie mit dem Daumen über die flache Ausbuchtung an der linken Seite des Fußes. Dort wurde Atropos mit Lachesis verbunden.

»Ein weiterer Schicksalsfaden, ein weiterer Kreis. Was hast du jetzt vor?«

»Ich werde die Figur mit nach New York nehmen, mit Cleo Toliver über ihre verhandeln und mir dann überlegen, wie wir eure von Anita zurückbekommen.«

»Gut, dass du dich erinnerst, dass die erste uns gehört.« Sie gab ihm die Statue zurück. »Ich werde auch mit nach New York fliegen.«

»Du fährst wieder nach Cobh«, korrigierte er sie. »Und lässt schön den Ozean zwischen dir und Anita.«

Rebecca legte den Kopf schräg. »Ich fahre nach New York, entweder mit dir oder allein. Ich denke nicht daran, die Angelegenheit von dir oder meinen Brüdern zu Ende bringen zu lassen. Schlag dir den Gedanken aus dem Kopf, Jack, dass ich mich brav zurückhalte, während die Männer die Arbeit tun. Ich stehe selbst meinen Mann.«

»Siehst du!« Mary schnitt ihrem Mann noch ein Stück Kuchen ab. »Was habe ich dir gesagt? Das Mädchen hier gefällt mir viel besser als die Frau, die Jack geheiratet hat. Setzen Sie sich und essen Sie Ihren Kuchen auf, Rebecca. Natürlich fliegen Sie mit ihm nach New York!«

Verschmitzt lächelte Rebecca die alte Frau an. »Danke, Mrs Cunningham. Ich überlege gerade, ob ich mir in Dublin ein paar Kleider für die Reise kaufen soll, oder ob ich besser damit warte, bis ich in New York bin. Ich habe nicht genug Sachen zum Wechseln mitgebracht.«

»Oh, wenn ich Sie wäre, würde ich warten. In New York kann man wunderbar einkaufen.«

»Das wird kein Urlaub«, warf Jack ein.

»Unterbrich deine Urgroßmutter nicht«, wies Rebecca ihn milde zurecht.

»Keine Chance, Junge.« Steven winkte ab. »Du bist überstimmt.«

15

Malachi hatte sich ganz genau überlegt, wie er Tia gegenübertreten wollte. Er würde sich natürlich noch einmal entschuldigen, das stand außer Frage. Und dann würde er seinen ganzen Charme und seine Überredungskünste einsetzen, damit sie ihre Einstellung zu ihm wieder änderte.

Er stand in ihrer Schuld, auch das war keine Frage. Wegen der finanziellen Unterstützung, aber noch viel mehr, weil sie seinem Bruder geholfen hatte.

Er wollte es wieder gutmachen, indem er sich auf das Geschäftliche beschränkte und sich ihr gegenüber freundlich, aber reserviert verhielt. Er glaubte, sie gut genug zu kennen, um zu wissen, dass es ihr so am liebsten sein würde.

Malachi würde mit Gideon in ein Hotel ziehen, schließlich konnten sie ihr nicht weiter zur Last fallen. Aber er würde Tia hoffentlich dazu überreden können, diese Toliver weiter zu beherbergen. Dann wüsste er wenigstens, dass beide Frauen in Sicherheit sind. Und außerdem stünden sie ihm dann auch nicht im Weg.

Noch ein wenig mitgenommen von der Reise klopfte er an Tias Wohnungstür. Hoffentlich war sie wenigstens so gastfreundlich, dass sie ihm ein kaltes Bier anbot.

Als sie die Tür öffnete, vergaß er das Bier und seine sorgfältig geplanten Begrüßungsworte.

»Du hast dir die Haare abgeschnitten!« Unwillkürlich glitten seine Finger über die kurzen Strähnen. »Du siehst ja ganz anders aus!«

Tia zuckte nicht zurück. An dieser Selbstbeherrschung hatte sie stundenlang gearbeitet. Steif trat sie einen Schritt beiseite. »Komm herein, Malachi. Stell deine Koffer ab«, forderte sie ihn auf. »Ich hoffe, du hattest einen guten Flug.«

»Ja. Die Frisur steht dir gut. Du siehst wundervoll aus. Du hast mir so gefehlt, Tia.«

»Möchtest du etwas zu trinken?«

»Ja, bitte. Entschuldigung, ich habe mich noch nicht einmal dafür bedankt, dass du mir das Geld für den Flug überwiesen hast.«

»Das war rein geschäftlich.« Sie drehte sich um und ging in die Küche.

»Offenbar hast du noch mehr geändert als nur deine Frisur.«

»Vielleicht.« Da sie annahm, dass er genau wie sein Bruder am liebsten ein Bier trinken würde, nahm sie eins aus dem Kühlschrank und wandte sich zum Schrank, um ein Glas herauszuholen. »Das musste ich wohl.«

»Es tut mir Leid, Tia, dass alles so gekommen ist.«

Als sie ihm ein Glas Bier einschenkte, war sie richtig stolz auf sich. Ihre Hand zitterte noch nicht einmal. »Du meinst wohl, es tut dir Leid, wie du mit mir umgegangen bist?«

»Ja. Ich könnte mir jetzt irgendwelche Entschuldigungen dafür ausdenken.« Er nahm das Glas entgegen und wartete, bis sie ihn ansah. »Ich könnte dich vielleicht sogar dazu bringen, dass du sie annimmst, aber ich will dich nicht mehr anlügen.«

»Wir brauchen nichts zu übereilen.« Sie wandte sich zum Wohnzimmer, aber er versperrte ihr den Weg.

»Nicht alles war eine Lüge.«

Tia wurde rot, aber ihre Stimme blieb beherrscht. »Darüber brauchen wir jetzt auch nicht zu reden. Wir haben beide das gleiche Interesse und den gleichen Anspruch auf einen Kunstgegenstand. Ich beabsichtige, meine und deine Ressourcen zu benutzen, um ihn zurückzubekommen. Über etwas anderes brauchen wir nicht zu sprechen.«

»Damit machst du es mir leichter.«

»Ach ja?« Sie legte den Kopf schräg, wobei sie hoffte, dass ihr Blick sarkastisch wirkte. »Inwiefern?«

»Wenn du nicht verletzbar bist, brauche ich mir keine Gedanken darüber zu machen, ob ich dir wehtue.«

»Früher war ich recht dünnhäutig, aber das scheint heute nicht mehr mein Problem zu sein. Nun zu den Spielregeln.« Sie trat rasch an ihm vorbei und atmete erleichtert auf, als eine gewisse Distanz zwischen ihnen lag. »In der Wohnung wird nicht geraucht. Du kannst auf die Terrasse gehen oder aufs Dach, wo Gideon übrigens gerade ist. Er und Cleo fühlen sich mittlerweile ziemlich eingesperrt, also habe ich vorgeschlagen, dass sie das Dach als zusätzlichen Raum nutzen können. Es ist nicht so eng wie die Terrasse, aber ebenso sicher.«

Malachi wollte gerade ansetzen und ihr mitteilen, dass er mit seinem Bruder in ein Hotel ziehen würde, überlegte es sich dann aber anders. Wenn es ihr nichts ausmachte, warum sollte er dann den Vorschlag machen?

»Ich habe vor zwei Jahren aufgehört zu rauchen, das ist also kein Problem für mich.«

»Gut. Dann wirst du auch länger leben. Du räumst deine Sachen auf – und dazu gehören auch Geschirr, Wäsche, Zeitungen, was auch immer. Ich habe es gern ordentlich. Du musst auf der Couch schlafen, weil ich Gideon und Cleo das Gästebett zur Verfügung gestellt habe. Das bedeutet, dass du morgens relativ früh aufstehen musst.«

Sie klang jetzt mehr wie die alte Tia, und amüsiert setzte er sich auf die Sofakante. »Was heißt relativ?«

»Um sieben.«

»Aua!«

»Du und Gideon, ihr einigt euch auf einen Duschplan. Ihr könnt das kleine Badezimmer benutzen. Cleo kann meins mitbenutzen, aber für dich und deinen Bruder sind mein Bad und mein Schlafzimmer tabu. Ist das klar?«

»Kristallklar, Liebling.«

»Ich führe Buch über sämtliche Ausgaben. Der Flug natürlich, Essen, andere Fahrten. Du wirst mir alles zurückzahlen.«

Ärgerlich stand er auf. »Natürlich zahlen wir dir alles zurück. Wir sind keine Schnorrer. Ich kann einen Kredit aufnehmen und dir das Geld sofort zurückgeben, wenn du willst.«

Sie wandte sich ab. »Das ist nicht nötig. Ich bin nun einmal wütend auf dich. Ich kann nichts daran ändern.«

»Tia ...«

»Nicht.« Sie drehte sich wieder zu ihm um. »Versuch nicht, mich zu besänftigen. Ich kann wütend auf dich sein und trotzdem tun, was getan werden muss. Ich kann Gefühle sehr gut verdrängen. Kannst du kochen?«

Er fuhr sich mit der Hand durch die Haare. »Ein wenig.«

»Gut. Cleo kann es nicht. Damit bleiben du, Gideon und ich – und Essen zum Mitnehmen. Jetzt können wir ...« Sie brach ab und blickte zur Tür, als der Schüssel im Schloss gedreht wurde.

Cleo kam als Erste herein. Sie sah verschwitzt, unglaublich sexy und verdächtig zerzaust aus. Als sie Malachi sah, breitete sich langsam ein Lächeln auf ihrem Gesicht aus. »Ach, das muss der große Bruder sein!«

»Mal!« Gideon erschien hinter ihr, trat auf Malachi zu, und die beiden Männer umarmten sich herzlich. »Schön, dich zu sehen. Hier herrscht ein ziemliches Chaos.«

Nach einer halben Stunde und einem weiteren Bier war Malachi auf dem Laufenden.

»Ich verstehe nicht, warum dieser Burdett seine Nase hier hereinsteckt«, grübelte Malachi und stand auf. »Das bedeutet doch nur noch eine weitere Komplikation.«

»Wenn er seine Nase nicht hereingesteckt hätte, wüsste ich nicht, dass mein Telefon abgehört wird, oder?« Tia stand ebenfalls auf, ergriff das Glas, das Malachi auf den Tisch gestellt hatte, und legte einen Untersetzer darunter.

»Er *behauptet*, du würdest abgehört.«

»Warum sollte er das erfinden? Ich war auf jeden Fall heute früh bei meinem Vater und habe ihn nach Jack gefragt. Mein Vater hat seine Identität bestätigt und gesagt, er sei ein ernsthafter Sammler. Und der Police Detective hat auch für ihn gebürgt.«

»Du bist ja bloß sauer, weil sich noch ein anderer Mann eingemischt hat.« Cleo blinzelte und trank einen Schluck von

Gideons Bier. Malachi warf ihr einen finsteren Blick zu. »Das liegt wohl am Testosteron, aber es macht dir ja auch niemand einen Vorwurf deswegen. Tia, hast du Kekse im Haus?«

»Hm, ja, ich glaube, ich habe zuckerfreie Waffeln da.«

»Süße, wir müssen uns wirklich mal unterhalten. Das Leben sollte nicht nur aus zuckerfreien Waffeln bestehen. Und bevor du jetzt auf mich losgehst«, sagte Cleo und schaute Malachi an, »denk daran, dass wir ein bisschen mehr Zeit hatten, über Burdett und die Rolle, die er bei dem Ganzen spielt, nachzudenken. Er kennt Anita«, fuhr sie fort, wobei sie die einzelnen Punkte an ihren Fingern abzählte, »er versteht etwas von Alarmanlagen, und er ist an den Parzen interessiert. Wir hoffen, dass wir meine verkaufen können, und auch die dritte, wenn wir sie bekommen. So wie ich es sehe, gibt es jetzt schon zwei potenzielle Käufer. Wir können unsere eigene kleine Auktion veranstalten.«

»Ich lege eigentlich keinen Wert auf einen weiteren Mitspieler«, warf Gideon ein, »aber es macht Sinn, Mal. Anita ist uns bisher immer entwischt, und Burdett könnte uns vielleicht helfen. Tias Vater sagt, er hat ziemlich viel Geld, also könnten wir doch die Figuren an ihn verkaufen. Das wäre mir lieber, als mit dieser Anita verhandeln zu müssen. Außerdem habe ich Ma von der Telefonzelle unten auf der Straße aus angerufen, und sie hat gesagt, dass sie ihn kennen gelernt hat. Sie vertraut ihm, und das reicht mir.«

»Ich entscheide lieber selbst, ob ich ihm vertraue. Du hast gesagt, dass er dir eine Visitenkarte hier gelassen hat, Tia?« Malachi trommelte mit den Fingern auf seinem Oberschenkel herum. »Ich werde ihn anrufen und mich mit ihm treffen. Und wenn er wirklich so ein Sicherheitsexperte ist, dann kann er diese verdammten Telefone sicher in Ordnung bringen, damit wir nicht ständig zum Telefonieren auf die Straße rennen müssen.«

»Du brauchst eindeutig Kohlehydrate«, beschloss Cleo. »Du hast doch welche im Haus, oder?«, wandte sie sich an Tia.

»Äh ...« Tia blickte nervös zur Küche. »Ja, ich ...«

»Mach dir keine Sorgen. Ich kümmere mich drum. Ich werde auch immer ganz stinkig, wenn ich zu wenig Kohlehydrate bekomme«, sagte Cleo mitfühlend zu Malachi.

»Ich bin nicht stinkig.«

Sie erhob sich, trat zu ihm und kniff ihm in die Wange. »Da wir diejenigen sind, an denen du es auslässt, mein Hübscher, sollten wir es wissen. Ihr Sullivans vertragt das Reisen nicht. Mein Schönling war auch ganz fertig, als wir hier ankamen. Du siehst übrigens auch sehr gut aus.« Sie legte den Kopf schräg. »Das muss an den Genen liegen.«

Malachi musste unwillkürlich lachen. »Du bist vielleicht 'ne Nummer.«

»Ganz richtig. Hey, Tia, lass uns Pizza bestellen. Zwei große mit Beilagen müssten reichen.«

»Ich esse eigentlich keine ...« Sie brach ab, als Cleo sie mit offenem Mund anstarrte.

»Wenn du mir jetzt sagen willst, dass du keine Pizza isst, dann besorge ich mir eine Pistole und erlöse dich auf der Stelle von deinem elenden Leben.«

Es schien nicht der richtige Zeitpunkt zu sein, um über den Fettgehalt einer Pizza zu sprechen oder die Tatsache, dass sie womöglich allergisch gegen Tomatensauce war. »Wenn ich jetzt zwei große Pizzas bestelle, hört sich das dann für denjenigen, der das Telefon abhört, nicht komisch an? Er glaubt doch, ich sei allein zu Hause.«

»Dann denkt er eben, du kannst den Hals nicht voll bekommen. Ein bisschen Risiko muss sein!«

»Außerdem bin ich um zwei zum Mittagessen verabredet und sollte allmählich aufbrechen.«

»Mit wem triffst du dich?«, fragte Malachi, als sie ins Schlafzimmer ging.

»Das Schlafzimmer ist tabu«, warnte Gideon, bevor sein Bruder ihr folgen konnte. »In dieser Hinsicht ist sie sehr streng.«

»Sie benimmt sich ganz anders als sonst.« Malachi steckte die Hände in die Taschen und blickte finster auf die Schlafzimmertür. »Ich weiß nicht, ob es mir gefällt.«

»Bei dem, was hier in den letzten Tagen alles passiert ist, solltest du ihr das zugestehen. Sie hat uns immerhin bei sich aufgenommen«, rief Cleo ihm ins Gedächtnis. »Das hätte sie ganz bestimmt nicht tun müssen. Und du hast ihr eben etwas vorgemacht. Nein, warte!« Sie hielt die Hand hoch, als Malachi zu ihr herumwirbelte. »Ich sage ja gar nicht, dass ich mich in deiner Situation nicht ähnlich verhalten hätte. Aber es stimmt nun einmal: Wenn du ein niedriges Selbstwertgefühl hast, kann es dich ganz schön fertig machen, wenn ein Typ mit dir vögeln will.«

»Na, das ist ja eine treffende Kurzanalyse.«

»Wenn du ein paar Monate lang als Stripperin arbeitest, lernst du eine ganze Menge über Leute.« Sie zuckte mit den Schultern. »Wir werden alle gut miteinander auskommen, wenn wir uns erst einmal besser kennen, mein Süßer. Deinen kleinen Bruder mag ich schon und deinen Geschmack bei Frauen auch«, fügte sie hinzu und wies mit dem Kopf zur Schlafzimmertür.

»Später kannst du mir mal erklären, wie du durch das Strippen zur Psychologin geworden bist, aber jetzt ...« Malachi hämmerte mit der Faust an die Schlafzimmertür. »Tia, wo zum Teufel gehst du hin?«

Die Tür ging auf und Tia kam heraus. Der Duft ihres Parfüms stieg ihm in die Nase. Sie hatte Lippenstift aufgelegt und trug ein enges, schwarzes Jackett. Malachi spürte, wie Eifersucht in ihm aufstieg. »Mit wem triffst du dich zum Mittagessen?«

»Mit Anita Gaye.« Sie öffnete ihre Handtasche, um den Inhalt zu überprüfen. »Ich kann euch die Pizza von unterwegs bestellen.«

»Cool. Danke. Tolles Jackett«, sagte Cleo.

»Wirklich? Es ist neu. Ich wusste nicht genau, ob ... na ja, ist ja egal. Ich bin gegen vier oder halb fünf wieder zurück.«

»Einen Moment mal.« Malachi drängte sie gegen die Tür. »Wenn du glaubst, du kannst dich ohne weiteres zum Mittagessen mit einer Frau treffen, die bezahlte Killer anheuert, dann musst du den Verstand verloren haben!«

»Red nicht in diesem Ton mit mir! Ich lasse mir von dir nicht vorschreiben, was ich zu tun habe.« Tia zog sich der Magen zusammen, und am liebsten wäre sie zurückgewichen, aber sie bot ihm die Stirn. »Du trägst weder für mich die Verantwortung noch für dieses ... Konsortium«, erklärte sie. »Und jetzt geh mir bitte aus dem Weg. Ich komme zu spät.«

»Tia.« Da seine Wut offenbar nichts bewirkte, schaltete er auf Charme um. »Ich mache mir doch nur Sorgen um dich. Mit dieser Frau ist nicht zu spaßen. Wir wissen doch alle, wie gefährlich sie ist.«

»Und ich bin schwach und dumm und ihr nicht gewachsen.«

»Ja ... Nein! Ach, um Himmels willen!« Er hob die Hände. »Sag mir doch einfach, was du vorhast.«

»Zu Mittag essen. Sie hat mich angerufen und sich mit mir verabredet. Sie glaubt wahrscheinlich, sie kann mir Informationen über die Parzen und Henry Wyley entlocken. Und über dich. Ich weiß genau, dass es ihr darum geht, da sie bisher noch keine zwanzig Worte mit mir gesprochen hat. Aber sie wird nichts von mir erfahren. Ich bin nicht so blöd, wie du denkst, Malachi.«

»Ich halte dich nicht für blöd. Tia ...« Er fluchte leise, als er merkte, dass sowohl Cleo als auch sein Bruder interessiert zuhörten. »Lass uns aufs Dach gehen und darüber reden.«

»Nein. Ich gehe jetzt zu dieser Verabredung.«

»Taffes Mädchen, diese Tia«, murmelte Cleo, was ihr einen Rippenstoß von Gideon einbrachte.

»Mal«, sagte Gideon ruhig, »lass sie los.«

Er gehorchte, und Tia riss sofort die Tür auf.

»Vergiss die Pizza nicht!«, rief Cleo ihr noch nach, aber da hatte Tia schon die Tür hinter sich zugeknallt.

»Wenn diese Frau ihr etwas antut ...«

»Was sollte sie ihr denn antun?«, fragte Cleo. »Sie mit ihrer Gabel erstechen? Denk doch mal nach! Das mit dem Treffen ist doch gar nicht so schlecht. Anita hält Tia für ein naives Schäfchen, und dabei ist *sie* diejenige, die über den Tisch gezogen wird. Tia wird jede Menge Informationen mit nach Hause bringen, während Anita überhaupt nichts von dem Treffen hat.«

»Tia ist wirklich brillant, Mal«, bestätigte Gideon. »Und wir brauchen sie. Du solltest dich entspannen.«

»Gut.« Aber Malachi wusste, dass ihm das nicht gelingen würde, bevor Tia nicht wieder zurück war.

Trotz ihrer blühenden Fantasie hatte Tia sich bis zu diesem Moment nie als Spionin gesehen. Dabei bin ich eigentlich sogar eine Art Doppelagentin, dachte sie jetzt, als sie pünktlich das Restaurant betrat. Und dabei brauchte sie nur ganz sie selbst zu bleiben. Schüchtern, nervös und langweilig, dachte sie, während sie sich zu ihrem Tisch führen ließ.

Natürlich war Anita noch nicht da, was sich mit Tias Erfahrung deckte, dass Frauen, die *nicht* schüchtern, nervös und langweilig waren, meistens zu spät zu Verabredungen kamen. Wahrscheinlich lag das daran, dass sie ständig irgendetwas Interessantes zu tun hatten.

Tia bestellte Mineralwasser und versuchte, unauffällig und nicht zu nervös zu wirken, während sie allein in dem ruhigen, eleganten *Café Pierre* saß.

Nachdem sie zehn Minuten gewartet hatte, kam Anita in einem todschicken, auberginefarbenen Kostüm hereingerauscht. Um den Hals trug sie eine spektakuläre Kette aus geflochtenen Goldsträngen und Amethysten.

»Es tut mir *so* Leid, dass ich zu spät bin. Ich hoffe, Sie warten noch nicht allzu lange auf mich.« Anita hauchte Tia einen angedeuteten Kuss auf die Wange, bevor sie sich hinsetzte und gleich ihr Handy neben den Teller legte.

»Nein, ich ...«

»Ein Kunde, den ich einfach nicht abschütteln konnte, hat mich aufgehalten«, unterbrach Anita sie. »Wodka Martini«, sagte sie zu dem Kellner. »Ein volles Glas, staubtrocken, zwei Oliven.« Dann lehnte sie sich zurück und atmetet tief durch. »Ich bin so froh, dass wir es endlich einmal geschafft haben, uns zu treffen. Sie sehen gut aus, Tia.«

»Danke. Sie ...«

»Irgendetwas ist anders an Ihnen, nicht wahr?« Anita schürzte die Lippen und trommelte nachdenklich mit ihren rot lackierten Fingernägeln auf den Tisch, während sie versuchte, herauszufinden, inwiefern Tia sich verändert hatte. »Jetzt hab ich's! Sie haben eine neue Frisur. Steht Ihnen sehr gut. Die meisten Männer haben ein Faible für Frauen mit langen Haaren. Ich weiß gar nicht, warum«, fügte sie hinzu und warf den Kopf zurück. »Und jetzt erzählen Sie mir alles über Ihre Reise.

Es muss faszinierend sein, in ganz Europa Vorträge zu halten. Aber auch anstrengend, nicht wahr? Sie sehen erschöpft aus. Aber jetzt können Sie sich ja wieder erholen.«

Du bist wirklich eine Hexe, dachte Tia und trank einen Schluck von ihrem Wasser, während der Kellner Anita ihren Drink servierte. »Es war tatsächlich eine faszinierende Erfahrung. Man sieht längst nicht so viel von der Welt, wie man annehmen möchte. Ständig ist man auf Flughäfen und in Hotels – und dann auf den Lesungen.«

»Aber es hat doch auch Vorzüge. Haben Sie diesen tollen Iren, mit dem ich Sie neulich gesehen habe, auch auf Ihrer Reise kennen gelernt?«

»Ja, in der Tat. Er war auf einer meiner Lesungen in Europa und hat mich dann besucht, als er geschäftlich in New York zu tun hatte. Er sieht gut aus, nicht wahr?«

»Ja, sehr gut. Und interessiert er sich für die griechische Mythologie?«

»Hmm.« Tia ergriff die Karte und überlegte, was sie essen sollte. »Ja, sehr. Vor allem für bestimmte Gruppen. Die Sirenen, die Musen, die Parzen. Meinen Sie, man kann diesen Salat mit gegrilltem Hühnchen auch ohne Pinienkerne bekommen?«

»Aber bestimmt. Haben Sie noch Kontakt zu ihm?«

»Zu wem?« Tia ließ die Karte sinken und schob ihre Lesebrille herunter. Dann lächelte sie. »Oh, zu Malachi. Nein, er musste wieder nach Irland zurück. Ich dachte, er würde mich vielleicht anrufen, aber vermutlich ... Immerhin liegen dreitausend Meilen zwischen uns. Außerdem rufen mich Männer normalerweise selbst dann nach der ersten Verabredung nicht mehr an, wenn sie in Brooklyn wohnen.«

»Männer sind Schweine. Die Amazonen hatten schon Recht. Man sollte sie nur zum Sex und für die Fortpflanzung benutzen und sie anschließend umbringen.« Sie lachte und wandte sich an den Kellner, der wieder an ihren Tisch getreten war. »Ich nehme den Salat Cäsar, ein Mineralwasser und noch einen Martini.«

»Hmm ... wird in Ihrer Küche Fleisch von frei laufenden Hühnern verwendet?«, begann Tia. Sie gab sich bewusst Mühe, die Bestellung eines einfachen Salats möglichst umständlich zu gestalten. Aus den Augenwinkeln sah sie, dass Anita spöttisch lächelte. Offensichtlich machte sie ihre Sache gut.

»Es ist interessant, dass Sie die Parzen erwähnt haben«, sagte Anita dann.

»Habe ich das?« Tia nahm ihre Lesebrille ab und legte sie unbeholfen zurück ins Etui. »Ich dachte, wir hätten über die Amazonen gesprochen – obwohl das natürlich keine griechischen Göttinnen waren. Aber es war eine faszinierende weibliche Kultur, und ich habe immer ...«

»Die Parzen!«, stieß Anita hervor.

»Ach ja. Wieder die weibliche Macht. Frauen – Schwestern –, die über die Länge und Qualität des Lebens von Göttern und Menschen bestimmen.«

»Bei Ihrem Interesse für Mythologie und Ihrem familiären Hintergrund haben Sie doch sicher von den Statuen gehört.«

»Ich habe natürlich viel von Statuen gehört ... Oh!«, rief Tia scheinbar arglos aus. Sie hätte schwören können, dass Anita mit den Zähnen knirschte. »Die drei Parzen! Ja, natürlich. Es heißt, einer meiner Vorfahren soll eine Figur besessen haben – ich glaube, es war Klotho, die erste Parze. Aber er starb beim Untergang der *Lusitania*, und angeblich hatte er sie bei sich. Das wäre allerdings sehr traurig. Denn wenn Klotho nicht den Faden spinnt, gibt es für Lachesis und Atropos nichts zu messen und zu schneiden. Allerdings weiß ich mehr über die Mythen als über die Statuen. Glauben Sie, dass es sie wirklich gibt? Die anderen beiden, meine ich.«

»Ich bin vermutlich romantisch genug, um es zu hoffen. Ich dachte, jemand, der so viele Kenntnisse und solche Verbindungen wie Sie hat, wüsste vielleicht etwas darüber.«

»Ach was.« Tia biss sich auf die Lippe. »Ich habe mich um solche Dinge nie gekümmert. Das habe ich auch Malachi gesagt, als wir uns darüber unterhalten haben.«

»Er hat Sie also auch auf die Statuen angesprochen?«

»Er war sehr interessiert daran.« Mit spitzen Fingern nahm Tia sich ein Stück warmes Brot aus dem Brotkorb. »Er sammelt mythologische Kunstgegenstände. Er hat damit vor ein paar Jahren auf einer seiner Geschäftsreisen nach Griechenland begonnen. Er ist in der Schiffsbranche.«

»Ach, tatsächlich? Ein gut aussehender, reicher Ire also, der sich zufällig für Ihr Spezialgebiet interessiert. Das passt doch perfekt – warum haben *Sie* ihn eigentlich nicht angerufen?«

»Oh, das würde ich nie fertig bringen.« Tia starrte auf das Tischtuch und zupfte am Kragen ihres Jacketts, als sei sie verlegen. »Mir wäre nicht wohl dabei, wenn ich einen Mann anriefe. Ich weiß sowieso nie, was ich sagen soll. Außerdem glaube ich, dass Malachi enttäuscht war, weil ich ihm bei den Parzen nicht weiterhelfen konnte, bei den Statuen, meine ich. Was die Mythen angeht, so konnte ich ihm natürlich alles erzählen. Aber wenn eine von den Figuren auf dem Grund des Atlantiks liegt, dann werden sie doch nie vollständig sein, oder?«

»Nein.«

»Und wenn sie vollständig wären, hätten sie vermutlich einen beträchtlichen Wert, nicht wahr?«

»Das denke ich auch.«

»Wenn Henry Wyley damals diese Reise nicht unternommen hätte, wer weiß? Aber das ist eben Schicksal. Vielleicht könnten Sie ja eine von den Stauen ausfindig machen – wenn es sie wirklich gibt. Sie haben doch sicher Ihre Quellen?«

»Ja, das stimmt, und zufällig habe ich auch einen interessierten Kunden. Ich hasse es, einen Kunden zu enttäuschen, also versuche ich alles, was in meiner Macht steht, um die Existenz dieser Statuen nachzuweisen und sie aufzuspüren.«

Anita beobachtete Tia scharf, während diese an ihrem Brot knabberte. »Ich hoffe, Sie erwähnen das nicht diesem – wie war der Name noch einmal? – Malachi gegenüber, wenn er Sie doch noch einmal anruft. Ich möchte nämlich nicht, dass er sich bei mir deswegen meldet.«

»Nein, das werde ich bestimmt nicht tun, aber ich glaube auch nicht, dass er noch einmal anruft.« Tia stieß einen tiefen Seufzer aus. »Ich habe ihm allerdings erzählt, dass ich vor einiger Zeit gehört habe, in Athen behaupte jemand, Atropos zu besitzen. Das ist die dritte Parze.«

Mit klopfendem Herzen beugte Anita sich über den Tisch.

»In Athen?«

»Ja, irgendjemand hat letzten Herbst davon gesprochen. Oder vielleicht war es auch letztes Frühjahr. Ich kann mich nicht mehr genau erinnern. Ich habe damals jedenfalls gerade über die Musen geforscht. Das sind die neun Töchter von Zeus und Mnemosyne. Jede hat eine spezifische Besonderheit, so wie Clio zum Beispiel, die ...«

»Was war mit der Parze?«, unterbrach Anita sie.

»Mit wem? Ach ja.« Tia lachte und trank einen Schluck Wasser. »Es tut mir Leid, ich schweife häufig vom Thema ab. Das irritiert andere Leute immer.«

»Keineswegs.« Anita hätte die blöde Kuh am liebsten auf der Stelle erwürgt. »Aber Sie wollten gerade etwas erzählen.«

»Ja, also, es muss letztes Jahr im Frühling gewesen sein.« Tia ließ das Dressing von einem Salatblatt abtropfen. »Ich hatte im Zusammenhang mit meinen Nachforschungen über die Musen mit einem Mann Kontakt aufgenommen ... wie hieß er noch gleich ... nun, es spielt gar keine Rolle, weil er mir sowieso nichts genutzt hat. Jedenfalls erzählte er etwas über diese Statuen. Ich habe ehrlich gesagt nur zugehört, weil ich höflich sein wollte, denn ich war ja nicht auf der Suche nach Informationen über die Parzen, zumindest nicht über die Statuen. Während des Gesprächs erwähnte er dann, er habe von einem Mann in Athen gehört, der angeblich Atropos besitzt. Die Statue, nicht die mythologische Figur.«

»Sie erinnern sich vermutlich nicht an den Namen des Mannes in Athen?«

»Du liebe Güte, nein, Namen konnte ich mir noch nie besonders gut merken.« Tia warf Anita einen entschuldigenden Blick zu und spießte das nächste Salatblatt auf ihre Gabel. »Ich glaube, mein Gesprächspartner hat den Namen damals auch gar nicht erwähnt, weil wir nur ganz nebenbei auf die Statuen zu sprechen kamen. Und es ist auch schon so lange her. Dass es Athen war, weiß ich auch nur noch, weil ich immer schon einmal dorthin wollte. Außerdem kam es mir logisch vor, dass eine der Statuen in Griechenland sein sollte. Waren Sie jemals dort?«

»Nein.« Anita zuckte mit den Schultern. »Noch nicht.«

»Ich auch nicht. Ich glaube, das Essen würde mir nicht bekommen.«

Diese schwachsinnige Idiotin, dachte Anita.

Tia kam sich vor wie beschwipst. So musste eine Frau sich fühlen, nachdem sie in einem schäbigen Motel Ehebruch mit einem jungen, mittellosen Künstler begangen hatte, während ihr langweiliger Ehemann an einer Vorstandssitzung teilnahm.

Aber nein, dachte sie dann, als sie leichtfüßig nach Hause eilte, so muss man sich natürlich *vor* dem Ehebruch fühlen, auf dem Weg in das heruntergekommene Stundenhotel. Danach hat man bestimmt eher Schuldgefühle und sehnt sich nach einer ausgiebigen Dusche.

So stellte sie es sich jedenfalls vor.

Sie hatte Anita nach Strich und Faden belogen und hatte nicht einmal einen Anflug von Schuldgefühlen. Sie fühlte sich mächtig.

Und das gefiel ihr.

Anita verachtete sie. Glaubten die Leute etwa, sie merkte es nicht, wenn sie sie langweilig und dumm fanden? Nun, es ist ja auch egal, dachte sie sich, als sie auf einer Wolke des Triumphs nach Hause schwebte. Es war völlig egal, was eine Frau wie Anita über sie dachte, denn sie, Tia Marsh, hatte diese Runde gewonnen.

Sie stürmte in ihre Wohnung, in der Erwartung, alle drei dort vorzufinden, aber nur Cleo lag auf dem Sofa und hatte MTV eingeschaltet.

»Hey! Wie war es?«

»Gut. Wo sind denn die beiden?«

»Sie wollten ihre Mutter anrufen. Irische Jungs hängen sehr an ihren Müttern, nicht wahr? Und dann wollten sie ein bisschen einkaufen – Eiscreme und so. Sie sind gerade erst ein paar Minuten weg.«

Cleo blickte noch einmal auf den Bildschirm und schaltete dann den Fernseher aus.

»Also, wie war es mit Anita?«, fragte sie erwartungsvoll.

»Sie hält mich für eine hirnlose Neurotikerin, die dankbar für jedes bisschen Aufmerksamkeit ist.«

Cleo erhob sich von der Couch mit einer Anmut, die Tia grenzenlose Bewunderung entlockte. »Ich halte dich aber nicht für eine Neurotikerin. Ich finde, du bist klug und hast Klasse. Willst du was trinken?«

Tia war von Cleos Einschätzung ihrer Person völlig verblüfft, und ihr fiel gar nicht auf, dass ihr soeben in ihrer eigenen Wohnung etwas zu trinken angeboten worden war. »Vielleicht. Eigentlich trinke ich keinen Alkohol.«

»Ich schon, und das scheint mir jetzt der passende Moment zu sein. Wir genehmigen uns ein Glas Wein, und du erzählst mir alles.«

Cleo öffnete eine Flasche Pouilly Fumé und schenkte zwei Gläser ein. Tia begann zu erzählen, und nach einer Weile bemerkte sie, dass Cleo ihr genauso konzentriert und interessiert zuhörte, wie Carrie es immer tat. Vielleicht bin ich ja deshalb mit Carrie befreundet, dachte sie.

»Du hast sie nach Athen geschickt?« Cleo brach in schallendes Gelächter aus. »Das ist brillant.«

»Findest du?«

»Allerdings!« Cleo hob die flache Hand. »Give me five!«

»Oh, ja!« Kichernd klatschten sie die Handflächen gegeneinander.

»Das musst du den Jungs auch noch einmal ausführlich erzählen«, fuhr Cleo fort. »Aber da wir jetzt gerade unter uns sind – sag mir die Wahrheit über Malachi.«

»Die Wahrheit?«

»Ja. Ich weiß, dass du sauer auf ihn bist, und wenn ich du wäre, hätte ich bestimmt das Verlangen, mir seine Eier zum Frühstück zu kochen. Aber er ist schon ein toller Mann. Wie lange willst du mit ihm spielen?«

»Gar nicht. Ich wüsste gar nicht, wie das geht. Hier geht's nur ums Geschäft.«

»Er fühlt sich dir gegenüber bis über beide Ohren schuldig. Das könntest du ausnutzen.« Cleo tauchte einen Finger in ihren Wein und leckte ihn ab. »Aber es sind nicht *nur* Schuldgefühle. Er steht auch total auf dich. Und diese Kombination gibt dir unendliche Macht.«

»Nein, er fühlt sich nicht von mir angezogen. Er tut nur so, damit ich euch helfe.«

»Da irrst du dich. Hör zu, Tia, wenn ich von einer Sache etwas verstehe, dann sind es Männer. Ich weiß, wie sie eine Frau anschauen, auf die sie stehen, und was dabei in ihren sexbesessenen Hirnen vor sich geht. Der Typ würde dich am liebsten mit Haut und Haaren verschlingen, aber da ihn seine Schuldgefühle daran hindern, mit dir ins Bett zu gehen, ist er frustriert und redet dummes Zeug. Du könntest ihn dazu bringen, vor dir Männchen zu machen, wenn du deine Karten richtig ausspielst.«

»Ich habe gar keine Karten«, sagte Tia. »Und ich will ihn nicht demütigen.« Dann musste sie sich jedoch an ihre Gefühle erinnern, als sie herausbekommen hatte, dass er sie angelogen und benutzt hatte. Sie trank noch einen Schluck Wein. »Na ja, vielleicht sollte ich ja doch mit ihm spielen. Ein bisschen jedenfalls. Aber ich glaube nicht, dass es ihm wirklich etwas ausmachen würde. Ich wecke bei Männern nun einmal nicht die gleichen Bedürfnisse wie Frauen wie du ...«

Verlegen brach sie ab und stellte ihr Glas hin. Sie sollte wirklich nichts trinken. »Es tut mir Leid, Cleo. Ich wollte nicht ... ich habe es als Kompliment gemeint.«

»Entspann dich. Ich hab's schon verstanden. Aber du hast mehr zu bieten, als du glaubst: Verstand, Geduld, Sanftmut.«

»Das hört sich nicht besonders sexy an.«

»Malachi macht es aber an. Und dann spricht noch dein verträumtes Aussehen für dich. Du hast so etwas Nymphenhaftes an dir.«

»Nymphenhaft? Ich?«

»Süße, du solltest öfter in den Spiegel schauen. Du bist wirklich heiß.«

»Nein, ich fühle mich eigentlich ganz wohl ...« Sie brach ab, als Cleo erneut in schallendes Gelächter ausbrach. »Oh, du meintest gar nicht meine Temperatur.« Jetzt musste sie selbst lachen und musterte Cleo eindringlich. »Bist du betrunken?«

»Quatsch, aber vielleicht arbeite ich später noch dran.« Cleo lehnte sich zurück. Sie schloss nicht leicht Freundschaften, zumindest nicht mit anderen Frauen. Aber Tia gefiel ihr.

»Ich wollte immer so aussehen wie du«, sprudelte Tia hervor.

»Wie ich?«

»Groß und sinnlich und exotisch. Mit einer tollen Figur.«

»Jeder muss nun einmal mit der Ausstattung klarkommen, die er vom lieben Gott mit auf den Weg bekommen hat. Und glaub mir, du bist auch nicht ohne. Hör zu,« – Cleo beugte sich vor – »wenn sie zurückkommen, habe ich vor, eine kleine Bombe platzen zu lassen.«

»Worum geht es denn?«

Cleo öffnete gerade den Mund, um zu antworten, als sich der Schlüssel im Schloss drehte. Etwas wie Trauer oder Bedauern huschte über ihr Gesicht. Dann trank sie entschlossen den letzten Schluck Wein. »Der Countdown hat begonnen«, murmelte sie.

»Athen?« Gideon grinste entzückt. »Athen?«, wiederholte er, zog Tia von ihrem Sessel hoch und küsste sie begeistert auf den Mund. »Du bist ein Genie!«

»Ich, äh ... na ja.« Ihre Ohren brannten. »Danke.«

»Ein Genie«, wiederholte er und wirbelte sie herum. Dann grinste er seinen Bruder an. »Und du hast dir Sorgen gemacht, dass Anita sie zum Mittagessen vertilgt. Wir haben ein Superhirn unter uns.«

»Setz sie wieder hin, Gideon, du tust ihr noch weh. Das war wirklich clever«, sagte Malachi zu Tia. »Einfach toll!«

»Es war logisch«, korrigierte sie ihn und setzte sich wieder. »Ich weiß natürlich nicht, ob sie wirklich nach Griechenland fährt, aber sie wird mit Sicherheit zumindest Nachforschungen anstellen.«

»Das gibt uns mehr Spielraum«, sagte Malachi. »Und was fangen wir damit an? Rebecca versucht gerade, etwas über diesen Jack Burdett herauszufinden. Den können wir im Moment also ihr überlassen. Wir überlegen uns am besten, wie Cleo an die White-Smythe-Parze kommt. Das muss ganz heimlich geschehen, damit Anita nichts davon merkt und wir sie an einen sicheren Ort bringen können.«

»Das ist kein Problem.« Cleo wappnete sich innerlich, bevor sie Gideon anblickte. »Sie ist bereits an einem sicheren Ort.«

16

»Du hattest sie die ganze Zeit bei dir?« Geschockt und wütend starrte Gideon Cleo an. »Von Anfang an?«

»Meine Großmutter hat sie mir geschenkt, als ich noch ein Kind war«, erwiderte sie nervös. »Sie war damals schon ziemlich verwirrt und hielt die Statue für eine Art Puppe. Ich habe sie immer als mein Maskottchen betrachtet und überallhin mitgenommen.«

»In Prag hattest du sie also auch schon?«

»Ja.« Weil sein ruhiger Tonfall ihr Unbehagen bereitete, schenkte Cleo sich ein weiteres Glas Wein ein.

»Ich kannte die Geschichte von den drei Parzen nicht. Wenn jemand in der Familie meiner Mutter sie gekannt hat, so ist sie nie bis zu mir gedrungen. Ich erfuhr erst davon, als du sie mir erzählt hast.«

»Na, was für ein Glück, dass ich zufällig vorbeigekommen bin.« Seine verächtlich ausgesprochenen, bitteren Worte hatten die gleiche Wirkung, als ob er ihr ein Messer in den Bauch gestoßen hätte. »Sieh mal, Schönling, du kommst zu mir in den Club, fragst mich nach meinem Maskottchen und erzählst mir was vom großen Geld und von irgendwelchen griechischen Mythen. Du kannst doch nicht erwarten, dass ich dir daraufhin die Figur gleich auf einem Silbertablett überreiche. Ich kannte dich doch gar nicht.«

»Du hast mich dann aber schnell kennen gelernt, nicht

wahr?« Er beugte sich über sie und stützte sich links und rechts auf den Armlehnen ihres Sessels ab, sodass sie nicht entkommen konnte. »Oder wälzt du dich mit jedem Fremden auf dem Teppich irgendeines Hotels?«

»Gideon!«

»Halt dich da raus!« Wütend funkelte er seinen Bruder an. Dann wandte er seinen Blick wieder Cleo zu.

»Du kanntest mich gut genug. Du kanntest mich auch gut genug, als wir ein paar Stunden vor Mikeys Tod in seinem Bett geschlafen haben.«

»Das reicht.« Tia zog Gideon am Arm, obwohl sie vor Angst eiskalte Hände hatte. Es kam ihr vor, als versuche sie, mit bloßen Händen einen Stahlpfosten zu bewegen. »Mikey war Cleos Freund. Sie hat ihn geliebt. Wie wütend du auch sein magst, du weißt, dass du nicht das Recht dazu hast, sie so zu verletzen.«

»Sie hat ihn benutzt. Und mich auch.«

»Du hast Recht.« Cleo hob einladend das Kinn, als wolle sie ihn damit indirekt auffordern, sie zu schlagen. »Du hast absolut Recht. Ich habe mich überschätzt und Anita unterschätzt. Und Mikey ist tot. Ich weiß nicht, *wie* sehr du mich jetzt verabscheust und *wie* groß die Wut ist, die du im Moment für mich empfindest – aber es kann nicht schlimmer sein als das, was ich mir selbst gegenüber empfinde.«

»Es ist wahrscheinlich schlimmer, als du glaubst.« Gideon stieß sich vom Sessel ab.

»Okay.« Etwas in Cleo zerbrach, etwas, von dessen Vorhandensein sie gar nichts geahnt hatte. »Okay, ich habe dich hintergangen. Ich dachte, ich könnte den Deal mit Anita machen, das Geld nehmen und dir deinen Anteil geben. Ich habe mir vorgestellt, dass dann alle zufrieden wären ... nun ja, und dass du vielleicht ein bisschen sauer wärst, weil ich das hinter deinem Rücken gemacht habe. Aber ich dachte, wenn du erst einmal das Geld in der Hand hieltest ...«

Als Gideon sich mit wutentbranntem Gesicht erneut zu Cleo umdrehte, stellte Tia sich zwischen die beiden. »Stopp! Denk doch mal nach, Gideon! Ihr Plan war gar nicht so dumm. Das heißt, wenn sie es mit einer normalen Geschäftsfrau zu tun gehabt hätte, wäre er gar nicht so dumm gewesen. Keiner von uns konnte voraussehen, wie weit Anita gehen würde.«

»Sie hat gelogen.« Gideon ignorierte Tias Hand, die auf seinem Arm lag. »Sie hat uns alle angelogen.«

»Die ganze Geschichte hat mit Lügen begonnen«, sagte Tia so heftig, dass Gideon sie erschrocken anblickte. »Der Mangel an Vertrauen und absoluter Aufrichtigkeit sind die ganze Zeit über das Hauptproblem gewesen. Wir sind alle mit unterschiedlichen Zielen in verschiedene Richtungen unterwegs. Und solange das so bleibt, ist Anita im Vorteil. Sie hat nur eine Richtung, nur ein Ziel. Wenn *wir* uns nicht auf ein gemeinsames Ziel besinnen, dann wird sie gewinnen.«

»Du hast Recht.« Malachi legte seine Hand auf Tias Schulter, und obwohl sie erstarrte, wich sie nicht zurück. »Mir gefällt auch nicht, wie es bisher gelaufen ist. Wir alle – na ja, alle außer Tia – haben Gründe, etwas zu bedauern. Und jetzt können wir darüber nachgrübeln – oder wir können versuchen, endlich etwas zu bewegen, Gid.«

Sein Bruder drehte sich um und funkelte ihn wütend an. Sanfter fuhr Malachi fort: »Erinnerst du dich noch an den Punchingball, den Dad am Bootshaus aufgehängt hat? Wir haben ihn Nigel genannt«, erklärte er den beiden Frauen. »Und wenn wir Streit hatten, haben wir auf ihn eingeprügelt, statt uns gegenseitig zu schlagen. Meistens jedenfalls.«

»Wir sind keine Kinder mehr.«

»Nein, das sind wir nicht. Und deshalb sollten wir jetzt auch nicht schmollen oder uns eine Art Ersatz für Nigel suchen, sondern noch einmal ganz von vorn anfangen. Die gute Nachricht ist doch, dass wir die zweite Parze haben. Auf welcher Bank liegt sie denn, Cleo?«

»Drüben an der 7th.« Cleo grub in der Tasche ihrer Jeans nach dem Schlüssel, den sie am Morgen dort hineingesteckt hatte. »Ich kann sie nur persönlich holen. Ich muss unterschreiben und mich ausweisen, um an das Schließfach zu kommen. Das kann ich ja morgen früh tun.«

»*Wir* tun es morgen früh«, korrigierte Gideon sie. »Und jetzt muss ich erst einmal ein bisschen an die frische Luft. Ich gehe aufs Dach.«

Als er die Tür hinter sich zugeschlagen hatte, stand Cleo auf. Sie hatte das Gefühl, vor einem Scherbenhaufen zu stehen. »Das ist ja toll gelaufen.« Ihre Stimme brach. »Ich lege mich ein bisschen hin.«

Als sie das Zimmer verlassen hatte, fuhr Tia sich mit beiden Händen durch die Haare. »O Mann, ich weiß in solchen Situationen nie, was ich tun oder sagen soll.«

»Du hast genau das Richtige gesagt und getan. Mach dich nicht dauernd kleiner als du bist, Tia. Das hast du wirklich nicht nötig.«

»Oh, ich bitte um Verzeihung. Und jetzt schaue ich wohl besser mal nach Cleo.«

»Nein, warte.« Seufzend berührte Malachi sie an der Schulter. »*Ich* rede mit Cleo, und du versuchst es bei Gideon. Irgendwie müssen wir doch mit diesem Chaos fertig werden.«

An der Tür des Arbeitszimmers drehte er sich noch einmal um. »Das mit Anita hast du fantastisch gemacht«, sagte er. Dann klopfte er und trat ein, ohne auf eine Aufforderung zu warten.

Cleo lag auf dem Rücken auf dem zerwühlten Bettsofa. Malachi sah ihr an, dass sie kurz davor war, in Tränen auszubrechen. »Hör mal, Malachi, ich habe jetzt erst einmal genug von euch Sullivans. Gönnt mir mal eine Pause.«

»Leider ist die Show noch nicht vorbei.« Er hob ihre Beine an, setzte sich hin und legte ihre Füße auf seinen Schoß. »Und dieser Sullivan hier ist bereit zuzugeben, dass er wahrscheinlich genauso gehandelt hätte wie du. Ich wäre sicher auch nicht stolz darauf, aber das würde ja nichts ändern, oder?«

»Willst du jetzt ein bisschen nett zu mir sein, damit ich kooperativ bleibe?«

»Das wäre wohl ein wünschenswerter Nebeneffekt, aber Tatsache ist, dass du eine scheußliche Zeit hinter dir hast und ich einer der Gründe dafür bin. Gideon ist nicht so gerissen wie du oder ich. Er ist zwar kein Idiot, aber er neigt dazu, stets das zu sagen, was er denkt. Und es macht ihn oft wütend, dass nicht alle anderen genauso sind. Er hat einen ausgeprägten Sinn für Fair Play, unser Junge.«

Malachis Worte wirkten nicht gerade tröstlich auf Cleo. »Wer fair spielt, verliert meistens.«

»Ja, nicht wahr?« Leise lachend begann er, ihre Füße zu massieren. »Aber wenn Gideon gewinnt, gewinnt er sauber. Und das ist ihm wichtig. Du bedeutest ihm etwas.«

»Das *war* vielleicht mal so.«

»Du bedeutest ihm immer noch etwas, Schätzchen. Ich kenne meinen Bruder. Aber da ich *dich* nicht so gut kenne, muss ich dich fragen: Bedeutet er *dir* denn etwas?«

Sie versuchte, ihm ihre Füße zu entziehen, aber er hielt sie fest und rieb einfach weiter. »Ich wollte ihn nicht um das Geld betrügen.«

»Danach habe ich nicht gefragt. Bedeutet Gideon dir etwas?«

»Ja, ich glaube schon.«

»Dann werde ich dir jetzt einen Rat geben: Gib ihm Kontra. Brülle und fluche, bis seine Wut verraucht ist. Oder vergieß so viele Tränen, dass sie darin ertrinkt. Bei ihm funktioniert beides.«

Sie zog sich das zweite Kissen unter den Kopf. »Das wäre dann wieder einmal gerissen, nicht wahr?«

»Nun ...« Er tätschelte ihren Fuß. »Willst du ihn behalten oder nicht?«

Cleo setzte sich auf, schniefte einmal und musterte ihn. »Ich war mir am Anfang nicht sicher, ob ich dich mögen würde. Wie praktisch, dass es so gekommen ist.«

»Das beruht auf Gegenseitigkeit.«

Tia hatte bei Gideon nicht so viel Glück. Eine Zeit lang saß sie einfach nur still auf einem der kleinen Metallstühle, die auf dem Dach standen. Sie kam selten hier hinauf, weil ihr die Höhe ein wenig unheimlich war. Das ist eigentlich schade, dachte sie. Der Blick auf den Fluss war wunderschön.

Es machte ihr nichts aus, dass Gideon ihre Anwesenheit ignorierte, und so saß sie einfach da, während er rauchend und grübelnd an der Brüstung stand.

»Wir haben Tage und Nächte miteinander verbracht, sind durch ganz Europa gefahren – und sie hatte die Statue die ganze Zeit in ihrer verdammten Tasche.«

Okay, dachte Tia, jetzt spricht er wenigstens. Das war doch schon mal ein Anfang. »Sie gehört ihr ja auch, Gideon.«

»Darum geht es doch gar nicht.« In seiner Wut sieht er unglaublich gut aus, fand Tia. »Hat sie vielleicht geglaubt, ich würde sie zusammenschlagen, um ihr die Parze zu stehlen? Oder dass ich mich nachts heimlich davonschleiche, nachdem ich sie geliebt habe, und sie in dem hässlichen Zimmer allein lasse?«

»Das kann ich dir nicht sagen. *Ich* hätte von vorneherein schon nicht den Mut gehabt, mit dir zu gehen – aber sie hat es getan. Ich ... das klingt jetzt vielleicht blöd, aber für einen Mann ist es etwas anderes, mit einer Frau quer durch Europa zu fahren, als für eine Frau. Es ist riskanter und gefährlicher. So ist es nun einmal.«

»Das will ich ja gar nicht bestreiten, aber wir waren noch keine Woche zusammen, als ... als sich die Dinge zwischen uns geändert haben.«

»In gewisser Hinsicht ist Sex nur ein weiteres Risiko.« Tia spürte, wie ihre Wangen zu glühen begannen, als er sie stirnrunzelnd anblickte. »Wenn sie dich nur benutzt hätte – und das denkst du doch –, dann hätte sie sich mitten in der Nacht mit Lachesis davongeschlichen. Stattdessen ist sie mit dir zusammen hierher gekommen.«

»Und dann ist sie hinter meinem Rücken losgegangen und ...«

»Sie hat einen Fehler gemacht«, erwiderte Tia. »Einen, für den sie teurer bezahlen musste als du. Wir wissen doch beide, in welchem Zustand sie sich befand, als ihr hierher gekommen seid. Wir beide sind die Einzigen, die das wissen. Und *ich* bin die Einzige, die sehen konnte, wie sanft und freundlich du mit Cleo umgegangen bist. Wie liebevoll.«

Er schnaubte wütend und trat die Zigarette mit dem Absatz seines Schuhs aus. »Ihr war schlecht, weil ich sie betrunken gemacht hatte. Was hätte ich denn sonst tun sollen?«

»Du hast dich um sie gekümmert. Und als sie mitten in der Nacht weinend aufgewacht ist, warst du auch da. Sie war wahrscheinlich viel zu sehr mit ihrem eigenen Kummer beschäftigt, um es überhaupt zu merken. Ich weiß nicht, wie es ist, jemanden zu lieben«, sagte sie und machte ein paar vorsichtige Schritte auf ihn zu. »Also irre ich mich ja vielleicht, wenn ich glaube, dass du sie liebst. Aber ich weiß, wie es ist, wenn man etwas für jemanden empfindet und dann verletzt wird.«

»Es tut Malachi unendlich Leid, Tia.« Er ergriff ihre Hand. »Das weiß ich ganz genau.«

»Darum geht es jetzt nicht. Ich will dir nur sagen, dass du versuchen solltest, es von *ihrem* Standpunkt aus zu sehen. Und falls du dafür zu wütend oder zu verletzt bist, solltest du dich zumindest so weit beherrschen, dass wir weiter zusammenarbeiten können.«

»Wir arbeiten auf jeden Fall zusammen«, versprach er ihr. »Mit der anderen Geschichte werde ich schon fertig.«

»In Ordnung.« Warum können Menschen mit Höhenangst eigentlich nie dem Drang widerstehen, in die Tiefe zu blicken?, fragte Tia sich und trat einen Schritt näher an die Brüstung. Fasziniert blickte sie so lange nach unten, bis ihr schwindlig wurde. Dann machte sie einen zitternden Schritt rückwärts. »Puh! Mir ist ganz komisch.«

»Ganz ruhig.« Gideon ergriff sie am Arm, als er sah, dass sie schwankte. »Es ist alles in Ordnung.«

»Vermutlich. Mehr oder weniger jedenfalls.«

Cleo hatte keine Chance, Malachis Rat zu folgen. Es war schwer, gegen jemanden zu kämpfen, der einen mied, als habe man die Beulenpest. Es war schwer, sich mit einem Mann auseinander zu setzen, der seine Nächte lieber auf dem Dach eines Wohnhauses in New York verbrachte, als sich zu ihr ins Bett zu legen.

Und es verletzte sie auf eine Art, wie sie es nie vermutet hätte. Es schmerzte umso mehr, als sie es wahrscheinlich verdient hatte.

»Geht zur Bank, holt sie und kommt wieder zurück«, wiederholte Malachi, während Gideon seine zweite Tasse Kaffee trank.

»Das sagtest du bereits.«

»Am besten nehmt ihr nicht beide Male den gleichen Weg.

Die Bank ist ganz in der Nähe von ... der anderen Wohnung«, sagte Malachi und warf Cleo einen Blick zu. »Vielleicht lässt sie die Gegend beobachten.«

»Wir haben uns die Typen in Europa auch vom Leib gehalten.« Gideon stellte seine leere Tasse auf den Tresen, besann sich aber, als Tia sich vielsagend räusperte, und spülte sie unter dem Wasserhahn aus. »Wir schaffen das schon.«

»Passt bitte auf!«

Gideon nickte. »Fertig?«, fragte er Cleo.

»Klar.«

Tia verschränkte nervös die Finger, als Gideon und Cleo zur Tür gingen. »Du brauchst dir um die beiden keine Sorgen zu machen«, sagte sie, sowohl zu ihrer eigenen Beruhigung als auch an Malachi gewandt.

»Nein. Sie sind in der Lage, auf sich selbst aufzupassen.« Aber auch er steckte die Hände in die Taschen und wünschte sich plötzlich, er hätte das Rauchen nicht aufgegeben. »Ich freue mich, wenn wir uns die Statue endlich ansehen und überprüfen können, ob sie wirklich echt ist.«

»Ja. In der Zwischenzeit werde ich arbeiten. Ich habe einiges aufzuholen.«

»Jetzt sind wir zum ersten Mal wirklich allein, Tia. Ich würde gern mit dir sprechen.«

»Du hast doch schon alles gesagt.«

»Nein, nicht alles. Ich habe dir nicht gesagt, was ich damals dachte, nachdem du mich rausgeschmissen hattest.«

»Ich habe jetzt leider keine Zeit. Ich habe schon seit Tagen nicht mehr an meinem Buch gearbeitet und bin weit hinter dem Plan zurück. Du kannst fernsehen, Radio hören oder lesen. Oder geh hinauf und spring vom Dach. Mir ist es gleich.«

»Ich schätze es sehr, wenn jemand über lange Zeit nachtragend sein kann.« Malachi versperrte ihr den Weg, als sie in ihr Arbeitszimmer gehen wollte. »Ich habe dir gesagt, dass es mir Leid tut. Ich habe dir gesagt, dass ich mich nicht richtig verhalten habe, und das hat dich überhaupt nicht berührt. Aber du kannst dir doch jetzt wenigstens noch den Rest anhören, oder nicht?«

»Lass mal überlegen ... könnte es sein, dass ich nicht daran interessiert bin? Ja, das könnte sein.« Tia gefiel ihr sarkastischer Tonfall. Er gab ihr das Gefühl, Macht zu besitzen. »Die Zeit, als unsere Beziehung persönlicher Natur war, ist vorüber.«

»Da kann ich dir leider nicht zustimmen.«

Er trat einen Schritt auf sie zu, aber sie wich zurück.

Doch auf einmal fühlte sie sich wieder verletzlich. »Willst du dich mit mir darüber streiten?« Sie zuckte mit den Schultern und versuchte, sich ein bisschen wie Cleo zu geben. »Ich kann nicht besonders gut streiten, aber damit wir die Geschichte ein für alle Mal geklärt bekommen, werde ich mein Bestes tun. Du hast mich zum Narren gehalten – und was das Schlimme ist: Du hast mir vorgetäuscht, du fändest mich attraktiv, ja sogar begehrenswert. Und das, Malachi, ist niederträchtig.«

»Das wäre es sicher, wenn es stimmte. Aber ich finde dich wirklich attraktiv und begehrenswert, und das war am Anfang ein ziemliches Dilemma für mich.« Er bemerkte die Irritation in ihrem Gesichtsausdruck. Sie glaubte ihm nicht. »Und deshalb habe ich den ersten meiner vielen Fehler begangen. Weißt du, womit diese Serie von Fehlern begonnen hat?«

»Nein. Es interessiert mich auch nicht. Ich bekomme Kopfschmerzen.«

»Nein. In Wahrheit hoffst du, dass du Kopfschmerzen bekommst, damit du an etwas anderes denken kannst. Es lag an deiner Stimme.«

»Wie bitte?«

»Deine Stimme. Ich saß im Publikum und hörte deine sympathische Stimme – zuerst klang sie ein bisschen nervös, aber dann wurde sie immer kräftiger. So eine wohlklingende, sanfte Stimme. Ich gebe ja zu, dass mich dein Vortrag zu Tode gelangweilt hat, aber ich genoss es, deiner Stimme zu lauschen.«

»Ich verstehe nicht, was das ...«

»Und dann deine Beine.« Jetzt war Malachi in Fahrt geraten. »Ich habe abwechselnd deiner Stimme gelauscht und deine Beine bewundert.«

»Das ist doch lächerlich.«

Ah, dachte er. Jetzt ist sie verlegen, und verlegen ist immerhin besser als irritiert oder nervös. Denn eine verlegene Tia würde ihn nicht davon abhalten können, die Dinge zu sagen, die er schon lange sagen wollte. »Aber auch deine Beine waren nicht das Wesentliche. Mir gefiel, wie schüchtern, erschöpft und verwirrt du wirktest, als ich mit meinem Buch zu dir kam. Und du warst so höflich.«

Wieder trat er auf sie zu, und dieses Mal rettete sie sich hinter die Couch. »Du dachtest, ich sei erschöpft und es fiele dir leicht, mich über die Parzen auszufragen.«

Er nickte. »Ja, das stimmt, eigentlich wollte ich nur an die Parzen denken, aber mir kamen ständig diese anderen Gedanken in den Kopf. Und als ich dich dann vom Hotel weggelockt und zu einem Spaziergang überredet hatte, fiel mir auf, wie überwältigt du warst, als du merktest, was da gerade passierte.«

»Dir gefiel der Gedanke, dass ich von *dir* überwältigt war.«

»Ja, das gebe ich zu. Es war schmeichelhaft, aber es war noch immer nicht der Zeitpunkt, an dem ich meinen ersten Fehler beging.«

Er ging um die Couch herum, woraufhin sie ihm erneut auswich.

»Den beging ich in dem Moment, als ich dich auf dein Zimmer begleitete.«

»In das eingebrochen worden war.«

»Ja.« Er konnte ihren Duft wahrnehmen. »Es machte mich wütend, aber ich war auch wütend auf *mich*, weil ich wusste, dass ich mit daran Schuld war. Und du saßt da, ganz durcheinander und aufgebracht, und suchtest nach allen möglichen Tabletten und nach diesem Ding, an dem du wie an einem Lolly herumgelutscht hast.«

»Ein Inhalator ist ein Medikam...«

»Was auch immer.« Malachi lächelte und machte einen Schritt auf sie zu. »Weißt du eigentlich, was das bei mir bewirkt hat, Tia? Was das in mir ausgelöst hat?«

Sie schnaubte verächtlich.

»Und dann warf ich einen Blick in dein Badezimmer, dieses wundervolle finnische Badezimmer. Und ich sah all diese Flaschen und Schachteln. Energie hier, Stressabbau da, Spezialseife und Gott weiß was noch alles.«

»Natürlich. Du fandest meine Allergien und Phobien anziehend. Ich habe sie immer schon für äußerst erotisch gehalten.«

»Es faszinierte mich, dass eine Frau, die glaubte, all das zu brauchen, sich allein auf eine solche Reise begeben hatte. Wie tapfer du doch bist, mein Liebling.«

»Das bin ich gar nicht. Würdest du jetzt bitte aufhören, auf mich einzureden?«

»Ursprünglich war es mein Plan gewesen, dir Informationen zu entlocken, die mich zu den beiden anderen Statuen hätten führen können. Und zwar ohne, dass jemand dabei zu Schaden kommt. Aber das Problem war, dass ich nicht aufhören konnte, an dich zu denken.«

Tia spürte auf einmal einen Kloß in ihrem Hals. »Ich will jetzt nicht mehr darüber reden ...«

»Ich sehe dich immer noch vor mir sitzen in diesem verwüsteten Zimmer. Du gabst dich völlig ruhig, als du mit der Polizei sprachst, obwohl du ganz blass und zitterig warst.«

Jetzt stieg Wut in ihr auf. »Du hast mich damals einfach sitzen lassen. Mich allein gelassen, bis du dachtest, ich könne dir wieder von Nutzen sein.«

»Da hast du Recht. Aber als ich dann nach New York kam, ging es mir keinesfalls nur um die Parzen. Weißt du noch, wie ich dich vor deiner Wohnungstür geküsst habe? Kannst du dich noch daran erinnern?«

»Hör auf!«

»Ich ließ dich allein in die Wohnung gehen und habe noch selbst die Tür zugemacht. Wenn du mir nichts bedeutet hättest, wäre ich mit dir hineingegangen. Ich wusste, dass du es mir nicht verwehrt hättest. Aber ich brachte es nicht fertig, weil ich dich nicht berühren konnte, während ich dich anlog.«

»Du wärst mit hineingekommen und mit mir ins Bett gegangen, wenn du den Gedanken ertragen hättest, mit jemandem wie mir zu schlafen.«

Er erstarrte. »Was soll das heißen, mit jemandem wie dir? Ich kann es nicht leiden, wenn du so etwas sagst.« Rasch trat er auf sie zu und hatte fast schon ihren Arm ergriffen, als sie hastig zurückwich. »Und ich will verdammt sein, wenn ich dich so etwas glauben lasse. Ich wollte dich an diesem Abend, wollte dich viel zu sehr. Und seitdem trage ich die Erinnerung an unseren Kuss mit mir herum. Und ich glaube mittlerweile, es gibt nur noch eine Lösung für dieses Problem. Ich muss dich haben.«

»Mich haben?« Das Blut stieg ihr ins Gesicht. »Du kannst so etwas nicht einfach sagen. Du kannst doch nicht voraussetzen …«

»Ich setze nichts voraus, und ich sage auch nicht einfach etwas. Ich habe versucht, mit dir zu reden, seit ich hierher gekommen bin, und jetzt finde ich keine Worte mehr. Ich will dich berühren. Hör bitte auf, Luft zu schlucken, sonst brauchst du am Ende noch dieses blöde Ding.«

»Ich schlucke keine Luft.« Hastig floh sie auf die andere Seite der Couch. »Und ich gehe auch nicht mit dir ins Bett.«

»Es muss ja nicht das Bett sein, obwohl das natürlich viel bequemer wäre.« Mit einem Schritt war er bei ihr und griff nach ihrem Arm, wobei er sie absichtlich entkommen ließ. Offenbar gefiel ihm dieses Spiel.

Ihre Wangen färbten sich rosa.

»Ich wette, dich haben noch nicht viele Männer ums Sofa gejagt«, kommentierte er, als sie beinahe über ihre eigenen Füße stolperte.

»Das stimmt. Für gewöhnlich verabrede ich mich nicht mit Zwölfjährigen.« Wenn sie gehofft hatte, ihn damit zu beleidigen, so belehrte sein Lachen sie eines Besseren. »Hör jetzt sofort auf damit!« Sie blickte zur Tür ihres Arbeitszimmers hinüber, um die Entfernung abzuschätzen.

»Na los, versuch's doch! Ich gebe dir auch einen Vorsprung. Ich möchte deinen Nacken küssen … mit meinen Lippen über diesen zarten Hals gleiten …«

Malachi machte einen Satz auf sie zu. Tia kreischte auf, verlor das Gleichgewicht, taumelte gegen die Couch und fiel zu Boden.

Mit einem nervösen Kichern sprang sie wieder auf und rannte zu ihrem Arbeitszimmer.

Kurz vor der Tür hatte er sie eingeholt. Er wirbelte sie herum und drückte sie mit dem Rücken an die Wand. Die Worte blieben ihr im Hals stecken, als sie in seine Augen blickte.

»So unattraktiv und wenig begehrenswert finde ich dich!« Er küsste sie leidenschaftlich und presste seinen Körper so fest gegen ihren, dass sie meinte, sein Herz schlagen zu spüren.

Tia hob die Hände, um ... sie hatte keine Ahnung, warum sie es tat. Schlaff sanken sie wieder herunter.

Er sah sie an. »Sind wir uns jetzt einig?«, fragte er. Als sie nur mit dem Kopf schüttelte, senkten sich seine Lippen wieder über ihre.

Sie hatte das Gefühl, als ob sich ihr ganzer Körper auflöste. In ihren Ohren begann es zu rauschen. Offenbar hielt sie die Luft an. Und als sie ausatmete, klang es wie ein Stöhnen.

Er knabberte an ihrer Unterlippe, bevor er sich wieder von ihren Lippen löste. »Und jetzt?«

»Ich ... ich habe die Frage vergessen.«

»Dann werde ich sie noch einmal wiederholen.«

Er zog sie in seine Arme und hob sie hoch.

»O Gott!«, stieß sie hervor, als er sie ins Schlafzimmer trug und mit dem Fuß die Tür hinter sich zuschlug.

»Du weißt natürlich, dass ich das nur mit dir mache, damit du mir nicht mehr böse bist.« Er legte sie aufs Bett.

»Oh ... okay.«

»Ich habe in Wahrheit überhaupt kein Interesse daran, dich nackt auszuziehen und in die Arme zu nehmen.« Er begann, ihr die Bluse aufzuknöpfen. »Aber manchmal muss ein Mann eben Opfer bringen.« Ganz sacht fuhr er mit seinen Daumen über die Rundung ihrer Brüste. Und sie begann zu zittern. »Meinst du nicht auch?«

»Ich, ja ... nein. Ich weiß nicht, was ich hier tue. Ich muss den Verstand verloren haben.«

»Ich würde mir nichts mehr wünschen, Tia.« Er zog sie hoch, damit er ihr die Bluse ausziehen konnte. »Du bist so ein hübsches kleines Ding.«

»Ich trage nicht die richtige Unterwäsche.«

Er glitt mit einer Fingerspitze über ihren Oberkörper. Ihre Haut fühlte sich warm und weich an. Sie erinnerte ihn an Blütenblätter. »Was sagtest du?«

»Wenn ich gewusst hätte, dass wir ... Ich habe nicht die richtige Unterwäsche an.«

»Ach, tatsächlich?« Er musterte den schlichten weißen Baumwoll-BH. »Na ja, dann ziehen wir sie am besten sofort aus.«

»Das sollte nicht heißen …« Sie schluckte hörbar, als er den Verschluss löste. »Das hast du wohl schon öfter gemacht …«

»Ich muss gestehen, dass das stimmt.« Er beugte sich hinunter und küsste sie auf den Mund, während er ihr den BH auszog. »Ich werde die Situation jetzt schamlos ausnutzen.« Wieder glitten seine Daumen über ihre Nippel, und sie spürte, wie die Hitze in ihrem Unterleib aufstieg. »Vielleicht solltest du um Hilfe rufen.«

»Ich habe nicht den Eindruck, dass du Hilfe brauchst.«

Er drückte sie an sich. »O Tia, du bist einzigartig. Küss mich.« Er fuhr mit seiner Zunge über ihre Lippen. »Küss mich jetzt. Ich brauche dich.«

In ihrem ganzen Leben hatte das noch nie jemand zu ihr gesagt. Sie schlang die Arme um ihn, presste sich an ihn und küsste ihn mit einer Leidenschaft, die keiner von ihnen erwartet hatte.

Er vergrub seine Finger in ihrem Haar und versuchte, sich zu beherrschen. Doch dann übermannte ihn die Leidenschaft, und er sank mit ihr aufs Bett.

»Ich will … ich will …«, stammelte Tia.

»Ich auch.« Malachi war außer Atem, und seine Muskeln zitterten. Ihre Haut schmeckte warm und süß und fühlte sich seidenweich unter seinen Händen an.

Sie war so zart, und ihr Duft hüllte alle seine Sinne ein, bis er das Gefühl hatte, ihren Körper einatmen zu können. Er ließ seine Lippen über ihren Hals hinab bis zu ihren kleinen, wohlgeformten Brüsten gleiten.

Und dann wieder hinauf bis zu ihrem warmen, nachgiebigen Mund.

Als er die Hand gegen ihre Hitze presste und sie mit einem erstickten Aufschrei sofort kam, fühlte er sich wie ein Gott.

Er murmelte etwas, vielleicht schrie er es auch, sie wusste es nicht, weil es in ihrem Kopf so rauschte. Die Lust schlug wie eine Welle über ihr zusammen, und ihr Körper verlangte nach mehr.

Sein Glied war hart und glatt und heiß. Als sie es berührte, spürte sie, wie es pulsierte und zuckte.

Verlangen. Es war das pure Verlangen.

Aber dann vergaß sie sein Verlangen über ihrem eigenen, als seine Finger in sie eindrangen. Ihre Fäuste verkrampften sich in dem Laken, und sie kam erneut.

Seine Lippen senkten sich wieder über ihren Mund. Sie öffnete sich ihm ganz und gar, und als er in sie eindrang, nahm er ihre Seele und ihren Körper.

Immer wieder sprach er ihren Namen aus, endlos hallte er in seinem Kopf wider, während er in ihre feuchte Hitze stieß. Sie passte sich seinem Rhythmus an, und er verlor sich in ihr, bis die Wellen des Höhepunktes über ihnen beiden zusammenschlugen.

Erschöpft lag sie unter ihm. Irgendwo in den verborgensten Winkeln ihres Bewusstseins spürte sie sein Gewicht, das heftige Pochen seines Herzens, seine flachen Atemzüge. Aber mehr noch war sie sich ihres entspannten Körpers bewusst, spürte, wie das Blut heiß durch ihre Adern rann.

Auf einmal wurde ihr klar, dass sie sich hemmungslos einem Mann hingegeben hatte, dem sie in keiner Hinsicht traute. Und das um neun Uhr morgens. An einem Donnerstag.

Dieser Gedanke machte sie jedoch so glücklich, dass sie sich eigentlich hätte schämen müssen.

»Hör auf nachzudenken«, sagte Malachi träge. »Das führt zu nichts. Übrigens habe ich dich gar nicht auf den Nacken geküsst.« Er wandte den Kopf und knabberte an ihrer Schulter. »Sobald ich mich wieder bewegen kann, muss ich das unbedingt nachholen.«

Sie schloss die Augen. »Es ist neun Uhr morgens.«

Er warf einen Blick auf den Wecker, der auf dem Nachttisch stand. »Eigentlich ist es schon sechs Minuten nach zehn.«

»Das kann nicht sein. Sie sind doch erst kurz vor neun gegangen.« Sie genoss es, ihm mit den Fingern durch die Haare zu fahren, diese üppigen, dunkelbraunen Haare. »Ich habe extra auf die Uhr gesehen, damit ich weiß, wann ich anfangen muss, mir Sorgen zu machen.« Sie versuchte einen Blick auf den Wecker zu erhaschen, aber er hinderte sie daran, indem er sie küsste.

»Und ab wann wolltest du dir Sorgen machen?«

»Ab zehn.«

»Dann bist du spät dran. Liebling, so ein Liebesakt kann dauern, wenn man sich Mühe gibt.«

»Ist es wirklich schon nach zehn?« Tia wand sich unter seinem Körper. »Sie könnten jede Minute hier sein.«

»Stimmt.« Ihre Bewegungen sind perfekt, dachte er. »Und wenn schon.«

»Sie ... wir können nicht hier im Bett bleiben. Nicht so jedenfalls.«

»Die Tür ist zu, und das Schlafzimmer ist tabu, wenn ich mich recht erinnere.«

»Sie können sich bestimmt denken, was wir gemacht haben. Und wir sollten nicht ...«

»Ja, das können sie bestimmt. Oh, wie schockierend!« Er streichelte ihre Brust.

»Mach dich nicht über mich lustig!«

»Ich kann nicht anders, und außerdem begehre ich dich schon wieder. Ich mag dich angezogen, Tia, aber ich muss dir sagen«, er knabberte an ihrem Ohrläppchen und sie erschauerte, »ausgezogen mag ich dich genauso gern. Warte nur ein paar Minuten, dann beweise ich es dir.«

»Wir müssen sofort aufstehen«, setzte sie an, aber seine Zunge war bereits wieder zu ihren Brüsten geglitten. »Oh ... in Ordnung ... Ein paar Minuten früher oder später ...«

17

Gideon Sullivan ist der nachtragendste Mensch, den ich kenne, dachte Cleo. Am besten sollte er gleich ein Buch darüber schreiben: *Wie man seine Geliebte fertig macht – Zehn einfache Lektionen.*

Aber so schnell würde er *sie* nicht klein kriegen. Er zeigte ihr die kalte Schulter – das konnte sie ebenso gut. Er gab nur einsilbige Worte von sich – nun gut, dann beschränkte sie sich eben auf gelegentliche Grunzer.

Wenn er dachte, er habe ihre Gefühle verletzt, indem er auf dem blöden Dach schlief, dann hatte er sich aber getäuscht.

Sie wünschte, es hätte geregnet. Geschüttet wie aus Eimern.

Sie nahmen die U-Bahn, was nach Cleos Meinung die perfekte Umgebung war, um einander die kalte Schulter zu zeigen. Mit betont gleichgültigem Gesichtsausdruck saß sie da, während er eine zerfledderte Taschenbuchausgabe von *Ulysses* las.

Der Kerl spinnt doch, dachte sie. Jemand, der freiwillig James Joyce las, war sowieso nicht ihr Typ.

Er glaubte wahrscheinlich, sie habe noch nie in ihrem Leben ein Buch in der Hand gehalten.

Nun, da irrte er sich. Sie las genauso gern wie er, aber sie verschwendete nicht ihre Zeit damit, sich durch einen metaphorischen Dschungel aus Depression und Verzweiflung zu quälen.

Das überließ sie lieber Gideon, der so verdammt irisch war, dass er vermutlich sogar grünes Blut in den Adern hatte.

An der Station, wo sie umsteigen mussten, stand sie auf. Gideon markierte die Seite in seinem Buch und stieg mit ihr aus. Cleo war so beschäftigt damit zu schmollen, dass sie gar nicht merkte, wie aufmerksam er die Leute ringsum beobachtete und sie mit seinem Körper abschirmte. Er folgte ihr durch die Unterführungen zu dem anderen Bahnsteig.

Während sie auf die Bahn warteten, stand er geduldig still, während sie sich die ganze Zeit vor Nervosität bewegen musste.

»Ich glaube nicht, dass uns jemand gefolgt ist«, sagte Gideon leise.

Fast wäre sie beim Klang seiner Stimme zusammengezuckt. Vor Überraschung vergaß sie ganz, nur mit einem Grunzen zu antworten. »Es weiß ja niemand, dass wir bei Tia wohnen, also kann uns auch niemand verfolgen.«

»Sie wissen vielleicht nicht, dass wir bei Tia wohnen, aber möglicherweise beobachtet jemand ihr Haus. Ich möchte sie nicht auf ihre Spur bringen.«

Er hatte Recht. Unwillkürlich musste sie daran denken, dass *sie* damals Anitas Männer auf Mikey aufmerksam gemacht hatte. »Vielleicht sollte ich mich einfach vor den nächsten Zug werfen. Dann hätte ich in deinen Augen sicher genug gebüßt.«

»Das wäre dann doch ein bisschen übertrieben. Außerdem musst du vorher noch die Statue aus der Bank holen.«

»Das ist sowieso das Einzige, was dich interessiert.«

Der Bahnsteig vibrierte, als die Bahn einfuhr. »Das muss doch ein tröstlicher Gedanke für dich sein.«

Sie stürzte in den Waggon und warf sich auf einen Sitz. Er setzte sich ihr gegenüber, schlug sein Buch auf und begann erneut zu lesen.

Er las auch weiter, als der Zug so ruckte und wackelte, dass die Buchstaben vor seinen Augen tanzten. Es hatte keinen Sinn, mit ihr zu streiten, schon gar nicht in der Öffentlichkeit. Das Wichtigste war jetzt, heil zur Bank zu gelangen, die Statue zu holen und wieder zurück zu Tia zu fahren. Ruhig und unauffällig.

Danach konnten sie sich ja immer noch anschreien. Allerdings war er sich nicht so sicher, ob ihnen das wirklich gut tun würde. Trotz ihrer intimen Beziehung waren sie einander doch eigentlich fremd. Zwei Menschen aus verschiedenen Ländern, mit unterschiedlichen Vorstellungen und unterschiedlichen Zielen.

Er sträubte sich zuzulassen, dass seine Gefühle eine größere Rolle zu spielen begannen.

Ursprünglich hatte er doch nur vorgehabt, Lachesis zu bekommen. Und deshalb würde er das Ziel seiner Reise bald erreicht haben.

Am liebsten wäre er auf der Stelle zurück nach Cobh gefahren, hätte sich in sein Bootshaus zurückgezogen und körperlich gearbeitet, um seine überschüssige Energie los zu werden. Aber die zweite Parze war eben nur eine von insgesamt dreien, und er befürchtete, dass er sein Zuhause noch lange nicht wiedersehen würde.

Als sie aufstand, sah er aus den Augenwinkeln das blaue Hemd aufblitzen, das Cleo sich von seinem Bruder geliehen hatte. Er erhob sich ebenfalls und steckte das Buch in seine Jackentasche.

Cleo lief den Bahnsteig entlang, als sei sie in großer Eile. Aber das würde wohl niemandem auffallen, dachte Gideon, da sich in dieser Stadt alle so verhielten. Auf der Straße angekommen, rannte sie beinahe, sodass er kaum mit ihr Schritt halten konnte.

Als sie die Tür zur Bank aufriss, vergaß er sein Gelübde, sie nicht zu berühren. Er legte seine Hand über ihre. »Wenn du so da hineinrauschst, wirst du noch Aufsehen erregen.«

»Wir sind hier in New York, Schönling, hier erregt man nicht so leicht Aufsehen.«

»Ganz ruhig, Cleo. Wenn du dich mit mir streiten willst, kannst du das jederzeit haben. Aber jetzt bleibst du besser erst mal ganz ruhig.«

Wie immer hatte er Recht, und das hasste sie an ihm am meisten. »Gut.« Sie lächelte ihm kühl zu. »Ich bin ganz ruhig.«

»Ich warte hier draußen.« Gideon trat ein Stück von der Tür zurück.

Er beobachtete den Verkehr, die Autos und die Menschen. Niemand schien jedoch an ihm interessiert zu sein. Gerade als er zu der Schlussfolgerung gekommen war, dass jeder, der in dieser großen und lauten Stadt lebte, entweder einen Hirnschaden haben musste oder ihn bald bekommen würde, kam Cleo aus der Bank.

Sie nickte ihm zu und tippte leicht auf ihre Schultertasche. Er stellte sich so neben sie, dass die Tasche und ihr Inhalt durch seinen Körper geschützt waren.

»Zurück nehmen wir ein Taxi.«

»Gut. Aber wir müssen einen Zwischenstopp einlegen. Tia hat mir zweihundert Dollar geliehen. Ich brauche was zum Anziehen.«

»Das ist jetzt nicht der richtige Zeitpunkt für einen Einkaufsbummel.«

»Ich will nicht bummeln, ich will nur etwas kaufen. Zur Not wäre ich sogar mit *Gap* einverstanden, das liegt auf dem Weg. Wir können zu Fuß zur 5th Street hinüberlaufen.« Cleo lief bereits los, sodass Gideon nichts anderes übrig blieb, als ihr zu folgen. »Dann können wir auch sicher sein, dass uns niemand folgt. Ich greife mir ein paar T-Shirts und Jeans, wir nehmen ein Taxi, und schon sind wir wieder zu Hause. Dann kann ich endlich die Klamotten verbrennen, die ich seit Prag am Leib trage.«

Natürlich hätte er sie in ein Taxi zerren und festhalten können, bis sie wieder bei Tia waren. Aber er konnte ihr ebenso gut eine halbe Stunde Zeit geben, damit sie ihre Besorgungen machen konnte.

»Ich hasse diesen Laden«, murmelte sie, als sie bei *Gap* waren. Sie lief zu einem Ständer mit schwarzen Klamotten.

Gideon blieb ihr dicht auf den Fersen, und Cleo wäre fast versucht gewesen, mit einem der T-Shirts in eine Umkleidekabine zu gehen, nur um zu sehen, ob er ihr dann auch gefolgt wäre.

Offensichtlich kann heute von Vertrauen nicht die Rede sein, dachte sie.

Sie suchte sich das Allernotwendigste zusammen. Zwei T-Shirts, ein langärmliges Hemd, Jeans, einen Pullover, eine

Bluse. Alles in schwarz. An der Kasse stellte sie fest, dass sich die Gesamtsumme auf zweihundertzwölf Dollar und achtundfünfzig Cent belief.

»Rechnen ist nicht deine Stärke, was?«, fragte er, als sie leise fluchte.

»Ich kann rechnen, ich habe nur nicht auf die Preise geachtet.« Sie holte ihr ganzes Geld heraus, doch es fehlten immer noch acht Dollar und zweiundzwanzig Cent. »Hilf mir bitte aus, ja?«

Er gab ihr einen Zehn-Dollar-Schein und hielt die Hand auf, um das Wechselgeld in Empfang zu nehmen.

»Das sind nicht einmal zwei Dollar.« Sie knallte ihm das Geld in die Hand und warf sich ihre Tasche über die Schulter. »Und ich bin blank.«

»Dann solltest du besser auf dein Geld aufpassen. Die acht Dollar zweiundzwanzig kannst du von dem abziehen, was ich dir für die Ohrringe schulde. Das Taxi bezahle ich.«

»Du besitzt echten Sportsgeist, Schönling.«

»Wenn du von einem Mann ausgehalten werden willst, bist du bei mir an der falschen Adresse. Aber du hättest bestimmt keine Probleme, jemanden zu finden.«

Sie schwieg. Sie konnte nichts sagen, weil ihre Kehle wie zugeschnürt war. Er ergriff ihren Arm, und sie traten an die Bordsteinkante, um nach einem Taxi zu winken.

»Es tut mir Leid ...«

»Halt den Mund!«, stieß Cleo hervor. »Halt einfach den Mund! Wir wissen beide, was du von mir hältst, also vergiss es einfach.«

Eine Taxi hielt vor ihnen. Sie stiegen ein, und Cleo gab Tias Adresse an.

»Du weißt gar nicht, was ich von dir halte. *Ich* im Übrigen auch nicht.«

Mehr sagte er während der Fahrt nicht.

Als sie Tias Wohnung betraten, wollte Cleo direkt ins Gästezimmer gehen, aber Gideon hielt sie zurück. »Lass mich zuerst einmal die Statue sehen.«

»Du willst sie sehen?« Sie drückte ihm ihre Tasche so fest gegen den Bauch, dass er nach Luft schnappte. »Bedien dich.«

Sie hatte das Zimmer zur Hälfte durchquert, als sie abrupt stehen blieb.

»Sieh mal, Cleo ...«

Sie hob eine Hand und schüttelte heftig den Kopf. Sein Magen zog sich zusammen, weil er dachte, sie würde in Tränen ausbrechen. Als sie sich jedoch zu ihm umwandte, sah er, dass sie breit grinste.

»Sei still!«, zischte sie leise und wies mit dem Daumen auf Tias Schlafzimmer. »Sie sind da drin.«

»Wer?« Visionen von Anita Gaye oder einem ihrer Muskelmänner stiegen vor ihm auf. Cleo sprang auf ihn zu.

»Meine Güte, Schönling, sperr doch mal die Ohren auf!«

Sie hörten einen kurzen, erstickten Schrei, der nur eins bedeuten konnte. Neugierig trat Gideon ein paar Schritte näher. Eine Matratze quietschte.

»Ach, du großer Gott!« Er fuhr sich mit der Hand durch die Haare und bemühte sich, nicht zu lachen. »Was sollen wir denn jetzt tun?«, flüsterte er grinsend. »Ich kann doch nicht hier draußen stehen bleiben und mir anhören, wie mein Bruder es mit Tia treibt. Das ist doch peinlich.«

»Ja. Du hast Recht.« Kichernd drückte Cleo ihr Ohr an die Schlafzimmertür. »Ich glaube, das dauert noch ein Weilchen. Es sei denn, dein Bruder ist einer von den Typen, die es eilig haben.«

»Ich habe keinen blassen Schimmer. Und ich möchte es auch lieber gar nicht wissen. Lass uns für eine Weile aufs Dach gehen.«

»Na los, Tia!«, murmelte Cleo, als sie zur Wohnungstür zurückging. Es gelang ihr, das Lachen zurückzuhalten, bis sie sicher im Aufzug angelangt waren.

»Glaubst du, sie haben uns gehört?«

»Ach was! Die hätten nicht mal eine Atombombe explodieren gehört.« Immer noch lachend trat Cleo in die Sonne, ließ sich auf einen Stuhl fallen und streckte ihre langen Beine aus.

Als Gideon ihre Tasche öffnete, sank ihre Laune wieder. Jetzt ging es wieder ums Geschäft.

Er holte die Parze heraus und hielt sie hoch, sodass sie in der Sonne funkelte und glitzerte. »Sie ist ja nur ein kleines

Ding«, sagte er, »aber wirklich hübsch und sorgfältig hergestellt, wenn man sich die Details ansieht. Du hast sie anlaufen lassen.«

»Vorher sah sie noch viel schlimmer aus. Und es ja ist nur eine von den dreien.«

Er warf ihr einen Blick zu. »Auf jeden Fall ist es eine Parze, die *wir* haben, und nicht Anita. Die mittlere, diejenige, die den Lebensfaden abmisst. Wie lang soll dieses Leben sein?, denkt sie vielleicht. Fünfzig Jahre, fünf, neunundachtzig und drei viertel? Und was wird in diesem Leben geschehen? Hast du darüber jemals nachgedacht?«

»Nein. Es ändert doch nichts, wenn man darüber nachdenkt.«

»Glaubst du nicht?« Nachdenklich betrachtete er die Figur in seiner Hand. »Ich denke schon. Für mich ist es das Wichtigste, dass man sich Gedanken darüber macht, was man in seinem Leben tun und was man nicht tun will.«

»Und während du darüber nachdenkst, wirst du von einem Bus überfahren. Und dann?«

Gideon lehnte sich gegen die Wand und musterte sie. »Hast du mir deshalb nicht erzählt, dass du sie hast? Weil sie für dich nicht mehr als ein Mittel zum Zweck ist? Ohne jede tiefere Bedeutung?«

»Du hast doch vor, sie zu verkaufen, oder nicht?«

»*Wir* haben es vor. Aber es geht nicht nur ums Geld. Mehr denn je geht es jetzt nicht nur darum.«

»Ich werde mit dir nicht über Mikey reden.« Cleos Stimme zitterte, und sie riss sich mühsam zusammen. »Und ich werde mich auch nicht noch einmal für mein Verhalten entschuldigen. Du hast das von mir bekommen, was du wolltest, und ich bin sogar noch mit dir ins Bett gegangen. Du brauchst dich nicht zu beklagen.«

Er stand da und hielt die Parze in der Hand. »Und was hast *du* bekommen, Cleo?«

»Ich bin endlich aus Prag heraus.« Sie sprang auf. »Ich bin wieder zu Hause und habe Aussicht auf genug Geld, um mich für lange Zeit über Wasser halten zu können. Denn ganz egal, was du denkst, ich bin nicht auf der Suche nach einem Kerl, der mir den Weg ebnet. Ich war Stripperin, okay, aber ich wende keine Tricks an. Und ich bin nicht so dumm, dass ich mich von irgendeinem Typen vögeln lasse, der mich dann sitzen lässt, so wie es mir mit Sydney passiert ist.«

»Wer ist Sydney?«

»Einer der vielen Bastarde, die ich magisch anzuziehen scheine. Ich kann ihm noch nicht einmal einen Vorwurf machen, schließlich war *ich* so blöd, auf ihn hereinzufallen. Er hat mir erzählt, er sei Miteigentümer eines Theaters in Prag und sie bräuchten noch eine Tänzerin für eine Show – eine amerikanische Tänzerin, die bereit sei zu investieren und auch etwas von Choreographie verstünde. Das Einzige, was er wollte, war eine dumme Kuh, mit der er eine Nummer schieben konnte. Und da kam ich ihm gerade recht.«

Cleo unterdrückte den Impuls, die Arme um sich selbst zu schlingen, indem sie ihre Daumen in die Hosentaschen steckte. »Er wollte unbedingt zurück nach Europa, und ich war sozusagen sein Freifahrtschein. Ich bin darauf hereingefallen, weil ich gern etwas Neues ausprobieren wollte. Hier wurde ich ja doch nicht berühmt, und vielleicht würde ich es drüben ja schaffen. Je mehr Scheiße er von sich gab, desto bereitwilliger glaubte ich ihm.«

»Hast du ihn geliebt?«

»Meine Güte, du bist hoffnungslos romantisch, was?« Sie warf die Haare zurück, trat an die Mauer und lächelte ihn zynisch an. »Er sah toll aus, und er sagte tolle Sachen – was ja sowieso immer am besten klingt, wenn jemand einen Akzent hat. Ich war hin und weg von ihm, aber das ist etwas anderes als Liebe. Und außerdem reizte mich die Vorstellung, meine eigene Choreographie machen zu können.«

Das könnte sie wirklich gut, dachte er.

»Also habe ich ein paar Tage lang mit ihm in einem feudalen Hotel in Prag gewohnt, bis ich eines Morgens aufwachte und feststellte, dass er mich ausgeraubt hatte. Er hatte mein ganzes Geld und meine Kreditkarten mitgenommen und mich mit einer horrenden Hotelrechnung sitzen gelassen, die ich erst bezahlen konnte, nachdem ich meine Uhr und die paar Ringe, die ich trug, versetzt hatte.«

»Bist du zur Polizei gegangen? Oder zur Botschaft?«

»Großer Gott, Gideon! Welche Farbe hat der Himmel in deiner Welt? Er war längst über alle Berge. Ich meldete die Kreditkarten als gestohlen, packte mein Zeug zusammen und suchte mir einen Job. Und ich lernte meine Lektion. Wenn etwas *zu* gut klingt, dann ist es eine große, fette Lüge. Lektion Nummer zwei? Denk an Lektion Nummer eins. Als Erstes, als Letztes – immer.«

»Vielleicht solltest du noch eine Lektion lernen.« Er drehte die Parze so, dass ihr Gesicht in der Sonne funkelte. »Wenn du an nichts und niemanden glaubst, hat auch nichts einen Sinn.«

Unten in der Wohnung kuschelte Tia sich schläfrig an Malachi. Sie fühlte sich so wohl, dass sie wie ein Kätzchen hätte schnurren können.

»Du hast so hübsche Schultern«, sagte er zu ihr. »Sie sollten immer nackt sein. Du sollst sie nie mehr mit Kleidern oder Haaren verdecken.«

»Anita hat gesagt, Männer mögen Frauen mit langen Haaren.«

Der Name verdarb ihm seine verträumte Stimmung, und er kniff die Lippen zusammen. »Musst du jetzt ausgerechnet von dieser Frau sprechen? Wir sollten am besten aufstehen und nachsehen, ob Gideon und Cleo schon wieder zurück sind.«

»Zurück?« Seufzend räkelte sie sich. »Von wo zurück? O mein Gott!« Sie fuhr hoch. »Es ist schon elf Uhr! Bestimmt ist ihnen etwas zugestoßen. Was haben wir uns nur gedacht?«

Sie krabbelte aus dem Bett und hob ihre zerknitterte Bluse vom Fußboden auf.

»Wenn du für eine Minute zu mir kommst, zeige ich dir, was wir uns gedacht haben.«

»Das ist völlig verantwortungslos.« Tia presste die Bluse an sich und trat an ihren Schrank, um sich etwas Frisches zum Anziehen herauszuholen. »Was, wenn ihnen wirklich etwas passiert ist? Wir sollten uns sofort auf die Suche nach ihnen machen oder ...«

Sie brach ab, als es an der Haustür läutete. »Das müssen sie sein.« Ihre Erleichterung war so groß, dass sie rasch in ihren Bademantel schlüpfte und zur Tür eilte.

»Gott sei Dank, ich habe mir solche Sorgen gemacht ... Mutter!«

»Tia, wie oft habe ich dir schon gesagt, dass du immer, aber wirklich *immer* fragen sollst, wer an der Tür ist – auch wenn du durch den Spion blickst?« Alma deutete eine Kusshand in Tias Richtung an, während sie hineinrauschte. »Du bist krank. Ich wusste es!«

»Nein, ich bin nicht krank.«

»Erzähl mir nichts.« Sie legte die Hand auf Tias Stirn. »Du bist ganz erhitzt und läufst am helllichten Tag im Bademantel herum. Deine Lider sind auch ganz geschwollen. Nun, ich bin sowieso gerade auf dem Weg zum Arzt, da kannst du gleich mit mir kommen. Du kannst gern meinen Termin wahrnehmen, Liebes, das würde ich mir sonst nie verzeihen.«

»Ich bin nicht krank, und ich brauche auch keinen Arzt. Ich habe nur gerade ...« Du lieber Himmel, wie sollte sie es ihrer Mutter bloß sagen?

»Ich helfe dir rasch beim Anziehen. Du hast dir bestimmt auf deiner Reise irgendeinen ausländischen Virus eingefangen. Das habe ich deinem Vater heute früh auch gesagt.«

»Mutter.« Tia sprang über einen Hocker und stellte sich schützend vor die Schlafzimmertür. »Ich fühle mich vollkommen gesund. Du willst doch bestimmt nicht deinen Termin verpassen, oder? Du siehst ein wenig blass aus. Hast du nicht gut geschlafen?«

»Wann hätte ich jemals gut geschlafen?« Alma lächelte ihr Märtyrerinnenlächeln. »Ich glaube, ich habe keine Nacht länger als eine Stunde geschlafen, seit du auf der Welt bist. Und heute früh hat es mich all meine Kraft gekostet, mich anzuziehen. Ich leide bestimmt unter Eisenmangel.«

»Du solltest den Arzt bitten, dein Blut zu untersuchen«, drängte Tia und zog ihre Mutter zur Tür.

»Wozu denn? Sie sagen es einem ja doch nicht, wenn man ernsthaft krank ist. Ich muss mich ein Weilchen setzen, ich bekomme Herzflattern.«

»Oh ... dann solltest du aber besser gleich zum Arzt gehen.

Ich glaube, du musst ...« Sie brach ab, als die Tür geöffnet wurde und Gideon und Cleo eintraten. »Ach, ja ... hmm. Da seid ihr ja wieder. Das sind meine Partner, Mutter.«

»Partner?« Alma musterte Cleos zerschlissenen Jeans und die *Gap*-Tüte, die sie noch immer bei sich trug.

»Ja. Wir arbeiten zusammen an einem Projekt. Eigentlich wollten wir gerade ...«

»Du arbeitest im Bademantel?«, fragte ihre Mutter entgeistert.

»Erwischt!«, murmelte Cleo vor sich hin, aber Almas Gehör war bestens in Ordnung.

»Was soll das heißen? Was ist hier eigentlich los? Tia, ich verlange eine Erklärung!«

»Das ist ein wenig delikat.« Malachi trat aus dem Schlafzimmer. Er trug ebenfalls Jeans, und sein Lächeln hätte Eisberge zum Schmelzen bringen können. Er hatte sich zwar das Hemd übergezogen, es aber absichtlich nicht zugeknöpft. Manchmal war es am besten, die Leute mit der Wahrheit zu konfrontieren.

»Es tut mir Leid, aber ich habe Ihre Tochter abgelenkt, während unsere Partner unterwegs waren.« Er ging auf Alma zu, ergriff ihre Hand und schüttelte sie. »Das ist natürlich vollkommen unprofessionell von mir, aber, nun ja, was hätte ich tun sollen? Sie ist so reizend, und jetzt weiß ich auch, woher sie das hat.«

Er hob ihre Hand, die er immer noch festhielt, an seine Lippen. Alma starrte ihn an. »Ich bin ganz hingerissen von Ihrer Tochter, Mrs Marsh, seit ich ihr zum ersten Mal begegnet bin.«

Er legte einen Arm um Tias Schultern und küsste sie leicht auf die Wange. »Aber ich bringe Sie in Verlegenheit. Ich hatte gehofft, Sie und Tias Vater unter weniger peinlichen Umständen kennen zu lernen.«

Alma blickte zwischen ihrer Tochter und Malachi hin und her. »*Jeder* andere Umstand wäre weniger peinlich gewesen.«

Er nickte und sagte so zerknirscht, wie er konnte: »Da kann ich Ihnen nicht widersprechen. Man kann es wohl kaum einen guten Anfang nennen, wenn man von der Mutter seiner Liebsten mit heruntergelassenen Hosen erwischt wird, noch bevor man sich vorgestellt hat. Zu meiner Entschuldigung kann ich nur wiederholen, dass ich von Ihrer Tochter einfach bezaubert bin.«

So anmutig wie möglich schlüpfte Tia unter seinem Arm hindurch. »Vielleicht könntet ihr alle für einen Moment in die Küche gehen, damit ich mit meiner Mutter allein sprechen kann?«

»Wenn du möchtest.« Malachi umfasste ihr Kinn und hob es an, bis sich ihre Blicke begegneten. »Alles, was du möchtest.« Er küsste sie leicht auf den Mund.

»Ich verlange eine Erklärung«, begann Alma.

»Ich glaube, eine Erklärung ist unter diesen Umständen überflüssig.«

»Wer sind diese Leute, und was tun sie in deiner Wohnung?«

»Es sind Partner, Mutter. Freunde. Wir arbeiten zusammen an einem Projekt.«

»Und feiert jeden Morgen Orgien?«

»Nein. Das war nur heute.«

»Was ist bloß in dich gefahren? Du lässt Fremde in deine Wohnung? Gehst am helllichten Tag mit seltsamen Iren ins Bett? Ich wusste, dass bei deiner Reise nichts Gutes herauskommen würde. Ich wusste, dass sie furchtbare Konsequenzen haben würde. Aber auf mich wollte ja niemand hören, und jetzt haben wir die Bescherung.«

»Furchtbare Konsequenzen ... Mutter! Was ist denn so furchtbar daran, dass ich Freunde habe? Und was ist so schrecklich daran, dass ein Mann am Vormittag mit mir ins Bett gehen möchte?«

»Ich bekomme keine Luft mehr!« Alma griff sich an die Brust und sank in ihren Sessel zurück. »Mein Arm prickelt. Ich bekomme einen Herzanfall. Ruf den Notarzt!«

»Ach, hör auf. Du kannst nicht jedes Mal, wenn wir eine Meinungsverschiedenheit haben oder ich mich einen Schritt von dir fort bewege, den Krankenwagen rufen. Jedes Mal«, fügte sie hinzu und hockte sich vor ihre Mutter, »wenn ich etwas für *mich* tue.«

»Ich weiß nicht, wovon du redest. Mein Herz ...«

»Dein Herz ist völlig in Ordnung. Du hast das Herz eines Elefanten, und jeder Arzt, zu dem du gehst, bestätigt dir das. Sieh mich an, Mutter. Sieh mich einfach nur mal an. Ich habe mir die Haare abschneiden lassen«, sagte Tia ruhig. »Du hast es noch nicht einmal bemerkt, weil du gar nicht hinschaust. Du siehst in mir nicht mehr als ein kränkelndes kleines Mädchen, das dir bei den Ärzten Gesellschaft leistet und dir einen Vorwand für deine nervöse Veranlagung liefert.«

»Wie kannst du so etwas Schreckliches sagen?« Alma war so schockiert, dass sie gar nicht mehr an einen möglichen Herzanfall dachte. »Zuerst lässt du dich mit irgendeinem fremden Mann ein, und jetzt sagst du auch noch so gemeine Dinge zu mir. Bist du etwa einer Sekte beigetreten?«

»Nein.« Tia musste unwillkürlich lachen. »Nein, ich bin keiner Sekte beigetreten. Und jetzt geh bitte wieder. Dein Fahrer wartet bestimmt schon auf dich. Geh zu deinem Arzttermin. Ich komme dich und Vater bald besuchen.«

»Ich weiß nicht, ob ich mich wohl genug fühle, um allein zum Arzt zu gehen. Du sollst mit mir kommen.«

»Ich kann nicht.« Sanft zog Tia ihre Mutter auf die Füße. »Es tut mir Leid. Wenn du möchtest, rufe ich Vater an und bitte ihn, sich dort mit dir zu treffen.«

»Mach dir keine Mühe.« Alma setzte ihre übliche Leidensmiene auf und trat an die Tür. »Dass ich bei deiner Geburt fast gestorben wäre und mein Leben deiner Gesundheit und deinem Wohlergehen geopfert habe, reicht dir offenbar nicht. Du bist trotzdem nicht bereit, mir eine Stunde deiner kostbaren Zeit zu opfern, wenn ich krank bin.«

Tia öffnete den Mund, schluckte aber die besänftigende Bemerkung, die ihr auf der Zunge lag, wieder herunter. »Es tut mir Leid. Ich hoffe, es geht dir bald wieder besser.«

»Mann, *die* ist ja vielleicht gut!« Cleo kam aus der Küche gestürmt, als sie die Wohnungstür zuschlagen hörte. »So etwas habe ich ja noch nie erlebt. Hey,« – sie legte Tia den Arm um die Taille – »du darfst das nicht an dich heranlassen, Süße. Sie spielt dir doch etwas vor.«

»Ich hätte mit ihr gehen sollen. Es hätte ja nicht lange gedauert.«

»Du hast dich gegen sie zur Wehr gesetzt, und wenn du mich fragst, war das die bessere Entscheidung. Was du jetzt brauchst, ist ein bisschen Eiscreme.«

»Nein, aber danke für den Vorschlag.« Tia holte tief Luft. Dann drehte sie sich zu den anderen um. »Ich bin verlegen, ich bin müde, und dieses Mal habe ich wirklich Kopfschmerzen. Ich möchte mich für alles entschuldigen. Und ich möchte gern die Parze sehen und sie hoffentlich für echt erklären, bevor ich ein paar Tabletten nehme, mich anziehe und in die Stadt fahre, um meinen Vater zu besuchen.«

Malachi öffnete die Hand und reichte ihr die Figur, die sein Bruder ihm in der Küche gegeben hatte.

Wortlos ging Tia in ihr Arbeitszimmer. Dort setzte sie ihre Brille auf und untersuchte die Statue sorgfältig mit einem Vergrößerungsglas. Die anderen beobachteten sie gespannt. »Sicherer wäre es, wenn mein Vater oder ein Experte sie prüfen würde.«

»Das können wir nicht riskieren«, erwiderte Malachi.

»Ich weiß. Und ich will auch meinen Vater nicht in Gefahr bringen. Hier sind die Initialen des Künstlers«, sagte sie und zeigte unter den Fuß der Statue. »Und sie sind offenbar korrekt. Du und Gideon, ihr seid die einzigen hier, die Klotho gesehen haben. Ich kenne sie nur von Fotos oder Zeichnungen, aber stilistisch passen sie zusammen. Und hier ...« Sie tippte mit ihrem Stift auf die Vertiefungen rechts und links am Fuß. »Hier kann man die Figur mit Klotho auf der einen und Atropos auf der anderen Seite verbinden.«

Sie blickte auf und sah, dass Malachi zustimmend nickte. Dann nahm sie ein Maßband aus der Schublade, notierte die exakte Höhe und Breite. »Die Maße stimmen auch. Jetzt lasst uns mal das Gewicht überprüfen.«

Sie ging in die Küche und legte die Statue auf die Küchenwaage. »Es stimmt ganz genau, bis aufs Gramm. Wenn es eine Fälschung ist, dann ist sie sehr gut gemacht. Und das ist unwahrscheinlich, wenn man bedenkt, wie Cleo in ihren Besitz gelangt ist. Meiner unmaßgeblichen Meinung nach haben wir es hier mit Lachesis zu tun. Wir haben also die zweite Parze.«

Tia stellte die Figur auf die Arbeitsfläche, nahm ihre Brille ab und legte sie daneben. »Ich ziehe mich jetzt an.«

»Tia! Verdammt, warte eine Minute«, sagte Malachi und ging hinter ihr her.

»Ich muss duschen«, sagte sie zu ihm und hätte ihm die Tür vor der Nase zugeschlagen, wenn er nicht seinen Fuß dazwischen geschoben hätte. »Ich muss mich umziehen und mir überlegen, was ich meinem Vater erzähle. Ich bin in diesen Dingen nicht so erfahren wie du.«

»Ist es dir peinlich, dass wir uns geliebt haben, oder dass deine Mutter uns erwischt hat?«

»Die ganze Situation ist mir peinlich. Basta.« Sie nahm ein Pillenröhrchen aus dem Medizinschränkchen und spülte eine Tablette mit einem Schluck Wasser hinunter. »Es regt mich auf, dass ich mich mit meiner Mutter gestritten habe und dass sie böse auf mich war, als sie ging. Und ich versuche zu vermeiden, mir vorzustellen, dass sie auf der Straße zusammenbricht, weil ich zu beschäftigt und desinteressiert war, um sie zu ihrem Arzttermin zu begleiten.«

»Ist sie denn schon jemals auf der Straße zusammengebrochen?«

»Nein, natürlich nicht.« Tia holte ein anderes Pillenröhrchen aus dem Schrank und nahm zwei extra starke Tabletten gegen Kopfschmerzen ein. »Sie spricht nur so oft von der Möglichkeit, dass ich das Bild ständig im Kopf habe.«

Ihre Blicke trafen sich im Spiegel. »Ich bin ein hoffnungsloser Fall, Malachi. Ich bin neunundzwanzig Jahre alt, und nächsten Januar ist es zwölf Jahre her, dass ich mit meiner Therapie begonnen habe. Ich gehe regelmäßig zum Allergologen, zum Internisten und zu einem Homöopathen. Ich habe es sogar mit Akupunktur versucht, aber da ich eine Phobie vor scharfen Instrumenten habe, ist das nicht lange gut gegangen.«

Bei der Erinnerung daran lief ihr ein Schauer über den Rücken. »Meine Mutter ist eine Hypochonderin, und mein Vater ist interesselos«, fuhr sie fort. »Ich leide unter Phobien, bin neurotisch und sozial unfähig. Manchmal stelle ich mir vor, dass ich unter einer seltenen, unerkannten Krankheit leide – oder vielleicht eine Laktose-Unverträglichkeit habe. Aber bis jetzt trifft beides nicht zu.«

Sie stützte sich mit beiden Händen auf dem Waschbecken ab. Laut ausgesprochen klang das alles so jämmerlich. »Das letzte Mal bin ich vor drei Jahren im April mit einem Mann ins Bett gegangen – abgesehen von heute Morgen. Keiner von uns beiden war damals wirklich erfreut über das Resultat. Was willst du also hier?«

»Zunächst einmal möchte ich dir sagen, dass ich auch in Therapie wäre, wenn ich das letzte Mal vor drei Jahren Sex gehabt hätte.«

Er drehte sie zu sich um und legte ihr leicht die Hände auf die Schultern. »Zweitens ist man nicht gleich sozial unfähig, nur weil man schüchtern ist. Drittens bin ich hier, weil ich hier sein *will*. Und zum Schluss möchte ich dich fragen, ob du, wenn wir hier alles erledigt haben, für eine Weile mit mir nach Irland kommst. Ich möchte, dass du meine Mutter kennen lernst, und zwar unter weniger heiklen Umständen, als ich deine kennen gelernt habe. Jetzt sieh mal, was du gemacht hast«, fuhr er fort, als ihr das Röhrchen aus der Hand rutschte und zu Boden fiel. »Überall liegen diese kleinen Tabletten herum.«

18

Anita überlegte, ob sie nach Athen fliegen und persönlich jeden Antiquitätenhändler und Sammler in der Stadt befragen sollte. Einerseits drängte es sie zwar, die Sache selbst in die Hand zu nehmen, andererseits konnte sie jedoch nicht erwarten, dass ihr die zweite Parze genauso in den Schoß fiel wie die erste.

Außerdem war sie nicht bereit, eine solche Mühe auf sich zu nehmen, nur weil sich eine stammelnde Närrin wie Tia Marsh vage an etwas erinnerte. Nein, so gern sie sich auch sofort auf den Weg gemacht hätte – sie würde es *nicht* tun.

Sie brauchte einen konkreten Hinweis, eine Spur. Und sie brauchte Angestellte, die in der Lage waren, ihr nachzugehen, sodass sie sie nicht erschießen musste.

Anita seufzte. Fast war sie ein wenig enttäuscht gewesen, dass der Mord an ihrem früheren Angestellten nur mit ein paar Zeilen in der *New York Post* erwähnt wurde. Das sagte doch einiges über die Moral der Gesellschaft aus, oder? Ein toter Mann bekam weniger Presse als die zweite Ehe eines Popstars.

Ruhm und Geld regierten nun einmal die Welt. Sie hatte es immer schon gewusst, und deshalb hatte sie bereits danach gestrebt, als sie noch in jener schäbigen Notunterkunft in Queens gehaust hatte. Als sie noch Anita Gorinsky geheißen und zugesehen hatte, wie ihr Vater sich zu Tode schuftete für ein lausiges Monatsgehalt, das nie reichte.

Sie hatte dort nie hingehört, in diese Behausung, die ihre Mutter mit selbst genähten Gardinen und irgendwelchen Flohmarktartikeln zu verschönern versucht hatte. Sie hatte die Wohnung gehasst, in der es ständig nach Zwiebeln stank. Das breite, glänzende Gesicht ihrer Mutter und die schwieligen Arbeiterhände ihres Vaters waren ihr immer peinlich gewesen.

Anita hatte ihre Eltern verachtet, weil sie gewöhnlich waren. Der Stolz, den sie für ihre einzige Tochter empfanden, die Freude, mit der sie für sie Opfer erbrachten, damit es ihr einmal besser erginge, hatten sie stets angewidert.

Sie hatte schon als Kind gewusst, dass sie zu etwas Besserem bestimmt war. Aber das Schicksal braucht eben manchmal einen kleinen Schubs, dachte Anita.

Sie hatte das Geld, das die Eltern ihr für Ausbildung und Kleidung gaben, genommen und noch mehr verlangt. Schließlich hatte sie es verdient. Jeden einzelnen Penny hatte sie verdient, für die vielen Tage, die sie in dieser scheußlichen Wohnung gelebt hatte.

Und in gewisser Weise hatte sie ihren Eltern ja auch alles zurückgezahlt, indem sie dafür sorgte, dass das, was sie in ihre Tochter investiert hatten, eine beträchtliche Dividende erbrachte.

Anita hatte ihre Eltern und ihre beiden Brüder seit achtzehn Jahren nicht mehr gesehen. In der Welt, in der sie jetzt lebte, hatte sie keine Familie.

Sie bezweifelte, dass irgendjemand aus ihrer früheren Nachbarschaft in ihr die kleine Nita wiedererkennen würde. Anita stand auf und trat zu dem goldgerahmten Spiegel über der Sitzecke in ihrem Büro. Früher hatte sie eine große Nase und vorstehende Schneidezähne gehabt und lange, hellbraune Haare, die ihre Mutter stundenlang gebürstet und auf Lockenwickler gedreht hatte. Ihre Wangen waren weich und rund gewesen.

Ein paar kleine chirurgische Eingriffe, ein guter Zahnarzt und ein guter Friseur hatten sie verändert. Sie hatte immer schon gewusst, wie sie ihre Vorzüge ins rechte Licht rücken konnte.

Im Inneren hatte sie sich gegenüber damals allerdings kaum

verändert. Sie war hungrig und entschlossen, ihren Appetit zu stillen.

Männer sind immer bereit, eine schöne Frau zum Essen einzuladen, dachte sie, solange sie davon ausgehen können, dass sie mit Sex bezahlt.

Und jetzt war sie eine steinreiche Witwe, die ihr Essen selbst bezahlen konnte.

Natürlich waren Männer ihr immer noch nützlich. Man brauchte ja bloß an all die Kontakte zu denken, die ihr verstorbener Mann ihr hinterlassen hatte. Tot war Paul ihr sowieso wesentlich nutzbringender als lebendig, denn durch ihre Witwenschaft wurde sie von anderen noch mehr geachtet – und dabei war sie frei.

Nachdenklich ging sie zurück zu ihrem Schreibtisch und schlug das in burgunderrotes Leder gebundene Adressbuch ihres Mannes auf. Paul war in mancher Hinsicht sehr altmodisch gewesen und hatte sein Adressbuch immer wieder peinlich genau auf den neuesten Stand gebracht. Als seine Hände in den letzten Jahren immer mehr zitterten, hatte sie die Namen für ihn eingetragen.

Die pflichtbewusste Ehefrau.

Sie blätterte die Seiten durch, bis sie auf den Namen stieß, nach dem sie suchte: Stefan Nikos. Ein Mann in den Sechzigern, vital und wohlhabend, der in Griechenland lebte. Er besaß Olivenhaine oder Weinberge, vielleicht auch beides, sie wusste es nicht mehr genau. Und sie konnte sich auch nicht mehr erinnern, ob er in den letzten Jahren eine Frau gehabt hatte. Was zählte, war jedoch, dass er Geld und Macht besaß – und sich für Antiquitäten interessierte.

Anita schloss eine Schublade auf und holte ihr eigenes Notizbuch heraus. Darin hatte sie die Namen derjenigen notiert, die zur Beerdigung ihres Mannes gekommen waren oder Blumen geschickt hatten. Mr und Mrs Stefan Nikos waren zwar nicht aus Griechenland angereist – sie besaßen je ein Haus auf Korfu und in Athen –, aber sie hatten fünf Dutzend weißer Rosen, eine Beileidskarte und, was am besten war, ein persönliches Kondolenzschreiben an die junge Witwe geschickt.

Sie griff zum Hörer und wollte gerade ihre Assistentin bitten, sie zu verbinden, als sie es sich anders überlegte. Es wäre besser, persönlich anzurufen – von Freund zu Freund sozusagen –, beschloss sie. Im Geiste übte sie schon Tonfall und Worte, während sie die Nummer wählte und dann auf die Verbindung wartete.

»Anita! Was für eine wundervolle Überraschung! Es tut mir Leid, dass ich Sie habe warten lassen.«

»Oh, das ist kein Problem. Ich bin überrascht, dass es mir gelungen ist, einen so beschäftigten Mann wie Sie gleich zu erreichen. Ich hoffe, Ihnen und Ihrer reizenden Frau geht es gut.«

»Ja, danke, natürlich. Und Ihnen hoffentlich auch?«

»Ja. Ich habe auch viel zu tun, aber die Arbeit lenkt mich wenigstens ab, jetzt, da Paul tot ist.«

»Er fehlt uns allen.«

»Ja, in der Tat. Aber ich genieße es, meine Tage bei *Morningside* zu verbringen. Es ist, als wäre er noch hier, wissen Sie, als könnte ich seinen Geist spüren. Es ist wichtig für mich ... nun ...« Ihr Tonfall wurde ein wenig gepresst. »Es ist sehr wichtig für mich, die Erinnerung an ihn wach zu halten und zu wissen, dass sich seine alten Freunde genauso gut an ihn erinnern wie ich. Ich weiß, dass ich mich lange nicht mehr bei Ihnen gemeldet habe, und ich schäme mich auch ein wenig deswegen.«

»Na, na. Die Zeit vergeht eben, meine Liebe, nicht wahr?«

»Ja. Aber niemand weiß besser als ich, dass man Freundschaften pflegen sollte. Und deshalb rufe ich Sie nach dieser langen Zeit auch an, Stefan, um Sie um einen Gefallen zu bitten.«

»Was kann ich für Sie tun, Anita?«

Sie bemerkte, wie vorsichtig seine Stimme auf einmal klang. Er war bestimmt ein Mann, der oft von alten Bekannten um einen Gefallen gebeten wurde. »Sie sind mir als Erster eingefallen, weil Sie ein so guter Freund von Paul waren.«

»Haben Sie Probleme mit dem Geschäft?«

»Probleme?« Anita schwieg einen Moment lang, dann erwiderte sie peinlich berührt: »O nein! Nein, Stefan, nichts dergleichen. Oh, ich hoffe, Sie glauben nicht, ich riefe Sie an, um Sie um finanzielle ... oh, das ist mir schrecklich peinlich!«

Begeistert von ihrer eigenen Vorstellung wand sie sich auf ihrem Stuhl. »Es geht um einen Kunden und um einige Stücke, die ich ihm besorgen soll. Ehrlich gesagt, ist mir Ihr Name eingefallen, weil es sich um griechische Kunstwerke handelt.«

»Ich verstehe. Ist Ihr Kunde an Stücken aus meiner Sammlung interessiert?«

»Das kommt darauf an.« Sie lachte leise. »Sie besitzen nicht zufällig die drei Parzen, oder?«

»Die Parzen?«

»Drei kleine Silberstatuen. Einzelne Figuren, die man miteinander am Fuß zu einem Set verbinden kann.«

»Ja, ich habe davon gehört, aber nur als Anekdote. Die Statuen sollen auf dem Olymp gegossen worden sein, und derjenige, der das komplette Set besitzt, erlangt dadurch Reichtum und Macht.«

»Legenden erhöhen den Wert eines Stückes.«

»Ja, natürlich. Ich dachte allerdings, dass die drei Statuen verloren gegangen sind, wenn sie überhaupt jemals existiert haben.«

»Ich glaube, dass es sie gibt«, erwiderte Anita und fuhr mit der Fingerspitze über Klotho, die vor ihr auf dem Schreibtisch stand. »Paul hat oft davon gesprochen. Und außerdem glaubt mein Kunde daran. Jedenfalls hat er mein Interesse geweckt, Stefan, sodass ich bereits Nachforschungen angestellt habe. Eine Quelle, die mir zuverlässig zu sein scheint, behauptet, eine der Figuren, die dritte, sei in Athen.«

»Wenn das so sein sollte, so ist es mir bisher noch nicht zu Ohren gekommen.«

»Ich verfolge im Moment jede Spur. Ich hasse es, einen Kunden enttäuschen zu müssen, und ich habe gehofft, Sie könnten ein paar diskrete Nachforschungen anstellen. Falls ich in den nächsten Wochen hier entbehrlich bin, würde ich schrecklich gern selbst nach Griechenland reisen und Geschäft und Privatvergnügen miteinander verbinden.«

»Selbstverständlich müssen Sie herkommen und bei uns wohnen.«

»Das kann ich unmöglich annehmen.«

»Das Gästehaus hier in Athen oder unsere Villa auf Korfu

stehen Ihnen jederzeit zur Verfügung. Und in der Zwischenzeit stelle ich gern ein paar Nachforschungen für Sie an.«

»Ich kann Ihnen gar nicht sagen, wie dankbar ich Ihnen dafür wäre. Mein Kunde ist leicht exzentrisch und regelrecht besessen von den drei Figuren. Wenn ich auch nur *eine* ausfindig machen könnte, würde mir das viel bedeuten. Paul wäre sicher sehr stolz gewesen, wenn *Morningside* seinen Teil dazu beigetragen hätte, die Parzen zu finden.«

Zufrieden mit dem Ergebnis des Gesprächs tätigte Anita einen zweiten Anruf. Sie blickte auf die Armbanduhr, blätterte in ihrem Terminkalender und überlegte, wann sie das Treffen, das sie vereinbaren wollte, am besten unterbringen könnte.

»*Burdett Sicherheitsdienst.*«

»Anita Gaye. Verbinden Sie mich bitte mit Jack Burdett.«

»Es tut mir Leid, Mrs Gaye, aber Mr Burdett ist leider unabkömmlich. Kann ich ihm etwas ausrichten?«

Unabkömmlich? Blöde Kuh, weißt du nicht, mit wem du sprichst? »Es ist sehr wichtig, dass ich so bald wie möglich mit Mr Burdett sprechen kann.«

Auf der Stelle, dachte sie. Sie musste ihren Plan umsetzen.

»Ich werde dafür sorgen, dass er Ihre Nachricht erhält, Mrs Gaye. Wenn Sie mir bitte die Nummer hinterlassen würden, unter der er Sie erreichen kann, dann ...«

»Er hat alle meine Telefonnummern.«

Sie knallte den Hörer auf die Gabel. Unabkömmlich, du lieber Himmel! Er sollte mal schleunigst dafür sorgen, dass er abkömmlich war.

Anita hatte nämlich nicht vor, sich Cleo Toliver und die zweite Parze entgehen zu lassen. Und Jack Burdett war genau der Mann, der sie ihr besorgen konnte.

Auch Jack telefonierte gerade. Wenn er über den Atlantik flog, telefonierte er entweder die meiste Zeit oder er arbeitete an seinem Laptop. Rebecca schaute sich zwei Filme an. Eigentlich nur einen und einen halben, weil sie während des zweiten einschlief. Sie fand es unverzeihlich, dass sie auch nur eine Minute des Fluges verpasste.

Sie war noch nie Erster Klasse geflogen, hatte aber das Gefühl, dass sie sich leicht daran gewöhnen könnte.

Sie hätte gern ihre Mutter oder ihre Brüder angerufen. Aber das erlaubte ihr Budget nicht, und sie konnte Jack ja wohl kaum bitten, dafür aufzukommen.

Rebecca machte sich ein wenig Sorgen, er könne denken, sie sei nur an seinem Geld interessiert. Aber das stimmte nicht, wenn sie auch fand, dass sein Geld nicht gegen ihn sprach.

Es hatte ihr gefallen, wie er mit seinen Urgroßeltern umgegangen war. Er hatte sie nicht – wie es bei anderen Leuten so oft vorkam – herablassend wie kleine Kinder behandelt oder so getan, als ob sie ihm lästig seien.

Ihrer Meinung nach sagte es viel über einen Mann aus, wenn er so natürlich und ungezwungen mit seiner Familie umzugehen wusste.

Natürlich war Jack für ihren Geschmack ein bisschen zu selbstbewusst – aber auf der anderen Seite war sie ehrlich genug, um zuzugeben, dass Männer, die sie mühelos um den Finger wickeln konnte, sie unendlich langweilten.

Außerdem war er nett anzusehen, und auch das sprach ebenso wenig gegen ihn wie sein Geld. Und er war klug – ja, mehr noch, er war clever. Es war gut zu wissen, dass sie ihr Vertrauen in einen cleveren Mann setzte.

Sie wollte gerade etwas zu ihm sagen, als sie sah, dass er schon wieder telefonierte. Obwohl sie leicht verärgert war, nahm Rebecca sich vor, ihm auf keinen Fall vorzuwerfen, dass er während des ganzen Fluges keine zwei Sätze mit ihr gewechselt hatte.

»Eine Nachricht von Anita Gaye«, sagte Jack plötzlich.

»Wie bitte? Sie hat dich angerufen? Was wollte sie denn?«

»Das hat sie nicht gesagt.«

»Rufst du sie zurück?«

»Irgendwann.«

»Warum tust du es nicht jetzt gleich, damit wir wissen ...«

»Sie soll ruhig ein Weilchen schmoren. Außerdem braucht sie nicht zu erfahren, dass ich im Flugzeug sitze – und gleich geht es mit den Durchsagen für die Landung los. Wenn sie anruft, will sie etwas. Sie soll es ruhig noch für eine Weile länger wollen.«

New York war atemberaubend schön, und obwohl sich Rebecca nicht wie eine Touristin aufführen wollte, nahm sie sich vor, jede einzelne Minute zu genießen. Es gab zwar wichtige Dinge zu erledigen, aber das bedeutete nicht, dass sie nicht aufgeregt sein durfte, dort zu sein.

Die Stadt war genauso, wie sie sie sich vorgestellt hatte – die schlanken Türme der Hochhäuser, die vielen Geschäfte, die belebten Straßen. Es war ungeheuer spannend, das alles zum ersten Mal zu sehen, während sie in einer Limousine durch die Straßen glitten – einer richtigen Limousine, so groß wie ein Schiff, mit weichen Ledersitzen und einem Fahrer in Livree und Mütze.

Sie konnte es kaum erwarten, ihre Mutter anzurufen und ihr davon zu erzählen. Und es juckte ihr in den Fingern, all diese kleinen Hebel und Schalter im Fond des Wagens auszuprobieren. Sie warf Jack einen Blick zu. Er saß mit ausgestreckten Beinen da, hatte eine Sonnenbrille aufgesetzt und die Hände friedlich über dem Bauch gefaltet.

Rebecca streckte vorsichtig die Hand aus, zog sie aber gleich wieder zurück. Vielleicht schlief er ja und würde es gar nicht mitbekommen, aber der Chauffeur sah es bestimmt.

»Na los, spiel schon damit«, murmelte Jack.

Errötend zuckte sie mit den Schultern. »Ich habe mich nur gerade gefragt, wozu sie alle gut sind.« Lässig, wie sie fand, betätigte sie die einzelnen Schalter, die das Licht, das Radio, den Fernseher und das Schiebedach steuerten. »Es wäre gar nicht so schwer, so etwas in ein normales Auto einzubauen«, erklärte sie. »Für längere Reisen wäre das wesentlich komfortabler.«

Sie beäugte das Telefon und dachte wieder an ihre Familie. »Ich muss meine Brüder anrufen und ihnen sagen, dass ich hier bin.«

»Wir fahren hin und besuchen sie. Bald.«

Die Limousine glitt an den Straßenrand, und zum ersten Mal sah Rebecca Jacks Haus. Es wirkt nicht besonders eindrucksvoll, dachte sie, als sie auf den Bürgersteig trat. Sie hatte erwartet, dass ein Mann mit seinem Vermögen in einem prächtigen Palast wohnte, vor dem ein Portier stand.

Das Haus wirkte jedoch solide und hatte Charakter. Mit einer Karte und einem Schlüssel verschaffte Jack sich Eintritt in die schmale Eingangshalle, und mit einer weiteren Karte und einem Code öffnete er den Aufzug.

»Ich dachte, du lebst allein«, sagte Rebecca, als sie mit dem Aufzug nach oben fuhren.

»Das tue ich auch.«

»Nein, ich wollte sagen, nicht in einer Wohnung mit Nachbarn.«

»Es gibt nur meine Wohnung hier«, erwiderte er.

»Sie muss ja riesig sein. Schade, dass du den anderen Raum nicht nutzt.«

»Ich nutze ihn ja.«

Der Aufzug hielt an. Jack schaltete die Alarmanlage aus, die Tür glitt auf, und sie standen direkt in seinem Wohnzimmer.

Rebecca schritt über den Boden mit den breiten, dunklen Holzdielen, betrachtete die eierschalenfarbenen Wände, die kühnen Kunstwerke, die großen Fenster. »Den Raum hast du wirklich ausgenutzt.«

Überall lagen prachtvolle alte Teppiche. Rebecca verstand zwar nicht viel davon, aber ihr gefielen die Farben, die perfekt zur Einrichtung passten.

Staunend ging sie in dem geschmackvoll und elegant eingerichteten Raum umher. Ihr fiel auf, wie ordentlich es überall war. Besonders der Block aus Glasbausteinen, der die Küche vom Wohnraum trennte, gefiel ihr, und die Bogendurchgänge, die zu Fluren und Schlafzimmern führten.

»Ziemlich viel Platz für einen einzelnen Mann.«

»Ich fühle mich nicht gern bedrängt.«

Sie nickte. Ja, dachte sie, es passte zu ihm. Ein clever eingerichteter, ungewöhnlicher Raum für einen cleveren, ungewöhnlichen Mann. »Du kannst sicher sein, dass ich dich nicht bedrängen werde, Jack. Kann ich meine Sachen irgendwo ablegen und mich vielleicht waschen und umziehen, bevor wir zu meinen Brüder gehen?«

»Am Ende des Flurs sind zwei Schlafzimmer. Meins ist rechts, das Gästezimmer ist links.« Er wartete eine Sekunde und musterte sie. »Du hast die Wahl.«

Sie ergriff ihre Reisetasche. »Im Moment nehme ich das Gästezimmer. Und ich muss dir etwas sagen.«

»Nur keine Scheu.«

»Ich würde gern bei dir schlafen. Im Allgemeinen habe ich bei einem Mann, den ich erst so kurz kenne, nicht das Verlangen. Ich finde es jedoch besser, wenn wir noch eine Weile vorsichtig miteinander umgehen, bis wir beide ganz sicher wissen, dass der Sex nicht eine Art Bezahlung darstellt, und zwar für keinen von uns.«

»Ich habe Sex noch nie als Bezahlung angesehen.«

»Das ist gut, und wenn wir irgendwann miteinander schlafen, kannst du sicher sein, dass es auch von mir nicht so gemeint ist. Ich brauche nicht lange.« Sie ging mit ihrer Reisetasche den Flur entlang und betrat das Zimmer auf der linken Seite.

Jack steckte die Hände in die Hosentaschen und ging ans Fenster. Als er sich gerade umdrehte, um Rebecca zu folgen, klingelte das Telefon.

Seine Assistentin teilte ihm mit, dass Mrs Gaye noch einmal angerufen habe. Nun gut, vielleicht hatte er sie ja jetzt lange genug schmoren lassen.

Er ging durch einen weiteren Flur in ein kleines Büro, das er sich in der Wohnung eingerichtet hatte. Bevor er anrief, überprüfte er das Telefon und machte einen kurzen Systemcheck.

Manche hätten ihn vielleicht als paranoid bezeichnet. Für ihn war es Routine.

»Anita, hier ist Jack.«

»Oh, Gott sei Dank! Ich versuche schon seit Stunden, Sie zu erreichen.«

Ihre Stimme klang im Gegensatz zu sonst fast panisch. Jack zog eine Augenbraue hoch und streckte sich in seinem Schreibtischsessel aus. »Ich war nicht zu erreichen. Was ist los, Anita? Sie klingen aufgeregt.«

»Ja. Wahrscheinlich ist es albern, aber ich bin tatsächlich sehr aufgeregt. Ich muss mit Ihnen sprechen, Jack. Ich brauche

Hilfe. Ich fahre jetzt sofort nach Hause, können Sie bitte dorthin kommen?«

»Ich wünschte, ich könnte.« So leicht werde ich es dir nicht machen, Süße, dachte er. »Ich bin nicht in New York.«

»Wo sind Sie denn?« Er hörte, wie ihre Stimme härter wurde.

»In Philadelphia«, improvisierte er. »Eine kleiner Auftrag. Ich komme morgen zurück. Sagen Sie mir, was los ist.«

»Ich weiß nicht, wen ich sonst anrufen soll. Ich kenne einfach niemanden, der so etwas machen könnte. Es geht um die Parzen. Sie wissen doch noch, ich habe sie bei unserem Abendessen erwähnt.«

»Ja. Was ist damit?«

»Ich sagte Ihnen doch, dass ich einen interessierten Kunden habe. Das habe ich auch anderen gegenüber erwähnt und selbst ein paar Nachforschungen angestellt, obwohl ich, ehrlich gesagt, nicht geglaubt hatte, dass irgendetwas dabei herauskommt. Aber nun war genau das doch der Fall.«

»Sie haben eine der Parzen ausfindig gemacht? Das sind doch gute Nachrichten!« Er öffnete seine Aktentasche und zog ein Päckchen heraus.

»Ich habe *vielleicht* eine ausfindig gemacht. Das heißt, man hat Kontakt zu mir aufgenommen, aber ich weiß nicht, was ich tun soll. Oh, ich bin so weitschweifig, es tut mir Leid.«

»Lassen Sie sich Zeit.« Er wickelte Atropos aus und stellte sie vor sich auf den Schreibtisch.

»Gut.« Anita holte hörbar Luft. »Eine Frau rief mich an und behauptete, sie habe eine der Statuen und sei daran interessiert, sie zu verkaufen. Natürlich war ich zunächst skeptisch, aber ich musste der Sache nachgehen, obwohl sie sich weigerte, in mein Büro zu kommen. Sie wollte sich unbedingt mit mir auf der Aussichtsplattform des Empire State Buildings treffen.«

»Tatsächlich?«

»Ja. Es amüsierte mich eigentlich, weil ich das Gefühl hatte, in einem Krimi mitzuspielen. Aber sie hat sich ziemlich seltsam benommen, Jack. Wahrscheinlich hat sie ein Drogenproblem. Sie verlangte eine ungeheure Summe, und dann bedrohte sie mich. Sie sagte, wenn ich nicht zahlen würde, würde mir etwas zustoßen.«

Stirnrunzelnd drehte Jack die kleine Statue hin und her. »Dann sollten Sie besser mit der Polizei reden, Anita.«

»Ich möchte nicht, dass es an die Öffentlichkeit dringt. Und was für einen Sinn hätte es denn? Es waren ja nur Drohungen. Sie zeigte mir ein Foto – einen Computerausdruck –, und es könnte gut eine der Parzen gewesen sein.«

Das wird ja immer interessanter, dachte er. »Sie wissen, dass man Computerausdrucke leicht fälschen kann. Klingt irgendwie nach Betrug.«

»Nun ja, aber die Figur sah wirklich echt aus. Ich möchte die Sache gern weiter verfolgen, aber ich bin ... ich muss gestehen, ich habe ein bisschen Angst. Und wenn ich zur Polizei gehe, geht mir der Kontakt zu dieser Person verloren.«

»Wie sind Sie denn mit ihr verblieben?«

»Sie will sich noch einmal mit mir treffen, aber ich habe sie zunächst einmal vertröstet. Ehrlich, diese Frau jagt mir Angst ein. Bevor ich das nächste Treffen mit ihr vereinbare, muss ich wissen, mit wem ich es zu tun habe. Bis jetzt weiß ich nur den Namen, den hatte sie mir genannt. Cleo Toliver. Wenn Sie sie finden könnten ...«

»Ich bin kein Detektiv, Anita. Aber ich kann Ihnen den Namen einer guten Agentur nennen.«

»Jack, ich kann diese Sache keinem Fremden anvertrauen, ich brauche einen Freund. Ich weiß, dass es verrückt klingt, aber ich bin mir sicher, dass ich verfolgt werde. Wenn ich erst einmal weiß, wer sie ist, dann weiß ich auch, ob ich weiter mit ihr verhandeln oder lieber die Polizei einschalten soll. Ich brauche einen Freund, Jack. Das Ganze macht mich ziemlich nervös.«

»Ich werde sehen, was ich tun kann. Cleo Toliver, sagten Sie? Beschreiben Sie sie mir.«

»Ich wusste, dass ich mich auf Sie verlassen kann! Sie werden doch niemandem etwas davon erzählen, nicht wahr? Es handelt sich schließlich nur um einen Gefallen für eine Freundin.«

Er blickte auf sein Aufnahmegerät. »Natürlich.«

Eine Stunde später stieß Cleo einen Freudenschrei aus. »Das muss das chinesische Essen sein!« Bei der Aussicht auf eine Portion Chop Suey wäre sie am liebsten sofort zur Tür gesprungen, aber Malachi hielt sie zurück.

»Tia soll nachsehen, wer es ist.«

Bedauernd legte Tia Wyleys Tagebuch beiseite und ging zur Wohnungstür. Sie schnappte überrascht nach Luft, als sie durch den Spion blickte.

»Es ist Jack Burdett«, zischte sie. »Er hat eine Frau bei sich, aber ich kann nicht erkennen, wer sie ist.«

»Lass mal sehen.« Malachi warf einen Blick durch das Guckloch und stieß dann seinerseits einen Freudenschrei aus. Zu Tias Überraschung riss er die Tür auf und schloss die rothaarige junge Frau, die neben Jack stand, in die Arme.

»Da ist ja mein Mädchen!« Er wirbelte sie herum, küsste sie und stellte sie dann wieder ab. »Was zum Teufel tust du hier?«, fragte er. »Und was tust du hier mit *ihm*?«

»Wenn du mir zwei Sekunden Zeit gibst, um Luft zu holen, dann erzähle ich dir alles.« Aber anstatt ihm zu antworten, ging die junge Frau zu Gideon, der sie ebenfalls liebevoll umarmte. »Ist das nicht wie ein Wunder? Wir alle drei in New York?«

»Ich frage mich allerdings, warum«, meinte Malachi. »Du solltest eigentlich zu Hause sein.«

»Damit du und Gid als Einzige Spaß habt, was? So etwas Ungerechtes! Hallo, du musst Tia sein.« Lächelnd ergriff sie Tias Hand und schüttelte sie. »Ich bin Rebecca, und ich bin leider die Schwester von diesen beiden Holzköpfen, die es nicht einmal für nötig halten, mich vorstellen. Ist das Cleo?« Sie schaute zu der brünetten Frau hinüber, die an der Couch lehnte. »Freut mich, dich kennen zu lernen. Das hier ist Jack Burdett, wie Tia bereits weiß, und wir bringen tolle Neuigkeiten.«

Wieder läutete es an der Tür.

»Das müsste jetzt der Chinese sein«, sagte Cleo. »Hoffentlich hat er ein paar Frühlingsrollen mitgebracht.«

»Becca.« Gideon zog seine Schwester beiseite und sagte leise: »Du hast doch diesen Fremden nicht in unsere Geschäfte verwickelt?«

»Warum nicht?«, warf Cleo ein. »Das habe ich doch auch gemacht. Tia, ich mache uns eine Flasche Wein auf, okay?«

»Ja.« Tia schwirrte der Kopf. Sie lehnte erschöpft am Türrahmen, in beiden Händen Tüten mit chinesischem Essen. Ihre Wohnung war voller Leute, und alle redeten wild durcheinander. Sie würde im nächsten Moment etwas essen, das mit Glutamat gewürzt war, und wahrscheinlich würde sie deswegen einige Jahre früher sterben.

Ihre Mutter redete kaum noch mit ihr, in dem Eierkarton in ihrem Kühlschrank war ein wertvoller Kunstgegenstand versteckt, und sie schlief mit einem Mann, der gerade seine Schwester anbrüllte.

Es war verwirrend. Und es war ... wundervoll.

»Sie sind ja ganz schön beschäftigt gewesen, was?«, sprach Jack sie in diesem Moment an. »Warten Sie, ich helfe Ihnen mit dem Essen. Hat jemand Chop Suey bestellt?«

»Ich.« Cleo trat mit einer geöffneten Flasche Wein auf ihn zu. »Und ich wäre unter Umständen bereit, es mit Ihnen zu teilen, wenn es Ihnen gelingt, die drei hier zum Schweigen zu bringen.«

»Das mache ich gern.« Er musterte sie. »Sie ist Ihnen nicht gerecht geworden. Aber das habe ich auch nicht angenommen.«

»Oh. Wer?«

»Anita Gaye.« Wie er erwartet hatte, brachte die Erwähnung dieses Namens alle zum Schweigen. »Sie hat vor einer Stunde angerufen und mich gebeten, Sie zu finden.«

Cleo umklammerte den Flaschenhals. »Sieht so aus, als wäre es Ihnen gelungen.«

»Warum hast du mir das nicht gesagt?«, fragte Rebecca.

»Weil es leichter ist, es euch allen auf einmal zu sagen. Sie hat mir den Eindruck vermittelt, Sie seien gefährlich«, sagte er zu Cleo.

»Darauf können Sie wetten.«

»Gut. Dann wollen wir uns mal über das Chop Suey hermachen, und ich erzähle alles.«

Mein Wohnzimmer ist ein einziges Chaos, dachte Tia, und mein Leben ebenfalls. Eine leise Stimme in ihrem Kopf drängte sie, sofort aufzuräumen. Aber es fiel ihr schwer, auf sie zu hören, da auch sonst jede Menge Stimmen in ihrem Kopf ertönten.

In ihrem Leben kamen jetzt Diebe und Mörder vor. Und mittlerweile befanden sich *zwei* kostbare Kunstgegenstände in ihrer Wohnung.

»Cunningham«, sagte Malachi, während er die beiden Statuen betrachtete. »Es passt einfach. Wenn man darüber nachdenkt, wie das Schicksal seine Kreise zieht, dann passt es einfach. Da stehen die beiden.« Er warf seinem Bruder einen Blick zu. »Da steht das, was wir gesucht haben.«

Cleo sprang auf und zeigte auf eine der beiden Statuen. »Die da gehört mir, vergesst das bloß nicht! Und bevor die Schlampe sie in die Finger bekommt, lasse ich sie lieber einschmelzen.«

»Beruhige dich, Cleo«, sagte Malachi.

»Ich denke nicht daran! Ihr drei wollt Anita bezahlen lassen. Aber seit sie Mikey umgebracht hat, geht es nicht mehr um Geld. Sein Leben war mehr wert, als man mit Geld bezahlen könnte.«

»Natürlich war es das.« Zum ersten Mal seit Tagen berührte Gideon sie wieder. Er strich ihr sanft über das Bein.

»Das mit deinem Freund tut mir Leid.« Rebecca stellte ihr Weinglas ab. »Ich wünschte, wir könnten ihn wieder lebendig machen. Natürlich müssen wir uns jetzt etwas anderes ausdenken. Wir hatten alle nur geplant, dass sie bezahlen soll, wenn wir diese beiden Statuen erst einmal gefunden hätten. Der Himmel weiß, wie wir darauf kamen, dass uns das überhaupt gelingen könnte, aber es ist uns gelungen, und das muss doch auch etwas bedeuten.«

»Ich verkaufe meine Statue nicht an diese Frau! Um keinen Preis der Welt.«

»Wie wäre es, wenn Sie sie *mir* verkauften?« Geschickt aß Jack seinen gebratenen Reis mit Stäbchen.

»Damit Sie sie *ihr* weiterverkaufen?«, fragte Cleo. »Ich halte das für keine gute Idee.«

»Ich verkaufe nichts an Anita«, erwiderte er eisig.

»Und wenn Sie glauben, Anita verkauft Ihnen *ihre* Statue, dann sind Sie übergeschnappt.« Cleo ließ sich wieder auf dem Boden nieder.

»Ich kaufe auch nichts von ihr.«

»Wirklich wertvoll sind sie aber nur als Set«, erklärte Tia. »Und wenn Sie nicht mit Anita verhandeln wollen, dann bleibt uns nur noch, ihr die Figur zu stehlen.«

Jack nickte. »Sie haben es erfasst.«

»Oh, das gefällt mir.« Erfreut richtete Rebecca sich auf und warf Jack einen liebevollen Blick zu. »Du musst aber daran denken, dass auch unsere Familie ursprünglich durch einen Diebstahl in ihren Besitz gekommen ist. In gewisser Weise haben wir Tia die Parze gestohlen, und dann wurde sie uns wieder gestohlen. Es ist kompliziert, aber irgendwie gehört sie dadurch uns allen, nicht wahr?«

Tia blinzelte und presste eine Fingerspitze auf den zuckenden Muskel unter ihrem linken Auge. »Ich weiß nicht, was ich sagen soll.«

»Ich aber. Das ist nicht genug.« Cleo schüttelte den Kopf. »Anita verliert zwar etwas, aber es hat ihr sowieso nicht gehört. Es ist einfach nicht genug.«

»Nein, das stimmt«, stimmte Gideon zu. »Ihr die Statue zu stehlen, reicht nicht mehr.«

»Ihr wollt Gerechtigkeit?« Jack hob sein Glas und blickte die anderen an.

»Ja.« Gideon legte Cleo die Hand auf die Schulter. Alle nickten. »Wir wollen Gerechtigkeit.«

»Okay. Das macht die Sache ein bisschen schwieriger, aber wir werden es schon schaffen!«

19

Bei diesem ersten spontanen und unorganisierten Zusammentreffen würden sie bezüglich der weiteren Planung nicht viel erreichen, dachte Malachi. Sie brauchten Zeit, um über alles in Ruhe nachzudenken. Zeit, wie Tia sagte, um ihr Ziel und ihre Richtung zu definieren.

Wie üblich hatte die gescheite und entzückende Dr. Marsh damit den Nagel auf den Kopf getroffen. Die sechs Personen, die sich gerade in ihrer Wohnung aufhielten, verfolgten alle auf unterschiedliche Art unterschiedliche Ziele.

Anita Gaye dagegen verfolgte ihr einziges Ziel nur auf *eine* Art.

Wenn sie diese Frau besiegen wollten, müssten sie alle sechs sozusagen zu einer Einheit verschmelzen, dachte Malachi. Das erforderte mehr als Kooperation, es erforderte Vertrauen.

Und da sie mit der Vertrauensbildung schließlich irgendwo anfangen mussten, beschloss Malachi, den Neuzugang zu erforschen.

Jack Burdett.

Er war sich nicht ganz sicher, ob es ihm gefiel, wie dieser Mann seine Schwester ansah, und Malachi hatte vor, diese persönliche Angelegenheit so schnell wie möglich zu klären.

Tia wirkte auf jeden Fall ziemlich verwirrt. Seiner Meinung nach brauchte sie jetzt ein wenig Ruhe. Also musste er zuerst dafür sorgen, dass die ganzen Leute aus ihrer Wohnung verschwanden, um ihr ein bisschen mehr Raum zu verschaffen.

»Wir sollten alle für eine Weile über die Angelegenheit nachdenken«, sagte Malachi. Obwohl er seine Stimme dabei nicht hob, verstummten die anderen sofort, wie Jack bemerkte.

»Okay.« Jack erhob sich. »Ich habe hier übrigens etwas für Sie, Tia.«

»Für mich?«

»Betrachten Sie es als Geschenk für Ihre Gastfreundschaft. Und für das chinesische Essen.« Er griff in seine Tasche und holte ein tragbares Telefon heraus. »Es ist abhörsicher«, erklärte er ihr. »Und die Leitung auch, wenn ich es angeschlossen habe. Sie können damit Anrufe erledigen, die unsere Freunde nicht belauschen sollen. Wahrscheinlich muss ich nicht extra erwähnen, dass Sie die Nummer nicht weitergeben dürfen.«

»Nein. Aber muss die Telefongesellschaft nicht ... Ach, vergessen Sie's.«

Er grinste sie an. »Wo soll ich es anbringen?«

»Ich weiß nicht.« Tia rieb sich über die Stirn und versuchte, sich zu konzentrieren. Ihr Büro kam nicht infrage, solange Cleo es als Schlafzimmer benutzte. Ihr eigenes Schlafzimmer kam ihr auch nicht besonders geeignet vor. »In der Küche«, beschloss sie schließlich.

»Eine gute Idee. Ich kümmere mich darum. Hier ist die Nummer«, fügte Jack hinzu und zog eine kleine Karte aus seiner Tasche.

»Muss ich sie auswendig lernen und dann die Karte aufessen?«

»Sie sind schon in Ordnung, Frau Doktor.« Schmunzelnd nahm er seine Tasche und wandte sich zur Küche. Dann hielt er kurz inne. »Ich finde, es ist ein bisschen voll in Ihrer Wohnung. Ich habe reichlich Platz. Rebecca wohnt auch bei mir.«

»So, glauben Sie?« Malachis Stimme klang gefährlich sanft.

»Untersteh dich!«, zischte Rebecca.

»Ich kann noch mehr Gäste aufnehmen, wenn jemand umziehen möchte. Das verteilt die Belastung gleichmäßiger«, fuhr Jack unbeirrt fort.

»Ich komme mit.« Als Cleo aufstand, mied sie Gideons Blick.

Jack bemerkte allerdings die Mischung aus Bestürzung und Wut in Gideons Gesichtsausdruck. »Gut. Packen Sie Ihre Sachen. Wir können gleich los.«

»Ich habe nicht viel zu packen.« Cleo grinste Tia an. »Vielleicht gelingt es dir ja heute, endlich einmal ein wenig zu arbeiten.«

Sie ging ins Büro. Malachi warf seiner Schwester einen zornigen Blick zu, den sie jedoch geflissentlich ignorierte. »Glaubst du, ich lasse dich einfach so mit einem fremden Mann weggehen?«

»Was heißt hier ›einfach so‹, Malachi?« Kokett flatterte Rebecca mit den Wimpern, aber ihre Augen blickten stahlhart.

»Das werden wir später klären.« Er erhob sich und ging hinter Jack her. »Ich würde gern kurz mit Ihnen sprechen.«

»Das dachte ich mir schon. Lassen Sie mich nur gerade das Telefon anschließen.«

Stirnrunzelnd sah Malachi Jack bei der Arbeit zu. Er hatte zwar keine Ahnung, was der Mann mit den vielen kleinen Werkzeugen und Geräten vorhatte, aber er erkannte, dass Jack genau wusste, was er tat.

»Können Sie mir bitte den kleinen Bohrer aus dem Werkzeugkasten reichen?«, bat Jack.

»Wollen Sie das Gerät an die Wand schrauben?« Malachi reichte ihm den Bohrer und sah zu, wie Jack ihn in die kleine Akkubohrmaschine steckte. »Das wird Tia nicht gefallen.«

»Kleines Opfer, große Wirkung. Sie wird schon mit ein paar Löchern in der Wand leben können.« Jack befestigte das Telefon, schloss die Leitung an, nahm dann ein kleines Notebook aus seiner Tasche und tippte eine Reihe von Zahlen ein.

»Mit dem Telefon können Sie auch bei Ihrer Mutter anrufen«, sagte Jack beiläufig. »Ich würde jedoch Frau Doktor gegenüber nicht unbedingt erwähnen, dass die Telefongesellschaft bei den Ferngesprächen beschissen wird. *Das* würde ihr wirklich nicht gefallen. Die Telefone Ihrer Mutter sind übrigens sauber. Jedenfalls *waren* sie sauber, als ich sie überprüft habe. Ich habe ihr gezeigt, worauf sie achten muss, und jetzt prüft sie es zweimal am Tag nach. Sie ist eine kluge Frau. Ich glaube nicht, dass man sie leicht hereinlegen kann.«

»Sie bilden sich offenbar rasch ein Urteil.«

»Ja. Das ist angeboren. So, fertig«, verkündete Jack und packte seine Werkzeuge zusammen.

»Warum gehen wir nicht aufs Dach?«, schlug Malachi vor und holte zwei Flaschen Bier aus dem Kühlschrank.

Von ihrem Platz auf dem Sofa aus hatte Rebecca beobachtet, wie ihre beiden Brüder aufgebracht in verschiedene Richtungen verschwanden. Gideon folgte Cleo in Tias Büro und knallte die Tür hinter sich zu. Und Malachi verließ gemeinsam mit Jack die Wohnung, wobei er die Tür allerdings beherrscht hinter sich zuzog.

»Anscheinend wollen sich die anderen lieber ohne uns streiten.« Sie reckte sich und gähnte. Der lange Flug hatte sie doch mehr ermüdet, als sie angenommen hatte. »Soll ich dir helfen, deine Wohnung aufzuräumen, Tia? Dabei kannst du mir ja erzählen, was sich zwischen meinem Bruder und Cleo zusammenbraut – und was zwischen Malachi und dir läuft.«

Tia blickte sich im Zimmer um. »Ich weiß gar nicht, wo ich anfangen soll.«

»Fang einfach irgendwo an«, erwiderte Rebecca. »Und ich gehe dir dabei zur Hand.«

»Was soll das heißen, du gehst?«, wollte Gideon wissen.

»Jack hat Recht.« Cleo stopfte ihre Kleider in die Reisetasche. »Wir sind hier viel zu viele.«

»So viele sind wir ja nun auch wieder nicht.«

»Scheinbar aber genug, dass du ständig auf dem blöden Dach schläfst.« Sie hievte die Tasche auf das Schlafsofa und drehte sich um. »Sieh mal, Schönling, du willst mit mir nichts mehr zu tun haben. Das hast du mir kristallklar zu verstehen gegeben. Also ist es doch einfacher für uns alle, wenn ich verschwinde.«

»Einfacher für dich vielleicht! Dieser Kerl sagt, er hat Platz, und schon springst du.«

Cleo wurde blass. »Scheißkerl!«

Gleichzeitig griffen sie nach ihrer Tasche und zerrten ein

paar Sekunden lang von zwei Seiten daran. »So habe ich es nicht gemeint.« Schließlich riss er ihr die Tasche aus der Hand und stellte sie auf den Boden. »Wofür hältst du mich?«

»Ich weiß nicht, wofür ich dich halte, Gideon.« Trotz Malachis Rat hatte Cleo nicht vorgehabt, in Gideons Gegenwart zu weinen, aber jetzt stellte sie mit Entsetzen fest, dass ihr die Tränen in die Augen traten. »Aber ich weiß, wofür du *mich* hältst. Für eine Lügnerin und Betrügerin, und zwar eine der miesesten Art.«

»Das stimmt nicht. Verdammte Scheiße, Cleo, ich bin wütend auf dich! Und dazu habe ich auch das Recht!«

»Gut. Sei meinetwegen so sauer, wie du willst, ich kann dich nicht daran hindern. Aber ich muss es mir auch nicht jeden Tag unter die Nase reiben lassen. Ich habe Mist gebaut. Es tut mir Leid. Und damit basta.«

Sie wollte sich an ihm vorbeidrängen, um ihre Tasche aufzuheben, aber er hielt ihr die Arme fest. »Bitte hör auf zu weinen. Ich wollte dich nicht zum Weinen bringen.«

»Lass mich los!« Mittlerweile rannen ihr die Tränen über die Wangen. »Ich heule nicht, um meinen Willen zu bekommen.«

»Bitte hör auf zu weinen«, wiederholte er und lockerte seinen Griff. »Geh nicht weg.« Er zog sie an sich und wiegte sie in seinen Armen. »Ich möchte nicht, dass du gehst. Ich weiß selbst nicht, was ich genau will, aber dass du gehst, will ich auf keinen Fall.«

»Das führt doch zu nichts.«

»Bleib.« Er rieb seine Wange an ihrer. »Und lass uns einfach abwarten.«

Seufzend ließ Cleo den Kopf auf seine Schulter sinken. Sie hatte seine Berührungen so vermisst. »Du kannst doch nicht gleich weich werden, nur weil eine Frau dir etwas vorheult, Schönling. Du machst dich ja zum Narren.«

»Das lass mal meine Sorge sein.«

Er fuhr mit den Lippen über ihre feuchte Wange, ließ sie zu ihrem Mund gleiten und küsste sie sanft und lange.

Seine Zärtlichkeit brachte sie zum Zittern, und sie spürte, wie sich ihr Bauch zusammenzog. Auch als sein Kuss leidenschaftlicher wurde, war er immer noch voller Wärme.

Zum ersten Mal in ihrem Leben gab sie sich einem Mann völlig hin, mit Herz, Körper und Seele.

Es war ein beängstigendes und erfüllendes Gefühl zugleich.

»Sei nicht so nett zu mir.« Sie presste ihr Gesicht an seine Schulter. »Ich habe es nicht verdient.«

Sie war gar nicht so taff, wie sie immer tat, dachte Gideon. Und auch nicht annähernd so selbstsicher. »Mach dir darüber keine Gedanken, Cleo. Du musst dich jetzt nur um eins kümmern«, fügte er hinzu und drehte ihr Gesicht zu sich, damit sie ansah.

»Worum denn?«

Er lächelte sie an. »Ums Auspacken.«

Sie schniefte. »Bekommst du auf diese Art immer, was du willst? Indem du nett bist?«

»Ab und zu.« Er nahm ihr Gesicht in seine Hände. »Du bist so schön. Wirklich schön. Es ist fast ein bisschen beunruhigend. Und jetzt pack aus«, sagte er. »Ich werde Burdett sagen, dass du hier bleibst. Bei mir«, fügte er hinzu. »Du gehörst zu mir, Cleo. Damit werden wir wohl beide fertig werden müssen.«

Jack sah sich auf dem Dach um. Es gab eine einzige Tür. Damit konnte das Dach entweder eine Falle oder eine solide Festung sein. Vielleicht sollte man hier ein paar Vorsichtsmaßnahmen ergreifen.

»Tolle Aussicht«, sagte er laut.

»Möchten Sie rauchen?«, fragte Malachi.

»Nein, das habe ich mir nie angewöhnt.«

»Und ich habe damit aufgehört.« Malachi rollte mit den Schultern. »Vor einiger Zeit schon. Im Moment bedauere ich es allerdings. Nun, dann wollen wir mal über die wirklich wichtigen Dinge sprechen.«

»Und damit meinen Sie Rebecca?«

Malachi nickte. »Ja. Sie sollte eigentlich überhaupt nicht hier sein, aber daran kann man ja nun nichts mehr ändern. Bei Ihnen kann sie jedenfalls nicht bleiben.«

»Sollte nicht ... kann nicht ...« Jack lehnte sich gegen die Brüstung. »Wenn Sie diese Worte ihr gegenüber oft verwenden, geraten Sie bestimmt häufig aneinander.«

»Das stimmt. Unsere Becca ist ein richtiger Dickkopf.«

»Und sie ist gescheit. Ich mag ihren scharfen Verstand. Und ich mag ihr Gesicht«, fügte Jack hinzu und blickte Malachi dabei unverwandt an. »Rebecca gefällt mir, und das ist ein Problem für Sie, weil sie Ihre Schwester ist.« Er trank einen Schluck Bier. »Ich habe selbst eine Schwester, deshalb kann ich Sie verstehen. Sie hat vor einiger Zeit einen Typen geheiratet, obwohl ich der Meinung war, dass sie noch nicht einmal wusste, wie Sex buchstabiert wird. Mittlerweile hat sie schon zwei Kinder, aber ich stelle mir immer noch gern vor, dass der Storch sie gebracht hat.«

Amüsiert steckte Malachi eine Hand in die Tasche. »Sie glauben wirklich noch an den Storch?«

»Ich werde Ihnen erzählen, wie es läuft: Rebecca schläft im Gästezimmer. Es war ihre eigene Entscheidung. Ich habe Ihrer Mutter mein Wort gegeben, dass ich gut auf Rebecca aufpasse. Und ich halte mein Wort, zumal jemandem gegenüber, den ich respektiere.«

Malachi war selbst überrascht, dass er Burdett ohne weiteres glaubte.

Vielleicht würde es ja wirklich funktionieren, wenn sie sich alle zusammentaten.

»Wenn es so ist, kann ich mir die heftige Auseinandersetzung mit Rebecca wohl sparen. Es ist nun aber einmal eine Tatsache, dass sie ein impulsives, eigensinniges Mädchen ist, das ...«

»Ich liebe sie.«

Malachi riss verblüfft die Augen auf. »Du liebe Güte, Mann, Sie gehen aber zur Sache, was?«

»Beim mir war es Liebe auf den ersten Blick, und Rebecca weiß das. Dadurch ist sie im Vorteil.« Er schwieg. »Und sie weiß ihren Vorteil zu nutzen.«

»Das stimmt«, bestätigte Malachi nicht ohne Mitgefühl.

»Was Rebecca *nicht* weiß – und ich übrigens auch nicht –, ist, wo das Ganze hinführen soll. Im Moment kann ich Ihnen nur sagen, dass ich Ihre Schwester liebe. Sie brauchen sich also keine Sorgen zu machen, dass ihr irgendetwas oder irgendjemand wehtun könnte. Mich eingeschlossen. Genügt Ihnen das?«

»Ich glaube, ich muss mich mal für einen Moment hinsetzen.« Bedächtig trank Malachi einen Schluck Bier und stellte dann die Flasche auf den kleinen Eisentisch neben seinem Stuhl. Er legte die Hände auf die Knie und musterte Jack. »Unser Vater ist tot, und ich bin der Älteste, also muss ich Sie fragen ...« Er brach ab und fuhr sich mit den Händen durch die Haare. »Ach was, ich bin noch nicht so weit. Teil zwei dieses Gesprächs führen wir besser zu einem späteren Zeitpunkt.«

Jack trank noch einen Schluck Bier. »Mir soll es recht sein.«

»Sie sind ganz schön gelassen. Für meine Schwester ist das besser so. Also kommen wir zu einem anderen Thema. Die Parzen.«

»Sie waren in der Sache bisher die treibende Kraft.«

Malachi zog die Augenbrauen hoch. »Für uns ist es eine Familienangelegenheit, Jack.«

»Ich habe nie etwas anderes behauptet, aber Sie sind nun einmal das Oberhaupt. Wenn es etwas zu entscheiden gibt, blicken alle Sie an. Das gilt übrigens auch für Tia. Und für Cleo wahrscheinlich auch, obwohl sie ein bisschen aus der Reihe tanzt.«

»Sie hat etwas Furchtbares durchgemacht, aber sie ist ganz schön tapfer. Haben Sie ein Problem mit dieser Hierarchie?«

»Das könnte schon sein – es sei denn, ich gewinne den Eindruck, dass Sie gut delegieren können und wissen, wo die Stärken jedes Einzelnen liegen. Ich kenne meine Stärken, und ich habe keine Probleme, Befehle entgegenzunehmen, Sullivan, wenn sie der Sache dienen. Und wenn das nicht der Fall sein sollte, werde ich Ihnen das auch ganz offen sagen. Ich will die Parzen haben«, fuhr er fort. »Und ich werde mit Ihnen zusammenarbeiten, damit wir alle bekommen, was wir wollen.«

»Und noch etwas«, fügte er hinzu. »Für meinen Geschmack ist es ein bisschen zu gefährlich, Cleos Parze in Tias Kühlschrank aufzubewahren. Meine Wohnung verfügt über die besten Sicherheitseinrichtungen, die man mit Geld kaufen kann. Ich möchte sie zu meiner Figur in den Safe legen.«

Malachi ergriff seine Bierflasche und drehte sie nachdenklich hin und her. Vertrauen, dachte er. Ohne Vertrauen würden sie nie zu etwas kommen. »Im Prinzip haben Sie völlig

Recht – aber immerhin wären dann schon zwei von den drei Statuen in Ihrem Besitz. Ohne Sie beleidigen zu wollen: Woher soll ich die Gewissheit nehmen, dass Sie sich die dritte Parze nicht auf eigene Faust besorgen – oder sogar mit Anita verhandeln?«

»Ich verstehe Ihre Bedenken. Allerdings wäre es gar nicht so einfach, ganz allein an die dritte Figur heranzukommen, zumindest logistisch gesehen. Nicht unmöglich, aber riskant. Aber Rebecca würde es überhaupt nicht gefallen, und das spielt für mich eine große Rolle. Außerdem pflege ich keine Leute über den Tisch zu ziehen, die ich mag. Und die Frau Doktor mag ich ganz besonders.« Er grinste.

»Ich auch.«

»Ja, das merkt man. Übrigens, was Ihre Befürchtungen bezüglich Anita angeht: Ich verhandle grundsätzlich nicht mit Soziopathen. Und genau das ist sie. Wenn es in ihren Augen erforderlich wäre, würde sie uns alle kaltblütig um die Ecke bringen und anschließend zur Maniküre gehen.«

Malachi lehnte sich zurück und trank noch einen Schluck. »Da haben Sie Recht. Wir werden ihr diese Gelegenheit aber nicht geben, sondern uns lieber genau überlegen, wie wir vorgehen.«

»Damit sollten wir uns vierundzwanzig Stunden Zeit lassen. Dann kann Tia sich ein bisschen erholen, und morgen treffen wir uns alle bei mir.«

»Gut.« Malachi stand auf und streckte die Hand aus. »Willkommen an Bord.«

»Du hast dich aber ziemlich lange mit Mal unterhalten«, sagte Rebecca, als sie sich in Jacks Auto setzte. »Worüber denn?«

»Ach, über dies und das.«

»Dann erzähl mir zuerst über dies und dann über das.«

»Wenn wir gewollt hätten, dass du bei dem Gespräch dabei bist, hätten wir dir schon Bescheid gesagt.«

»Ich gehöre genauso dazu wie jeder andere auch.«

»Niemand behauptet etwas anderes.« Er bog von der Fünften ab und fuhr in Richtung Lexington Avenue, wobei er aufmerksam in den Rückspiegel blickte.

»Und deswegen habe ich auch ein Recht darauf zu erfahren, was ihr beide so Geheimes zu besprechen hattet. Wir sind ein Team, Jack, und nur weil ihr Männer seid ...«

»Es hat nichts damit zu tun, auf welcher Seite die Knöpfe an deinem Hemd sitzen, Rebecca, also kannst du deine feministischen Sprüche gleich wieder einpacken.«

»Das ist beleidigend.«

Jack fuhr eine Zeit lang nach Süden und bog dann wieder nach Osten ab. Er registrierte, dass sie nicht verfolgt wurden. Auch Tias Haus stand offensichtlich nicht unter Beobachtung. Das konnte sich ändern, aber im Moment war es praktisch.

Er ließ Rebecca für eine Weile schmoren. Als sie an seinem Haus ankamen, fuhr er auf den Hof und öffnete die Garage, die er sich hatte bauen lassen, mithilfe eines Codes. Das verstärkte Stahltor öffnete sich, und er fuhr hinein.

In der Garage standen sein Porsche Boxster, seine Harley und sein Lieferwagen mit der Überwachungseinrichtung. Jack war der Meinung, dass ein erwachsener Mann ruhig ein paar Spielzeuge haben durfte. Die Fahrzeuge in einer öffentlichen Garage abzustellen, wäre für ihn nie infrage gekommen, und das nicht nur wegen der Kosten, sondern auch, weil es ihm zu unsicher gewesen wäre. Und die Überwachungssysteme in seiner Garage hatte er höchstpersönlich installiert.

Jack stieg aus dem Wagen, verriegelte das Tor und stellte die Alarmanlage an. Dann schloss er den Aufzug auf. »Kommst du mit hinauf?«, fragte er Rebecca. »Oder möchtest du lieber in der Garage weiterschmollen?«

»Ich schmolle nicht.« Sie trat zu ihm und verschränkte die Arme vor der Brust. »Obwohl das eigentlich die angemessene Reaktion wäre, wenn man ohnehin wie ein Kind behandelt wird.«

»Ich habe absolut nicht vor, dich wie ein Kind zu behandeln. Okay, was möchtest du hören? Dies oder das?«

Sie blickte ihn lächelnd an. »Dies.«

»Dein Bruder hat seiner Sorge darüber, dass du bei mir wohnst, Ausdruck verliehen.«

»Na, das geht ihn ja wohl gar nichts an, oder? Der hat ja

vielleicht Nerven! Und das, wo schließlich jeder sehen konnte, dass da was mit Tia läuft. Ich hoffe, das hast du ihm auch gesagt!«

»Nein.« Jack hielt ihr die Aufzugtür auf. »Ich habe ihm gesagt, dass ich dich liebe.«

Sie blieb abrupt stehen. »Wie bitte?«

»Das hat *ihn* weit mehr beruhigt, als es dich zu beruhigen scheint. So, und jetzt entschuldige mich bitte, ich habe etwas zu erledigen. Ich bin in ein paar Stunden zurück.«

Rebecca breitete die Arme aus. »Du kannst doch jetzt nicht einfach gehen, nachdem du so etwas zu mir gesagt hast.«

»Ich habe es nicht zu dir gesagt. Ich habe es zu deinem Bruder gesagt. Bleib locker, Mädel. Du siehst angeschlagen aus.« Damit schloss er die Tür und ließ sie fluchend im Aufzug zurück.

Er musste nicht weit gehen, nur eine Treppe hinunter zu dem Kellergeschoss des Gebäudes. Dort arbeitete er, wenn er sich in seiner Wohnung eingesperrt fühlte oder sich ablenken wollte.

Im Moment brauchte er Ablenkung.

Es war ein komfortabler Raum, der mit bequemen Möbeln und hellen Lampen eingerichtet war, die das Tageslicht ersetzen sollten, denn es gab keine Fenster. Auf dem Boden lagen seine antiken Lieblingsteppiche, und im Nebenraum befand sich eine voll ausgestattete Küche.

Dorthin ging er zuerst und schaltete die Kaffeemaschine ein. Während der Kaffee durchlief, schaltete er einen der Computer ein, rief seine E-Mails ab und lauschte der elektronischen Stimme, die sie vorlas.

Was nicht warten konnte, beantwortete er sofort, das Übrige legte er beiseite. Unter den privaten Nachrichten befand sich eine E-Mail, die sein Vater ihm geschickt hatte.

Die Außerirdischen haben deine Mutter und mich nach einer Reihe von medizinischen Experimenten – peinlicherweise sexueller Natur – wieder zur Erde zurückgeschickt. Bei Larry King kannst du alles darüber erfahren. Falls ich jetzt deine Aufmerksamkeit geweckt habe, könntest du vielleicht fünf Minuten erübrigen, um dich zu melden. Deine Mutter schickt liebe Grüße. Ich nicht. Ich mag deine Schwester lieber. Das war schon immer so. Rate mal, wer das schreibt.

Grinsend setzte sich Jack an seine Tastatur. »Okay, okay«, murmelte er.

Das mit den Außerirdischen tut mir Leid. Bekanntermaßen pflanzen sie den Erdlingen ja Abhörgeräte ein. In Zukunft solltest du bei deinen privaten Telefongesprächen besser ein Stück Alufolie kauen, das stört ihre Frequenzen. Nur zu deiner Information: Ich bin gerade erst wieder in New York angekommen und halte eine tolle irische Rothaarige in meiner Wohnung gefangen. Die Aussicht auf exotische sexuelle Gunstbeweise derselben könnten mich in den nächsten Wochen beschäftigt halten. Auch an Mom liebe Grüße. An dich nicht. Ich war mir noch nie ganz sicher, ob du überhaupt mein Vater bist. Du weißt schon wer.

Weil er wusste, welchen Spaß sein Vater beim Lesen dieser Nachricht haben würde, schickte Jack sie sofort ab. Dann schaltete er einen anderen Computer ein, um eine Internetrecherche über Cleo zu starten.

Jack war zu dem gleichen Schluss gekommen wie Tia oder Malachi. Sie würden alle an einem Strang ziehen müssen. Er hatte kein Problem mit Teamwork, aber er wollte doch alles Notwendige über die einzelnen Mitglieder des Teams wissen.

Während der Bildschirm sich aufbaute, rollte Jack mit seinem Stuhl vor die Monitore und schaltete die Kameras ein, die er in seiner Wohnung installiert hatte. Er sagte sich, dass er besser ein Auge auf Rebecca hätte.

Sie war in seinem Büro, saß an seinem Computer und sah wütend aus. Neugierig schaltete er den Lautsprecher ein.

»Du hast dich getäuscht, Jack, wenn du glaubst, ich komme an deinem blöden Passwort nicht vorbei.«

»Wenn dir das gelingt«, murmelte er, »bin ich zutiefst beeindruckt.«

Er beobachtete eine Zeit lang, wie ihre Finger rasch über die Tastatur glitten und ihre Lippen sich kräuselten, wenn sie wieder auf ein Hindernis stieß.

Seiner Erfahrung nach blickten Frauen, die allein in der Wohnung eines Mannes waren, in Schubladen und Schränke, untersuchten den Inhalt des Medizinschränkchens oder die Küchenschränke. Rebecca hatte sich jedoch sofort an den Computer gesetzt.

Das gefiel ihm.

Er stellte den Lautsprecher leise und schrieb einen Bericht über Cleo, der Anita davon überzeugen würde, dass er ihrer Bitte zwar nachgekommen war, ihr aber nichts Hilfreiches anzubieten hatte.

»Du wirst auf glühenden Kohlen sitzen«, murmelte er vor sich hin.

Er legte den Bericht beiseite und griff zum Telefon.

»61. District, bitte. Detective Robbins? Hier ist der Mann mit der Polizeimarke.«

»Der Mann mit der falschen Identität.«

»Ich doch nicht, Kumpel. Du meinst bestimmt jemand anders. Wie läuft's denn so mit der Verbrecherjagd?«

»Wie immer. Und wie steht's in Paranoia-City?«

»Keine Klagen. Ich habe mich gerade gefragt, ob du nicht die zwanzig Dollar zurückhaben willst, um sie heute Abend gleich zu setzen.«

»Nimmst du im Ernst an, dass ich – ein Angestellter im Öffentlichen Dienst – spiele?«

»Ich wäre dabei.«

»Abgemacht. Und nun sag schon, was du von mir wissen willst.«

»Jetzt verletzt du aber meine Gefühle. Aber da du schon mal fragst: Ich brauche Informationen über einen Mann. Kraftprotz, wahrscheinlich freiberuflich tätig, mit Sicherheit aus New York. Ich dachte, du könntest vielleicht mal für mich im Computer nachschauen.«

»Vielleicht. Hast du einen Namen?«

»Nein, aber ich arbeite daran. Junggeselle, weiß, männlich, vierzig bis fünfundvierzig, braunes, gelichtetes Haar, blass, große Nase. Ungefahr einsachtzig, hundertsiebzig Pfund.«

»Es gibt viele Typen, auf die diese Beschreibung passt, unter anderem auch auf meinen Schwager.«

»Meiner Information nach gebraucht er gern seine Fäuste und ist nicht besonders helle.«

»Ja, das muss mein Schwager sein! Soll ich ihn in den Arsch treten?«

»Das überlasse ich dir. War dein Schwager kürzlich in Osteuropa?«

»Der bewegt seinen weißen, pickeligen Arsch nicht mal aus dem Sessel, um zum Laden an der Ecke zu gehen. Suchst du einen Weltreisenden, Burdett?«

»Ich suche ein kleines Arschloch, das erst kürzlich aus der tschechischen Republik zurückgekommen ist.«

»Das ist ja ein Zufall. Wir haben eine Leiche auf Eis, auf die diese Beschreibung passt. Hatte einen Pass in der Tasche seines schicken Anzugs. Zwei Stempel waren drin. Der eine war aus Praha, und das ist, wie meine gebildeten Freunde mir erklärt haben, Prag, in Tschechien. Der andere war aus New York, ungefähr zehn Tage alt.«

Volltreffer!, dachte Jack und beugte sich über seine Tastatur. »Kannst du den Namen herausrücken?«

»Warum nicht? Carl Dubrowsky, ein Junge aus der Bronx. Warum interessierst du dich für unseren Toten, Jack?«

Jack gab den Namen ein und startete seine eigene Suche. »Sag mir, wie er umgekommen ist.«

»Die Todesursache waren vermutlich die vier Löcher in seinem Körper, Kaliber fünfundzwanzig. Er lag steif in einem leeren Lagerhaus in New Jersey. Lass mich bei Gelegenheit an deinem Wissen teilhaben.«

»Ich habe bis jetzt noch nichts, aber sobald ich etwas weiß, sage ich dir Bescheid.« Jack wandte sich zu einem anderen Computer und startete eine zweite Suche. »Hat das Lagerhaus eine Adresse?«

»Himmel, warum faxe ich dir eigentlich nicht gleich die Akte?«

»Würdest du das denn tun?«

Jack grinste über Bobs rüde Antwort und notierte sich die Adresse, die dieser ihm durchgab.

Als er das Telefongespräch beendet hatte, trug er alle notierten Daten sorgfältig in eine Datei ein. Er stand auf, um sich eine weitere Tasse Kaffee zu holen, als sein Blick zufällig auf die Monitore fiel.

Als er den Glanz in Rebeccas Augen sah, trat er näher und stellte den Lautsprecher wieder lauter.

»Na, so schlau bist du nun auch nicht, was?«, murmelte sie gerade. »Gar nicht so verdammt clever.«

»Aber du«, sagte er, überrascht und beeindruckt, dass sie die Passwörter geknackt hatte. Auf diesem Computer befanden sich zwar keine streng vertraulichen Daten, und die Sicherheitsvorkehrungen waren moderat, aber es gab sie, und man musste schon ein Hacker mit beträchtlichen Fähigkeiten sein, um sie so rasch zu umgehen.

»Genau wie ich es mir gedacht habe«, sagte er zu dem Monitor. »Wir sind füreinander geschaffen.«

Er holte sich eine weitere Tasse Kaffee und ging an die Arbeit zurück, während Rebecca oben in der Wohnung seine Festplatte durchforstete.

Zwanzig Minuten später hatte er alles erledigt, was er im Moment für nötig hielt. Und sie offensichtlich auch, stellte er mit einem Blick auf die Monitore fest.

Sie schaltete den Computer aus, streckte sich und schlenderte, offenbar zufrieden mit sich selbst, aus dem Zimmer, durch das Wohnzimmer, den Flur entlang. Jack blickte auf den nächsten Monitor, sah, wie sie die Schultern rollte, die vom langen Sitzen steif geworden waren, sich das Band aus den Haaren zog und diese schüttelte.

Als sie begann, ihre Bluse aufzuknöpfen, mahnte er sich selbst, dass er ja schließlich kein Voyeur sei, und befahl sich, die Kameras auszuschalten.

Trotzdem beobachtete er sie noch beim Ausziehen der Bluse.

Als sie nach dem Verschluss ihres BHs griff, biss er die Zähne zusammen und schaltete die Geräte aus.

Dann holte er sich ein Bier und verbrachte die nächste halbe Stunde damit, seine Daten zu speichern, wobei er unter den gegebenen Umständen ziemliche Mühe hatte, sich zu konzentrieren.

Als er wieder in seine Wohnung kam, stand sie – abgesehen von ihren hübschen, nackten Füßen – angezogen in der Küche und rührte in einem Topf, aus dem es verführerisch duftete.

»Was machst du da?«

»Ich besteige gerade das Matterhorn – oder was glaubst du, was ich tue?«

Er schnupperte an dem Topf. Und an ihr. »Es sieht verdächtig nach Kochen aus.«

Nach der Dusche und in frischen Sachen fühlte sie sich neu belebt. Sie verspürte keine Müdigkeit mehr, aber ihre Wut war noch nicht verraucht.

»Da ich keine Ahnung hatte, wie lange du mich in deiner Wohnung einsperren wolltest, hatte ich keine Lust, herumzusitzen und vor Hunger zu sterben. Du hast übrigens weder frisches Obst noch Gemüse im Haus, also müssen wir uns mit Dosenfutter begnügen.«

»Ich war lange nicht einkaufen. Mach eine Liste, was du alles brauchst, dann besorge ich es dir.«

»Ich kann selbst einkaufen.«

»Ich will nicht, dass du allein auf die Straße gehst.«

Sie zog ein Küchenmesser aus dem Holzblock und prüfte die Klinge mit dem Daumen. Die Tochter ihrer Mutter, dachte Jack. Beide wussten ihren Standpunkt zu vertreten.

»Du kannst mir nicht vorschreiben, wann oder wohin ich gehe.«

»Es wird dir Leid tun, wenn du nicht auf mich hörst.«

Ihr Lächeln war so dünn und scharf wie die Schneide des Messers. »Dir noch mehr, oder nicht?«

»Da kann ich nicht widersprechen.« Er öffnete den Kühlschrank und holte eine Flasche Wasser heraus. »Lass es mich anders formulieren: Mir wäre es lieber, du gingest nicht allein hinaus, bevor du dich nicht auskennst.«

»Ich werde es mir überlegen. Und noch etwas: Wenn du glaubst, ich springe fröhlich in dein Bett, nur weil du sagst, du liebst mich ...«

»Hör auf damit, Rebecca.« Sein Ton war schärfer geworden.

Sie legte den Kopf schräg. Es war interessant, dass er beim Anblick des Messers nicht einmal gezuckt hatte, aber damit, dass sie seine Gefühle erwähnte, hatte sie ihn offenbar völlig aus der Fassung gebracht.

»Ich mag es nicht, wenn du mir so etwas sagst, und mir dann die Tür vor der Nase zuschlägst«, sagte sie.

»Ich habe sie vor *meiner* Nase zugeschlagen.«

Rebecca dachte einen Moment lang nach und akzeptierte dann seine Erklärung. Sie griff wieder nach dem Löffel und rührte in dem Topf. »Ich weiß im Moment selbst nicht, was ich will. Wenn ich es weiß, bist du der Erste, der es erfährt. In der Zwischenzeit solltest du mich besser nicht mehr hier einschließen, sonst zertrümmere ich dir all deinen hübschen Schnickschnack, reiße deine Kleider in Fetzen, verstopfe deine Toilette und mache andere Dummheiten. Übrigens würde ich auch den Weg nach draußen finden.«

»Okay. Wann essen wir?«

Sie schnaubte und stieß das Messer zurück in den Messerblock. »Ungefähr in einer Stunde. Du hast also noch genug Zeit, um noch ein bisschen französisches oder italienisches Brot zu kaufen. Und etwas Süßes für den Nachtisch.«

Sie warf die Haare zurück. »Ich war zu wütend, um auch noch zu backen.«

20

Ich verhalte mich wie ein verängstigtes Kind, schalt sich Tia. Es machte sie nervös, zu ihren Eltern nach Hause zu gehen. Ihre Handflächen waren feucht, und ihr Magen zog sich zusammen, als sie das Esszimmer des Stadthauses der Marshs betrat.

Es war viertel vor neun. Ihr Vater hatte sich, wie jeden Morgen, pünktlich um halb neun an den Frühstückstisch gesetzt. Er war mittlerweile bei der zweiten Tasse Kaffee angelangt und von der ersten Seite der *New York Times* zum Finanzteil übergegangen. Er hatte sein Obst aufgegessen und gerade mit dem zweiten Gang, einem Omelett aus Eischnee, begonnen.

Ihre Mutter hatte im Bett ihren Kräutertee zu sich genommen, dann den frisch gepressten Saft und das erste ihrer täglichen acht Gläser Mineralwasser getrunken, mit dem sie ihre morgendlichen Vitamine und Medikamente herunterspülte. Dazu aß sie eine Scheibe Vollkorntoast und ein Stück Obst der Saison.

Um zwanzig nach neun würde Alma nach unten gehen, ihren Mann mit ihren allmorgendlichen Klagen beglücken und anschließend ihren Terminkalender durchforsten, während er den Inhalt seiner Aktentasche überprüfte.

Stewart würde um halb zehn aufbrechen und seiner Frau zum Abschied einen Kuss geben.

Auf diese Abfolge war ebenso viel Verlass wie auf den Schweizer Zugfahrplan.

Früher war Tia Teil des eintönigen Alltags ihrer Eltern gewesen. Zumindest hatte man sie darin eingearbeitet, dachte Tia. War es ihre Schuld oder die ihrer Eltern gewesen, dass sie den Zeitplan einfach nie hatte einhalten können und ihn immer wieder durcheinander gebracht hatte?

Stewart blickte auf, als Tia eintrat, und zog überrascht die Augenbrauen hoch. »Tia! Waren wir verabredet?«

»Nein. Es tut mir Leid, dass ich deine morgendliche Routine unterbreche.«

»Sei nicht albern.« Trotzdem blickte er auf seine Uhr. »Möchtest du frühstücken? Einen Kaffee?«

»Nein, danke. Nichts.« Sie setzte sich ihm gegenüber. »Ich wollte mit dir sprechen, bevor du zur Arbeit gehst.«

»Gut.« Er strich dünn Butter auf das getoastete Vollkornbrot, dann blinzelte er sie überrascht an. »Du hast dir die Haare abgeschnitten.«

»Ja.« Verlegen fuhr sie sich mit der Hand an den Kopf. »Vor ein paar Tagen.«

»Es steht dir gut. Sehr schick!«

»Findest du?« Tia wurde rot. Sei doch nicht albern, schalt sie sich, du brauchst doch nicht verlegen zu werden, wenn dir dein eigener Vater ein Kompliment macht. Aber es kam eben so selten vor. »Mutter hat die neue Frisur wohl nicht gefallen, sonst hätte sie dir vermutlich davon erzählt.«

»Das hat sie vielleicht auch.« Er lächelte ein wenig, während er weiteraß. »Ich höre ihr nicht immer zu, vor allem, wenn sie ihre Launen hat, und das war in der letzten Zeit häufig der Fall.«

»Das ist meine Schuld und auch einer der Gründe, warum ich dich heute früh sehen wollte. Mutter ist auf dem Weg zum Arzt bei mir vorbei gekommen, und es war ... es war ein ungünstiger Zeitpunkt. Ich hatte Besuch.« Sie holte tief Luft. »Ein Mann.«

»Aha.« Stewart rührte stirnrunzelnd in seinem Kaffee. »Verstehe ich dich richtig, Tia?«

»Ich habe einen Freund. Er wohnt bei mir, solange er in New York ist. Ich arbeite mit ihm an einem Projekt, zusammen mit anderen Leuten. Und ich ... ich habe eine Affäre mit ihm«, sprudelte sie hervor und schwieg dann.

Stewart blickte nachdenklich auf seinen Kaffee. Es war schwer zu sagen, wer von beiden sich unbehaglicher fühlte. »Tia, deine persönlichen ... Angelegenheiten gehen mich nichts an, und deine Mutter auch nicht. Ich gehe selbstverständlich davon aus, dass jemand, mit dem du zusammen bist, für dich der geeignete Mann ist.«

»Ich bin mir nicht sicher, ob du das finden würdest, aber *ich* sehe es so. Überraschenderweise«, fügte sie eilig hinzu, »findet er mich interessant und attraktiv, und dadurch fühle ich mich selbst so. Und das gefällt mir. Mutter war auf jeden Fall sehr aufgebracht, und ich fürchte, sie ist es immer noch. Ich weiß nicht genau, ob ich sie wieder besänftigen kann, aber ich werde es natürlich versuchen. Ich möchte mich schon im Voraus dafür entschuldigen, wenn es mir nicht gelingt. Ich kann und will mein Leben nicht ihren Bedürfnissen unterordnen. Und auch nicht deinen. Also, es tut mir Leid.«

»Nun.« Stewart legte seine Gabel nieder. »Nun«, wiederholte er, »ich hätte nie erwartet, eines Tages etwas in dieser Art von dir zu hören. Du willst mir also erzählen, dass du in Zukunft tun willst, was dir gefällt, obwohl deine Mutter und ich es vielleicht missbilligen könnten? Und du würdest sogar in Kauf nehmen, dass du uns verärgerst?«

Sie wusste, dass ihre Magenschmerzen von ihrer inneren Anspannung herrührten, fragte sich aber doch unwillkürlich, ob es nicht vielleicht ein Magengeschwür sein konnte. »Ja, zusammengefasst könnte man es vermutlich so ausdrücken.«

»Gut. Es wurde auch langsam Zeit.«

Tia vergaß den Gedanken an das Magengeschwür völlig. »Wie bitte?«

»Ich liebe deine Mutter, Tia. Frag mich nicht, warum, ich habe keine Ahnung. Sie geht mir auf die Nerven, aber ich liebe sie.«

»Ja, ich weiß ... ich meine, ich weiß, dass du sie liebst – obwohl sie nicht ... Ich habe immer gewusst, dass ihr euch liebt«, beendete sie ihren Satz.

»So, wie du es sagst, klingt es, als hättest du nichts damit zu tun.«

Sie wollte sich dafür entschuldigen, sprudelte aber dann

hervor: »Ich fühle mich auch so, als hätte ich nichts damit zu tun.«

»Daran tragen wir alle Schuld. Deine Mutter hat es nie geschafft, die Nabelschnur zu durchtrennen. Und ich habe sie vielleicht zu schnell durchtrennt. Du hast einfach beides akzeptiert.«

»Wahrscheinlich. Aber du warst mir immer ein guter Vater.«

»Nein, das stimmt nicht.« Stewart setzte seine Kaffeetasse ab und musterte sie. »Und ich kann auch nicht behaupten, dass ich mir darüber besonders viele Gedanken gemacht hätte, seit du zwölf warst oder so. Aber an dem Tag, als du zu mir gekommen bist und nach Henry Wyleys Tagebuch gefragt hast, habe ich darüber nachgedacht. Als ich es dir vorbeibrachte, sahst du so unglücklich aus.«

»Ich *war* unglücklich.«

»Und jetzt bist du überrascht, dass es mir aufgefallen ist, nicht wahr?« Er ergriff seine Tasse wieder. »Mich hat es auch überrascht, und ich habe mich gefragt, wie oft es mir früher *nicht* aufgefallen ist.«

»Ich habe dich enttäuscht«, sagte Tia. »Ich bin nicht so geworden, wie du es dir gewünscht hättest.«

»Ja, und ich habe dich deswegen deiner Mutter überlassen, da ich dachte, du hättest mit ihr viel mehr gemeinsam als mit mir. Seltsamerweise habe ich mich immer als äußerst fairen Mann gesehen. Aber dieses Verhalten war unfair allen Beteiligten gegenüber. Meiner Meinung nach wäre es am besten für dich und deine Mutter, wenn du die Nabelschnur selbst durchtrennen würdest. Du hast dich dein ganzes Leben lang herumkommandieren lassen. Immer wenn ich mich bemüht habe einzugreifen – und das habe ich zugegebenermaßen nie mit besonderem Nachdruck getan –, hat einer von euch beiden diese Mühe zunichte gemacht.«

»Du hattest mich aufgegeben.«

»Du schienst ja mit den Umständen zufrieden zu sein. Kinder gehen von zu Hause weg, Tia. Wenn man heiratet, lebt man den größten Teil seines Leben mit einer anderen Person zusammen. Ich habe mein Leben so strukturiert, dass es mich befriedigt und mir gefällt. Du hast Eltern, die sehr mit sich selbst beschäftigt sind – und meinst du nicht, dass deine Phobien und nervösen Störungen nicht auch daher rühren, dass du dich zu sehr auf dich selbst konzentrierst?«

Sie starrte ihn an und lachte leise. »Vermutlich hast du Recht. Ich möchte auch nicht so bleiben, aber ich bin fast dreißig, und wie sehr *kann* man sich in dem Alter überhaupt noch verändern?«

»Welche Rolle spielt denn das Alter, wenn man bereit ist, sich zu ändern?«

Verblüfft lehnte Tia sich zurück. »So hast du noch nie mit mir geredet.«

»Du bist ja auch vorher noch nie zu mir gekommen.« Er zuckte entschuldigend mit den Achseln. »Es entspricht nicht meiner Gewohnheit, meine Routine zu verändern. Und ...« Er blickte auf seine Armbanduhr.

»Du musst mir einen Gefallen tun«, sagte Tia rasch.

»Den heutigen Tag kann ich wohl rot im Kalender anstreichen ...«

»Es geht um die drei Parzen.«

Die leise Ungeduld, die über Stewarts Gesicht gehuscht war, verschwand. »Du hast in letzter Zeit ein beträchtliches Interesse daran entwickelt.«

»Ja. Und ich möchte, dass das unter uns bleibt. Anita Gaye hat auch großes Interesse an den Parzen. Es könnte sein, dass sie dich noch einmal darauf anspricht und dich um Details über Henry Wyleys Verbindung zu den Statuen bittet. Wenn das der Fall sein sollte ... könntest du dich dann bitte ganz zufällig daran erinnern, dass die dritte Parze angeblich in Athen sein soll?«

»In Athen?« Stewart lehnte sich zurück. »Welches Spiel spielst du, Tia?«

»Ein wichtiges.«

»Anita hätte keine Skrupel, irgendwelche Spielregeln zu brechen, wenn es ihr Profit bringt.«

»Darüber bin ich mir völlig im Klaren.«

»Tia, sei ehrlich, steckst du in Schwierigkeiten?«

Tia lächelte. »Das hast du mich noch nie gefragt, kein einziges Mal. Wenn ich in Schwierigkeiten stecke, dann bin ich entschlossen, selbst damit fertig zu werden. Ich genieße es sogar. Wirst du Anita gegenüber Athen erwähnen?«

»Ja, natürlich.«

»Und sprich bitte unter keinen Umständen mit ihr über Wyleys Tagebuch oder über meine Beziehung zu dem Mann, den Mutter in meiner Wohnung angetroffen hat.«

»Warum sollte ich? Tia, hast du eine Spur zu einer der Parzen?«

Sie hätte es ihm am liebsten erzählt, um Stolz und Überraschung in seinen Augen aufflackern zu sehen, aber sie schüttelte den Kopf. »Es ist sehr kompliziert, aber ich erzähle dir alles, sobald ich kann.« Sie stand auf. »Eine letzte Frage: Was würdest du als Händler für die Parzen bezahlen?«

»Das kann ich nicht genau sagen. Bis zu zehn Millionen vielleicht. Wenn ich einen interessierten Kunden hätte, dann würde ich ihm raten, um die zwanzig zu bieten, vielleicht auch ein bisschen mehr. Das hängt natürlich von der Expertise ab.«

»Natürlich.« Tia trat zu ihrem Vater und küsste ihn auf die Wange. »Jetzt gehe ich nach oben und versuche, Mutter zu besänftigen.«

Während Tia mit ihrer Mutter sprach, fuhr Jack zur Polizei. Er hätte Rebecca gern in seiner Wohnung gelassen, aber da er sie dann wieder hätte einschließen müssen, nahm er sie lieber mit. Er wollte es nicht riskieren, in eine verwüstete Wohnung zurückzukehren – und er zweifelte nicht daran, dass sie ihre Drohung wahr machen würde.

Bob saß an seinem Schreibtisch und hatte sich das Telefon zwischen Kopf und Schulter geklemmt. Sein Blick glitt zu Rebecca, dann wieder zu Jack.

»Warte eine Minute«, sagte Jack zu Rebecca und trat an Bobs Schreibtisch. Er setzte sich auf die Kante und nickte den anderen Polizisten grüßend zu, während Bob sein Telefonat beendete.

»Hallo«, sagte Bob. »Wo hast du denn den sexy Rotschopf aufgegabelt?«

»Wie geht es deiner Frau?«

»Gut, danke. Was willst du?«

»Noch mehr Informationen über diesen Toten, von dem du gestern erzählt hast.«

»Ich habe dir alles gesagt, was ich weiß.«

»Ich brauche ein Foto.«

»Warum verlangst du nicht gleich noch meinen Ausweis?«

»Danke, den kann ich mir bei Bedarf selbst besorgen. Es könnte sein, dass ich etwas für dich herausfinden kann, aber dazu muss ich den Mann zunächst identifizieren.«

»Lass es uns doch mal so versuchen: Du erzählst mir, was du weißt, und dann finde ich unter diesen Papierbergen hier vielleicht ein Foto.«

»Willst du den Rotschopf kennen lernen?«

Bob legte zwei Finger an sein Handgelenk und nickte. »Willst du fühlen, wie mein Puls bei dieser Vorstellung rast? Natürlich will ich sie kennen lernen!«

Grinsend winkte Jack Rebecca zu sich. »Detective Bob Robbins, Rebecca Sullivan, die Frau, die ich heiraten werde.«

Bob fiel der Unterkiefer herunter, und er sprang hastig auf. »Na, so was, Jack, ich bin sprachlos! Hey, nett, Sie kennen zu lernen.«

Rebecca lächelte, als Bob ihr die Hand schüttelte. »Jack hat einfach zu viel Fantasie. Im Moment sind wir nur Geschäftspartner.«

»Sie ist eine harte Nuss, aber ich arbeite daran, sie zu knacken. Rebecca, erzähl doch unserem sprachlosen Freund, was du über das Lagerhaus in New Jersey herausgefunden hast.«

»Gern. Ich habe gestern Abend ein bisschen gegraben und herausgefunden, dass das Lagerhaus, in dem der Mord stattgefunden hat, am Tag *vor* diesem unglückseligen Ereignis von *Morningside Antiquitäten* verkauft worden ist.«

»Und warum sollte mich das interessieren?«

»Gib mir das Foto, ich will es ein paar Leuten zeigen«, warf Jack ein. »Wenn mich meine Ahnungen nicht trügen, kann ich dir eine interessante Antwort auf diese Frage liefern.«

»Wenn du eine ernsthafte Spur in einem ungeklärten Mordfall hast, Jack, dann solltest du damit nicht scherzen.«

»Geh der Spur mit dem Immobilienverkauf durch *Morningside* nach.«

»Anita Gaye«, fügte Rebecca hinzu. »Anita Gaye von *Morningside Antiquitäten*. Sie sollten sich die Frau einmal anschauen, Detective Robbins. Mehr brauchen Sie im Moment nicht zu tun, bis wir das Foto des Toten herumgezeigt und verifiziert haben, dass der ermordete Mann derjenige ist, für den wir ihn halten.«

Sie schenkte Bob ein strahlendes Lächeln. »Letztendlich haben wir doch alle das gleiche Ziel, nicht wahr, Detective? Aber wenn Sie dem hier nicht trauen,« – sie wies mit dem Kopf auf Jack – »dann haben Sie wahrscheinlich gute Gründe dafür. Ich überlege immer noch, ob *ich* ihm nun trauen soll oder nicht.«

Bob zog geräuschvoll Luft durch die Zähne. »Ich hole euch ein Foto.«

»Schon mal was davon gehört, dass man immer ein As im Ärmel behalten sollte?«, murmelte Jack, als Bob weg war.

»Ja. Aber ich habe auch davon gehört, dass man die Karten auf den Tisch legen soll, wenn es an der Zeit ist. Und meine Methode hat doch funktioniert.« Sie warf die Haare zurück und musterte Jack. »Du bist ja ziemlich schnell mit dem Heiraten dabei, Jack.«

»Du bist eben meine Traumfrau. Gewöhn dich endlich an den Gedanken.«

»Ach, das ist so herrlich romantisch, dass mir fast die Sinne schwinden.«

»Du bekommst schon noch deine Romantik. Du brauchst dir nur Zeit und Ort auszusuchen.«

Rebecca verschränkte die Arme vor der Brust. »Kümmere du dich lieber um deinen Job.«

»Ich kann eben viele Dinge gleichzeitig erledigen«, antwortete Jack und erhob sich vom Schreibtisch, als Bob zurückkam.

Tia gab sich große Mühe mit ihrer Mutter. Sie vollständig zu besänftigen, hätte mindestens zwei oder drei Stunden gedauert, aber dazu hatte sie einfach nicht die Zeit. Sie musste noch einen Termin wahrnehmen. Und wenn sie nicht rechtzeitig wieder zu Hause war, würden Malachi und die anderen sich Sorgen machen.

Seltsamerweise war es ein tröstlicher Gedanke, dass sich jemand Sorgen um sie machte. Und wenn sie ehrlich war, war es genau das, was sie bisher an ihre Mutter gebunden hatte – obwohl Alma sich eigentlich nur um sich selbst Sorgen machte.

Eigentlich geht es ihr gar nicht um mich, sagte sich Tia, als sie an der Wall Street aus dem Taxi stieg. Trotz der vielen Therapiesitzungen bei Dr. Lowenstein hatte sie diese Tatsache bisher nicht erkannt.

Erst die Liebe eines gut aussehenden Iren, drei Silberstatuen und ein paar neue Freunde hatten ihr die Augen geöffnet.

Vielleicht trug – auf eine gewisse Art – auch Anita Gaye ihren Teil dazu bei. Wenn erst einmal alles vorbei war und ihr Leben wieder in halbwegs geordneten Bahnen verliefe, würde sie sich bei Anita bedanken müssen, weil sie sie mit einer Situation konfrontiert hatte, die Tia dazu zwang, ihre eigenen Fähigkeiten zu erproben.

Leise vor sich hin summend fuhr sie mit dem Aufzug zu Carries Büro hinauf. Tia Marsh meistert schwierige Situationen und hat regelmäßig Sex, dachte sie. Und das alles ohne Medikamente.

Nun ja, so gut wie ohne Medikamente.

Sie fühlte sich stark und selbstbewusst.

Dieses Gefühl wurde noch verstärkt, als sie Carries Assistenten gegenüberstand und der Mann sie nicht erkannte. »Tia Marsh«, sagte sie, als er sie überrascht anblinzelte. »Hat Ms Wilson einen Moment Zeit für mich?«

»Dr. Marsh. Natürlich.« Er starrte sie an, während er zum Hörer griff. »Ich sage ihr Bescheid, dass Sie hier sind. Sie sehen übrigens wundervoll aus!«

»Danke.«

Sie würde bei nächster Gelegenheit einkaufen gehen, dachte Tia, um sich passend zu ihrem neuen Haarschnitt – und zu ihrer neuen inneren Einstellung – einzukleiden.

Sie würde sich etwas Knallrotes kaufen.

»Tia!« Carrie kam aus ihrem Büro geeilt. Sie wirkte sehr geschäftsmäßig und schien in Eile zu sein. »Wir hatten doch keinen Termin heute, oder?«

»Nein, leider nicht. Ich brauche auch nur ein paar Minuten, wenn du mich einschieben kannst.«

»Ein paar Minuten habe ich gerade noch übrig. Komm rein. Todd, ich brauche bis heute Mittag die Analyse der Brockaway-Konten.«

»Er hat mich nicht erkannt«, sagte Tia, als Carrie sie in ihr elegantes Büro führte.

»Wer? Oh, Todd?« Carrie lachte. Sie warf einen Blick auf ihren Computermonitor, an dem sie gearbeitet hatte, und griff dann nach der Kaffeekanne. »Na ja, du hast dich ja auch wirklich total verändert, Süße. Wirklich toll!« Sie schenkte sich eine Tasse Kaffee ein und fragte Tia gar nicht erst, ob sie auch eine wolle, weil er koffeinhaltig war. Dann betrachtete sie ihre Freundin eingehend. »Wirklich toll! Nicht nur die Frisur.« Sie stellte die Tasse hin und warf Tia einen prüfenden Blick zu.

»Du hattest Sex.«

»Um Himmels willen, Carrie!« Rasch schloss Tia die Bürotür.

»Du hattest bestimmt Sex, seit ich dich das letzte Mal gesehen habe.« Carrie drohte ihr mit dem Finger. »Sag die Wahrheit!«

»Ich bin nicht hierher gekommen, um mit dir über mein Sexualleben zu reden, und schließlich hast du ja auch nur ein paar Minuten Zeit.«

Carrie griff nach dem Telefonhörer. »Todd, stellen Sie bitte keine Anrufe durch, und sagen Sie Minlow, dass ich ein paar Minuten später zu unserer Sitzung komme. Gut.« Sie legte auf. »Los, erzähl schon. Ich will Details. Namen, Daten, Stellungen ...«

»Es ist ein bisschen kompliziert.« Tia kaute auf ihrer Unterlippe. »Du darfst es keinem erzählen.«

»Glaubst du, ich schnappe mir jetzt gleich ein Megafon und brülle es zum Fenster hinaus? Ich bin's, Tia, deine Freundin Carrie! Ich kenne doch schon alle deine Geheimnisse, oder ich kannte sie zumindest. Also los, wer ist es?«

»Malachi. Malachi Sullivan.«

»Der Ire? Ist er zurückgekommen?«

»Er wohnt bei mir.«

»Er *wohnt* bei dir? Ich sage meinen Termin um zehn Uhr ab.«

»Nein, nein.« Tia fuhr sich mit den Händen durch die Haare und lachte. »Ich habe keine Zeit. Wirklich nicht. Sobald ich kann, erzähle ich dir alles. Aber er ... wir sind ... es ist erstaunlich. Ich habe mich noch nie so ... begehrt gefühlt«, sagte sie und lief im Büro auf und ab, weil sie nicht stillsitzen konnte. »Er kann kaum die Hände von mir lassen. Ist das nicht wundervoll? Und er hört mir wirklich zu, fragt mich nach meiner Meinung. Er lacht auch über mich, aber er lacht mich nicht aus. Carrie, er hat es fertig gebracht, dass ich mich nicht mehr so dumm, ungeschickt und unfähig fühle.«

»Das bist du auch nie gewesen, und wenn er es fertig bringt, dass du das endlich einsiehst, dann *muss* ich ihn einfach mögen. Wann lerne ich ihn denn kennen?«

»Wie ich schon sagte, es ist ein bisschen kompliziert ...«

»Ach, du lieber Himmel, ist er etwa verheiratet?«

»Nein. Nein, natürlich nicht. Es hat etwas mit einem Projekt zu tun, an dem wir arbeiten.«

»Tia, sag mir die Wahrheit. Will er Geld von dir, für irgendeine Investition oder so?«

»Nein, Carrie. Aber danke, dass du dir Sorgen machst.«

»Du liebst ihn.«

»Wahrscheinlich.« Sie holte tief Luft. »Darüber werde ich später nachdenken. Im Moment bin ich in eine aufregende und höchstwahrscheinlich auch gefährliche Situation verstrickt.«

»Du machst mir richtig Angst, Tia.«

»Das war auch meine Absicht.« Sie dachte an Cleos ermordeten Freund. »Es ist nämlich lebenswichtig, dass du niemandem erzählst, was ich dir gesagt habe. Du darfst Malachis Namen unter keinen Umständen erwähnen.« Sie griff in ihre Tasche und zog einen Zettel hervor. »Wenn du mich anrufen willst, musst du diese Nummer wählen. Mein Telefon wird abgehört.«

»Um Gottes willen, Tia! In was hat der Kerl dich da hineingezogen?«

»Ich habe mich selbst da hineingezogen. Das ist ja das Erstaunliche. Und du musst mir einen Gefallen tun, der wahrscheinlich gegen dein Berufsethos geht. Vielleicht ist es sogar illegal.«

»Was soll ich darauf sagen?«

»Anita Gaye.« Tia beugte sich vor. »*Morningside Antiquitäten*. Ich muss wissen, wie groß ihr privates und geschäftliches Vermögen ist. Ich muss wissen, wie schnell sie wie viel Bargeld auftreiben könnte. Und sie darf nicht merken, dass du sie überprüfst. Das ist ganz wichtig. Kannst du unauffällig an diese Informationen herankommen?«

Carrie umklammerte die Stuhllehnen, als müsse sie sich festhalten. »Ich soll die Finanzlage dieser Dame überprüfen und dir die Daten weitergeben?«

»Ja, aber nur, wenn du es so drehen kannst, dass es niemand merkt.«

»Willst du mir nicht erzählen, warum?«

»Ich kann dir nur so viel sagen, dass eine Menge auf dem Spiel steht, und dass ich die Informationen, die du mir hoffentlich verschaffen kannst, für etwas Wichtiges und Richtiges verwenden werde. Und ich kann dir auch erzählen, dass Anita Gaye gefährlich ist – und für mindestens einen Mord verantwortlich.«

»Gütiger Himmel, Tia, ich kann gar nicht fassen, was du da sagst. Wenn du das von ihr glaubst, warum redest du dann nicht mit der Polizei?«

»Wie ich schon sagte, es ist eben ein bisschen kompliziert.«

»Ich möchte diesen Sullivan kennen lernen, damit ich mir selbst ein Urteil über ihn bilden kann.«

»Das wirst du auch, sobald ich es irgendwie bewerkstelligen kann, ich verspreche es dir. Ich weiß, was ich von dir verlange, und wenn es nicht geht, habe ich vollstes Verständnis dafür.«

»Ich muss darüber nachdenken.« Carrie atmete tief aus. »Darüber muss ich wirklich nachdenken.«

»Okay. Ruf mich unter der Telefonnummer an, die ich dir gegeben habe.« Tia stand auf. »Sie hat Menschen zu Schaden gebracht, Carrie. Ich werde dafür sorgen, dass sie dafür bezahlt.«

»Verdammt, Tia, sei bloß vorsichtig.«

»Nein«, erwiderte Tia und ging zur Tür. »Nicht mehr.«

»Gib ihr noch ein paar Minuten«, drängte Gideon. »Was nützt es denn, wenn du durch die Stadt läufst, um nach ihr zu suchen?«

»Sie ist jetzt seit mehr als zwei Stunden weg.« Und über die Hälfte der Zeit war Malachi schon außer sich vor Sorge. »Ich hätte sie nie allein gehen lassen dürfen. Wie kann eine Frau nur so schnell so eigensinnig werden? Als ich sie kennen lernte, war sie wie Wachs in meinen Händen.«

»Wenn du einen Fußabtreter brauchst, dann kauf dir einen.«

Malachi warf Cleo einen vernichtenden Blick zu. »Mach mich nicht wütend.«

»Dann hör auf, dich aufzuführen wie ein besorgter Daddy, dessen kleines Mädchen nicht pünktlich nach Hause kommt. Tia ist nicht blöd, sie kann schon auf sich selbst aufpassen.«

»Ich habe nie behauptet, dass sie blöd ist, aber sie hat nicht besonders viel Erfahrung darin, auf sich selbst aufzupassen, oder? Wenn sie wenigstens an ihr verdammtes Handy gehen würde ...«

»Wir haben vereinbart, dass Handys nur im äußersten Notfall benutzt werden«, erinnerte Gideon ihn. »Sie sind viel zu leicht abzuhören.«

»Das *ist* ein Notfall. Ich gehe sie suchen.« Malachi riss die Wohnungstür auf und wäre beinahe über Tia gestolpert.

»Wo warst du bloß? Geht es dir gut?« Mitsamt den Tüten, die sie bei sich trug, hob er sie hoch.

»Der Bedenkenträger hier wollte gerade die Polizei rufen. Ist das was Essbares?«, fragte Cleo und griff nach einer der Tüten. »Hey, Klasse! Mittagessen!«

»Ich war kurz einkaufen«, begann Tia.

»Ich fasse es nicht. Ich fasse es einfach nicht!« Malachi riss ihr die andere Tüte aus der Hand und reichte sie Gideon. »Wie viel Geld hast du?«, fragte er seinen Bruder.

»Ungefähr zwanzig amerikanische Dollar.«

»Gib her.« Malachi grub bereits in seiner eigenen Tasche. »Wir wollen nicht wie ein Haufen Schnorrer von dir durchgefüttert werden.«

»Malachi, Geld spielt doch keine Rolle. Es ist doch nur ...«

»Bis jetzt war es meistens *dein* Geld, oder nicht?«, unterbrach er sie. »Nun, das hört jetzt auf. Wir müssen Ma anrufen, damit sie uns etwas überweist.«

»Das lässt du schön bleiben.«

Tia baute sich kämpferisch vor ihm auf. Gideon und Cleo verschwanden möglichst unauffällig in der Küche.

»Ich lasse mich unter keinen Umständen von einer Frau aushalten, aber ich will verdammt sein, wenn ich mich auch noch von einer aushalten lasse, mit der ich schlafe.«

»Wir haben uns doch geeinigt, dass du mir später alles zurückzahlst. Und wenn es dir so viel ausmacht, dass ich alles bezahle, während wir miteinander schlafen, dann können wir ja einfach damit aufhören.«

»So, meinst du?« Wütend packte er sie am Arm und zog sie zum Schlafzimmer.

»Hör auf! Hör sofort auf damit!« Sie stolperte und verlor ihren linken Schuh. »Was ist bloß los mit dir? Du benimmst dich wie ein Irrer!«

»Ich fühle mich auch so.« Er schlug die Schlafzimmertür hinter ihnen zu und drängte sie mit dem Rücken dagegen. »Ich gebe dich nicht auf und damit basta!« Er küsste sie leidenschaftlich. »Und ich lasse dich nicht für jede Brotkruste, die ich esse, bezahlen.«

Tia holte tief Luft. »Ich habe Kartoffelsalat und geräucherten Truthahn gekauft. Das Brot habe ich vergessen.«

Er öffnete den Mund, schloss ihn wieder und lehnte seine Stirn gegen ihre. »Für mich ist das kein Spaß.«

»Das sollte es aber sein. Es steht wesentlich mehr auf dem Spiel als eine Lebensmittelrechnung. Wenn du dir von deiner Mutter Geld anweisen lässt, kann man die Spur verfolgen. Das wäre doch idiotisch.«

Sie ließ ihre Hände über seinen Rücken gleiten und massierte die verspannten Muskeln durch sein Hemd. »Ich habe Geld, ich habe immer schon Geld gehabt. Aber ich habe nie jemanden gekannt, dem ich so viel bedeute, dass es ihm peinlich ist, es von mir anzunehmen.«

»Ich könnte es nicht ertragen, wenn du dächtest, dass ich dich ausnutze.«

»Das tue ich doch gar nicht.« Sie umschloss sein Gesicht mit den Händen und sah ihn an. »Du gibst mir das Gefühl, etwas ganz Besonderes zu sein.«

»Du warst so lange weg! Ich bin halb durchgedreht vor Sorge.«

»Das tut mir Leid. Es ist alles so seltsam. So seltsam und wundervoll.« Sie küsste ihn, und als sie spürte, dass sein Herzschlag schneller wurde, gleich noch einmal.

Dann schlang sie die Arme um ihn und schob ihn zum Bett.

»Ich werde dich jetzt verführen.« Sie knabberte an seinem Kinn. »Es ist mein erster Versuch, deshalb musst du mir eventuelle Patzer verzeihen.« Spielerisch fuhr sie mit ihren Lippen über seine. »Wie mache ich es bis jetzt?«

»Großartig.«

Sie veranlasste ihn, sich aufs Bett zu setzen, dann kletterte sie auf seinen Schoß. »Was das Geld angeht ...«, flüsterte sie, während sie sein Hemd aufknöpfte.

»Welches Geld?«

Lachend streichelte sie seine Brust. »Ich kann dir auch Zinsen berechnen.«

»Natürlich, so viel du willst.«

»Und Strafgebühren«, fuhr sie fort und knabberte an seiner Schulter. Sie zog sich ihr Jackett aus, aber als er ihre Bluse aufknöpfen wollte, schob sie seine Hände weg.

»Nein, lass mich. Du siehst nur zu.«

»Ich möchte dich berühren.«

»Ich weiß.« Langsam knöpfte Tia ihre Bluse auf. »Und es ist fantastisch, es zu wissen.«

Sie schlüpfte aus der Bluse und kniete sich hin, um ihre Hose zu öffnen. »Leg dich auf den Rücken«, sagte sie und gab ihm wieder einen zarten Kuss.

Sie erkundete seinen Körper mit ihrem Mund, und als ihre Zunge über seinen Bauch glitt, spürte sie, wie seine Muskeln sich zusammenzogen.

Er war schon hart. Und er wusste, dass sie die Regie übernehmen wollte. Also zwang er sich, passiv zu bleiben, während sie ihn langsam auszog.

Als sich ihr Mund über seinen senkte, stöhnte er erstickt auf und ballte die Fäuste.

Als sie leise Laute der Lust ausstieß, trat ihm der Schweiß auf die Stirn. Sie glitt über ihn und nahm ihn in sich auf.

Sie spürte seinen rasenden Herzschlag, konnte ihn beinahe schmecken, während ihre Zunge über seine Brust glitt. Es war wundervoll, seinen Körper beben zu sehen, weil er sich zurückhielt, damit sie ihn nehmen konnte.

Für Tia war es eine Offenbarung, zu erkennen, dass sie sich nehmen konnte, *was* sie wollte und *wie* sie es wollte.

Sie lauschte seinem Atem, der jetzt in kurzen Stößen kam, spürte, wie er seine Muskeln anspannte. Und die ganze Zeit über fühlte sie sich so lebendig, so ... begehrt.

Als er ihren Namen keuchte, hob sie den Kopf, dann küsste sie ihn leidenschaftlich.

»Niemand hat mich je so begehrt – und auch ich habe noch nie jemanden so begehrt.«

Sie erschauerte, als er seine Hände an ihre Hüften legte, und stöhnend passte sie sich seinem Rhythmus an. Der Druck in ihr wuchs und dann schlugen die Wellen der Lust über ihr zusammen.

Als sich ihre Blicke trafen, lächelte sie. Dann sah sie, wie sich seine Augen verschleierten. Mit einem Seufzer des Triumphs warf sie ihren Kopf nach hinten und überließ alles Weitere ihrem Körper und ihrer Lust.

Teil III
Schneiden

Wir spinnen unser eigenes
Schicksal, gut oder schlecht,
und können es nie wieder
rückgängig machen.
Selbst die kleinste Tugend oder
Missetat hinterlässt winzige
Narben.

William James

21

»Das ist er.« Cleo blickte auf das fotokopierte Bild. »Das war einer von den Typen in Prag. Der Kleinere«, fügte sie hinzu und warf Gideon einen Blick zu, damit er ihre Aussage bestätigte. »Der andere war größer und breiter, und er ist zu Fuß hinter uns hergekommen, während der Kleinere das Auto geholt hat. Der Größere hat mich auch verfolgt, nachdem ich mich mit Anita getroffen habe.«

Sie holte tief Luft, um den Druck auf ihrer Brust zu lindern. »Der hier muss Mikey verfolgt haben. Er hat ihn umgebracht.«

Gideon legte ihr tröstend die Hand auf die Schulter. »Wir konnten sie in Prag ziemlich genau erkennen.«

»Bob soll versuchen, herauszubekommen, mit wem dieser Typ normalerweise zusammengearbeitet hat. Vielleicht finden wir dadurch den zweiten Mann.« Jack nahm Cleo das Foto aus der Hand und heftete es an die Pinnwand, die er in seinem Büro aufgestellt hatte.

Sie hatten sich in dem Büro bei ihm zu Hause getroffen. »Sein Name ist Carl Dubrowsky. Vorbestraft wegen Körperverletzung und Diebstahl. Schlägertyp, niedriger Intelligenzquotient. Man hat ihn in einem leeren Lagerhaus in New Jersey gefunden, von vier Schüssen durchlöchert.«

»Glauben Sie, sein Partner hat ihn umgebracht?«, fragte Tia.

»Nicht mit einer Fünfundzwanziger. Wenn ein Typ eine solche Waffe bei sich hat, dann lachen ihn die anderen aus.«

»Anita.« Malachi trat an die Pinnwand. Dort hing auch ein Foto von Anita. »Es hat ihr sicher nicht gefallen, dass Dubrowsky Cleos Freund umgebracht hat. Ich habe mich eben gefragt, ob sie fähig wäre, jemanden eigenhändig zu töten. Und ich glaube, dass sie es durchaus wäre.«

»Das würde ich auch sagen.« Der Mann ist in Ordnung, dachte Jack und musterte Malachi. Hat Durchhaltevermögen. Mit so jemandem konnte er arbeiten. »Das Lagerhaus ist gerade erst von *Morningside* verkauft worden. Mein Freund bei der Polizei will sich demnächst mal mit Anita unterhalten. Was glaubt ihr, wie sie darauf reagiert?«

»Sie wird stinkwütend sein«, sagte Malachi. Er steckte die Hände in die Taschen und wippte leicht auf den Fersen. »Aber dann wird es ihr gefallen, weil es das Spiel ein bisschen spannender macht. Sie hält sich für unbesiegbar.«

»Wenn Menschen sterben, ist es kein Spiel mehr.« Rebecca schaute ihren Bruder an. »Cleo hat einen Freund verloren, und der Mann, der dafür verantwortlich ist, ist ebenfalls tot. Wäre jemand von euch bereit, so weit zu gehen – jemanden wegen ein paar Silberstatuen zu töten?«

»Darum geht es nicht, Becca.« Gideon ließ seine Hand auf Cleos Schulter liegen. »Es geht schon lange nicht mehr um den Wert der Statuen.«

»Ja, für dich«, stimmte sie zu. »Und für Mal. Und für dich, Cleo?«, fragte sie.

»Ich will, dass sie bezahlt. Ich will sie besiegen.«

Rebecca ging vor Cleos Stuhl in die Hocke und blickte sie an. »Wie weit würdest du dafür gehen?«

»Mikey war so ein freundlicher, friedliebender Kerl. Ich habe ihn geliebt.« Cleo seufzte. »Wie weit ich gehen würde? So weit ich muss.«

Rebecca stieß die Luft aus und erhob sich. Dann wandte sie sich an Tia. »Und du? Du bist durch uns in die ganze Geschichte hineingezogen worden, dein ganzes Leben ist auf den Kopf gestellt worden. Wenn wir weitermachen, gibt es kein Zurück mehr. Aber jetzt könntest du noch aussteigen und dein altes Leben wieder aufnehmen.«

Könnte ich das wirklich?, fragte sich Tia. Würde sie jemals

wieder auf Zehenspitzen durch ihr Leben schleichen können, ängstlich darauf bedacht, dass niemand sie bemerkte? Würde sie sich wieder hinter den Heldentaten irgendwelcher Götter verschanzen können und dabei nie selbst den Mut haben, etwas zu tun?

Hoffentlich nicht.

»Ich habe in meinem ganzen Leben nie etwas Besonderes gemacht. Nichts, was wirklich wichtig gewesen wäre. Ich bin nie für meine Interessen eingetreten, jedenfalls nicht, wenn es einfacher war, sich im Hintergrund zu halten. Durch euch habe ich mich sehr verändert. Sie hat unser Eigentum an sich gerissen«, sagte sie und nickte Malachi zu. »Deins und meins – und sie verdient es nicht. Die drei Parzen gehören zusammen, und ich ...« Sie brach errötend ab, als sie merkte, dass alle sie gespannt ansahen.

»Sprich weiter, Tia. Sag den Satz zu Ende«, drängte Malachi sie.

»Na gut.« Sie holte tief Luft. »Jeder von uns hat eine Verbindung zu den Parzen, und deswegen sind auch *wir* miteinander verbunden. Es ist wie ein Teppich aus Schicksalsfäden. Die Parzen haben die Fäden von Henry Wyley, Felix Greenfield, den Cunninghams und sogar von den White-Smythes gesponnen, bemessen und abgeschnitten. Der Entwurf, das Muster des Teppichs, ist bereits angelegt.«

»Willst du damit sagen, dass alles vorherbestimmt ist?«, fragte Jack, aber Tia schüttelte den Kopf.

»So einfach ist es nicht. Schicksal ist nicht schwarz oder weiß, rechts oder links. Die Menschen werden nicht einfach irgendwo eingepflanzt und müssen dann je nach der Laune der Götter einem Weg in ihrem Leben folgen. Wenn es so wäre, dann hieße das zum Beispiel, dass auch Hitler nur ein Opfer seines Schicksals war und damit schuldlos. Aber ich schweife vom Thema ab.«

»O nein«, widersprach Cleo. »Du gehst der Sache auf den Grund. Das ist cool.«

»Nun, ich denke, ich will damit sagen, dass wir Entscheidungen treffen und gute oder schlechte Taten vollbringen können, die die Struktur unseres Lebens ausmachen. Alles, was wir tun oder nicht tun, spielt eine Rolle«, fuhr sie an Jack gewandt fort. »Am Ende des Tages zählt alles. Aber der Teppich, der schon mit den Schicksalsfäden der Menschen vor uns begonnen wurde, ist noch nicht vollendet.«

»Und jetzt sind wir die Fäden«, sagte Malachi.

»Ja. Wir haben begonnen, das Muster, zumindest für uns selbst, auszusuchen, das wir erschaffen wollen. Wir müssen einen Weg finden, es zu vollenden. Ich glaube, dass wir dazu bestimmt sind, es zu versuchen, auch wenn es blöd klingt.«

»Es klingt nicht blöd.« Malachi tat auf sie zu und küsste sie auf die Stirn. »Hier liegt der Kern der ganzen Sache«, sagte er. »Niemand kann den Kern so gut erfassen wie du.«

»Und da uns der Kern jetzt klar ist, können wir vielleicht dazu übergehen, darüber nachzudenken, wie wir unser gemeinsames Ziel erreichen wollen«, sagte Jack. »Hier sind Fotos von *Morningside* und Anitas Haus. Meine Firma hat in beiden Gebäuden die Alarmanlagen installiert.«

»Das ist ja praktisch.« Interessiert trat Malachi vor, um sich die Fotos anzuschauen. »Ein schönes Haus hat sie.«

»Sie hat einen reichen alten Narren geheiratet, der ihr Großvater hätte sein können, hat abgewartet, bis er tot umfiel, und dann sein Erbe angetreten.« Jack zuckte mit den Schultern. »Paul Morningside war ein guter Mann, aber wenn es um Anita ging, war er blind und taub. Und man muss ihr lassen, dass sie ihre Rolle als Ehefrau perfekt gespielt hat. Man sollte sie nicht unterschätzen. Sie ist eine kluge Frau, und ihre einzige Schwäche ist ihre Gier. Wie viel sie auch besitzen mag, ihr ist es nie ...«

»Das ist nicht ihre größte Schwäche.« Tia zuckte zusammen, als sie merkte, dass sie Jack einfach unterbrochen hatte. »Entschuldigung, ich habe laut gedacht.«

Jack sah sie an. »Was ist denn ihre größte Schwäche?«

»Eitelkeit. Sie hält sich selbst für klüger, cleverer und skrupelloser als andere Leute. Sie hat Malachi die erste Parze gestohlen, dabei hätte sie es gar nicht gemusst. Sie hätte sie ihm abkaufen können. Sie hätte eine gefälschte Expertise schreiben können, um ihn davon zu überzeugen, dass das Stück nur geringen Wert besaß. Irgendetwas in der Art. Aber sie hat die

Statue gestohlen, weil es ihr Spaß gemacht und ihrem Ego gut getan hat. Sie nimmt sich, was sie will, und wenn sie dabei über Leichen gehen muss. Das ist es, was sie braucht.«

»Das ist ein exzellentes psychologisches Profil«, sagte Jack.

»Wenn man sein Leben lang übervorteilt wird, dann lernt man, so etwas zu erkennen. Gier ist einer ihrer Makel, aber ihre wahre Achillesferse ist ihr Ego. Spann den Bogen, ziel auf ihr Ego, und sie wird fallen.«

»Ist sie nicht ein Juwel?« Lächelnd ergriff Malachi Tias Hand und küsste sie.

»Wenn man ihr die Parze vor der Nase wegschnappt, müsste das ihr Ego mitten ins Herz treffen«, stimmte Jack zu. »Aber bevor wir so weit sind, müssen wir noch etliche andere Schritte unternehmen. Zunächst müssen wir feststellen, ob sie die Statue hier« – er tippte auf das Foto von *Morningside* – »oder hier aufbewahrt.« Er zeigte auf das Foto von ihrem Haus.

»Da wir das momentan noch nicht sicher wissen, müssen wir einen Plan ausarbeiten, wie wir uns zu beiden Gebäuden Zutritt verschaffen.« Gideon trat an die Pinnwand. »Keiner von uns hat Erfahrung mit Einbrüchen.«

»Du vergisst, dass wir einmal in den Keller von *Hurlihy's Pub* eingestiegen und über dieses Fass Harp Lager gestolpert sind«, erinnerte Malachi ihn.

»Ich habe mehr als zehn Jahre daran gearbeitet, es zu vergessen, weil ich so einen dicken Kopf danach hatte.«

»Und als Ma es herausgefunden hat«, ergänzte Rebecca, »hat sie euch an den Ohren zur Beichte gezerrt.«

»Und dann mussten wir zur Strafe den ganzen Sommer über bei *Hurlihy's* arbeiten«, erzählte Malachi. »Dieses Bier ist uns wirklich teuer zu stehen gekommen.« Er lächelte Jack zu. »Ich fürchte, das ist kein gute Basis für eine Karriere als Einbrecher.«

»Das stimmt, aber ich werde es euch schon beibringen.« Jack setzte sich und streckte seine langen Beine aus. »Wenn man seinen Lebensunterhalt damit verdient, Häuser einbruchssicher zu machen, muss man sich in die Gedankengänge der Einbrecher hineinversetzen und einen gewissen Respekt vor ihnen entwickeln. Wir müssen in beide Gebäude einbrechen«, fügte er hinzu und nickte Gideon zu.

»Genau, wir müssen sie überlisten«, kam Malachi ihm zu Hilfe. »Sie überwältigen und sie einkreisen.« Er zog mit den Fingern einen Kreis um Anitas Gesicht auf dem Foto. »Das klingt gut.«

»Es klingt schrecklich kompliziert«, warf Tia ein.

»Wir müssen jeden Schritt einzeln planen«, fuhr Jack fort. »Und sie dann miteinander verbinden. Im Privathaus gibt es vier Safes, bei *Morningside* doppelt so viele. Es kostet Zeit und Mühe, die Alarmanlage zu umgehen, ins Haus zu kommen, in sämtlichen Safes nachzusehen, die Parze herauszuholen, das Haus zu verlassen und die Alarmanlage wieder anzustellen. Ich habe ein paar Ideen, wie man bei *Morningside* vorgehen könnte. Aber wenn wir die Statue holen wollen, brauchen wir Zeit. Es würde das Risiko verringern, wenn man Anita für ein paar Tage aus dem Weg bekäme.«

»Ich ... ich glaube, sie fliegt vielleicht nach Athen.« Tia räusperte sich, und alle drehten sich zu ihr herum. »Ich habe meinen Vater gebeten, ihr gegenüber wie zufällig zu erwähnen, dass eine Spur zu den Parzen vielleicht nach Athen führt. Er weiß nicht, worum es geht, aber ich glaube, er wird mir den Gefallen tun. Ich hatte sogar den Eindruck, dass er ihn mir gern täte.«

Jack lehnte sich auf seinem Stuhl zurück. »Das war eine gute Idee. Und wenn *ich* Anita meinen Bericht über Cleo Toliver abliefere und ihr erzähle, dass diese einen Flug nach Athen gebucht hat, wird sie sich sofort auf den Weg dorthin machen. Allerdings müssen wir noch eine Menge erledigen, bevor wir bei ihr einbrechen können – und wir sollten uns die Parze holen, sobald Anita im Flugzeug sitzt.«

»Sie ist auch nicht persönlich nach Prag geflogen, als Cleo dort war«, rief Rebecca ihm ins Gedächtnis. »Warum sollte sie ihr denn dann nach Athen folgen? Sie könnte doch ebenso gut wieder einen ihrer Killer schicken.«

»Die haben ja versagt.« Malachi setzte sich auf die Armlehne von Tias Sessel. »Und wenn sie den Typen im Lagerhaus wirklich erschossen hat, ist sie offenbar nicht mehr bereit, Versagen zu dulden. Dieses Mal schickt sie bestimmt keinen ihrer Gorillas. Zumindest nicht, wenn sie davon überzeugt ist, dass sie beide Parzen auf einmal ergattern kann.«

»Ja, das klingt logisch.« Rebecca schürzte die Lippen und blickte nachdenklich auf die Pinnwand. »Für uns wäre es am besten, wenn sie die erste Parze bei sich zu Hause aufbewahrte. Bei *Morningside* gibt es viel zu viele potenzielle Verstecke, und außerdem sind die Alarmeinrichtungen dort wahrscheinlich schwerer zu umgehen, nicht wahr?«

»Ja, das stimmt.« Es gefiel Jack, dass Rebecca und er das Gleiche dachten.

»Wir müssen also dafür sorgen, dass Anita den Eindruck gewinnt, dass der Laden kein sicheres Versteck ist.« Gideon legte den Kopf schräg. »Sollen wir etwas bei *Morningside* stehlen?«

»Sieh es als eine Art Generalprobe an«, erwiderte Jack.

Sie redeten und stritten lange miteinander. Sie erstellten Diagramme und Pläne, und immer mehr Zettel wanderten an die Pinnwand. Tia war völlig gefesselt. Sie wollten in eins der berühmtesten Antiquitätengeschäfte New Yorks einbrechen, und das nur, um eine falsche Spur zu legen.

Es war faszinierend.

»Wenn wir jetzt da schon einbrechen, warum suchen wir bei der Gelegenheit nicht gleich nach der verdammten Statue?«, fragte Rebecca. Jack warf ihr einen Blick zu.

»Das geht nicht, dazu bräuchten wir viel mehr Zeit, um den Einbruch vorzubereiten. Natürlich könnten wir uns die Zeit nehmen, aber wenn wir uns dann einfach nur die Figur schnappen, würde Anita wegen der Morde ungeschoren davon kommen. Wenn wir richtig an die Sache herangehen«, fuhr Jack fort, »können wir schon bald in ihr Privathaus einbrechen. Aber nicht bei *Morningside*, schließlich sind wir keine Profis.«

»Ach, auf einmal sind wir wohl Amateure, was?«

»Na ja, Bec.« Gideon legte ihr die Hände auf die Schultern und schüttelte sie leicht. »Was glaubst du denn, was wir sind?«

»Für dich mag das ja gelten ...«

»Ich könnte einen Tee brauchen«, warf Tia ein und stand auf. »Darf ich die Küche benutzen?«

»Bedien dich«, erwiderte Jack. »Und wenn du schon einmal dabei bist: Ich hätte gerne einen Kaffee.«

»Die Küche oben ist besser«, sagte Rebecca, die Tias verärgerten Gesichtsausdruck bemerkt hatte. »Lass uns hinauffahren. Kommst du mit, Cleo?«

Cleo wollte schon protestieren, sah dann aber, dass Tia mit dem Kopf zur Tür wies. »Na gut, aber nur, wenn die häuslichen Pflichten jetzt nicht ständig an uns Frauen hängen bleiben.«

Während sie mit dem Aufzug nach oben fuhren, wandte Rebecca sich an Tia. »Du wolltest weg von den Männern, nicht wahr?«

»Für ein paar Minuten jedenfalls. So ein Einbruch ist doch für uns alle Neuland, und dabei kennen wir einander kaum.«

»Mir gefällt nicht, wie überheblich die Jungs an die Sache herangehen«, sagte Rebecca.

»Du meinst, wie überheblich *Jack* an die Sache herangeht«, gab Cleo zurück, als Rebecca den Code eingab, damit sie die Wohnung betreten konnten.

»Ja, er ganz besonders. Er hat mir noch nicht einmal erzählt, dass er da unten dieses Büro hat.«

»Möchtest du darüber reden, was für Schweine Männer sein können? Mir soll's recht sein.« Cleo ließ sich in einen Sessel fallen und schwang ihre Beine über die Lehne.

»Malachi ist kein Schwein«, sagte Tia.

Rebecca lachte. »Das sagst du nur, weil du bisher nur seine sanfte Seite kennen gelernt hast – und das ist ja auch gut so. Aber ich sage dir, bei all ihren guten Eigenschaften können auch Gideon und Mal sich manchmal wie Schweine aufführen.«

»Wenn ihr mich fragt – ein Mann muss sich auch mal wie ein Schwein aufführen, sonst ist er nichts für mich. Gibt es hier übrigens Wein?«, fragte Cleo.

»Ja«, antwortete Rebecca. »Lasst uns ein Glas trinken – Kaffee und Tee können wir immer noch aufsetzen. Ich finde, zumindest wir drei sollten versuchen herauszufinden, was wir voneinander halten, bevor wir uns wieder an die Arbeit machen.«

»Wir sollten jetzt wirklich wieder hinuntergehen.« Tia biss sich auf die Lippe, als Rebecca ihnen noch einmal nachschenkte.

»Sie brauchen uns im Moment nicht.« Rebecca musterte nachdenklich die Brezel, von der sie gerade ein Stück abgebissen hatte. »Sollen Sie sich doch ein Weilchen allein mit ihren

Plänen und Zeichnungen beschäftigen. Im Moment geht es ja nur um technische Dinge, das kann ich mir auch später noch alles ansehen.«

»Ja, weil *du* etwas von Technik verstehst.« Tia trank einen Schluck Wein. »*Ich* nicht.«

»Das brauchst du auch nicht. Ich werde dir alles in meinen Worten erklären, dann wirst du es schon verstehen. Malachi steht übrigens total auf deinen scharfen Verstand.«

»Oh, na ja, er ist ...«

»Prost!«, warf Cleo ein und tauchte einen Kartoffelchip in den Dip. »Der Junge ist verrückt nach dir, aber er ist deswegen nicht blind. Du hast wirklich einen scharfen Verstand. Ich habe mich früher mit schlauen Menschen nie verstanden. Mit solchen wie du«, fuhr sie fort. »Den Supergebildeten. In der Schule war ich sowieso die meiste Zeit damit beschäftigt, mir zu überlegen, in welche Schwierigkeiten ich als Nächstes geraten könnte, und Mädchen wie euch beide habe ich gehasst.« Sie grinste und stopfte sich noch einen Kartoffelchip in den Mund. »Komisch, wie sich die Dinge ändern können.«

»Gideon würde keine Zeit mit dir verschwenden, wenn du kein Hirn hättest. Er hätte zwar so oder so auf deine Figur und dein Aussehen gestanden«, sagte Rebecca, »aber wenn Beine und Busen alles gewesen wären, was du zu bieten hast, hätte er schnell das Interesse verloren.«

»Hey, danke, Schwester.«

»Na ja, er hat dich ja schließlich von Anfang an nackt gesehen. Übrigens, da wir gerade davon sprechen, wie ist es denn so, als Stripperin zu arbeiten?«

Cleo ergriff ihr Weinglas und trank einen Schluck.

»Ach, komm, sei nicht gemein«, beklagte sich Rebecca, »ich bin doch nur neugierig. Tia, fragst du dich nicht auch manchmal, wie es wohl wäre, einem Haufen Männer deinen nackten Hintern zu zeigen?«

»Darüber habe ich noch nie nachgedacht ...« Tia brach verlegen ab, als Rebecca sie spöttisch angrinste. »Vielleicht«, gab sie dann zu. »Aber ich will dich nicht beleidigen, Cleo.«

»Das tust du nicht. Siehst du, sie ist viel netter als du«, sagte Cleo zu Rebecca.

»Du hast ja Recht. Aber ich wollte dich auch nicht beleidigen, Cleo. Ich bin übrigens fest davon überzeugt, dass fast jede Frau sich irgendwann schon einmal vorgestellt hat, einen Striptease zu machen. Es gibt einem doch bestimmt ein gewisses Gefühl der Macht, wenn man weiß, dass ein Haufen Typen auf einen scharf sind, sie einen aber nicht haben können, oder?«

»So *kann* es sein. Es kann aber auch ganz schön entwürdigend und demütigend sein. Kommt ganz darauf an, wie man es sieht.«

»Wie hast du es denn gesehen?« fragte Tia.

»In erster Linie als Möglichkeit, Geld zu verdienen.« Cleo zuckte mit den Schultern und griff wieder in die Chipstüte. »Ich bin nicht besonders prüde. Die meisten Männer sehen einen sowieso nicht wirklich an. Sie sehen deine Titten und deinen Arsch. Durch die Stripperei konnte ich meine Miete bezahlen und hatte Gelegenheit, meine eigene Choreographie auszuprobieren. Ich hatte ein paar ziemlich scharfe Nummern drauf.«

»Die würde ich gerne irgendwann mal sehen. Nicht das mit dem Strippen«, fügte Tia hastig hinzu und wurde blutrot, als Cleo lachte. »Das Tanzen.«

»Du bis wirklich süß, Tia. Weißt du, was ich finde? Was du vorhin über den Teppich des Schicksals gesagt hast, dass wir alle dafür bestimmt sind, zusammenzukommen, das macht Sinn. Sonst würden wir drei hier niemals so sitzen und uns alles erzählen. Das ist cool. Und jetzt muss ich dich was fragen«, sagte sie an Rebecca gewandt. »Du schläfst doch mit Jack, oder?«

»Cleo!«

»Ach, hab' dich nicht so«, gab sie zurück, ohne auf Tias geflüsterten Einwand zu achten.

»Noch nicht.« Rebecca hob ihr Glas. »Aber ich denke darüber nach. Und da wir gerade von Sex sprechen, ich möchte gern mit euch über Anita Gaye reden. Die Jungs da unten begreifen nicht, wie sie wirklich tickt. Dazu muss man eine Frau sein. Man muss eine Frau sein, um diese Art von weiblicher Skrupellosigkeit zu begreifen. Ein Mann denkt immer, eine Frau wäre im Kern ihres Wesens schwach, verletzlich und umgänglich. Aber wir drei sind nicht so, und Anita ist es auch nicht.«

»Sie ist eiskalt«, sagte Tia leise. »Und das ist es, was sie so gefährlich macht, denn andere Menschen sind ihr völlig gleichgültig. Sie würde nicht zögern, jemanden zu verletzen, um das zu bekommen, was sie will. Vermutlich glaubt sie, sie habe verdient, alles zu bekommen, was sie will. Aber ich fange schon wieder an zu analysieren«, entschuldigte sie sich. »Jahrelang bin ich in Therapie gegangen, und jetzt bin ich selbst beinahe schon eine Therapeutin.«

»Ich glaube, du hast Recht«, erwiderte Rebecca. »Ich kenne die Frau ja noch nicht persönlich, aber du vermittelst mir ein viel klareres Bild von ihr als Malachi. Seine Beschreibung war vermutlich ohnehin gefärbt, weil er wegen dieser Geschichte in Irland so verlegen und wütend war. Wenn sie jemals erfährt, dass wir sie ausgetrickst haben – was Gott verhüten möge –, was glaubst du, wird sie dann tun?«

»Sie wird versuchen, sich wenigstens an einem von uns zu rächen. Oder an eurer Familie«, sagte Tia. »Schließlich hat mit Malachi alles begonnen.«

»Was meinst du, Cleo? Glaubst du das auch?«

»Ja.« Sie stieß die Luft aus. »Ja, das glaube ich.«

»Ich auch. Also müssen wir dafür sorgen, dass sie keine Möglichkeit erhält, sich zu rächen. Was auch immer geschieht – wir müssen dafür sorgen, dass sie keine Macht mehr hat.«

»Darüber habe ich schon nachgedacht.« Tia stand auf und ging in die Küche, um endlich die Kaffeemaschine anzustellen. »Ihr Geld verleiht ihr Macht, und wenn man die Umstände ihrer Ehe bedenkt, kann man daraus schließen, dass Geld das Allerwichtigste für sie ist. Ich dachte, es hilft uns vielleicht weiter, wenn wir herausfinden, *wie* reich sie tatsächlich ist. Dann hätten wir eine Vorstellung, wie viel wir ihr ... wie heißt das Wort?« – sie drehte sich zu Cleo um – »abknöpfen müssen. Stimmt das?«

»O Mann, ist sie nicht fantastisch? Amateure, du meine Güte! Tia, Süße, du bist wirklich ein Profi.«

Unten im Büro klimperte Gideon mit dem Kleingeld in seiner Hosentasche. »Die Mädels lassen sich aber viel Zeit mit dem Kaffeekochen.«

Jack blickte auf die Uhr und zuckte mit den Schultern. »Ich schätze, sie sind hinaufgegangen, um für eine Weile unter sich zu sein. Aber …« Er ging zu den Monitoren hinüber und schaltete die Kameras in der Wohnung ein.

Als die drei Frauen auf dem Bildschirm erschienen, stieß Malachi einen leisen Pfiff aus. »Du hast Kameras in deiner eigenen Wohnung installiert? Hat das Wort ›paranoid‹ zufällig für dich eine ganz besondere Bedeutung?«

»Ich pflege mein Verhalten als ›gründlich‹ zu bezeichnen.«

»Sie essen Chips«, stellte Gideon fest. »Ich hätte es mir denken können, dass Cleo irgendwo Chips findet. Sieht fast wie eine Party aus. Sie geben ein hübsches Bild ab, was?«

»Blondine mit Klasse, toller Rotschopf, sexy Brünette.« Jack ließ seinen Blick über den Monitor gleiten. »Für jeden von uns etwas dabei. Seht sie euch gut an, wir müssen uns nämlich gut überlegen, wie weit wir sie in die Sache mit hineinziehen wollen.«

»Ich glaube nicht, dass wir diesbezüglich große Wahlmöglichkeiten haben«, meinte Gideon.

»Es gibt immer eine Alternative.«

»Du meinst, dass wir ihnen nicht alles zu sagen brauchen.« Malachi richtete sich auf. »Dass wir ihnen bestimmte Dinge vorenthalten, um sie vor Anita zu schützen.«

»Sie ist für zwei Morde verantwortlich. Warum sollte sie nicht auch einen dritten begehen?«

»Es wird nichts nutzen, Jack.« Malachi beobachtete, wie Tia Milch in einen kleinen Krug goss. »Sie würden es auf jeden Fall merken, wenn wir ihnen nicht alles erzählen. Rebecca ganz bestimmt.«

»Da hast du wohl Recht«, stimmte Gideon zu.

»Außerdem ging die ganze Geschichte damit los, dass ich Tia belogen habe. Ich will sie nicht schon wieder belügen. Sie haben einen Anspruch auf die Wahrheit. Wir müssen eben einen Weg finden, wie wir die Mädchen trotzdem schützen können.«

»Ich könnte sie eine Woche lang in der Wohnung einsperren. Mehr als eine Woche brauchen wir nicht. Sie wären zwar stinksauer, aber sie wären zumindest in Sicherheit.«

»Meinst du es ernst mit meiner Schwester?«

Jack blickte zu Rebecca auf dem Bildschirm und sah dann wieder Malachi an. »Todernst.«

»Dann schlag dir solche Gedanken aus dem Kopf. Sie würde dir die Augen auskratzen, und wenn sie damit fertig wäre ... Gideon?«

»Sie würde dich aus ihrem Leben auslöschen, wie man Kreide von einer Tafel wischt. Und was mich angeht, ich will Cleo nicht ausschließen. Sie hat einen Freund verloren und soll die Möglichkeit haben, ihn zu rächen.«

»Wenn wir auch nur einen einzigen Fehler machen, könnte es gefährlich werden.« Jack tippte mit dem Finger auf den Bildschirm. »Es könnte eine von ihnen treffen.«

»Dann machen wir eben keinen Fehler«, erwiderte Malachi. »Achtung, sie kommen wieder herunter! Du solltest die Monitore besser ausschalten, falls du keinen Wert darauf legst, heißen Kaffee zwischen die Beine gegossen zu bekommen.«

»Gute Idee.« Jack schaltete die Kameras aus und blickte die Brüder an. »Also, wie bei den Musketieren?«

»Alle für einen ...«, begann Malachi.

»... und einer für alle«, ergänzte Gideon.

Jack nickte und entriegelte die Schlösser, damit die Frauen hereinkommen konnten. Im selben Moment klingelte das Telefon. Er blickte auf das blinkende Licht an seiner Anlage. »Es ist die Leitung nach oben, in mein Büro.«

Tia hätte beinahe die Kaffeekanne fallen lassen, als sie eintrat und Anitas Stimme hörte, die auf den Anrufbeantworter sprach.

»Jack, hier ist Anita Gaye. Ich hatte schon längst erwartet, von Ihnen zu hören.« Ihre Stimme klang leicht irritiert. »Es ist dringend. Diese Toliver belästigt mich, und ich will, dass das endlich aufhört. Ich verlasse mich auf Sie, Jack.« Sie machte eine Pause, dann wurde ihre Stimme weich und bebte. »Sie sind der Einzige, auf den ich mich verlassen kann. Ich fühle mich so allein und so ... schutzlos. Bitte, rufen Sie mich so bald wie möglich an. Es ginge mir viel besser, wenn ich wüsste, dass Sie auf mich aufpassen.«

»Und der Oscar für die beste Hauptdarstellerin geht an ...« Cleo ließ sich in einen Sessel fallen. »Was für eine Scheiße! Oh, Jack,« – sie imitierte Anitas Stimme und flatterte mit den Wimpern – »ich fühle mich so allein, so schutzlos.« Sie streckte die Beine aus und blickte Jack nachdenklich an. »Hast du mit ihr geschlafen?«

»Cleo! Du kannst doch nicht ...«

»Lass sie«, tat Rebecca Tias Einwand ab. »Es würde mich auch interessieren.«

Malachi und Gideon beschäftigten sich auf einmal eingehend mit dem Kaffee.

»Ich habe mit dem Gedanken gespielt. Ungefähr fünf Sekunden lang. Aber dann fielen mir diese Gemüseschneider ein. Ihr wisst schon.« Er machte eine rasche, hackende Bewegung mit der Hand. »Und ich habe mir vorgestellt, wie sie meinen Schwanz mit so einem Ding abhackt. Es war kein besonders angenehmer Gedanke«, fügte er hinzu.

»Warum arbeitest du für sie?«

»Erstens arbeite ich nicht für sie. Ihr Mann hat meine Firma für die Sicherheitsberatung engagiert. Ich mochte ihn. Zweitens ist es nur ein Job. Nehmt ihr nur Leute mit auf die Schiffstouren, die ihr nett findet?«

»Du hast Recht«, entschied Rebecca und reichte ihm eine Schüssel Chips als Friedensangebot.

»Rufst du sie zurück?«, fragte Tia.

»Später. Erst lassen wir sie ein bisschen schmoren. Ich schätze, mein Kumpel Bob wird sie morgen besuchen. Es wird ihr nicht gefallen, dass die Polizei sie verhört. Und morgen Abend versetzen wir ihr den ersten Schlag, indem wir im Laden einbrechen.«

»Morgen?« Tia setzte sich hin. »So bald schon? Sind wir denn schon so weit?«

»Wir sind so weit«, versicherte Jack ihr. »Schließlich wird uns der Einbruch ja nicht gelingen, das heißt, auf den ersten Blick wird es so aussehen, als sei er uns nicht gelungen. *Du* wirst übrigens morgen früh den ersten Schritt unternehmen.«

»Ich?«

Verblüfft hörte Tia zu, als er ihr erklärte, was ihre Aufgabe war.

»Warum gerade Tia?«, wollte Rebecca wissen. »Ich bin die Einzige von uns, die Anita und ihre Gorillas noch nicht gesehen haben.«

»Das weißt du nicht genau«, erwiderte Jack. »Höchstwahrscheinlich hat sie schon Fotos von dir gesehen. Außerdem brauchen wir dich hier. Neben mir kannst du am besten mit der Technik umgehen.«

»Und Tia kann sich am besten verstellen«, fügte Malachi hinzu. Sie blickte ihn staunend an.

»Ich?«

»Und was das Beste ist«, fügte er hinzu und ergriff ihre Hand, »sie weiß es noch nicht einmal. Sie schafft es, sich unsichtbar zu machen und alles aufzunehmen, was um sie herum geschieht, ohne dass jemand es merkt.«

Er drückte ihre Hand. »Ich habe dich dafür vorgeschlagen«, sagte Malachi. »Ich weiß, dass du es kannst. Aber du musst einverstanden sein. Wenn du nicht willst, müssen wir eine andere Lösung finden.«

»Glaubst du wirklich, ich kann das?«

»Liebling, ich *weiß* es. Aber du musst selbst daran glauben.«

Es ist seltsam, dachte Tia. Zum ersten Mal in ihrem Leben setzte jemand volles Vertrauen in sie. Und es machte ihr überhaupt keine Angst. Im Gegenteil, es war ein gutes Gefühl.

»Ja. Ja, ich schaffe das schon.«

»Okay.« Jack stand auf. »Dann wollen wir mal die Details besprechen.«

Es war bereits nach Mitternacht, als Jack und Rebecca wieder in die Wohnung zurückkamen. Er wusste, dass sie nicht ganz zufrieden mit dem Plan war, den sie entwickelt hatten. Er wäre enttäuscht gewesen, wenn es anders gewesen wäre.

»Warum machst du den Einbruch mit Cleo?«

Jack war klar, dass Rebecca diese Tatsache am wenigsten gefiel, und meinte, eine Spur von Eifersucht in ihrer Stimme zu hören. Aber vielleicht wünschte er ja auch nur, es wäre so.

»Damit es wie ein echter Einbruch aussieht, brauche ich mehr als zwei Hände. Möchtest du etwas trinken?«

»Nein, danke. Warum gerade Cleo und nicht Mal oder Gideon?«

»Sie überwachen die Gegend und halten nach Polizisten

oder Passanten Ausschau. Bist du sicher, dass du keinen Brandy möchtest?«, fragte er und goss sich selbst einen ein.

»Ja. Das erklärt aber nicht ...«

»Ich war noch nicht fertig.« Er schwenkte den Brandy in seinem Glas und trank einen Schluck. »Auch wenn sie emanzipiert ist, wird eine Frau, die nachts durch die Straßen von New York läuft, eher belästigt als ein Mann. Also bewachen deine Brüder die Straße, du kümmerst dich mit Tia um die Computer im Lieferwagen, und Cleo und ich brechen ein.«

Das klang zu vernünftig, als dass sie hätte widersprechen können, deshalb versuchte Rebecca es mit einem anderen Ansatz. »Tia ist nervös wegen morgen früh.«

»Tia ist immer nervös. So ist sie nun einmal. Aber es wird schon gut gehen. Und sie wird es schaffen, weil Mal an sie glaubt und sie ihn liebt.«

»Glaubst du das wirklich?« Ein zärtliches Gefühl durchströmte sie. »Dass sie ihn liebt?«

»Ja. Das kann man sehen.«

Rebecca trat einen Schritt auf ihn zu und nahm ihm den Cognacschwenker aus der Hand, um selbst einen Schluck zu trinken. »Okay, wir haben einen anstrengenden Tag vor uns. Ich gehe jetzt ins Bett.«

»Gute Idee.« Er ergriff ihre Handgelenke und drängte sie langsam gegen die Wand.

»Allein.«

»Okay.« Er ließ die Augen offen, als er sie küsste.

Als ihr Blick sich verschleierte und ihre Hände zu seinen Hüften glitten, wurde sein Kuss leidenschaftlicher. Er spürte, wie sie bebte. Sie stöhnte erstickt auf.

Aber sie gab sich ihm nicht hin.

»Warum?« Er sah sie an. »Sag mir, warum.«

Die Sehnsucht nach ihm war beinahe ein körperlicher Schmerz. »Weil es etwas bedeutet. Weil es verdammt viel bedeutet, Jack.« Sie fuhr mit den Lippen über seine Wange, dann wandte sie sich ab und ging den Flur entlang zu ihrem Zimmer.

22

Es war ein wunderschöner Septembermorgen. Ein erster Hauch von Herbst lag in der Luft.

Zumindest hatte das Al Roker in den Morgennachrichten behauptet. Wenn man jedoch im Gedränge auf New Yorks Bürgersteigen feststeckte, bereits in einen Kaugummi getreten war und sich auf dem Weg zum Feind befand, nahm man das herrliche Wetter gar nicht recht zur Kenntnis.

Tia fühlte sich schuldig. Mehr noch, sie hatte das Gefühl, schuldig auszusehen. Sie erwartete jeden Moment, dass die Leute, die an ihr vorbeieilten, mit den Fingern auf sie zeigen würden.

Sie blieb an der Ecke stehen und starrte auf die rote Fußgängerampel. Sie verspürte ein verzweifeltes Verlangen nach ihrem Inhalator, wollte aber nicht in ihrer Tasche danach suchen. Es befanden sich noch so viele andere Dinge darin.

So viele verbotene Dinge.

Um sich abzulenken, zählte sie ihre Atemzüge. Als die Ampel grün wurde, überquerte sie in dem Strom der anderen Passanten die Straße.

»Noch einen halben Block«, sagte sie zu sich selbst. Sie errötete, als ihr einfiel, dass sie ja ein Mikrofon am Körper trug. Alles, was sie sagte, konnte im Lieferwagen, der zwei Blocks südlich von *Morningside* geparkt war, mitgehört werden.

Sie widerstand dem Drang, sich zu räuspern. Malachi würde sofort merken, dass sie nervös war. Und dieser Gedanke würde sie noch nervöser machen.

Sie kam sich vor wie in einem Traum. Nein, eigentlich war es eher so, als trete sie zum ersten Mal in einer Fernsehsendung auf und dürfe auf keinen Fall ihren Text vergessen.

»Okay«, sagte sie leise. »Jetzt geht's los.«

Sie öffnete die Tür des Hauptausstellungsraumes von *Morningside* und trat ein.

Der Laden wirkte kühler als der ihres Vaters.

Tia wusste, dass sie ab jetzt von Überwachungskameras beobachtet wurde. Dank Jack wusste sie sogar genau, wo sie angebracht waren.

Blicklos starrte sie auf eine Vitrine mit Minton-Porzellan, bis sich ihr Herzschlag wieder beruhigte.

»Kann ich Ihnen behilflich sein, Madam?«

Tia war beinahe überrascht, dass sie nicht auf der Stelle umfiel, als die fragende Stimme ertönte.

Doch dann rief sie sich selbst zur Ordnung und wandte sich an die Verkäuferin. »Nein, danke. Ich möchte mich nur ein wenig umsehen.«

»Natürlich. Ich bin Janine. Lassen Sie es mich bitte wissen, wenn ich Ihnen helfen kann oder Sie irgendwelche Fragen haben.«

»Danke.«

Janine trug ein schwarzes Kostüm, das sie sehr schlank machte. Sie verschwand im hinteren Teil des Ladens und schien Tia nicht weiter zur Kenntnis zu nehmen.

Fast bedauerte Tia es ein wenig, obwohl sie genau wusste, dass das ein Teil des Planes war. Um nicht aufzufallen, trug sie ein langweiliges braunes Kostüm und eine cremefarbene Bluse, die sie wegwerfen wollte, sobald sie nach Hause kam.

Sie trat zu einem Rosenholzsekretär und beobachtete aus den Augenwinkeln, dass der andere Angestellte, ein junger Mann, an ihr genauso wenig interessiert zu sein schien wie Janine.

Es gab natürlich auch noch andere Verkäufer. Sie ging im Geiste den Grundriss von *Morningside* noch einmal durch, während sie durch den Laden schlenderte. In jedem Verkaufsraum gab es mindestens zwei Angestellte, und auf jeder Etage war ein Wachmann postiert.

Genauso wie die Verkäufer bei *Wyley's* hatten sie Übung darin, tatsächlich interessierte Kunden von Leuten, die sich nur umsahen, zu unterscheiden und auf potenzielle Ladendiebe zu achten.

Deshalb hatte Tia ihre Garderobe auch ganz bewusst gewählt – das teure, wenig schmeichelhafte Kostüm, die praktischen Schuhe und die schlichte braune Handtasche, die viel zu klein war, um im Vorbeigehen etwas einzustecken. Sie wirkte wie eine Frau, die zwar Geld, aber nicht besonders viel Stil hatte.

Ohne sich irgendwo länger aufzuhalten schlenderte sie von Vitrine zu Vitrine, als ob sie sich lediglich die Zeit vertreiben wollte.

Weder die Angestellten noch die Wachmänner achteten besonders auf sie.

Zwei Frauen betraten das Geschäft – offenbar Mutter und Tochter, dachte Tia. Janine trat auf sie zu. Tia zollte ihr insgeheim Respekt, weil sie die beiden schneller als ihr Kollege entdeckt hatte.

Als Tia sich sicher war, dass niemand sie beobachtete, holte sie rasch die erste Wanze aus ihrer Handtasche und brachte sie unter der Klappe eines Sekretärs an.

Zitternd stand sie da und wartete darauf, dass sämtliche Alarmglocken zu schrillen begannen und schwer bewaffnete Männer hereingestürmt kamen. Als jedoch das Rauschen des Blutes in ihren Ohren nachließ, hörte sie nur, wie sich die beiden Kundinnen mit Janine über Esszimmertische unterhielten.

Sie ging weiter durch den Raum, blieb eine Weile vor einem gläsernen Briefbeschwerer in der Form eines Frosches stehen und brachte dann eine weitere Wanze unter der Platte des kleinen Tisches an, auf dem er stand.

Als Tia ins erste Stockwerk kam, fühlte sie sich bereits so sicher, dass sie leise vor sich hin summte. Am Treppengeländer zur zweiten Etage befestigte sie die dritte Wanze.

Auf jedem Stockwerk trat ein Angestellter auf sie zu, aber jedes Mal lehnte sie freundlich lächelnd die angebotene Hilfe ab. Als sie auf der dritten Etage ankam, sah sie, dass Janine ihren Kunden einen Duncan-Phyfe-Esstisch für zwanzig Personen zeigte.

Niemand beachtete Tia.

Sie hatte noch eine Wanze übrig und überlegte, wo sie ihnen am meisten nutzen würde. An der Louis-XIV-Anrichte, beschloss sie. Sie ging darauf zu und öffnete ihre Handtasche.

»Tia! Tia Marsh!«

Um ein Haar hätte sie entsetzt aufgeschrien, als sie sich umdrehte und Anita gegenüber stand.

»Ich ... äh ... Hallo.«

»Sie spionieren doch nicht etwa?«

Tia wurde blass. »Wie bitte?«

»Nun, schließlich sind Sie die Tochter eines Konkurrenten.« Anita schmunzelte, aber ihre Augen blickten kalt, als sie Tia den Arm um die Taille legte. »Ich glaube, ich habe Sie noch nie zuvor bei *Morningside* gesehen.«

Im Lieferwagen musste Malachi mit Gewalt davon abgehalten werden, sofort hinauszuspringen und Tia zu Hilfe zu eilen. »Bleib hier!«, fuhr Jack ihn an. »Es ist schon in Ordnung. Sie wird schon mit ihr fertig. Uns allen war klar, dass sie womöglich auf Anita treffen würde.«

»Nein, ich war noch nie hier.« Tia zwang sich zu einem Lächeln. »Ich kann es selbst kaum glauben, dass ich mir Ihr Geschäft noch nie angesehen habe. Ich hatte in der Nähe einen Termin, deshalb ...«

»Oh, wo denn?«

»Bei meiner Therapeutin.« Die Lüge ließ sie erröten, was aber ihrer Behauptung nur noch mehr Glaubwürdigkeit verlieh. »Sie ist wirklich fantastisch. Soll ich Ihnen ihren Namen geben? Ich glaube, ich habe irgendwo ihre Karte.«

Wieder wollte sie ihre Handtasche öffnen, aber Anita hielt sie davon ab. »Nein, nein, schon gut. Ich werde Sie anrufen, wenn ich einmal das Bedürfnis nach einer Therapie habe.«

»Ehrlich gesagt bin ich auch hergekommen, weil ich hoffte, Sie hier zu treffen. Unser gemeinsames Mittagessen neulich war so nett, und ich ... ich dachte, wir könnten es vielleicht noch einmal wiederholen.«

»Wie reizend von Ihnen. Ich schaue in meinem Terminkalender nach und rufe Sie an.«

»Das wäre wirklich nett. Ich habe meistens nichts vor. Meine Arzttermine lege ich für gewöhnlich auf den Vormittag, sodass ich ...« Sie brach ab, räusperte sich und rang nach Luft. »Ach du meine Güte. Gibt es hier eine Katze?«

»Eine Katze? Nein.«

»Ich scheine auf irgendetwas zu reagieren.« Tia begann, pfeifend zu atmen. Kunden und Angestellte blickten sich bereits besorgt zu ihr um. »Ich leide unter Asthma«, stieß sie hervor.

Durch das schnelle Atmen wurde ihr tatsächlich ganz schwindlig. Sie holte den Inhalator aus ihrer Tasche und benutzte ihn geräuschvoll.

»Kommen Sie. Kommen Sie mit mir. Um Himmels willen!« Anita zog sie zum Aufzug und drückte auf den Knopf für den vierten Stock. »Sie machen die Kunden nervös.«

»Entschuldigung. Entschuldigung.« Tia sog erneut an ihrem Inhalator. »Könnte ich mich vielleicht einen Moment irgendwo hinsetzen? Ich brauche ein Glas Wasser.«

»Ja, natürlich.« Anita zerrte Tia quer durch ihr Büro. »Bringen Sie Dr. Marsh ein Glas Wasser«, rief sie ihrer Sekretärin zu, während sie Tia regelrecht in einen Sessel stieß. »Nehmen Sie Ihren Knopf zwischen die Knie oder so etwas.«

Tia gehorchte. Insgeheim musste sie über Anitas Ungeduld grinsen. »Wasser«, krächzte Tia. Aus ihrer Perspektive sah sie, dass Anitas Schuhe farblich perfekt zu dem prächtigen Teppich passten.

»Ich werde Ihnen sofort Wasser holen lassen«, sagte Anita und rauschte aus dem Zimmer.

Als sie zurückkam, hatte Tia die letzte Wanze bereits unter ihrem Sessel angebracht.

»Entschuldigung. Es tut mir so Leid.« Tia richtete sich auf und legte den Kopf in den Nacken. »Ich mache Ihnen solche Mühe und so viel Ärger. Sind Sie sicher, dass Sie keine Katze haben?«

»Ich wüsste es, wenn ich eine Katze hätte.« Anita riss ihrer Sekretärin das Wasserglas aus der Hand und hielt es Tia hin.

»Ja, natürlich. Ich reagiere nämlich normalerweise nur auf Katzen so plötzlich und heftig.« Langsam trank sie ihr Wasser.

»Es könnten natürlich auch Pollen sein. Vielleicht von Ihren Blumenarrangements, die übrigens ganz reizend sind.«

»Vielen Dank.« Anita blickte vielsagend auf ihre Armbanduhr. »Geht es Ihnen wieder besser?«

»Ja, viel besser. Meine Güte, Sie haben bestimmt viel zu tun, und ich habe Sie aufgehalten. Mein Vater hasst es, wenn seine Arbeitsroutine unterbrochen wird. Rufen Sie mich bald wegen unseres Mittagessens an. Ich ... ich lade Sie ein«, fügte sie hinzu. Sie wusste, wie jämmerlich es klang. »Um Ihnen für Ihre Hilfe zu danken.«

»Ich werde mich melden. Und jetzt begleite ich Sie zum Aufzug.«

»Ich hoffe, ich habe Ihren Terminkalender nicht zu sehr durcheinander gebracht«, setzte Tia an, brach aber ab, als Anitas Sekretärin auf sie zutrat.

»Mrs Gaye, da ist Detective Robbins von der Polizei. Er möchte mit Ihnen sprechen.«

Tia spürte ein beinahe unwiderstehliches Verlangen zu lachen. »Oh. Ach du meine Güte. Nun, ich gehe jetzt. Haben Sie vielen Dank. Danke für das Wasser«, fügte sie an die Sekretärin gewandt hinzu und eilte zum Aufzug. Sie biss sich auf die Unterlippe, bis sie wieder vor dem Laden auf der Straße stand.

Niemand nahm von der trist gekleideten Blondine, die hysterisch kichernd den Bürgersteig entlangeilte, Notiz.

»Du warst fantastisch.« Malachi half ihr in den Lieferwagen und umarmte sie. »Einfach fantastisch!«

»Ich weiß.« Tia konnte nicht aufhören zu kichern. »Obwohl ich mir fast in die Hose gemacht hätte, als Anita mich auf einmal ansprach. Aber dann dachte ich, wenn es mir gelänge, kurz in ihr Büro zu kommen, könnte ich die letzte Wanze dort anbringen. Ich hätte am liebsten die ganze Zeit gelacht. Mein Gott, ich ... kann mich nicht endlich jemand zum Schweigen bringen?«

»Diesen Wunsch erfülle ich dir nur zu gern.« Malachi küsste sie.

»Könnt ihr Turteltäubchen euch nicht mal bitte hinsetzen? Ihr solltet euch das anhören.«

Jack schaltete die Lautsprechanlage ein und nahm seine Kopfhörer ab.

»... verstehe gar nicht, was ein Police Detective von mir wollen könnte. Möchten Sie einen Kaffee?«

»Nein, danke, Mrs Gaye. Es ist nett von Ihnen, dass Sie mir Ihre Zeit schenken. Es geht um ein Gebäude, das Ihnen gehört hat, ein Lagerhaus direkt neben der Route 19, in New Jersey.«

»Detective, mein Ehemann besaß zahlreiche Immobilien, die ich geerbt habe ... Oh, aber Sie sagten, dass es mir gehört *hat*. Ich habe tatsächlich kürzlich ein Haus in New Jersey verkauft. Die Details solcher Angelegenheiten werden von meinen Anwälten und Steuerberatern erledigt. Gibt es ein Problem mit dem Verkauf? Ich habe nichts mehr davon gehört, seit der Vertrag Anfang des Monats unterschrieben wurde.«

»Nein, Ma'am. In dieser Hinsicht kein Problem, von dem ich wüsste.« Man hörte ein leises Rascheln, und nach einer Weile ertönte erneut die Stimme des Detectives. »Kennen Sie diesen Mann?«

»Er kommt mir irgendwie bekannt vor. Ich habe mit vielen Menschen zu tun, aber ... nein, ich kenne ihn nicht. Müsste ich ihn denn kennen?«

»Mrs Gaye, die Leiche dieses Mannes wurde in dem fraglichen Lagerhaus gefunden. Er wurde ermordet.«

»O mein Gott!« Es gab ein quietschendes Geräusch, als Anita sich auf ihren Sessel fallen ließ. »Wann?«

»Die genaue Todeszeit ist oft schwer festzustellen. Wir glauben, er starb ungefähr zu der Zeit, als Sie das Lagerhaus verkauften.«

»Ich weiß nicht, was ich sagen soll. Ich bin mir nicht ganz sicher, aber ich glaube, dieses Gebäude ist bestimmt seit sechs oder sieben Monaten nicht mehr benutzt worden. Das hätte man mir doch sagen müssen. Oh, ich muss mich sofort mit den Käufern in Verbindung setzen. Das ist ja schrecklich!«

»Mrs Gaye, hatten Sie Zutritt zu dem Gebäude?«

»Früher natürlich. Ich habe aber meinem Anwalt sämtliche Schlüssel und Sicherheitscodes übergeben, damit er sie an die neuen Eigentümer weiterreicht. Wenn Sie mit meinem Immobilienverwalter Kontakt aufnehmen möchten, können Sie das gern tun. Meine Sekretärin wird Ihnen seine Adresse und Telefonnummer geben.«

»Vielen Dank, Mrs Gaye. Noch eine Frage: Besitzen Sie eine Waffe?«

»Ja. Drei Pistolen. Mein Mann ... Detective!« Wieder eine Pause, dieses Mal eine längere. »Werde ich etwa verdächtigt?«

»Das sind nur Routinefragen, Mrs Gaye. Vermutlich sind diese drei Pistolen registriert?«

»Ja, selbstverständlich. Zu Hause habe ich zwei, eine in meinem Arbeitszimmer und eine im Schlafzimmer. Und eine habe ich hier.«

»Es wäre hilfreich, wenn Sie uns die Waffen zur Überprüfung aushändigen könnten. Wir werden Ihnen selbstverständlich eine Empfangsbestätigung ausstellen.«

»Ich werde es veranlassen.« Anitas Stimme klang jetzt steif und eiskalt.

»Können Sie mir sagen, wo Sie am achten und neunten September waren?«

»Detective, Ihre Fragen klingen langsam so, als sollte ich besser meinen Anwalt anrufen.«

»Das Recht haben Sie, Mrs Gaye. Wenn Sie es in Anspruch nehmen möchten, können wir die Befragung gern in Anwesenheit Ihres Anwalts auf dem Revier fortsetzen. Es wäre allerdings einfacher, wenn Sie meine Fragen sofort beantworten. Sie können dann schneller wieder an die Arbeit gehen.«

»Ich denke gar nicht daran, mich auf dem Polizeirevier wegen des Mordes an einem Mann verhören zu lassen, den ich nicht einmal kannte.« Man hörte Papier rascheln, als sie ihren Terminkalender umblätterte.

Sie rasselte die geschäftlichen und privaten Termine der fraglichen Tage herunter und fügte dann hinzu: »Die meisten Termine kann Ihnen meine Sekretärin bestätigen oder, falls nötig, einer meiner Hausangestellten.«

»Ich danke Ihnen, Ma'am. Es tut mir Leid, dass ich Sie behelligen musste. Ich weiß, wie unangenehm es für Sie sein muss.«

»Ich bin es nicht gewohnt, von der Polizei verhört zu werden.«

»Nein, Ma'am. Aber bei einem Fall wie diesem muss man

jede Spur verfolgen. Es ist ein Rätsel, warum der Typ extra bis nach New Jersey gefahren ist, um sich erschießen zu lassen. Und dann noch ausgerechnet in diesem Lagerhaus. Nun ja, jedenfalls vielen Dank für Ihre Mitarbeit, Mrs Gaye. Einen wunderbaren Laden haben Sie. Ich bin das erste Mal hier. Sehr beeindruckend«, schloss er.

»Meine Sekretärin wird Sie hinausbegleiten, Detective.«

»Gut. Danke.«

Man hörte Schritte, dann wurde eine Tür geschlossen. Und dann hörte man erst einmal gar nichts mehr.

»Arschloch.« Jack grinste, als er Anitas wütendes Flüstern hörte. »Blöder Bastard. Idiot. Hat wahrhaftig den Nerv, mich wie eine Kriminelle zu verhören. Fragt der doch tatsächlich, ob ich Waffen besitze!«

Man hörte Glas splittern.

»Habe ich nicht die verdammte Waffe extra da liegen lassen, wo sie selbst ein Zehnjähriger hätte finden können? Aber er muss ja hier auftauchen, mich bei der Arbeit stören und mich beleidigen.«

»Bingo!«, rief Jack aus und lehnte sich zurück.

»Sie war es tatsächlich ...« Tia ließ sich erschauernd auf ihrem Sitz zurücksinken. Als Nächstes hörten sie, wie Anita ihre Sekretärin anfuhr, sie solle sie mit ihrem Anwalt verbinden. »Wir haben ja alle geglaubt, dass sie es war, und vielleicht haben wir es sogar gewusst. Aber wenn man sie es selbst aussprechen hört, so wütend, nur weil sie belästigt worden ist ... das ist einfach schrecklich.«

Anita fluchte, als die Sekretärin ihr mitteilte, ihr Anwalt befinde sich in einer Sitzung.

»Unsere Anita hat einen schlechten Tag.« Jack drehte sich auf seinem Sitz um. »Und wir werden dafür sorgen, dass es noch schlimmer wird. Bist du wieder okay?«, fragte er Tia.

»Ja.« Sie war blass, aber die Hand, die sie Malachi reichte, zitterte nicht. »Es geht mir gut.«

Gideon sah zu, wie Cleo ihre Haare unter einer schwarzen Mütze versteckte und sich dann zum Spiegel wandte, um ihre Erscheinung zu mustern.

»Was meinst du?« Sie drehte sich einmal um sich selbst. »Das ist der letzte Schrei für nächtliche Einbrüche.«

»Du hast noch viel Zeit.«

»Ja, aber ich wollte mir schon mal anschauen, wie ich aussehe.« Sie trug schwarze Jeans, einen schwarzen Pullover und schwarze Turnschuhe. »Die neuen Klamotten sind gar nicht so schlecht. Hätte ich nicht gedacht.«

»Du scheinst überhaupt nicht nervös zu sein.«

»Nein, nicht besonders. Es kann doch eigentlich nicht so schwer sein, in ein Haus einzubrechen.« Sie ging ein paarmal in die Knie, um den Sitz ihrer Jeans zu prüfen. »Schade, dass ich keine Zeit mehr hatte, mir einen Catsuit zu kaufen.« Als er nicht reagierte, richtete sie sich auf. »Was ist los, Schönling?«

»Komm mal her.«

Bereitwillig trat sie zu ihm und ließ sich von ihm in die Arme ziehen.

»Wow. Was hast du denn?«

»Es kann immer irgendetwas schief gehen.«

»Es kann auch jederzeit ein Satellit vom Himmel fallen und auf meinem Kopf landen. Deshalb verstecke ich mich noch lange nicht im Keller.«

»Als ich dich in die Sache hineingezogen habe, wusste ich nicht, wo das Ganze hinführen würde.«

»Niemand zieht mich irgendwo hinein. Hast du kapiert?«

»Damals habe ich mir ja noch nichts aus dir gemacht. Aber jetzt ist es etwas anderes.«

»Das ist lieb von dir, aber jetzt hör bitte auf, mich zu zerquetschen.«

»Cleo, du musst das nicht tun. Warte«, sagte er, als sie sich aus seiner Umarmung befreien wollte. »Lass mich zu Ende reden. Das, was heute Nacht passieren wird, mag dir wie eine Kleinigkeit erscheinen – im Hinblick auf das Ganze ist es ein großer Schritt. Wenn alles klappt, sind wir auf einem ganz anderen Level angekommen. Das nächste Mal wirst du diese Mütze aufsetzen, um in Anitas Haus einzubrechen und ihr etwas zu stehlen, für das sie bereit ist zu morden.«

»Etwas, das ihr nicht gehört.«

»Darum geht es nicht. Du hast doch gehört, was sie gesagt

hat. Sie hat bereits einen Mann umgebracht und wird vor einem weiteren Mord nicht zurückschrecken. Und sie weiß, wer du bist.«

»Das weiß sie so oder so.«

»Hör mir zu.« Gideon packte ihre Arme fester. »Jack könnte dir dabei helfen, eine neue Identität anzunehmen. Er kennt die richtigen Leute und könnte dir neue Papiere beschaffen. Du könntest ihm deine Statue verkaufen und mit dem Geld ein neues Leben beginnen. Anita würde dich nie finden.«

»Wofür hältst du mich? Für eine Ratte, die das Schiff verlässt, bevor es überhaupt zu sinken beginnt?« Cleo stieß ihn weg. »Vielen Dank!«

»Ich will nicht, dass sie dir etwas antut. Ich werde es nicht zulassen.«

Ihr Zorn verrauchte, als sie merkte, wie aufgewühlt er war.

»Warum?«

»Ich mag dich, verdammt noch mal. Habe ich das nicht schon gesagt?«

»Es gibt auch noch ein anderes Wort dafür.«

Er öffnete den Mund. Seine Zunge fühlte sich an wie Blei. »Zum Teufel.«

Sie schnippte mit den Fingern. »Falsche Antwort. Möchtest du es noch einmal versuchen? Du kannst immer noch die Reise für zwei Personen nach San Juan und das komplette Kofferset gewinnen.«

»Es fällt mir nicht leicht, Cleo.« Er steckte die Hände in die Taschen und ging ruhelos in Tias kleinem Arbeitszimmer hin und her. »Ich weiß nicht, wie ich damit umgehen soll. Unter diesen Bedingungen kann ich nicht klar denken.«

»Ja, ja, bla, bla.« Sie zog die Mütze ab und schüttelte ihre Haare. »Ich glaube, ich werde noch eine Kleinigkeit essen, bevor es losgeht.«

Er griff nach einer ihrer Haarsträhnen, wickelte sie sich um den Finger und zog sie zu sich heran. »Verdammt noch mal, Cleo, ich liebe dich, und daran wirst du dich gewöhnen müssen.«

»Okay.« Sie schlang die Arme um ihn. »Okay«, wiederholte sie und schmiegte sich an ihn. »Okay.«

Endlich, dachte sie.

»Okay? Fällt dir nichts Besseres ein ...«

»Schscht.« Sie drückte sich enger an ihn. »Still. Das ist ein erhebender Augenblick.«

Er stieß einen Seufzer aus. »Die meiste Zeit weiß ich nicht, wovon du sprichst.«

»Dann formuliere ich es für dich mit einfachen Worten: Ich liebe dich auch.« Sie sah ihn an. »Hast du verstanden?«

»Ja.« Er streichelte ihr über die Haare. »Das habe ich verstanden.« Dann beugte er sich zu ihr hinunter, und sie versanken in einem langen, leidenschaftlichen Kuss. »Wir müssen irgendwann mal in Ruhe darüber reden.«

»Ja, bestimmt«, erwiderte sie und küsste ihn noch einmal.

»Ich möchte den anderen gern sagen, dass wir einen anderen Weg finden müssen, mit Anita fertig zu werden.«

»Nein.« Sie wand sich aus seinen Armen. »Nein, Gideon. Ich werde meinen Teil dazu beitragen, genau wie Tia heute früh. So wie wir alle. Das bin ich Mikey schuldig. Und mehr noch«, fuhr sie fort, bevor er antworten konnte. »Ich will aufrichtig zu dir sein. Ich bin eine verkrachte Existenz.«

»Was soll das heißen?«

»Als Tänzerin tauge ich nicht besonders viel.«

»Das stimmt nicht. Ich habe dich doch tanzen sehen.«

»Du hast mich strippen sehen«, korrigierte sie ihn. »In einer Drei-Minuten-Nummer, in der ich meinen Körper verkaufe. Tolle Sache.« Sie fuhr sich durch die Haare und atmete aus. »Ich bin eine gute Tänzerin, aber nicht besser als die meisten, die einmal in der Tanzstunde waren. Ich bin nicht herausragend und werde es auch nie sein. Ich habe gern in der Backline getanzt, wenn ich ein Engagement hatte. Mir gefiel es, Teil einer Gruppe zu sein, weil ich das bei meiner Familie nie erlebt habe.«

»Cleo ...«

»Das soll jetzt kein tief schürfendes Geständnis über meine unglückliche Kindheit werden. Ich sage nur, ich tanze gern, und ich war gern mit den anderen Tänzern zusammen, weil wir etwas gemeinsam machen konnten. So ähnlich wie bei diesem Teppich, von dem Tia geredet hat, weißt du?«

»Ja.« Er dachte an sein Leben in Cobh – die Familie, das

Geschäft und das Bedürfnis, beides zusammenzuhalten. »Ich weiß.«

»Ich habe fast zehn Jahre lang ein Leben wie eine Zigeunerin geführt, und außer Mikey hatte ich keine guten Freunde. Einer der Gründe dafür ist wahrscheinlich, dass ich mich nie wirklich auf andere eingelassen habe. Ich langweile mich schnell. Immer dieselbe Show, dieselbe Routine, dieselben Gesichter, Abend für Abend und mittwochs gleich zweimal hintereinander.«

Gideon fuhr mit dem Finger über ihre Augenbraue und das kleine Muttermal. »Du brauchst eben mehr.«

Sie zuckte mit den Schultern. »Ich weiß es nicht. Aber eines weiß ich bestimmt: Wenn du eine gute Tänzerin mit einer nur mittelmäßigen Stimme bist, musst du unglaublich viel Ehrgeiz entwickeln, um davon leben zu können. Ich habe es nicht geschafft. Und als dieser Bastard von dem Theater in Prag schwafelte und mir die Chance gab, eigene Choreographien zu entwickeln, bin ich prompt darauf hereingefallen. Du weißt ja, wo ich gelandet bin. Ich hatte viel Zeit nachzudenken, als ich in Prag ganz unten war. Mein einziges Ziel war, wieder nach New York zurückzukommen, obwohl ich keine Ahnung hatte, was ich hier eigentlich tun wollte. Aber ich denke, jetzt weiß ich es.«

Sie ergriff die Mütze und drehte sie in den Händen. »Ich habe Freunde gefunden. Tia, vor allem Tia. Ich habe endlich eine richtige Familie, und das werde ich nicht aufgeben.« Sie stieß die Luft aus. »So, das war's für heute mit den Geständnissen.«

Gideon schwieg einen Moment lang, dann nahm er die Mütze und setzte sie ihr auf. »Sie steht dir gut.«

Sie wechselten sich mit der Überwachung von *Morningside Antiquitäten* ab. Nach sieben Uhr, als das Geschäft geschlossen hatte, war es eine langweilige, undankbare Aufgabe. Aber sie würden den Laden so lange überwachen, bis alles erledigt war.

Um drei Uhr hatte Malachi mitgehört, wie Anitas Sekretärin ihre Chefin an einen Termin im Schönheitssalon und ihre Verabredung zum Abendessen erinnerte.

Zehn Minuten später – nachdem sie ihren Anwalt am Telefon mit einem Wortschwall überschüttet hatte – hatte Anita das Haus verlassen und war nicht mehr zurückgekommen.

Um Mitternacht war Rebecca auf Lauschposten hinten im Transporter. Als Jack in den Wagen stieg, blickte sie ihn finster an.

»Ich werde verrückt, wenn ich das hier noch länger tun muss.«

»Wir fahren in einer Stunde.« Er beugte sich über ihre Schulter, um die Computerausdrucke zu studieren. Dabei schnupperte er an ihrem Hals. »Warum hast du Parfüm aufgelegt?«

»Um dich vor unerfüllter Lust wahnsinnig zu machen.«

»Das könnte dir gelingen.« Er glitt mit seinen Lippen über ihren Mund und hielt inne. »Es könnte dir wirklich gelingen«, wiederholte er. »Und jetzt überprüfe bitte noch einmal die einzelnen Sektoren.«

»Das habe ich doch schon fünfhundertmal gemacht, Jack. Ich weiß, was ich hier tue.«

»Du hast mit dieser Anlage noch nie gearbeitet. Übung macht den Meister.«

Sie fluchte zwar leise vor sich hin, gehorchte aber. »Mir gefällt die Art, wie du mich küsst.«

»Das trifft sich gut, ich habe nämlich vor, dich in den nächsten fünfzig Jahren immer wieder zu küssen.«

»Wenn ich dir den kleinen Finger reiche, heißt das noch lange nicht, dass du dir die ganze Hand nehmen darfst ... Also: Abschnitt eins: Alarmanlagen eingeschaltet, Bewegungsmelder eingeschaltet, Infrarot eingeschaltet.« Rebecca gab die Codes ein, die sie mittlerweile auswendig konnte, und verfolgte aufmerksam die Ergebnisse auf dem Monitor. »Außen- und Innentüren: Sicherung eingeschaltet.«

So verfuhr sie mit allen sechzehn Sektoren, die zu dem Sicherheitssystem bei *Morningside* gehörten, das Jacks Firma installiert hatte.

»Und jetzt schalte die Alarmanlage in Sektor fünf aus.«

»Ausschalten?«

»Nur zur Übung, Baby. Schalt Sektor fünf für zehn Sekunden aus.«

Sie stieß die Luft aus und zuckte mit den Achseln. »Ich schalte Sektor fünf aus.«

Er beobachtete ihre Finger, die sich geschickt auf der Tastatur bewegten. »Ich höre ein Piepen. Soll ich ...?«

»Das ist normal. Mach weiter.«

»Sektor fünf ist ausgeschaltet.« Rebecca schaute auf die Uhr. Nach zehn Sekunden gab sie erneut einen Code ein. »Alarm in Sektor fünf ist wieder eingeschaltet.«

»Ich hatte gesagt, zehn Sekunden.«

»Es *waren* zehn Sekunden.«

»Nein, es hat vier Sekunden gedauert, bis das System wieder lief. Also waren es vierzehn Sekunden.«

»Dann hättest du sagen sollen ...«

»Ich habe zehn gesagt, also meinte ich auch zehn.« Er tätschelte ihr den Kopf. »Der Erfolg liegt in den Details.«

Stirnrunzelnd musterte sie ihn, während er seine Reisetasche öffnete, um ihren Inhalt ein letztes Mal zu überprüfen. »Wenn man die Systeme im ganzen Gebäude ausschaltet, wie lange dauert es dann, bis alles wieder läuft?«

»Ich hatte gehofft, dass du das fragst. Die Standard-Alarmvorrichtungen an Außentüren und Fenstern sind sofort wieder da. Bewegungsmelder, Infrarot und Innentüren schalten sich nach und nach wieder ein. Insgesamt dauert es vier Minuten und zwölf Sekunden, bis alles wieder läuft. Es ist ein kompliziertes, vielschichtiges System.«

»Das ist zu lang. Es muss einen Weg geben, die Systeme schneller wieder hochzufahren.«

»Wahrscheinlich.«

»Ich wette, ich könnte die Anlaufphase um eine volle Minute verkürzen, wenn ich Zugang zum Gesamtsystem und genug Zeit hätte, um damit zu spielen.«

»Suchst du einen Job?«

»Ich meine ja nur«, erwiderte sie und drehte sich von ihm weg. »Schließlich ist die Zeit wichtig. In jeder Hinsicht übrigens.«

»Willst du damit sagen, dass meine Zeit bei dir bereits abgelaufen ist?«

»Nein, ich will dich nur darauf hinweisen, dass ich meine eigenen Zeitvorstellungen habe.«

»Ich hätte nichts dagegen, wenn du dich ein bisschen beeilen könntest ... Ich gehe jetzt die anderen holen.«

23

»Ein Parkplatz direkt an der Straße. Upper East Side.« Jack schüttelte den Kopf. Er saß am Steuer des Lieferwagens und Cleo auf dem Beifahrersitz. »Wir sollten es als gutes Omen nehmen.«

Er parkte am Straßenrand ein.

Cleo blickte durch die Windschutzscheibe auf die Straßenlaternen. »Stehen wir hier nicht ein bisschen zu sehr im Rampenlicht?«

»Dafür zahlen wir schließlich unsere Steuern.«

»Du vielleicht. Ich habe zurzeit kein Einkommen.« Sie riss die Augen auf, als er eine Pistole unter dem Sitz hervorzog. »Wow, Junge! Du hast gar nichts von einem bewaffneten Überfall gesagt.«

»Wenn schon, denn schon«, erwiderte er. »Und jetzt pass auf.« Er stieg aus, schlenderte den Bürgersteig entlang, drehte sich um und schoss die Straßenlaterne mit einem leisen Plopp aus.

»Schalldämpfer«, sagte er, als er wieder in den Wagen stieg. Er klopfte dreimal an die Trennwand zwischen dem Laderaum und der Fahrerkabine.

Sekunden später hörten sie, wie die hintere Tür geöffnet und wieder geschlossen wurde. Cleo beobachtete im Seitenspiegel, wie Gideon und Malachi auf den Bürgersteig traten. Gideon ging in östliche Richtung, Malachi nach Westen.

»Weg sind sie«, murmelte sie.

Schweigend warteten Cleo und Jack drei Minuten lang im Dunkeln, bis es endlich in Jacks Walkie-Talkie knisterte. »Für eine Stadt, die nie schläft«, sagte Malachi, »ist es verdammt ruhig hier.«

»Bei mir ist auch alles klar«, meldete Gideon.

»Okay, bleibt beide auf diesem Kanal.« Jack klopfte zweimal an die Trennwand und blickte Cleo an, als das Antwortklopfen kam. »Fertig?«

»Fertig.«

Sie stiegen aus. Jack hängte sich die Tasche über die Schulter und legte den Arm um Cleo. »Wir sind nur ein Pärchen, das einen Abendspaziergang macht.«

»In so ruhigen Vierteln wie diesem fährt nachts häufig die Polizei vorbei«, sagte sie. »Für wie lange kann man eigentlich verknackt werden, wenn man so etwas wie du in deinem Täschchen dabei hat?«

»Ich weiß gar nicht, wovon du sprichst – es ist doch einfach nur eine Tasche ... Drei bis fünf Jahre«, erwiderte er, »je nachdem, wie der Richter gelaunt ist. Auf Bewährung. Ich habe Beziehungen.«

Er nahm sein Walkie-Talkie zur Hand. »Wir überqueren die Madison auf Höhe der 88th Street.«

»Die Luft ist rein«, ertönte Malachis Stimme.

»Hier auch«, bestätigte Gideon.

»Die Basis hat verstanden«, meldete Rebecca.

Jack ergriff Cleos Hand, als sie am Vordereingang von *Morningside* vorbeikamen. Sie bogen um die Hausecke und gingen zum Lieferanteneingang.

Wie sie es geübt hatten, nahm Cleo ihr Walkie-Talkie heraus, während Jack die Reisetasche öffnete. »Ground Zero«, sagte sie leise. »James Bond holt seine Spielzeuge heraus.«

»Ich bin ... lass mal sehen ... 89th Street, zwischen 5th und Madison«, sagte Malachi. »Anscheinend findet hier irgendwo eine Party statt. Da kommen ziemlich viele angetrunkene Leute aus dem Haus.«

»Ich komme jetzt von der Park Avenue zurück«, schaltete sich Gideon ein. »Ich habe ein paar Penner in den Hauseingängen gesehen und ziemlich viel Verkehr für diese Tageszeit. Nichts Auffälliges.«

»Bist du bereit?«, fragte Jack.

Cleo nickte und blickte an dem Haus hoch. »Ich möchte dich nur darauf hinweisen, dass es hier eine ganz normale Tür gibt.«

»Die Parze befindet sich aber wahrscheinlich in Anitas Bürosafe. Es wird sie ziemlich nervös machen, wenn in den oberen Stockwerken eingebrochen wird.«

Mit einem Gerät, das wie eine Harpune aussah, zielte Jack auf ein Fensterbrett im vierten Stock und schoss nacheinander vier Ankerhaken mit jeweils einem langen Seil im Schlepp nach oben. Dann schlossen Cleo und er die Sicherheitsgurte ihrer Klettergurte und klinkten die Karabinerhaken an jeweils einem der Seile ein.

»Auf drei«, sagte er zu ihr.

»Okay, Kumpel. Eins, zwei ...«

»Drei«, ergänzte Jack und schaltete den Elektromotor ein. Sanft und ein bisschen schneller, als Cleo erwartet hatte, wurden sie durch die Seilwinden hinaufgezogen. »Himmel! Das geht ja fix!«

»Schau nach oben.«

»Wenn du mir damit sagen willst, dass ich nicht auf den Boden blicken soll, dann ist das genau die falsche ... oh, Scheiße!«, flüsterte sie, als sie einen Blick nach unten warf. Oben angekommen, biss Cleo die Zähne zusammen, griff mit vor Aufregung feuchten Händen nach dem Dachsims und kletterte aufs Dach.

»Bist du okay?«

»Ja, ja. Ich hätte wirklich besser nicht nach unten geschaut. Von hier oben wirken die vier Stockwerke viel höher. Aber es geht schon wieder.« Sie zog ihr Walkie-Talkie heraus. »Basis? Wir sind auf dem Dach.«

»Verstanden«, antwortete Rebecca. »Ich schalte den Alarm in Sektor zwölf in sechzig Sekunden ab. Over.«

»Over«, wiederholte Cleo, während Jack auf seine Stoppuhr drückte und nickte.

Er setzte sich den Kopfhörer auf. »Alle Einheiten auf Posten?« Wieder nickte er, als er die Antworten bekam. »Bist du wieder zu Atem gekommen?«, fragte er Cleo.

»Ja. Mir geht's gut.«

Ein letztes Mal überprüfte er zuerst Cleos, dann sein Seil.

»Nach dir, Jack«, sagte Cleo, holte dann aber tief Luft und glitt als Erste an ihrem Seil entlang über den Dachsims nach unten, bis sie vor dem Fenster im vierten Stock abstoppte.

Das Gefühl, über dem Abgrund zu schweben, raubte ihr beinahe den Atem, aber sie riss sich zusammen und hielt Jacks hin und her baumelnde Tasche fest. Seinen Anweisungen folgend, stützte sie sich mit den Füßen an der Hauswand ab und ging leicht in die Knie.

Jacks Uhr piepste leise, und aus dem Kopfhörer klang Rebeccas Stimme. »Der Sektor ist abgeschaltet. Fünf Minuten. Over.«

Unten auf der Straße fuhr ein Taxi vorbei und bog auf die Madison Avenue ab.

Jack hielt einen Detektor an die Fensterscheibe, gab einen Code ein und wartete, während die Zahlen durchliefen. Als das Display grün aufleuchtete, nahm er das Gerät wieder ab und reichte es Cleo.

»Alarmsystem am Fenster ist ausgeschaltet.« Als Nächstes drückte er zwei Saugnäpfe auf die Fensterscheibe und streckte wie ein Chirurg bei der Operation die Hand aus. Cleo reichte ihm den Glasschneider. Trotz der Kälte lief ihr der Schweiß über den Rücken.

»Vier Minuten dreißig«, verkündete sie, während er vorsichtig das Sicherheitsglas durchtrennte.

Cleo unterdrückte einen Aufschrei, als plötzlich irgendwo eine Sirene aufheulte.

»Alles in Ordnung?«

»Ja.«

»Dann los!«

Cleo ergriff mit ihrer behandschuhten Hand die Drahtschlaufe des einen Saugnapfes, Jack die des anderen. Auf sein Nicken hin drückten sie die Fensterscheibe ins Innere des Gebäudes.

»Wir gehen jetzt hinein«, sagte er leise in das Walkie-Talkie und schob sich vorsichtig durch das Fensterloch.

»Drei Minuten dreißig«, ertönte Rebeccas Stimme.

Er kletterte aus seinem Karabinersitz, stieg vorsichtig um die Glasscheibe herum und machte sich auf den Weg zum Bürotrakt. Cleo schwang sich nach ihm durchs Fenster und lief in die entgegengesetzte Richtung.

Jack ging vor Anitas Bürotür in die Hocke und zog einen Schraubenschlüssel aus der Tasche. Es so aussehen zu lassen, als ob jemand versucht hätte, die Tür aufzubrechen, dauerte fast genauso lange, wie sie tatsächlich aufzubrechen.

Oben an der Treppe schwankte Cleo kurz zwischen einer Baccarat-Schale und einer Lalique-Vase. Schließlich griff sie ohne Bedauern nach der Vase und trat beiseite, als sie auf dem Boden zerschellte.

»Zwei Minuten, Jack. Cleo! Kommt jetzt heraus!«

»Verstanden.« Sie trafen sich am Fenster wieder. Dieses Mal trat Jack absichtlich auf die Scheibe, damit sie zersplitterte. Jack schnallte sich an und kletterte nach Cleo aus dem Fenster.

»Runter!«, sagte er zu Cleo. »Füße an die Mauer, Knie locker halten. Alle zurück zur Basis«, befahl er über sein Walkie-Talkie.

Als er sich vom Fenstersims abstieß, riss ein Reservehaken aus seinem Karabinersitz und blieb an der Fensterbank hängen.

»Hey, das Ding könnte die Polizei auf unsere Spur bringen«, sagte Cleo atemlos, als sie unten ankamen. »Wir haben noch eine Minute Zeit!«

»Dann steig doch noch mal hinauf!«

»Nein, wir sind zusammen hergekommen, also werden wir auch zusammen wieder abhauen.« Sie schnallte sich ab, stieg aus ihrem Karabinersitz und stopfte ihn in die Tasche. Jack tat es ihr nach. Dann schauten sie noch einmal zu den baumelnden Seilen hinauf.

»Die Dinger sind bestimmt teuer«, sagte Cleo.

»Nicht so schlimm.« Er legte ihr den Arm um die Schultern, und sie schlenderten langsam zum Transporter zurück. »Es wird so aussehen, als ob die Einbrecher schnell abhauen mussten, als der Alarm ausgelöst wurde.«

»Fünf Minuten«, verkündete Rebecca über Kopfhörer. »Das System fährt wieder hoch. Ihr habt noch dreißig Sekunden Zeit. Und, was habt ihr angerichtet da oben?«

»Ich habe eine Vase zerbrochen und ein paar andere hübsche Sachen im Raum verstreut.«

»Wunderbar!«

»Du hättest für die Aktion gar keinen Gehilfen gebraucht. Warum hast du mich mitgenommen?«, fragte Cleo.

»Es soll so aussehen, als ob mindestens zwei Leute an dem Einbruch beteiligt waren. In der kurzen Zeit hätte ich niemals auch noch zum anderen Ende des vierten Stocks laufen können. Es wird Anita noch ein bisschen nervöser machen, wenn sie erfährt, dass es zwei Einbrecher waren.«

»Einer hätte sie schon nervös genug gemacht.«

»Ja, aber wenn wir später in ihr Haus einbrechen, den Safe knacken und die Figur herausholen, müssen wir sowieso zu zweit sein. Ich wollte sehen, wie du dich hältst.«

»Dann sollte das eben also so eine Art Probe darstellen?«

»Ja. Und du bekommst die Rolle.«

»Warte, bis ich das meinem Agenten erzähle!«

Sie waren bereits einen ganzen Block weiter und schlenderten Hand in Hand den Bürgersteig entlang, als der Alarm ausgelöst wurde.

Es war kurz nach zwei, als Jack die Champagnerkorken knallen ließ.

»Ich kann es kaum glauben, dass die ganze Sache weniger als eine Stunde gedauert hat.« Tia ließ sich in einen Sessel sinken. »Ich bin völlig erledigt – und dabei habe ich gar nichts getan.«

»Schließlich sind *wir* auch die Techniker«, erinnerte Rebecca sie. »Es hat alles großartig geklappt.«

»Eigentlich ist es noch ein bisschen zu früh, um uns gegenseitig auf die Schulter zu klopfen und zu feiern.« Malachi hob sein Glas. »Aber was soll's? Allein die Vorstellung, dass Anita von der Polizei geweckt wird, ist Grund genug, um Champagner zu trinken. Wir haben noch viel zu tun.«

»Hol mich nicht auf den Teppich zurück.« Cleo trank ihr

Glas in einem Zug leer. »Ich fliege noch. Glaubst du wirklich, dass Anita ihren Hintern aus dem Bett schwingt und sich zum Laden begibt?«

»Darauf kannst du dich verlassen. Sobald sie von dem Einbruch erfährt, wird sie nicht schnell genug hinkommen können. Und als Erstes wird sie den Safe in ihrem Büro überprüfen – falls sie da die Parze versteckt hat. Nachdem sie sich vergewissert hat, dass sie noch da ist, wird sie sich zuerst mit der Polizei herumstreiten und anschließend mich anrufen. Sie wird ernsthaft verärgert sein über *Burdett Sicherheitsdienst.*«

»Aber du bringst das schon wieder in Ordnung«, sagte Malachi.

»Klar. Das System hat doch schließlich funktioniert. Die Einbrecher sind zwar hineingekommen, hatten aber keine Zeit, ihre Arbeit zu erledigen, weil der Alarm losgegangen ist. Bei der Gelegenheit werde ich ihr dann übrigens auch meinen Bericht über Cleo in die Hand drücken.«

»In Athen ist es um diese Jahreszeit wahrscheinlich entsetzlich heiß«, sann Tia. »Glaubst du, sie fliegt schon bald?«

»Ich hätte nichts dagegen, wenn sie uns noch zwei Tage Zeit lässt, um alles vorzubereiten.« Jack zwinkerte Cleo zu. »Mein Partner ist ein Naturtalent.«

»Ich glaube, wir hätten die Sache heute Nacht schon zu Ende führen können.« Cleo hielt Jack ihr Glas hin, damit er es nachfüllen konnte. »Rein in ihr Büro, den Safe geknackt und ab durch die Mitte mit der Parze.«

»Vielleicht«, erwiderte Jack, aber es wäre verdammt schade gewesen, wenn wir uns so viel Mühe gemacht hätten und die Statue gar nicht da gewesen wäre.«

»Musst du immer alles so pragmatisch sehen?« Cleo grinste. »Aber eines muss ich sagen, du verstehst es wirklich, einem Mädchen einen interessanten Abend zu bieten.«

»Das sagen sie alle. Ihr solltet jetzt ein bisschen schlafen. Ich bleibe hier und höre mit, was in Anitas Büro passiert – in ein paar Stunden wird sie mich sowieso anrufen.«

»Ich kann dir Kaffee und Sandwiches machen«, bot Tia ihm an.

»Du bist wirklich ein Schatz.«

Fast auf die Minute genau zwei Stunden später – Jack biss gerade in ein Sandwich mit Schinken und Käse – klingelte das Telefon. Er lächelte und ließ es dreimal läuten. Über die Abhöranlage hatte er Anita bereits in ihrem Büro fluchen hören.

Und er hatte gehört, wie sie ihren Bürosafe geöffnet und einen langen Seufzer der Erleichterung ausgestoßen hatte.

»Burdett.«

»Jack? Hier ist Anita. Oh, verdammt, Jack, bei *Morningside* ist eingebrochen worden!«

»Wie bitte? Wann?«

»Heute Nacht. Die Polizei ist gerade hier. Ich möchte, dass du sofort herkommst, Jack.«

»In zwanzig Minuten bin ich da«, sagte er. Er legte auf und trank in aller Ruhe seinen Kaffee aus.

Als Jack bei *Morningside* eintraf, waren die Kriminalbeamten bereits eifrig bei der Arbeit. Vermutlich hatten Cleo und er ihnen auch genug Hinweise dagelassen, um sie für längere Zeit zu beschäftigen. Einer der Uniformierten hielt ihn eine Weile lang am Eingang des Gebäudes auf.

Als er schließlich vor Anitas Büro stand, war sie gerade dabei, den unglücklichen Ermittler, der den Fall übernommen hatte, buchstäblich auseinander zu nehmen.

»Ich will wissen, was Sie tun werden, um die Leute zu finden, die es auf mein Eigentum abgesehen haben!«

»Ma'am, wir tun alles, was möglich ist, um ...«

»Wenn es so wäre, hätte nicht jemand einfach so ein Fenster einschlagen und hier einsteigen können. Wo war denn die Polizei in diesem Moment? Das möchte ich gerne wissen!«

»Mrs Gaye, der erste Streifenwagen war schon zwei Minuten nach dem Alarm ...«

»Zwei Minuten zu spät.« Sie bleckte die Zähne, und Jack hätte es nicht gewundert, wenn sie dem Mann als Nächstes die Kehle durchgebissen hätte. »Ich erwarte von der Polizei, dass sie mein Eigentum schützt. Haben Sie eigentlich eine Vorstellung, wie viel Steuern ich bezahle? Ich werfe doch der Stadt nicht Tausende Dollar in den Rachen, nur damit die Polizisten faul auf ihren Ärschen sitzen und Doughnuts essen können, während hier wertvolle Antiquitäten gestohlen werden!«

»Mrs Gaye, zum jetzigen Zeitpunkt wissen wir überhaupt noch nicht, ob irgendetwas fehlt. Wenn Sie bitte ...«

»Die New Yorker Polizei ist überhaupt keine Hilfe. Und jetzt trampeln Ihre ungeschickten Kollegen durch mein Haus und hinterlassen überall Unordnung, und Sie weigern sich, mir den Stand der Ermittlungen mitzuteilen. Soll ich vielleicht den Bürgermeister anrufen – ein persönlicher Bekannter von mir – und ihn bitten, mit Ihrem Vorgesetzten zu sprechen?«

»Und wenn Sie den lieben Gott anrufen, Ma'am – ich kann Ihnen einfach nicht mehr sagen, als ich bis jetzt weiß. Die Ermittlungen laufen gerade einmal seit zwei Stunden. Und sie könnten wesentlich beschleunigt werden, wenn Sie mir endlich meine Fragen beantworten würden, anstatt mich unablässig zu beschimpfen und mir zu drohen.«

Jack stellte fest, dass Anita nicht so sorgfältig geschminkt und frisiert war wie gewöhnlich und ihre vor Zorn geröteten Wangen nicht gerade vorteilhaft wirkten.

»Geben Sie mir Ihren Namen und Ihre Nummer, und verschwinden Sie aus meinem Haus!«

»Detective Lewis Gilbert.«

Lew zückte seine Brieftasche. Jack beschloss, ihm beizustehen und Anita abzulenken. Er setzte ein bekümmertes Gesicht auf und betrat das Büro.

»Hallo Lew.«

»Hallo Jack.« Lew zeigte Anita seine Dienstmarke. »Ich habe erfahren, dass *Burdett* die Sicherheitsanlage installiert hat.«

»Ja.« Jack presste die Lippen zusammen. »Wo sind sie eingebrochen?«

»Im vierten Stock, durch ein rückwärtiges Fenster an der östlichen Ecke.«

»Sind sie hineingekommen?«

»Ja. Aber die Alarmanlage ist losgegangen. Sie haben ein paar Sachen zurückgelassen.«

»Haben sie etwas gestohlen?«

Lew warf Anita einen bösen Blick zu. »Das wissen wir noch nicht.«

»Ich möchte gern mit Mr Burdett sprechen. Allein«, sagte Anita kalt.

Obwohl er wusste, dass sie beinahe vor Wut platzte, hob Jack die Hand und redete weiter mit Lew. »Wenn ich mal einen Blick auf das Fenster werfen dürfte, könnte ich dir vielleicht etwas dazu sagen.«

»Ja, gern.«

»Ich möchte nicht ignoriert werden, während Sie ...«

»Warten Sie einen Moment«, unterbrach Jack Anita und ging mit Lew aus dem Zimmer. Sie schäumte vor Wut.

»Die Frau ist ein harter Brocken«, sagte Lew.

»Was du nicht sagst! Warte mal ab, was sie *mir* noch alles an den Kopf werfen wird.«

Sie traten in einen Alkoven, der sich an den Bürotrakt anschloss. Kühle Morgenluft drang durch das zerstörte Fenster. Die Spurensicherung war bereits vor Ort, maß den Tatort aus und suchte nach Fingerabdrücken.

»Sie haben sich vermutlich gedacht, dass sie durch die Fenster in der oberen Etage am leichtesten einsteigen können«, sagte Jack. »Allerdings sind sämtliche Scheiben aus Sicherheitsglas und verdrahtet. Sie haben offenbar die Hauptalarmanlage umgangen. Um das zu schaffen, muss man sich gut mit dieser Art von Technik auskennen. Wie sind sie hier heraufgekommen?«

»Mit Seilen. Es sieht so aus, als hätten sie schnell abhauen müssen, als der Alarm losging. Die Seile haben sie jedenfalls zurückgelassen.

»Hm.« Jack runzelte die Stirn und schob die Daumen in seine Hosentaschen. »Vielleicht haben sie nicht mit dem Zweitsystem gerechnet.« Er erklärte Lew die Anlage, während sie in den Keller hinuntergingen, von wo aus die Sicherheitssysteme gesteuert wurden.

»Ich kann überprüfen, wie lange das System abgeschaltet war – und *wie* es abgeschaltet wurde –, wenn ihr mit eurer Arbeit fertig seid. Aber ich kann dir jetzt schon sagen, dass sie es nicht von hier aus gemacht haben.«

»Wer kennt ein solches System? Oder dieses spezielle?«

»Meine Leute. Und du weißt, wie sorgfältig ich mir meine

Leute aussuche, Lew. Meine Mitarbeiter haben damit bestimmt nichts zu tun. Und wenn es doch der Fall wäre, müsste ich sie feuern – denn dann wären sie so dumm gewesen, das Zweitsystem nicht lahm zu legen.«

Lew schnaubte und kratzte sich am Kinn. »Ich brauche aber trotzdem die Namen, du weißt ja, wie das läuft.«

»Schon klar. Gehört zum Job.« Jack stieß die Luft aus. »Ich muss nachschauen, welcher von meinen Männern hier gearbeitet hat. Die Anlage wurde installiert, als Paul Morningside noch lebte, und ist seitdem ein paarmal auf den neuesten Stand gebracht worden.«

Er öffnete den Mund, als wolle er noch etwas hinzufügen, schloss ihn dann aber kopfschüttelnd wieder.

»Spuck's aus«, drängte Lew.

»Ich will eure Ermittlungen nicht beeinflussen.« Jack tat so, als ob er zögerte, fuhr sich durch die Haare und blickte zur Treppe. »Ich möchte nur darauf hinweisen, dass die Kundin die Anlage auch kennt – zumindest die wichtigsten Funktionen.«

Lews Gesichtsausdruck hellte sich auf. »Nun, das sollte sie auch, nicht wahr?«

»So, und jetzt gehe ich zu ihr und lasse mir von ihr die Eier abschneiden.«

»Soll ich schon einmal einen nahen Verwandten benachrichtigen?«

Jack verzog säuerlich lächelnd das Gesicht und eilte nach oben.

Anita knallte gerade den Telefonhörer auf, als Jack wieder in ihr Büro trat. Er fragte sich, wen sie wohl morgens um fünf angerufen haben mochte, aber dann entdeckte er den aufgeschlagenen Versicherungsordner auf ihrem Schreibtisch.

Die Dame verschwendete keine Zeit.

»Haben Sie jetzt endlich einen Moment Zeit für mich?«, fragte sie mit zuckersüßer Stimme.

»Ich kann Ihnen gar nichts sagen, bevor ich nicht genau weiß, was passiert ist. Und darüber kann ich mir erst ein Bild verschaffen, wenn ich mir das Fenster und die Alarmanlage angesehen habe.«

»Ich werde Ihnen sagen, was passiert ist: Ich habe Sie dafür bezahlt, ein Sicherheitssystem zu entwerfen und einzubauen, das mein Geschäft vor Vandalen und Einbrechern schützt. Sie bekommen jeden Monat ein Honorar für die Wartung dieses Systems, und zusätzlich stelle ich Ihnen regelmäßig Mittel zur Verfügung, damit Sie es auf den neuesten technischen Stand bringen können.«

»Ich sehe, Sie haben sich unseren Vertrag durchgelesen«, sagte er sanft.

»Was glauben Sie, mit wem Sie es hier zu tun haben?« Ihre Stimme klang eisig. »Glauben Sie, nur weil ich eine Frau bin, hätte ich keinen Verstand?«

»Ich habe Ihren Verstand noch nie unterschätzt. Warum setzen Sie sich nicht?«

»Sagen Sie mir nicht, wann ich mich setzen soll!« Sie tippte mit dem Zeigefinger gegen seine Brust und riss entsetzt die Augen auf, als er sie am Handgelenk packte.

»Jetzt hören Sie mir mal gut zu.« Seine Stimme blieb ruhig. »Ein Polizist muss sich vielleicht diese Scheiße von Ihnen anhören, aber ich brauche mich von einem Kunden nicht so behandeln zu lassen. Reißen Sie sich zusammen!«

»Glauben Sie, Sie können in diesem Ton mit mir sprechen?«

An ihrem Gesichtsausdruck und ihrem Tonfall merkte er, dass es ihr gefiel. Das hätte ich mir denken können, dachte er angewidert. »Wenn Sie mich anschreien, schreie ich zurück. Und merken Sie sich eins: Ich bin nicht nachts um vier aufgestanden, weil Sie mit den Fingern geschnipst haben. Ich bin hier, weil ich für meine Arbeit verantwortlich bin. Und jetzt setzen Sie sich endlich hin, und beruhigen Sie sich!«

Er konnte förmlich sehen, wie sie beschloss, die Taktik zu ändern. Sie brach in Tränen aus. »Man hat mich überfallen ... Ich fühle mich so schutzlos, so hilflos!«

Jack spielte ihr Spiel bereitwillig mit. »Ich weiß, dass Sie durcheinander sind und Angst haben. Setzen Sie sich hin.« Er führte sie zu einem Sessel. »Soll ich Ihnen etwas bringen? Ein Glas Wasser?«

»Nein, nein.« Sie machte eine abwehrende Handbewegung. »Es ist alles so schwierig. Und die Polizei ... ach, ich kann es gar nicht beschreiben. Diese Leute sind so kalt, so gleichgültig. *Sie* hingegen verstehen, was *Morningside* mir bedeutet, Jack. Dieser Einbruch ist wie eine Vergewaltigung. Sie haben mich im Stich gelassen. Ich habe mich darauf verlassen, dass Sie mein Eigentum schützen.«

»Das habe ich auch.«

»Wie können Sie das sagen? Das System hat versagt!«

»Nein, das stimmt nicht. Wenn es versagt hätte, dann hätten Sie einen größeren Verlust zu beklagen als nur eine Fensterscheibe. Das Zweitsystem hat optimal funktioniert.«

»Ich weiß noch nicht, was gestohlen wurde«, beharrte sie. »Bisher war ich zu aufgebracht, um Inventur zu machen.«

»Dann werde ich Ihnen dabei helfen. Ich werde so eng wie möglich mit der Polizei zusammenarbeiten. *Burdett* überprüft, repariert und ersetzt alle notwendigen Teile des Systems. Auf unsere Kosten. Sobald die Polizei hier fertig ist, schicke ich meine Leute vorbei. Fünf Minuten nachdem das Hauptsystem abgeschaltet worden ist, sollte das Zweitsystem angelaufen sein. Die Chance, dass in dieser Zeit viel gestohlen wurde, ist relativ gering. Ich würde mich bei der Inventur auf diese Etage beschränken, und dabei handelt es sich hauptsächlich um Büroräume.«

Er schwieg und ließ seinen Blick durch ihr Büro schweifen. »In diesem und in den anderen Büros stehen offenbar einige Wertgegenstände herum. Wie sieht es mit Ihrer Bürotür aus? War sie abgeschlossen?«

Anita holte tief Luft und stieß sie dann zitternd wieder aus. »Ja. Bevor ich gestern das Haus verließ, habe ich sie abgeschlossen und die Alarmanlage eingeschaltet. Die Polizei ... sie glauben, dass jemand versucht hat, das Schloss aufzubrechen.«

Stirnrunzelnd trat Jack an die Tür und sah sich das Schloss an. »Ja, sieht ganz so aus, als hätten sie es versucht. Es ist ihnen aber nicht gelungen.« Er richtete sich auf. »Ich verstehe nicht, warum sie Zeit mit einem Büro vergeudet haben, wo doch unten alles offen herumsteht. Hier sind zwar ein paar nette Sachen, aber die sind doch Zeit und Mühe nicht wert.«

Während er das sagte, glitt ihr Blick zu ihrer Tasche, die auf dem Schreibtisch stand.

»Sie werden ja wohl kaum wegen der Büroeinrichtung bei *Morningside* eingebrochen sein«, begann sie und stand auf.

Beiläufig trat er zu ihrer Handtasche. Sie erstarrte. »Ich werde das System Chip für Chip überprüfen«, versprach er und ergriff die elegante, schwere Schlangenledertasche. »Es tut mir Leid, dass das passiert ist, Anita, aber vertrauen Sie mir, *Morningside* ist so gut wie möglich abgesichert. Und jetzt ziehen Sie sich die Lippen nach.« Er reichte ihr die Tasche, die sie ihm beinahe aus der Hand riss. »Ich fahre Sie nach Hause, damit Sie noch ein wenig Schlaf nachholen können, bevor Sie sich hier um alles kümmern müssen.«

»Ich kann doch jetzt nicht schlafen«, widersprach sie, besann sich dann aber eines Besseren. »Nein, Sie haben Recht. Ich sollte jetzt wirklich besser gehen.« Sie klemmte die Tasche fest unter ihren Arm. »Ich wäre Ihnen dankbar, wenn Sie mich nach Hause fahren könnten.«

Jack wollte selbst noch ein paar Stunden schlafen und war überrascht, dass Rebecca im Wohnzimmer auf ihn wartete.

»Ich habe den Aufzug gehört«, sagte sie. »Ich konnte nicht schlafen. Du warst noch weg?«

»Ja.« Er zog sein Jackett aus. »Sie hat angerufen, wie erwartet. Es ist genau so gelaufen, wie ich es mir vorgestellt habe. Ich hätte das Drehbuch schreiben können. Sie hat die Parze jetzt in den Safe in ihrem Privathaus gebracht.«

»Bist du dir sicher?«

»Absolut sicher.« In kurzen Worten erzählte er ihr alles. Dabei ging er in die Küche, nahm den Orangensaft aus dem Kühlschrank und trank direkt aus der Flasche.

Rebecca war viel zu fasziniert von seinem Bericht, um ihn dafür zu schelten. »Du warst der Statue so nahe. Ich weiß nicht, ob *ich* der Versuchung widerstanden hätte, sie niederzuschlagen und mir die Figur zu schnappen.«

»Ich habe zugegebenermaßen kurz mit dem Gedanken gespielt. Ich habe noch nie in meinem Leben eine Frau geschlagen, aber es bei Anita zu tun, würde mir ein befriedigendes Gefühl verschaffen. Fast so befriedigend wie der Gedanke, dass wir sie zutiefst verunsichert haben.« Er stellte den

Saft wieder in den Kühlschrank. »Oder so befriedigend wie das, was als Nächstes kommt. Wir werden später noch einmal sämtliche Sicherheitssysteme von *Morningside* durchgehen. Ich und mein Top-Techniker«, fügte er augenzwinkernd hinzu, »werden persönlich einen Systemcheck vornehmen.«

Rebecca nahm die Flasche wieder aus dem Kühlschrank, schüttelte sie, um ihm zu demonstrieren, dass sie leer war, und warf sie in den Abfalleimer. »Und wie hoch ist mein Stundenlohn?«

»Das hängt von deinem Einsatz ab. Woher wusstest du, dass die Flasche leer ist?«

»Weil du ein Mann bist und ich mit zweien von der Sorte aufgewachsen bin. Und wenn ich meine Brillanz im Umgang mit dem Sicherheitssystem bewiesen habe?«

»Dann werde ich Anita Bericht erstatten. Und danach wird mir einfallen, dass sie mir ja noch eine weitere kleine Aufgabe übertragen hatte.«

Gähnend rieb er sich mit den Händen übers Gesicht. »Aber jetzt gehe ich erst einmal unter die Dusche und dann ins Bett.«

»Du arbeitest wirklich hart«, sagte Rebecca, als er zum Badezimmer ging. »Und du riskierst auch eine Menge.«

Er blieb stehen und drehte sich um. »Wenn etwas wirklich wichtig ist, muss man auch hart dafür arbeiten. Die Risiken zählen dabei nicht.«

In der Dusche stützte Jack sich mit den Händen gegen die Kacheln und ließ das heiße Wasser auf seinen Kopf prasseln. Das Adrenalin, das ihn vierundzwanzig Stunden lang wach gehalten hatte, war verbraucht.

Er konnte nicht mehr klar denken und musste seine Batterien erst wieder aufladen, bevor er Anita erneut gegenübertreten konnte. Vorher konnte er es sich nicht leisten, vor allem nicht, wenn er Rebecca mitnahm. Er schloss die Augen und dachte an gar nichts mehr.

Da er beinahe im Stehen schlief, hörte er nicht, wie die Badezimmertür aufging und sich mit einem leisen Klicken wieder schloss. Er hörte auch nicht, wie Rebeccas Bademantel fast geräuschlos zu Boden glitt.

Als sie die Glastür der Duschkabine aufzog, fuhr sein Kopf herum, aber da hatte sie schon die Arme um ihn geschlungen und ihre Brüste an seinen nackten Rücken gepresst.

»Du hast so müde ausgesehen.« Rebecca fuhr mit der Zunge seinen Rücken entlang. »Ich habe gedacht, ich biete dir an, dir den Rücken zu waschen.«

»Wir stehen nackt in der Dusche, weil ich müde bin? Was hattest du neulich noch über die Wahl des richtigen Zeitpunktes gesagt?«

»Ich halte den Zeitpunkt für perfekt.« Sie drehte ihn zu sich herum, warf ihre Haare zurück und blickte an seinem Körper herunter. Amüsiert zog sie die Mundwinkel nach oben. »Und im Moment siehst du gar nicht mehr so müde aus.«

»Ich habe mich offenbar ganz plötzlich erholt.«

»Das sollten wir ausnutzen.« Sie stellte sich auf die Zehenspitzen und knabberte an seiner Unterlippe. »Ich möchte deine Hände und deinen Mund auf meinem Körper spüren, Jack. Ich möchte dich überall küssen, das wollte ich von der ersten Minute an.«

Er griff in ihre nassen Haare. »Warum haben wir dann gewartet?«

»Weil ich dich von der ersten Minute an begehrt habe.« Sie legte ihre Handflächen auf seine Brust und spreizte die Finger. »Deine Brüder haben mir schon erzählt, dass du ein bisschen pervers bist.«

»Die müssen es ja wissen. Sollen wir das jetzt ausdiskutieren, oder willst du mich lieber küssen?«

»Rate mal«, erwiderte er und küsste sie leidenschaftlich.

Sie lachte atemlos, als er sich wieder von ihr löste. »Ich glaube, ich habe deine Antwort nicht ganz verstanden.«

»Dann muss ich sie wohl noch einmal wiederholen.« Er drückte sie mit dem Rücken gegen die Kacheln und küsste sie erneut.

Und dann wurde es genau so, wie sie es sich vorgestellt hatte. Mit Händen und Mündern, Haut an Haut, erforschten sie gegenseitig ihre Körper.

Sein Verlangen wuchs ins Unermessliche, und sie schlang die Beine um ihn und klammerte sich an ihn.

»Das ist es, worauf ich gewartet habe, Jack.« Sie bog sich zurück, als seine Zunge zu ihren Brüsten wanderte.

Es war schöner, als er es sich je vorgestellt hatte. Sie zu spüren, zu sehen, wie sie sich ihm hingab. Ihren Körper vor Lust erbeben zu sehen.

Leidenschaftlich erwiderte sie seine Küsse. Er stieß seine Finger in sie, und ihre Hüften bewegten sich in seinem Rhythmus.

Sie kam schnell und heftig. Er spürte, wie sich ihre Beinmuskeln anspannten und zitterten. Ihre elfenbeinfarbene Haut war leicht gerötet, und ihre nassen Haare lagen wie gesponnenes Gold auf ihren Schultern.

Sie sieht aus wie eine Meerjungfrau, die aus den Schaumkronen aufsteigt, dachte Jack.

»Du bist schön.« Er umfasste ihre Hüften und hob sie hoch. »So schön. Sei mein.«

Sie seufzte auf. »Das bin ich doch schon.«

Er drang in sie ein. Ganz langsam stieß er immer wieder in sie hinein. Als sie sich dem Höhepunkt näherten, flüsterte sie seinen Namen und küsste ihn.

Dann presste sie seinen Kopf an ihre Brust, und ihr Herz klopfte wie wild, als er in ihr kam.

24

Nass und außer Atem taumelten sie aufs Bett.

»Ich muss meine Haare trocknen. Jetzt gleich. Man erkältet sich, wenn man mit nassen Haaren ins Bett geht.« Aber anstatt aufzustehen, kuschelte Rebecca sich an Jack und gähnte. Sie verspürte eine erfüllende Befriedigung.

»Du hast einen wundervollen Körper, Jack. Das nächste Mal möchte ich ihn gerne auf mir spüren. Aber jetzt musst du ein bisschen schlafen.«

Er fuhr mit den Fingern durch ihre nassen Haare. »Warum?«

Sie hob den Kopf. »Du bist müde. Und selbst ein so guter Liebhaber wie du braucht ein bisschen Ruhe.«

»Warum?«, fragte er wieder.

»Also gut.« Sie stand auf, holte sich ein Handtuch aus dem Badezimmer, setzte sich wieder neben ihn und begann, sich die Haare abzutrocknen.

»Vorhin in der Dusche hast du wie eine Meerjungfrau ausgesehen.«

»Du siehst eigentlich nicht aus wie ein Mann, der einer Frau romantische Sachen sagt.« Sie fuhr mit der Fingerspitze über die harten Linien in seinem Gesicht. »Und ich hätte nie gedacht, dass ich eine Schwäche für Romantik habe. Aber offenbar ist es so.«

Sie lehnte sich zurück, wobei sie weiter ihre Haare abtrocknete. »Ich hatte einen Traum«, sagte sie. »Ich war auf einem Schiff. Es war kein großes Schiff wie die *Lusitania*, aber auch nicht so klein wie unsere Ausflugsboote. Geräuschlos glitt ich durchs blaue Wasser. Es war schön, und mir war friedlich und warm ums Herz. Und ich wusste, dass ich dieses Schiff überallhin steuern konnte.«

Sie warf die feuchten Haare nach hinten und tupfte ihm mit dem Handtuch Wassertropfen von Brust und Schultern.

»Ich war völlig frei und beherrschte dieses schnittige Schiff. Hier und da waren ein paar Wolken am Himmel zu sehen, und es gab Strömungen und Untiefen im Wasser. Aber das bereitete mir keine Sorgen. Wenn ich nur schön vorsichtig segele, kann mir nichts passieren, dachte ich in meinem Traum. Und dann tauchten am Bug meines Bootes drei Frauen auf. Das fand ich interessant.«

Rebecca stand wieder auf, trat an Jacks Kommode und zog die oberste Schublade auf. Sie nahm ein weißes T-Shirt heraus und zeigte es ihm. »Du hast doch nichts dagegen, oder?«

»Bedien dich ruhig.«

Sie zog sich das T-Shirt über den Kopf. »So, wo war ich stehen geblieben?«

»Du warst in deinem Boot, mit den Parzen.«

»Ach ja.« Sie lächelte. Es freute sie, dass er es gleich verstanden hatte. »Die erste, die eine Spindel in der Hand hielt, sagte: ›Ich spinne den Faden, aber du machst daraus, was du willst.‹ Die zweite hatte ein silbernes Maßband und sagte: ›Ich bestimme die Länge, aber *du* nutzt die Zeit.‹ Und die dritte, die mit der Schere, sagte zu mir: ›Ich schneide den Faden durch, denn nichts sollte ewig dauern. Verschwende nicht, was dir gegeben wird.‹«

Rebecca setzte sich im Schneidersitz auf das Fußende des Bettes. »Und wie das im Traum so ist, verschwanden die drei wieder und ließen mich auf dem hübschen weißen Schiff allein. Also sagte ich zu mir, na gut, Rebecca Sullivan, hier liegt dein Leben vor dir, es ist wie eine Segeltour über offenes Meer, mit Unwettern und windstillen Zeiten, mit Höhen und Tiefen. Wo willst du nun hinsegeln, was erhoffst du dir für die Zeit, die du zur Verfügung hast? Und weißt du, welche Antwort ich mir im Traum gab?«

»Welche?«

Lachend beugte sie sich vor und gab ihm einen Kuss. »Jack. Das war die Antwort, und ich gebe gern zu, dass sie mir gut gefallen hat. Weißt du, wann ich das geträumt habe?«

»Wann?«

»In der ersten Nacht, nachdem ich dich getroffen hatte.« Sie ergriff seine Hand und führte sie an ihre Wange. »Es ist wohl kein Wunder, dass ich mir darüber Gedanken gemacht habe. Ich bin eine vorsichtige Frau, Jack. Ich greife nicht sofort nach etwas, nur weil es mir spontan gefällt. In meinem Leben hat es bisher drei Männer gegeben. Beim ersten Mal war es nur Leidenschaft und der Wunsch, herauszufinden, was eigentlich dahinter steckt. Der Zweite war ein Junge, den ich sehr mochte und mit dem ich gern zusammengeblieben wäre. Aber er hat es nicht ernst gemeint. Du bist der Dritte. Du siehst, ich gebe mich nicht leichtfertig hin.«

Jack setzte sich auf und umschloss ihr Gesicht mit den Händen. »Rebecca ...«

»Sag mir nicht, dass du mich liebst.« Ihre Stimme bebte. »Noch nicht. Mein Herz ist dir so schnell zugeflogen, dass mir die Luft weggeblieben ist. Ich muss erst wieder einen klaren Kopf bekommen. Leg dich hin, ja? Ich möchte mich an dich kuscheln.«

Er zog sie mit sich und legte ihren Kopf an seine Schulter.

»Es macht mir nichts aus zu reisen«, sagte sie, und seine Hand, die er gehoben hatte, um ihr über die Haare zu streicheln, erstarrte.

»Gut.«

Sie lächelte. »Im Gegenteil, das habe ich mir immer gewünscht. Und ich möchte viel mehr über dein Geschäft wissen. Ich bin keine Frau, die zu Hause sitzt und dir die Hemden bügelt.«

»Ich gebe sie sowieso in eine Wäscherei.«

»Dann ist es ja gut. Ich kann aber auch nicht für immer Irland verlassen. Meine Mutter ... Ma fehlt mir.« Ihre Stimme klang belegt und sie drückte ihr Gesicht an seinen Hals. »Sehr sogar. Vor allem jetzt, wo ich mich verliebt habe und ihr nichts davon erzählen kann. Na ja, bald sehe ich sie ja wieder.« Schniefend wischte sie sich eine Träne von der Wange. »Auf jeden Fall kannst du damit rechnen, dass ich mit dir zusammenarbeite.«

»Etwas anderes könnte ich mir auch gar nicht vorstellen. Ich will, dass du an meinem Leben teilhast, Rebecca, so wie ich an deinem teilhaben will.«

»Ich muss dich etwas fragen: Warum hat deine Ehe nicht funktioniert?«

»Aus vielerlei Gründen.«

»Jetzt weichst du aus, Jack.«

»Nun, vereinfacht ausgedrückt, wollten wir unterschiedliche Dinge.« Und hatten verschiedene Ziele im Leben, fügte er in Gedanken hinzu.

»Was wolltest *du*, was sie nicht wollte?«

Er schwieg so lange, dass Rebecca ganz nervös wurde.

»Kinder«, sagte er schließlich.

Eine Welle der Erleichterung überflutete sie. »Oh! An wie viele hast du gedacht?«

»Ich weiß nicht. Zwei mindestens.«

»Nur zwei?« Sie schnaubte. »Wie jämmerlich. Ich hätte gern vier.« Sie zog sich die Decke ans Kinn und seufzte. »Jetzt kannst du mir sagen, dass du mich liebst.«

»Ich liebe dich, Rebecca.«

»Ich liebe dich auch, Jack. Schlaf jetzt ein bisschen. Ich habe den Wecker schon auf halb zehn gestellt.«

Auch Rebecca glitt in den Schlaf. Im Traum stand sie wieder auf dem weißen Schiff und segelte über das blaue Meer. Und dieses Mal stand Jack neben ihr am Steuerrad.

Zwanzig Minuten, bevor Jacks Wecker klingelte, kochte Gideon die erste Kanne Kaffee. Er durchwühlte Tias Küchenschränke und fand eine Packung Mohn-Bagels. Allmählich lernte er die Vorliebe der Amerikaner für Bagels zu schätzen. Während die anderen noch schliefen, steckte er den Bagel in die Tasche seines Jacketts, schenkte sich einen großen Becher Kaffee ein und ging zur Tür.

Er hatte beschlossen, auf dem Dach zu frühstücken und dann eine Zigarette zu rauchen.

Als er die Tür öffnete, stand er einer attraktiven dunkelhäutigen Frau gegenüber, die gerade auf den Klingelknopf drücken wollte.

Sie zuckte zusammen und stieß dann ein nervöses Kichern aus.

»Da haben wir uns aber beide erschreckt, was?« Er lächelte sie freundlich an. »Kann ich Ihnen behilflich sein?«

»Ich bin Carrie Wilson, eine Freundin von Tia.« Sie musterte ihn. »Sie müssen Malachi sein.«

»Nein, ich bin Gideon. Tia hat von Ihnen erzählt. Wollen Sie hereinkommen?«

Sie kniff die Augen zusammen. »Gideon wer?«

»Sullivan.« Er trat einladend einen Schritt zurück. In diesem Moment kam Malachi aus dem Schlafzimmer. »Das ist Mal. Wir stehen gerade erst auf. Gestern Abend ist es ziemlich spät geworden.«

Carrie blickte von einem Mann zum anderen. »Du liebe Güte, gleich zwei von der Sorte? Ich bin beeindruckt.«

»Eigentlich gehört einer der beiden mir.« Cleo trat, mit nichts als einem T-Shirt bekleidet, aus dem Gästezimmer. »Tolle Schuhe«, sagte sie, nachdem sie Carrie einer gründlichen Musterung unterzogen hatte. »Wer sind Sie?«

Entschlossen trat Carrie ein und schloss die Tür hinter sich. »Wer sind *Sie*? Und wo ist Tia?«

»Sie schläft noch.« Malachi lächelte Carrie genauso strahlend an wie Gideon. Carrie waren beide etwas suspekt. »Es tut mir Leid, ich habe Ihren Namen nicht verstanden.«

»Ich bin Carrie Wilson. Und ich möchte sofort Tia sehen.« Sie stellte ihre Aktentasche hin und schob sich die Ärmel ihres Donna-Karan-Jacketts hoch. »Oder muss ich Ihnen erst einen Tritt in den Hintern versetzen?«

»Dann fangen Sie aber bitte bei einem von denen da an«, sagte Cleo. »Ich habe noch nicht einmal Kaffee getrunken.«

»Schenk uns am besten gleich allen einen Becher ein«, sagte Malachi. »Tia hat ein bisschen verschlafen. Wir waren bis spät in die Nacht auf.«

»Gehen Sie beiseite.« Carrie trat drohend einen Schritt auf ihn zu. »Sofort.«

»Bitte.« Er machte ihr den Weg frei und blickte ihr nach, als sie ins Schlafzimmer ging. Carrie dachte mit leichtem Grausen daran, was diese fremden Leute ihrer sensiblen, vertrauensseligen Freundin wohl angetan haben mochten.

Die Jackentasche des dunkelhaarigen Mannes war leicht ausgebeult gewesen. Eine Pistole, dachte sie. Sie hatten Tia bestimmt mit der Pistole bedroht und dann betäubt. Ängstlich schlug Carrie die Decke zurück.

Tia lag splitternackt im Bett. Verschlafen blinzelnd räkelte sie sich, dann stieß sie einen leisen Schrei aus.

»Carrie!«

»Was ist hier los? Wer sind diese Leute? Geht es dir gut?«

»Wie bitte? Was?« Errötend verschränkte Tia die Arme vor ihrer bloßen Brust. »Wie spät ist es denn?«

»Was spielt denn das für eine Rolle? Tia, was ist los mit dir?«

»Nichts, nur ... Herrje, Carrie, siehst du nicht, dass ich nackt bin? Gib mir die Decke.«

»Zeig mir deine Arme.«

»Meine *was*?«

»Ich will sie auf Einstiche untersuchen.«

»Einstiche? Carrie, was soll das, ich stehe doch nicht unter Drogen!« Den einen Arm weiterhin fest über die Brust gepresst, streckte sie trotzdem bereitwillig den anderen Arm aus. »Mir geht es hervorragend. Ich habe dir doch von Malachi erzählt.«

»Mehr oder weniger. Die anderen beiden hast du allerdings nicht erwähnt. Und wenn meine beste Freundin, der eher die Zehen abfallen würde, als dass sie bei Rot über die Straße ginge, mich bittet, das Gesetz zu brechen, dann stimmt irgendetwas nicht mit ihr.«

»Ich bin nackt«, wiederholte Tia. »Ich kann nicht mit dir reden, wenn ich nackt bin. Ich muss mich erst anziehen.«

»Himmel.« Ungeduldig ging Carrie zum Schrank und riss die Tür auf. Sie schnaubte, als sie die Hemden des Mannes neben Tias Kleidern hängen sah. Dann zog sie einen Morgenmantel heraus und warf ihn aufs Bett. »Zieh den an und dann erzähl mir endlich die ganze Geschichte.«

»Ich kann dir nicht alles erzählen.«

»Warum nicht?«

»Weil ich dich mag.« Tia schlüpfte in den Morgenmantel und fühlte sich sofort besser.

»Tia, wenn diese seltsamen Leute dich zu irgendetwas zwingen ...«

»Sie zwingen mich zu nichts. Ich schwöre es dir. *Ich* tue etwas, was ich tun muss und tun will. Für sie, aber auch für mich. Carrie, ich habe mir einen roten Pullover gekauft.«

Carrie vergaß die Standpauke, die sie ihrer Freundin hatte halten wollen. »Rot?«

»Aus Kaschmir. Anscheinend bin ich gar nicht allergisch gegen Wolle. Zu den letzten beiden Terminen mit Dr. Lowenstein bin ich gar nicht erst hingegangen, und den letzten Termin beim Allergologen habe ich auch abgesagt. Meinen Inhalator habe ich schon seit einer Woche nicht mehr benutzt. Na ja, doch, einmal noch«, korrigierte sie sich. »Aber da habe ich nur so getan, als ob, also zählt das nicht. Und ich habe mich noch nie in meinem ganzen Leben besser gefühlt.«

Carrie setzte sich auf die Bettkante. »Einen roten Pullover?«

»Knallrot. Ich überlege noch, ob ich mir für darunter einen Wonderbra kaufen soll. Malachi ist es egal. Ihm gefalle ich auch, wenn ich langweilige, braune Klamotten und praktische Unterwäsche trage. Ist das nicht wundervoll?«

»Ja. Tia, machst du das alles nur, weil du ihn liebst?«

»Nein. Damit hatte ich schon begonnen, bevor ich mich in ihn verliebt habe. Oder als ich gerade dabei war, mich in ihn zu verlieben. O Carrie, ich hätte dich nicht bitten sollen, mir die Information über Anita Gaye zu besorgen. Es tut mir Leid. Lass es uns vergessen.«

»Ich habe die Daten schon.« Seufzend stand Carrie auf. »Zieh dich an. Ich trinke jetzt eine Tasse Kaffee und überlege mir, ob ich dir die Daten gebe.« Sie ging zur Tür und drehte sich noch einmal um. »Ich mag dich auch, Tia«, sagte sie, dann schloss sie die Tür hinter sich.

Sie musterte das Trio im Wohnzimmer.

Die Frau mit den langen Beinen lag auf dem Sofa, trank Kaffee und hatte ihre Füße auf die Oberschenkeln des Typs, der ihr die Tür aufgemacht hatte, gelegt.

Typ Nummer zwei lehnte in der offenen Küchentür.

»Sie da!« Sie zeigte auf Gideon. »Was ist das für eine Ausbuchtung in ihrer Jackentasche?«

»Nichts Besonderes.« Leicht verlegen griff Gideon in die Tasche. »Nur einen Bagel.«

»Ist das etwa der letzte Mohn-Bagel?« Cleo setzte sich auf und riss ihm das Gepäck aus der Hand. »Du wolltest dich einfach mit dem letzten Mohn-Bagel davonschleichen. Das ist niederträchtig!« Sie stellte die Füße auf den Boden. »Und deswegen werde ich ihn jetzt essen. Wir haben keine Waffen«, fügte sie an Carrie gewandt hinzu und schlenderte in die Küche.

»Möchten Sie einen Kaffee?«, fragte Malachi.

»Mit Milch, ohne Zucker.«

»Cleo, sei so lieb. Mit Milch, ohne Zucker, für Ms Wilson.«

»Immer ich«, murrte Cleo.

»Nun, dann wollen wir mal sehen«, begann Carrie. »Tia behauptet, sie kann mir nicht erzählen, in was für eine Geschichte sie verwickelt ist. Ist es, weil sie Sie schützen will?«

»Nein. Sie erzählt Ihnen nichts, weil sie *Sie* schützen will«, sagte Malachi. »Sie müssen die zweite Frage übrigens gar nicht erst stellen. Ich kann sie Ihnen auch so beantworten. Tia bedeutet mir sehr viel, und ich werde mit aller Kraft verhindern, dass ihr jemand etwas antut. Sie ist die erstaunlichste Frau, die ich je kennen gelernt habe.«

»Dafür bekommst du meinen halben Bagel«, sagte Cleo hinter ihm. »Sie sind Tias Freundin«, fuhr sie fort und nickte Carrie zu. »Ich auch. Sie haben zwar ältere Rechte, aber das bedeutet nicht, dass ich weniger ihre Freundin bin.«

Nachdenklich blickte Carrie zu Gideon. »Und Sie?«

»Ich liebe Tia«, erwiderte er schlicht, musste dann aber grinsen, als er die Blicke bemerkte, die Cleo und Malachi ihm zuwarfen. »Wie ein Bruder. Bekomme ich jetzt auch ein Stück von dem Bagel?«

»Nein.«

»Ständig werde ich ausgenutzt.« Er stand auf. »Ich gehe nach oben und rauche eine Zigarette. Wenn Becca oder Jack anrufen, sagt mir Bescheid.«

»Becca? Jack?« Carrie wandte sich an Malachi.

»Rebecca ist meine Schwester, und Jack ist auch ein Freund von Tia.«

»Sie hat in dieser kurzer Zeit aber viele Freunde gesammelt.«

»Vermutlich, weil ich es mir mein bisheriges Leben lang aufgespart habe«, sagte Tia, die gerade aus dem Schlafzimmer trat.

Seufzend ging Carrie auf sie zu. »Ich habe immer schon gesagt, dass dir Rot toll stehen würde.«

»Ja.« Lächelnd fuhr Tia mit der Hand über ihren neuen Pullover. »Das hast du immer schon gesagt.«

Carrie trat zu ihr, ergriff ihre Hände und blickte sie an. »Du hättest mich nicht um diesen Gefallen gebeten, wenn es nicht wichtig wäre. Wirklich wichtig.«

»Nein, das hätte ich nicht getan.«

»Und sobald du kannst, wirst du mir alles erklären, okay?«

»Du wirst die Erste sein, die es erfährt.«

Carrie nickte, dann drehte sie sich zu Malachi um. »Wenn ihr irgendjemand auch nur *ein* Haar krümmt, bekommt er es mit mir zu tun. Dann mache ich Sie fertig.«

»Ich könnte Ihnen dabei helfen«, bot Cleo an und biss in ihren Bagel. »Tut mir Leid, Mal, aber wir Mädels müssen nun einmal zusammenhalten.«

»Ich glaube, ich mag Sie«, beschloss Carrie. »Sie alle drei. Und ich hoffe, ich täusche mich nicht in Ihnen, denn um an die Informationen heranzukommen, die ich Ihnen jetzt geben werde, habe ich gleich mehrere Gesetze brechen müssen.«

»Dafür bekommen Sie einen ganzen Bagel. Es gibt noch Zimt, einfach oder Zwiebel.«

Carrie lächelte Cleo an. »Ich glaube, ich gehe aufs Ganze und nehme Zimt.«

Während Carrie ihren Bagel vertilgte und ihnen dabei Anita Gayes finanzielle Situation erläuterte, frühstückte Anita gerade im Bett.

Nachdem sie ein bisschen geschlafen und Zeit zum Nachdenken gehabt hatte, sah sie Sache mit dem versuchten Einbruch bereits etwas gelassener. Sie beschloss, ihn als eine Art Weckruf zu betrachten.

Man konnte eben nichts und niemandem trauen.

Natürlich hatte die Alarmanlage funktioniert. Aber das konnte auch einfach nur Zufall oder ein dummer Fehler seitens der Einbrecher gewesen sein. Sie würde Jack Burdett und sein Team alles noch einmal genau überprüfen lassen. Und wenn sie fertig waren, würde sie noch einen weiteren Fachmann hinzuziehen.

Schließlich holte man ja auch die Meinung eines zweiten Arztes ein, wenn man eine bestimmte Diagnose gestellt bekommen hatte. Und *Morningside* bedeutete ihr ebenso viel wie ihre eigene Gesundheit. Ohne den Laden hätte sie keine gesellschaftlichen Kontakte, und ihr Einkommen wäre wesentlich geringer.

Anita saß gegen die Kissen gelehnt im Bett, trank ihren Kaffee und blickte zu den Türen ihres begehbaren Kleiderschranks. Dahinter befand sich ein Safe, von dessen Existenz selbst ihre Hausangestellten nichts ahnten.

In diesem Safe hatte sie die Parze jetzt untergebracht. Sie war froh darüber, dass der Einbruch sie dazu bewegt hatte, die Statue mit nach Hause zu nehmen. Sie betrachtete sie schließlich schon seit langem als ihr persönliches Eigentum.

Für den richtigen Preis würde sie die Figur natürlich jederzeit ohne Zögern verkaufen. Aber wenn sie alle drei Parzen besaß, würde sie sich erst einmal eine Zeit lang daran erfreuen. Vielleicht würde sie die Statuen dann ja leihweise für eine Ausstellung zur Verfügung stellen, um sie ins Gespräch zu bringen.

Anita Gaye, das dünne Mädchen aus Queens, würde den größten Coup des Jahrhunderts landen. Diese Art von Macht kann man nicht kaufen, dachte sie. Und von einem verstorbenen Ehemann erben konnte man sie auch nicht.

Nachdem sie sich eine zweite Tasse Kaffee aus ihrer Lieblingskanne aus Derby-Porzellan eingeschenkt hatte, griff sie zum Telefon, das auf ihrem Nachttisch lag, und wählte die Nummer von Jacks Handy.

»Burdett.« Er trank ebenfalls gerade Kaffee und knabberte an Rebeccas Fingerspitzen.

»Jack, hier ist Anita.« Sie klang zerknirscht. »Ich möchte mich für mein Benehmen heute früh entschuldigen. Ich hätte meinen Zorn nicht an Ihnen auslassen dürfen.«

Jack zwinkerte Rebecca zu. »Sie brauchen sich nicht zu entschuldigen, Anita. Sie standen unter Schock und waren verständlicherweise außer sich.«

»Das spielt keine Rolle. Schließlich sind Sie sofort gekommen, und das System hatte ja auch funktioniert. Ich fühle mich einfach schrecklich.«

»Vergeben und vergessen«, sagte er. »Ich wollte jetzt gleich zu *Morningside* fahren«, fuhr er fort. »Ich werde das Alarmsystem persönlich überprüfen. Ich habe meinen besten Techniker bereits angerufen; er soll eine Analyse machen. Wir sind in ungefähr einer Stunde da und bringen alles wieder in Ordnung. Ich gebe Ihnen mein Wort darauf.«

»Ich weiß, dass ich mich auf Sie verlassen kann. Ich komme auch ins Geschäft, wenn es Ihnen nichts ausmacht. Ich möchte wissen, worum es geht.«

»Ich werde Ihnen alles zeigen.«

»Ich bin Ihnen so dankbar, Jack. Hatten Sie übrigens Zeit, an diesem anderen Thema zu arbeiten, über das wir gesprochen haben?«

»Sie meinen die Nachforschungen über Cleo Toliver?« Er zeigte Rebecca den erhobenen Daumen. »Ich habe in der Tat gestern Abend einige Informationen bekommen. Ich wollte Ihnen heute eigentlich einen Bericht schreiben, aber wegen der Ereignisse heute früh habe ich es schlichtweg vergessen.«

»Oh, ich brauche keinen offiziellen Bericht. Sagen Sie mir einfach ...«

»Ich erzähle Ihnen alles, wenn wir uns sehen. Was meinen Sie? Jetzt klingen Sie Gott sei Dank wieder besser, Anita. Wir sehen uns dann bei *Morningside*.« Er schaltete das Handy aus, bevor sie antworten konnte.

Dann zog er Rebecca in seine Arme. »Wollen wir wetten, dass sie einen Weg gefunden hat, um die Versicherung zu betrügen?«

»Ich wette nicht.« Sie küsste ihn und schmiegte sich an ihn.

»Wir müssen los«, murmelte er.

»Mmm, ich glaube, wir sind im Stau stecken geblieben.«

Seine Hände glitten unter ihr T-Shirt. »Das da draußen ist der Dschungel«, stimmte er ihr zu. »Und was machen schon fünf Minuten aus?«

Es wurden fünfzehn, aber das war ihnen gleichgültig.

Als Anita im Laden eintraf, prüfte Rebecca, die von Jack mit Overall und Kappe ausgestattet worden war, bereits das System. Er hatte das Fenster ausgemessen und schon eine neue Scheibe bestellt und stand jetzt draußen auf dem Bürgersteig, um den Lieferanteneingang zu begutachten.

»Meine Sekretärin sagte mir, dass Sie hier draußen sind.« Anita wirkte ein wenig blass. »Ich dachte, die Angestellten wären nervös«, fuhr sie fort, »aber sie scheinen die ganze Geschichte eher aufregend zu finden.«

»Viele Leute reagieren so, vor allem, wenn nicht in ihr eigenes Haus eingebrochen worden ist. Wie geht es Ihnen?«

»Es geht mir wieder gut. Ich habe jetzt so viel Papierkram zu erledigen, dass ich gar nicht viel grübeln kann. Was tun Sie hier draußen?«

»Ich wollte mich nur mal umsehen. Die Täter haben wahrscheinlich das Gebäude und die Gegend genau studiert. Verkehr, Polizeistreifen, Blickwinkel von den umliegenden Gebäuden ... Und dann haben sie sich die günstigste Stelle ausgesucht. Die neue Scheibe wird um fünf eingesetzt.«

»Danke, Jack.« Sie legte ihm die Hand auf den Arm. »*Morningside* war Pauls Lebensinhalt,« – zitternd stieß sie die Luft aus – »und er hat es mir anvertraut. Ich darf ihn nicht enttäuschen.«

Nicht auch das noch, dachte Jack, legte aber seine Hand über ihre. »Wir kümmern uns darum. Das verspreche ich Ihnen.«

»Das gibt mir ein gutes Gefühl. Lassen Sie uns nach vorn gehen. Mir tut ein bisschen frische Luft sicher gut.«

»Okay. Dann werden wir gemeinsam das ganze Alarmsystem durchgehen. Wenn es irgendwo ein Loch gibt, werden wir es stopfen.«

»Ich weiß. Paul hat Sie immer für den Besten gehalten. Und

das tue ich auch. Ich vertraue Ihnen, Jack. Deshalb habe ich Sie auch wegen dieser Toliver um Hilfe gebeten. Sie sagten, Sie hätten etwas herausgefunden?«

»Es war nicht ganz leicht.« Er drückte ihre Hand. »Aber ich enttäusche nun einmal nicht gern einen Kunden. Oder einen Freund.« Er gab ihr allgemeine Informationen über Cleo, die sie sicher schon kannte, und sie heuchelte Überraschung, als er erwähnte, wer Cleos Eltern waren.

»Du meine Güte! Ich kenne Andrew Toliver. Zwar nur flüchtig, aber ... Diese Frau, die mich bedroht hat, ist seine Tochter? Was für eine Welt!«

»Das klassische schwarze Schaf der Familie. Ständig gab es irgendwelche Probleme«, fügte er hinzu. Cleo hätte mit Sicherheit gegrinst, wenn sie seinen Bericht gehört hätte. »Schwierigkeiten in der Schule, kurzer Aufenthalt in der Jugendstrafanstalt. Hatte nicht viel Glück mit ihren Engagements als Tänzerin. Es sieht so aus, als ob sie gerade erst aus Osteuropa gekommen ist, aber das muss ich noch nachprüfen. Es ist nicht leicht, aus dieser Gegend Informationen zu bekommen.«

»Danke, dass Sie es versuchen. Haben Sie ihre Adresse herausgefunden?«

»Sie ist immer noch in der Wohnung gemeldet, in der sie wohnte, bevor sie nach Europa gegangen ist. Vor ungefähr achtzehn Monaten ist sie allerdings dort ausgezogen. Aber im Moment ist sie sowieso nicht in New York.«

Anita blieb abrupt stehen. »Was soll das heißen, sie ist nicht in New York? Sie *muss* hier sein. Sie hat mich doch angerufen. Ich habe mich doch mit ihr getroffen.«

»Das war vor einer Woche, aber jetzt ist sie nicht mehr hier. Cleopatra Toliver ist heute früh nach Griechenland geflogen, nach Athen.«

»Nach Athen?« Sie grub ihre Finger in seinen Arm. »Sind Sie sicher?«

»Ich habe zu Hause Fluglinie, Flug und Ticketnummer notiert. Da ich ahnte, dass es Sie interessieren würde, habe ich beim Flughafen angerufen, nachdem ich heute früh mit Ihnen gesprochen habe. Sie ist seit ungefähr einer Stunde in der

Luft.« Sie erreichten den Haupteingang von *Morningside.* »Mit anderen Worten: Sie ist einige tausend Meilen von Ihnen entfernt, Anita. Sie brauchen sich also keine Sorgen mehr zu machen.«

»Wie bitte?« Sie trat einen Schritt zurück. »Ach so, ja, da haben Sie vermutlich Recht. Athen«, wiederholte Anita. »Sie ist nach Athen geflogen ...«

25

Rebecca hatte die Füße auf den Tresen gelegt und blätterte in den Computerzeitschriften, die aufgestapelt neben ihr lagen. Mitten in einem Artikel hielt sie inne, als sie Anitas Stimme vernahm.

Lächelnd drehte Rebecca sich mit ihrem Stuhl um und griff zum Telefon. »Die Ratte ist in die Falle gegangen«, sagte sie. »Sag Tia, sie ist darauf reingefallen. Und dann kann mich mal jemand ablösen – ich sterbe vor Hunger!«

»Wir kommen vorbei.« Malachi legte auf. »Es ist so weit, Liebling«, sagte er zu Tia. »Bist du bereit?«

»Ich habe nicht gedacht, dass sie so schnell reagieren würde.« Tia legte ihre Hand auf die Magengegend. Sie war nervös. »Ich bin bereit. Hinterher komme ich dann zu Jack.«

»Bis zur Polizeiwache kann ich dich begleiten.«

»Nein. Es geht schon. Es macht alles umso glaubwürdiger, wenn ich ein bisschen nervös wirke.« Sie schlüpfte in ein Jackett und warf sich den auffällig gemusterten Schal, den sie auf einem ihrer jüngsten Einkaufsbummel erstanden hatte, über die Schultern. »Ich glaube, ich bekomme langsam Übung.«

»Meine Süße.« Er griff nach den Enden ihres Schals und zog sie zu sich heran. »Du bist ein Naturtalent.«

Das Vertrauen und der Kuss hoben Tias Laune, und das hielt den ganzen Weg zur Polizeiwache im einundsechzigsten

Bezirk vor. Dort fragte sie nach Detective Robbins. Sie zupfte nervös am Bügel ihrer Handtasche, während sie auf ihn wartete. Als er eintrat, lächelte sie ihn schüchtern an.

»Dr. Marsh?«

»Detective Robbins, vielen Dank, dass Sie sich Zeit für mich nehmen. Ich komme mir so albern vor, Sie zu belästigen.«

»Machen Sie sich darüber keine Gedanken.« Sein Gesicht blieb höflich und ausdruckslos, als er sie musterte. »Ich habe Sie vor Anita Gayes Büro gesehen. Bei *Morningside Antiquitäten.*«

»Ja.« Sie bemühte sich um einen leicht verlegenen Gesichtsausdruck. »Ich war ganz durcheinander, als ich Ihren Namen hörte. Ich wusste gar nicht, wie ich mich Ihnen in Anitas Anwesenheit hätte vorstellen können, ohne dass alles schrecklich peinlich und kompliziert geworden wäre. Ich weiß nicht, ob Sie sich noch an mich erinnern, von meinem Anruf wegen Jack Burdett.«

»Natürlich erinnere ich mich. Sind Sie und Mrs Gaye Freundinnen?«

»O nein.« Tia errötete. »Eigentlich sind wir nicht miteinander befreundet. Wir haben einmal zusammen zu Mittag gegessen, und ich habe sie zum Lunch eingeladen. Aber sie ... Ach, es ist alles sehr kompliziert.«

»Möchten Sie einen Kaffee?«

»Nun, ich ...«

»Ich könnte einen brauchen.« Er führte sie in den winzigen Pausenraum. »Milch, Zucker?«

»Haben Sie entkoffeinierten Kaffee?«

»Nein, tut mir Leid, hier gibt es nur Hochprozentiges.«

»Oh, nun ... Wenn ich dann vielleicht ein Glas Wasser haben könnte?«

»Kein Problem.« Er füllte ihr eine Tasse aus dem Wasserhahn an der kleinen Spüle, und Tia versuchte, nicht an die schlechte Qualität des Leitungswassers dieser Stadt zu denken. »Nun, was kann ich für Sie tun?«

»Es ist wahrscheinlich gar nichts ...« Sie hob ihre Tasse, brachte es aber kaum über sich, einen Schluck zu trinken. »Ich komme mir vor wie eine Närrin.« Sie blickte sich in dem schäbigen Zimmer um.

»Sagen Sie mir einfach, was Sie auf dem Herzen haben.« Er trug seinen Kaffee an den Tisch und setzte sich.

»Ja, gut. Nun ... Ich habe an Sie gedacht, Detective, weil ich mir Ihren Namen notiert habe, als Mr Burdett damals bei mir aufkreuzte. Das war schon seltsam ...«

Er nickte ihr aufmunternd zu. »Jack hat ein Talent für seltsame Auftritte.«

Sie biss sich auf die Lippe. »Sie ... Sie haben für ihn gebürgt, nicht wahr? Ich meine, Sie kennen ihn und halten ihn für ehrenhaft und verantwortungsbewusst.«

»Absolut. Jack und ich kennen uns schon lange. Er ist manchmal etwas eigenwillig, Dr. Marsh, aber Sie können ihm völlig vertrauen.«

»Gut. Das ist gut. Dieses Wissen gibt mir Sicherheit. Es ist nämlich so, er sagte mir damals, dass mein Telefon abgehört wird ...«

»Ach ja?« Detective Robbins richtete sich auf.

»Ja. Hat er das Ihnen gegenüber nicht erwähnt? Wissen Sie, er hat offenbar versucht, mich wegen irgendetwas anzurufen, und dabei hat er die Leitung geprüft. Den genauen Vorgang habe ich nicht verstanden. Und ich muss zugeben, Detective, ich habe ihm nicht geglaubt, auch nicht, nachdem ich mit Ihnen gesprochen hatte. Warum sollte denn mein Telefon abgehört werden? Das ist doch albern. Finden Sie nicht auch?«

»Können Sie sich irgendeinen Grund denken, warum jemand Ihre Gespräche belauschen möchte?«

»Überhaupt keinen. Ich führe ein sehr ruhiges, zurückgezogenes Leben. Meistens geht es bei meinen Telefonaten um Familienangelegenheiten oder meine Forschungen. Nichts, was andere Menschen interessieren könnte, abgesehen vielleicht von anderen Mythologieforschern. Aber es hat mich ein wenig nervös gemacht. Trotzdem habe ich es abgetan, bis ... Haben Sie schon einmal von den drei Parzen gehört?«

»Nicht dass ich wüsste.«

»Das sind die Schicksalsgöttinnen aus der griechischen Mythologie. Drei Schwestern, die den Faden des Lebens spinnen, messen und abschneiden. Es gibt drei kleine, kostbare Silberstatuen, die diese Parzen darstellen – ein weiterer Mythos in

Kunst- und Antiquitätenliebhaberkreisen. Einer meiner Vorfahren besaß eine der drei Figuren, er hatte sie bei sich, als er und seine Frau 1915 mit der *Lusitania* untergingen. Die beiden anderen …« Sie spreizte die Hände. »Man weiß nichts Genaues über sie. Getrennt besitzen die Statuen einen gewissen Wert, aber als komplettes Set sind sie nicht zu bezahlen. Mr Burdett nahm Kontakt zu mir auf, weil er Sammler ist und erfahren hatte, dass meinem Vater *Wyley's* gehört, das Antiquitäten- und Auktionshaus.«

»Okay. Jack hat also gehofft, durch Sie einen Hinweis auf diese Statuen zu bekommen.«

»Genau. Auf jeden Fall sagte ich ihm, dass ich nur wenig darüber wisse. Aber bei dem Gespräch kam mir der Gedanke zu einem neuen Buch. Ich begann zu recherchieren. Ich machte Anrufe, sammelte Daten und so weiter. Eines Tages unterhielt ich mich mit einer Bekannten meiner Eltern und stellte überrascht fest, dass sie sich unbedingt mit mir treffen wollte. Ich muss zugeben, ich war geschmeichelt.«

Tia fuhr verlegen mit den Fingern über den Rand ihrer Tasse. »Ich hatte nicht gedacht, dass sie sich überhaupt für mich interessiert. Erst als ich nach unserem Treffen wieder zu Hause war, stellte ich fest, dass sie das Thema nicht nur auf die Parzen gebracht hatte, sondern …«

Sie holte tief Luft und blickte ihn an. »Detective Robbins, sie hat ein paar Dinge gesagt, die sich direkt auf meine Nachforschungen bezogen, auf Gespräche, die ich am Telefon geführt habe. Ich weiß, es ist vermutlich nur ein Zufall, aber es kommt mir sehr seltsam vor. Sogar noch seltsamer, wenn ich alles zusammennehme: dass sie mich zum Mittagessen eingeladen und das Gespräch auf die Statuen gebracht hat, und dass sie einiges über meine Forschungen wusste. Und ich erfuhr, dass sie meine Eltern nach Klotho gefragt hat.«

»Wer ist Klotho?«

»Oh, Entschuldigung. Die erste Parze. Die Statue, die mein Vorfahr besessen hatte, war Klotho. Ich weiß nicht, was ich davon halten soll. Sie hat auch durchblicken lassen, dass die dritte Parze, Atropos, in Athen sei.«

»In Griechenland.«

»Ja. Ich war dieser Tatsache gerade einen Tag, bevor wir miteinander zu Mittag gegessen hatten, auf die Spur gekommen und hatte mit einem Kollegen am Telefon darüber diskutiert. Vermutlich verfolgt sie die gleiche Spur wie ich, aber es kommt mir wirklich seltsam vor. Und wenn ich daran denke, was Mr Burdett über mein Telefon gesagt hat ... Bei dem Gedanken fühle ich mich nicht wohl.«

»Soll ich Ihnen jemanden vorbeischicken, der sich das Telefon einmal ansieht?«

»Würden Sie das tun?« Sie warf ihm einen dankbaren Blick zu. »Ich wäre Ihnen sehr dankbar dafür. Ich mache mir mittlerweile wirklich große Sorgen.«

»Ich kümmere mich darum. Die Frau, von der Sie sprachen, Dr. Marsh, ist das Anita Gaye?«

Tia keuchte überrascht auf – hoffentlich übertrieb sie jetzt nicht. »Wie haben Sie das erraten?«

»Nur einer der kleinen Tricks, die man uns auf der Polizeischule beigebracht hat.«

»Detective Robbins, ich fühle mich nicht wohl bei der Angelegenheit. Ich möchte nicht, dass Anita in Schwierigkeiten gerät, nur weil ich mir etwas einbilde. Und das tue ich wahrscheinlich, denn normalerweise passieren mir solche Dinge nicht. Sie sagen ihr doch nichts, nicht wahr? Es wäre mir schrecklich peinlich, wenn sie erführe, dass ich mit der Polizei über sie geredet habe. Und meine Eltern ...«

»Wir lassen Ihren Namen aus dem Spiel. Wie Sie bereits sagten, es handelt sich vermutlich um einen Zufall.«

»Sie haben Recht.« Sie strahlte ihn an. »Es wird wohl ein Zufall sein.«

Tia hoffte, dass die Saat, die sie in diesem Gespräch gelegt hatte, rasch aufgehen würde. Gut gelaunt betrat sie *Wyley's*.

Noch bevor sie nach ihrem Vater fragen konnte, hörte sie die Stimme ihrer Mutter. Unwillkürlich zuckte Tia zusammen. Sie hasste sich dafür. Schuldbewusst ging sie durch den Verkaufsraum auf Alma zu, die sich gerade mit einer Angestellten unterhielt.

»Mutter, ich habe gar nicht damit gerechnet, dich hier zu

treffen.« Sie hauchte einen flüchtigen Kuss auf Almas Wange. »Was für eine prächtige Vase«, sagte sie und studierte das zarte Stiefmütterchen-Muster. »Grueby?«

»Ja.« Die Angestellte warf Alma einen zweifelnden Blick zu. »Zirka 1905. Es ist ein besonders schönes Stück.«

»Ich möchte, dass sie als Geschenk verpackt und zu mir nach Hause geschickt wird.«

»Mrs Marsh ...«, begann die Verkäuferin.

»Ich will jetzt nichts mehr davon hören.« Alma machte eine abwehrende Geste. »Nächsten Monat heiratet Ellen Fosters Tochter Magda«, erläuterte sie Tia. »Ich habe deinen Vater wiederholt gebeten, ein geeignetes Hochzeitsgeschenk mit nach Hause zu bringen, aber hat er sich darum gekümmert? Nein. Deshalb musste ich extra hierher kommen, um selbst etwas Passendes auszusuchen. Der Mann ist jeden Tag hier, da könnte man doch zumindest erwarten, dass er eine solche Kleinigkeit für mich erledigt.«

»Ich bin sicher, er ...«, hob die Verkäuferin an.

»Und jetzt«, unterbrach Alma sie erneut, »weigert sich diese junge Frau, zu tun, was man ihr sagt.«

»Mr Marsh hat dem Personal ausdrückliche Anweisung gegeben, dass Sie keine Ware mitnehmen dürfen, die mehr als eintausend Dollar wert ist. Diese Vase kostet sechstausend Dollar, Mrs Marsh.«

»So einen Unsinn habe ich ja noch nie gehört. Ich bekomme Herzrasen. Mein Blutdruck ist bestimmt schon wieder viel zu hoch.«

»Mutter«, sagte Tia so scharf, dass Alma blinzelte. »Diese Vase ist kein geeignetes Geschenk für die Tochter einer Bekannten.«

»Ellen ist eine liebe Freundin ...«

»... die du vielleicht sechsmal im Jahr bei irgendwelchen gesellschaftlichen Anlässen siehst«, fiel ihr Tia ins Wort. »Dein Geschmack ist – wie immer – tadellos, aber es ist einfach nicht das richtige Geschenk. Würden Sie bitte meinem Vater sagen, dass ich hier bin?«, bat sie die Angestellte.

»Ja, gern.« Offensichtlich erleichtert, weil sie Verstärkung bekommen hatte, eilte die Verkäuferin davon.

»Ich weiß nicht, was in dich gefahren ist.« Alma verzog unglücklich das Gesicht. »Du wirkst so hart, so unbarmherzig.«

»Das lag nicht in meiner Absicht.«

»Das liegt an diesem Mann, mit dem du zusammen bist, diesem Ausländer.«

»Das stimmt nicht. Du regst dich immer unnötig auf.«

»Unnötig? Diese Frau …«

»Sie hat sich nur an ihre Vorschriften gehalten. Mutter, du kannst nicht einfach zu *Wyley's* gehen und dir irgendetwas aus dem Regal nehmen, nur weil es hübsch ist. Komm, ich helfe dir, ein passendes Hochzeitsgeschenk zu finden.«

»Ich habe Kopfschmerzen.«

»Du wirst dich gleich besser fühlen, wenn wir das Geschenk ausgesucht haben.« Sie legte ihrer Mutter den Arm um die steifen Schultern und führte sie weg. »Wie findest du denn diese hübsche Teekanne?«

»Ich will eine Vase«, erwiderte Alma eigensinnig.

»Na gut.« Sie zog Alma weiter. Am liebsten hätte sie eine andere Verkäuferin um Hilfe gebeten, aber sie zwang sich dazu, ihre Mutter selbst zu beraten. »Oh, die hier ist doch wunderschön.« Sie zeigte auf eine Vase mit Fuß und hoffte inständig, dass ihre Erfahrung sie nicht trog. Wenn sie jetzt ein noch wertvolleres Stück aussuchte, waren ihre Bemühungen umsonst gewesen. »Sie wirkt so zeitlos. Ich glaube, das ist eine Stourbridge.«

Behutsam drehte Tia die Vase um und studierte das winzige Preisschild. Insgeheim atmete sie vor Erleichterung auf. »Das wäre doch ein wundervolles Geschenk«, fuhr sie rasch fort, als sie den schmollenden Gesichtsausdruck ihrer Mutter sah. »Weißt du, wenn du ihnen die andere Vase schenken würdest, könnten sie das Geschenk gar nicht richtig würdigen, weil sie gar nicht wüssten, *wie* wertvoll es ist. Und diese Vase hier wird ihnen bestimmt ebenso gut gefallen.«

»Nun …«

»Sollen wir sie als Geschenk einpacken lassen? Und dann sehen wir mal, ob Vater Zeit hat, eine Tasse Tee mit uns zu trinken. Wir waren schon lange nicht mehr alle zusammen bei *Wyley's*.«

»Ja, das stimmt.« Alma musterte die Vase kritisch. »Sie ist wirklich sehr elegant.«

»Ja, einfach wunderschön.« Und sie kostet weniger als vierhundert Dollar, dachte Tia.

»Du hattest schon immer einen guten Geschmack, Tia, darüber habe ich mir nie Sorgen machen müssen.«

»Du brauchst dir um mich überhaupt keine Sorgen zu machen.«

»Was sollte ich denn sonst mit meiner Zeit anfangen?«, erwiderte Alma störrisch.

»Wir denken uns etwas Besseres aus. Ich liebe dich.« Alma traten bereits wieder die Tränen in die Augen, aber in diesem Moment sah Tia, dass ihr Vater sich näherte. Er machte einen äußerst verärgerten Eindruck. Tia trat auf ihn zu.

»Entschuldige den Überfall«, sagte sie fröhlich. »Ich bin vorbeigekommen, um dich zu besuchen, und habe Mutter zufällig hier getroffen. Die Stourbridge-Vase muss als Hochzeitsgeschenk für sie eingepackt werden.«

»Welche?« Er kniff die Augen zusammen, als Tia sie ihm zeigte. Nachdem er sie kurz gemustert hatte, nickte er. »Ich kümmere mich darum. Alma, ich hatte dich eigentlich gebeten, mich kurz zu informieren, bevor du etwas aussuchst.«

»Sie wollte dich nicht stören«, warf Tia ein. »Hast du im Moment viel zu tun?«

»Es war ein anstrengender Vormittag. Bei *Morningside Antiquitäten* ist gestern Nacht eingebrochen worden.«

Alma presste sich die Hand auf die Herzregion. »Eingebrochen? Ich lebe in ständiger Angst, dass uns das auch einmal passiert. Ich werde heute Nacht kein Auge zutun, weil ich bestimmt dauernd daran denken muss.«

»Alma, *hier* ist nicht eingebrochen worden.«

»Das ist nur eine Frage der Zeit«, prophezeite sie. »Die Zahl der Verbrechen nimmt doch immer mehr zu. Man ist ja noch nicht einmal mehr in seinem eigenen Haus sicher.«

»Gott sei Dank hat Vater für ein hervorragendes Alarmsystem hier und zu Hause gesorgt«, sagte Tia. »Mutter, du solltest dich hinsetzen, damit du wieder zu Atem kommst. Du regst dich viel zu sehr auf, wenn du von dem Unglück anderer

Leute hörst. Was du brauchst, ist eine schöne, beruhigende Tasse Kamillentee«, fuhr sie fort und begleitete ihre Mutter zu einem Stuhl.

Tia bat eine Angestellte um den Tee und ging dann zu ihrem Vater zurück.

»Seit wann kannst du denn so gut mit deiner Mutter umgehen?«, fragte er.

»Ich weiß nicht. Ich habe vermutlich gemerkt, dass du ein bisschen Unterstützung gebrauchen könntest. Bis jetzt war ich euch beiden keine besonders gute Tochter, und das möchte ich in Zukunft gern ändern.«

»Es ändert sich anscheinend einiges.« Mit einer seltenen Anwandlung von Zuneigung strich er ihr über die Wange. »Ich finde, du hast noch nie besser ausgesehen, Tia.«

»Oh, das ist nur ein neuer Pullover und ...«

Er ließ die Hand auf ihrer Wange liegen. »Das ist nicht nur der Pullover.«

»Nein.« Und dann tat sie etwas, was sie fast noch nie getan hatte. Sie hob die Hand und legte sie über seine. »Nein, du hast Recht, es liegt nicht nur am Pullover.«

»Vielleicht sollten wir einmal die Routine durchbrechen. Wie wäre es, wenn ich dich und deine Mutter zum Mittagessen einlade?«

»Das ist eine gute Idee, aber leide habe ich keine Zeit. Ich bin schon viel zu spät dran. Können wir das ein anderes Mal machen?«

»Natürlich.«

»Übrigens, das mit *Morningside* ist eine schreckliche Geschichte. Ist denn etwas gestohlen worden?«

»Ich weiß es nicht genau. Offenbar mussten die Einbrecher, kurz nachdem sie in das Gebäude hineingekommen waren, fliehen, weil die Alarmanlage losging. Anita hat allerdings noch keine vollständige Inventarüberprüfung gemacht.«

»Oh, dann hast du also schon mit ihr gesprochen?«

»Ich bin heute früh hingefahren, um ihr meine Hilfe anzubieten. Und um vielleicht noch ein paar Details zu erfahren«, fügte er leise lächelnd hinzu. »Außerdem war das eine perfekte Gelegenheit, um die angeblichen Gerüchte zu erwähnen, dass sich eine der Parzen in Athen befinden soll. Sie wirkte äußerst interessiert, sodass ich die Geschichte noch ein bisschen ausgeschmückt und ihr erzählt habe, in unserer Familie habe es immer geheißen, Henry Wyley hätte vorgehabt, damals von London gleich nach Athen weiterzufahren.«

»Oh! Das hätte ich dir nie zugetraut!«

»Das glaube ich. Du konntest schließlich auch noch nie gut lügen. Aber vielleicht hat sich ja auch das geändert.«

»Danke, dass du das getan hast«, erwiderte Tia ausweichend. »Ich weiß, dass es eine ungewöhnliche Bitte war, und es erstaunt mich fast, dass du sie mir erfüllt hast.«

»Du hast mich noch nie zuvor um etwas gebeten«, sagte er schlicht.

»Und jetzt muss ich dich schon wieder um etwas bitten: Halte dich von Anita Gaye fern. Sie ist nicht die Frau, die sie vorgibt zu sein. Aber jetzt muss ich dringend los, es ist schon viel zu spät!«

Als sie aus der Tür stürzte, wäre sie fast mit einem großen Mann in einem dunklen Anzug zusammengestoßen, der gerade den Laden betreten wollte. Er ging einen Schritt beiseite und zog sein Handy heraus, wobei er Tia unverwandt nachsah.

»Jasper hier. Ich bin gerade in diese Marsh hineingelaufen, sie war bei *Wyley's*.«

»Alma? Marshs Frau?«, fragte Anita am anderen Ende der Leitung.

»Nein, die Tochter. Sie war sehr in Eile und wirkte irgendwie schuldbewusst. Ich kann sie beschatten, wenn Sie wollen.«

»Nein. Sie wirkt immer schuldbewusst. Tun Sie, was ich Ihnen gesagt habe, und belästigen Sie mich nicht wieder, bevor Sie nicht etwas vorweisen können.«

Achselzuckend steckte Jasper das Handy wieder in die Tasche. Er musste die Anweisungen befolgen und die alte Hexe bei Laune halten. Er wusste, dass sie Dubrowsky auf dem Gewissen hatte, aber das bereitete ihm kein Kopfzerbrechen. Er glaubte, mit Anita Gaye besser fertig zu werden als sein unglückseliger früherer Partner.

Wenn es nötig wäre, müsste er eben einen kleinen Unfall arrangieren. Einen Unfall mit tödlichem Ausgang. Wahrscheinlich müsste er sich auch um diese Marsh und ihren alten Herrn kümmern. Und wenn er sie erst einmal alle aus dem Weg geräumt hätte, würde er mit diesen drei Statuen abhauen.

Rio wäre bestimmt ein netter Ort, um sich zur Ruhe zu setzen, dachte er. Dann befolgt er seine Anweisungen und betrat *Wyley's*.

Jack traf sich mit Bob Robbins in einem Lokal, das zwei Blocks von der Polizeiwache entfernt lag. Es war noch kein Schichtwechsel, deshalb hielten sich nur wenige Polizisten und ein paar Zivilisten dort auf. Noch roch es nach Zwiebeln und Kaffee, doch ein paar Stunden später würde der Geruch nach Bier und Whiskey vorherrschen.

Jack setzte sich gegenüber von Bob an den Tisch in der Nische. »Du hast mich gerufen«, sagte er »Hier bin ich.« Er bestellte sich ein Sandwich mit Pommes frites und ein Bier. »Was gibt's?«

»Erzähl mir von *Morningside*.«

»Das ist Lews Fall.«

»Erzähl's mir trotzdem.«

»Die Einbrecher haben die erste Sicherheitsstufe überwunden und sich Zutritt ins Gebäude verschafft. Dann gab das zweite System ordnungsgemäß Alarm, und schon brach der Teufel los. Die Jungs in Blau waren innerhalb von zwei Minuten da. Gute Leistung.«

»Wie sind sie hineingekommen, Jack?«

»Wir überprüfen gerade das gesamte System.« Er streckte seine Beine aus. »Du verschwendest deine Zeit, wenn du mit dem Gedanken spielst, meine Leute zu verhören. Und du verärgerst mich. Wenn es einer von meinen Leuten gewesen wäre, hätte er das zweite System doch ebenfalls ausgeschaltet, sich in dem Laden nach Herzenslust bedient und läge jetzt schon irgendwo an einem Strand in der Sonne.«

»Vielleicht haben die Einbrecher ja mitgenommen, was sie suchten.«

Jack ergriff sein Bierglas und warf Bob einen Blick zu, als er den ersten Schluck trank. »Und was sollte das sein?«

»Sag du es mir.«

»Soweit ich weiß, hat die Kundin ihr Inventar noch nicht vollständig überprüft. Und eins kann ich dir sagen: Für meine Leute lege ich die Hand ins Feuer. Mein Unternehmen hat sich seinen guten Ruf nicht erworben, indem ich Einbrecher eingestellt habe. Sollst du jetzt den Fall übernehmen?«

»Nein. Ich arbeite an einer anderen Sache, die vielleicht damit zu tun hat. Meiner Meinung nach passen ein paar Dinge einfach nicht zusammen. Eines davon ist zum Beispiel, dass mir jahrelang der Name Anita Gaye nicht begegnet. Und innerhalb kürzester Zeit lässt du ihn in Zusammenhang mit dem Mord an einem Muskelpaket fallen, ich höre ihn von Lew, weil er den Einbruch in ihrem Antiquitätengeschäft bearbeitet, das du mit Alarmanlagen ausgestattet hast – und eine Frau, die du kennst, erwähnt ihren Namen mir gegenüber ebenfalls.«

Jack lehnte sich zurück, als sein Essen gebracht wurde. »Ich kenne viele Frauen.«

»Tia Marsh. Sie behauptet, du hättest ihr gesagt, ihr Telefon würde abgehört.«

»Das stimmt auch.«

»Ja, das stimmt«, bestätigte Bob und biss in seinen Burger. »Ich habe es soeben überprüft. Die Frage ist nur, *warum* wird es abgehört?«

»Ich tippe mal, dass jemand wissen möchte, mit wem und über was sie redet.«

»Tolle Leistung, Watson! Also, Ms Marsh glaubt, es sei Anita Gaye.«

Jack stellte vorsichtig sein Bierglas ab. »Das hat Tia Marsh zu dir gesagt?«

»Was wird hier gespielt, Jack?«

»Ich habe noch keine Beweise. Aber eins kann ich dir sagen, Bob:« – er beugte sich vor und senkte die Stimme – »Wer immer in dieses Gebäude eingebrochen ist, wusste über die Systeme ausreichend Bescheid, um hineinzukommen. Aber er wusste nicht genug, um seine Arbeit in Ruhe beenden zu können. Ich sorge immer dafür, dass der Kunde so viel weiß, dass er die Anlage bedienen kann. Und auch in diesem Fall kannte die Kundin die Grundlagen.«

»Wenn sie etwas aus ihrem eigenen Haus mitnehmen will, warum geht sie denn dann nicht einfach hinein und nimmt es sich?«

»Woher zum Teufel soll ich das wissen? Fünf Minuten, Bob. Das Hauptsystem war maximal fünf Minuten abgeschaltet, bevor das zweite den Alarm auslöste. Eure Jungs waren innerhalb von zwei Minuten da. Selbst wenn alles glatt gegangen ist, glaube ich nicht, dass die Einbrecher in sieben Minuten etwas Wesentliches stehlen konnten. Es würde mich wirklich interessieren, was Mrs Gaye der Versicherung gegenüber angibt.«

»Das klingt nicht so, als ob du deine Kundin besonders gut leiden könntest, Jack.«

»Nein, das kann ich auch nicht behaupten.« Er widmete sich wieder seinem Sandwich. »Aber das ist eine persönliche Angelegenheit.«

»Wie bringst du sie mit Dubrowsky in Verbindung?«

»Das ist ganz einfach.« Jack zuckte mit den Schultern. »Eine andere Kundin hat mir erzählt, dass Anita sie wegen eines bestimmten Kunstgegenstandes bedrängt hat. Jedenfalls hat sie so viel Druck ausgeübt, dass diese Klientin sich unbehaglich fühlte, und sie hat mir erzählt, dass der Typ ihr gefolgt ist. Ich habe ihn dir beschrieben, und du hast mir erzählt, er sei tot. Die Frau hat ihn auf dem Bild, das du mir gegeben hast, identifiziert.«

»Gib mir ihren Namen.«

»Nicht ohne ihre Zustimmung. Du weißt, dass ich das nicht kann, Bob. Außerdem weiß sie nur, dass Anita ihr Angst eingejagt hat, dass der Typ sie beschattet hat und dass er jetzt tot ist.«

»Um was für einen Kunstgegenstand ging es?«

»Es sind mehrere. Sie heißen die drei ...«

»Parzen«, ergänzte Bob, und Jack blickte ihn überrascht an. »Was haben die drei Statuen mit dir zu tun?«

»Ich besitze zufällig eine«, sagte Jack

Bob kniff die Augen zusammen. »Welche?«

»Atropos. Die dritte Parze. Es ist ein Familienerbstück, von der britischen Seite. Anita weiß nichts davon, und dabei will ich es auch belassen. Sie wollte, dass ich ihr Informationen über die Figuren besorge, und so bin ich auf Tia Marsh und meine andere Kundin gekommen.«

»Warum hat sie dich darum gebeten, wenn sie gar nicht weiß, dass du eine Statue besitzt?«

»Sie weiß, dass ich sammle, und sie weiß, dass ich Beziehungen habe.«

»Okay.« Bob bediente sich an Jacks Pommes frites. »Erzähl weiter.«

»Jemand hört Ms Marshs Telefon ab. Meine Kundin, die womöglich die Spur zu Lachesis, der zweiten Parze, darstellt, wird verfolgt. Und Anita bedrängt sie beide. Den Rest kannst du dir ausrechnen.«

»Jemanden abzuknallen ist aber etwas ganz anderes, als zu versuchen, an zwei wertvolle Statuen heranzukommen.«

»Du hast doch mit ihr gesprochen. Welchen Eindruck hast du denn gewonnen?«

Bob schwieg einen Moment lang. »Ich denke, ich werde noch ein bisschen tiefer graben.«

»Wenn du schon dabei bist, dann grab auch ein bisschen in der Mordsache auf der 53rd West vor ein paar Wochen. Schwarzer Tänzer. Wurde in seiner Wohnung zu Tode geprügelt.«

»Verdammt, Jack. Wenn du etwas über einen ungeklärten Mordfall weißt ...«

»Ich gebe dir nur Informationen«, erwiderte Jack gelassen. »Überprüf mal die Zeugenbeschreibungen von dem Typ, der in dem Gebäude gesehen wurde. Sie wird auf den Toten aus New Jersey passen. Verschaff dir Zugang zu Gayes Privatleitung. Ich wette, du wirst ein paar interessante Anrufe abhören können. Ich muss jetzt gehen.«

»Lass die Finger von der Polizeiarbeit, Jack.«

»Nur zu gern. Ich habe nämlich ohnehin eine Verabredung mit einer tollen rothaarigen Irin.«

»Die, die du neulich mit auf die Wache gebracht hast? Rebecca?«, fragte Bob. »Ist sie eine Kundin von dir?«

»Quatsch. Das ist die Frau, die ich heiraten werde.«

»In deinen Träumen.«

»Da auch.« Jack griff in die Tasche seines Jacketts, zog eine kleine Schmuckschatulle heraus und ließ sie aufspringen. »Was hältst du davon?«

Bobs Unterkiefer fiel herunter, als er den Ring betrachtete. »Heilige Scheiße, Burdett, du meinst es tatsächlich ernst.«

»Beim ersten Mal bin ich zu *Tiffany's* gegangen. Aber Rebecca ist ein Familienmensch. Der Ring hat meiner Ururgroßmutter gehört.«

»Na, zum Teufel!« Bob stand auf und klopfte Jack auf die Schulter. »Herzlichen Glückwunsch. Ich schaffe es einfach nicht, sauer auf dich zu sein.«

»Du findest schon noch einen Weg. Willst du mir etwas zur Hochzeit schenken? Mach Anita Gaye dingfest.«

26

Als Gideon hinter das Steuer von Jacks Sportwagen kletterte, war er noch äußerst zufrieden mit seiner Aufgabe. Doch als er vom Parkplatz heruntergefahren war, verfluchte er sie bereits. Nicht nur, dass er sich im hektischen Verkehr New Yorks zurechtfinden, auf tollkühne Fahrradfahrer und eilige Fußgänger achten musste – zu allem Überfluss musste er auch noch auf der falschen Straßenseite fahren.

Als er einen halben Block von Anitas elegantem Haus entfernt eingeparkt hatte, saß er im Auto und fragte sich, ob die anderen sich wohl der Tatsache bewusst waren, dass es ein riesiger Unterschied war, mit Fahrer und Limousine durch die Gegend zu fahren, oder allein auf einer Schnellstraße hinter einem Auto herzujagen, das zum Flughafen fuhr.

Auf der anderen Seite waren Rebecca und er die Einzigen, deren Gesichter Anita nicht kannte. Und Rebecca wurde am Computer benötigt.

Gideon hätte sich besser gefühlt, wenn Cleo bei ihm gewesen wäre. Er hatte sich mittlerweile daran gewöhnt, sie um sich zu haben.

Sie mussten noch darüber reden, wie es mit ihnen beiden weitergehen sollte, wenn die Geschichte mit den Parzen erst einmal abgeschlossen war. Vor allem wollte er ihr sagen, dass er nicht für immer in New York wohnen wollte. Natürlich könnten sie jederzeit zu Besuch hierher kommen – aber in einer Stadt leben, in der man nicht einen Atemzug an wirklich frischer Luft machen konnte? Nein, das kam nicht infrage.

Gott, er sehnte sich nach dem Meer und dem leisen Regen seiner Heimat, nach den vertrauten Hügeln und dem Klang der Kirchenglocken. Und vor allem wollte er an einem Ort leben, wo er die Menschen kannte, und wo auch seine Familie lebte.

Cleo wird es in Cobh wahrscheinlich überhaupt nicht gefallen, dachte Gideon und trommelte ruhelos mit den Fingern aufs Lenkrad. Die Dinge, die ihm das Leben lebenswert erscheinen ließen, würden sie vermutlich wahnsinnig machen.

Wie konnten sich zwei Menschen, die aus derart unterschiedlichen Welten kamen und die so unterschiedliche Vorstellungen vom Leben hatten, nur ineinander verlieben?

Das konnte man wohl nur Schicksal nennen.

Am Ende würden sie wahrscheinlich beide ihrer Wege gehen, sodass sie für den Rest ihres Lebens durch einen Ozean voneinander getrennt wären. Diese Vorstellung deprimierte ihn schon jetzt. Er war so in seine trüben Gedanken versunken, dass ihm die elegante schwarze Limousine, die vor Anitas Stadthaus vorfuhr, beinahe gar nicht aufgefallen wäre.

Aufmerksam richtete er sich auf. »Du reist wohl gern standesgemäß, was?«, fragte er laut.

Er beobachtete, wie ein Fahrer in Livree ausstieg, zur Haustür ging und läutete. Gideon war zu weit weg, um erkennen zu können, wer die Tür öffnete, aber nach einer Weile kehrte der Chauffeur zum Wagen zurück.

Zehn Minuten später trat ein Mann – der Butler, wie Gideon annahm – mit zwei großen Koffern aus dem Haus. Hinter ihm erschien eine junge Frau, die einen kleineren Koffer trug.

Während sie das Gepäck in den Kofferraum luden, wählte Gideon eine Nummer auf dem Autotelefon. »Sie beladen das Auto«, sagte er zu seinem Bruder. »Eine Limousine so groß wie ein Wal und genug Gepäck für eine Weltreise.«

Dann trat Anita aus der Haustür. Ihre Haare waren kupferfarben und sorgfältig um ihr hübsches Gesicht frisiert. Ihr Körper – Gideon begriff sofort, warum sich sein Bruder von ihr angezogen gefühlt hatte – war sehr weiblich mit üppigen Formen.

Während er die Frau musterte, fragte er sich, ob die anderen wohl auch schon bemerkt hatten, dass sie in diesem eleganten, altehrwürdigen Stadthaus völlig fehl am Platze wirkte.

Vielleicht bemerkt sie selbst es ja jedes Mal, wenn sie in den Spiegel schaut, dachte Gideon. Und vielleicht war sie genau deshalb zu dem geworden, was sie war.

Aber das Philosophieren sollte er lieber Tia überlassen.

»Anita kommt aus dem Haus«, sagte er am Telefon.

»Denk dran, wenn du sie verlierst, fährst du einfach zum Flughafen.«

»Ich werde sie schon nicht verlieren. Sie fahren jetzt los. Ich melde mich dann vom Flughafen wieder.«

Malachi legte auf und wandte sich an Tia. »Sie fahren los.«

»Mir ist ein bisschen übel.« Sie legte die Hand auf die Magengegend. »Aber ich fange langsam an, die Aufregung zu genießen. Ich weiß gar nicht, was ich tun werde, wenn mein Leben wieder in normalen Bahnen verläuft.«

Er ergriff ihre Hand und zog sie an seine Lippen. »Wir müssen eben dafür sorgen, dass es nicht *zu* normal verläuft.«

Verlegen drückte Tia auf den Knopf an der Gegensprechanlage, um den anderen in der Garage Bescheid zu sagen. »Sie ist auf dem Weg zum Flughafen. Gideon fährt hinter ihr her.«

»Dann wollen wir mal los«, kam die Antwort von Jack.

Tia stand auf.

»Alles in Ordnung?«, fragte Malachi.

»Ja.«

»Bedauerst du mittlerweile, worauf du dich eingelassen hast?«

»Bis jetzt nicht. Und ich habe auch nicht vor, es zu bedauern.« Sie fuhren mit dem Aufzug nach unten und betraten die Garage. Cleo, Rebecca und Jack warteten neben dem Lieferwagen. Diese faszinierenden Menschen sind wirklich meine Freunde, dachte Tia.

Nein, sie bedauerte nichts.

»Na, dann wollen wir mal«, sagte Cleo.

Tia übernahm den Computer und Malachi das Telefon. Jack und Rebecca saßen in der Fahrerkabine, und Cleo hörte über Kopfhörer in voller Lautstärke *Queen*.

»Ich weiß nicht, wie sie das aushält«, sagte Tia zu Malachi. »Das ist doch keine Entspannung.«

Malachi warf einen Blick auf Cleo, die sich im Takt der Musik bewegte. »Sie sammelt Energie. Die wird sie nachher auch brauchen.« Über Walkie-Talkie sprach er mit Rebecca. »Gideon sagt, auf dem Van Wyck ist viel Verkehr. Er ist immer noch an ihr dran, aber der Wagen kommt jetzt nur langsam vorwärts.«

»Das ist in Ordnung. Wir sind fast am Parkplatz.«

»Sei vorsichtig, meine Liebe.«

»Oh, ich werde nicht nur vorsichtig sein. Ich werde gut sein. Over.«

Rebecca steckte das Walkie-Talkie in die Gürteltasche zurück. Während Jack den Lieferwagen einparkte, ging sie im Geiste jeden einzelnen Schritt noch einmal durch.

Als sie ausgestiegen waren, streckte Jack ihr die Hand entgegen. »Händchen haltend auf dem Weg zum Tatort ...« Sie stieß einen übertriebenen Seufzer aus. »Wie romantisch!«

»Nervös?«, fragte er, als sie losgingen.

»Eher etwas aufgedreht, würde ich sagen. Und das ist gut so.«

»Überstürz nichts. Wir wollen diese Phase schnell hinter uns bringen, aber wir müssen uns trotzdem Zeit lassen, damit wir keine Fehler machen.«

»Kümmere du dich um deinen Part, ich erledige meinen.«

Sie gingen direkt zum Haupteingang von *Morningside*. Jack gab den neuen Code ein, den er programmiert hatte, und als sich das Sicherheitssystem abgeschaltet hatte, holte er die Nachschlüssel heraus.

»Die Luft ist rein«, sagte er leise und schloss auf. Sie gingen hinein, dann verriegelte er die Tür von innen und stellte den Außenalarm wieder an. »Also dann, los!«, befahl er, aber Rebecca war bereits zur Treppe gelaufen.

Der Strahl der Taschenlampe wies ihr den Weg zu Anitas Büro. Sie nahm den Schlüssel aus der Tasche, und im Vertrauen darauf, dass sie und Jack die Alarmanlage richtig eingestellt hatten, schloss sie die Tür auf.

Dann zog sie die Vorhänge der Fenster, die auf die Madison

Avenue hinausgingen, zu und schaltete die Schreibtischlampe ein. Anschließend setzte sie sich an Anitas Computer und rieb sich die Hände.

»Also, dann wollen wir mal loslegen.«

Unten konfigurierte Jack das Sicherheitssystem neu. Wenn er und Rebecca fertig wären, würde es besser als jemals zuvor funktionieren. Während er arbeitete, lauschte er über Kopfhörer Malachis Informationen.

»Sie sind am Flughafen. Sie ist ausgestiegen. Gideon sucht gerade einen Parkplatz. Er will sich im Terminal dann wieder an ihre Fersen heften. Wie sieht's bei euch aus?«

»Ich komme voran. Gib mir Tia. Ich will die erste Checkliste durchlaufen lassen.«

»Du bist dran.« Malachi reichte Tia das Headset.

»Jack?«

»Ich gebe dir jetzt die erste Chiffrierung. Gib sie ein.«

Cleo gähnte. Sie hob den Kopfhörer von einem Ohr ab, sodass man das Wummern der Bässe hören konnte. »Alles cool?«

Rebecca loggte sich mühelos in Anitas Computer ein. Es ist ein Witz, dachte sie. Nur ein einziges Passwort, und das konnte man ohne weiteres herausfinden. Schon nach dem ersten Suchbefehl fand sie die Datei mit den Versicherungsdaten. Sie öffnete sie und stieß auf die Liste mit den gestohlenen Gegenständen, die Anita erstellt hatte.

»Ts, ts – Hast die Angaben frisiert, was? Da wollen wir doch mal ein bisschen nachbessern ...« Sie zog den Zettel aus der Tasche, den Tia und Jack ihr mitgegeben hatten, und machte sich an die Arbeit.

Während sie die Liste für die Versicherung bearbeitete, hörte sie die Stimme ihres Bruders im Ohr. »Er hat sie wieder eingeholt. Sie ist in die Erste-Klasse-Lounge gegangen. Ihr Flug geht erst in einer Stunde und fünfzehn Minuten.«

»Ich bin bei der Inventarliste und frage mich gerade, was zum Teufel die Nara-Periode ist, und warum eine Plakette aus dieser Zeit so verdammt teuer ist. Jack, du kannst das und die Chiparus-Figur mal überprüfen. Kommst du an die Ohrringe heran?«

»Ja. Gib sie ein.«

»Vergiss die Wanzen nicht, die Tia angebracht hat!«

»Ich bin dabei. Tia, gibst du bitte die nächste Chiffrierung ein?«

Fünfzig Minuten später hatte Rebecca die Liste fertig gestellt. Sie enthielt jetzt alle Gegenstände, die Tia notiert hatte, als sie bei *Morningside* herumgeschlendert war. Für den Ausdruck änderte sie die interne Datum- und Zeiteinstellung des Computers auf den frühen Vormittag, ein Zeitpunkt, von dem sie – dank der im Büro installierten Wanze – wussten, dass Anita allein gewesen war.

Dann druckte sie die Liste aus und setzte Anitas Namen darunter – eine gelungene Fälschung ihrer Unterschrift, wie sie fand. Anschließend schrieb sie einen Vermerk mit detaillierten Anweisungen für die Sekretärin.

Sie hatte bereits die Uhr wieder umgestellt, den Computer heruntergefahren, die Wanze unter dem Sessel entfernt und gerade die Vorhänge wieder aufgezogen, als sie Jack die Treppe hinaufkommen hörte.

»Alles erledigt!«, sagte sie.

»Geh noch mal alles durch!«, befahl er.

»Ja, du Hundertprozentiger: Vorhänge, Computer, Lampe, Taschenlampe, Wanze und interessante Papiere«, fügte sie hinzu und schwenkte die Liste.

Sie schloss die Bürotür ab und legte die Unterlagen für die Versicherung auf den Schreibtisch der Sekretärin. »Wahrscheinlich wird sie sich morgen früh als Erstes darum kümmern. Anita hatte übrigens schon eine ganze Reihe von Dingen aufgeführt. Irgendeinen Teller zum Beispiel, der offenbar achtundzwanzigtausend amerikanische Dollar wert ist.«

»Und dann noch dies hier ...« Jack tippte auf die Tasche, die er sich über die Schulter gehängt hatte. »Damit erhöht sich ihre Forderung auf über zwei Millionen. Sie wird eine Menge erklären müssen. Die Alarmanlage ist neu programmiert. Wenn wir draußen sind, setzen wir sie wieder in Betrieb.«

»Dann sind wir hier wohl fertig. Lass uns gehen.«

»Da ist noch etwas.« Jack griff in die Tasche und zog die Schatulle mit dem Ring heraus. Als er den Deckel öffnete, beugte Rebecca sich vor, um das Schmuckstück im Schein ihrer Taschenlampe zu betrachten.

»Das ist aber ein hübscher Ring. Ist er von hier?«

»Nein, ich habe ihn mitgebracht. Willst du ihn haben?«

Sie blickte ihn mit schräg gelegtem Kopf an. »Du fragst mich hier, in einem Gebäude, in das wir soeben eingebrochen sind, ob ich dich heiraten will?«

»Ich habe dich schon einmal gefragt, ob du mich heiraten willst«, rief er ihr ins Gedächtnis. »Der Ring hat meiner Ururgroßmutter gehört. Sie hat ihn getragen, als dein Ururgroßvater ihr das Leben gerettet hat.«

»Das ist wundervoll. Das ist ganz wundervoll, Jack. Ich nehme ihn.« Sie zog ihren Handschuh aus und streckte ihm ihre Hand entgegen. »Streif ihn mir über den Finger.«

Er steckte ihr den Ring an und küsste sie, um den Handel zu besiegeln.

»Welch bewegender Moment«, sagte Malachi über den Kopfhörer. »Herzlichen Glückwunsch und die besten Wünsche für euch beide. Würdet ihr jetzt bitte eure Ärsche da hinausbewegen?«

»Ach, sei still, Mal.« Rebecca hob den Kopf und gab Jack noch einen Kuss. »Wir sind ja schon auf dem Weg.«

Als sie zum Lieferwagen zurückkamen, schob Cleo die Trennwand beiseite, um Rebecca nach hinten zu lassen. »Zeig mir mal den Klunker«, verlangte Cleo. Ungeduldig zerrte sie an Rebeccas Handschuh. »Wow! Das ist ja vielleicht ein Stein!«

»Spart euch die Frauengespräche für später auf.« Jack schnallte sich an. »Fahr das System wieder hoch.«

»Kaum sind wir verlobt, gibt er mir ständig Befehle.« Rebecca nahm Tias Platz am Computer ein. »Okay, ich schalte die Anlage ein.«

Während sie arbeitete, beugte Malachi sich über sie und drückte ihr einen Kuss auf den Scheitel. Sie lächelte. »Ich werde gleich ganz sentimental.«

»Ich auch.«

»Der Ring ist wunderschön.« Tia konnte nicht widerstehen, ihn sich genauer anzusehen. Der Diamant funkelte, als Rebeccas Finger über die Tastatur glitten. »Ich freue mich so für dich.«

»Was haltet ihr davon, wenn wir heute Abend eine Party feiern? Gründe genug haben wir ja. Das erste System ist online«, verkündete sie. »So, das war's. Alles wieder in Ordnung.« Sie lehnte sich zurück und ergriff die Wasserflasche, die Malachi ihr reichte. »Wir haben es geschafft!«

»Nun zum zweiten Akt.« Cleo stemmte ihre Füße gegen das Armaturenbrett. »Wir haben doch bestimmt noch Zeit für eine Pizza, oder?«

Gideon saß in einem Warteraum am Kennedy Airport, von wo aus er die Erste-Klasse-Lounge gut beobachten konnte, und las in einem Taschenbuch.

Der Flug nach Athen sollte pünktlich starten, und die Passagiere gingen bereits an Bord. Gideon wurde langsam ein wenig ungeduldig und sehnte sich nach einer Zigarette.

Dann trat Anita aus der Lounge. Er ließ sie ein Stück vorgehen und stand dann auf, um ihr zu folgen.

Wie Dutzende anderer Reisender zog er sein Handy heraus. »Sie steigt ein«, sagte er leise. »Der Flug ist pünktlich.«

»Sag uns Bescheid, wenn sie in der Luft ist. Ach übrigens, Becca und Jack haben sich verlobt.«

»Tatsächlich?« Ohne Anitas Hinterkopf aus den Augen zu lassen, grinste Gideon erfreut über die Neuigkeit, die sein Bruder ihm mitgeteilt hatte. »So richtig offiziell?«

»Sie trägt einen Ring mit einem Stein, der so glitzert, dass du davon blind wirst. Wir fahren gerade auf das zweite Ziel zu. Wenn alles gut geht, treffen wir uns pünktlich an der Basis. Dann kannst du ihn dir selbst ansehen.«

»Wie gut, dass ich meine Sonnenbrille dabei habe. Anita geht jetzt gerade hinein. Noch dreißig Minuten bis zum Start. Ich setze mich wieder hin und lese weiter. Ich rufe euch dann an.«

Sie parkten zwei Blocks entfernt und warteten.

»Ich habe dir doch gesagt, dass wir noch Zeit für eine Pizza haben.«

Jack warf Cleo einen Blick zu. »Warum bist du eigentlich nicht so fett wie eine Kuh?«

»Stoffwechsel.« Sie zog einen Schokoriegel aus der Tasche und riss ihn an einem Ende auf. »Das ist das einzig Gute, was meine Mutter mir vererbt hat. Willst du mit Rebecca hier oder in Irland leben?«

»Sowohl als auch, denke ich. Immer abwechselnd. Darüber müssen wir noch reden.«

»Ja. Eigentlich praktisch, dass du bei deinem Job sowieso ständig durch die Weltgeschichte reisen musst.«

»Und was ist mit dir? Willst du wieder tanzen, wenn alles gelaufen ist? Mit deinem Anteil könntest du bei den *Rockettes* einsteigen.«

»Ich weiß noch nicht. Wahrscheinlich werde ich erst einmal für eine Weile herumgammeln.« Sie biss von dem Riegel ab. »Vielleicht eröffne ich auch einen eigenen Club oder eine Tanzschule. Aber im Moment denke ich nur daran, Anita für den Mord an Mikey bezahlen zu lassen.«

»Bis jetzt ist alles ganz gut gelaufen.«

»O Mann. Mikey hätte so viel Spaß dabei. Jack?«

»Ja?«

»Und wenn sie jetzt nicht da drin ist? Wenn sie sie mitgenommen hat?«

»Dann tritt Plan B in Kraft.«

»Was ist Plan B?«

»Das sage ich dir, wenn es so weit ist.« Er blickte sie an, als er über Kopfhörer Malachis Signal empfing. »Sie ist in der Luft.«

»Vorhang auf«, erwiderte Cleo und stieg aus dem Lieferwagen.

»Sollen wir alles noch mal durchgehen? Grundriss, Handzeichen?«

»Nein, ich weiß alles.«

»Dieses Mal sind zwei Leute im Haus«, erinnerte er sie. »Zwei Bedienstete, die da wohnen. Wir müssen leise sein.«

»Ich werde schleichen wie eine Katze. Mach dir keine Sorgen. Glaubst du, wir sind gerade dabei, so eine Art Rekord aufzustellen?«

»Wie meinst du das?«

»Immerhin brechen wir insgesamt drei Mal innerhalb von vierundzwanzig Stunden ein, ohne etwas zu stehlen.«

»Wir stehlen doch die Parze.«

»Ja, aber die gehört doch eigentlich Mal und Tia. Das zählt also nicht. Ich glaube, damit könnten wir ins Guinness-Buch der Rekorde kommen.«

»Das war schon immer mein Traum.«

Sie gingen einmal am Haus vorbei. Im zweiten Stock war alles dunkel. »Sieht so aus, als wären die Dienstboten schon zu Bett gegangen. Ihre Unterkünfte liegen auf der Südseite des Hauses.«

»Haushälterin und Butler – glaubst du, die beiden lassen es so richtig krachen, wenn die Chefin weg ist?«

Jack kratzte sich am Kopf. »Keine Ahnung. Wir gehen an der Ostseite über den Balkon am Schlafzimmer hinein. Dabei wird man uns ungefähr fünfzehn Sekunden lang sehen können.«

»Eine ehemalige Stripperin lässt sich doch dadurch nicht erschüttern, Kumpel.«

»Vielleicht könntest du ja auf meiner Junggesellenparty auftreten.« Er grinste, als Rebeccas beißender Kommentar über Kopfhörer ertönte. »Oder vielleicht auch nicht. Liebe meines Lebens? Stell den Alarm ab.«

Er ignorierte den steten Strom von Taxen, die vorbeifuhren, und auch den Streifenwagen. Auf Rebeccas Signal hin packte er Cleos Hand und zog sie in den Schatten des Hauses.

Mithilfe von Seilen kletterten sie an der Hauswand hoch, sprangen über die Brüstung des Balkons und kauerten sich auf den Boden.

Jack bedeutete Cleo, die Ausrüstung zu verstauen, während er zu den Terrassentüren kroch. »Nimm die Sperren aus den Türen auf der Ostterrasse im zweiten Stock heraus«, flüsterte er in sein Headset. Er wartete, bis er das leise Klicken hörte, dann ging er zu einer der Türen.

Er zog einen kleinen Kasten aus der Jackentasche und suchte sich einen Schraubenzieher aus.

»Das hast du aber nicht bei deiner Ausbildung gelernt«, kommentierte Cleo leise.

»Du wärst überrascht, was wir da alles gelernt haben«, flüsterte Jack zurück.

Er brach das Schloss auf und öffnete die Tür. Sie schlüpften ins Haus.

Ein guter Ermittler würde merken, dass die Tür aufgebrochen worden war, aber er glaubte nicht, dass es so weit kommen würde.

»*Obsession.*« Cleo schnüffelte. »Ihr Parfüm. Passt zu ihr, was?«

»Schließ die Türen ab. Geradeaus ist der Flur, das Badezimmer geht links ab.«

Gehorsam bewegte sie sich in die angegebene Richtung. »Darf ich fragen, woher du so gut weißt, wo ihr Schlafzimmer liegt?«, flüsterte sie.

»Das hat rein berufliche Gründe.« Als sie die Tür hinter sich geschlossen hatten, trat er vor Anitas Schrank.

»Heilige Scheiße, der ist ja größer als meine alte Wohnung.« Cleo befühlte ein Jackett. »Auch nicht schlecht. Glaubst du, es macht ihr was aus, wenn ich ein paar Sachen mitgehen lasse? Ich muss mir schließlich eine neue Garderobe zulegen.«

»Wir sind nicht wegen der Klamotten hier.«

»Klamotten sind das Einzige, wovon ich was verstehe.« Sie nahm ein Paar Schlangenlederpumps aus dem Regal. »Meine Größe – das nenne ich Schicksal.«

»Du hast hier einen Job zu erledigen, Cleo.«

»Okay, okay.« Aber sie stopfte die Schuhe doch in ihren Beutel, bevor sie sich hinhockte, um die Werkzeuge auszubreiten.

Jack schob die Wandvertäfelung vor dem Safe beiseite und legte die Schalttafel frei. Er schloss sein Notebook an und startete die Suche nach dem Code.

»Früher oder später wird sie darauf kommen, dass du der Einzige bist, dem es gelingen konnte, hier einzubrechen«, sagte Cleo. »Und sie wird ziemlich sauer auf dich sein.«

»Ja. Ich zittere vor Angst.« Er beobachtete auf dem Monitor, wie die ersten zwei Zahlen des siebenstelligen Codes erschienen. »Wie liegen wir in der Zeit?«

»Vier Minuten, zwanzig Sekunden. Wir kommen gut voran.« Während sie wartete, betrachtete Cleo einen Ständer mit Kostümen. »Dieser damenhafte Look sagt mir ja nichts. Aber, hey, das hier ist aus Kaschmir! Das würde Tia gut stehen.«

Sie rollte das Kostüm auf und stopfte es in ihren Beutel.

»Ich habe den Code«, sagte Jack zu ihr. »Halt uns die Daumen, Süße!«

Sie trat hinter ihn. »Du Hurensohn!« Sie pfiff leise durch die Zähne, als er die Safetür öffnete und ihr Blick auf Klotho fiel. »Da ist sie! Habt ihr das mitgekriegt? Wir haben sie!« Sie hielt Jack die Tasche auf. »Rebecca? Ich gebe jetzt deinem Mann einen dicken Kuss! Das musst du schon ertragen.«

Als sie fertig war, griff sie noch einmal in die Tasche. »Mach den Safe noch nicht wieder zu, Jack. Ich habe ein kleines Geschenk für Anita.«

»Wir können doch nicht ...«, begann er. Dann starrte er fassungslos auf den Gegenstand, den Cleo aus ihrer Tasche heraus zog. »Was ist denn das? Eine Barbiepuppe?«

»Ja. Als Ersatz für die Statue. Die Garderobe habe ich ausgesucht.« Vorsichtig stellte Cleo die in schwarzes Leder gekleidete blonde Puppe in den Safe. »Ich nenne sie ›Einbrecher-Barbie‹. Sieh mal, sie hat auch eine Tasche. Ich habe kleine Schraubenzieher hineingetan, die ich aus Sicherheitsnadeln gebastelt habe, und diese winzige Plastikpuppe habe ich silbern angemalt. Sie soll die Parze darstellen.«

»Du bist ja vielleicht eine Marke, Cleo!«

»Tja, ich habe eben durchaus verborgene Talente. Auf Wiedersehen, Barbie«, fügte sie hinzu und warf der Puppe eine Kusshand zu, als Jack die Safetür schloss.

Sie schoben die Wandvertäfelung wieder vor den Safe und sammelten die Werkzeuge ein.

»Okay, keinen Ton mehr, wenn wir aus diesem Zimmer heraus sind. Nur Handzeichen. Aus der Tür, nach rechts, die Treppe hinunter, dann nach links. Bleib dicht bei mir.«

»Ich folge dir auf den Fersen.«

»Der nächste Teil ist riskanter«, warnte er sie. »Wenn wir hier drinnen erwischt werden, war alles umsonst.«

»Geh einfach vor.«

Sie schlüpften aus dem Schlafzimmer. Da sie es jetzt nicht

mehr riskieren konnten, die Taschenlampen einzuschalten, warteten sie, bis sich ihre Augen an die Dunkelheit gewöhnt hatten. Im Haus war es still – so still, dass Cleo ihr eigenes Herz klopfen hörte.

Auf Jacks Zeichen liefen sie leise über den weichen Läufer.

Unten an der Treppe hatte Cleo auf einmal das Gefühl, dass dieses Haus eigentlich eher ein Grab war. Die Luft war kühl, die Räume totenstill, und die Geräusche von der Straße drangen nur gedämpft durch die zugezogenen Vorhänge.

Plötzlich vernahm sie ein Geräusch. Jack blieb wie erstarrt stehen, sodass sie gegen seinen Rücken stieß. Eine Tür ging auf, ein schmaler Lichtstrahl fiel in das hintere Ende des Flurs, und man hörte schlurfende Schritte.

Cleo und Jack versteckten sich hinter einem Türvorsprung. Von ferne hörte man Stimmen und Gelächter. Es dauerte ein paar Schrecksekunden, bis Cleo begriff, dass die Geräusche aus einem Fernseher kamen. Fast hätte sie gekichert, als sie erkannte, dass es sich um die Sendung »*Wer wird Millionär?*« handelte.

Perfekt, dachte sie. Absolut perfekt.

Als die Tür wieder geschlossen wurde, spürte Cleo, dass Jack sich neben ihr wieder entspannte.

Geräuschlos traten sie in die Bibliothek und schlossen die Tür hinter sich ab.

Jack öffnete die Tür eines Bücherschranks. Das leise Quietschen klang in der Stille wie Kanonendonner. Er räumte ein Regal leer, wobei er Cleo einen Band der ledergebundenen Shakespeare-Ausgabe nach dem anderen reichte. Als der Safe freilag, holte er erneut sein Notebook heraus.

Als er den Safe geöffnet hatte, tippte er auf seine Uhr, und Cleo signalisierte ihm, dass ihnen noch zwanzig Minuten blieben. Jack zog den Reißverschluss an seiner Tasche auf und holte die Gegenstände heraus, die er bei *Morningside* entwendet hatte.

Er versteckte sie im Safe hinter einem Berg lederner Aktenmappen und einigen Schmuckkästen.

Als der Safe wieder geschlossen war, tauschten sie die Plätze. Cleo räumte die Bücher wieder ein, und Jack packte die

Geräte in die Tasche. Sie zuckten beide zusammen, als das Telefon klingelte.

Er signalisierte ihr per Handzeichen, dass sie sich verstecken sollte, sprang zur Tür, schloss sie auf und öffnete sie einen Spaltbreit. Cleo keuchte leise, als in der Halle das Licht eingeschaltet wurde. Sie umklammerte ihre Tasche und kauerte sich hinter einen grünen, ledernen Armsessel. Jack schloss die Tür leise wieder, hängte sich die andere Tasche über die Schulter und versteckte sich hinter der Tür. In der Halle näherten sich eilige Schritte.

»Muss denn das sein?«, murrte eine weibliche Stimme. »Als ob ich um diese Tageszeit nichts Besseres zu tun hätte, als Anrufe entgegenzunehmen.«

Die Tür wurde geöffnet. Jack fing den Türknauf mit der Hand ab, bevor er ihm zwischen die Beine gerammt wurde, und drängte sich in die Nische zwischen Tür und Wand.

Die Frau schaltete die Deckenbeleuchtung ein, und Licht durchflutete das Zimmer.

Über seinen Kopfhörer wies Rebecca Jack darauf hin, dass sie die Zeit überzogen.

Die Haushälterin trat an den Schreibtisch, und sie hörten, wie sie sagte: »Ich hoffe, sie bleibt mindestens einen Monat lang weg. Dann kommen wir wenigstens mal zur Ruhe.«

Dann schlurfte sie zurück zur Tür und schaltete das Licht wieder aus.

Jack und Cleo rührten sich nicht, während sich die Schritte entfernten. Erst als sie eine Tür zuschlagen hörten, atmeten sie auf.

Ganz vorsichtig zog Jack die Tür auf. In dem Dämmerlicht erkannte er Cleo, die immer noch hinter dem Sessel kauerte. Ihre Augen glänzten im Dunkeln. Sie verdrehte sie und sprang auf.

Auf Zehenspitzen schlichen sie aus der Bibliothek durch die Halle und verließen das Haus durch die Vordertür.

»Ich spiele also Mäuschen hinter diesem Sessel, und Jack steht stocksteif hinter der Tür, und alles, was ich sehen kann, sind ihre Füße. Sie hatte so komische rosafarbene Pantöffelchen an, und ich habe die ganze Zeit gedacht, jetzt wirst du auch noch von einer Frau mit rosafarbenen Pantoffeln erwischt. Es war so peinlich!« Cleo lag ausgestreckt auf dem Boden des Lieferwagens.

»Mann! *Mann!* Ich brauche so schnell wie möglich einen Schluck!«

»Du warst toll!« Jack blickte in den Rückspiegel. »Nerven wie Drahtseile.«

»Nee, eher Nerven aus Gelee. Oh, hey!« Sie richtete sich auf und hockte sich hin. »Ich habe dir ein Geschenk mitgebracht, Tia.«

»Ein Geschenk?«

»Ja.« Cleo griff in die Tasche und zog das zusammengerollte Kostüm heraus. »Auberginefarben, glaube ich. Guter Stoff – Kaschmir.«

»Gehört das ... gehört das ihr?«

»Und wenn schon! Lass es reinigen und desinfizieren, oder was auch immer.« Achselzuckend grub Cleo weiter in der Tasche. »Dir steht es sowieso besser. So wie diese Schuhe hier *mir* besser stehen werden.« Sie stellte sie beiseite und griff noch einmal in die Tasche. »Ich habe auch eine kleine Abendtasche für dich mitgenommen, Rebecca. Judith Leiber. Sie ist gar nicht schlecht.«

»Glaubst du nicht, sie merkt, dass die Sachen fehlen?«, fragte Jack.

»Ach was, die hat so viele Klamotten. Was zählt da schon ein Kostüm? Außerdem wird sie etwas anderes zu tun haben als ihre Garderobe nachzuzählen, wenn sie zurück ist und die ganze Scheiße über sie hereinbricht.«

»Du hast so eine wunderbar drastische Ausdrucksweise.« Malachi tätschelte ihr den Kopf.

»Was du nicht sagst.« Der letzte Rest von Anspannung fiel von Cleo ab, als sie in Jacks Garage fuhren. Gideon war bereits zurückgekehrt, und ihre Welt war wieder in Ordnung. »So, jetzt können wir aber endlich Pizza bestellen, oder?«

27

»Da wären sie also.« Tia ging noch einmal um den Tisch herum, auf dem die drei Silberparzen standen und in der Vormittagssonne glänzten.

»Es kommt mir vor wie ein Traum«, sagte sie leise. »Die letzte Nacht und alles, was dazu geführt hat, ist wie ein Traum. Oder wie ein Theaterstück, in das ich irgendwie hineingestolpert bin. Aber hier stehen sie nun tatsächlich.«

»Du bist nie irgendwo hineingestolpert, Tia.« Malachi, der hinter ihr stand, legte ihr die Hände auf die Schultern. »Du hast immer fest mit beiden Beinen auf dem Boden gestanden.«

»Dass die drei jetzt hier vor uns stehen, ist einfach wundervoll. Sie waren ein ganzes Jahrhundert lang getrennt, vielleicht sogar zwei. Und wir haben sie wieder vereint. Das muss doch etwas bedeuten.«

»Wir werden dafür sorgen, dass sie nicht wieder getrennt werden.«

»Spinnen, messen, schneiden.« Tia tippte jede der drei Figuren leicht an. »Es sind nicht nur drei wertvolle Kunstgegenstände, Malachi. Mit ihnen haben wir eine Verantwortung übernommen.«

Sie hob Klotho hoch und dachte an Henry W. Wyley. So musste er sie auch gehalten haben, bevor er nach den anderen gesucht hatte. Und er war auf dem Weg zur zweiten Parze ums Leben gekommen. »Meine und deine Familie sind in dieser Figur miteinander verbunden. Ich frage mich, ob die Parzen wohl gewusst haben, wie lang der Faden war, den sie für unsere Familien gesponnen haben. Er wurde beim Tod unserer Vorfahren nicht abgeschnitten. Er reicht bis zu dir und mir und bis zu den anderen. Selbst bis zu Anita.«

Sie drehte sich zu ihm um. »Fäden werden gesponnen. Zwei völlig verschiedene Männer beginnen, einen Kreis zu ziehen. Der Kreis erweitert sich mit Cleo und Jack, Rebecca und Gideon. Und der Faden wird immer weiter gesponnen. Wenn wir an das glauben, was diese drei Figuren darstellen, dann musste auch Anita ihren Anteil daran haben.«

»Dann ist sie also nicht verantwortlich für das, was sie getan hat?«, fragte Malachi. »Für das Blut, das sie vergossen hat, für die Gier, die sie antreibt?«

»Das Gute und das Schlechte, die Makel und die Tugenden sind in den Fäden mit versponnen. Was sie daraus macht, liegt in ihrer Verantwortung. Und das Schicksal verlangt Bezahlung.« Vorsichtig stellte Tia Klotho wieder zu ihren Schwestern. »Und letztendlich läuft alles zusammen. Ich will damit sagen, dass sie vielleicht nicht als Einzige einen Preis bezahlen muss.«

Malachi zog sie in seine Arme und strich ihr übers Haar. »Wir haben den größten Teil von dem, was wir uns vorgenommen haben, geschafft. Und wir werden es auch zu Ende bringen.«

»Ich bin nicht traurig. Ich frage mich nur, was geschieht, wenn wir es zu Ende gebracht haben.«

»Dann ändern sich die Muster wieder«, sagte er. Er rieb seine Wange über ihren Scheitel. »Es gibt etwas, was ich dir vielleicht vorher hätte sagen sollen ...«

Tia schloss die Augen und wappnete sich. In diesem Moment gingen die Aufzugtüren auf.

»Okay, macht mal ’ne Pause. Wir haben eingekauft.« Cleo und Gideon kamen, beladen mit Tüten, in die Wohnung. »Jack und Rebecca kommen auch gleich hoch. Jack hat was von Anita gehört.«

»Sie ist pünktlich gelandet«, erzählte Jack, »und gleich zum Haus von Stefan Nikos gefahren. Stefan war ein Freund und Kunde von Paul Morningside. Er und seine Frau sind bekannt für ihre Kunst- und Antiquitätensammlung und ihre wohltätigen Werke ... und für ihre Gastfreundschaft.«

»Olivenöl, nicht wahr?« Rebecca nahm eine Olive von ihrem Teller und studierte sie. »Ich hab' im *Money Magazine* und in *Time* etwas über ihn gelesen. Er schwimmt sozusagen in Olivenöl. Komisch, dass man durch so eine kleine Frucht so reich werden kann.«

»Olivenhaine und Weinberge«, bestätigte Jack, »und zahlreiche Nebenprodukte. Er hat Häuser in Athen, auf Korfu, eine Wohnung in Paris und ein Schloss in den Schweizer Alpen.« Er nahm eine Olive von Rebeccas Teller und schob sie sich in den Mund. »Und in jedem Haus eine Alarmanlage von *Burdett.*«

»Du kommst viel herum, Jack«, sagte Malachi.

»Ja. Ich habe letzte Woche mit Stefan telefoniert, nachdem Tia die falsche Fährte nach Athen gelegt hatte.«

»Das hättest du uns aber gleich erzählen können«, wies Rebecca ihn zurecht.

»Ich wusste ja nicht, ob Anita wirklich fliegen würde. Wie gesagt, er war ein Freund von Morningside. Seine Witwe kann er nicht so gut leiden. Mich mag er gern«, fügte er grinsend hinzu. »Jedenfalls gern genug, um mir einen Gefallen zu tun. Er wird Anita eine Weile lang hinhalten, indem er ihr von den Gerüchten über Lachesis und die große, sexy Brünette, die hinter ihr herjagt, erzählt.«

»Was treibe ich denn so in Griechenland?«, fragte Cleo.

»Du bist ständig unterwegs«, antwortete Jack. »Du hast keine Zeit zum Sightseeing.«

»Nun ja, ich komme ja bestimmt später noch einmal dahin.«

»Wir haben jetzt eine Woche Zeit«, rechnete Malachi. »Eine Woche, um alles vorzubereiten.« Er schwieg und musterte die anderen. »Aber ich muss es trotzdem einmal aussprechen: Wir können auch jetzt aufhören. Die Parzen haben wir auf jeden Fall.«

Cleo sprang auf. »Anita hat noch nicht bezahlt ...«

»Lass mich erst mal ausreden. Wir haben das, was Anita haben will. Was sie gestohlen hat, wofür sie getötet hat. Wir haben niemanden verletzt, aber wir werden sie durch die Sache mit der Versicherung in beträchtliche Schwierigkeiten bringen – schließlich liegen die als gestohlen gemeldeten Kunstgegenstände in ihrem privaten Safe.«

»Sie hatte ja schon Versicherungsbetrug begangen«, schaltete Gideon sich ein. »Wir haben ihn bloß noch ein bisschen schlimmer gemacht. Es gibt allerdings keine Garantie dafür, dass sie sich da nicht wieder herauswindet.« Er legte Cleo die Hand auf den Oberschenkel und spürte, wie ihre Muskeln zitterten.

»Eine Garantie gibt es sowieso nicht«, erwiderte Malachi. »Aber wir können sicher sein, dass sie aus dieser Sache nicht so leicht herauskommt, zumal die Wertsachen in ihrem Safe liegen. Und Jack hat seinem Polizistenfreund auch bereits einen Floh ins Ohr gesetzt. Eigentlich brauchen wir uns bloß zurückzulehnen und abzuwarten.«

»Lew wird sich da schon durcharbeiten.« Jack nahm etwas Nudelsalat auf die Gabel. »Es ist dokumentiert, dass die Gegenstände, die auf der Liste aufgeführt sind, nach dem Einbruch noch an Ort und Stelle standen. Und wenn Lew hinter Anita her ist, wird sie ihres Lebens nicht mehr froh. Übrigens wird es die Versicherung auch nicht komisch finden, wenn auf dem Formular ein Schaden in Höhe von zwei Millionen angegeben ist, während die Kundin die Ware immer noch besitzt.«

»Vielleicht muss sie nur Strafe zahlen oder irgendwelche gemeinnützigen Arbeiten leisten. Ich ...«

Jack hob seine Gabel, um Cleo zu unterbrechen. »Ich stelle mir Anita gerade in einer Suppenküche vor. Nicht schlecht. Aber damit kommt sie nicht weg, nicht bei einem Betrug in siebenstelliger Höhe. Wenn wir sie wirklich fertig machen wollen, muss Bob sie mit Dubrowsky in Verbindung bringen. Wenn ihm das nicht gelingt, kann er ihr diesen Mord oder den an Cleos Freund nicht nachweisen.«

»Und sie käme davon«, sagte Cleo bitter.

»Ja, aber das könnte so oder so passieren. Mit dem, was wir

bis jetzt erreicht haben, werden sie ihr den Versicherungsbetrug anhängen. Dafür geht sie für einige Zeit hinter Gitter, und ihr Image der ehrenhaften Witwe ist ruiniert.«

»Manchmal hat eine solch traurige Berühmtheit einen ganz eigenen Glanz«, sagte Tia, und alle Blicke wandten sich ihr zu.

»Das ist wohl wahr«, stimmte Jack zu. »Wenn wir unseren Plan bis zu Ende durchführen, ziehen wir ihr finanziell gesehen die Haut ab, und vielleicht bringen wir sie ja auch dazu, einen entscheidenden Fehler zu machen. Allerdings gibt es dabei viele Unwägbarkeiten. Wenn wir jetzt weitermachen, werden die Karten neu gemischt.«

Tia hob die Hand, ließ sie dann aber wieder sinken. »Die Moiren – also die Parzen – prophezeiten, dass Meleager, als er gerade erst eine Woche alt war, sterben würde, wenn das Holzscheit im Herd seiner Mutter verbrannt wäre. Sie sagten sein Schicksal voraus – Klotho sagte, dass er edel, Lachesis, dass er tapfer sein würde. Und Atropos war es, die erklärte, er werde nur so lange leben, bis das Holzscheit verbrannt wäre.«

»Ich verstehe nicht, was das ...«, begann Cleo.

»Lass sie zu Ende erzählen«, unterbrach Gideon sie.

»Nun, Althaia, Meleagers Mutter, wollte ihr Kind unbedingt schützen und versteckte das Holzscheit in einer Truhe. Dort konnte es nicht verbrennen, und er war in Sicherheit. So wuchs ihr Sohn heran. Als Mann tötete er die Brüder seiner Mutter. Aus Zorn und Trauer über deren Tod nahm sie das Holzscheit aus der Truhe und verbrannte es, und Meleager starb. Indem sie ihre Brüder rächte, verlor sie ihren Sohn.«

»Gut. Mikey war mein Bruder, aber diese Schlampe ist ganz bestimmt nicht mein Kind. Was soll das also?«, fragte Cleo.

»Es geht einfach darum«, erwiderte Tia sanft, »dass Rache immer ihren Preis hat. Und sie bringt nie zurück, was man verloren hat. Wenn wir nur aus Rachegelüsten weitermachen, könnte der Preis zu hoch sein.«

Cleo stand auf. Sie trat zum Tisch und betrachtete die Statuen. »Mikey war mein Freund. Außer Gideon kannte ihn keiner von euch.«

»Aber wir kennen dich, Cleo«, sagte Rebecca leise.

»Ja, ja. Ich stelle mich jetzt nicht hin und behaupte, ich will keine Rache. Aber was ich ganz am Anfang gesagt habe, gilt immer noch. Ich will Gerechtigkeit. Jetzt haben wir die Statuen und sind reich. Na toll.«

Sie kehrte den anderen den Rücken zu. »Wenn Menschen nicht für Gerechtigkeit eintreten, wenn sie einem Freund nicht beistehen, wozu lebt man denn dann überhaupt? Es ist schon in Ordnung, wenn jemand von euch da nicht weiter hineingezogen werden will. Aber *ich* bin noch nicht fertig mit dieser Frau. Ich bin erst fertig, wenn sie in einer Gefängniszelle sitzt und meinen Namen verflucht.«

Malachi blickte seinen Bruder an und nickte. Dann legte er seine Hand über Tias. »Diese Geschichte, die du erzählt hast, Liebling, hat auch noch eine andere Bedeutung.«

»Ja. Die eigene Entscheidung bestimmt das Schicksal.« Sie stand auf und trat zu Cleo. »Leben entfalten sich, überschneiden sich, berühren sich, entfernen sich wieder voneinander. Wir können lediglich versuchen, das Beste daraus zu machen, während wir dem Faden bis zum Ende folgen. Gerechtigkeit hat wahrscheinlich auch ihren Preis. Aber wir müssen dafür sorgen, dass sie ihn wert ist.«

»Okay.« Cleo traten die Tränen in die Augen. »Ich habe ...« Hilflos zuckte sie mit den Schultern und verließ das Zimmer.

»Nein, lass mich«, sagte Tia zu Gideon, der schon aufstehen wollte. »Ich würde selbst auch gern ein bisschen weinen.«

Während Tia Cleo nacheilte, griff Malachi nach seinem Bier. »Da wir diesbezüglich jetzt alle einer Meinung sind, möchte ich ein anderes Thema zur Sprache bringen. Ein persönlicheres Thema.« Er trank einen Schluck Bier. »Wir haben schon früher darüber gesprochen«, sagte er zu Jack. »Das ist jetzt also sozusagen die Fortsetzung: Als Familienvorstand der Sullivans ...«

»Familienvorstand!« Rebecca brach in Gelächter aus. »Du meine Güte! *Ma* ist der Familienvorstand!«

»Sie ist aber nicht hier«, erwiderte Malachi ungerührt. »Und ich bin der Älteste, also muss ich mich zu der Verlobung äußern.«

»Es ist meine Verlobung, und sie geht dich nichts an!«

»Halt doch wenigstens mal für fünf Minuten deinen Mund!«

»Ich hole mir noch ein Bier«, beschloss Gideon. »Das scheint unterhaltsam zu werden.«

»Du kannst mir nicht befehlen, den Mund zu halten, du aufgeblasenes Erbsenhirn!«

»Ich hätte die Angelegenheit auch in deiner Abwesenheit ansprechen können«, erwiderte Malachi kühl. »Dann hätte ich mir wenigstens deine Beleidigungen erspart. Und jetzt rede ich mit Jack.«

»Ach, du redest also mit Jack? Und ich soll mit gefalteten Händen und züchtig gesenktem Kopf daneben sitzen?« Rebecca warf ein Kissen nach ihrem Bruder.

»Du wüsstest sowieso nicht, wie das geht.« Er warf das Kissen zurück und traf sie am Kopf. »Wenn ich meinen Teil gesagt habe, kannst du auch etwas sagen. Aber jetzt lass mich *bitte* erst einmal ausreden.«

»Rebecca«, sagte Jack, als sie wütend aufbegehren wollte. »Warte doch erst einmal ab, was er überhaupt zu sagen hat.«

»Danke, Jack. Zunächst möchte ich dir sagen, dass du mein vollstes Mitleid hast, weil du dein Leben mit dieser schlecht erzogenen, launischen, gewalttätig veranlagten Frau verbringen musst.« Malachi kniff die Augen zusammen, als Rebecca nach der Jadeschale griff, die auf dem Couchtisch stand. Jack hielt ihr Handgelenk fest.

»Han-Dynastie. Bleib lieber bei den Kissen.«

»Wie ich bereits sagte«, fuhr Malachi fort, »ist mir bewusst, dass Geld für dich kein Thema ist, aber ich möchte klarstellen, dass meine Schwester nicht mit leeren Händen zu dir kommt. Ihr gehört ein Viertel unseres Geschäfts, das sehr gut läuft, und gleichgültig, ob sie sich entschließt, weiter mitzuarbeiten oder nicht, der Anteil gehört ihr auf jeden Fall. Und sie hat ebenfalls Anspruch auf ihren Anteil aus diesem Unternehmen hier.«

»Geld spielt keine Rolle.«

»Für uns aber«, erwiderte Malachi. »Und für Rebecca auch.« Er blickte zu ihr hinüber und zog fragend die Augenbrauen hoch.

»Vielleicht hast du ja doch kein Erbsenhirn.« Rebecca lächelte ihn an.

»Ich habe gesehen, wie die Dinge zwischen euch stehen, und ich freue mich darüber. Trotz all ihrer Fehler – und sie hat viele – lieben wir Rebecca und wollen sie glücklich sehen. Und was unser Familienunternehmen angeht, so bist du uns als Partner herzlich willkommen.«

»Das hast du schön gesagt, Mal.« Gideon setzte sich auf die Armlehne des Sessels, in dem sein Bruder saß, und hob sein Glas. »Darüber hätte Dad sich auch gefreut. Also, Jack, willkommen in unserer Familie.«

»Danke. Ich verstehe nicht viel von Schiffen, aber ich würde gern mehr darüber lernen.«

»Nun,« – Rebecca grinste ihre Brüder an – »ich bin genau die Richtige, um dir alles beizubringen.«

»Darüber reden wir noch.« Jack tätschelte ihr Knie und stand auf. »Ich muss ein paar Besorgungen machen. Ihr könnt mir gern dabei helfen«, sagte er zu den anderen Männern.

»Wenn ihr euch amüsieren geht, werde ich das auch tun. Ich werde Tia und Cleo überreden, sich mit mir Hochzeitskleider anzuschauen. Hatte ich schon erwähnt, dass ich eine große Hochzeit in Weiß will?«

Jack blieb abrupt stehen. »Und was verstehst du unter ›groß‹?«

»Spar dir deine Worte«, warf Gideon ein. »Sie hat schon wieder dieses Glitzern in den Augen.«

Rebeccas Augen glitzerten immer noch, als sie drei Stunden später beladen mit Hochzeitsmagazinen, einem Hochzeitsplaner, den Tia ihr zur Verlobung geschenkt hatte, und einem sexy Nachthemd – Cleos Geschenk – zurückkam.

»Ich finde ja Lilien als Tischschmuck immer noch am schönsten.«

»Genau.« Cleo zwinkerte Tia zu. »Man nimmt sie heute nicht mehr nur zu Beerdigungen.«

»Diese Wildblumensträußchen waren so reizend«, warf Tia ein. »Ich kann es gar nicht fassen, dass ich mich stundenlang in einem Blumenladen aufgehalten habe und meine Nebenhöhlen immer noch frei sind. Offenbar bin ich kein bisschen allergisch gegen Blumen.«

»Was sind das eigentlich für rote Flecken in deinem Gesicht?«, fragte Cleo und lachte laut, als Tia sofort zum Spiegel stürzte.

»Ich finde das nicht komisch. Kein bisschen!«

»Du weißt doch, wie gern sie Witze macht«, sagte Rebecca. Als sie zum Flur blickte, der zu den Schlafzimmern führte, rutschten ihr vor Schreck die vielen Tüten aus der Hand und fielen zu Boden. Dann stürzte sie los.

»Ma!«

»Mein Mädchen!« Eileen fing sie auf und drückte sie an sich. »Da ist ja mein hübsches Mädchen!«

»Ma! Was machst du denn hier? Wie bist du hierher gekommen? Oh, du hast mir so gefehlt!«

»Zu Frage eins: Ich packe gerade meine Sachen aus. Zu Frage zwei: Ich bin mit dem Flugzeug gekommen. Und drittens: Du hast mir auch gefehlt. Lass mich dich ansehen!« Eileen musterte ihre Tochter. »Du bist glücklich, was?«

»Ja. Sehr glücklich.«

»Ich wusste schon, dass er der Richtige für dich ist, als du ihn zum Tee mit nach Hause gebracht hast.« Seufzend drückte sie Rebecca einen Kuss auf die Stirn. »Und jetzt stell mich deinen Freundinnen hier vor, über die ich schon so viel von meinen Jungs gehört habe.«

»Tia und Cleo, das ist meine Mutter, Eileen Sullivan.«

Malachis Mutter!, dachte Tia voller Panik. »Wie schön, Sie kennen zu lernen, Mrs Sullivan. Ich hoffe, Sie hatten einen angenehmen Flug«, sagte sie.

»Ich kam mir in der Ersten Klasse vor wie eine Königin.«

»Der Flug dauert auch ziemlich lang.« Unbehaglich zupfte Cleo Tia am Ärmel. »Wir lassen Sie jetzt besser allein, damit Sie sich ausruhen können.«

»Aber nein.« Eileen lächelte sie freundlich an. »Wir trinken jetzt Tee und unterhalten uns ein bisschen. Die Männer sind unten, also nutzen wir am besten die Zeit. Das ist ja eine schöne große Wohnung«, sagte sie und blickte sich um. »Irgendwo muss man doch hier Tee aufsetzen können.«

»Ich mache ihn schon«, erbot Tia sich rasch.

»Ich helfe dir.« Cleo blieb ihr dicht auf den Fersen. »Worüber sollen wir denn mit ihr reden?«, zischte sie. »Oh, hi, Mrs Sullivan. Wir sind wirklich schrecklich gern mit Ihren Söhnen zusammen, wenn wir nicht gerade in Häuser einbrechen.«

»O Gott, o Gott.« Tia hielt sich die Hände an die Schläfen. »Warum sind wir eigentlich in die Küche gegangen?«

»Um Tee zu kochen.«

»Ach ja, richtig. Das hatte ich ganz vergessen. Okay.« Sie öffnete zwei Schränke, bevor ihr einfiel, wo die Teedose stand. »Nun, sie weiß bestimmt Bescheid.«

»Denkst du, sie haben ihre Mutter angerufen, um ihr zu erzählen, mit wem sie ins Bett gehen?«

»Du liebe Güte, das meinte ich doch gar nicht!« Cleo öffnete den Kühlschrank und fand eine angebrochene Flasche Wein. Sie zog den Korken heraus und trank einen Schluck aus der Flasche. »Sie weiß bestimmt über die andere Geschichte Bescheid. Malachi und Gideon haben sie regelmäßig angerufen. Sie weiß von den Parzen und Anita und kennt zumindest einen Teil unserer Pläne. Und das mit uns ...«

Tia bemühte sich, ruhig zu bleiben, als sie den Tee abmaß. »Sie sind schließlich erwachsene Männer, und sie scheint eine vernünftige Frau zu sein.«

»Für dich ist es leicht. Sie hat wahrscheinlich gar nichts dagegen, dass ihr Erstgeborener sich mit einer Autorin mit Doktortitel und einer Wohnung an der Upper East Side eingelassen hat. Aber ich glaube nicht, dass sie jubelt, wenn sie herausfindet, dass ihr Jüngster es mit einer Stripperin treibt.«

Tia drehte sich zu Cleo um. »Hey, pass auf, du beleidigst meine Freundin, und das gefällt mir nicht. Du bist mutig, loyal und klug, und du brauchst dich wegen nichts zu schämen oder zu entschuldigen.«

»Das haben Sie gut gesagt, Tia.« Eileen trat in die Küche, und die beiden wurden bleich. »Ich kann verstehen, warum Malachi so hingerissen von Ihnen ist. Und was Sie angeht«, sagte sie zu Cleo, »vertraue ich dem Urteil meines Jüngsten – und ich habe immer schon seinen guten Geschmack bewundert. Und den von Mal ebenfalls. Wir werden schon herausfinden, ob wir uns verstehen. Achten Sie darauf, dass das Wasser richtig kocht, bevor Sie den Tee aufgießen«, fügte sie hinzu. »Die meisten Amerikaner können keinen anständigen Tee kochen.«

Als Jack eine halbe Stunde später in die Wohnung kam, fielen ihm drei Dinge gleichzeitig auf: Tia war verlegen, Cleo steif, und Rebecca glühte.

Rebecca stand langsam auf und trat zu ihm. Sie schlang ihm die Arme um den Hals und küsste ihn.

»Danke«, sagte sie.

»Bitte.« Er legte den Arm um ihre Taille und blickte zu ihrer Mutter. »Hast du dich schon eingelebt, Eileen?«

»Es ist alles bestens, danke, Jack. Ich höre gerade von den Mädchen hier, dass ihr noch mehr mit dieser Frau vorhabt, die meiner Familie etwas antun will. Ich hoffe, wir können alle gemeinsam einen Weg finden.«

»Ich bin sicher, dass uns etwas einfällt. Nach meinen Informationen durchkämmt die Frau gerade Athen auf der Suche nach einer gewissen Silberstatue und einer Brünetten.« Er setzte sich Cleo gegenüber. »Als Erstes hat sie sich eine Pistole gekauft. Offensichtlich ist sie fest entschlossen, dich zu finden. Und sie will aufs Ganze gehen.«

»Sie wird ganz schön enttäuscht sein, was?«

»Und dabei belassen wir es auch.« Gideon und Malachi kamen herein. In Gideons Augen stand Zorn. »Was auch immer wir von jetzt an planen, *dich* werden wir auf jeden Fall von ihr fern halten.«

»Hey, hör mal zu, mein Schönling ...«

»Nein, das werde ich nicht tun. Diese Frau will nicht mit dir plaudern, sie will dich umbringen, wenn sie hat, was sie will. Hast du ihr erzählt, wo sie die Pistole her hat?«

»Vom Schwarzmarkt«, erklärte Jack. »Sie ist nicht registriert. Sie war vorsichtig und hat erst gar nicht versucht, eine Waffe durch den Zoll zu schmuggeln. Wahrscheinlich will sie sie auch gar nicht mit zurückbringen. Sie hofft, dass sie alles in Athen erledigen und die Waffe anschließend entsorgen kann.«

»Wie ich schon sagte, sie wird enttäuscht sein.«

»Und du bleibst von jetzt an nur noch im Hintergrund«, sagte Gideon zu Cleo. »Du hilfst Rebecca bei der Technik und Tia bei der Recherche. Du verlässt auf keinen Fall allein das

Haus. Und wenn du mir widersprichst, sperre ich dich in den Schrank, bis alles vorbei ist.«

»Cleo, bevor Sie meinem Sohn ins Gesicht springen – was er aus vielen Gründen sicher verdient hat –, möchte ich gern etwas dazu sagen«, schaltete Eileen sich ein. »Ich habe die ganze Geschichte aus einem anderen Blickwinkel verfolgt. Es gibt eine Schwachstelle, eine Achillesferse, könnte man sagen. Das passt doch, oder?« Eileen wandte sich an Tia. »Diese Frau kennt Ihr Gesicht, Cleo. Sie glaubt, Sie besäßen etwas, für das sie schon einmal getötet hat, weshalb sie sich jetzt nur noch auf Sie konzentriert. Und daran wird sich nichts ändern, wenn sie wieder nach New York zurückkehrt. Sie glaubt, wenn sie an Sie herankommt, hat sie alles, was sie will. Stimmt das, Mal?«

»Ja. Wir wollen nicht riskieren, dich zu verlieren, Cleo. Und ich glaube, du willst auch nicht alles riskieren, nur damit du ihr ins Gesicht spucken kannst.«

»Okay. Ich hab's begriffen. Ich bin ein Risiko, also bleibe ich im Hintergrund.«

»Und das nächste Mal, Gideon«, sagte Eileen, »bleibst du lieber höflich, ehe du Befehle von dir gibst. Übrigens, für eine Amerikanerin machen Sie einen guten Tee, Tia.«

»Danke, Mrs Sullivan.«

»Nennen Sie mich doch bitte einfach Eileen. Nach allem, was ich gehört habe, sind Sie auch in anderen Bereichen recht clever.«

»Nein, eigentlich nicht.«

»Bescheidenheit ist ja eine Zier.« Eileen schenkte sich noch eine halbe Tasse Tee ein. »Aber wenn sie unangebracht ist, ist sie albern. Sie haben einen Weg gefunden, um an Informationen über die finanziellen Verhältnisse dieser Frau heranzukommen.«

»Eigentlich war es meine Freundin, die ... Ja«, gestand Tia, als Eileen die Augenbrauen hochzog, »ich habe einen Weg gefunden.«

»Sie wissen also, wie viel man von ihr für die Parzen verlangen kann.«

»Wir haben es noch nicht genau entschieden, aber ich dachte ...«

»Macht sich das Mädchen immer so viele Gedanken, bevor sie ihre Meinung sagt?«, fragte Eileen Malachi.

»Für gewöhnlich nicht, aber du machst sie offenbar nervös.«

Obwohl sie rot wurde, straffte Tia ihre Schultern. »Sie kann bis zu fünfzehn Millionen flüssig machen. Zwanzig eigentlich, aber dafür braucht sie mehr Zeit, und es ist auch komplizierter, also sind fünfzehn besser. Ich habe also gedacht, wir sollten zehn verlangen und ihr noch etwas Spielraum lassen. Die Parzen sind viel mehr wert. Sie weiß genau, dass sie sie später an den richtigen Sammler für mindestens das Doppelte verkaufen kann. Mein Vater hat mir bestätigt, dass er als Händler zehn bieten würde. Als Geschäftsfrau wird sie genauso denken.«

»Sehr vernünftig gedacht«, sagte Eileen und nickte. »Jetzt müsst ihr euch nur noch überlegen, wie ihr sie dazu bringt, euch das Geld zu zahlen, ohne ihr die Parzen zu geben. Und nachdem ihr sie wegen des Versicherungsbetrugs vor Gericht gebracht habt, muss sie am Schluss wegen der Morde eingesperrt werden. Dann können wir endlich die Hochzeit planen und wieder nach Irland fahren. Deine Vettern vertreten euch gut bei den Touren«, sagte sie zu Malachi, »aber allmählich müsst ihr euch mal wieder selbst ums Geschäft kümmern.«

»Es wird schon noch ein Weilchen gut gehen, Ma«, beruhigte Malachi sie.

»Wenn ich das nicht glaubte, wäre ich nicht hier. Und ich glaube auch, dass euch schon die richtige Lösung einfallen wird. Schließlich seid ihr ja bis jetzt auch zurecht gekommen. Und da wir gerade davon sprechen, wollt ihr mir nicht endlich die Parzen zeigen?«

»Ich mag deine Mutter.«

Malachis Mundwinkel zuckten, als er sah, wie Tia ordentlich das Bett aufdeckte. »Sie jagt dir Angst ein.«

»Nur ein bisschen.«

»Rebecca hat sich so gefreut, sie zu sehen. Es war nett von Jack, sie herzuholen.« Tia trat ins Bad und entfernte sorgfältig ihr Make-up.

»Und auch für dich war es eine nette Überraschung«, fügte

sie hinzu, als Malachi an die Tür trat. »Sie hat dir sicher gefehlt.«

»Ja, sehr sogar.« Er liebte es, sie ungeschminkt zu sehen. »Du weißt ja, was man über irische Männer sagt.«

»Nein. Was sagt man denn?«

»Sie können Trinker oder Rebellen, Raufbolde oder Poeten sein – aber sie lieben immer ihre Mütter.«

Sie lachte leise. »Du bist weder das eine noch das andere.«

»Was für eine Beleidigung! Ich kann trinken und mich prügeln wie jeder Mann. Auch von einem Rebellen habe ich etwas in mir. Und ... willst du einen Poeten, Tia?«

»Ich weiß nicht, damit habe ich keine Erfahrung.«

»Soll ich zitieren oder selbst Gedichte schreiben?«

Sie hätte gern gelächelt, konnte es aber auf einmal nicht mehr. »Mach das nicht.«

»Was?« Verwirrt und ein wenig alarmiert trat er näher. Tia wich zurück.

»Ich will es dir nicht schwer machen.«

»Gut zu wissen«, sagte er vorsichtig. »Warum weinst du?«

»Ich weine nicht«, erwiderte sie schniefend. »Ich will nicht weinen. Ich bin vernünftig und verständnisvoll, wie immer.« Entschlossen stellte sie den Tiegel mit der Feuchtigkeitscreme auf die Ablage.

»Vielleicht solltest du mir erzählen, inwiefern du vernünftig und verständnisvoll bist.«

»Mach dich nicht lustig über mich.«

»Ich mache mich doch nicht lustig über dich, Süße ...« Er streckte die Hand nach ihr aus, aber sie schlug sie weg.

»Nenn mich nicht so, und fass mich nicht an«, erwiderte sie und ging an ihm vorbei ins Schlafzimmer.

»Ich soll dich nicht Süße nennen und dich nicht anfassen? Du willst nicht weinen und bist vernünftig und verständnisvoll.« Sein Kopf begann zu pochen. »Was ist denn los mit dir?«

»In den letzten Wochen habe ich zum ersten Mal etwas wirklich Wichtiges getan. Und ich werde es zu Ende bringen.«

»Es war nicht das erste Mal, dass du etwas wirklich Wichtiges getan hast.«

»Versuch nicht, mich zu beschwichtigen, Malachi.«

»Ich will verdammt sein, wenn ich dich beschwichtige, und ich denke nicht daran, mit dir zu streiten, wenn ich gar nicht weiß, *worüber* wir eigentlich streiten. Himmel, ich bekomme schon Kopfschmerzen, so wie du sonst.« Er rieb sich mit beiden Händen übers Gesicht. »Tia, was ist los?«

»Du hast gesagt, du hättest es mir schon früher sagen sollen. Vielleicht hättest du das tun sollen. Vielleicht, obwohl ich eigentlich weiß, dass es so besser war.«

»Dir sagen sollen ... Ach so!« Plötzlich fiel ihm wieder ein, was er hatte sagen wollen, als Cleo sie an diesem Morgen unterbrochen hatte. Er runzelte die Stirn. »Du weißt es und es macht dich sauer?«

»Darf ich keine Gefühle haben?«, gab sie zurück. »Ich darf also nicht wütend sein, nur dankbar, ja? Dankbar, dass wir ein paar Wochen gemeinsam erlebt haben. Nun, ich *bin* dankbar – und ich bin wütend. Ich bin sogar außer mir vor Wut!« Sie blickte sich um. »Gott! Es muss doch irgendwas in diesem Raum geben, das ich werfen kann!«

»Denk gar nicht erst groß darüber nach«, riet er ihr. »Nimm einfach den erstbesten Gegenstand.«

Sie griff nach ihrer Haarbürste und schleuderte sie quer durchs Zimmer. Sie krachte gegen den Schirm ihrer Nachttischlampe. »Verdammt, das ist eine Tiffany-Lampe! Kann ich noch nicht einmal einen erfolgreichen Wutanfall haben?«

»Du hättest die Bürste nach mir werfen sollen.« Er packte sie an den Armen, bevor sie sich daran machen konnte, die Scherben aufzusammeln.

»Lass mich los!«

»Das werde ich auf keinen Fall tun.«

»Ich bin so blöd! Ich habe mich nur peinlich benommen und einen wertvollen Lampenschirm kaputtgemacht. Ich hätte besser eine *Xanax* eingenommen.«

»Das hast du aber nicht, und ich streite mich auch lieber mit einer Frau, die nicht von irgendeinem Tranquilizer benebelt ist. Du musst lernen, dich deinen Gefühlen zu stellen, Tia!«

»Ich *habe* mich meinen Gefühlen gestellt.« Sie wehrte sich gegen seinen Griff. »Ich habe mich ihnen die ganze Zeit lang gestellt, aber es ist einfach nicht fair. Und ich kann es dir nicht leicht machen, sooft ich es mir auch vorgenommen habe. Ich möchte, dass du zu Jack ziehst. Du kannst nicht hier bei mir bleiben, das halte ich nicht aus.«

»Du wirfst mich hinaus? Bevor ich gehe, möchte ich wissen, warum«, sagte er und packte sie wieder an den Armen.

»Ich habe es dir doch gesagt: Es ist zu viel für mich. Ich bringe zu Ende, was wir angefangen haben, ich werde die anderen nicht im Stich lassen. Aber ich werde nicht die anspruchslose Geliebte sein, die es dir leicht macht, sie zu verlassen, wenn du zurück nach Irland gehst, um dort dein altes Leben wieder aufzunehmen. Dieses Mal bestimme ich, wie es zu Ende geht, und ich sage dir, dass du gehen sollst.«

»Habe ich je von dir verlangt, keine Ansprüche zu stellen?«

»Nein. Aber du hast mein Leben verändert.« Sie versuchte, sich ihm zu entwinden, aber er hielt sie fest. »Willst du noch mehr hören? Gut. Es ist sehr umsichtig von dir, mir ehrlich zu sagen, dass alles nur eine bestimmte Zeit dauert – Leben, die zusammentreffen und sich wieder voneinander entfernen. Du hast in Irland ein Zuhause und ein Unternehmen, das du führen musst, und ich wünsche dir viel Glück dabei.«

»Ich verstehe dich nicht, Tia, du verwirrst mich.«

»Ich bin viel zu schlicht, um dich zu verwirren.«

»Quatsch! Du bist ein wundervolle Frau und faszinierst mich immer wieder. Also, ich fasse zusammen: Du denkst also, ich hätte dir heute früh sagen wollen, dass es sehr schön mit dir war und dass es mir Spaß gemacht hat. Wahrscheinlich hätte ich deiner Meinung nach hinzugefügt, dass ich dich sehr gern mag, und dass ich – weil ich ja weiß, wie anspruchslos du bist – von deinem Verständnis dafür ausgehe, dass wir uns trennen müssen, wenn die Sache mit den Parzen ausgestanden ist.«

Vor lauter Tränen konnte Tia ihn nicht mehr klar erkennen. Zum ersten Mal wünschte sie sich verzweifelt, er möge gewöhnlich sein – gewöhnlich anzusehen, gewöhnlich sprechen, gewöhnlich lieben.

»Es spielt keine Rolle, welchen Wortlaut du gewählt hättest.«

»Oh, und ob es eine Rolle spielt«, erwiderte er. »Ich werde

dir jetzt nämlich erzählen, was ich heute früh wirklich sagen wollte: Ich liebe dich. *Das* hätte ich dir schon früher sagen müssen. Was sagst du dazu?«

»Ich weiß es nicht.« Eine Träne lief ihr über die Wange, aber sie merkte es gar nicht. »Meinst du es denn ernst?«

»Natürlich nicht.« Er lachte, als ihr der Mund offen stehen blieb, dann riss er sie in seine Arme. »Hältst du mich immer noch für einen Lügner? Ich liebe dich, Tia, und du hast auch mein Leben verändert. Wenn du glaubst, ich könnte einfach so weiterleben wie vorher, dann bist du auf dem Holzweg.«

»Das hat noch nie jemand zu mir gesagt.«

»Dass du auf dem Holzweg bist?«

»Nein.« Sie berührte sein Gesicht, als er sich auf die Bettkante setzte und sie auf seinen Schoß zog. »›Ich liebe dich.‹ *Das* hat noch nie jemand zu mir gesagt.«

»Und jetzt musst du dich daran gewöhnen, dass ich es dir so oft sage, bis du es nicht mehr hören kannst.«

Sie schmiegte sich an ihn. »Ich liebe dich auch, Malachi.«

28

Sie war fast am Ziel. Sie wusste es.

Stundenlang hatte sie die Souvenirläden durchkämmt, Antiquitätengeschäfte und Kunsthäuser unter dem Vorwand angerufen, Geschäfte machen zu wollen. Sie hatte endlose und bis jetzt fruchtlose Gespräche mit ortsansässigen Sammlern geführt, mit denen Stefan sie bekannt gemacht hatte.

Um sich selbst für diese Mühen zu belohnen, saß Anita jetzt im Schatten am glitzernden Pool des Gästehauses der Nikos' und nippte an einem kalten Drink.

Stefan hatte sie zwar mit zahlreichen Sammlern bekannt gemacht, aber er war bei weitem nicht so hilfreich, wie sie gehofft hatte.

Allerdings ist er gastfreundlich, dachte sie. Er und seine langweilige Frau hatten sie mit offenen Armen empfangen. Zu einem anderen Zeitpunkt hätte sie den Aufenthalt in diesem spektakulären weißen Haus auf den Hügeln über Athen sicher ausgekostet. Das Haus war von einem riesigen Garten umgeben, und es gab zahlreiche Dienstboten.

Anita streckte sich auf den weichen Polstern ihres Liegestuhls aus, betrachtete die Schatten spendenden Bäume und die hübschen Blumen und genoss das Gefühl, dass sie nur mit dem Finger zu schnipsen brauchte, wenn sie einen Wunsch hatte.

Für sie bedeutete es wahren Reichtum, wenn man sich über

seine persönlichen Bedürfnisse hinaus keine Gedanken zu machen brauchte.

Und das war es, wonach sie im Leben immer gestrebt hatte.

Eigentlich war es an der Zeit, dass sie selbst auch so lebte. Wenn sie erst einmal im Besitz der anderen Statuen war – und sie zweifelte nicht daran, dass sie sie bekommen würde –, dann sollte sie vielleicht einmal darüber nachdenken, sich vorzeitig in den Ruhestand zurückzuziehen. Nach dem Verkauf der drei Parzen hätte *Morningside* seinen Zweck für sie erfüllt.

Vielleicht würde sie ja nach Italien ziehen. Eine elegante Villa in der Toskana entspräche mehr ihrem Stil. Natürlich würde sie das Haus in New York behalten und dort jedes Jahr ein paar Monate verbringen. Allein schon, um einzukaufen, gesellschaftliche Kontakte zu pflegen und den anderen Gelegenheit zu geben, auf sie neidisch zu sein.

Sie würde Interviews geben. Aber nach der ersten Aufregung in den Medien würde sie sich zurückziehen. Der Schleier des Geheimnisses, den sie über sich legen würde, wäre jedoch nur dünn, und wenn sie ihn je nach Lust und Laune lüftete, wäre das Interesse an ihrer Person ungebrochen.

Sie würde *Morningside* voller Bedauern zum Verkauf anbieten – und dann endlich den Gewinn aus zwölf langweiligen Ehejahren einstreichen.

Für dieses Leben bin ich bestimmt, dachte Anita und nippte an ihrem Drink, für Genuss, Ruhm und Reichtum.

Gott wusste, dass sie es verdient hatte.

Sie würde diese grässliche Cleo Toliver finden und sie aus dem Weg schaffen; es war nur eine Frage der Zeit. Sie konnte sich schließlich nicht immer verstecken. Stefan hatte ihr zumindest geholfen, indem er in ein paar Läden für sie gedolmetscht und nach der Brünetten und einer kleinen Silberstatue gefragt hatte.

Diese Toliver trieb sich sicher hier irgendwo herum. Zwei Mal schon hatte Anita sie – nach den Aussagen von Ladenbesitzern – nur knapp verpasst.

Das bedeutete, dass sie ihr immer dichter auf den Fersen war. Diese Frau brauchte nicht zu glauben, dass man einer Anita Gaye entkommen konnte.

Cleo Toliver würde teuer bezahlen müssen.

»Anita?«

Sie nahm ihre Sonnenbrille ab und blickte Stefan Nikos an. »Hallo. Es ist wunderschön hier draußen, nicht wahr?«

»Einfach perfekt. Möchtest du vielleicht etwas zu trinken und ein paar Appetithäppchen?« Er wies auf die Platten mit Obst und Käse, die ein Diener gerade auf den Tisch stellte, und reichte ihr einen neuen Drink.

»Schrecklich gern, danke. Ich hoffe, du setzt dich zu mir.«

»Ja, das tue ich gern.«

Seine silbernen Haare schimmerten in der Sonne, als er sich auf den Stuhl neben ihrer Liege setzte.

Seine Arme waren gebräunt und muskulös, er war sportlich und hatte ein interessantes Gesicht. Außerdem besaß er ein geschätztes Vermögen von hundertzwanzig Millionen.

Er wäre sicher einer der Topkandidaten gewesen, hätte sie nach einem neuen Ehemann gesucht.

»Ich möchte Ihnen noch einmal danken, Stefan, dass Sie sich meiner angenommen haben. Es ist schon schlimm genug, dass ich einfach so Ihre Gastfreundschaft in Anspruch nehme, aber dann habe ich auch noch so viel von Ihrer Zeit beansprucht. Ich weiß, wie beschäftigt ein Mann in Ihrer Position ist.«

»Anita, bitte!« Er wehrte ihre Worte ab und griff zu seinem eigenen Drink. »Es ist mir ein Vergnügen. Und diese Schatzsuche ist für mich auch aufregend. Dabei fühle ich mich wieder jung.«

»Als wenn Sie das nicht wären!« Sie beugte sich vor, sodass er ihre üppigen Brüste sehen konnte, die von dem Bikinioberteil kaum verdeckt wurden. Sie mochte zwar nicht auf der Suche nach einem Ehemann sein, aber ein neuer Liebhaber wäre durchaus nicht zu verachten. »Sie sind ein attraktiver, vitaler Mann in den besten Jahren. Wenn Sie nicht schon verheiratet wären ...« Sie brach ab und tippte spielerisch mit dem Finger auf seinen Handrücken. »... würde ich mich Ihnen zur Verfügung stellen.«

»Sie schmeicheln mir.« So eine berechnende Person, dachte er. Wieder empfand er Mitleid mit seinem verstorbenen Freund, der Anitas wahren Charakter nicht erkannt hatte.

»Nicht im Geringsten. Ich ziehe nicht nur beim Wein einen reiferen Jahrgang vor ... Ich hoffe, ich kann Ihnen eines Tages Ihre Freundlichkeit vergelten.«

»Ich habe es für Paul getan«, erwiderte er. »Und natürlich auch für Sie, Anita. Sie haben es verdient. Aber ich fürchte, ich konnte Ihnen nicht viel bei Ihrer Schatzsuche helfen. Als Sammler ist mein Interesse natürlich nicht völlig altruistischer Natur. Es wäre großartig, wenn ich die Moiren in meiner Sammlung hätte. Wenn der Zeitpunkt gekommen ist, werden wir hoffentlich ins Geschäft kommen.«

»Auf jeden Fall.« Sie hob ihr Glas. »Auf zukünftige Geschäfte, persönlicher und privater Natur.«

»Ich freue mich mehr darauf, als ich Ihnen sagen kann. Vielleicht sollte ich Ihnen noch erzählen, dass ich trotz allem einen kleinen Erfolg vorweisen kann.«

Er schwieg und betrachtete eine Traube dicker, dunkelroter Weinbeeren. »Möchten Sie nicht mal probieren? Sie kommen von unseren eigenen Weinbergen.«

»Danke.« Sie nahm die Traube entgegen. »Was wollten Sie gerade sagen?«

»Wie bitte? Ach ja, ja.« Er ließ sich Zeit. »Es gibt Neuigkeiten in Bezug auf die Frau, die Sie suchen. Der Name des Hotels, in dem sie gewohnt hat.«

»Sie haben sie gefunden?« Anita setzte sich auf ihrer Liege auf. »Warum haben Sie mir das nicht gleich gesagt? Wo ist das Hotel?«

»In einem Teil der Stadt, den ich einer Dame wie Ihnen nie empfehlen würde. Käse?«

»Ich brauche ein Auto und einen Chauffeur«, herrschte sie ihn an. »Sofort!«

»Natürlich, alles steht zu Ihrer Verfügung.« Er schnitt ein dünnes Stück Käse ab und reichte es ihr. »Aber Sie brauchen nicht zu diesem Hotel zu fahren. Sie ist nicht mehr da.«

»Wie meinen Sie das?«

Sie ist so leicht zu durchschauen, dachte Stefan. Und jetzt hat sie die Maske fallen lassen und zeigt ihren wahren Charakter in seiner ganzen Hässlichkeit. »Sie hat dort gewohnt«, erklärte er, »aber heute das Hotel verlassen.«

»Wohin ist sie gegangen?«

»Das konnte ich leider nicht in Erfahrung bringen. Der Angestellte des Hotels hat mir nur gesagt, dass sie ausgecheckt hat, kurz nachdem sie sich mit einem jungen Mann getroffen hatte. Ein Brite oder ein Ire, der Angestellte war sich nicht sicher. Sie sind zusammen weggegangen.«

Anita wurde blass. »Das kann nicht sein.«

»Natürlich könnte auch eine Verwechslung vorliegen, aber der Angestellte machte eigentlich einen sehr zuverlässigen Eindruck. Wenn Sie selbst mit ihm sprechen wollen, kann ich das morgen gern für Sie arrangieren. Er spricht zwar kein Englisch, aber ich werde natürlich für Sie dolmetschen. Ich muss allerdings darauf bestehen, dass Sie sich nicht in dieser Gegend mit ihm treffen, das kann ich nicht verantworten.«

»Ich muss *sofort* mit ihm sprechen! Ich muss sie *jetzt* finden. Bevor ...« Erregt ging Anita auf den heißen weißen Fliesen am Pool hin und her und dachte voller Mordlust an Malachi Sullivan.

»So beruhigen Sie sich doch, Anita.« Stefan erhob sich. Ein Dienstbote trat näher, entschuldigte sich für die Störung und überreichte Stefan einen Umschlag.

Stefan nahm ihn entgegen, las die Aufschrift und winkte Anita damit.

»Hier ist ein Telegramm für Sie.«

Normalerweise hätte er sich jetzt zurückgezogen, damit sein Gast in Ruhe das Telegramm lesen konnte, aber er blieb einfach stehen und sah zu, wie sie es aufriss und las.

Anita, es tut mir Leid, dass ich nicht persönlich vorbeikommen und Sie begrüßen kann. Fremde in einem fremden Land und so weiter ... Aber ich habe meine Geschäfte in Athen ziemlich schnell erledigt, und wenn Sie dies lesen, begleite ich gerade einige äußerst attraktive Damen nach New York. Ich schlage vor, dass Sie sich ebenfalls so bald wie möglich dort einfinden, wenn Sie an einer schicksalhaften Begegnung interessiert sind.

Ich melde mich.

Malachi Sullivan

Stefan hörte ihren erstickten Aufschrei, als sie das Telegramm zerknüllte. »Hoffentlich keine schlechten Nachrichten.«

»Ich muss sofort zurück nach New York.« Die Röte stieg ihr in die Wangen, und ihre Augen blitzten wütend.

»Natürlich. Ich werde sofort alle Vorkehrungen treffen. Wenn ich sonst noch etwas tun kann ...«

»Das werde ich schon selbst erledigen«, presste sie zwischen zusammengebissenen Zähnen hervor. »Das können Sie mir glauben.«

Er wartete, bis sie zum Haus gestürmt war. Dann setzte er sich, holte sein Handy heraus und griff nach seinem Drink.

Während er die Nummer wählte, aß er eine Traube.

»Jack, in zwei Stunden wird eine sehr wütende Frau in meinem Privatjet sitzen«, sagte er schmunzelnd. »Nein, nein«, fuhr er nach einer Weile fort, »es war mir ein großes Vergnügen.«

Auf dem Heimflug war Anitas Wut ins Grenzenlose gestiegen. Sie hatte sich ausgemalt, wie sie mit Malachi verfahren würde – und alle ihre Fantasien endeten mit seinem blutigen, schmerzhaften Tod.

So befriedigend diese Vorstellungen auch waren, Anita war klug und auch beherrscht genug zu wissen, dass sie den richtigen Zeitpunkt und den richtigen Ort abwarten musste.

Sie wollte ihn sterben sehen, aber sie wollte auch die Parzen.

Sie schickte ihre Dienstboten aus dem Haus. Das Haus musste leer sein. Dann duschte sie, zog sich um und rief Jasper an, um ihn zu sich nach Hause zu bestellen.

Sie war unzufrieden mit seiner Arbeit und wollte ihn sich vom Hals schaffen. Es würde sicher nicht schwer sein, es so aussehen zu lassen, als habe Jasper sich mit Gewalt Zutritt verschafft. Sie brauchte nur ihre Kleider ein bisschen zu zerreißen und sich ein paar Schrammen zuzufügen. Sicher würde ihr niemand vorwerfen, dass sie ihr Leben mit einer Pistole ihres toten Mannes verteidigt hatte.

Sie erinnerte sich, was sie empfunden hatte, als sie abgedrückt hatte und Dubrowsky tödlich verletzt zu Boden gegangen war, und sie wusste, dass auch Jaspers Tod ihr große Genugtuung verschaffen würde.

Aber sie hatte für eine Weile genug von der Polizei, und außerdem konnte ihr Jasper jetzt noch nützlich sein. Sie konnte es sich einfach nicht leisten, ihn jetzt schon zu beseitigen.

Er kam zum Hintereingang, wie sie es ihm befohlen hatte. Sie bat ihn herein und ging direkt mit ihm in die Bibliothek. Dort setzte sie sich an ihren Schreibtisch. »Nehmen Sie Platz«, sagte sie kühl.

Als er kurz wegschaute, holte sie die Pistole aus der Schreibtischschublade und legte sie auf ihren Schoß. Nur für den Notfall.

»Ich bin nicht zufrieden mit Ihrer Arbeit, Mr Jasper.« Sie hob eine Hand, bevor er etwas sagen konnte. »Und ich bin auch nicht an Ihren Entschuldigungen interessiert. Ich habe Sie für Ihre besonderen Fähigkeiten und Talente bezahlt – und zwar gut bezahlt. Meiner Meinung nach sind sie jedoch nicht zum Ausdruck gekommen.«

»Sie haben mir nicht besonders viel zu tun gegeben.«

Sie lehnte sich zurück. Die Wut, die in ihr aufstieg, verlieh ihr neue Energie. Er glaubte wohl, er sei stärker als sie. Dabei hatte er keine Ahnung, dass er nur einen Fingerbreit vom Tod entfernt war.

»Wollen Sie mich etwa kritisieren, Mr Jasper?«

»Sehen Sie, wenn Sie der Meinung sind, dass ich meinen Job nicht gut genug erledige, dann feuern Sie mich doch.«

»Oh, daran habe ich auch schon gedacht.« Sie strich mit der Fingerspitze über den kalten Stahl der Neun-Millimeter-Waffe auf ihrem Schoß. »Ich bin eine Geschäftsfrau, und wenn ein Angestellter seine Arbeit nicht zufrieden stellend erledigt, dann entlasse ich diesen Angestellten.«

»Das ist mir egal.«

Er machte eine Bewegung. Anita wusste, dass er eine Waffe bei sich trug. Wollte er sie etwa auf sie richten? Um sie einzuschüchtern, auszurauben, sie vielleicht zu vergewaltigen? Glaubte er, sie könne sich gegen ihn nicht zur Wehr setzen?

Diese Vorstellung war faszinierend.

»Als Geschäftsfrau glaube ich jedoch auch daran, dass es sinnvoll ist, den Angestellten einen Anreiz zu geben, damit sich ihre Arbeit verbessert. Ich biete Ihnen einen Anreiz an.«

Er entspannte sich wieder. »Und der wäre?«

»Einen Bonus von fünfundzwanzigtausend Dollar, wenn Sie einen Mann namens Malachi Sullivan finden und mir bringen. Er ist in der Stadt, höchstwahrscheinlich in Begleitung von Cleo Toliver. Sie erinnern sich doch an Cleo, nicht wahr, Mr Jasper?« Sie schnurrte jetzt förmlich. »Sie ist Ihnen einige Male durch die Finger geschlüpft. Wenn Sie mir beide bringen, verdoppele ich den Bonus. Mir ist es egal, in welcher Verfassung die beiden sind, solange sie noch leben. Darauf lege ich äußersten Wert. Sie müssen noch leben. Ihr früherer Partner hat das nicht begriffen, deshalb wurde er auch erschossen.«

»Fünfzig für den Mann, hundert, wenn ich sie beide schnappe.«

Sie schob ihm einen braunen Umschlag über den Schreibtisch zu. »Hier sind ein Foto des Mannes und zweitausend für Ihre Spesen. Mehr als diese zweitausend bekommen Sie nicht, bevor mir keine Ergebnisse vorliegen«, sagte sie. »An der 18th Street West, zwischen 9th und 10th Avenue, steht ein Apartmentgebäude. Die Adresse finden Sie, zusammen mit den Schlüsseln, ebenfalls in dem Umschlag. Das Gebäude wird gerade renoviert, aber ab heute werden die Arbeiten unterbrochen. Wenn Sie Mr Sullivan und hoffentlich auch Miss Toliver haben, bringen Sie beide dorthin. Schaffen Sie sie in den Keller. Halten Sie sie in Schach, wie immer Sie wollen, und dann rufen Sie mich unter der Nummer an, die ich Ihnen schon gegeben habe. Ist das alles klar?«

»Ich habe verstanden.«

»Wenn Sie mir die beiden gebracht haben, bekommen Sie das Geld, das Sie verlangt haben. Und danach will ich nie wieder etwas von Ihnen hören oder sehen.«

Er ergriff den Umschlag. »Ich dachte, es interessiert Sie vielleicht, dass man die Wanzen aus dem Telefon der Marsh entfernt hat.«

Anita schürzte die Lippen. »Das ist unwichtig«, sagte sie. »Es interessiert mich nicht mehr.«

»Der alte Herr wurde richtig gesprächig, als ich in seinem Laden war und nach diesen Statuen gefragt habe. Er klang so, als ob er sie gerne hätte.«

»Davon bin ich überzeugt. Vermutlich hat er Ihnen nichts wirklich Hilfreiches erzählt.«

»Er sagte irgendwas davon, er habe gehört, dass eine vielleicht in Griechenland sei. Athen. Aber er sagte auch, das sei nur ein Gerücht, und davon gäbe es viele.«

»Athen? Nun, das war gestern.«

»Er hat so ganz nebenbei übrigens versucht, mich auszuhorchen.«

»Das kümmert mich nicht mehr. Bringen Sie mir Malachi Sullivan. Sie können jetzt gehen.«

Sie hält mich für einen Idioten, dachte Jasper, als er das Haus verließ. Sie denkt wohl, ich habe keinen Durchblick.

Gut, er würde diesen Sullivan finden, aber er wäre ja schön blöd, wenn er ihn für lausige hundert Riesen rüberschieben würde. Wenn die beiden die Verbindung zu diesen Statuen waren, dann würden sie es ihm erzählen. Und wenn *er* die Statuen erst einmal hätte, würde Anita Gaye bezahlen, und zwar reichlich.

Und danach würde er vielleicht mit ihr genau das machen, was sie mit diesem Arschloch Dubrowsky gemacht hatte – kurz bevor er in den Flieger nach Rio hüpfte.

Anita blieb an ihrem Schreibtisch sitzen und sah ihre Post durch. Die Mitteilungen von der Polizei zerriss sie in winzige Fetzen. Ermittlungen in Mord- und Einbruchsfällen waren schließlich nicht ihre Angelegenheit.

Sie hatte vor, in Kürze mit dem Versicherungsagenten Kontakt aufzunehmen, weil sie erwartete, dass man ihr prompt einen Scheck aushändigte. Wenn sich die Versicherung sträubte, konnte sie ihre saftigen jährlichen Beiträge auch gern an eine andere Gesellschaft überweisen.

Es läutete zweimal hintereinander an der Haustür. Sie fluchte über ihr schlecht ausgebildetes Personal, bis ihr einfiel, dass sie ihnen ja für den Rest des Tages freigegeben hatte.

Verärgert seufzend ging sie zur Tür. Sie war nicht besonders erfreut, als sie die beiden Detectives auf der Schwelle stehen sah, aber schließlich öffnete sie ihnen doch.

»Sie haben mich gerade noch erwischt.«

Lew Gilbert nickte. »Mrs Gaye, dürfen wir hereinkommen?«

»Das ist wirklich kein günstiger Zeitpunkt. Ich bin gerade aus Europa zurückgekehrt und sehr müde.«

»Wollten Sie nicht ausgehen? Sie sagten doch, wir hätten Sie gerade noch erwischt.«

»Sie haben mich erwischt, bevor ich ins Bett gehe«, erwiderte sie süßlich.

»Wir beeilen uns.«

»Also gut.« Sie trat einen Schritt zurück, um die beiden Männer hereinzulassen. »Ich wusste gar nicht, dass Sie mit ... es tut mir Leid, jetzt habe ich den Namen vergessen.«

»Detective Robbins.«

»Natürlich. Ich wusste gar nicht, dass Sie mit Detective Robbins an dem Einbruch arbeiten, Detective Gilbert.«

»Manchmal überschneiden sich die Fälle.«

»Ach ja. Ich bin natürlich entzückt, dass sich gleich zwei gut aussehende New Yorker Polizisten mit meinem Fall beschäftigen. Nehmen Sie doch bitte Platz. Ich habe die Dienstboten leider weggeschickt, da ich allein sein wollte. Aber ich könnte Ihnen einen Kaffee kochen, wenn Sie möchten.«

»Nein, danke.« Lew setzte sich. »Sie sagten, Sie seien gerade erst von einer Reise zurückgekommen? Hatten Sie sie bereits vor dem Einbruch schon geplant?«

»Nein, ich bin spontan verreist.«

»Nach Europa?«

»Ja.« Sie schlug die Beine übereinander. »Athen.«

»Das muss eine tolle Stadt sein. Wie heißt noch dieses griechische Getränk? Ouzo? Das habe ich mal auf einer Hochzeit getrunken. Ganz schön stark.«

»Leider war ich geschäftlich in Athen und hatte keine Zeit, Ouzo zu trinken.«

»Sie haben sich von dem Einbruch offenbar nicht beirren lassen, wenn Sie direkt danach Lust hatten zu verreisen«, warf Bob ein. »Machen Sie häufig Geschäftsreisen?«

»Ab und zu.« Sein Tonfall machte ihr nicht das Geringste aus. Wenn das hier vorüber war, würde sie bei seinen Vorgesetzten ein paar passende Worte fallen lassen. »Entschuldigung, aber könnten Sie jetzt bitte zur Sache kommen?«

»Wir haben in den letzten Tagen versucht, mit Ihnen Kontakt aufzunehmen. Es behindert die Ermittlungen, wenn das Opfer eines Einbruchs nicht zu sprechen ist.«

»Wie ich bereits sagte, ich bin spontan verreist, weil es das Geschäft erforderte. Im Übrigen hatte ich ja Detective Gilbert bereits alles gesagt, was ich weiß. Ich nahm an, alles Weitere übernehmen Sie und die Versicherungsgesellschaft.«

»Sie haben Ihre Verluste bereits aufgelistet.«

»Ich habe die Unterlagen bei meiner Sekretärin gelassen, bevor ich abgeflogen bin. Sie hat mir versichert, dass sie sie per Boten meinem Agenten zugestellt hat. Haben Sie irgendwelche Spuren zu meinem Eigentum oder zu der Person, die in mein Haus eingebrochen ist?«

»Die Ermittlungen dauern noch an. Mrs Gaye, wissen Sie etwas über die drei Parzen?«

Sie starrte die beiden einen Moment lang an. »Natürlich. Sie sind eine Art Legende, die in meiner Branche wohl jedem bekannt ist. Warum?«

»Wir haben einen Tipp bekommen, dass die Diebe möglicherweise hinter den Statuen her waren. Aber Sie haben keine Silberstatue – oder mehrere Statuen – auf ihrer Liste aufgeführt.«

»Ein Tipp? Von wem?«

»Anonym, aber wir werden dem Hinweis natürlich nachgehen. Ich habe jedenfalls nichts auf Ihrem Formular gesehen, auf das die Beschreibung dieser Figuren passte.«

»Das können Sie auch nicht, da ich gar keine besitze. Und wenn ich eine dieser Statuen besäße, Detective, dann könnten Sie sicher sein, dass sie in einem Safe läge. Die Parzen sind extrem wertvoll. Leider ging eine von ihnen wahrscheinlich verloren, als ihr Besitzer 1915 beim Untergang der *Lusitania* ums Leben kam. Und die anderen beiden ... nun, niemand kann ihre Existenz nachweisen.«

»Sie besitzen also keine dieser Statuen?«

Ihre Stimme klang gereizt. »Ich glaube, diese Frage habe ich Ihnen bereits beantwortet. Wenn ich eine der Parzen besäße, würde ich es sicher laut und deutlich verkünden. Es wäre eine großartige Werbung für *Morningside.*«

»Nun ja, anonyme Hinweise führen meistens in Sackgassen«, sagte Lew entschuldigend. »Aber so etwas erfährt man eben auch nicht über die üblichen Kanäle. Da Sie nicht da waren, haben wir uns Fotos und Beschreibungen der gestohlenen Gegenstände von der Versicherungsgesellschaft geben lassen und dann die üblichen Dinge überprüft. Jack Burdett war sehr kooperativ hinsichtlich der Alarmanlage. Ehrlich gesagt, Mrs Gaye, stehen wir jedoch immer noch mit leeren Händen da.«

»Das ist sehr ärgerlich. Ich bin froh, dass ich wenigstens voll versichert bin, obwohl ich natürlich lieber mein Eigentum zurückhätte. Es macht mich äußerst nervös, dass es jemand geschafft hat, bei *Morningside* einzubrechen. Und jetzt müssen Sie mich entschuldigen.« Sie stand auf. »Ich bin wirklich sehr müde.«

»Wir werden Sie auf dem Laufenden halten.« Bob erhob sich ebenfalls. »Ach ja, dann ist da noch die andere Angelegenheit – der Mord in dem Lagerhaus, das früher Ihnen gehörte.«

Ein paar passende Worte bei seinem Vorgesetzten reichen nicht aus, dachte Anita. Sie würde dafür sorgen, dass der Mann entlassen wurde. »Wirklich, Detective, ich glaube, ich hatte Ihnen schon gesagt, dass ich nichts davon weiß.«

»Ich wollte Ihnen nur mitteilen, dass wir einen Verdächtigen haben. Ein Mann, mit dem das Opfer in der letzten Zeit zusammengearbeitet hat.« Er zog ein Foto aus der Innentasche seines Jacketts. »Kennen Sie diesen Mann?«

Anita starrte auf das Bild von Jasper und wusste nicht, ob sie lachen oder schreien sollte. »Nein.«

»Das habe ich mir schon gedacht, aber wir müssen nun einmal allen Spuren nachgehen. Danke, dass Sie uns Ihre Zeit geopfert haben, Mrs Gaye.«

Auf dem Weg zurück zum Wagen wechselten die beiden Polizisten einen kurzen Blick. »Sie hat Dreck am Stecken«, sagte Lew.

»Das kannst du wohl laut sagen.«

Als die Polizisten losfuhren, zog Cleo ihr Handy hervor. »Sie ist wieder allein«, sagte sie. »Du kannst anrufen.« Dann steckte sie das Telefon wieder weg und wandte sich an Gideon, der auf dem Fahrersitz saß. »Lass uns noch ein paar Minuten hier bleiben. Ich will sie schreien hören.«

»In Ordnung.« Er reichte ihr den viel zu süßen Softdrink, den sie unterwegs gekauft hatte. »Und danach könnten wir mal eben in Tias Wohnung fahren. Im Moment ist dort niemand.«

»Oh!« Verschmitzt sah Cleo ihn an. »Was hast du vor?«

»Dir die Kleider vom Leib zu reißen, dich auf die erstbeste Unterlage zu schmeißen und dich zu nehmen.«

»Klingt gut.«

In ihrem Haus stürmte Anita die Treppe hinauf. Sie hätte Jasper umbringen sollen, als sie die Möglichkeit dazu hatte, und irgendeinen anderen Killer – einen mit Hirn – anheuern und auf Malachi ansetzen sollen. Jetzt musste sie sich überlegen, wie sie ihn loswurde, bevor die Polizei ihn fand.

Bestimmt hatte Malachi die Polizei wegen der Parzen angerufen. Wer denn sonst? Aber warum? Hatte *er* etwa versucht, bei *Morningside* einzubrechen?

Sie ballte die Fäuste, als sie in ihr Schlafzimmer trat. Wie konnte so ein Freizeitkapitän die Alarmanlage umgehen? Vermutlich hatte er jemanden dafür engagiert. Aber der Mann schwamm schließlich nicht im Geld.

Dafür würde er büßen. Sie würde ihn leiden lassen.

Gleich beim ersten Klingeln des Telefons nahm sie ab. »Was?«, fragte sie unfreundlich.

»Harter Tag, Liebling?«

Sie schluckte die Flüche, die ihr auf der Zunge lagen, herunter, und säuselte: »Ach, Malachi! Was für eine Überraschung.«

»Die erste von vielen. Wie fandest du Athen?«

»Ich bin in Italien links abgebogen.«

»Guter Witz! Ich wusste gar nicht, dass du so schlagfertig sein kannst, aber es ist schön, dass du gute Laune hast. Du wirst sie brauchen. Rate mal, was hier gerade vor mir steht?

Drei reizende Damen aus Silber. Ich habe gehört, dass du dir sehr viel Mühe gibst, sie zu finden. Anscheinend habe ich dich überholt.«

»Wenn du mit mir verhandeln willst, habe ich nichts dagegen. Wo bist du? Ich möchte mich persönlich mit dir darüber unterhalten.«

»Darauf hätte ich wetten können. Natürlich werden wir verhandeln, Anita. Ich sage dir noch genau, wann und wo, aber ich will dir erst mal Zeit geben, dich von dem Schock zu erholen.«

»Du schockierst mich nicht.«

»Warum siehst du nicht einfach nach, wie es deiner eigenen Silberdame ergangen ist, während du in Italien links abgebogen bist? Und bleib im Haus, ja? Ich rufe dich in einer halben Stunde wieder an. Bis dahin bist du bestimmt wieder bei Bewusstsein.«

Sie knallte den Hörer auf die Gabel.

Es machte ihr nichts aus. Er hatte jetzt also zwei Statuen, aber das war schon in Ordnung. Immerhin hatte er ihr erspart, sie selbst durch den Zoll zurück nach New York schmuggeln zu müssen.

Sie ging zu ihrem begehbaren Kleiderschrank und öffnete die Tür. Ihre Finger zitterten, als sie die Wandvertäfelung beiseite schob und den Safe öffnete.

Das Warten hatte sich gelohnt. Cleo konnte ihren Schrei bis auf die Straße hören.

29

Cleo lag mit dem Gesicht nach unten nackt auf dem Boden und versuchte, wieder zu Atem zu kommen. Dabei ging ihr durch den Kopf, dass es kein Fehler gewesen war, sich auf Gideon einzulassen.

Und auch von ihm waren keine Klagen zu hören.

Sie passten im Bett wirklich großartig zusammen. Wenn es nach ihr ginge, könnten sie ewig so weitermachen.

»Geht's dir gut da unten?«, erkundigte er sich.

»Es kann sein, dass mir ein bisschen Gehirnmasse aus den Ohren getreten ist, aber das macht nichts, ich habe ja genug davon. Und wie geht es dir?«

»Nun, ich kann immer noch nichts sehen, aber ich hoffe, es ist nur eine vorübergehende Erblindung.«

»Du bist so süß, mein Schönling.«

»In einem solchen Moment will ein Mann lieber als Tiger oder anderes wildes Tier bezeichnet werden, und nicht als süß.«

»Okay. Du bist der reinste Stier.«

»Das klingt schon besser. Wir sollten jetzt lieber aufstehen.«

»Ja, das sollten wir.«

Aber sie blieben einfach ineinander verschlungen auf dem Boden liegen.

»Ich habe gerüchteweise gehört, dass du vorhast, einen Club oder eine Schule oder etwas in der Art zu eröffnen.«

Sie zuckte mit den Schultern. »Ich denke noch darüber nach.«

»Du willst also nicht wieder am Broadway auftreten?«

»So häufig bin ich ja sowieso nicht am Broadway aufgetreten.«

»Ich finde, du kannst wunderbar tanzen.«

»Ich bin nicht schlecht.« Sie drehte den Kopf und legte die Wange auf den Teppich. »Aber ich weiß, dass ich nicht das Zeug für die ganz große Karriere habe, und ich habe keine Lust, von Vortanzen zu Vortanzen zu rasen, bis ich alt und grau bin.«

»Du denkst also mehr daran, dich niederzulassen.«

»So könnte man es ausdrücken.«

Er fuhr mit dem Finger über ihre Wirbelsäule. Sie hatte so einen hübschen Rücken. »Weißt du, in Irland gibt es auch Clubs und Schulen.«

»Im Ernst? Und ich dachte, dort gäbe es nur *Shamrock Dancing* und kleine grüne Feen.«

»Du hast das Bier vergessen.«

Sie fuhr sich mit der Zunge über die Zähne. »Ich könnte jetzt eins brauchen.«

»Ich hole uns eins, sobald ich meine Beine wieder spüre. Cobh ist nicht so groß und voller Menschen wie New York ... Gott sei Dank! Aber es ist auch kein winziges Nest, und es gibt eine Menge Touristen. Es ist nicht weit von Cork City entfernt – wenn man mal Menschenmassen und Verkehr braucht. In Irland wird auch viel getanzt. Weißt du, ein Tänzer ist für uns ein Künstler, und Künstler betrachten wir als Nationalgut.«

»Tatsächlich?« Sie spürte, wie ihr Herz heftig zu pochen begann, blieb aber ganz still liegen. »Vielleicht sollte ich mir das mal anschauen.«

»Ja, ich glaube, das solltest du.« Er begann, in kreisenden Bewegungen über ihren Hintern zu reiben. »Möchtest du denn irgendwann heiraten?«

Einen Moment lang schloss sie die Augen und genoss das warme Gefühl, das sich in ihr ausbreitete. Dann wandte sie ihm den Kopf zu und blickte ihm in die Augen. »Klar.«

Langsam breitete sich auf ihren Gesichtern ein Grinsen aus,

und lachend schlossen sie sich in die Arme, als die Wohnungstür aufging.

»Oh, heilige Muttergottes! Ich fasse es nicht!« Malachi hielt Tia die Augen zu. »Ist es so schwer, hier in dieser Wohnung ein Bett zu finden?«

»Wir hatten es eilig.« Gideon griff nach der Jeans, die neben ihm auf dem Boden lag, und hatte sie fast bis zu den Knien hochgezogen, als er merkte, dass sie Cleo gehörte. »Einen Moment noch.«

Lachend warf Cleo Gideon seine Jeans zu und schlüpfte in ein Hemd. »Macht euch keine Gedanken. Wir wollen heiraten.«

»Heiraten?« Tia schob Malachis Hand weg und eilte zu Cleo, um sie zu umarmen. »Das ist ja wundervoll! Das ist einfach wundervoll! Oh, dann könnten wir eine Doppelhochzeit feiern! Du und Gideon und Rebecca und Jack. Eine Doppelhochzeit! Wäre das nicht toll?«

»Gute Idee!« Cleo warf Malachi, der angestrengt an die Decke starrte, einen Blick zu. »Willst du mir nicht gratulieren, mich am Busen der Familie Sullivan willkommen heißen und so?«

»Das ist wohl nicht der Zeitpunkt, um von Busen zu sprechen. Zieh dir was an. Ich kann dich nicht umarmen, wenn du nackt bist.«

»Ich bin nur *fast* nackt.« Gideons Hemd reichte ihr bis über die Hüften. Cleo stand auf und trat zu Malachi. »Ist das züchtig genug, Mister Oberhaupt der Familie?«

Erleichtert, dass sie das Hemd zugeknöpft hatte, umfasste er ihr Gesicht mit beiden Händen und küsste sie auf die Wangen. »Ich könnte mir keine bessere Schwägerin vorstellen. Und jetzt – ich flehe dich an – zieh dir deine Hose an!«

»Danke. Mache ich. Ich muss fünf Minuten mit Tia sprechen.«

»Wir haben eine ganze Menge über Anita zu erzählen und müssen darüber reden, wie es jetzt weitergeht.«

»Nur fünf Minuten«, flüsterte Cleo. »Bitte. Nimm meinen Schönling auf eine Zigarettenlänge mit aufs Dach, ja?«

»Fünf Minuten«, willigte er ein, »aber mehr nicht.« Er winkte seinem Bruder. »Rauf aufs Dach.«

»Ich brauche mein Hemd.«

»Ich kriege einen Herzinfarkt, wenn sie das jetzt wieder auszieht. Dein Jackett reicht.«

Gehorsam zog Gideon sein Jackett an. »Ich habe meine Braut noch nicht geküsst.« Und das tat er so leidenschaftlich, dass Malachi wieder zur Decke blickte. »Ich komme gleich zurück.«

»Ich verlasse mich darauf.« Als sich die Tür hinter den beiden geschlossen hatte, seufzte Cleo auf. »Wow, wer hätte das gedacht?« Sie trat zu Tia und ließ sich auf den Boden sinken. »Komm, setz dich.«

Neugierig ließ Tia sich auf dem Teppich nieder. »Stimmt irgendwas nicht?«

»Nein, nein, es ist alles in Ordnung. Fang bloß nicht an zu weinen, okay, weil ich sonst auch gleich anfange. Ich wollte nur sagen ... okay, ich muss sowieso heulen ...« Sie holte tief Luft. »Ich habe über das Ganze nachgedacht. Ich habe ein bisschen länger dafür gebraucht als du. Du hast schließlich mehr Grips.«

»Nein, das stimmt nicht.«

»Doch. Tia, du bist richtig klug.«

»Findest du?«

»Du kapierst immer sofort, worum es geht. Du siehst die Zusammenhänge, die einzelnen Schichten, all das Zeug. Darüber habe ich zum Teil auch nachgedacht. Wir beide haben in völlig verschiedenen Welten gelebt, und wenn es die Parzen nicht gäbe, säßen wir jetzt nicht hier zusammen auf dem Fußboden. Na ja, ich denke jedenfalls auch über das nach, was mit Mikey passiert ist, und das ist schlimm. Ein Teil von mir hat ein schlechtes Gewissen, weil ich so glücklich bin. Ich weiß, dass das dumm ist«, fuhr sie rasch fort, bevor Tia etwas erwidern konnte, »und ich arbeite auch daran. Jedenfalls, mir hat gefallen, was du über die Fäden des Lebens gesagt hast – und über Schicksale.«

»Die Zuteilung der Schicksale. Lachesis.«

»Ja. Ich habe nie geglaubt, dass das mein Schicksal sein würde, weißt du? Eine Freundin wie dich zu haben, von Gideon so geliebt zu werden. Und all die anderen. Sie sind wie eine

Familie für mich. Ich habe nie gedacht, dass so etwas für mich in den Karten steht. Und ich will es nicht verderben.«

»Das tust du auch nicht.«

»Ich habe früher viel Mist gebaut. Das musste wahrscheinlich so sein. Es ist schon verrückt: Mit sechzehn habe ich eine Levi's geklaut und betrunken eine Geschichtsklausur geschrieben, und jetzt sitze ich hier auf deinem Teppich und muss beinahe heulen, weil ein toller Mann mich liebt.«

Sie strich sich die Haare aus der Stirn und kämpfte gegen die Tränen. »Ich ziehe jetzt besser meine Hose an, bevor Malachi zurückkommt und einen Anfall kriegt.«

Sie griff nach ihrer Hose, hielt dann aber inne. »Was ich dich übrigens fragen wollte: Willst du meine Brautjungfer sein, wenn wir heiraten?«

»O Cleo.« Tia schlang die Arme um sie und drückte sie. »Schrecklich gern«, stammelte sie. »Ich bin so glücklich! Ich freue mich so für dich!«

»O Gott.« Schniefend erwiderte Cleo die Umarmung. »Ich komme mir vor wie ein kleines Mädchen.«

Pünktlich um halb acht betrat Anita in ihrem Valentino-Kostüm das *Jean-Georges*.

Sie blickte zur Bar und sah, dass Jasper auf seinem Posten stand. Ihr gefiel die Vorstellung, dass Malachi Sullivan nicht ahnte, dass seine letzte Mahlzeit bevorstand.

Der Bastard glaubte doch wahrhaftig, sie in die Enge getrieben zu haben. Befahl ihr, sich mit ihm in diesem teuren Restaurant zu treffen, damit er den Preis für die Parzen bestimmen konnte. Bis zu Kaffee und Dessert würde sie mit ihm spielen, und dann würde er schon merken, wer die besseren Karten in der Hand hatte.

Der Kellner begrüßte sie und führte sie zu einem Tisch am Fenster, wo Malachi bereits wartete. Wie klug von ihm, sich mit dem Rücken zur Wand zu setzen. Aber das würde ihm auch nichts nutzen.

Er stand auf, ergriff ihre Hand und deutete einen Handkuss an. »Hallo Anita. Du siehst gut aus ... für eine Giftschlange.«

»Und du machst dich auch nicht schlecht für einen zweitklassigen Fremdenführer, der unter Größenwahn leidet.«

»Nun, damit haben wir ja fürs Erste genug Freundlichkeiten ausgetauscht.« Er nahm wieder Platz und wies den Kellner an, ihnen Champagner einzuschenken. »Mir erscheint es sehr passend, dass wir uns in dieser angenehmen Umgebung treffen. Schließlich müssen Geschäftsverhandlungen ja nicht unangenehm sein.«

»Du hast deine kleine Schnalle gar nicht mitgebracht.«

Genüsslich trank er einen Schluck Champagner. »Welche kleine Schnalle meinst du?«

»Cleo Toliver. Du überraschst mich. Ich hätte dir mehr Geschmack zugetraut. Sie ist doch nicht mehr als eine professionelle Nutte.«

»Du brauchst nicht eifersüchtig zu sein, Liebling. In *dieser* Hinsicht kann sie dir nicht das Wasser reichen.«

Der Kellner räusperte sich verlegen. »Möchten Sie unsere besonderen Tagesempfehlungen hören?«

»Selbstverständlich.« Malachi lehnte sich zurück. Er hörte ihm aufmerksam zu und bestellte dann für sie beide.

»Du glaubst wohl, die Fäden in der Hand zu haben, was?«, fragte Anita kühl, als sie wieder allein waren.

»Allerdings.«

»Du bist in mein Haus eingebrochen.«

»Jemand hat bei dir eingebrochen?« Er heuchelte Überraschung. »Nun, dann ruf die Polizei. Und was – wenn ich fragen darf – willst du ihnen erzählen, ist gestohlen worden?«

Sie schäumte vor Wut. Er bückte sich und hob einen Aktenkoffer hoch. »Ich habe mir gedacht, du möchtest vielleicht einmal alle drei Silberdamen zusammen sehen.« Er reichte ihr den großen Farbausdruck eines Digitalfotos, das seine Schwester erst vor ein paar Stunden gemacht hatte. »Sind sie nicht wunderschön?«

Anita kochte vor Wut. Die Gier ließ ihre Finger zittern. »Was willst du?«

»Oh, vieles. Ein langes, gesundes Leben, einen lieben, treuen Hund. Und schrecklich viel Geld. Aber das wollen wir doch sicher nicht mit leerem Magen diskutieren. Ich habe auch Einzelfotos, wenn du sie genauer studieren möchtest. Du sollst dich vergewissern können, dass du das bekommst, wofür du zahlst.«

Sie musterte jedes einzelne Foto genau und beschloss, ihn, bevor er starb, mehr leiden zu lassen, als sie ohnehin geplant hatte. Als die Vorspeisen aufgetragen wurden, legte sie die Fotos in ihren Schoß. »Wie bist du in mein Haus gekommen? An meinen persönlichen Safe?«

»Du traust einem zweitklassigen Fremdenführer aber ziemlich viel zu ... Allerdings muss ich mich sowieso gegen diese Bezeichnung zur Wehr setzen, Anita, da du noch nie eine unserer Touren mitgemacht hast. Wir sind sehr stolz auf unser kleines Familienunternehmen.«

Anita spießte einen sautierten Pilz auf ihre Gabel. »Vielleicht hätte ich es eher bei deiner Mutter versuchen sollen.«

Obwohl ihm das Blut stockte, blieb Malachi ruhig. »Sie würde dich zum Frühstück verspeisen und die Reste der Katze der Nachbarin geben. Aber wir wollen nicht persönlich werden. Du hast mir eine Frage gestellt: Du möchtest wissen, warum ich zurückgeholt habe, was du mir gestohlen hast.«

»Ich glaube, du hast damals auch nicht die Polizei gerufen.«

»Ich habe es dir leicht gemacht, da hast du Recht. Es war dumm von mir zu glauben, du seiest eine angesehene Geschäftsfrau, und dir die Parze zur Überprüfung anzuvertrauen. Aber ich habe meine Lektion gelernt.« Er aß ein Stück Krebsfleisch. »Du hast das ganz richtig beurteilt. Wie hätte ich zur Polizei gehen und die geachtete Eigentümerin von *Morningside Antiquitäten* beschuldigen können, dass sie einen Kunden bestohlen hat? Dass sie etwas gestohlen hat, was allen Berichten zufolge auf dem Grund des Atlantiks liegt?«

»Und jetzt«, fuhr er fort, als der Kellner schweigend an den Tisch trat, um ihnen Wein nachzuschenken, »bist du anscheinend in der gleichen Lage. Es ist schwer, sich in aller Öffentlichkeit über den Verlust von etwas zu beklagen, das offiziell nie in deinem Besitz war.«

»Ohne fremde Hilfe kannst du weder bei *Morningside* noch in mein Haus eingedrungen sein.«

»Wenn du nachdenkst«, sagte er, »wirst du schnell darauf

kommen, dass auch ich Freunde habe. Cleo lässt dich übrigens grüßen. Sehr, sehr wenig herzlich. Wenn du ihren Preis gezahlt und einen legalen Handel abgeschlossen hättest, wären unsere Positionen jetzt vielleicht vertauscht.«

Er beugte sich vor. »Der Mann, den du getötet hast, hieß Michael Hicks, aber seine Freunde nannten ihn Mikey. Sie trauert um ihn. Du hast Glück gehabt, Anita, dass ich sie überreden konnte, *mich* mit dir verhandeln zu lassen.«

Anita schob den Teller mit der Vorspeise beiseite und griff nach ihrem Weinglas. »Mein Angestellter – mein *früherer* Angestellter – hatte die Anweisung, dem Mann Informationen zu entlocken, aber dabei ist wohl sein Temperament mit ihm durchgegangen. Für manche Aufgaben ist es eben schwierig, kompetente Mitarbeiter zu finden.«

»Und dann ist *dein* Temperament mit dir durchgegangen, als du deinen früheren Angestellten erschossen hast?

»Nein.« Sie blickte ihn über den Rand ihres Glases an. »Ich habe mit sicherer Hand abgedrückt. Das musst du wissen, damit du begreifst, wie ich mit Leuten umgehe, die mich enttäuschen.«

Sie nahm den Aktenkoffer und legte die Fotos wieder hinein, während der Kellner den Salat servierte. »Darf ich die Bilder behalten?«

»Natürlich. Ich sage dir, was ich begriffen habe: Du bist der Ansicht, zwei Menschenleben seien kein zu hoher Preis für das, was du haben willst. Dann wirst du den Preis, den ich dir jetzt nenne, sicher auch nicht zu hoch finden.«

»Und wie hoch ist er?«

»Zehn Millionen in bar.«

Anita lachte, aber ihr Puls ging schneller. So wenig, dachte sie. Der Mann war ein kompletter Narr. Auf einer Auktion konnte sie das Doppelte dafür erzielen. Sogar noch beträchtlich mehr, wenn vorher genug Werbung gemacht würde.

»Glaubst du wirklich, ich zahle dir zehn Millionen Dollar?«

»Ja. Drei für jede Statue und eine, um auf eine runde Summe zu kommen. Der Preis, den Cleo von dir für Lachesis verlangt hat, bevor du ihren Freund ermorden hast lassen, war also wirklich eine seltene Gelegenheit, die nicht wiederkommt.

Oh, und das Beste weißt du ja noch gar nicht.« Malachi nahm sich ein Brötchen und brach ein Stück davon ab. »Mikey wusste, wo die Parze war, und er hätte jederzeit daran kommen können. Wie findest du das, Anita?«

Sie legte eine Hand auf ihre Tasche und stellte sich vor, wie sie die Pistole herausziehen und das ganze Magazin auf Malachis Gesicht abfeuern würde.

»Das zeigt mir, dass Mr Dubrowsky bekommen hat, was er verdiente. Ich werde von jetzt an meine Verhandlungen selbst führen.«

»Dann sollte ich dir fairerweise jetzt schon sagen, dass ich über den Preis nicht mehr verhandle. Wir brauchen uns also dieses ausgezeichnete Essen nicht mit Feilschereien zu verderben. Du willst die Statuen, ich habe sie. Und den Preis habe ich dir genannt.«

Er steckte sich ein Stück Brot in den Mund. »Du kannst die Parzen mit ordentlichem Gewinn weiterveräußern und damit dir selbst und *Morningside* zu beträchtlichem Ruhm verhelfen. So gewinnt jeder von uns dabei.«

»Selbst wenn ich mit dem Preis einverstanden wäre, eine solche Summe in bar ...«

»Du wirst die Summe überweisen. Ich gebe dir zwei Tage, um deine Arrangements zu treffen.«

»Zwei Tage? Das ist ...«

»Du hast Zeit bis Donnerstag, elf Uhr – Zeit genug für eine gerissene Frau wie dich. Du überweist das Geld auf das Konto, das ich dir angebe. Wenn die Überweisung erfolgt ist, gebe ich dir Klotho, Lachesis und Atropos.«

»Und ich soll dir einfach glauben, dass du das dann auch tust? Also wirklich, Malachi!«

Er schürzte die Lippen. »Das ist dein Problem. Ich vertraue dir ja auch, dass du zahlst und mir nicht irgendwelche Gorillas auf den Hals hetzt, die mir an die Kehle gehen und mir die Statuen aus den kalten, toten Händen reißen. Deshalb werden wir auch den Austausch an einem öffentlichen, zivilisierten Ort vornehmen. In der New York Public Library. Du hast doch sicher schon davon gehört? Auf der 5th Avenue, Ecke 40th Street. Vor dem Eingang stehen zwei große Marmorlöwen.«

»Ich brauche Zeit, um darüber nachzudenken. Sag mir, wie ich dich erreichen kann.«

»Du kannst bis Donnerstag, elf Uhr, darüber nachdenken. Du kennst die Bedingungen. Wenn sie dir nicht passen, dann bestimmt jemand anderem. *Wyley's* zum Beispiel. In der Bibliothek also, im Hauptlesesaal auf der dritten Etage. Entschuldigst du mich bitte für einen Moment, Liebling? Ich muss mal rasch verschwinden.«

Er ging durch die Tür, die zu den Toiletten führte – und ließ Anita auf der Rechnung sitzen.

»Es ist gut gelaufen«, sagte er in das Mikrofon, das unter dem Aufschlag seines Jacketts versteckt war.

»Wirklich gut«, bestätigte seine Schwester. »Wir fahren jetzt zurück und holen dich ab. Cleo lässt ausrichten, dass sie ganz enttäuscht ist, weil du nicht bis zum Ende durchgehalten und ihr die Essensreste mitgebracht hast.«

Schmunzelnd eilte er auf die Straßenecke zu, wo sie sich verabredet hatten. Plötzlich spürte er die Spitze eines Messers in der Nierengegend.

»Geh einfach weiter, Junge.« Jaspers Stimme klang leise und gleichmütig. Mit der freien Hand packte er Malachis Arm. »Und denk dran, ich kann ohne weiteres ein ordentliches Stück aus dir herausschneiden, ohne dass es jemandem auffällt.«

»Wenn du scharf auf meine Brieftasche bist, wirst du enttäuscht sein.«

»Einen halben Block weiter steht mein Auto. Wir fahren zu einem netten, ruhigen Plätzchen. Ich habe schon alles für dich vorbereitet. Und da werden wir uns dann ein bisschen unterhalten.«

»Das finde ich gut. Aber warum gehen wir nicht einfach in eine Bar und trinken dabei was?«

»Ich sagte, geh einfach weiter.«

Malachi zog scharf die Luft ein, als sich das Messer durch sein Jackett und das Hemd in sein Fleisch bohrte. »Das wird schwer sein, wenn du mich erstichst.«

»Und es hätte fatale Folgen«, ertönte Gideons Stimme hinter ihnen. »Wenn du meinen Bruder erstichst, werde ich dich nämlich erschießen. Und davon hat dann wohl keiner etwas.«

»Du kannst ihn so oder so erschießen. Er hat meinen besten Anzug ruiniert.«

»Das kommt mir übertrieben vor. Was meinst du, Jack?«

»Wenn du die Eingeweide von dem Typ auf dem Bürgersteig verspritzt, muss die Stadtreinigung die Schweinerei wieder wegmachen – und das bedeutet höhere Steuern für mich.« Jack streckte die Hand aus. »Und du reichst mir jetzt am besten das Messer – und zwar mit dem Griff zuerst.«

Als Jasper das Messer herauszog, konnte Malachi einen Schmerzenslaut nicht unterdrücken. »Verdammt, musste das so lange dauern?«

»Und den Rest gibst du uns am besten auch gleich.« Fröhlich lächelnd trat Jack vor Jasper und zog mit einer raschen Bewegung die Pistole aus seinem Jackett.

»Bist du in Ordnung, Mal?«

»Oh, mir geht's blendend.« Er presste sich die Hand auf die blutende Wunde. »Womit zum Teufel wolltet ihr ihn eigentlich erschießen?«

Hinter Jaspers Rücken hielt Gideon Tias Inhalator hoch.

»Oh, perfekt. Ich verdanke mein Leben der Hypochondrie.« Er blickte zum Lieferwagen, drehte sich dann wieder zu Jasper um und lächelte ihn höhnisch an. »Und jetzt können wir unser nettes kleines Gespräch führen.« Er riss die hinteren Türen auf und kletterte in den Wagen.

Tia sprang ihm schluchzend entgegen, aber er hob die Hand. »Eine Minute. Das Wichtigste zuerst.« Als Jasper hereingeschoben wurde, schlug Malachi ihm mit voller Wucht die Faust ins Gesicht.

»So, das tat gut.« Malachi krümmte die Finger. »Außerdem wird mich eine gebrochene Hand von der Tatsache ablenken, dass ich verblute.«

Tia drückte ihn auf einen Sitz. »Cleo, fahr zu Jacks Wohnung. Du hältst diesen schrecklichen Mann in Schach«, wies sie Gideon an. »Jack, hast du einen Erste-Hilfe-Kasten?«

»Im Handschuhfach.«

»Rebecca?«

»Ich hole ihn dir.«

Trotz der Schmerzen, die noch heftiger wurden, als sie ihm das Jackett auszog, grinste Malachi Tia an. »Du bist bewundernswert. Gib mir einen Kuss.«

»Sei still und halt dich ruhig.« Als sie das Hemd aufknöpfte und das Blut sah, das aus der Wunde sickerte, warf sie Jasper, der jetzt gefesselt und geknebelt in der hinteren Ecke des Wagens lag, einen vernichtenden Blick zu. »Sie sollten sich schämen!«

»Er müsste ins Krankenhaus. Er sollte wirklich zu einem Arzt, meint ihr nicht auch?« Tia ging in Jacks Wohnraum nervös auf und ab und rang die Hände. »Die Wunde ist ziemlich tief. Wenn Jack und Gideon nicht rechtzeitig zur Stelle gewesen wären ... Wenn dieser Mann Malachi in sein Auto geschleppt hätte ...«

»Wenn ein Schwein Flügel hätte, könnte es fliegen.« Eileen hielt ihr ein Glas Whiskey hin. »Trink das.«

»Oh ... ich trinke eigentlich nicht. Und Whiskey ... ich habe nur einmal einen winzigen Schluck getrunken vor einem meiner Vorträge.«

»Bleib cool, Tia.«

Auf Cleos Befehl hin nickte Tia, griff erschauernd nach dem Glas und trank es bis auf den letzten Tropfen aus.

»Braves Mädchen«, lobte Eileen sie. »Und jetzt setz dich hin.«

»Ich bin zu aufgeregt, um mich zu setzen. Mrs Sullivan ... Eileen, meinen Sie nicht, er muss zum Arzt?«

»Du hast ihn gut versorgt. Der Junge hat schon schlimmer ausgesehen, wenn er sich mit seinem Bruder geprügelt hat. Hier, Rebecca hat dir eine saubere Bluse gebracht.«

»Eine saubere ...« Verwirrt blickte Tia an sich herunter und sah das Blut auf ihrer Bluse. »Oh-oh«, brachte sie hervor, dann verdrehte sie die Augen.

»Nein, nicht. Du fällst jetzt nicht in Ohnmacht.« Eileen drückte sie in einen Sessel. »Eine Frau, die in der Lage ist, einen verletzten Mann in einem Transporter zu behandeln, fällt doch nicht wegen einem bisschen Blut um. So albern bist du doch nicht.«

Tia blinzelte. »Nein?«

»Du warst großartig«, sagte Cleo zu ihr. »Du warst wirklich toll!«

»Sie war brillant«, stimmte Rebecca ihr zu. »Hier, zieh jetzt die frische Bluse an, Tia, Liebes, und dann weichen wir diese da ein und sehen mal zu, ob wir die Blutflecken herausbekommen.«

»Glaubt ihr, sie schlagen ihn zusammen?«, überlegte Tia laut.

»Den hässlichen gemeinen Kerl?« Cleo reichte die blutbefleckte Bluse an Rebecca weiter. »Klar, das will ich doch hoffen.«

Im Keller wurde heftig debattiert. Die Männer hatten Jasper auf einem Stuhl gefesselt, von wo aus er den Austausch der Argumente verfolgte.

»Ich schlage vor, wir treten ihm in den Arsch, brechen ihm ein paar Knochen und reden dann mit ihm.«

Jack schüttelte den Kopf und nahm Malachi den Hammer aus der Hand, mit dem er rhythmisch auf den Tisch eingedroschen hatte. »Drei gegen einen. Das kommt mir nicht ganz fair vor.«

»Ach, wir sollen also fair sein?« Malachi trat heftig gegen Jaspers Stuhl. »War *er* denn fair, als er mitten auf der Straße auf mich eingestochen hat?«

»Da hat Mal Recht, Jack.« Gideon stopfte sich eine Hand voll Cashewnüsse in den Mund. »Der Bastard hat meinem Bruder ein Messer in den Leib gerammt, obwohl er zu dem Zeitpunkt unbewaffnet war. Das ist nicht richtig. Vielleicht sollten wir Mal ein Messer geben, damit er auf *ihn* einstechen kann. Er soll ihn natürlich nicht tödlich verletzten oder so, sondern ihm einfach nur einen kleinen Stich verpassen – zum Ausgleich sozusagen.«

»Ja, seht euch das an!« Mal hob den Arm und zeigte den Verband, der bis zu seiner Taille reichte. »Und was ist mit meinem Anzug? Und dem Hemd? Sie sind völlig ruiniert.«

»Ich weiß, dass du aufgebracht bist, und daraus kann ich dir auch keinen Vorwurf machen. Aber der Typ hat doch nur seinen Job getan. Stimmt's?« Jack öffnete die Brieftasche, die sie Jasper abgenommen hatten, als müsse er noch einmal den Namen überprüfen. »Marvin?«

Unter seinem Knebel gab Jasper ein ersticktes Geräusch von sich.

»Na, sein beschissener Job stinkt zum Himmel«, wütete Malachi. »Und ich schätze, eine anständige Tracht Prügel gehört in seiner Branche zum Berufsrisiko.«

»Lasst es uns so versuchen: Wir lassen den armen Kerl erst einmal zu Wort kommen, und dann sehen wir ja, ob er kooperativ ist. Wenn du nicht zufrieden bist,« – Jack tätschelte Malachi freundlich die Schulter – »können wir ihn immer noch zusammenschlagen.«

»Ich darf dann aber als Erster ran. Ich will ihm jeden Finger an der Hand, mit der er auf mich eingestochen hat, einzeln brechen. Einen Knöchel nach dem anderen.«

Die Männer blickten Jasper an, dem fast die Augen aus den Höhlen traten. Sie waren sehr zufrieden mit ihren Schauspielkünsten.

Jack trat zu ihm und nahm ihm den Knebel aus dem Mund. »Okay, du weißt jetzt Bescheid, dass meine Partner dich am liebsten in Stücke reißen wollen. Wenn du es vermeiden willst, zeigst du dich also am besten kooperativ. Sonst lasse ich die beiden auf dich los – und hinterher legen wir dich vor Anitas Tür ab. Sie wird dir den Rest geben. Gid? Spul doch noch mal das Band zu der Stelle zurück, wo sie Mal erzählt, wie sie mit unzulänglichen Angestellten umgeht.«

Gideon schaltete das Band ein. Anitas eiskalte Stimme erfüllte den Raum, als sie davon sprach, wie sie Dubrowsky erschossen hatte.

»Wir werden dafür sorgen, dass sie auch bei dir die Gelegenheit dazu bekommt«, sagte Jack zu ihm. »Wir drei könnten dir zwar einige Schmerzen bereiten, aber wir sind keine kaltblütigen Killer. Diesen Part überlassen wir lieber den Experten.«

»Was zum Teufel wollt ihr eigentlich?«

»Du erzählst uns alles, was du weißt. Lass kein einziges Detail aus. Und wenn die Zeit gekommen ist, erzählst du die ganze Geschichte noch einmal meinem Freund, der zufällig Polizist ist.«

»Glaubst du etwa, ich rede mit den Bullen?«

»Ich habe deinen Steckbrief gesehen, Marvin. Es wäre nicht das erste Mal. Wegen Mordes warst du noch nie vor Gericht. Willst du ihr die Chance geben, es so zu drehen, als wärst du für den Tod von Dubrowsky oder Michael Hicks verantwortlich?« Jack schwieg einen Moment lang. »Und genau das wird sie tun, wenn du nicht zuerst zur Polizei gehst und unsere Aussagen bestätigst. Andernfalls halten wir uns zurück und lassen sie mit dir dasselbe machen, was sie mit Dubrowsky gemacht hat.«

»Besser im Gefängnis als im Leichenschauhaus«, warf Malachi ein. »Du musst wissen, dass wir unseren kleinen Wortwechsel von vorhin auf dem Bürgersteig auch auf Band haben. Wir können dich mitsamt dem Band der Polizei übergeben und fertig. Denen ist es dann egal, ob du kooperationsbereit bist oder nicht. Und was glaubst du, wie lange es dauern würde, bis Anita – bei dem Geld, was sie hat – jemand angeheuert hätte, den sie auf dich ansetzt?«

»In Ordnung, ich mache mit.« Jasper leckte sich über die Lippen. »Aber ich bestehe auf Immunität.«

»Das musst du mit meinem Polizeifreund ausmachen«, sagte Jack zu ihm. »Er wird bestimmt nur zu gern deine Wünsche und Bedürfnisse berücksichtigen. Und jetzt« – Jack gab Gideon ein Zeichen, den Videorecorder einzuschalten – »lass uns mal darüber reden, wie es denn so ist, für Anita Gaye zu arbeiten.«

Anita lag bis zum Kinn in einem Schaumbad und stellte sich vor, wie Malachi gerade bearbeitet wurde. Morgen früh, wenn er viel Zeit zum Nachdenken und zum Leiden gehabt hatte, würde sie zu ihm fahren. Dann würde er ihr sagen, wo er die Parzen aufbewahrte und wo sie Cleo Toliver finden konnte – und er würde ihr bestätigen, ob ihre Vermutungen richtig gewesen waren und Jack oder ein Mitarbeiter von *Burdett* ihm geholfen hatte, die Alarmanlage auszutricksen.

Anschließend wollte sie mit allen abrechnen. Persönlich.

Sie schloss die Augen und entspannte sich. Als es auf ihrer privaten Leitung klingelte, griff sie nach dem Telefon, das sie auf den Rand der Wanne gestellt hatte.

»Ja?«

»Ich glaube, ich muss mich entschuldigen, dass ich das Restaurant so plötzlich verlassen habe.«

Beim Klang von Malachis Stimme setzte Anita sich abrupt auf. Durch die heftige Bewegung schwappte das Wasser über und lief auf die Fliesen.

»Das war sehr unhöflich von mir«, fuhr er fort. »Aber ich hatte eine dringende Verabredung. Ich freue mich jedenfalls, dich am Donnerstag um elf Uhr zu sehen. Oh, und noch etwas. Mr Jasper hat mich gebeten, dir zu sagen, dass er kündigt.«

Als er aufgelegt hatte, stieß Anita einen Wutschrei aus. Sie schleuderte das Telefon quer durch das Badezimmer gegen den Spiegel.

30

Wie bei jedem Schauspiel hing der Erfolg im Wesentlichen von der Kulisse, den Kostümen, den Requisiten und der Begeisterung der Schauspieler ab. Da Cleo die meiste Bühnenerfahrung hatte, war sie zur Regisseurin ernannt worden.

Eileen hatte Anitas Part übernommen, und Cleo probte den Ablauf gnadenlos ein ums andere Mal.

»Der richtige Zeitpunkt, Leute. Darum geht's vor allem. Jack, das Stichwort bitte.«

Jack imitierte den Anruf, der den Ball ins Rollen brachte, und ging dann mit Gideon zum Aufzug.

»Warum sollen wir denn schon wieder hinunterfahren? Wir können doch einfach nur so tun.«

»Hör zu, mein Schönling. *Ich* bin die Regisseurin. Beweg dich.«

Die beiden Männer betraten den Aufzug.

»Viel Glück«, rief Tia ihnen nach. Dann zuckte sie mit den Schultern. »Das würde ich jedenfalls zu ihnen sagen, wenn es real wäre.«

»Seht ihr,« – Cleo verschränkte die Arme – »Tia weiß, wie man probt. Okay«, fuhr sie fort. »Wir stellen uns vor, es ist acht Uhr fünfzehn. Zwei der drei Aktionen laufen bereits. Wir übrigen warten hier und nehmen ein nahrhaftes Frühstück zu uns, bis Gideon zurückkommt. Die Zeit läuft ... die Zeit läuft ... und wo zum Teufel bleibt er?«

»Wir würden alle herumlaufen wie Tiere im Käfig und zu viel Kaffee trinken«, warf Rebecca ein und blätterte eine Seite in ihrer Hochzeitszeitschrift um. »Oh, Ma, sieh mal dieses Kleid. Das könnte es sein.«

»Sie ist nicht deine Mutter. Sie ist die gefürchtete Anita Gaye. Bleib bei deiner Rolle«, befahl Cleo. Sie drehte sich um, als Gideon wieder aus dem Aufzug trat. »Du kommst zu spät, wir haben uns Sorgen gemacht, bla, bla. Und du sagst uns, das alles in Ordnung ist.«

»Das würde ich auch, wenn du mich zu Wort kommen ließest.«

»Schauspieler sind die reinsten Kinder.« Sie packte ihn am Hemd, zog ihn zu sich heran und gab ihm einen Kuss. »Szenenwechsel«, verkündete sie. »Ort: Bibliothek, Zeit: zehn Uhr dreißig.«

Es regnete in Strömen, als Malachi vor der New York Public Library aus dem Taxi stieg. Durch den starken Regen und den Verkehr lagen sie etwas hinter dem Zeitplan zurück.

Bei dem Wetter stieg leises Heimweh in ihm auf. Jetzt ist es fast geschafft, dachte er, als er die Treppe zwischen den beiden steinernen Löwen hinaufstieg. Bald konnte er wieder nach Hause fahren und seinen gewohnten Lebensfaden wieder aufnehmen. Den alten – und die neuen Fäden. Was für ein Muster sie wohl ergeben würden?

Malachi trat in die prächtige, stille Halle. Er war bereits zum zweiten Mal hier, da Cleo eine Kostümprobe an Ort und Stelle verlangt hatte. Erneut wunderte er sich darüber, dass es im Eingangsbereich einer so großen, stattlichen Bibliothek keine Bücher gab.

Er fuhr sich mit der Hand durch die nassen Haare, dann nahm er, wie geplant, die Treppe und nicht den Aufzug zum dritten Stock.

Niemand schien besonders auf ihn zu achten. Ein paar Leute saßen an den Tischen und lasen oder blätterten ein Buch durch. Manche arbeiteten an Laptops, aber die meisten machten sich handschriftliche Notizen.

Er füllte ein Anforderungsformular für das Buch aus, das

Tia für das Geeignetste gehalten hatte, und ging damit zum Ausgabeschalter.

In dem Lesesaal roch es angenehm nach Büchern und Holz, und zu einem anderen Zeitpunkt hätte er es bestimmt genossen, sich hier aufzuhalten. Zwar war Gideon der eifrigste Leser in der Familie, aber Malachi konnte sich gut vorstellen, sich ein Buch auszusuchen und sich damit in irgendein stilles Eckchen zurückzuziehen.

Er ging an Gideon vorbei, der sich in eine Ausgabe von *Wer die Nachtigall stört* vertieft hatte. Gideon blätterte eine Seite um, um zu signalisieren, dass alles nach Plan verlief.

Sie hatten die Tatsache berücksichtigt, dass Anita genug Zeit geblieben war, einen Ersatz für Jasper einzustellen, und dass sie möglicherweise jemanden gefunden hatte, der bereit war, einen unbewaffneten Mann in einer öffentlichen Bibliothek zu töten.

Aber eigentlich war das Risiko nur gering, weil sie damit ihre beste Chance verloren hätte, an die Parzen heranzukommen. Trotzdem hatte Malachi ein ungutes Gefühl, als er jetzt den Raum durchschritt.

Er fand einen ruhigen Tisch und blickte sich müßig um. Sein Blick glitt über Rebeccas Kopf, die in der Nähe über ihren Laptop gebeugt saß.

Nach zwanzig Minuten brachte ihm eine hübsche junge Angestellte das gewünschte Buch. Danach machte Malachi es sich gemütlich und wartete.

Bei *Morningside* befragte um diese Tageszeit Detective Lew Gilbert, der sich eine Stunde lang die Bänder von *Burdett* angesehen hatte, die Angestellten zu drei Inventargegenständen, die verschwunden waren.

In der Stadt bemühte sich Jasper um eine Vereinbarung mit der Staatsanwaltschaft.

Am Steuer eines Lieferwagens, der sich durch den stockenden Verkehr auf der 5th Avenue kämpfte, klopfte Cleo im Takt der Musik auf das Lenkrad und wartete darauf, dass sie Tia ihr Stichwort geben musste.

Als Malachi Absätze klappern hörte und ihm der bekannte

Duft eines teuren Parfüms in die Nase stieg, blickte er von seinem Buch auf. »Hallo, Anita. Ich habe gerade etwas über die drei Damen gelesen. Faszinierende Frauen. Wusstest du, dass sie ihre Prophezeiungen singen? Eine Art mythologische Girl Group.«

»Wo sind sie?«

»In Sicherheit. Oh, ich bitte um Verzeihung, wo bleiben meine Manieren?« Er stand auf und rückte einen Stuhl zurecht. »Setz dich bitte. Es ist heute so nass draußen, da wirkt selbst eine solche Halle richtig gemütlich.«

»Ich will sie sehen.« Sie setzte sich, schlug die Beine übereinander und faltete die Hände. Es war nur ein Geschäft, rief sie sich ins Gedächtnis. Für den Augenblick jedenfalls. »Du wirst ja wohl kaum annehmen, dass ich eine so exorbitant hohe Summe zahle, ohne mir die Ware vorher anzusehen.«

»Du hast eine von den Statuen ja bereits geprüft, und wohin hat uns das geführt? Du hast meinem Bruder ein paar äußerst unhöfliche Männer auf den Hals gehetzt. Und ich mag meinen Bruder sehr gern.«

»Ich bedaure nur, dass ich sie nicht *dir* auf den Hals gehetzt habe – und zwar mit weit weniger eingeschränkten Anweisungen.«

»Nun ja, man lernt eben immer etwas dazu. Es wäre übrigens nicht nötig gewesen, Cleos Freund umzubringen. Er hatte nichts mit der Sache zu tun.«

»*Sie* hat ihn doch hineingezogen. Es ging ums Geschäft, Malachi, nur ums Geschäft.«

»Das sehe ich anders. Wenn es dir nur ums Geschäft gegangen wäre, Anita, dann hättest du Cleo den geforderten Preis für die Parze bezahlt. Wenn du korrekt gehandelt hättest, dann besäßest du sie jetzt. Und vielleicht auch die dritte Parze. Aber an deinen Händen klebt Blut.«

»Erspar mir deine Vorträge.«

»Und wenn du mit mir aufrichtig verhandelt hättest«, fuhr er fort, »anstatt dir von deiner Gier den Verstand vernebeln zu lassen, besäßest du heute alle drei Parzen und hättest dafür einen Bruchteil dessen bezahlt, was du jetzt hinblättern musst.

Du hast den Stein ins Rollen gebracht, Anita, als du mich und meine Familie bestohlen hast.«

»Du wolltest doch hereingelegt werden. Ich habe mich von dir aufs Kreuz legen lassen, und dann habe ich dich gründlich aufs Kreuz gelegt. Kein Grund, darüber jetzt noch zu jammern.«

»Du hast Recht. Ich wollte dir ja auch nur erklären, warum wir beide jetzt hier sitzen. Zehn Millionen. Hast du alle Vorkehrungen getroffen?«

»Du bekommst das Geld, aber zuerst will ich die Parzen sehen. Wenn ich verifiziert habe, dass du besitzt, was du zu besitzen behauptest, rufe ich bei der Bank an und lasse das Geld auf dein Konto überweisen.«

»Noch etwas, bevor wir anfangen: Solltest du dich nach unserer kleinen Transaktion bemüßigt fühlen, Cleo oder mir oder irgendeinem Mitglied meiner Familie ein Leid zuzufügen, so solltest du bedenken, dass ich alles aufgezeichnet habe. *Alles*, Anita, und diese Aufzeichnungen sind an einem sicheren Ort verwahrt.«

»Für den Fall deines unerwarteten Todes?« Sie lachte kurz auf. »Wie abgedroschen.«

»Abgedroschen, aber wahr. Du bekommst, wofür du bezahlst. Sind wir uns also einig?«

Eine Frau, die zwölf Jahre lang mit einem Mann verheiratet gewesen war, der sie zu Tode gelangweilt hatte, verstand es, geduldig zu sein. Geduldig genug, dachte sie, um – wenn es sein musste – Jahre zu warten, bis sie einen tragischen Unfall passieren ließ.

»Ich bin ja schließlich hier, oder? Zeig sie mir.«

Er lehnte sich zurück und hob eine Hand, wobei er sie unverwandt anblickte. Gideon trat an den Tisch und stellte einen schwarzen Aktenkoffer zwischen sie.

»Ich glaube, du hast meinen Bruder nie kennen gelernt. Gideon, das ist Anita Gaye.«

Anita legte eine Hand auf den Aktenkoffer und blickte auf. »Sie sind also der Laufbursche«, sagte sie mit seidenweicher Stimme. »Macht es Ihnen nichts aus, Ihre Nutte mit Ihrem Bruder zu teilen?«

»In unserer Familie wird alles geteilt. Gott sei Dank musste ich *Sie* nicht mit Mal teilen. Sie sind ein bisschen zu alt für meinen Geschmack.«

»Aber Gideon, wo bleiben deine Manieren?« Malachi wies auf den Koffer.

»Hier sind zu viele Menschen für eine Überprüfung.«

»Hier oder überhaupt nicht.«

Ärgerlich versuchte Anita den Koffer zu öffnen. »Er ist verschlossen.«

»So ist es«, erwiderte Gideon fröhlich. »Die Kombination ist sieben, fünf, fünfzehn.« Sie hatten das Datum ausgewählt, an dem die *Lusitania* gesunken war.

Anita stellte die Kombination ein, und der Deckel sprang auf. Auf einem Bett aus Schaumstoff lagen die drei Parzen.

Anita nahm die erste in die Hand und musterte sie. Sie erinnerte sich noch gut an das Gefühl, das Gewicht, die Form von Klotho. Der silberne Rock, der kompliziert geflochtene Zopf über ihrer Schulter, die zarte Spindel in ihrer Hand.

Sie legte sie wieder zurück und ergriff Lachesis. Sie wies geringfügige Unterschiede auf. Das Kleid hatte einen anderen Faltenwurf, und eine Schulter war entblößt. Das Haar war zu einer Art Krone geschlungen. In der rechten Hand hielt sie ein Maßband, auf dem Kerben eingeritzt waren.

Anitas Herz begann heftiger zu schlagen, als sie die zweite Parze zurücklegte und die dritte in die Hand nahm.

Atropos war geringfügig, fast unmerklich kleiner als ihre Schwestern. So hieß es auch in der Legende. Ihr Gesicht war weicher, irgendwie freundlicher. Sie hielt eine winzige Schere mit beiden Händen zwischen den Brüsten. Sie trug Sandalen, wobei das Band der linken Sandale zweimal gekreuzt war, bevor es unter dem Saum ihres Rockes verschwand.

Jedes Detail stimmte mit den überlieferten Beschreibungen überein, und die Statuen waren fantastisch gearbeitet. Ganz deutlich spürte Anita die Macht, die von ihnen ausging. Eine Art gleichmäßiger Pulsschlag, der in ihrem Kopf widerhallte.

In diesem Moment hätte sie alles bezahlt, alles getan, um sie zu besitzen.

»Zufrieden?«, fragte Malachi.

»Eine visuelle Überprüfung ist kaum zufrieden stellend.« Sie hielt Atropos weiter in der Hand. »Es müssen bestimmte Tests gemacht werden ...«

Malachi nahm ihr die Parze aus der Hand und legte sie zu ihren Schwestern in den Aktenkoffer. »Das hatten wir doch schon einmal ... Nimm sie oder lass es bleiben, hier und jetzt.«

Er schloss den Aktenkoffer wieder, obwohl sie versuchte, ihn daran zu hindern. »Du kannst wohl kaum erwarten, dass ich dir zehn Millionen zahle, nachdem ich nur einen kurzen Blick auf die Statuen geworfen habe.«

Seine Stimme war genauso leise wie ihre und sein Tonfall ebenso sachlich. »Als ich dir das erste Mal Klotho gezeigt habe, war es auch nicht anders. Und damals hast du gewusst, dass sie echt ist, so wie du es jetzt auch weißt. Überweis das Geld und du kannst sie mitnehmen.« Er nahm den Aktenkoffer vom Tisch und stellte ihn neben sich auf den Boden. »Oder du überweist nicht, und ich nehme sie wieder mit und verkaufe sie an jemand anderen. Ich habe den Verdacht, dass *Wyley's* den Preis nur zu gern zahlen würde.«

Sie öffnete ihre Tasche. Malachi packte ihr Handgelenk, als sie hineingriff. »Langsam, Liebling.« Er hielt ihr Handgelenk fest, während sie das Handy aus der Tasche holte.

»Glaubst du wirklich, ich würde dich kaltblütig in aller Öffentlichkeit erschießen?«

»Es würde so perfekt zu dir passen wie dieses hübsche Kostüm, das du trägst.« Er schloss ihre Handtasche, dann lehnte er sich zurück.

»Wenn du mich für so skrupellos hältst, warum bist du dann nicht gleich zu *Wyley's* gegangen?«

»Bei uns beiden sind weniger Fragen und Erklärungen nötig.«

»Sag deinem Bruder, er soll aufhören, mich anzustarren«, giftete sie. Gideon trat einen Schritt zurück, während sie eine Telefonnummer in ihr Handy tippte. »Hier ist Anita Gaye. Die Überweisung kann jetzt vorgenommen werden.«

Malachi holte ein zusammengefaltetes Blatt Papier aus der Tasche und breitete es auf dem Tisch aus. Sie warf einen Blick darauf und gab die Kontonummer weiter. »Nein«, sagte sie dann. »Ich rufe Sie wieder an.«

Sie legte das Handy auf den Tisch. »Die Überweisung wird vorgenommen. Ich will jetzt die Parzen.«

»Du bekommst sie auch – sobald ich die Bestätigung habe, dass das Geld auf meinem Konto ist.«

An ihrem Tisch in der Nähe beantwortete Rebecca eine E-Mail von Jack, schickte eine weitere an Tia, dann beobachtete sie weiter den Kontostand.

»Es ist viel Geld, Malachi. Was hast du damit vor?«

»Wir haben alle möglichen Pläne. Du musst irgendwann mal nach Cobh kommen und dir selbst anschauen, was wir damit angefangen haben. Und du, was willst du jetzt machen? Verkaufst du sie gleich mit einem ordentlichen Profit, oder willst du es erst einmal eine Weile genießen, sie zu besitzen?«

»Zuerst das Geschäft, wie immer.«

Wir liegen genau im Zeitplan, dachte Gideon, als er sah, wie seine Schwester ihren Laptop zuklappte. Gleich würden sie feststellen, ob Cleo die Szene gut geplant hatte. Er hakte die Daumen in seinen Gürtel und trommelte mit den Fingern auf die Taschen seiner Jeans.

Auf dieses Zeichen hin blickte Malachi zu ihm hoch. »Ach du meine Güte«, sagte er stirnrunzelnd zu Anita. »Wir bekommen Gesellschaft. Lass mich mit ihr reden.«

»Mit wem?«

»Tia.« Malachi stand auf und sagte herzlich: »Was für ein glücklicher Zufall.«

»Malachi.« Sie stotterte ein wenig, und die Aufregung trieb ihr die Röte in die Wangen. »Ich wusste gar nicht, dass du in New York bist.«

»Nur kurz. Ich hätte dich heute auch noch angerufen, aber das brauche ich ja jetzt nicht mehr.« Er drückte seine Wange an ihre, wobei er Anita einen vielsagenden Blick zuwarf.

»Ich wollte ein paar Recherchen für mein neues Buch machen.« Sie presste ihre Aktentasche an die Brust. »Ich hätte nie erwartet ...« Tia brach ab. Sie wirkte leicht verwirrt. »Anita?«

»Ach ja, ihr kennt euch ja.« Malachis Stimme wurde gerade so laut, dass sich einige Besucher irritiert nach ihnen umdrehten. »Ich habe Mrs Gaye gebeten, sich hier mit mir zu treffen, damit wir ... äh, damit wir über den möglichen Kauf eines Kunstgegenstands für mein Büro sprechen können.«

»Oh, ich verstehe.« Verletzt blickte sie von einem zum anderen. »Nun, ich ... ich will nicht stören. Wie ich schon sagte, ich wollte nur ... Oh, liest du etwas über die Parzen?«

Umständlich beugte sie sich vor, um das Buch in die Hand zu nehmen. Dabei versperrte sie Anita für einen Moment die Sicht.

In diesem Augenblick schlenderte Rebecca vorbei und tauschte blitzschnell den Aktenkoffer, der die Parzen enthielt, gegen einen anderen aus. Sie zwinkerte Gideon zu und ging aus dem Lesesaal und die Treppe hinunter.

»Nur zum Zeitvertreib.« Malachi wies auf Anitas Handy, als er es blinken sah. »Ich glaube, da kommt ein Anruf, Anita.«

»Entschuldigung.« Sie ergriff das Handy. »Anita Gaye.«

»Ich ... ich sollte mich jetzt an die Arbeit machen.« Tia trat einen Schritt zurück. »Es war nett, dich wiederzusehen, Malachi. Es war ... nun, auf Wiedersehen.«

»Jetzt hast du ihren Traum zerstört.« Leise lachend schaltete Anita ihr Handy aus. »Die Überweisung ist vorgenommen, also ...«

Sie griff nach dem Aktenkoffer, und wieder packte Malachi ihr Handgelenk. »Nicht so schnell, Liebling. Ich überprüfe das rasch selbst noch einmal.«

Er nahm sein eigenes Handy aus der Tasche und rief Cleo im Lieferwagen an. Rebecca hatte bereits bestätigt, dass das Geld eingetroffen war.

»Ich möchte mich nach meinem Kontostand erkundigen«, sagte er. »Ja, ich warte.«

»Rebecca klettert gerade in den Lieferwagen. Jack müsste jetzt mit Detective Gilbert in Anitas Haus sein. Er hat einen Durchsuchungsbefehl«, hieß es am anderen Ende der Leitung.

»Ja, danke. Ich habe folgende Kontonummer ...« Er nannte die Zahlenfolge.

»Mal, hier ist Rebecca. Jack hat eine E-Mail geschickt. Sein Freund Detective Robbins wird Anita wegen der Morde verhören. Er müsste mittlerweile bei *Morningside* eingetroffen sein. Da der andere Polizist bei ihr zu Hause ist, kann sie nirgendwohin. Und jetzt kommt Tia aus der Bibliothek.«

»Wunderbar. Vielen Dank.« Er steckte sein Handy wieder in die Tasche. »Das war's dann wohl.« Malachi stand auf und reichte Anita den Aktenkoffer. »Ich kann sagen, es war mir ein Vergnügen.«

»Du bist ein Narr, Malachi.« Anita erhob sich ebenfalls. »Dabei hältst du dich für etwas ganz Besonderes. Der Inhalt dieses Aktenkoffers wird Furore machen. Freu dich an deinen zehn Millionen. Wenn ich mit den Parzen fertig bin, wird dir das wie eine lächerliche Summe vorkommen.«

»Mein Gott, was für eine widerliche Frau«, bemerkte Gideon, als Anita davonrauschte.

»Sie ist wirklich eine richtige Hexe. Lass uns eine Minute warten, bis sie auf ihren Besen gestiegen ist, bevor wir zu unseren Mädels gehen.«

Als Anita im Taxi saß, wäre sie vor Lachen beinahe erstickt. Alles, wonach sie strebte – Geld, Macht, Status, Ruhm, Respekt –, lag vor ihr in diesem Aktenkoffer.

Pauls Geld hatte sie weit gebracht, aber jetzt würde sie ihr eigenes Vermögen machen.

Gut gelaunt zog sie ihr Handy hervor, um ihren Butler anzurufen, damit er Champagner und Kaviar im Wohnzimmer für sie bereitstellte.

»Guten Tag. Morningside Residence.«

»Hier ist Mrs Gaye. Habe ich Ihnen nicht gesagt, dass nur Stipes oder Fitzhugh ans Telefon gehen dürfen?«

»Ja, Mrs Gaye. Es tut mir Leid, Mrs Gaye, aber sowohl Mr Stipes als auch Mrs Fitzhugh sind bei der Polizei.«

»Was soll das heißen, bei der Polizei?«

»Die Polizei ist hier, Ma'am. Sie haben einen Durchsuchungsbefehl.«

»Haben Sie den Verstand verloren?«

»Ja, Ma'am ... Nein, Ma'am. Ich habe gehört, wie sie etwas über Versicherungsbetrug und Gegenstände von *Morningside* gesagt haben.« Anita konnte die Aufregung des Mädchens förmlich spüren.

»Was tun sie gerade? Wo sind sie?«

»In der Bibliothek, Ma'am. Sie haben Ihren Safe geöffnet und Dinge gefunden. Dinge, die angeblich bei *Morningside* gestohlen wurden.«

»Das ist doch lächerlich! Das ist unmöglich! Das ist ...« Und auf einmal wurde ihr alles klar. »Dieser Hurensohn! Dieser verdammte Hurensohn!« Sie warf das Handy beiseite und öffnete mit zitternden Fingern den Aktenkoffer.

Darin lagen drei Puppen. Mit vor Wut verschleiertem Blick knallte sie den Deckel wieder zu.

»Ich würde zu gern ihr Gesicht sehen, wenn sie den Koffer öffnet«, sagte Cleo und nahm sich ein Stück Pizza.

»Sie müsste mittlerweile in der Stadt sein«, meinte Jack. »Ihre Anwälte können sich noch so sehr anstrengen, den Versicherungsbetrug wird man ihr auf jeden Fall anhängen.«

»Und Mikey?«

Jack blickte Cleo an. »Jasper hat ein volles Geständnis abgelegt. Das Gericht mag zwar an der Aussage eines Typs mit solchen Vorstrafen zweifeln, aber mithilfe der Tonbänder lässt sich alles leicht zurückverfolgen. Und dann legt sich die Schlinge um ihren Hals. Sie wird für Mikeys Tod bezahlen. Sie wird für alles bezahlen.«

»Wenn ich sie mir so vorstelle, in diesem hässlichen, orangefarbenen Gefängnisoverall – die Farbe steht ihr bestimmt überhaupt nicht –, bekomme ich gute Laune.« Cleo hob ihr Bierglas. »Auf uns.«

»Das war eine Party!« Gideon stand auf und rollte die Schultern. »Ich muss mal an die frische Luft.«

»Wohin gehen wir?«

»Du bleibst hier.« Er tippte mit dem Finger an Cleos Nase. »Ich nehme Mal und Ma mit, damit sie mir beim Aussuchen des Rings helfen.«

»Du kaufst mir einen Ring?« Sie sprang auf, um ihm einen Kuss zu geben. »Dann komme ich auch mit. Schließlich bin ich diejenige, die ihn tragen muss.«

»Du kommst *nicht* mit. Ich suche ihn ganz allein aus, schließlich bin ich derjenige, der ihn dir schenkt.«

»Das ist ziemlich hart, aber ich glaube, ich kann damit leben.«

»Wir gehen mit euch hinunter.« Jack nahm Rebeccas Hand. »Mal sehen, was wir aus Bob in diesem Stadium herauskitzeln können. Er mag ja mir widerstehen können, aber wenn er Rebecca gegenübersteht, wird er schon was ausplaudern.«

»Das ist eine gute Idee.« Rebecca schnappte sich ihr Jackett. »Und wenn wir fertig sind, reservieren wir einen Tisch in einem teuren Restaurant, um zu feiern. Wir helfen Tia nur noch rasch beim Aufräumen.«

»Nein, das ist schon in Ordnung. Ich würde lieber schnell erfahren, was vor sich geht. Und ich möchte Cleos Ring sehen.«

»Ich auch.« Cleo streckte sich auf dem Sofa aus. »Es reicht, wenn ich beim Aufräumen helfe. Hab keine Angst, dass der Stein zu groß sein könnte«, sagte sie zu Gideon. »Damit könnte ich auch leben.«

Als sie mit Tia allein war, rollte sich Cleo auf den Bauch und überkreuzte die Knöchel in der Luft. »Setz dich mal eine Minute. Diese Pizzaschachteln sind schnell weggeräumt.«

»Wenn ich mich beschäftige, vergeht die Zeit schneller, bis sie alle wieder zurück sind. Weißt du eigentlich, dass ich im letzten Monat mehr Pizza gegessen habe als in meinem ganzen Leben zuvor?«

»Bleib bei mir, und du wirst die Freuden des Fast Food kennen lernen.«

»Ich hätte auch nie gedacht, dass es mir Spaß machen würde, ständig so viele Menschen in der Wohnung zu haben. Aber es gefällt mir. Es ist fast schon ungewohnt, wenn nicht alle da sind.«

»Ich habe mich gerade gefragt, ob du und Mal es nicht auch tun wollt.«

»Was tun?« Sie blickte auf die drei Parzen, die zwischen leeren Flaschen und Pizzaschachteln auf dem Tisch standen. »Wir haben es doch schon getan.«

»Nein, ich meine, ›bis dass der Tod uns scheidet‹ und so.«

»Oh! Darüber haben wir noch nicht gesprochen. Er möchte jetzt wahrscheinlich erst mal wieder nach Hause, sich ums Geschäft kümmern und darüber nachdenken, was er mit seinem Anteil anfangen will. Vielleicht ... vielleicht reden wir ja später darüber, wenn sich alles ein bisschen beruhigt hat.«

Cleo nahm Klotho in die Hand. »Trotz Schicksal muss man die Dinge manchmal selbst in die Hand nehmen, meinst du nicht? Warum fragst *du* ihn nicht einfach?«

»Was fragen? Ob er mich heiratet? Das kann ich nicht. Er muss mich fragen.«

»Warum?«

»Weil er der Mann ist.«

»Ja, ja. Und wenn schon? Du liebst ihn doch, du willst ihn, also frag ihn einfach. Und dann können wir eine Dreifachhochzeit planen. Mir kommt es so vor, als müsste das so sein.«

Tia dachte nach und schüttelte den Kopf. »Ich hätte nie den Mut, ihn zu fragen.«

Als das Telefon klingelte, trug sie gerade die leeren Pizzaschachteln in die Küche. Sie griff zum Hörer. »Hallo?«

»Na, machst du immer noch deine Recherchen, du kleine Schlampe?«

Tia lief ein eiskalter Schauer über den Rücken. »Wie bitte?«

»Was hat er dir versprochen? Wahre Liebe? Treue? Das wirst du nicht bekommen.«

»Ich verstehe nicht.« Rasch ging sie ins Wohnzimmer und machte Cleo ein Zeichen. »Wer spricht denn da? Anita?«

»Hör auf, die Naive zu spielen, das Spiel ist aus. Ich will die Parzen.«

»Ich weiß nicht, wovon Sie reden.« Sie hielt das Telefon so, dass Cleo mithören konnte.

»Wenn du es nicht weißt, wird deine Mutter dir vielleicht auf die Sprünge helfen können.«

»Meine Mutter?« Tia zuckte zusammen und griff instinktiv nach Cleos Hand. »Was ist mit meiner Mutter?«

»Sie fühlt sich nicht wohl, überhaupt nicht wohl. Nicht wahr, Alma?«

»Tia ...« Almas Stimme klang schwach. »Tia, bist du das?«

»Sag ihr, was ich gerade mache, Alma, meine Liebe.«

»Sie ... Tia, sie hält mir wirklich eine Pistole an den Kopf!

Ich glaube ... ich glaube, sie hat Tilly erschossen. O Gott, o mein Gott, ich bekomme keine Luft mehr!«

»Anita! Tun Sie ihr nichts. Sie weiß nichts. Sie hat damit nichts zu tun.«

»Alle haben damit zu tun. Ist er bei dir?«

»Nein, Malachi ist nicht hier. Ich schwöre Ihnen, er ist nicht hier. Ich bin allein.«

»Dann komm allein zum Haus deiner Mommy, damit wir ein bisschen plaudern können. Du hast fünf Minuten Zeit, also beeile dich besser. Wenn du in fünf Minuten nicht hier bist, Tia, erschieße ich sie.«

»Nicht, bitte nicht! Ich tue alles, was Sie wollen!«

»Du verschwendest Zeit, die du nicht hast.«

Als Anita auflegte, warf Tia das Telefon weg. »Ich muss sofort los! Ich muss mich beeilen!«

»Jesus, Tia, du kannst nicht allein dahingehen.«

»Ich muss aber! Du hast doch gehört, was sie gesagt hat, ich habe keine Zeit zu verlieren!«

»Wir rufen Gideon und Malachi an. Und Jack.« Cleo zerrte Tia von der Tür weg. »Denk doch nach, verdammt noch mal! Denk nach. Du kannst nicht allein dahingehen. Wir müssen die Polizei rufen.«

»Ich muss aber. Sie ist doch meine Mutter ... sie schien außer sich vor Angst zu sein, vielleicht hat Anita ihr schon etwas angetan. Fünf Minuten ... ich habe nur fünf Minuten Zeit! Sie ist doch meine Mutter«, wiederholte Tia und stieß Cleo weg.

»Okay, also versuch sie hinzuhalten.« Cleo drängte sich hinter Tia durch die Tür. »Ich hole Hilfe.«

Tia rief ihr über die Schulter die Adresse ihrer Eltern zu. Sie hatte nicht gewusst, dass sie so schnell rennen konnte. Völlig durchnässt und durchgefroren kam sie am Haus ihrer Eltern an. Sie lief die Treppe zur Haustür hinauf und hämmerte dagegen. Die Tür war nur leicht angelehnt und ging auf.

»Mutter?«

»Wir sind hier oben, Tia«, rief Anita. »Schließ die Tür hinter dir. Du hast es gerade noch geschafft – es sind nur noch dreißig Sekunden.«

»Mutter?« Am Fuß der Treppe zögerte Tia. »Bist du in Ordnung?«

»Sie hat mich geschlagen.« Alma begann zu weinen. »Mein Gesicht ... Tia, komm nicht nach oben ... Komm nicht nach oben! Lauf weg!«

»Tun Sie ihr nichts! Ich komme!« Tia rannte die Treppe hinauf.

Oben an der Treppe sah sie Tilly in einer großen Blutlache liegen. »O Gott, nein!« Sie beugte sich über sie, um den Puls zu fühlen.

Sie lebt, dachte sie. Sie lebt, aber wie lange noch? Wenn sie es nicht schaffte, Anita so lange hinzuhalten, bis Hilfe kam, würde Tilly vielleicht verbluten.

Du musst es schaffen, befahl sie sich. Und du musst alles Notwendige tun.

»Tilly ist schwer verletzt.«

»Dann muss dein Vater sich eben eine neue Haushälterin suchen. Komm herein, Tia, bevor ich anfange, das Blut deiner Mutter in diesem überladenen Rokoko-Schlafzimmer zu verspritzen.«

Tia trat ins Zimmer und sah, dass ihre Mutter an einen Stuhl gefesselt war. Anita stand hinter ihr und hielt ihr eine Pistole an die Schläfe.

»Nimm die Hände hoch«, befahl Anita. »Nun sieh sich das einer an – sie hat sich noch nicht mal die Zeit genommen, sich einen Regenmantel anzuziehen. Das nenne ich Tochterliebe.«

»Tilly braucht einen Notarzt!«

Anita hob die Augenbrauen und drückte die Mündung der Pistole noch fester an Almas Schläfe. »Willst du, dass ich sie auch noch erschieße?«

»Nein! Bitte nicht!«

»Sie hat geklingelt«, schluchzte Alma. »Tilly hat sie hereingelassen. Als sie heraufkam, um es mir zu sagen, hörte ich diesen schrecklichen Knall. Sie hat die arme Tilly erschossen, Tia! Und mich hat sie geschlagen und gefesselt ...«

»Immerhin habe ich deine Hermès-Schals dafür benutzt. Und jetzt hör auf zu jammern, Alma! Ich weiß nicht, wie du diese Frau ertragen kannst«, sagte Anita an Tia gewandt. »Im

Ernst, wenn ich ihr eine Kugel in den Kopf jage, tue ich dir nur einen Gefallen.«

»Wenn Sie ihr etwas antun, habe ich keinen Grund, Ihnen zu helfen.«

»Offensichtlich habe ich dich richtig eingeschätzt.« Anita strich mit dem Lauf der Pistole über Almas bleiche Wange. »Ich hätte allerdings nie geglaubt, dass du lügst, betrügst und stiehlst.«

»So wie Sie?«

»Genau. Ich will die Parzen.«

»Die werden Ihnen auch nicht helfen. Die Polizei ist bereits in Ihrem Haus und in Ihrem Geschäft. Sie haben Durchsuchungsbefehle.«

»Glaubst du, ich wüsste das nicht?« Anitas Stimme wurde immer schriller, wie die eines Kindes, das sich in einen Wutanfall hineinsteigert. »Ihr haltet euch wohl für sehr klug, mir gestohlene Sachen in meinen Safe zu legen. Glaubt ihr, ich hätte Angst vor so einem kleinen Versicherungsbetrug?«

»Die Polizei weiß, dass Sie diesen Mann getötet haben. Vorsätzlicher Mord. Und sie weiß, dass Sie den Mann vorher bezahlt hatten, damit er Mikey umbringt. Beihilfe zum Mord.« Tia machte einen Schritt auf Anita zu. »Die Parzen nutzen Ihnen da auch nichts mehr.«

»Du beschaffst sie mir, und ich kümmere mich um den Rest. Ich will die Statuen und das Geld. Ruf deinen irischen Stecher an und beschaff sie mir, sonst töte ich erst deine Mutter und dann dich.«

Sie würde uns alle für die Parzen umbringen, dachte Tia. Selbst wenn ich ihr die Statuen in diesem Moment gäbe, würde sie uns umbringen.

»Er hat sie nicht. Ich habe sie«, sagte sie rasch, als Anita den Kopf ihrer Mutter mit der Pistole zur Seite drückte. »Mein Vater wollte sie haben. Sie wissen ja, wie wertvoll sie sind. Und ich wollte Malachi. Also haben wir Sie ausgetrickst. Ich hätte Malachi bekommen und *Wyley's* die Parzen.«

»Jetzt nicht mehr.«

»Ich will nicht, dass Sie meiner Mutter etwas tun. Ich gebe Ihnen die Parzen und meinen Anteil des Geldes. Ich versuche,

Ihnen den Rest auch noch zu besorgen. Ich gebe Ihnen die Parzen sofort, wenn Sie die Pistole herunternehmen.«

»Ach, das gefällt dir wohl nicht! Wie findest du denn das?« Anita zielte mit der Pistole genau auf Tias Herz.

Alma begann zu schreien. Fast beiläufig schlug Anita ihr die Faust gegen die Schläfe. »Halt dein verdammtes Maul, oder ich erschieße euch beide!«

»Nicht! Tun Sie meiner Tia nichts!«

»Sie brauchen niemanden zu erschießen. Ich werde die Parzen für Sie holen.« Langsam bewegte sich Tia auf den Schminktisch ihrer Mutter zu.

»Denkst du etwa, ich bin so blöd zu glauben, sie wären da drin?«

»Ich brauche den Schlüssel. Meine Mutter bewahrt den Safeschlüssel hier auf.«

»Tia ...«

»Mutter,« – Tia schüttelte den Kopf – »es hat keinen Sinn mehr. Sie weiß es. Sie sind es nicht wert, dafür zu sterben.« Tia zog die Schublade auf.

»Warte! Tritt einen Schritt zurück.« Mit vorgehaltener Pistole kam Anita auf Tia zu. »Wenn da eine Waffe drin ist, jage ich Alma eine Kugel durch den Kopf.«

»Bitte ...« Tia hielt sich an dem Möbelstück fest, als wäre ihr schwindlig geworden, und griff dabei nach einem Fläschchen. »Bitte nicht! Hier ist keine Pistole.«

Anita fuhr mit der freien Hand durch die Schublade. »Aber hier ist auch kein Schlüssel.«

»Er ist da drin. Genau ...«

In diesem Moment rammte Tia die Schublade zu, sodass Anitas Hand eingeklemmt wurde, und schüttete ihr den Inhalt des Fläschchens ins Gesicht. Ein Schuss löste sich, und die Kugel schlug in der Wand, nur einen Zentimeter von Tias Kopf entfernt, ein. Tia schrie auf und ging auf Anita los.

Sie war völlig außer sich. Ihre Fingernägel bohrten sich in Anitas Handgelenk.

Und sie roch Blut.

Die Pistole glitt Anita aus der Hand und rutschte über den Fußboden. Anita konnte nichts sehen, weil das Riechsalz, das

Tia ihr ins Gesicht geschleudert hatte, ihr in den Augen brannte.

Trotzdem versuchte sie, genau wie Tia, die Pistole zu erreichen, und während die beiden Frauen sich am Boden wälzten, tat Tia instinktiv das Richtige: Sie zerrte heftig an Anitas Haaren.

Sie hörte nicht das Geräusch des zersplitternden Glases, als sie gegen den Tisch stießen. Sie hörte nur das Blut in ihrem Kopf rauschen.

Zum ersten Mal in ihrem Leben fügte sie jemandem körperliche Schmerzen zu.

»Du hast meine Mutter geschlagen!«, keuchte sie und schlug Anitas Kopf immer wieder auf den Boden.

Plötzlich zerrte sie jemand hoch. Mit geballten Fäusten starrte Tia auf Anita, die sich am Boden wand.

Gideon hob die Waffe auf, und Malachi zog Tia in seine Arme. »Bist du verletzt? Himmel, Tia, du blutest ja!«

»Sie hat ihr in den Arsch getreten!« Cleo grinste unter Tränen. »Hast du es gesehen? Sie hat ihr in ihren fetten Arsch getreten.«

»Tilly ...« Tias Beine gaben nach, und in ihrem Kopf drehte sich alles.

»Ma ist bei ihr. Sie hat den Notarzt gerufen. Komm, komm, mein Liebling, du musst dich hinsetzen. Gideon, hilf du bitte Mrs Marsh.«

»Ich mache das schon. Sie ist außer sich vor Angst.« Tia hielt sich mühsam aufrecht. »Bringt ihr bitte Anita aus diesem Zimmer. Ich kümmere mich schon um meine Mutter.«

Tia stieg über die bewusstlose Anita zu ihrer Mutter und begann sie loszubinden. »Du wirst jetzt nicht hysterisch«, befahl sie und gab ihrer Mutter einen Kuss, während sie die Fesseln löste. »Du legst dich jetzt hin, und ich bringe dir einen Tee.«

»Ich dachte, sie würde dich umbringen! Ich dachte ...«

»Sie hat mich aber nicht umgebracht. Mir geht es gut und dir auch.«

»Tilly ... Sie ist tot!«

»Nein, das ist sie nicht. Ich schwöre es.« Sanft half Tia ihrer

Mutter auf. »Der Krankenwagen ist schon unterwegs. Leg dich jetzt bitte hin. Alles wird wieder gut.«

»Diese schreckliche Frau! Ich habe sie nie gemocht. Mir tut der Kopf weh.«

»Ich weiß.« Tia strich Alma die Haare aus der Stirn und gab ihr einen Kuss auf die geschwollene Schläfe. »Ich gebe dir deine Tabletten.«

»Tilly ...« Alma packte Tias Hand.

»Sie wird wieder gesund.« Tia schlang die Arme um ihre Mutter. »Alles wird wieder gut.«

»Du warst sehr mutig. Ich wusste gar nicht, dass du so mutig sein kannst.«

»Ich auch nicht.«

Zu Tias Überraschung bestand Alma darauf, Tilly ins Krankenhaus zu begleiten. Genauso nachdrücklich schickte sie Tia wieder nach Hause.

»Sie wird die Ärzte verrückt machen, zumindest bis mein Vater kommt und sie beruhigen kann.«

»Das beweist nur, dass sie ein gutes Herz hat.« Eileen stellte eine Tasse Tee vor Tia. »Sie hat sich mehr um ihre Haushälterin gesorgt als um irgendetwas anderes. Ein gutes Herz hält viel aus«, fügte sie hinzu und strich über Tias Wange. »Trink jetzt deinen Tee, du musst gleich mit der Polizei reden.«

»Ja. Danke.«

Als Eileen aus dem Zimmer ging, schloss sie die Augen, dann öffnete sie sie wieder und blickte Malachi an.

»Ich habe nie geglaubt, dass sie dir etwas antun könnte. Ich habe nie geglaubt, dass sie ... ich hätte es mir denken müssen«, sagte er.

»Es ist einzig und allein ihre Schuld.«

»Sieh dich nur an.« Sanft umfasste er ihr Gesicht. »Lauter blaue Flecken und Kratzer. Das hätte ich nie zulassen dürfen, nicht für alles Geld der Welt, nicht für die Parzen, nicht für die Gerechtigkeit. Ich hätte nie zulassen dürfen, dass du auch nur eine Schramme abbekommst.«

»*Sie* hat immerhin noch ein paar mehr, und ich habe sie ihr zugefügt.«

»Ja.« Er zog sie hoch und nahm sie in die Arme. »Wie bist du nur darauf gekommen, ihr das Riechsalz in die Augen zu streuen?«

»Ich weiß es nicht. Aber jetzt ist alles vorüber, nicht wahr? Jetzt ist alles vorüber!«

»Ja. Es ist alles vorüber.«

»Und wirst du mich jetzt heiraten?«

»Wie bitte?« Er löste sich vorsichtig von ihr. »Was hast du gesagt?«

»Ich habe dich gefragt, ob du mich jetzt heiratest.«

Er lachte auf und fuhr sich mit der Hand durch die Haare. »Ich hatte es eigentlich schon vor – wenn es dir recht ist. Als Cleo Gideon auf dem Handy anrief, hatte ich gerade überlegt, ob ich dir nicht auch einen Ring kaufen soll.«

»Geh zum Juwelier zurück und tu es!«

»Jetzt sofort?«

»Morgen.« Sie schlang die Arme um ihn und seufzte. »Morgen reicht auch noch.«

Epilog

Cobh, Irland, 7. Mai 2003

Der Überseekai am Hafen sah noch genauso aus wie zu den Zeiten, als solch prächtige Passagierschiffe wie die *Lusitania* und die *Titanic* zwischen Amerika und Europa verkehrten.

Hier waren die Passagiere – und die Post –, die mit dem oft verspäteten Zug aus Dublin eintrafen, an Bord genommen worden.

Der Bahnhof neben der Anlegestelle war zwar noch in Betrieb, aber in der Haupthalle befand sich mittlerweile das *Cobh Gedächtniscenter* mit seinen vielen Ausstellungsvitrinen und Läden.

Erst kürzlich war ein kleines Museum eröffnet worden. Die Alarmanlagen stammten natürlich von *Burdett*. Und das wichtigste Ausstellungsstück war eine aus drei einzelnen Figuren zusammengesetzte Silberstatue, bekannt als die drei Parzen.

Sie schimmerten hinter Panzerglas und blickten auf die Gesichter – und vielleicht auch die Leben – derjenigen, die kamen, um sie zu bewundern.

An ihren Sockeln zusammengefügt standen sie auf einem Marmorblock, an dem eine Messingplakette angebracht war.

DIE DREI PARZEN
LEIHGABE DER
SULLIVAN-BURDETT SAMMLUNG
ZUR ERINNERUNG AN HENRY W. WYLEY
UND EDITH WYLEY
LORRAINE UND STEVEN EDWARD
CUNNINGHAM III
MICHAEL K. HICKS

»Es ist wunderbar, dass sein Name auch da steht.« Cleo schluckte ihre Tränen hinunter. »Einfach wunderbar.«

Gideon legte ihr den Arm um die Schultern. »Es ist nur gerecht. Und wir haben dafür gesorgt, dass ihm Gerechtigkeit widerfährt.«

»Ich bin stolz auf dich.« Rebecca hakte sich bei Jack unter. »Und ich bin stolz darauf, hier als deine Frau neben dir zu stehen. Du hättest deine Parze schließlich auch behalten können.«

»Quatsch. Ich habe doch dich. *Eine* Göttin ist genug für einen Mann.«

»Eine kluge und wahre Antwort. Sollen wir jetzt zum Friedhof gehen, Cleo?«

»Ja.« Sie legte ihre Finger in Höhe von Mikeys Namen auf das Glas. »Lasst uns gehen.«

»Wir kommen gleich nach«, sagte Malachi zu ihnen. »Knöpf dir die Jacke zu.« Er begann, Tias Jackett selbst zuzuknöpfen. »Es ist windig draußen.«

»Du musst nicht immer so viel Wirbel um mich machen. Es geht mir gut.«

»Werdende Väter dürfen Wirbel machen, so viel sie wollen.« Er legte eine Hand auf ihren Bauch. »Und du willst bestimmt zu Fuß gehen?«

»Ja. Das wird mir gut tun. Ich kann nicht die nächsten sechs Monate unter einer Käseglocke verbringen, Malachi.«

»Nun höre sich einer das an. Vor noch nicht ganz einem Jahr hast du dich noch vor jedem Keim, der der Menschheit bekannt ist, gefürchtet.«

»Das ist vorbei.« Sie legte den Kopf an seine Schulter. »Und ich bin froh darüber, wie sich mein Leben verändert hat. Ich bin froh, mit dir hier zu stehen und die Parzen, die wir wieder zusammengeführt haben, im Licht strahlen zu sehen.«

»*Du* strahlst, Tia.«

»Wir haben für Gerechtigkeit gesorgt. Anita sitzt im Gefängnis, wahrscheinlich für den Rest ihres Lebens. Die Parzen sind vereint, wie es ihnen bestimmt war.«

»Und wir auch.«

»Ja, wir auch.«

Sie reichte ihm die Hand, und ein Gefühl der Stärke breitete sich in ihr aus, als er seine Finger mit ihren verschränkte. Dann folgten sie den anderen, und gemeinsam stiegen sie im sanften Maiwind den Hügel hinauf.